寸心

申剑——著

漓江出版社

目录

寸心

一

许白黑的银行账户上，一下子冒出来 200 万，美元。

他一点也不急，心理医生做了二十多年了，他已经不会急了。

从事医生这个职业的人，都不会急。急必出错，做医生的人，是错不起的，真的错不起。心理医生若是错了，是会诛心的，会让患者本就破碎的心灵沦陷深渊，永无出头之日的。许白黑是中国人，在中国学的是临床医学，到了美国才攻读的心理医学。他是双修者，也是罕见的集大成者。

天下百业都不乏有个性的人，唯独医生不可以。医生都是理性的，永恒的理性。如同最为高端的智能机器人，没有任何个人情感，只有精准的救人程序和既定目标。许白黑就是个机器人，他是医生中的医生，是心理医生中的尖端机器人。从不会愤怒和爆发，没办法，程序就是这么设定的，他只能活在程序里，一旦脱轨，他就会产生可怕的穿越感，搞不懂而今的世道和人心，弄不清究竟是世道造就的人心，还是人心锻造的世道。原以为人心所向就是世道，可由于多年从医，还原了太多的真相，他就有点拿捏不住这两者的逻辑关系了。

别说账上多出了银子来，就是他自己的银子凭空飞走，他也不急。他只会去想痕迹，钱来钱去的痕迹。钱是人打来的，人心使然，就是痕迹。只要有痕，银子的来源就能搞清楚的。

许白黑在接到银行总裁汤姆的电话时，他先问，这笔款项的汇款方是谁？汤姆回答，中国，蓝市，某家商贸公司。我查不到它的任何信息。许，我不会认为，这是你的诊疗费。许白黑说，当然不是。汤姆，你很清楚我的收入状况。

汤姆问道，许，接受，还是不？许白黑笑道，那会怎样呢？汤姆这么说，或者某天会遭遇调查，或者永不。许白黑说，汤姆，请容我考虑。

汤姆曾经是许白黑的患者，在许白黑看来，他的病情并不特殊，再普通不过了。可是汤姆不这么看，和所有的患者同样，汤姆认为自己才是最独特的，他的痛苦才是天下无双的。那时的汤姆，每到月圆之夜就想杀人，当那几个地库里的橡胶人被砍得破烂不堪了，汤姆就想杀死自己，他怎么也无法控制住这种冲动。当然，白天的汤姆，仍是那位充满魅力的银行家。

那是冬天，初一的黄昏，汤姆赶到了许白黑的医院。当时，许白黑正给一个重度狂想症患者施诊，他已经用了半年的时光，才使得这个患者重新回归了地球，也认知了自身。在此之前，他始终确信自己活在宇宙的黑洞里，周遭的景象皆属伪造，而身边的人类，无一例外，全是来自外太空的变异物种。

汤姆是闯进诊疗室的，门口的助理都没能拦得住他。汤姆说，许，你要救我，我今晚会杀死自己。你看，月亮已经升起了，我的动脉正在呼唤刀锋的亲吻。

许白黑说道，汤姆，我从来不知道你是诗人。

汤姆解开纽扣，一排刀疤扑面而来，扎入许白黑的眼里，整整齐齐，长短相当，从腰部开始，向脖颈蔓延。的确，再有一刀，就是颈部大动脉了。

许白黑看了几秒钟，他说，汤姆，一共是 17 刀，你很会选数字，18 是个吉祥数。

许白黑把汤姆带到了楼顶的植物诊疗室，坐在茂密的热带雨林中，皓月当头，几乎是触手可及的。许白黑轻声开口，汤姆，八个半月，每个月两刀。你仇视自己，还是这个世界，你分不清楚，对吗？汤姆目光发直，身体似一张紧绷的弓，他的嘴角抽搐着，却没有说出任何话来。

许白黑伸手，汤姆，把你的刀给我。拖了这么久，你砍杀过很多替身，对吗？我猜它们不是木头的，而是橡胶的，因为那种反弹力会增强快感。汤姆说，是的，都是人体模具。

许白黑说，汤姆，在你的童年，在这样的月夜，曾经发生过什么，请你告诉我。我会拯救你。

汤姆说道，我无法启齿。求你了，不要再问了。许白黑说，好吧，患者有沉默的权利，医生没有。那就让我来说吧，童年伤害不外乎四种，性侵，丧亲，长期家庭暴力，以及身世秘密，比如私生子。汤姆，是不是这样？汤姆抽泣着，点了点头。许白黑说道，这是伤害后遗症，通常会在人们相对放松的某个阶段，以突袭的态势呈现，以起伏的性质演变，加深，直至患者沉沦，无法自控。

汤姆呻吟，许，我以为我忘了，可是没有。每个晚上，我都想掘开那座坟墓，把他碎尸。许白黑缓缓说道，在心理医学上，该类定义叫作病因，病因只关乎治疗，不涉及其他。汤姆说，你以后会看不起我。许白黑说，你今晚就会杀死自己，你没有以后。汤姆说，我要活着。帮我，活下来。许白黑说，我在听，汤姆。

心理治疗除了医术和用药，医生和患者进行的所谓沟通，其实是属于心理博弈的，几个回合下来，患者会被降服，与医生同一阵营，对那个病态的自我进行驱逐。许白黑为汤姆治疗了十次，每个月初一和十五的夜晚，他们都在一起。后来改为白天治疗了，因为汤姆对月亮都没兴趣了，再也没有激情搞自残了。汤姆签出高额支票，签得笑逐颜开的，他说，就像一场噩梦，许，我醒了。正常情况下，患者肯这么说，起码表明他已具有了足够的抗病意识，但汤姆不同，银行家的心理素质远比常人精密冷静，许白黑确认他已基本痊愈了。

他就说，汤姆，就像还贷，还有一个尾期，你要保持警醒。汤姆问道，怎样才算结清了？许白黑回答，当你觉得那是一个笑话。汤姆反问，难道不是吗？许白黑微笑，去找整形医生磨疤，不可拖延。汤姆拍胸膛，不磨又会怎样？许白黑说道，那可是个未知数。汤姆，你的思维太过于具象化，是不可以留痕的。

200 万美元，显然是触动了汤姆的某根神经，汤姆又来了电话。他说，许，你的医院账户和私人账户都在我的银行，你的收入来自美国各个州，以及全球各大城市。它们都很规律，也很稳定。可是这笔钱不同，我担心你。许白黑问道，你究竟想说什么？汤姆说，涉密。但我可以告诉你，我的银行被调查过。许白黑追问，类似事件？汤姆回答，是的。许白黑说道，汤姆，我不是留学生，也不是新移民。没有人会用我的账户转移巨额资产。汤姆反问，那么，怎么处理？许白黑故作神秘，亲爱的汤姆，就用我们最好的方式吧。

这笔钱，当然是李乘风的，也只能是李乘风的。除了李乘风，没有人可以这么做，可以这么对待他。如果换作别人，许白黑想都不用想，他会对汤姆说，原路径退回。李乘风不是别人，不是任何人，他是李乘风，是他的唯一，唯一的李乘风。在这个世界上，只有李乘风敢这么做，敢对他这么做。也只有李乘风，能够让他这样，这样处理，以及，这样妥协。

许白黑与李乘风，是医科大学临床系的同学。这所大学就在蓝市，隶属省直，是部字号级别的。省会蓝市，也是老城，拥有十几所名牌院校，医科大学也在此列，并且，是响当当的头号阵营。大学五年，他们始终睡的是上下铺，是同窗加同床的关系，两人曾经合伙买了套西服配领带，谁见女朋友了，谁才能穿。大三的时候，两人不巧喜欢上了同一个女同学，为了西服领带的归属问题，两人差点打起来。李乘风自恃班长的身份，非要逼着女同学二选一，女同学当场表态，我都不要嘛，我是不会跟同性恋谈恋爱的。这件事就此闹成了笑话，整个临床系口耳相传，几乎人尽皆知。

大三时，许白黑迷上了变态心理学。变态心理学在临床医学中，只属于一门常规课程，不能说不重要，但也不是太重要的。许白黑却掉了进去，不能自拔。为此，他购买了大量书籍，还借了不少权威杂志。有些杂志是国际性的，全英文，他就抱着字典阅读，再也没有其他心思了。

大五，医科生都是实习生了，分在了各个医院，许白黑和李乘风都进了省人民医院，是普外科的见习医生了。斗胆，许白黑把自己的英文论文给寄走了，寄给美国一所顶级医学院的医学心理学泰斗，亨德斯教授，当然，他也是亨德斯医生。这篇论文只有七页纸，标题有些文艺化，黑顶病案之我见。关于黑顶病案，是当时国际心理医学的著名失败案例，几位国际名医联手治疗某患者，愈后三个月，该患者在黑顶大厦纵火自焚，成为焦炭。黑顶病案，由此得名。

亨德斯来电话了，清晨五点，踏雪时节。许白黑被叫醒，去普外科护士站接听的，当时的见习医生宿舍楼，是没有电话的。由于许白黑的英文口语水平还不太过关，两人的对话只能是较为简洁的。亨德斯语速很慢，他说，许，我的看法与你相同，该病案治疗方式有误，患者的确是应当归属于某位医生的，由始至终。

许白黑都有些结巴了，他说，亨德斯教授，我还有一个看法，我不敢写上去，根据该患者的初期症状，他并不需要动用名医。亨德斯说道，作为案例，你不会知道患者的身份和姓名。我只能告诉你，我与你同见。许白黑不由自主，竟然鞠了个躬，对着空旷的走廊。亨德斯问道，我希望有个推进，让我们成为师生吧。许，你是否愿意?

这件事的结果，就像一个传说。夏至那天，许白黑就走了，远涉重洋，投到了亨德斯的门下，先是学生，从硕士到博士；博士期间，他还兼任助理。助理当了几年，亨德斯忍不住了，他终于说出来了，许，我要与你联手，创办一间心理医院。做我的合伙人吧。许白黑笑了，笑容是瞬间怒放的，如若深夜之昙，着了露水，是他的泪光，眼角的泪光。他说，平生愿，愿以平生偿。

不同于许白黑，李乘风所走的，是另一条路线，绝对常态化的路线。所谓绝对，是无路可走的绝对；所谓常态，是每个医科毕业生的常态。毕业后，李乘风进了市中心医院，正式披上白衣，成为李医生了。他是被分配去的，绝大多数同学都是如此，分到哪里，就是哪里。没什么选择权，只有被选择权。按照惯例，李乘风的头一年，是轮转性质的，在医院各科室轮转。期满定位，他被定位在急救中心了，确切地说，是急救中心的急诊外科。

他是被抢到这里的，急救中心的女主任把他给抢来的。本来，他是要被分进普外科的，普外科是李乘风的人生梦想，普外科主任也高度看好他，这个科室是名医的温床，只要肯吃苦，只要能坚守，迟早都会脱颖而出，成为大医生的。李乘风最怕的就是急救中心了，急救外科都是急活，来的都是急性外伤，都是常规性的清创缝合，没什么技术含量的，医术难于获得突破性质的提升。外科医生耗在这里，是没有什么前景可言的。

李乘风当然不会认命，他是从来都不肯认命的。如果肯认命，那么，小时候他是个放羊娃，现在呢，他是个农民工。上学的资格就是他抗争得来的，草原上的牧民人家，那时是不让娃娃去念书的。草原太大了，学校太远了，就那么一所小学，还在几十里外的镇子上。李乘风上小学，交通工具是马，他是骑马上学的，是匹灰色的小马。策马奔腾，一骑绝尘，只有风，风里人，都是逆行者，是不能回头的。

李乘风行动了，先去找了人事部门，无果；又去找普外科主任想办法，主任长长叹息，小李，要论做手术，我能顶她好几个，可要论到抢人，那就反过来了。李乘风去求女主任了，扛了两箱饮料，去的家里。女主任十分热情，却没有答应他，怎么说都不肯放人。李乘风去找院长了，分管人事的副院长。副院长挺干脆，当即叫来了人事处处长，要求处长进行协调，落实到位。

落实的结果，是李乘风上岗了。不是普外科，仍是急救中心。大半个年头过去，女主任挺重视他的，把侄女都介绍给他了。李乘风渴望恋爱，但他咽不下那颗土豆，那位侄女什么条件都不错，就是模样太丑了。到了这个地步，李乘风是两头无路了，进也无路，退也无路。调动是不可能的，他只是住院医生，没有资历，没有背景，没有人脉，是找不到接收单位的。换科室也是行不通的，找了好几个科主任，连妇科主任都找了，没人肯收留他。人家都想要熟手，来了就能干活的熟手。而他的手上功夫，在业内是最为通俗的，约等于无。

李乘风怎么也抓不住存在感了，他的存在感归零了。兜里还有半个月的工资，将近 150 元，李乘风跑到了邮局，给许白黑打电话。国际长途很要命，打往美国是每分钟 60 元。电话接通了，李乘风忽然哽咽，他说，白黑，你打给我吧。

三十分钟，许白黑的电话到了，打到了医院的传达室。邮局是只能打电话的，不能接电话。急救中心更不可以，那是急救电话，医护人员不能因私动用，那是违规的。李乘风问道，我想去找你，行不行？许白黑停顿片刻，开口了，两人分析利弊，得出结论，李乘风若去美国，是不可能考取医师资格证的，想做医生是不可能的。至于谋生，那并不困难，干什么都能立足的。找个医学实验室，从事基础研究，也是可以的。李乘风说不，我要拿手术刀，我要做外科医生。许白黑说，那么乘风，留下吧，考研，读博士，没有别的出路了。

李乘风说，考研，定了。许白黑低语，我每天只睡 5 个小时，其余时间就是读书，洗碗，打工，还有给你写信。手指全脱皮了，见人不愿伸出来。亨德斯教授说我是他一生中最好的学生。乘风，希望你和我一样。我们不是天才，就靠勤奋吧。

半个月后，一张一千美元的汇单到了，说好了的，每年一千,五年五千。李乘风当时的工资是每月 300 元，这笔钱等于是带薪读书了，还挺富裕的。李乘风倒回头，重又杀回了母校，硕博连读，他的主攻方向是肝胆外科专业。李乘风读书期间，国内经济发展迅猛，许白黑就每年多寄一点，到了第五年，就成了两千了。

李乘风常常收到包裹，来自美国的包裹，吃的穿的用的，什么都有。他最爱的是那个 VCD 碟片机，里头有张碟片，费玉清的《一剪梅》。李乘风随身带着，越听越爱。博士毕业，李乘风选择了母校的附属医院，直接进了普外科。干了两年，每天都在手术台上，已颇具名医风范了。

卫生局局长来做手术了，亲自点名李乘风主刀。术后一周，李乘风都没离开过科室，每晚都在局长的病房，陪床。局长出院时，问李乘风，小李，当名医好呢，还是管名医好呢？李乘风想都没想，脱口而出，局长说了算，我只知道感恩。卫生局局长就说话了，小李，自己人了。

很快，李乘风进了卫生局。作为高精尖特殊人才，李乘风的任命，直接就是副局长了。他是从第九副局长干起的，排行最末。李乘风在卫生局扎下了摊子，扎得密密实实的。后来，局长调走了，上调了，李乘风也就改口了，不叫局长了，也不叫职务，他叫他老领导。两人的关系从没变过，自己人，始终都是自己人。

春风桃李，江湖夜雨，自己人对自己人，从来都是心连心的。

李乘风的排名越来越小了，从第九到第二，从第二到第一，李乘风终于扶正了。李乘风和许白黑随时联系，互通有无，闲了就说闲话，有事就说正事。从无岁月是等闲，不过十多个年头，两人各得所愿，李博士成了李局长，许博士成了许名医。许白黑的名医，可不是通常意义上的名医，是国际名医，国际心理医学界的顶级名医。

两人见过几次面，有大事了就要见面的。许白黑结婚，偕妻子芝芝回来，李乘风对芝芝说，芝芝，你是天下最幸运的女人。李乘风结婚，许白黑和芝芝回来祝贺。李乘风的妻子是红缨，许白黑对红缨说，红缨，我愿意对你终生负责。李乘风大笑，拥抱芝芝，芝芝，我也对你负责，一辈子。

也在美国见过面，是李乘风随团去考察。李乘风最爱芝芝的望远镜，天文望远镜，可以望到银河系以外的星球。许白黑说，可惜太沉了，你也带不走。是芝芝自天文研究所辞职，该所赠给她的纪念品。李乘风问芝芝，你那颗星，叫什么名字？芝芝回答，我叫它Spirit，精灵。是我最先发现它的，按照业界规则，我拥有命名权。李乘风哇哇，挣了多少？芝芝摇头，乘风，是无偿的。我愿意这么做，太值得了。

二

当年不复是当年。唯梦里，总当年。

当年，只有李乘风给他送行，送到了机场的候机厅。许白黑身着涤纶面料的雪白西装，打了条猩红色的领带，整张脸被茶色蛤蟆镜遮去了大半截，脚上踩着的，是白底红杠的运动球鞋，都是李乘风给他置办的行头。李乘风说，白黑，就这么穿，别让白种人小看了你，你这身西装比他们还白。许白黑说，太白了，不耐脏，坐了公交车就成了灰的，下了飞机会发黑吧。李乘风说，黑怕啥，就凭这面料，裤线跟刀刃似的，嘿嘿，咱们早富了。美国人多土气，都穿棉质的，软塌塌的，谁也没你挺括。

李乘风打量着许白黑，眼神痴迷得如看神话，他说，白黑，等你混好了，让我也坐趟飞机吧。许白黑点头，必须的，乘风。我打听了，飞机上啥都不要钱，随便吃，管够。李乘风咂巴着嘴，白黑，你要多吃，多喝，多要，塞包里留着，到学校能顶两顿饭呢。许白黑忽然说，乘风，我不想走了。我心里没底，我慌了。

仿佛是回应，候机厅里响起了催促该航班乘客登机的播音，播音播了三遍，许白黑没有动，直勾勾地盯着李乘风。如果此刻，李乘风说不去了，留下来，咱就在这里当医生，不去投奔亨德斯了，许白黑会毫不犹豫地收脚，掉头，回去，跟着李乘风回去的。

李乘风也慌了，比许白黑还要慌，就在无比的慌乱中，李乘风一锤定音了，白黑，你给我进去。上飞机去，到美国去，找亨德斯去。就图个不一样，跟这里不一样。

近乡情怯似的，许白黑害怕了，好怕好怕。他说，乘风，谁都想和别人不一样，可到头来，谁能不一样，都是一样的。李乘风大声说，一样不一样，试过才知道。白黑，多难得的机会啊。听我的，开弓射箭不回头，射。许白黑就射了，像一支箭，直射了十几个钟头，把自己给射到了大洋彼岸。

就在李乘风张弓搭箭，许白黑利箭脱弦的那几秒钟，许白黑频频回头，他喊着，乘风，我每月最后一天的中午给你电话，你记住咱俩有时差。李乘风大喊，时差，按美国的还是按中国的？许白黑没有回答，他被人流裹挟着，落潮似的，就那么去了，看不见了……

夜未央。许白黑干脆睡不着了，半梦半醒的最是难受，他起床了，拉开了窗帘，好家伙，满头的猫眼儿扑腾扑腾的，是星星。也有云，是马尾云，重重叠叠的，像是吸了水，甩不动了，就要落地的样子。天上人间，就在此刻，狭路相逢了，仿佛都是桥，满目都是桥，雨云搭就的桥。

许白黑是属海的人，生在海边，长在海边，漂洋过海了，仍是面海而居。属海的人都认得云，什么样的云勾连着什么样的风，什么样的云牵扯着什么样的雨，他大致是心中有数的。如此清晨，如此风云，那是只待雷声霹雳，就会暴雨覆盆的。许白黑洗漱完毕，吃了早餐，换好衣服，出了家门。他算准了今天将在风雨中行车，就提前十五分钟上路了。

许白黑失算了，四十分钟的车程，从家里开到医院，一路上打着车灯，到了医院停好车，蓦然间抬头，他本能地闭上了眼睛。医院的楼房居然是通体雪亮的，喷薄的阳光呼啸而来，几乎是以垂直的角度，扫荡了院子里所有的角落。眯着眼再看，那些云团早已瘦了身了，都成了絮状了，也不知道那么多的雨水，都跑到哪儿去了。许白黑作观天状，观了好大会儿，才进了医院主楼。他没进自己的诊室，先进了亨德斯的诊室。

按照中国的叫法，亨德斯和许白黑，应该分别被称为院长和副院长，可是在烂柯山心理医院，从来没有人这么称呼过他们。医院的医护人员都是直呼其名的，前来就诊的患者也大多如此，只不过在名字之后，还是要有一个共同的称呼的，医生。

作为院长和副院长，亨德斯和许白黑既无办公室，也无会议室，他们只有诊室，以及休息室。有什么事了，他们习惯于到对方的诊室去沟通，诊室也没有秘书，只有助理，助理都是心理医生，不懂行政事务，只懂心理医学，所以这个院子里的沟通，注定了都是关于专业的，超出专业范畴的事务，在这样的环境中，是无法生长和壮大的。

早上好，亨德斯。许白黑打了招呼，接着说道，有件很重要的事情，李乘风，你一定还记得他吧？亨德斯点头，当然。他是你最好的朋友和同学，我不会忘记他。许白黑说，我收到 200 万美元，以匿名方式打来。我认为是他，只能是他。我用了所有的方式，可我无法联系到他。我需要告假，回去找他。亨德斯惊讶，李乘风为什么要匿名？还有，他怎么会有那么多美元？他只是个公务员，是卫生局局长。如果是他，那么他有罪，是不可饶恕的罪人。许，你应当选择报警，让警方来处理这笔钱。

许白黑望着亨德斯的眼睛，这双眼睛是碧绿的，玻璃陨石的那种特有的绿，水色无波，通透得能见了底。如果单看眼睛，而忽略掉亨德斯灰白的头发和脸上的皱纹，那么这双眼睛是没有年轮的，它可以属于六十岁的亨德斯，也可以属于十六岁的亨德斯。亨德斯老了，这双眼睛可没有老，仍似当年，从没变过。许白黑叹气，亨德斯，如果我是罪人，你会怎么对待我？亨德斯郑重地，我所认识的你不是罪人，许。许白黑执着地，假如我是呢？亨德斯说，关于罪恶和真理，从来就没有假如。

许白黑说，亨德斯，我无法对你解释清楚。亨德斯强调，许，我懂，你无法抉择。许白黑苦笑，很多现象说不清楚，我的同学皆在国内医院从事临床医学，有些人官司缠身，有些人遭遇暴力，不，不只是医学那么简单。亨德斯摇头，任何职业皆有误差，医学也不能例外的。我和你的职业生涯，都曾出现过错误，任何医生都是同样。

许白黑低声说，亨德斯，我从未后悔过，以心理医学为毕生职业。亨德斯说，我平生最骄傲的学生，你和保罗。许白黑说，我今年最欢喜的事情，是保罗的病案，被载入心理医学教科书。亨德斯说，你的病案入选那年，保罗也这么说。

许白黑和亨德斯的对话，历来如此。无论从什么事情开始，最终都会演变成专业探讨的；无论从哪个角度切入，都会以心理医学进行着陆的。回回如是，如同轮回，怎么也不能够脱离轨道的。作为全球顶级的心理医学泰斗，亨德斯多年来带出了无数的弟子，这些弟子星罗棋布，遍布于世界各地的一流心理医院，个个都已自立门户，大多都已经自成门派了。只有许白黑还跟着他，从没有分开过。

许白黑回国了，收到 200 万美元的次日，他就上了飞机。他已经可以确认，李乘风是出事了，真是出事了。临行之前，他先是去了李乘风的家，在美国的家。李乘风的妻儿都在美国，儿子李惊蛰在读高中，他是初中毕业就过来的。与他同来的，是红缨，红缨早就办了内退，是来陪读的。惊蛰称许白黑为叔叔，从不称姓氏的。

不同于常态性的看望，许白黑是趁着惊蛰上学，去找的红缨。红缨照常抱怨了几句，丝毫没觉出有什么异常的。他们夫妻间的最近一次通话，是在上个月了。就如以往，都是不冷不热的。许白黑从没有问过，李乘风是怎样给红缨发放生活费用的，但他看得清楚，红缨和惊蛰生活优渥，出手的风格，那是相当豪放。

李乘风的两个手机号码都是通的，却始终没人接听；家里电话夜里没人接，办公电话白天没人接；问了几个要好的同学，也没得到任何有用的信息。许白黑的最后一个电话，是打给航空公司的。他没有惊动红缨，红缨也没有问他什么，她是个迟钝的女人吗，许白黑从不认为是的。

飞机落地，是中午了，出了机场，许白黑上车，酒店派来的专车。走高速公路进入蓝市，就有些堵了，赶到卫生局，是上班时间了。许白黑径直入门，门卫拦住了他，问他找谁，他说，我找李乘风，李局长。门卫想了想，没见到他来呀，请问你有预约吗？许白黑抬腕看表，说道，有约，我跟他约了三点钟见面。门卫推过来一本簿子，那好，登记吧。

许白黑做了登记，进电梯，上楼，直奔李乘风的办公室而去。李乘风办公室在顶楼的尽头，许白黑每步都像踩在了鼓点上，是他心头的鼓点。事实上，整个走廊是鸦雀无声的，连人影也没见着半个。

李乘风办公室的门是锁着的，推不开，门上也干干净净的，什么东西也没有。许白黑站了片刻，转身走进了卫生局的办公室，这里是个挺大的格子间，几个工作人员坐在自己的格子里各司其职，井然有序。许白黑开口问道，我约了李局长谈事情，请问他在哪里？离他最近的女职员站起来，笑容可掬，是这样，他这几天没在局里，要不您跟他直接联系吧。

许白黑找了办公室主任，这主任四十出头的样子，举止无懈可击，两个黑眼圈却很明显，不是横着的，而是坠着的。许白黑说，你好，我找李乘风。主任打量许白黑，微笑着点点头，什么也没说。许白黑问道，请问李乘风在哪里？主任轻轻摇头，对不起，我不太清楚。许白黑没辙了，只得切换了谈话模式，他说，请问你是不是唐希，唐主任？我是许白黑，我找李乘风。主任淡淡的，我是，许先生。

主任示意许白黑跟着他走，两人并排走向了电梯口，主任低声说，许先生，我多次听到过你的大名。对于你的问题，我的回答是这样的，我不知道他在哪里。许白黑说，谢谢，我知道了。顺便问一句，你这年纪，怎么会得了失眠症？主任说，许先生，之前从没有，也就是这几天吧，我失眠了。许白黑进了电梯，似是不经意地问道，失眠几天了？主任回答，三个晚上了，许先生。

出了卫生局，许白黑上车了，还是那辆车，他没有回家，先去酒店开了房。进了房间呆坐着，不知道过了多久，许白黑拨通了家里的电话。许白黑的家，与常人是不同的，那不是父母的家，而是哥嫂的家。是的，他没有父母了，只有哥嫂，他是哥嫂一手养大的，哥嫂于他，就是父母了。电话是嫂子王花花接的，许白黑说，嫂子，我回来了。

王花花显然是惊喜过度了，仿佛失语了，就只会呼唤那个她最熟悉的名字了，天啊，天啊。许白黑轻声打断了她，嫂子，最近见过乘风吗？王花花顿了顿，才说，见过呀，上周末还来家里送东西了，就在家里吃的饭。许白黑问道，周末，是周六还是周日？

李乘风去王花花家，是在上周日，据说他那天还是极为开心的；开心的人，通常都是没什么心事的人；也就是说，李乘风在周日那天，还是什么都不知道的；一切都是毫无预兆的；据唐希说，他失眠了三天了，倒推，是在周四周三以及周二；那么，事情只能是突发性质的，是在周一突发的。周一，就是事发当天了。而那笔钱，就是李乘风在突发状况下，所做出的应急反应了。

许白黑出酒店，去了李乘风的家。他并不指望能在家里找到他，这里只能是个空宅。结果正如预计，李乘风的家门，和他的办公室同样，没有任何的异样。这两扇门，都是没有被贴上封条的。许白黑知道，还有一个地方，还有一个人，就只有这个人了，他只能去找这个人了。李乘风是说过的，白黑，记住这两个人，老郭和唐希，你是可以相信的。

李乘风所住的小区很普通，位于本市东部，是十多年前的商品房小区，并不是卫生局的家属院。他在家属院有房子，他没住过，给出租了，长租短租都有过，只是不让空着。到了小区门口，许白黑进了保安室，开口就问，请问哪位是老郭？当值的保安回答，老郭夜班，去宿舍找吧。

宿舍是间铁皮房，在地下室车库的角落里，屋里好几张床，只有一个人，正是老郭。老郭五十多岁，模样特别的通俗，穿着制服是个保安，不穿制服更像个保安。许白黑是凭直觉叫的，老郭？老郭居然回应，许先生？两人聊了几句，老郭取出一张碟片，交给许白黑。是那张老碟片，费玉清的《一剪梅》。碟片上绕了根丝线，灰色的丝线，线头打了个死结，只有外科医生才能打出的那种死结。

老郭说，许先生，老李说了，你会来找我。很快就会来。许白黑问道，我要是不来呢。老郭咿呀，废话，你比老李废话还多。许白黑探出手指，只一下，就抽开了那个死结。老郭大叫，不许动，许先生，这是灰灰的遗物。老李这辈子就奔过一次丧，回去埋灰灰，就留了这根马鬃。许白黑低语，老郭，叫我老许吧。

老郭是李乘风的棋友，多年的棋友。李乘风常常会在周末或是假期，与他对弈，消磨时光。许白黑不知道，李乘风会是这么的寂寞；老郭也从没想到，李乘风会是这样的身份。老郭带着许白黑进了小区的监控室，调出了李乘风最后的视频影像，时间是周二，早晨7点15分，李乘风驾车驶离小区。此后，他就再也没有回来过了，也没有任何人员或部门，到这里来问讯过他的情况。

车里的李乘风，穿的是西服，还打了领带。而平日里，他是最为随意的，怎么舒服就怎么穿，从没这么正式过。许白黑和老郭出了小区，就在马路上，老郭递了根烟，许白黑接过，点了火，两人相对，吞云吐雾的。

抽的是本地烟，墅牌香烟，老牌子了，上百个年头了。后来改过名字，叫作小红花。八十年代初期，才给正了名，还是墅牌。到了九十年代，正式定名大墅，大墅牌香烟，就再没变过了。这种烟名不副实，走的是大众路线，每盒五元，是市井阶层和外来务工者的掌中宝。

许白黑和老郭道别，老郭把半盒烟塞给他了。老郭问道，老许，老李出事了吧，你能不能救他？许白黑无语，给老郭留了电话，老郭又问，也不知道，他会是多少年呀？许白黑伸手，微笑，老郭，很快，他会回来的。

可以确定了，毫无疑问了，李乘风是被叫走的。在这个城市，像李乘风这样的人物，如果突然失联，要么是被带走的，要么是被叫走的，根据卫生局和小区的所有状况来看，李乘风属于第二种情况，他是被叫走的。这个事情到底会有多大呢，许白黑不认为会有多大。明显的，事情是被搁过了周末的，既然能过周末，那就不是天大的事。如果是，那就没有周末了，人和事都没有周末了。

卫生局局长这个职务，实在是能大能小的。大小都是相对的，要往上头追，那就小了，那就成了下线了。许白黑最怕的，就是李乘风只是个下线，就像那根线上的死结，打开来，整条线都垂了。李乘风当年怎么进的卫生局，怎么一步步扶正的，许白黑简直是感同身受，他是被提上去的，被那双手给提上去的。那双手的主人，被李乘风称为老领导，老领导当然是有名字的。许白黑检索那个名字，结果是一切正常，昨天下午还在会议上讲话呢。

许白黑点开了这段讲话，没看，只听。看脸是没有用的，什么也不会看出来，听音就不同了。声音也是有表情的，相较于脸部的表情，声音才是最为接近真相的。心理医生都是善于听音的，聆听患者的倾诉，听取每句话，每个字，每个音符，这当中的起伏跌宕，以及每个节点的非常态停顿，那就是患者的心灵写真。听了三遍，许白黑得出结论，未见异常，该患者心理态势平稳，不具有任何潜在性质的情绪化波动。

他又检索了本市医疗系统的相关状况，可谓是百日安宁，风平浪静的。各医院院长也都是好好的，一个也没有发生意外。至此，已是没有什么悬念了，许白黑唯有等待，等着李乘风回来。他是必然会回来的，没有谁能留住他的，因为他是李乘风。

三

许白黑的哥哥许青蓝，比许白黑年长了十三岁，嫂子王花花，比许青蓝大了两岁。王花花的十九岁，不仅嫁人了，还当妈了，嫁给了许青蓝，带大了许白黑。四岁的许白黑。在王花花和许青蓝眼里，许白黑仿佛从来就没有长大，从来就没有离开，他都没变过，始终都是那个最懂事的孩子，从不多说话，从不提要求，从不闹人，甚至从不撒娇，只是特别地能吃，做多少吃多少，给什么吃什么，总也吃不饱似的。

许青蓝和王花花，住的是复式楼，楼上楼下，各有领地。许白黑每次回家，吃饱喝足了，都要聊上好半天的，有问必答的聊天方式。他们总在问他，大事小事，公事私事，没有不问的。许白黑归纳总结，笑着回话，都好，我和亨德斯没有矛盾；没有所谓的医疗纠纷；和芝芝很好，不是相敬如宾，是零距离的；孩子？哦，谷雨功课轻松，不，没有作业，从来就没有。她还那样，不肯学中文，不肯吃中餐，呵呵。

许青蓝摇头，孩子大了，都不听话了，中秋也这样，你嫂子让她相亲去，她就是不去。

王花花忽然说，白黑，你功成名就了，可不能有小三啊。

许青蓝嗔怪，花花，胡说什么呢，白黑是那种人吗。咱们家可出不了那种事。

许白黑说道，嫂子放心，我只有芝芝。

王花花抓了件外套，穿上了，送他俩上了车，许青蓝的老年代步车。许白黑伸头，怪叫，嫂子像只大花猫，怎么不穿芝芝挑的衣服呢。王花花拍拍他的头，笑道，太素了，打拳跳舞都要鲜亮，可不许再买了，乱花钱。

许白黑极为好奇，他没坐过这样的车。许青蓝得意，我圈子里，这辆车最新，最好，豪车啊。他们都说是你买的。许白黑笑说，不得了，都算我头上了，包括高档内裤和跑鞋。许青蓝意气横生，笑道，那是，白黑，你是哥哥的骄傲，从小就是。

许青蓝停车，停在了街角的点心店门前，挤眉弄眼地，白黑，去，老样子。许白黑下车，只两分钟，就捧回了几样小点心。就那么站着，他开吃了，每样都捏着吃的，吃罢，一双油手无处可蹭，再不是当年了。小时候，每逢双月，哥俩都要出来偷吃的，哥哥最爱看着他吃了，许青蓝说了，许家的孩子，能挨饿，能受冻，就是不能没零食。

次日，周六，中午，按照约定，许白黑和同学聚餐了。他约了九个人，到场的是七个人。另外两人情况特殊，一个正在手术台上进行手术，说是手术结束就赶过来；另一个则是身体原因，就在不久前查出了淋巴癌，生命已是倒计时了。大家见了面，难免唏嘘，唏嘘着那个患癌的同学，许白黑没有提出看望，这位同学已经丧失自主意识，这种时候，应该把每分钟都留给他的家人。他放下一只信封，说道，请代我表达心意。

李乘风缺席，大家都感到特别奇怪。许白黑从没有单独出现过，他每次回国，都会和大家聚聚的，都是李乘风招呼和安排的。如同梁祝，两只蝴蝶只剩了一只，许白黑只能先发制人了，主动解释那只蝴蝶的去向。他说，都是自己人，不说场面话了。大家都知道，惊蛰成绩不行，乘风把他们母子弄西藏去了，买房落户念书，这样高考容易出头。事发突然，红缨急性阑尾炎，乘风过几天就回来了。

没人询问病情，在座的都是医生，阑尾炎是用不着询问的。许白黑也没什么愧疚感，这要算是撒谎，那他只能算是个跟风者。关于红缨母子的去向，可不是他编出来的，原创是属于李乘风的。李乘风对每个人都是这么说的，说过了还要追加一句，保密啊，不是自己人，我都不敢告诉他。于是，他就拥有了很多的自己人，在卫生局，在同系统，在同学会。自己人总是要有些不同的，同学们才不会叫他李局长呢，却也不叫乘风了，他们管他叫班长，或者老班长。

喝罢接风酒，许白黑说，我这两天就走，这杯酒，也算送行吧。同学不依，非要让他多留几天，等着老班长回来，团圆团圆。有个号称脑外科风云第一刀的同学说道，白黑，我包你机票。拜托了，老同学，给我看看病吧。

众同学纷纷附和，情真意切，白黑，我们不瞒你，我们全有病。有几个已确诊抑郁症，还有好几个症状明显，都没法确诊的。怎么确诊？去精神病院做脑部扫描以及表格式问答？任他们望闻问切？任他们搞中西医结合？怎么结合？简单，常规西药加中药汤。那里的医生吧，他们的来历有三种，中医院校毕业的，医专出身的，以及自学成才的。也有名医，大名医哇，人家目前的研究课题是，道家阴阳辩证思维在医学中的临床应用，哈哈哈哈哈。

许白黑怎么也忍不住了，他喷水了，笑喷水了。有个女同学悠悠补充，还有心理咨询师，这么说吧，我有两个患者，女性，一个离婚两次，一个失恋多次，都是挺有名的心理咨询师，擅长婚恋问题指导，都有专著，相当畅销。心灵鸡汤和励志鸡汤都过时了，现在流行学术大补汤。

同学们陈述症状，措辞都是极为专业的，虽然各有不同，但他们的表现症状，是具有共性的。共性有三条，失眠，长期失眠，每晚都吃安定片；自我压抑，长期的焦虑感和压抑感；身体症状反应，比如高血压，比如性功能障碍，比如频发性皮肤病，等等。

许白黑郑重了，他说，据所述，确实需要治疗，同期心理干预，必须性质的。同学问道，我们都记着呢，老班长说过好几次了，你要回来办医院，什么时候才能开业接诊？许白黑回答，正在落实中。我会牢记，我的首批患者是医生，是我的同窗。心理治疗，从来就不是短期行为，请等我回来吧。

众同学举杯，他们说，在这里行医，是我们的幸运。因为有他，因为有你。干了这杯酒，为你的心理医院，为我们的心理医院。

周日，许白黑没出酒店，整天都在房间，晚饭是到餐厅吃的，味同嚼蜡，不吃又不行，早餐和午餐他都没有吃，也不觉得饿。饭后回房，打开电视，点播了两部电影，看完了洗澡上床，倒下就睡了，好梦连连。

周一，许白黑清早就出门了，步行，走到了烂柯路。这条路还是那个样子，沿路而上，就是山了。他上山了，这条路就在山下，路的尽头就是山。山路蜿蜒，也是原来的模样，他上到了半腰，这里是个水库，就叫作半腰水库，水上有船，打捞藻类生物的船。船工很乐意接待他，他就上了船，干了半天活，特别卖力，累到极致，也没回酒店，上到山顶吃了农家乐，打车回去的。

周二，按照深夜的构思，许白黑购物去了，给亨德斯和芝芝都买了礼物，给李乘风也买了，是全套的衣服鞋袜。他很仔细，购物过程极为缓慢，挑挑拣拣的。他从没这样过，这样慢过，也不知是享受，还是消磨。电话响了，就在手心里响了。这几天，他的电话都没离过手，干什么都要握着的。是李乘风的电话，只能是李乘风的电话，别人的电话，都已被调为静音了。

李乘风开口了，问的是，你在哪里？

许白黑回答，蓝市，希尔顿酒店，第五天。

他住的是套间，卧室不算太大，会客间极为宽敞，百多平方米，带露台，水色露台，说白了就是个小泳池。泳池浪花琳琅，是李乘风在洗澡呢。许白黑跟餐厅订餐，要了两只鸳鸯小火锅，以及七荤八素的许多涮菜，就摆在了露台上。夕阳归山，灯火如潮，潮起潮落的，都在眼下了。

许白黑观潮，观了好久，李乘风上岸了。李乘风问道，白黑，你什么时候走？许白黑说，明天。乘风，今天是你的第七天了。心理学上有个实验，关于心理对抗，极限就是七天，从没有任何人打破过这个纪录。李乘风嗯嗯，白黑，是这样子。七，是个死数。

李乘风知道这个实验，他读过很多心理学书籍，不只是心理医学，更多的是涉及侦缉领域的。他给自己设定的期限，正是七天。上周一，接到通知时，李乘风毫不迟疑，即刻启动了那条渠道，给许白黑汇出了那笔钱。那条渠道如同阴河，隐匿于李乘风的职业生涯中，暗滔滚滚，从未暴露。那是一家并不起眼的商贸公司，位于本市东部某栋寻常的商务办公楼上，该公司从事正常的商业活动，当然，那只是保护色，它的支柱业务，是地下的金融业务。

该公司老板姓麦，麦老板是华裔，英国人。他的祖上是清朝末期的童生，是清政府公派出国留洋的，为期两年，去学习造船造炮的先进科技。如果他回来了，那么他是北洋水师的将领。可是他没回来，他留下了，留在了德国，后来又去了大不列颠。此后开枝散叶，子孙都成了英国土著了。到了麦老板，已是第六代了。麦老板毕业于东南亚某国，某所著名学府，拥有双学位，金融学以及法学。麦老板精通外语，所谓外语，正是中文。

李乘风与麦老板有特别约定，两人从不通电话。每天两回，麦老板或者他的公司职员，会开车途经李乘风的小区。抬眼一瞥，可见李乘风的阳台，阳台是密封的，有晾衣竿，用来晾晒衣服什么的。晾什么不重要，要看高度，晾衣竿升降的高度。晾衣竿忘记升上去了，那就要去健身了。

健身房属于公众场所，运动过后都要洗澡更衣，更衣间是个好地方，赤条条来去无牵挂。周一，黄昏，李乘风下班回家后，特地拖了地，就把拖把给挂到晾衣竿上了，也忘了关灯了。只此一回，属于极端特别程序。麦老板应急启动，做完了该做的，就回英国去了。

李乘风是用不着知会许白黑的。数年前去美国考察，他抄下了许白黑的银行账号，他说过，白黑，如有大额款项，是我。你掌管，你要管好惊蛰。许白黑盯着李乘风，无语。李乘风又说，我只有你。

周一全天，李乘风照常工作，打了几个电话，也接了几个电话，都是公务性质的，没有闲话。他都没离过办公桌，水都没喝，也就用不着去洗手间了。他等到了老领导的电话，是在下午，就快下班的时候。老领导是说那个会议的，该会议规格极为高端，是由卫生局牵头主办的国际性学术交流会议，高端就高在了嘉宾身上，都是海内外的医界名流。

会议定于下周四开幕，为期三天。老领导是要出席的，是要讲话的，讲话稿早就拟好了，是领导秘书起草的，与李乘风没什么相干的。可是老领导提出要求了，他说，乘风，这稿子没有学术特色，不行，让嘉宾看笑话嘛，当咱们是外行。这样，我的李博士，就交给你写吧。李乘风说道，谢谢老领导信任，明天有趟公务，回来我就伏案。一定写好，放心吧。老领导呵呵，那好，我们会上见吧。

周二，清晨，7 点 10 分，李乘风吞下了那粒胶囊。这粒胶囊，超大超厚，是特制的。胶囊表皮的用量，相当于正常胶囊的十多倍。也就是说，这粒胶囊特别耐腐蚀，很能耗时。胶囊里头的药品，属于一级管制类药品，这类药品的功能，简直相当于子弹，能让人顷刻倒地，昏迷不醒。

7 点 15 分，李乘风驾车离开小区，到了卫生局，黄副局长上了车。没办法，这类事物，是有着严格规定的，必须指定专人陪同。途中，李乘风停车两次，先是买了两只包子，填肚里了；又喝了咖啡，罐装的雀巢咖啡，和黄副局长对饮，都喝光了。

最终停车，是在那栋大楼下头的停车场。李乘风和黄副局长下车，一同上楼，进入了指定的地点。

接下来的一切，都在预计之中。两个小时不到，当问话开始走向深入，以及尖锐，李乘风倒下了，咣当就倒下了，连个过渡都没有。他被送进省直某单位职工医院，这里没有他的任何故交。理所当然的，他被运用了一切必须的救治手段，以及检查方式，当然也包括催醒剂。这种药品十分了得，一针下去，手术全麻状态中的患者也会被催醒的。

李乘风只能醒了，但是后遗症极为明显，主要反应是心动过速，血压飙升，头晕头痛，伴有心律不齐，自主意识障碍，思维紊乱，等等，最重要的是语言功能障碍，他已经说不出囫囵话了，就只会哦哦喔喔的，间中还夹杂着手势。

医院为此紧急成立了医疗小组，好几个重要科室的医生多次会诊，却是不得要领。该小组所有成员被告知，所有治疗情况须严格保密，不得外泄。至于李乘风是否可以离开医院，继续接受相关问话，几个医生的意见并不一致，如此，又留院治疗以及观察了两天。

挨到了第四天，李乘风不得不出院了。就在问话开始不久，他又倒下了，这次是抱着肚子倒下的，送入医院后被确诊为肠痉挛。至于病因，医生的结论是，这几日的药物刺激，以及高度的精神紧张所致。李乘风又住了两天医院，出院时，已是第六天早晨了。

第六天，全天都是问答模式。就在模式启动不久，犹如春风袭面，花开无声，他忽然感觉到了异样。万般因果，妙不可言，他不再受到致命追击了，在答复了几个相关问题后，他被告知，可以回去了。

出了那栋楼，李乘风头也没回，走得飞快，都有些踉跄了。到了停车场，一头拱进车里，犹如回归了母体，他忽然就虚脱了，动不了了。两部手机都没电了，充上电，他看到了许多的未接电话，都是无关紧要的。只有一个号码，后面的括号里，是阿拉伯数字7。是他的电话，许白黑的电话。李乘风稳了，瞬间就稳了，手不抖了，他回了电话。是的，他来了，他在这里。一脚油门，李乘风出了这个院子，直奔许白黑而来。

举杯相望，两人都瘦了不少。李乘风讲述了整个过程，许白黑没有插话，只是聆听。李乘风讲完了，许白黑才说，乘风，我认为你会回来。我对了。

李乘风苦笑，反问，是吗，白黑，那你的眼珠怎么像兔子眼。还有，床头柜上的安定，我数了，就这几天，你每晚三片，超剂量用药，怎么回事呢?

许白黑起身，从卧室的行李箱里，取出几页纸来，递给了李乘风。这是一份账单，是许白黑这几天做出来的账单，是李乘风的财富账单。账单首页是李乘风的固定资产，美国的三处房产和国内的几套房产，以及李乘风妻儿在美国每年的生活费用，还有学费支出，等等；第二页是李乘风的履历表，自博士毕业后的每次升职，都写得简明清晰；从第三页到第六页，是李乘风就任卫生局局长期间，主抓和主持的所有重大项目，这是许白黑逐条查询，所得到的全部信息。

许白黑语气温和，乘风，头一页是你的纯支出，第二页是收支相杂，有进有出，后几页涉及收入来源，当然还有其他来源，比如人事调整人事提拔，以及利益置换和资源置换，等等。乘风，到目前为止，我有能力，也有办法，把你这张账单给做平了。

李乘风不说话，只是撕纸，横着撕，竖着撕，撕成了纸条，撕成了纸末。李乘风把这些纸末全都冲进了马桶，他说，白黑，这事过了吧，咱不提了。说正事吧，关于联合创办心理医院的事情，你和亨德斯怎么考虑?

许白黑回答，乘风，我们不接受联合创办的方式。只有引进，只能是美国心理医院的分支机构。全外资投入，全外籍医生，全进口药品，以及所有设备。若非如此，那就无法合作了。

李乘风被噎住了，良久，问道，为什么?

许白黑点头，乘风，为了医学，为了平安。

李乘风冷笑，白黑，你当我是什么，你当你是什么，救世主?

许白黑心平气和地，晚安，乘风。

次日，一早，李乘风要去单位上班，许白黑要去机场，两人就在酒店大堂分别了。李乘风嘿嘿，白黑，想了整晚，好吧。我接受你们的条件。今天上会，就会通过。许白黑呵呵，乘风，秉承合作精神，还有什么条件，直说吧，我要跟亨德斯商议。李乘风低声地，白黑，那笔钱，就算我入股吧。

许白黑伸手，缓缓取出了那张碟，连同那根马鬃，按在了李乘风掌中。他的声调不高不低的，乘风，好吧，我们以此为证。

四

李乘风干工作，历来都是雷厉风行的，先是召开了全局中层干部会议，旨在亮相。对于这几天的情况，没有人询问，连个好奇的眼神都没有，他也没提。黄副局长的椅子，是紧挨着李乘风的，他是副职里的第一，全局排名第二。黄副局长只对李乘风说了一句话，很小声，就像情侣那样，哼哼，好几条鱼儿都跳了，扑通扑通的。李乘风耳语，黄二，晚上聚聚。

会后，李乘风回了办公室，唐希早就候着了。唐希百感交集，局长，有人说你回不来了，还有个别人特别高兴，专门去喝酒庆祝了。李乘风笑了，接着说。唐希立马报出了名单，以及聚餐的饭店。李乘风淡淡地，哦，谁请的客？唐希悲愤了，局长，是赵处长召集的。他带的酒，剑南春，七个人，喝掉两瓶半。胡副局长迟到半小时，坐主位，据说她兴奋极了，都失态了。李乘风追问，怎么失态呀？唐希回答，那个，要分桌上和桌下了，桌上大谈因果报应；桌下呢，哼，她把小肖给带走了，进酒店了。李乘风笑出声来，怪不得闹着换司机，新口味。唉，难为小肖了。

唐希呈上饭店的小票，他说，局长，方圆十里，像样点的饭店老板，都是这样对我的。李乘风扫了眼小票，说道，三千多块，咱们老赵挺肥的嘛。唐希肃立片刻，就像往常那样，看李乘风没有问题了，就出去了，到了门外，轻轻回身，带上了门。

李乘风的记性历来都很不错，那七个人，都被他记住了。下午的领导班子会议，先是通过了心理医院的议题。又说了几件事，事情都不大，可是上了这张桌子，那就不是小事了。

先是关于 120 急救中心的患者投诉问题，为了更好地加强管理，杜绝类似事件，会议通过了李乘风的提议，给赵处长调整了岗位。赵处长还是赵处长，只不过他跟急救中心脱线了，再也管不着急救中心了。接着，说到了血站的管理问题，长期以来，卫生局分管血站的领导是胡副局长，鉴于多种原因，胡副局长对于血站的管理不太到位，说白了就是插不上手，血站站长特别习惯于直接向李乘风请示汇报，胡副局长实在是难有什么大作为的。

但是，有名无实也是实，胡副局长也不是个摆设，大事管不了，小事她可没少管，血站的几辆无偿献血采集车辆，都是胡副局长给介绍引进的。李乘风说话了，鉴于血站工作的特殊性质，以及重要性质，我提议由黄副局长分管血站，请大家表个态吧。黄副局长是最先表态的，他说，我的工作怎么样，那是有目共睹的。一定干好，不负信任。胡副局长立刻质问，我就想知道，我犯了什么错误。李乘风说道，胡副局长，你是无功也无错啊。好了，请大家接着表态吧。

谁都明白，表态是要按次序的，所谓次序，就是每个人的职务排序。虽然都是副职，副和副也是不同的。比如黄副局长，那是排名第二的，而胡副局长，她的排名是第九。从第九到第二，这当中还隔着好几位呢。于是大家都表态了，按次序表的态。表态结果是全票通过，由黄副局长接管血站。胡副局长拂袖而去了，李乘风呵呵，会还没开完，这是干什么？唐主任，去请她回来。

唐希去了，大家就喝茶。都是透明的保温杯，款式各异，杯里的内容也是各有情趣，副职们喝的都是保健饮品，枸杞菊花牛蒡茶，以及决明子何首乌什么的，唯有李乘风不同，他只喝绿茶或咖啡，唐希也有自己的特色，他用小玻璃杯，敞口的，没盖子，杯里是永恒的白开水。

唐希能够坐在这里，只是负责会议记录的，没有发言权的。唐希很快回来了，说道，各位领导，我无能，怎么也请不动她。黄副局长明知故问，小唐，怎么回事呀？唐希无辜地，我也搞不懂，正在办公室落泪呢，也不是哭，抽泣吧。李乘风哎呀，这是干什么呢，正常的工作调整嘛，至于吗？

会议继续，正好就开到了六点钟结束，不多一分钟，也不少一分钟。卫生局的会议，大多如此，李乘风的时间观念很强，无事不开会，开会不拖时，不像某些兄弟单位，差不多每天都在开会，差不多每个会议都要超时，动辄就是夜色阑珊的。

会后，李乘风赴约了，带着唐希，以及血站的站长和副站长，第一副站长。黄副局长安排的地方，场所挺清雅的，相对私密。菜式缤纷，司空见惯，奇异的是酒，来自草原的马奶子酒。黄副局长说了，这是上周二预定的，航空来的，正宗，新鲜。喝得都挺尽兴的，李乘风拍胸口，黄二，有心了，这是接风酒？黄副局长拍案而起，老大，接什么风，我不会看风，我只认得乘风。

回家已是半夜了，李乘风清醒得很，也气得够呛。先把要务给办了，也就一下子，把晾衣竿上的拖把给收了。如此，他会很快就能见到麦老板的。然后就是生气了，一肚子闷气，还没出完呢。他气的是许白黑，气的是那张账单，就在撕纸的过程中，他都看清楚了。真是见鬼了，那些数字，距离真相，竟然会是那么近，那么准，也就差了一辆车的价钱，还不是豪车，顶多是辆中档车吧。

许白黑落地了，出了机场，芝芝迎上前去，两人并没有拥抱，也没有贴面，他们只是相互拽了拽，他拽她的发梢，她拽了他的衣领，都挺用力的。她从不肯在车里等他，尽管他每次都说，家里统共三辆车，别担心我不认得。芝芝总作怪相，那可不一定，我那辆要换个颜色了。许白黑领悟力极高，芝芝的换色，通常就是要换车了。她换过多少种颜色呢，他已记不清了，只记得最杰出的那个颜色，叫作幻彩蜥蜴，通体都会变色，随着光线变色。要多美就有多美，要多丑就有多丑。

每次出门，接他送他的都是她。结婚多年了，两人固执地保持着恋爱期的习惯，同桌吃饭，同床睡觉，有事了共同商议，没事了也要嘀嘀咕咕说些闲话，家里是从不冷场的；走路时，她最爱把手插进他的外套口袋里，他会在兜里握住她的手，出汗了也不松开；偶有争执，他总是抢着认错，若是认错无效，那就全听她的。

芝芝凝神，看他的脸，说道，清减多了，他折磨你了。许白黑问道，芝芝，国际名医和卫生局局长，谁赚钱更多？芝芝乐不可支，当然是你，你的收入胜过两百个他。许白黑摇头，芝芝，我替他算账，受到惊吓，那个数字相当庞大。芝芝咋舌，能有多大，我就不信他比你大。你什么时候成名的，他什么时候当官的，那都没有可比性。许白黑说，计算方式不同，我值多少，就是多少；他想多少，就是多少。芝芝捂住胸口，我的 Spirit，那可怎么办？

Spirit，对于芝芝来说，那不是一颗星，由她发现和命名的星。那是神，她口中的神，当她呼唤它，那是她在呼救，向神呼救。相当于中国人呼唤苍天，美国人呼唤上帝。当她如此，它是必须现身的，神灵是必须表态的。事实上，他就是它，是她的 Spirit，他说，好吧，芝芝，我能处理。不影响你喜爱任何颜色。芝芝说，不，不分你我。

芝芝并非许白黑的初恋，但她是他的心上人，从看见她那刻起。

芝芝令他惊艳，他无法抗拒她的眼神，他从没见过这么摄魂的眼睛，犹如黑钻，最纯粹的黑钻，没有任何的杂质。如同相应的配置，她拥有高挑的身段，粉白的面孔，以及在他听来，最为曼妙的嗓音。

他们是在某个小餐馆相识的，两拨人，都是华裔，分别是医学生和天文系的学生。他们并不认识，相互打了个招呼，也就算是认识了。

后来就合成一张桌子了，又加了菜，大家都很开心，分享专业心得，以及各类见闻，不亦乐乎。

许白黑找个借口，与同学换了位置，挨着芝芝了。他鼓足了勇气，提出约会，他忽然流汗了，衬衣都贴在了背上。他自报家门，许白黑，心理医学生。芝芝微笑，我是芝芝，台湾人，天文系学生。许白黑说道，我想说，离开这里吧。芝芝直视他，片刻，她说，我也这样想。

那晚，她带他回学校，去看星河，用最专业的天文望远镜。他看天，她看他，他挺高的，比她高出十公分不止。她站在他的侧面，他的脸部线条明朗，鼻梁的弧线堪称完美，相较于西方人，东方男人再好看，大多也会输在侧着看，但他是不同的，就连味道都是不同的，她已经嗅出，他用的香皂是那种牛乳味的，与她同款。她在等他，等着他开口，他极为沉迷，看了好半天，回过头来，他说，最亮的那颗星，不在天际，是你。芝芝惊奇，医科生的口才，不应该这么好。

许白黑语气虔诚，如同许愿，芝芝，我想说，让我们开始吧。芝芝说，我的父母相爱时，打了一对金坠子，刻着彼此的名字，都挂在脖子上。后来，就没有后来了。许白黑神往，至少拥有过，芝芝，我没有父母，只有哥嫂。我的理想是，最好的医生，和爱人。芝芝说，我也有理想，我的名字要刻在抹不掉的地方。许白黑微笑，正是我的专业，寸心之上，你的名字。

相识半个月，两人同居了。就在他的公寓，离学校不远，大约三十几平方米的样子。他有奖学金，是可以租屋，但那是远远不够的，两人都需要打工。没有不同，几乎所有的留学生都是如此的，苦是真苦，穷是真穷，乐是真乐，乐在当中，乐此不疲。他每月都要汇款，汇往国内，汇往蓝市；她每月都会收到汇款，来自台湾，她的父亲。

芝芝的父母，在她初二时，就彼此融化了，把对方的名字给融化掉了。两人都有足够的证据，是对方先有的外遇。后来母亲再嫁，嫁给了父亲的好友；父亲不甘人后，另娶新妻，比他小了十多岁。从那时起，芝芝就开始住校了，节假日无处可去，父母家里都添丁进口了。父母的离婚协议写得清楚，芝芝由父亲赡养，直至成年。

到美国念大学，是芝芝提出的，父亲允诺，可以，我来承担，直至你毕业。父亲很守约，每月所付，恰好够她生活。芝芝不知道父亲的婚姻是否合意，她只知道，母亲又离婚了，独居。她从不是个悲情的女人，两次婚姻，三个孩子，她都留给了男人。如果再加上父亲的一双儿女，那么，芝芝拥有四个弟妹，只不过她从没有见过他们，连照片都没见过。

许白黑和芝芝同居了三年，每天都在一起，从没分开过。每年，每月，每周，许白黑都会求婚。每次，芝芝都答应了，他说，今天就注册吧。她说，好的。然后，就要出门了，她会说，明天，好不好？他重重点头，好的，芝芝。

毕业后，她进入某天文研究所工作，他还在读博士。正是所谓的优胜劣汰，要论花钱，芝芝是把好手，她比他会花，不是能挣会花的花，而是省着花的花，能省，就是王道。两人是分开挣钱的，他只会交钱，都交给她，她负责统筹安排，汇款没耽误过，生活没耽误过，甚至就连享乐，也没耽误过。

两人结婚时，她已经工作两年了。与所有的同行不同，她的工作兴趣不是研究，也不是学术，而是发现。差不多每个夜晚，她都在加班，迟迟不肯归家，就在那台望远镜前。当她发现了那颗星星，她拥有命名权，当然，这项权利是可以出售的，也可以转让。她给了他，Spirit，这颗星是他命名的，无偿命名的。她说，给你一颗星，永不陨落。

他们的婚礼，来了两拨人，十几个人，是许白黑的同学，以及芝芝的前同事。芝芝辞职了，在这个领域，她已经功德圆满了，很多同行孜孜毕生，都没有这么好的运气。婚礼是在新房举办的，两室一厅，九十多平方米，位于主城区，是贷款买的。

好奇怪，大家都送了礼品，唯独亨德斯和保罗没有随礼，他们居然送了钱，也没整个红包，直接就是裸送的。数字并不大，亨德斯是五千美元，保罗两千。亨德斯对芝芝说，感激你的慷慨。保罗也说，美人，我们都爱那颗星。芝芝回应保罗，照镜子去吧，看看谁是美人。于是哄堂大笑，许白黑叫道，各位请看我，不要看保罗，我才是新郎。

是年，许白黑考取了医师资格证，成为心理医生。随行就市，水涨船高，芝芝更会花钱了。不再是省着花的花了，而是可着花的花了。她认为，对于金钱的最高敬意，当然不是留着它，而是花掉它。从医两年，只是两年，他们搬家了，搬进小楼，独成一统了。

芝芝仍然是总管，总管财务，以及家务。许白黑只有一样事物，医学，除此之外，他是什么也不管的。每天穿什么吃什么，都是她给他备好的，他问过她，芝芝，为什么行业聚会，他们总是赞美我的穿戴。芝芝回答，因为他们只买贵的，不懂艺术，你可知道，你的西服和鞋子，都是手工制品；你的手表是运动版的，领带是百分百绸质的，当然不一样，光是熨烫就得半小时。

许白黑惊叹，每天如此，多么麻烦。芝芝说道，才不会，这也叫术业专攻，贵在专注。许白黑建议，养只狗吧，或者是猫。芝芝不接受，白黑，我照顾不来。芝芝怀孕了，许白黑致电哥嫂，报喜。芝芝拿起电话，想了想，又放下了，他鼓励她，告诉父亲，还有母亲。芝芝懒洋洋地，父亲中秋通话，母亲是春节，年年如此，何必破例呢。许白黑道歉，对不起，我都没跟你回去过。芝芝说，没关系的，你太忙了。

谷雨出生时，芝芝是自己开车去的医院。许白黑回来，已是三天后了，他在巴黎参加会议，全球性质的心理医学照会，会上有他的专题讲话，为时十五分钟。芝芝对他说，白黑，我想叫她青青，青青子衿，悠悠我心，但为君故，沉吟至今，好不好？许白黑亲吻芝芝，芝芝，就叫谷雨吧，她的姐姐是中秋。

亨德斯和许白黑合伙了，心理医院成立了，许白黑更忙了。每天回家，都是例行的程序，对话是少不了的，都是闲话，她问他答，或者是她说他听。她不在意他说了什么，她只在意他说了没有，只要他开口，不管说什么，她都满足了。他有他的难题，能把人活活憋死的难题。关于他的职业，以及他的患者，不管说出来会有多么动听，他不能说，什么也不能说。芝芝很体谅他，从不提及相关话题，有时，他会因为某个病案，彻夜难眠。她也能忍住不问，憋话，成了他们共同的职业修养。

憋得久了，是要有出口的，芝芝找到了出口，是他的书，心理医学的教科书。通读之后，芝芝寻到了秘境，如同一扇门，打开来，那是别有洞天的。书上的病案没有穷尽，他们经常探讨，简直妙趣横生，许白黑说，芝芝，灵魂伴侣，你是极品。

某日，许白黑接到芝芝的电话，是在快要下班的时候，事实上，他几乎从没有在工作时间段，接到过她的电话。芝芝报出一个地址，她说，白黑，请回这里来。许白黑问道，这是哪里？芝芝淡定回答，家，我们的新家。许白黑惊呼，我怎么不知道？芝芝笑道，三个月之前，我跟你说过的，是你忘了。白黑，你只记得住患者。许白黑放下电话就回家了，这是他的第一次，第一次提前下班。

站在行业顶峰的人，都是相似的，亨德斯是这样，保罗也是这样。不同的是，保罗的身后没有女人，他还没有恋爱。而亨德斯，他的女人不叫妻子，叫作女朋友，他们还没有结婚，始终同居，已经同居了好多个年头了。相较于婚姻，同居是更为单纯的选择。从他们身上，许白黑是没有什么经验可以模拟和借鉴的。

就在方向盘上，许白黑贴了张小纸条，是新家的地址。不如此，他常常回不了家，出于惯性，有好几次，他都走错路了，回的是郊外的老家，而不是位于市区的新家。

他的账户是在汤姆的银行，芝芝的账户也是同样。对于账户，许白黑和汤姆有协议，和芝芝有约定。如同铁三角，多年来，他们分工明确，各司其职。许白黑只会挣钱，越挣越多；芝芝负责花钱，家里家外的所有开销，都归她管；汤姆的职责是报账以及转账，向许白黑报账，向芝芝转账。转账的日期是固定的，每月两次，月初和月中。关于转账的数字，汤姆每次都是这么问的，许，你确定只留这个数？哦，我真不懂，你这台印钞机，为什么不会挥金如土，就像芝芝那样。许白黑委屈极了，汤姆，你不会相信的，我没机会花钱的。

五

汤姆痊愈后，就像是无以为报，对许白黑是更为关注了。原本也是关注的，但那是银行家对 VIP 客户的关注方式，这下子可变了，变成了高度关注了，都有些变质了。不光许白黑的账户，就连芝芝的账户，汤姆有时也会报账，刻意的。许白黑每次都笑，只听不问。他没法不笑，因为汤姆都是二刷的。在汤姆之前，每有重大开销，芝芝都会先跟他说。不管她怎么花，他的态度都是赞许的，他最爱说的是，买吧，换吧，升级吧，只要你喜欢。

汤姆又报账了，神秘兮兮的，报出了一串数字。许白黑笑问，这回是什么，让我猜猜，哎呀，我可能又要搬家了。汤姆说，许，我视你如上帝。你们是夫妻，我这么做，并非违背守则，对吗？许白黑笑不出来了，他说道，汤姆，我不会猜错，这笔数字，是转往台湾了吧。汤姆笑了，许，是我枉做小人了。

许白黑没有耽搁，回家就提出了邀约，芝芝，准备行装吧。周末我们和谷雨回台湾，探亲去。芝芝没法反驳，由于两人正在大浴缸里共浴，氛围旖旎，活色生香。她唔唔着，狗汤姆，又是他。白黑你猜，他要是知道汇丰银行的户头，他会不会气晕。许白黑嗯嗯着，白痴都懂，蛋多了，岂能全放一个筐里呢。

共浴，是多年的保留节目了。许白黑熟谙技巧，无论多大的难题，只要是在浴缸里提出，芝芝都会接纳的。果然，芝芝说出来了，白黑，那是打给养老院的，条件很好，母亲会在那里终老。许白黑等着下文，芝芝没让他失望，她哼哼，活该，都没人管她了，就跟我开口了，肉麻极了，张口就叫我孩子。还说想你了，想谷雨了，呵呵，让她想去吧。

许白黑感恩岳母，感恩她开口要钱，这才促成了台湾之行，成全了他多年的夙愿。行程两天，他们应对了两个派系，父系氏族以及母系氏族。四个弟弟妹妹也都见了，都是寻常人生，都没出什么精英人物。他们都显得较为拘谨，怎么也放不开，许白黑反客为主，多方招呼，也算是宾主尽欢了。整个过程，芝芝都很少说话，显得挺矜持的。回来后，就不得了了，整天呱呱呱，异常兴奋，足足回味了两个多月。

亨德斯向许白黑道贺，许，大功告成，注意愈后。许白黑笑说，没办法，亲情缺失多年，该患者仍具有应激反应，昨晚梦中狂笑，哈哈哈，他们加起来，还没我郎君零头多。保罗也来了，带了瓶香槟，问道，许，芝芝是否知道，该时期她的心理状态，是被称为后续性哺乳期的。许白黑反问，保罗，你当医学是艺术呀，可以自学成才的。保罗开酒，三人均分了，全给喝干了，就在许白黑的休息室。这是他们的第一次，在医院环境里喝酒。

医学之外，这三人都是另有其他收入的，属于外快性质的。外快分为两个板块，大板块和小板块。大板块只能挣小钱，小板块却能挣大钱。小钱都是来自司法领域的，有时他们会被某些神秘机构请走，针对某些特殊人物，参与某些方案的制定以及实施，比如海湾战争后，亨德斯以心理医学专家身份，参与对某国际战犯的审讯工作，许白黑和保罗也都有类似的经历。事后，当然有酬劳，这类酬劳，被他们三人戏称为小钱。

大钱就不同了，大钱都是来自企业的，国际巨头性质的企业。世人只知，大企业的麾下，都拥有各类专业团队，比如律师团队推广团队以及运营团队，等等，殊不知，巨头之所以成为巨头，无不有着必然的因由，那就是对于市场心理学的掌控和运用。起初，巨头们最为热衷的，是邀请心理学家担任指导，比如大学里的心理学教授，研究所里的心理学家，等等。但是很遗憾，这些专家的创意，让巨头们屡屡失望，甚至失败。巨头们开悟了，就此开启了与心理医生的合作模式。

事实证明，都是双赢，没有例外，双方都能够财源滚滚的，巨头们的财源是市场，医生的财源是巨头。每年，总要有那么几次，许白黑都会跟巨头们会晤会晤的，比如西部某烟草巨头，要推出新系列香烟了，他提出要求，我要异军突起，击败那几个对头。当烟民走进便利店，拿起他们的产品，我要他放下它，买我的。

次日，许白黑回复该巨头，我的建议，有两项。依据规则，烟盒图片必须呈现烂肺，纵观其他产品，都在力求淡化。不，应当强化它，加强图片色彩，极力突出腐坏的内脏，就要那种感觉。以此获取烟民潜意识的认同感，他会想，多么真实，多么恐惧。如此，第一眼，生产商与烟民消除对立感了，已是一体了。其次，新产品的名称，应该叫作再见。再见的心理指向，分别是再也不见，以及再次见到。无论烟民怎么理解，都是亲切的。因为没有商家敢对消费群体说再见，但是烟草可以，你可以。

就这几句话，回报是惊人的，这就是大钱了。这样的大钱，许白黑也不是回回都乐意接招的。因为没有任何事物，可以影响到他的主业，他的患者。精力有限，思考力也是同样，他不能总是任之分流的。芝芝提出强烈抗议，白黑，有钱不挣那是病啊，求你了，让我来吧。许白黑说，有家香水商，她要新款凸显双重诱惑，男女通杀，你试试？芝芝嬉笑，所有香水都要这个概念，她不是行家。许白黑做仰视状，正确，某时装巨头的红颜知己，男人身后的女人，刚出道，急于求成。

芝芝出手不凡，根据男性生殖系统的整体造型，设计了香水瓶子。当然是艺术化的，艺术到了什么程度呢，她让每个看见瓶子的人，都能够瞬间感应，那种恰到好处的造型，那种独具质感的色泽，那种褶皱般的纹理，正如它的名字，鲸落。它是高端的，很昂贵，气味有些微微的腥气，不是海洋的腥，而是，怎么说呢，人们都说，那是荷尔蒙的气息。上市后，这款香水大获全胜，没人能挑出毛病来。

大钱来了，芝芝喜极而泣；大钱又来了，芝芝无动于衷了。都是大钱，总是大钱。她在他的身后，以他的名义从事创意，如同贴牌，巨头们都认那个牌，许白黑也就来者不拒了。于是乎，芝芝常常陷入创作状态，整日都站着构思，据说这样能够激活灵感，并且有益于保持身材。她的身材很好，腰身紧致，不逊当年，皮肤也是同样，水色荡漾，有什么办法呢，都爱共浴，而她，比他更爱。

许白黑接单的首位巨头，是英国的。为着纪念，芝芝选择了汇丰银行，作为储蓄户头。这个户头，才是家里最大的户头。芝芝不仅很会花钱，很会挣钱，她还很会守财。汤姆所能够看到的信息，那都是有限的，比如珠宝店，比如车行，比如台湾。除此之外，芝芝是惯于使用本票的，如同现金，花不完了，她才不会还给汤姆呢，她都放入汇丰银行了。

财务管理是门学问，很深奥的学问。银行家汤姆做学问，是越做越复杂的；芝芝正相反，所谓的大道至简，她把所有的学问都给精简了，简到极限，就只剩下数字了，汇丰银行的数字。这些个数字，各有专用，互为因果。就如同仲夏夜，就如同那颗星，在天外，也在眼前。只有他看到了，只有她看到了。

小半年，准确地说，是五个月不到，李乘风居然就把心理医院的所有事宜，给办了个七七八八了。按照常理，像这样的事情，即便派出专人去跑，去落实和推进，从规划到落地，不耗上个成年的光景，也是绝无可能的。但是到了李乘风的手上，就没有什么是不可能的了。

按照约定，许白黑与李乘风的约定，心理医院属于美国烂柯山心理医院的分支机构。按照惯例，医院的名称，是应该叫作美国烂柯山心理医院蓝市分院的。但是李乘风提出，这个叫法不够狠，直截了当才是最好的，就叫美国烂柯山心理医院。中西合璧，是潮流，是大势，也是必然。

烂柯山这个名字是有来历的，不光是神话故事那么简单，而是地域文化使然。烂柯山是路，不是山，路的尽头是山，路头就是山口了。山是龙王山，为什么不叫烂柯山呢，地方志从无记载，成了谜了。龙王山下烂柯路，烂柯路的名气，可比龙王山大得多了。以山闻名者，数不胜数，以路闻名者，放眼望去，除了烂柯路，还有谁呢。

烂柯路是条老路了，通山连海，据说是明末时期，就有了这条路的。是官道，有过驿站的，就叫烂柯驿。到了清朝，就不得了了，烂柯驿没了，烂柯路兴了，兴起了，中兴了。兴的是私宅，是洋宅，是别墅。别墅挺多的，都是老宅子了，清朝的老宅，清末的洋宅，民初时期的宅子，星罗棋布，各领风骚。再往后，老宅就没了，过气了，就都重建了，都建成了墅院了，西洋风格的墅院。正是所谓的时也势也，名人出名宅，这里的不少宅子，都是名宅，都是住过风云人物的。就在烂柯路上，3 号和 4 号，有两栋老宅，曾经叫作许宅，那是许白黑家里的老宅。

那两栋楼，都是四层结构的洋楼，建筑历史上百年了，建筑风格是全西式的。两栋楼是毗邻的，都有着很大的花园，占地面积加起来，有二十几亩地的样子。这是许白黑祖父的私有财产，他的祖父母和父母，曾经分别居住在这两栋楼里。

到了许白黑出生的时候，也就是上世纪六十年代的中后期，这两栋楼热闹了，空前地热闹了。一下子涌进了很多的人家，足有几十户那么多吧，他们都成了主人了，也带来了很多的孩子，许白黑却是从无玩伴的。他们都是住在楼上的，而他是住在地下的，他们一家人都住在地下室，再也没能上过楼了。

后来，像是很快的后来，是多久呢，是在过年吧，是个雪夜。看不见雪花的雪夜，看得见的只是积雪，院子里的积雪，树梢上的积雪，是那棵桂花树，是他的亲人们。他们都走了，都离开了，离开了他，离开了这里。是的，离开，就是他们的选择，相对体面的选择。他的祖父母，他的父母，都做出了选择，选择了离开，就此诀别，再不回头了。

许青蓝没有离开，他留下了，也是他的选择。在许家，任何的选择权利，都是属于自己的，从来就是，从没有变过。许青蓝选择留下来，就留在这里，看着，等着，等的不是结束，而是开始，无论怎样的开始。但是，他只能走了，他被驱逐了，因为他们的离开，是被命名为罪恶的。许青蓝是跟着王花花走的，他是抱着许白黑走的，走到了离这里很远的郊区，一个很小的村庄，那是王花花的家。他们住下来了，很久，很久。那一年，许白黑四岁，许青蓝十七岁，王花花十九岁。

往后，他们再也没有回过那两栋楼，连提都没有提过。半个世纪过去了，也从没有任何机构或者个人，就那两栋楼的归属问题，与他们产生过任何方式的联络。而许白黑呢，他是只会买房的，他不会要房，也无从开口。那两栋老宅，已经成了家里的忌口，他是从不敢提起的。他给许青蓝和王花花买了房，这里最好的复式房；他给中秋买了房，这里最贵的大平层。他是想过要房的，偶尔想起过，把两栋老宅给要回来，但也只是想想，想想而已，也就放下了。

美国心理医院创办时，亨德斯提出来了，许，我们就用你的出生地来命名吧，烂柯山心理医院，我很喜欢，你呢？许白黑说，亨德斯，你错了，是烂柯路，不是烂柯山，山是龙王山。亨德斯摇头，不，我认为，那个神话的起源，就是龙王山。只不过书写者为王者讳，曲中达意罢了，不然怎么会有烂柯路呢？

许白黑沉思，眸子里忽地腾起了火焰，两簇火焰，他说，烂柯，应用于心理医学层面，即为梦醒者。亨德斯，就让我们来还原真相吧，龙王山就是真正的烂柯山。亨德斯点头，许，你也曾是梦里人。许白黑一笑，亨德斯，我早已无梦了。

就用两栋老宅，开办心理医院，是李乘风的创意。当然很难，超难，但他有充足的理由和能量，把这件事情给圆满了。李乘风的考量是综合性的，并不只是冲着老宅的地段和价位，他最为看重的是收回。以心理医院的名义，收回许家老宅，把老宅还给许白黑。

李乘风全情投入，为了收回许家老宅的所有权，他拼了，逢山开路，遇水搭桥，但是到了最扯皮的节点，他也无能为力了，为此，他甚至搬出了老领导。老领导过问了，老领导表态了。李乘风闯关成功了，这两栋老宅到手了。办理产权登记时，李乘风知会许白黑，白黑，都过在你的名下了，两栋楼。啧啧，你可知道当前市值？上亿啊。许白黑沉吟，乘风，两栋楼，应当是两个人，哥哥和我。李乘风脱口而出，你当分赃呀，五五对开。告诉你吧，木已成舟了。

许白黑致电许青蓝，从头至尾说清了这件事。许青蓝静静聆听，末了，他说，白黑，要是没有乘风，也就没有这回事了。你们要办医院了，就应该落你的名下的。许白黑说，哥哥，父母亲那栋楼，是你的。办医院和署名权，不是一回事，我随时可以过户给你。许青蓝说，用不着了，白黑。

次日，王花花来了电话，提了房子的事，提了小黄做生意的事。小黄是中秋的新婚丈夫，商界人士，有自己的公司，主要做代理生意，业务辐射面甚为广泛，什么都做。王花花的指向很明确，小黄是要把生意做大的，大生意就要有大投入，许白黑听懂了，想装糊涂是不可能的，他只得直说了，嫂子，小黄很有理想，我也看好他。如果不是太大额投入的话，我仍然愿意像从前那样。王花花急了，白黑，不能回回都跟你要吧？许白黑问道，那么，我还能做些什么呢？

之后，是中秋的电话，小黄的电话，许青蓝的电话。许青蓝郑重交代，白黑，中秋最亲小黄，你嫂子最亲中秋，我是谁都亲，跟你最亲，你不用理会他们。许白黑问道，哥哥，你不敢办理过户，对吧？许青蓝嘿嘿，白黑，对了，我是不敢。许白黑也嘿嘿，哥哥，我不是背锅侠。许青蓝问道，你不是，谁是呢？

谁也没想到，中秋和小黄又去找了李乘风，恳求李叔叔落实那栋楼的最终归属权。李乘风像是万分惊奇，你叔叔急着要给你爸爸，可你爸爸要不成啊。市里的决定，要办好这所医院，好孩子，我帮不上什么忙啊。中秋和小黄面面相觑，分外傻眼，就是不走，李乘风哇哇，我说中秋，你的工作还好吧？我说小黄，给你引荐的大客户做成了吧？那就好，散了吧。

理顺了两栋楼的归属问题，李乘风立马派人着手装修，派谁他都不放心，于是就派了唐希前去督工。李乘风对装修的要求是克隆，完全按照美国烂柯山心理医院的风貌，进行全方位的克隆。从外观到局部，从整体到细微，从每间诊室到每处角落，都是只可以照搬，不可以创新的。还有，关于环保问题，是要执行欧标，欧洲标准的。

唐希从没让李乘风失望过，这次也是同样，李乘风对唐希的克隆能力满意极了，他说，真有你的，连洗手间水池上摆的皂盒都一样，Made in Japan，办得不错。唐希低声细语地，局长，除了楼体结构和房间户型，实在无法跟美国的心理医院相一致，其他所有细节，我都是严格依据许先生发来的照片，逐项进行复制的。我保证许先生在这里接诊，会产生穿越感的，分不清这是在美国，还是在蓝市。

李乘风大笑，那就不是穿越感了，那简直就是惊悚感。唐希也笑，局长高见，恐怕还真是会这样的。请示，我下一步的工作，是不是要把许先生的住所也给复制出来？李乘风拍拍唐希的肩膀，我的小唐，你想多了，我让你复制医院，可不是要给他找感觉。那是因为美国的烂柯山心理医院，在全球处于行业最尖端地位。咱们只有照搬一切，才能先声夺人。至于他的住所，都给我搞简装修，材料要用最好的，风格我要简约的。

唐希好为难的，关于许白黑的住所，李乘风就是不给他看照片，许白黑家居的照片，理由充足，个人隐私，岂可以示人呢。这可怎么复制呢，在唐希看来，这项工程可比复制医院难得多了。唐希去找灵感了，去希尔顿酒店的套房找的，卧室有了，客厅有了，洗手间也有了，可是书房呢，李乘风说了，什么书房，给他整间空屋子，就要一张沙发，可以半卧的那种，就好了。唐希凌乱了，局长，大名医怎么会没有书房呢。李乘风招手，小唐，悄悄话，不要乱传，他真没有。唐希眼睛亮了，局长，我去挑一张贵妃榻吧。李乘风爆笑，胡闹，就要欧式的，布艺的，带脚凳的那种。

唐希不放心，担心办砸了差事，专门致电许白黑，请示书房的风格问题，许白黑连道，辛苦了，唐主任。唐希说道，恳请许先生，也叫我小唐吧。许白黑呵呵，那好，就按乘风说的办吧。我的书房就是一间空屋子，很多同行都是这样的。唐希忍不住问了，许先生不用写论文吗，怎么连张书桌都不要呢？许白黑回答，我在家里，是从不动笔的。唐希震惊了，以至于无语了，许白黑又说，我也不是个没有嗜好的人，请勿见怪，我不要任何性质的装饰品。唐希惊呼，坏了，我已经付过了润笔了，请了名家的书画作品。许白黑笑道，好办，费用算我的，作品算你的，我送给你的。

唐希失眠了，好几天，他做出了决断，不，他认为这是一种惊喜。给许白黑的惊喜，也就等于是李乘风的惊喜。他把许白黑的住所给扩了，翻倍扩了。原本的四室两厅，是两梯两户的户型，许白黑是西户。唐希把东户也给拿下了，全打通了，超大户型，谁会不喜欢呢。

六

创办首家全外资心理医院，这个念头始于多年前了，可谓是李乘风的初心。当中也曾有过开端的，却总是因着这样那样的原因而导致搁浅。这是个熟透的项目，卫生局差不多人尽皆知，因为李乘风每年的年底，都要在全局职工大会上郑重宣布，明年要办好这件事。好多个明年了，都没人当回事了。可是这回不同了，所有人都知道，这不是明年的事情了，而是今年。

李乘风在整个业界颇有些名望，出名就出在双料上，所谓的双料，是指高学历以及实打实的从医资质。在卫生局的历史上，李乘风的专业水准，是可以横扫所有前任的。每次到各个医院搞调研，李乘风都是直奔一线，随口所问，随口所说，都是医学术语，总之是水平很高，人人服气。

李乘风很早就意识到，中国是抑郁症重灾区，也是其他各类心理疾病的高发区，据不完全统计，抑郁症患者早已突破九位数了，到底是几个亿呢，李乘风是大致知道的，只是不敢说出来。其他心理疾病的患病率也是同样，居高不下，而且逐年递增。坐在这个位置上，他是必须在这个领域有所作为，大有作为的。

有作为很容易，只需要从第十三人民医院，也就是原先的精神病专科医院入手，可以扩大，可以加强，也可以引进外资和技术，以联合办院的方式，在治疗心理疾病的领域进行升级改造，以及大幅度的专业拓展。但是也有很多掣肘，比如医院的领导班子他就动不得，比如引进的专家他也很难解决高薪报酬和住房，而现有的医生队伍，大多数出自三种来源，中医院校毕业的；第一学历不行，后来又自我进行升级的；各县市医院出身的，甚至乡卫生院出身的。可气又可笑，整个十三院，就一个出身名门的，还是院长，早就不坐诊了。

没有办法，名校出身的医科生都看不上这里，谁也不肯屈就的。他的同学们，在当年毕业分配时，都被全省各大医院抢光了，怎么都轮不到这里的。内心深处，从专业的角度，李乘风是连俯视都不屑于的，对于十三院的医生队伍。这样的队伍资质，目前是无法启用的。必须两手抓了，抓医生，也抓根本，一手提升硬件和待遇，一手引进人才，他想要的是像他这样，拥有正牌医科大学学历的专业队伍。

至于大作为，李乘风目标明确，那就是另起炉灶，开疆辟土了。他做过多次调查了，专门去参加过好几次国际级别的专业会议，问过好几位心理医学领域的著名专家，每次都问，亨德斯和许白黑在这个行业属于什么地位？专家回答，李先生，这个级别的会议是请不来他们的。李乘风接着问，全球排名前十名，亨德斯在册吗？专家竟然满脸仰慕，不不，李先生，请你这样问我，亨德斯先生作为业界泰斗，他的两位学生，许白黑和保罗，是否也已晋身前十？李乘风追问，是否？所有专家的回答，都是无比简短的，是，当然是。

李乘风放弃了第十三人民医院，既然拥有这么绝佳的国际性资源，那要还不横刀立马，大干一场，简直就是白痴了。李乘风可不是白痴，他的脑子超级好使，虽然很多创意都只能是想想，不能去实施，但他确信这件事情会是个例外，也必须是个例外。

关于首家国际性心理医院，到底应该是创办性质的，还是引进性质的，李乘风为此召开过专题论证会议，他说，创办彰显的是我们，是卫生局的业绩，而引进则是另一概念，重点在于美国的烂柯山心理医院，重点在亨德斯和许白黑的身上。烂柯山这个名字，也是天作之合，许家的老宅就在咱们这里，就在烂柯路上，美国的医院名字就是这么个来头。从今天起，咱们这个概念就算定下来了，是引进。

众人附和，纷纷叫好，引进的概念就这么确定了。唯有第十三人民医院的院长极不甘心，院长再次恳求，李局长，这两位超级大咖若肯屈就我院，我愿意把他们当神来供着。李乘风打哈哈，别这么紧张，你供好手下的百十号小神就行了，这两尊大神嘛，还是我亲自来供吧。

李乘风确实是以供神的姿态来办事的，在整个心理医院的筹备过程中，他凡事都要和许白黑详尽沟通，事无巨细都说到了明处。无论任何细则，若是两人看法一致，他就火速落实；若是产生分歧，他的选择是以许白黑的意见为准。李乘风说，白黑，我这第十三人民医院的医生，你真是一个都不要？好歹要几个人过来用用吧，即便是走个过场也行，我这里上上下下的，也好有个交代，背后都有人叫我汉奸了，那帽子可大可小哦。

许白黑不为所动，乘风，我和亨德斯坚持两点，全外资运营，全外籍医生。李乘风拍板，好吧，那就这么定了。白黑，我知道你每年至少几百万美元的收入，不差钱。许白黑说，我缴税一半还多，你知道不，不是你想的那样挥金如土。不过呢，不瞒你说，谁还没点外快呢，我的外快也不少，不想要都不成的。

李乘风啧啧，在咱这儿吧，医生有外快，那可是人人喊打的，民愤极大哦。许白黑笑说，舆论引导，真是很到位哦。李乘风说，白黑，咱们这里风水宝地，各界精英集体抑郁症，干什么都是只选贵的，你越贵，他们越追。许白黑纠正了，贵有贵的水准，我认为那是无比匹配的。所以，收费标准也要全套照搬，以人民币兑美元来计算。

李乘风没有提及股权分配事宜，电话里是不可以触碰这类话题的。在他的理念里，铁打的事实，心理医院的股东只有三个人，是亨德斯和许白黑，以及他自己。李乘风做梦也想不到，心理医院的股东确实是三个人，是亨德斯和许白黑，以及保罗。保罗之所以入股，是许白黑力邀的，是亨德斯提出的。保罗是毫不迟疑的，欣然加盟了。

许白黑对保罗说，你也知道，美国这所医院，我和亨德斯所占股份相当，他比我略多几个点而已。说实话，当年他邀我合伙，我手里没那么多钱，是他先替我垫资的，后续有了分红，我又陆续还给了他。金钱就这么回事，无论怎么回头，都是要向前的。保罗说，许，好多同窗都拥有了自己的医院，我就没有，谢谢烂柯山，我圆梦了。

整个筹备期间，李乘风和许白黑是分头行动的，李乘风坐镇蓝市，许白黑立足美国，李乘风负责所有事务，许白黑只管一样，招聘医生，在全球范围内招聘医生。招聘启事写得清楚，中国烂柯山心理医院是美国烂柯山心理医院的分院，应聘者需具备国际认可学历以及从业经验，工作合约两年，两年到期若是双方满意，则可续签合约。

所有医生薪酬和福利，按照美国烂柯山心理医院标准执行。至于假期，只能是中式的，而非西式的，大假期是春节和中秋，不是圣诞了。鉴于美式假期历来多于中式，本着等同原则，可以补差的，都要休够数的。

经过再三考虑，许白黑加上了特别备注，强调了两个优先，在中国有过半年以上居住经历者优先，精通中文者优先。由于这两个优先，起到了极强的限制作用，故而应聘成功的医生多为华人，有来自港台以及新加坡等地的；也有几个从海外学成归国的，他们生于中国长于中国，后来出国留学攻读心理医学，并且学有所成。还有几个比较特殊，他们在国外出生并接受所有教育，他们的父母都是华裔，在家里常说中文，口语交流无障碍，但是只会说不会写，许白黑认为，这个问题是可以克服的，按照国际标准，医生的处方及医嘱都是英文的，病历也是同样的。

这批医生都出自国际名牌医科大学，年龄多在四十岁以下，最大的也不过四十出头，都是专业出众的人才，有些已在行业内崭露头角，未来的成就是可以预期的。有个来自新加坡的医生，叫作宋定睛，三十岁，极为阳光爽朗，气质都不太像是心理医生了，倒是挺像个儿科医生的。

对于许白黑的压轴一问，宋定睛直言不讳，许先生，我是为着美食而去的，我要把整个中国都吃遍。这是我的美食空白区，趁着年轻，何必留余呢。许白黑说，宋医生，你的理由最动人，我最爱听。宋定睛好奇了，难道他们都跟我不同？许白黑说，是的，他们更为在意的是专业能力的历练，和专业地位的提升。宋定睛忍不住笑出声来，谁都知道，师从三位大医生，是一条快速通道，出头快，成名也快。

许白黑问道，美食家和名医，孰轻孰重？宋定睛纠错了，许先生，你这是偷换概念了。医术为重，美食其次，至于出名，我希望是在四十岁以后吧。许白黑笑问理由，宋定睛居然有些同情的样子，许先生，你就是成名太早了，都没什么爱好了，听说你连小李飞刀都不知道。许白黑一本正经，宋医生，做我的助理吧。问诊之余，咱们可以探讨一下，楚留香和陆小凤的轻功造诣。

亨德斯也参与了这次招聘，对这批医生持认可态度。许白黑倾诉，有几位提出苛刻条件，要求饮用水必须全部进口，鸡蛋要吃三天以内的，住所每天需有专人清理卫生，配备车辆以及生活助理，等等。有些我答应了，有些只能拒绝了，比如鸡蛋，中国的鸡蛋只标注基本保质期，没有按下蛋日期进行标注的。亨德斯问道，许，到目前为止，我们的前期投入，是否已经超出预算？许白黑说，还好，基本持平，涉及医用设备，价格翻番，贵在关税；涉及医院和医生宿舍楼的装修费用，价格低得多，人工太便宜了。

两人坐下，头顶着头，又做了一遍数学题，关于心理医院的投入和回本，以及赢利。按照预期，心理医院正式运营后，会在两年以内收回投入，也就是回本了。之后就是赢利模式了，怎么计算，回报率都是喜人的。之所以能够两年回本，是因为许家的老宅，属于无偿使用，是不产生用房成本的。如是买楼或者租楼，那么，这道数学题是做不出来的，谁也做不平的，也就不用去做了。

你想念蓝市，许。亨德斯像是在问话。

是的，但没有那么深。许白黑像是在自问，我的故乡，是在这里呢，还是在蓝市呢？

蓝市，临海依山，山海相连，城中有条河，是蓝河，河道宽阔，穿城而过，直向大海。经济腾飞时，这里也像中国所有的城市那样，大兴土木，建高架桥，挖地铁，搞房地产，修广场，造公园，GDP嗖嗖增长。但它就是不显得闹腾，波澜不惊地就换了人间，老辈的人都说，这是托了龙王山的地气了。龙王山在城东，并不高大却也绵延起伏，是座土山。就像神来之笔，龙王山土质乌黑，与本地灰黄色的土壤泾渭分明，山是山，城是城，不是山城，犹胜山城。

就在龙王山下，蓝河的流向，成了半边渡了，画了个人字形，半人远去半人留。正是那留下的半个人，抱着山，环着海，风貌绝佳，独一无二，数百年来，引来了无数的风云人物，从明末到民国，他们留下的不只是传奇，还有宅子。这里分布着一百多座住宅，清一色的三层或四层的洋楼。

也是有过古宅的，明末清初时期的古宅，奈何时光滔滔，难得回头，到了北洋时期，就都成了洋楼了。后来，就人去楼空了，都空了。也有归来雁，双双栖老枝。许白黑的父母就是这样的，他们是归人，海外归来的。那么老枝呢，他的祖父母呢，他们本是执意要走的，什么都准备好了。去雁，归雁，归去来兮，他们也就留下了。留下了，也就永久了，再想走，就是走投无路地走了。他们捐出了所有，这里最大的造船厂，以及好几大箱子的行装，都是金条。

也是风光过的，也是热血过的，什么都有过，什么都没了。那么快，都没了。就只有一个小瓶子了，里面是氰化物，白色的片剂，就像药片那样，剧毒的药片。那是他的祖父准备的，在日占时期准备的，因为他明确拒绝了商会会长的职务。那几颗片剂，是独享呢，还是同享呢，他问了他们，他的妻子，他的儿子和儿媳。那是除夕之夜，他们都说，何不团圆呢。于是，他们就团圆了，再也没有分开过了。

至于许青蓝，至于许白黑，至于许丹心，婴儿期的许丹心，他们的年龄分别是 17 岁，4 岁，以及 5 个月。他们该不该同享呢？该不该团圆呢？许青蓝的选择是肯定的，可是许白黑的选择是不。他不吃，喂不进去，都塞口里了，都吐了。许青蓝改主意了，不死了，他要活着，他是哥哥，他活着，他们才能够活着，他的弟弟和妹妹，都要活着。至于老宅呢，几十年了，许青蓝从没有来过，偶尔路过了，也都是背过头去，看都不曾看过的。

这片宅子是纵横成序的，犹如园林，座座风格迥异，却又浑然相融。当然要有路，这条路就是烂柯路，烂柯路的名字太久远了，久了好几百年了，只是也被改过名的，改过两次名，分别叫作小站路，以及东风路。都没能长久，最终还是叫回了烂柯路。

烂柯路 3 号和 4 号，是两座地中海风格的四层小楼，这里就是许家的老宅，也是烂柯山心理医院的所在地。如同所有的医院，门口是要有招牌的，与绝大多数的医院不同，心理医院的招牌，只有三个，医院本身的招牌，许白黑母校的招牌，这里是他两所母校的教学医院，本地的母校，以及美国的母校。前者较为多见，很多医院门口都挂着同样的招牌，算不上什么稀缺资源。后者就不同了，在医学界很令人震撼，可谓是顶级配置，放眼中华，只此一例。

心理医院的开业仪式，是李乘风全程策划，并且一手操办的，规格超高，大神压阵，老领导亲自来了，来讲话了，还给剪彩了。许多媒体采访报道，长枪短炮数不胜数，嘉宾也都是很有来头的，都是神，是各路小神。如同封神榜，台上都是神，台下也是人山人海的，都是围观的市民。花篮如海，鼓乐喧天，这是烂柯路的高光时刻。差不多半个世纪了，烂柯路都没有这么热闹过了。

按照李乘风的安排，许白黑要做两件事，给老领导递剪刀，以及三页纸的讲话稿。递剪刀是个技术活，李乘风特地叮嘱过，要呈，双手捧刀，平着捧，呈上。许白黑临场发挥，就像手术室那样，他是逆捧，把刀尖对着自己，呈给了老领导。老领导极为可亲，低声说了句，神交已久了，小许。许白黑回应，幸会，不胜感激。

许白黑走了，独行，行至百米开外，街道拐角的那棵洋槐树下，停步了。转头，打量着焕然一新的老宅，心头寂静，不过花开。花开时节，从老宅的院子里望出来，整条路上的槐树，都是雪白的，一团团的雪白，唯有这棵树，它开出的花是紫红的，一嘟噜一嘟噜的，好像是一颗颗挂着的心，风过处，细碎的花瓣打着旋涡，落开来了，只消片刻，地上就着了层花雨，浅浅深深的。

李乘风过来了，疾步而来，他来叫他，白黑，回来吧，还没完呢。要看花，就在院子里看桂花吧。你是许院长，你要送往迎来的。许白黑说，那棵桂花树，跟哥哥同年。乘风，我看它，就是我自己。

李乘风就伸出手，捶他的肩，一下子，挺重的，两人对视着，都点了点头。

七

李乘风说道，白黑，特事特办，心理医院的所有事宜，都是走的特别通道。但是有些事情，谁也不能免俗，要安排个专人，打理相关行政事务，比如开会，迎接各部门检查和抽查，还有督查指导，以及上传下达，等等。

许白黑凝视李乘风，乘风，你承诺过，心理医院没有这类事务。李乘风说道，已是最少，少到极限了，白黑。你不了解其他医院的状况，公立医院的职工人数是什么比例？五五开，行政和后勤人员五成，一线医护人员五成。都有医务科和医政科，还有医保科，全是干这类活计的。私立医院都很会控制成本吧，给它十个胆，它也不敢省这个开销的。

许白黑忽然笑了，那还不好办，李股东，你解决呗。李乘风瞬间庄严起来，拍了胸口，这样吧，白黑，就让唐希兼理了吧。咱给他发份补助，绝对物超所值。实话实说，在这个系统，省里市里县里乡里，都没有他理顺不了的人和事。

那是多少？许白黑问道。李乘风挠挠头，他是老正科了，工资五千多块，咱就按标准来吧。许白黑淡淡地，那怎么够花？李乘风神秘地，那肯定够花。唐主任负责卫生局所有办公耗材的采办，全体职工的节日福利，还有局里的公务接待，以及食堂的伙食，公务用车的油耗和维修保养，你觉得呢？许白黑吸气，乘风，好吧，谢谢提醒。心理医院的各类耗材也不少用，我得特别关注了。李乘风叮嘱，我早就想好了，咱就用胡葵，谁也作不了弊。许白黑微笑，给李乘风看手机，胡葵的 APP，赫然就在屏幕当中。

李乘风欲言又止，还是说了，白黑，你给老领导带了什么礼物？办了这么大的事情，要有个表示的。许白黑说道，乘风，你告诉过我，他只说过两句话，关于收回老宅的，关于心理医院特殊通道的。我想知道，这两句话是不是他该说的。李乘风顿足，该，该说的多了。问题是他很少开口，这回为你破例了。一诺千金，就是这样了。

许白黑反问，为我？不对吧。乘风，连为你都不是。他为的是医院，这个名头的医院，全国第一所，谁该谢谁呢？李乘风改口了，好了，我不跟你理论，迟早你会明白，这是谁的地头。换个问法吧，白黑，你给我带了什么？许白黑慢条斯理地，人性化产品，根据你的审美订购的，东方美女机器人，比真人还真，可贵了，五万多美元，要不要？李乘风爆了句粗口，你没试过我就要。许白黑乐呵呵地，春宵快乐哈。

亨德斯和保罗也来了，特地来的，来参加心理医院的开业仪式。

李乘风是提前让唐希给他们写的讲话稿，又叫来局里两个英文专业毕业的年轻人做了翻译，这才把稿子传给他们了。不料，亨德斯和保罗都不太看得懂，李乘风说，不可能，这两人都是英语六级呀。许白黑长叹无语，李乘风说，简单，白黑，你给他们翻译吧。许白黑精简了这个程序，他对李乘风解释，亨德斯可以讲话，保罗不可以。他最怕出风头，但他走到哪里，都是风眼。李乘风不信邪，亲自动手，给保罗准备了讲话稿。但是，当他前去接机，就在机场，看到保罗的那一刻，他失声惊呼了，你是谁？保罗笑说，我是我，我不是他。

于是，李乘风都没敢让保罗登台亮相，直接就把他藏在了心理医院。但是很不幸，保罗还是被有些人看到了，这些人又叫来了更多的人。事实上，台下观者如潮，那都跟开业仪式没什么关系，人们要看的，只是保罗，唯有保罗，而不是任何人。

没有办法，如同复制，保罗的外貌像极了一个人，好莱坞巨星小李子。小李子来了，小李子的粉丝当然都要来了，粉丝们等啊等啊，直等到仪式都收场了，偶像还没有登台，这可不得了了，粉丝们忍无可忍了，他们直接冲击了医院。

许白黑和李乘风解救了保罗，本次解救，动用现场工作人员数十名，出动警力十余名。整个过程，那是相当的壮观，几个中年女粉丝甚至围殴了李乘风，痛斥他是骗子，警察来了才罢手的。粉丝们历来都是爱憎分明的，李乘风受了伤，脸上和手上都有挠痕。

保罗也挺狼狈的，但那都是爱，他的西服被扯开了，领带被人抢走了，鞋带也被抽走了，脸上印满了口红印子，手心里被塞满了各种首饰，项链耳环什么的，都是粉丝们当场扯下，慷慨馈赠的。许白黑幸免于难，不仅没受伤，还得了礼物，是丝巾和化妆镜，以及两小包餐巾纸，只因为他喊了一句，我是他的经纪人。

保罗对此没什么感觉，这样的遭遇，他在世界各地都遇到过。在《泰坦尼克号》上映之前，保罗被各大电影公司的星探们紧盯不放；小李子红遍天下了，保罗常被小李子的粉丝们穷追不舍，永无宁日。师从亨德斯之日，保罗直接遭到了拒绝，亨德斯认为心理医生不可以过分美貌，那样会对患者造成某种程度的心理干扰，甚至心理刺激。亨德斯说，保罗，如果你从艺，你会很快崛起，成为全人类仰慕的一代巨星，为什么不?

我身上有四种血统，我的外祖父和我的母亲都死于自杀，而我的父亲和姐姐，至今还住在精神病院里。保罗落泪了，亨德斯先生，我的家族代代美貌异常，但是每个人都不得善终。我的基因有剧毒，我要抗争它，所以选择了心理医学。你不应该拒绝我，难道不是吗？亨德斯忽然发问，请告诉我，你是否产生过自杀倾向？保罗抬起头来，从不，因为对我而言，活着就是奇迹。

亨德斯移开视线，保罗，我是个无比正常的男人，但是你竟然让我无法直视。你要从事这个行业，将会比常人付出更多。保罗说，我愿意为医学付出所有，唯有如此，方可自保。亨德斯在与保罗握手时，忍不住自言自语，手都生得这么完美，保罗，你是否迷恋镜子？保罗说，才不，我都懒得看见自己。

在同门的师兄弟中，许白黑和保罗始终名列前茅，也是最得亨德斯青睐的。两人的状况属于并列，就连亨德斯都无法说出，究竟谁是第一。术业有专攻，保罗和许白黑的主攻方向并不一致，保罗主要致力于精神分裂症及相关病症的治疗和研究，在这个极为细化的领域内，保罗的声望享誉业界。

保罗私下透露过，之所以主攻精神分裂症，是由于他的家人几乎都罹患这种病症，他们的症状或轻或重，表现方式或单一或多重，多数人在青春期就已确诊，少数人拖至中年才会发作，总之是无人可以幸免的。许，我是否会成为整个家族的例外？保罗无数次地问过许白黑。许白黑的回答如同承诺，保罗，你已经是个例外，你此生都是例外。

开业典礼之后，是午宴，老领导隆重招待了亨德斯师徒三人。亨德斯被让上主座，老领导居右首，保罗居左首，相关主要领导数位，都是按次序落座的，轮到李乘风，都是尾座了。许白黑的位置，在老领导的身边，右首。许白黑起身，想坐到李乘风身边去，老领导伸手拉住了他，说道，乘风，你上来吧，好好陪陪小许。李乘风摇手，不敢，不敢。顷刻，许白黑的右首座位就空了，彩云追月似的，逆向流动的，到了李乘风，他只得起身了，他没座位了。

席间，宾主尽欢，老领导给亨德斯三人赠送了礼物，三只卷轴，都是他的墨宝，打开来了，掌声四起，亨德斯和保罗都挺高兴的，连声道谢。只有许白黑，迅速喝了杯压惊酒，老领导的墨宝，居然都是英文版的，可谓盛意拳拳啊。亨德斯回赠了礼物，是只水晶盒，里面是土，半盒土，是月壤，月球上的土壤。

所有人都忘形了，凑上前来，一睹月壤。老领导闻了闻，有些惊奇，没味道呀。保罗笑说，我的礼物有味道。就亮出了礼物，是只音乐盒，是嫦娥，衣袂飘飘的嫦娥，看不出质地，几乎是透明的，唯有那根飘带，最出彩了，是丝帛，月光银的，随风而动，像是飞天。真的好香，奇香的香，许白黑说，闻香识美人，这是仙人香，仙人掌提炼的，今年挺流行的。老领导问道，音乐呢？保罗说，声控的，拍手就有音乐了，我专门定制的，《春江花月夜》，喜欢吗？老领导大笑，孤篇盖全唐，太好了。

许白黑当然是备了礼物的，是只笔架，不大，也就巴掌大小，宋代的瓷器，山峦造型的，这是芝芝从卢森堡的跳蚤市场淘来的。老领导惊呆了，把玩着，连说，小许，太昂贵了，我真是不敢收啊。许白黑实言相告，150 美元，算是捡漏吧。小小心意，不成敬意。老领导追问，真的？小许，大家都知道我，我最听不得假话了。许白黑说道，真的，我都忘了该怎么说假话了。老领导嗯嗯，吩咐李乘风，这礼物太贴心了，盛情难却，我收了。但是涉及钱财，还是要清清楚楚的，替我办了吧。李乘风当即掏出手机，按照当日汇率进行折算，就给许白黑转了账。许白黑说道，惭愧，谢谢领导。老领导认真了，小许，你要不嫌我老，就叫我老领导吧。

许白黑就敬了酒，代表了亨德斯和保罗。接着是老领导敬酒，然后是在座的各位，依次敬酒，李乘风倒成了压轴的了。宴毕，亨德斯和保罗要去机场了。老领导殷殷话别，拉开车门，再度握手，目送了好远，还在挥手。车是公务礼宾车，老领导的司机驾驶的，许白黑和李乘风也上车了，四个人睡了一路。

到了机场，亨德斯指着许白黑，对李乘风说道，这样的事务，要少，太累了，他是医生，不能常常这样的。保罗也说，李先生，一顿饭三个钟头，太罕见了。李乘风拥抱他们，我最亲爱的，亨德斯和保罗，放心去吧。这里有我在，他不用干这些了。我最擅长的就是吃饭了，几个钟头都成，那都是常态。亨德斯凝视李乘风，居然无比深情，他说，你可知道，我们都爱你。李乘风说道，我也同样，我爱你们。

就在洗手间，李乘风问许白黑，真是150美元？许白黑点头，真是。李乘风眉飞色舞地，妙极了，白黑，至少得加两个零，他这么认为。许白黑不以为然，乘风，你就转给我一块五毛钱，太不地道了。李乘风强调，那是接地气，我都是为了训练你的表情。表情包，懂吗，没有表情包，是上不得台面的。

按照国际标准，心理医院的每位接诊医生，都是配有助理的。许白黑和保罗这样的医生，通常会有两位助理。助理也都是专业的心理医生，只不过从业资历还欠积累，所以助理大多都比较年轻。这些助理要负责每位医生的所有杂事，比如书写病历，预约患者，给每位患者做好就诊档案，以及对于患者的定期追踪，等等，而医生只需要做好一件事，那就是接诊患者。如此周而复始，用不了几个年头，这些助理也都会成长起来，成为后起之秀的。

在招聘心理医生时，许白黑把自己的助理也给招齐了。就像当年的亨德斯，作为大医生，许白黑也是极为挑剔的。他知道自己的吸引力，这么多的应聘者，绝大多数都是冲着烂柯山的招牌而来的。烂柯山的招牌是什么，说白了就是亨德斯的招牌，以及他自己的招牌，还有保罗的招牌。这三面招牌孰轻孰重呢？从前是亨德斯高高在上的，现在是亨德斯略重于他的，而在未来，谁都清楚，大江东去，必然是后来者居上的。

许白黑用过好几位助理了，他是吃过亏的，保罗也是吃过亏的。有的助理动机单纯，师从名医，只为镀金，来去匆匆，急于自立山头，留都留不住的。许白黑都被抛弃过好几回了，有位助理只跟了他大半个年头，就辞职了，连推荐书都替他起草好了，让他签字。许白黑签得爽快，这样的功利型人才，还是早去早好的。事实也证明了，这些人后来也都没有多大的建树。要做大医生，医术是首位，没有其他。至于所谓的医德，许白黑还没有来得及消化这个名词，但是他很会翻译，那就是职业精神了，归根到底，是叫作医学精神的。

多年来，许白黑只用男助理，从没用过女性助理，这回破了例，他留下了谢晓桐。她是香港人，在德国攻读心理医学，硕士毕业，28 岁，在柏林某名医心理诊所，从业三年了。她的硬件并不出众，极为常态，应聘理由也很单纯，正如她的样貌，她说，我男友是大众汽车的工程师，被派往中国蓝市，总部给他的协议是十年。我们是街坊，从没分开过。许医生，请给我机会。许白黑说道，谢医生，你的老师是我同学，她很严厉，她对你评价极高。本次招聘，你通过了。

按照常理，至此，谢晓桐要道谢了，要起身告辞了，可是她没有，她问道，许医生，我是她的助理，可否给我相应待遇，让我做你的助理医生？许白黑说，非常抱歉，我跟你老师一样，只用同性助理，个人习惯，恳请理解。谢晓桐很直率，许医生，那是不同的，我的老师不用男助理，并不涉及性别歧视。

许白黑被说中了，他从不用女性助理，确实是出于性别原因。助理都是年轻人，一旦涉及结婚和生育事宜，事业上至少也要搁置两三年的。西方社会，性别歧视和种族歧视是同等的概念，从来就不是小问题，所以他是从不提及性别问题的。

许白黑脸上有些发烧，他提问了，谢医生，汽车生产的核心技术，始终都在国外，我可否知道，你男友为何接受在中国工作十年的签约？谢晓桐说，他资质平平，不可能在该领域有所创造。接受外派，报酬优厚不少。许白黑又问，那么，十年后呢？谢晓桐说，许医生，那时我已拥有自己的诊所，在香港，我们童年的那条街道上。

许白黑不能不肃然起敬了，对于真正的事业女性，他历来都是高度尊敬的。他生命中最亲近的女人，只有芝芝和王花花，以及中秋和谷雨。王花花原是街道玻璃厂的临时工，后来就是到处打散工了，要论专业，她烙饼应该是达到了专业水准的。

芝芝最干脆，她的口头禅是，白黑，你就是我毕生的专业。谷雨不像芝芝，她的理想总在变化着，本周的理想是交往一个外星人，搭乘 UFO 去狮子座玩几天。至于中秋，那就更绝版了，他曾想接她到美国来念书的，中秋哭诉，叔叔我讨厌英文，我怎么也学不会啊。后来读了个三流大学，毕业后还是李乘风给安排的工作，在市中心医院的工会打杂，连编制也给解决了。

就这样，谢晓桐成了许白黑的助理医生，首任女助理医生。他对她说，谢医生，希望你和宋定睛医生合作愉快。谢晓桐深深地欠身，许医生，我不会让你失望的。十年，我不会离开的。至于宋医生，我会把他视为我的同窗。许白黑无语了，同窗，那就意味着他是老师了，谢晓桐的老师。行业内对于这样的关系，是有着严格的界定的，主诊医生和助理医生，又或者，是上级医生和下级医生。是不是师生关系呢，长期合作了就是，合作愉快了就是，否则，他是不予承认的。

许白黑问道，谢医生，我有权利随时调整你的岗位，你是否接受？并且，我的助理医生，历来执行行业规则，分为第一助理，和第二助理，你是第二助理。谢晓桐起身，许医生，我很喜悦，我都接受。此刻，我很想见见宋医生，按照身份，应该是我去见他吧。许白黑看表，笑道，下班时间，过了一分钟了。女士优先吧，我叫他过来。

许白黑深知，助理和助理，是合作者，也是竞争者，他给两位助理定了个规则，他说，作为上级医生，不管出于什么缘由，我不想听到你们非议对方，有话都请明说。宋定睛说，我保证，我会做到。谢晓桐说，老师请放心，宋医生请多关照。

八

许白黑接诊了，在蓝市。

烂柯山心理医院开业的次日，就接诊了。

按照常规意义，这是他的首例患者，在此地的首例患者。但是他没有任何感觉，他是无感的，于他而言，在哪里接诊都是接诊，看什么患者都是患者，他的诊室过客万千，他们只有一个名字，患者。他去过很多家医院，世界各地的医院；坐过很多间诊室，不同医院的诊室，或应邀会诊，或应邀出诊，是没有什么不同的。

所谓首例，那只是病历上的编号，编号就是编号，编号的大小，是不具备医学意义的。于医生本身，编号只代表着流量，而非成就。如是单论流量，在这个世界上，只有中国的医生，才配称得上是海量。西方医生是不走量的，许白黑的流量，若是与他的同学们相比对，那实在是少得可怜。但是，他的每例病案，都是无法复制的，都是具有创造性的。而他们，每天都在重复着，重复着自己，也重复着医学，他们的创新，只在于编号，最多最大的编号。

编号 1，患者，是第一的一，是独一无二的一。就像烧头香，他这个 1 号，是在网上预约的，早在五个月前，心理医院的筹备初期，就公布了网上预约通道。该患者预约成功，编号 1。奇就奇在自此之后，该网址再没接到过任何预约，也就没有后续了。

患者夏无冕，男性，35 岁，本地人，未婚，无业。预约医生，许白黑。自述病症，抑郁症，双向情感障碍。他在备注栏里特别强调，医患和谐最是重要，本次就诊，敬请主诊医生先做自我介绍，出示近期发表的学术论文，以国际医学期刊为准。如无，需双倍退还挂号费，并以公开方式，向患者真诚道歉。

依照国际惯例，患者的就诊程序，并不是从主诊医生的诊室开始的，而是助理室，先见助理医生，由助理医生进行常规性质的询问，例行登记初步资料。这就相当于问答方式了，也就是国内通用的问卷方式。只不过这里的问答，是没有办法提前准备答案的，也就是说，这是一项测试，由助理医生依据患者状况，进行提问以及初步的评估。评估结果是要备案的，同时也会送达主诊医生的诊室。这个过程，大约需要半个小时。

测试完毕，会有护士引领患者，去做三项检查，脑部扫描和血常规，以及肿瘤标志物。在心理医院，这三项检查从开始，到出结果，只需要 20 分钟，速度奇快。患者要做的只是检查，什么也不用操心，整个过程，引领护士都在患者身边，全程陪护，并进行提示。

检查完毕，引领护士会把患者带到休息室，提供热奶茶和曲奇饼干，稍事休息。至于检查结果，另有护士取回，那是三只密封的纸袋。护士会将纸袋交与助理医生，助理医生拆封，读取结果。这三项检查，用的是排除法，排除患者的脑部有没有病变，肿瘤标记物有没有超标，血液指标有没有异常项。任何指标出现了非常态问题，患者都是不可能进入诊室，见到主诊医生的。助理医生会对患者做出最为专业和详尽的解释，以及提示，让患者立即前往其他综合性医院，进行复查，以及治疗。

1 号患者夏无冕，第一助理医生宋定睛，就这么面对面了。经测试，宋定睛认为夏无冕的自述病症可以采信，但是在问答过程中，他认为是有疑点的。也就是说，他不能够完全确认，夏无冕的病况是否属实。太稀奇了，在他的从业经历中，从没遇到过这样的事情。

他没有乱，丝毫也没有，他把结果同步给了许白黑。这也是惯例，作为助理医生，若有存疑，要由主诊医生释疑，并得出最终结论的。

夏无冕的三项体检报告，宋定睛拆封了，读取结果，结果显示正常。宋定睛走进休息室，迎接夏无冕。看到宋定睛，那个陪同护士即刻就退出了，宋定睛说道，夏先生，请跟我来吧，去见许医生。

夏无冕起身了，道了声谢。他的长相，是没有什么出奇之处的，目测身高 170，属于中华男儿的标准体态，衣着却是极为考究的，通体都是咖啡色的，不是套装，也像是套装了。通常，西方患者才是这样看心理医生的，郑重其事，如同仪式。

许白黑的诊室门口，宋定睛打开了保险柜，请夏无冕存放手机，以及手链，那是一串乌黑的珠子，不是木制品，就在他举手之间，偶有铿锵之声的。宋定睛知道，那是雷公墨，真品难得，他陪女朋友买过的，只不过女朋友是用来做镇纸的。而手串呢，那就只有一个作用了，辟邪。夏无冕问道，宋医生，非要这样吗？宋定睛点头，夏无冕高兴了，宋医生，还真是国际标准哈。宋定睛只是微笑，都没有接话。在这间诊室门口，他是从不多说一个字的，这是行规，也是经验。

夏无冕进入诊室，在他的身后，宋定睛带上了门。诊室里，只有许白黑，许白黑站起来了，说道，夏先生，请坐。夏无冕说道，许医生，先请。两人落座，许白黑开口了，夏先生，根据你的特殊要求，有个情况，我需要说明一下。这两年，我没有发表过任何学术论文。怎么样，我们是开始，还是不？夏无冕说，那就先道个歉吧，咱们再开始。许白黑微笑，伸手，从白衣口袋里拈出一只信封，放到台面上。他说，这是你的挂号费，请收回。不是双倍，没有这种规矩。夏先生，再见。

说了再见，许白黑没有动，夏无冕也没有动。过了片刻，夏无冕扑哧一声，笑出来了。他说，许医生，你好狠。两年，破纪录了，悉尼的波比医生原本是冠军，一年十个月，亚军是东京的天井医生，一年七个月。许白黑也笑了，他笑问，夏先生，若无医学意义上的创新和突破，为何要出论文？夏无冕乐得不行，但他的眼神仍是淡淡的，如同晓色，他的语气也是同样的，他说，那么我认为，这两年你在从事某项重要的课题研究。许白黑说道，正是，夏先生。但你到这里来，总不会是出于对心理医学的高度热爱吧，让我们开始吧。

这次接诊，历时一个小时，都是提问模式。医生提问，患者回答。在宋定睛同步的资料基础上，许白黑的提问愈见深度，也愈发具象了。有一些问题，显然是超出了夏无冕的预计的。比如，夏先生，你在发病期间的打砸现场，依据你所提供的照片，为什么总是同一背景，那是你的家，对吧？还有，据你所述，你有多次的自残行为，也都存照为证了，照片可见，血迹斑斑，我有外科医生的从业经历，此刻，我想看看你的疤痕。还有，你有两次自杀行为，也提供了相关医院的出诊以及抢救证明，我不能理解，按照你的岁数以及个体习惯，还有生活背景，你为什么会采用吊颈的方式，而不是服药或者跳楼？

夏无冕站起来了，回答了两个问题，我就喜欢砸我自己的家，不可以吗？自残，当然要留疤的，我去美容院除疤了，不行吗？许白黑说道，坐下来吧，我替你回答，打砸行为，可以发生在任意场所，因为病情不会看场所，发病场所是没有选择性的。对于同类患者而言，公共场所往往会成为发病场所，因为发病起源于刺激，各种不同的刺激。而自残，没有患者会当即拍照的。至于除疤，也是不可能完全无痕的。

夏无冕跳起来了，许医生，我是来看病的，别忘了你的身份，你是医生，你必须给我看病。许白黑说道，请坐下，我想告诉你，我已经破例了。按照惯例，如果你是正常患者，我们会有一个小时。

前半个小时是问答模式，后半个小时是干预模式，医生对于患者的心理干预。

许白黑没有启动干预模式，是因为他有了结论，结论等同于真相，而真相总是残酷的。许白黑失望极了，编号1患者，等于0。换言之，夏无冕根本就不是患者，他没有病，没有所谓的抑郁症，和双向情感障碍。

夏无冕争辩，声音极高，像是吵架的样子，许医生，你没有权力判我无病。我就是有病，我的家人和朋友，都知道我有病。我真有病呀，你不能说我没病啊。

夏先生，还有第三个问题，你没有回答我。关于你的自杀行为，我的结论是，你不敢跳楼，因为那会致死。你也不愿服药，那会洗胃的，会很痛苦。唯有吊颈，可以不死，也不难受。依据你当时的抢救诊断书，你的颈部软组织未见损伤，颈动脉波动正常，心率正常，心电图正常，因此，依据上述医学标准，我可以确认了，所谓吊颈，那是不成立的。

夏无冕后退，退了好几步，他始终都是站着的。他抱住了脑袋，抱得紧紧的，像只浣熊，受惊了，就会捂住自己的脸，谁也看不到他的表情了。许白黑无法端坐了，他也起身了，但是该说的话，他还是给说出来了，夏先生，波比医生和天井医生都是我的校友，我相信我们的结论是一致的。我相信你在他们那里，也都碰壁了。

最后，许白黑说道，你的状况达不到就医标准，我可以拒诊。还有，关于你的所谓病情，你并不是真正的策划人，你只是执行者，是这样的吧？

许白黑话音未落，夏无冕就动手了。他的出手无比敏捷，一气呵成，不过三秒钟，那把椅子，夏无冕的椅子，掠过许白黑的头顶，就那么破窗而出了。哗啦，咣当。那是玻璃碎裂的声音，那是撞击铁器的声音。许白黑没有回头，纹丝未动，直视着夏无冕，夏先生，没病装病，成本最高。楼下那辆车，一定是你的座驾。医院的院子很大，为保证绝对优良的就医环境，这座楼下五十米以内，是不允许有车辆的。你提前来过这里，观察地势，刻意停车，就是为了这一刻吧？

夏无冕哭了，也没个过渡，直接大哭，啊呜啊呜的，就像小孩子那样。他是气哭了，就如同熟能生巧，每到这个时刻，他都会气哭的，被他们给气哭。在很多国家的心理医院，夏无冕都被气哭过，都是被医生给气哭的，他们都不要他。无论他怎么闹，无论他做了什么，他们都不肯承认他是患者。踏遍全球，看遍名医，他总是被拒诊。他都没法交代了，怎么都不能交代了。

夏无冕没有退路，他必须是患者，是国际名医所认可的患者。作为全球治疗抑郁症的顶级医生，许白黑这个名字，早就被夏无冕给圈定了。恰如编号，许白黑的编号，原先也是 1，医生 1。之所以从编号 1，沦落为编号 N，那都怪血统，谁让许白黑是华裔呢。夏无冕 35 岁的人生历程，国内外各半，他是有些瞧不上华裔的，所以就把许白黑的编号给后移了，从开端变成了压轴。

关于论文，留备注之前，夏无冕是查过国际医学期刊资料的。明知而故问，此为敲山震虎。进了诊室，那就是高山流水了，夏无冕深信，波比和天井，这两个名字，那可不是白说的，他知道他们是校友。至于砸车，他当然是故意的，那是他的最后一击，置之死地而后生，许白黑岂能不就范呢。

许白黑偏偏不就范，夏无冕就唯有痛哭了，哭得声音都暗哑了。许白黑忍住笑意，轻声问道，夏先生，为什么？夏无冕抽抽搭搭地，我就不说，许医生，咱们交换吧。我要诊断书，你亲自签名的诊断书。你要不给我，我就让你赔我的车，没人会相信，那是我砸的。你刚开业，就砸了患者的豪车，国际名医这么嚣张，你就只能关门大吉了。

许白黑笑问，这招又叫什么，图穷匕见？夏无冕大吃一惊，你怎么知道，谁告诉你的？许白黑徐徐道来，夏先生，你的目的，自证有病，你必须证明你是抑郁症患者。你需要国际性质的医生证明，因为那是无从造假的。根据你的自述，以及行事风格，你有两样资源是过剩的，太多了，爱和财富，父爱母爱以及家庭资产。你不是富三代，只能是富二代，富三代都是在国外上幼儿园的，而你是初中时期才出国的。我怎么就觉得，从那时起，你就没有长大呢。

夏无冕痛哭失声，许医生，你不是人，你是妖兽。我要爸爸，爸爸啊，爸爸。许白黑没辙了，只得移步，到了门口，拉开了门。正如所料，门口站了两个人，宋定睛，和夏无冕的爸爸。是的，什么都不用问了，他们是父子，儿子夏无冕，父亲夏乒乓，六十出头的夏乒乓。因为他们的相貌，再没有那么相似了，高度相似。不同的只是举止，儿子有多么夸张，父亲就有多么沉稳。没错，夏乒乓是个稳当的男人，连声道歉，无限虔诚。

许白黑示意宋定睛，带走了夏无冕，好生安抚去了。关了门，才对夏乒乓说，夏先生，很遗憾，我帮不了什么忙，请你理解。

夏乒乓就递上了自己的名片，许白黑略感诧异，名片都过时了，早就被手机替代了，他都很久没有见到过名片了。名片上只有两行字，是一个公司名称，和一个人名。两名同一名，公司是乒乓咨询有限公司，人名是夏乒乓。夏乒乓轻声说道，许医生，是我，我和我的公司。

许白黑当然听得懂，听不懂也得装懂，初识者这么说，那就只能是提示了，提示着某种渊源，或者来历。许白黑看着夏乒乓，大脑急速运动，回忆加检索，结果是空白的，他根本就不认识这个人，也从没听说过这家公司。他才不会问夏乒乓我们见过吗，他在等着夏乒乓说。

两人都在微笑，相互凝视着。不知道为什么，夏乒乓忽然有点没谱了，会说话的人他都能应对，不说话的人他还没遇到过。夏乒乓认输了，他说，许医生，这里我都来过多次了，跟着李局长来的。许白黑想了想，读出几个数字，他说，夏先生，这是什么。夏乒乓满脸迷茫，许医生，我真不懂。

许白黑所读的数字，是那笔200万美元的打款账户，最后的四个尾号。他明白了，夏乒乓的公司，和那个公司没有关系。此公司非彼公司。但是，就像那个公司一样，夏乒乓的公司，也是同样神秘莫测的。很明显，为了收回这两栋老宅，夏乒乓必然是出了力的。如同一条线，李乘风出面，老领导发话，夏乒乓出力。一个开公司的商人，他能出什么力呢，或许只能是钱吧。许白黑不能不佩服夏乒乓的涵养了，他能把这张牌押到最后，也是个了不得的人物了。

许白黑还有问题，他问话了，夏先生，你的咨询公司，不会是做体育用品的吧？夏乒乓回答，许医生，你和李局长考进大学那年，我就在做医疗了，跟着老领导，做了十几年。现在呢，我只做咨询，公司也就几间办公室，十几个员工。许医生，我们是同乡人。

许白黑理顺了，理顺了整条线。夏乒乓的同乡人，当然不是李乘风，也不是自己，而是老领导。老领导是做过卫生局局长的，不多不少，正是十几年。那十几年，他们都在做医疗，老领导越做越大，夏乒乓也就越做越小了，都小成咨询公司了。许白黑说道，恕我直言，夏先生，我很为难，我可以回报你，以金钱，但不可以是医学。

夏乒乓直视着许白黑，眼神是炙热的，也是哀怜的，许医生，你可以的，你迟早都会破例的，在这里。就从我开始吧，我就要一份诊断证书。

你陪着他，走遍全球，就为了一份诊断证书？许白黑问道。

夏乒乓说道，是的，许医生，无冕一出生，我就做了结扎了。他是我的一切。我的一切，都是他的。许医生，求你成全他。

许白黑问道，夏先生，你是家族的开拓者，从事某种产业，链条性质的。他是你的独生子，那么子承父业理所当然。你要给他两样东西，财富和平安，缺一不可。所以你必须要得到国际名医的诊断证书，就像护身符，是不是这样?

夏乒乓点头，许医生，你是自己人，我不说暗话。是这样的，我要他接班，我要他平安。你的诊断证书，会让他此生安好。

许白黑透了，什么都通透了。夏乒乓是干什么的，他已经可以肯定了，什么咨询公司，也不过就是个幌子罢了。就像那间公司，给他汇款的那间公司，做的都是暗活，暗流滔滔，不能见光的。作为接班人，以夏无冕的心智，以及时运，他能否掌舵呢?他会否翻船呢?那实在是谁也无法预测的，所以夏乒乓是必须要给他打造一块丹书铁券的，挂在船头，永保平安。什么是丹书铁券?说白了就是可以免于被追责的证书。

按照国际相关法则，具有国际资质的心理医生，所出具的诊断证书，是具备该效力的。换句话说，许白黑若是给夏无冕出具了这份诊断证明，那么日后，无比漫长的日后，即便是启动了国际性质的追责程序，夏无冕也是无罪的，是可以逍遥法外的，国际法则的法外。

夏乒乓忽然问了，许医生，恕我冒犯，这个数字，你看够不够。夏乒乓伸手，张开五指，晃了一下，轻声补充，加零，美元。许医生，万物有价，就一张纸，为什么不呢?

许白黑点点头，夏先生，你的咨询公司，都是这样议价的吧?真行，就一张纸，我都不知道价值几何。夏乒乓赔笑，对不起，许医生，加倍，咱们加倍。给我账号吧，咱们两讫。

许白黑伸手，像是要握手，夏乒乓赶紧伸出了双手。然而却不是，许白黑握住了夏乒乓的手腕，他的袖口，不是纽扣的，而是袖扣，许白黑行云流水地，就那么一下，那粒袖扣就在他的掌心了。

许白黑笑说，夏先生，我也有这样的袖扣，没用过，嫌麻烦，这款袖扣折合人民币，两万元不止。你是富人，隐形富豪。舐犊情深，何必非要父子同路呢？

夏乒乓也笑了，眼眶却红了，他说，许医生，就像你和李局长，打仗亲兄弟，我们呢，上阵父子兵。许白黑感叹，今天真旺，开张大吉。夏乒乓抓住他的手，使劲摇了摇，许医生，无冕的恩人，就是我的神，往后鞍前马后，不敢不从的。

许白黑就问了，那好，开门见山吧，夏先生，你为我家老宅的事情花了多少？我即刻结给你。还有，拦截医院的患者资料，以及挂号费，是你做的吧，请你立即归还给我。我明白，你这么做，不过是想让我知道你的能量，四个字，法力无边。

如同变戏法，夏乒乓两只手都入了口袋，是裤兜，左手一只盾，右手一张卡，呈给了许白黑，许医生，这是资料，这是挂号费。恕我唐突了，密码用的是你的车牌号。此刻，医院的网上预约通道，畅通无阻了。以后再也不会发生这样的事情了，容我赔罪吧，咱们来日方长。

许白黑接过来了，追问，老宅的费用呢，夏先生？我特别想跟你结算清楚，请报数字吧。夏乒乓语气软软的，如若呢喃，许医生，说什么呢。这笔款子，李局长也办得差不多了。都是自己人，谁跟谁呢。

差了多少呢？许白黑是非要知道的，夏乒乓也就说了，很不情愿地说了。许白黑当即就给处理掉了，转账处理的，卡对卡，一把就划给夏乒乓了，尽管他觉得有些多了。夏乒乓叮嘱，许医生，李局长要是知道了，我就很难做人了。许白黑说道，不会的，夏先生。

于是，话题就回来了，落到了诊断证书上。许白黑详尽解释了，那是需要时间，以及指标的。夏无冕虽然达不到硬性的就医标准，但是，按照他的实际情况，还是要有适度的心理干预过程的。砸车都砸到心理医院了，心理干预就是合情合理的了。夏乒乓听懂了，越听越贴心，哦哦，许医生，真是的，咱不能让那些洋医生抓了你的把柄，是得走个过渡，过吧，过几回？

许白黑说道，这样，夏先生，就由宋医生接手吧。具体几回，那得看干预效果了。夏乒乓频频点头，明白，这就有了人证了，宋医生就是人证，医学界的人证。这样，我这就下楼，许医生，你把车钥匙给我，诊断证书的定金，我给你放车上。先付一半，事成结清，可以吧？许白黑笑问，夏先生，那不太好吧。夏乒乓反问，怎么不好了？都是这样的，甲方乙方而已，许医生，此刻你是甲方。实不相瞒，我都没当过乙方的。

许白黑问道，你就是这么经营咨询公司的？夏乒乓回答，那不能，老客户是这样，新客户可得先付全款，要是不成，那就全退。不过吧，乒乓公司从没退过款的。许白黑沉吟着，夏先生，我相信你，事成再给我吧，一次过。夏乒乓承诺，放心吧，每天生息，分厘不少。

九

许白黑交代宋定睛，自即日起，由你接手夏无冕，进行常态化的心理干预。宋定睛说道，好的，老师，这是必须的。夏无冕的心理年龄，我的评估是16岁。35岁的男人，无业，没有恋爱过；有圈子，没朋友；具有深度恋父情结，当他见到他的父亲，老师，我不能相信我的眼睛，他的反应，还是个孩子，多么可悲。

许白黑说道，定睛，真正的患者是夏乒乓，而不是夏无冕。这样的父亲，你见过吗？他不允许他的儿子成长，那都不是爱，那是自恋。夏无冕的少年时期，必然是夏乒乓的人生巅峰。此前和此后，再无风光可言了。他要那个高光时刻，所以夏无冕只能停留，不能成长。他控制他，控制他的一切，以父爱的名义。

宋定睛问道，老师，心理医学意义上，控制欲超乎常态者，有三个类型，他同时是被控制方，也是施控方；或者，他只是施控方，但他具有被控制经历；最可怕是第三种，由于绝对权力等背景因素而生成的控制型人格，这种人等于怪胎，会给所有人带来灾难。夏乒乓可不够格，他只能是第一种，或第二种。

许白黑说道，他是前者，两个细节，定睛，我摘掉了夏乒乓的袖扣，看到手臂了，全是红斑。我需要再度确认，就把诊室温度定位摄氏30度了。十五分钟后，他汗流浃背，浅麻色衬衣全贴在身上了，透出肤色。定睛，他的衬衣之下，不是肉色，而是红色。我们都知道，这不是单纯性皮炎，与常态皮肤病不同，该症状皮炎具有极高的自我隐蔽性质，就像画皮，通常是以衣衫为界的，只在衣衫之下呈现病态，而裸露部分则是常态肤质。边界分明，患者自知。

宋定睛说，老师，这是精神性皮肤炎症，没有例外。他确实是患者，我只是不明白，他为何不向你求医呢？许白黑回答，因为他不能让任何人知道真相，那样，他就没用了。六十多岁的人了，那么多钱，还不退休，为什么，因为他不具有自主权，他是被动者。但是他要做掌控者，所以他要他的儿子，成为另一个他。定睛，心理医学从来就不是单纯的医学命题，它所涉及的领域是无限的，背景性因素至为重要，不容忽视。宋定睛说道，我会牢记，老师，对于夏无冕的心理干预，我会做到最好。许白黑点头，定睛，帮助他成长，让他成熟起来。成为男人，而不再是个孩子。

午休时间，许白黑无法休息，太精神了。美国的工作时间，是没有午休的，吃个饭也就十几分钟，喝杯咖啡几分钟，共计几十分钟，足够用了。不仅美国，整个西方都是如此，所以对于午休，整个心理医院的医生，都是极不适应的。那怎么办呢，那就运动呗，地下室就成了运动室了。运动够了，总不能满身汗气面对患者吧，所以还有洗浴间，隔离式的洗浴间，足有几十间之多。而事实上，在西方生活久了，人们都是要每天两次冲澡的，早晨一次，晚上一次。

医生这个职业，就更可怕了，很多医生每天中午都要换衣服的，换衬衣，换领带，换裤子，以及鞋袜。理由呢，好像是没什么理由的，但凡入行了，就都是这样了。也许归根到底，都是收入决定的，收入有多高，就有多讲究。尤其大医生，他们的收入，都是远高于总统的，要想不讲究，那是没可能的。他们的休息室，都带洗浴间，还有更衣间，以及会客间。换下来的衣服袜子，都有专人打理的，至于浴巾毛巾什么的，每天至少两换，总是柔软熨帖的。

许白黑先是冲了澡，换了衣服，睡不睡呢，当然不，他是有事要做的，要事，就老宅的前期款项问题，要跟李乘风做个沟通的。在此之前，李乘风从没有提及具体的数字，怎么问，都是含糊其词，不肯明说的。许白黑拨通了李乘风的电话，显然，李乘风正在午睡呢，吐字都不清了。许白黑直说了，乘风，夏乒乓来了，我必须知道那些款项是怎么回事。李乘风沉吟着，白黑，午休这么长，你来呗。

许白黑就去了，没上楼，两人就在李乘风的车里说的。其实很简单，李乘风要收回老宅时，两栋老宅各有所属，都是会所，一是私人会所，隶属某商界精英，大佬级别的；一是艺术会所，隶属方不明，无法明确是个人，还是某艺术机构。总之都是名流云集之地，水深莫测，难于撼动的。老领导过问了，这才给收回了，艺术会所主动撤离了，赔付款寥寥，象征性的，是李乘风带着夏乒乓结的账。

大佬的会所有些麻烦了，大佬也是租来的，跟另一位大佬租来的。李乘风找了前大佬，没想到还有前前大佬，前前前大佬。源头好找，某公务房屋管理机构，根据该机构提供的租据，第一租赁方某某人，已经不是自由人了。换言之，那叫进去了。李乘风绕了好多个圈子，还是得跟大佬解决问题。大佬开价挺高，李乘风不敢动用自家资源，还是找的夏乒乓，夏乒乓就出马了，传话了。

然后呢？许白黑追问了一句，李乘风没说话，许白黑就替他说出来了，乘风，接下来你就动用了某企业，医疗行业的，把头一笔款子还给了夏乒乓，第二笔款子付给了那位大佬，也就是我的老宅的现任租赁人，对不对？李乘风点头，你怎么知道？许白黑说道，他非要告诉我，我怎能不知道。李乘风冷笑，白黑，还有后续，我才不会告诉你呢。不过，我要是喝多了，我就会说了。

这么说着，李乘风就出手了，从车里摸出个小扁壶，弧形的，锡制品，是酒壶。李乘风拧开盖子，舔了一口，嗯嗯，我上头了，都是胡话哈。后来吧，老宅到手了，我就开始装修了，就这时候，老领导又开了个会，会议通过，专款专用，卫生局账上就来钱了，大钱，指明了是要赔付给两家会所的。我能怎么办，我照做了，明白？

许白黑接过酒壶，闻香，嗯，好酒，乘风，你给会所了，二次付款。会所只能收一次，就给退回去了。没回卫生局，回到咨询公司了。夏乒乓付了一次小钱，收了N次巨款。何止翻倍呢，完美收官了，是这么回事吧？

李乘风乐了，白黑，就你这悟性，要是没走，你得是我上峰。对了，你问这些干什么，他不会又去跟你要了吧？许白黑问道，乘风，你觉得他会吗？李乘风骂道，借他个胆，我谁呀，老领导的铁杆心腹，他才不敢呢，我猜吧，他是跟你买好去了。许白黑拍脑门，正确，乘风，你可真是太聪明了，哎呀，喝多了，散吧。

心理医院的预约网址，预约患者众多。他们当中，超九成的人都留了备注，指明了预约医生，许白黑。许白黑叫来了谢晓桐，他跟她是有言在先的，相较于宋定睛，她要多担些责任，多做些杂事，比如这类事。原因特别简单，他是新加坡人，只做过医生，没干过助理。她是香港人，又有助理经验，处理杂事，是不在话下的。许白黑交代，晓桐，跟所有预约者沟通，直言无妨，他们无权指定医生。接诊医生是由心理医院来安排的，如果不接受，挂号费退给他们。

谢晓桐问道，如果他们宁可排队，也要等你呢，我该怎么回复？老师，这里的患者习惯于选医生，他们选谁就是谁，医生是没有选择权的。许白黑说道，画地为界，双向选择。就是这样，我不接受排队，起码是目前情况下，由他们吧，去留随意。

老师威武，这里都成“租界”了。谢晓桐笑说，老师，医院的收费标准，决定了就医人群，非富即贵，这类人群都是任性的。许白黑说，晓桐，你是我助理，由你致电，已是态度，去办吧。

“租界”，是什么概念呢，很简单，孤岛，有舟船者可以上岸，普通人就免谈了。心理医院正是如此，工薪阶层是不可能来这里就医的，也就是说，他的诊室只能是面向富贵者的，他的患者群已经被固化了，阶层固化，无从改变的。

在绝大多数的国家，在绝大多数的医院，综合医院以及心理医院，都不是这样的。不管是什么样的名医，接诊的患者都是多元化的，什么人群都有，那是医疗机制以及医学标准决定的。医疗机制是保险性质的，所谓的医疗保险，是覆盖性质的医疗保险，全覆盖，无死角，是没有什么玄机的。

医学标准就不同了，那是要看医学指标的，也就是患者的病况。当患者走进任何心理医院，医患双方是彼此信任的。若是该患者病况复杂，医生感到难于治愈，那么，他会如实相告，同时推荐其他医生。通常意义上，被推荐的医生，都是名医。至于名医在哪个医院行医，那都没有关系，患者直接过去就可以了，这就是医学通道了。

关于患者的医疗费用，那都是保险公司和医院对接的，无缝衔接，简单透明。也有患者情况特殊，若是他的保险级别较低，而病情的级别较高，那么，医学标准至高无上。先看病，后谈钱，谈钱的对象就不只是保险公司了，保险公司欠下的窟窿，将由相关机构全额补齐，补给医院。相关机构又是什么呢，那就是所谓的财政了。财政的来源是什么呢，当然是税收了，来自纳税人的税收。

许白黑的诊室里，多次出现过这样的患者，他们是穷人，但他们都很高级，医学意义上的高级。只要高级，他就得接诊，没办法，名医就是如此，只要患者足够高级，他是无权拒诊的。当然，他也拥有自己的权利，无理由拒绝权，他是可以拒绝某些预约者的，比如某位传媒大亨，就已多次预约，许白黑从不接诊。没有为什么，他无须解释为什么，只有他自己知道，那是为什么，说出来就成了笑话了，那大亨爱穿皮草，他就是看不惯。

李乘风办事，是从不过夜的，宴请也是如此。按照李乘风的要求，黄昏时分，许白黑带着谢晓桐上桌了。谢晓桐是有使命的，她是来跟唐希进行对接的。李乘风说了，心理医院的所有相关事务，都是需要里应外合的，唐希主外，而里头这个人，也是特别重要的，要高智商，高情商，还要懂医学。于是，许白黑就安排谢晓桐暂行统筹了。当唐希见到谢晓桐，他是惊喜的，哇，美女医生，我好幸运。谢晓桐浅笑，唐主任，请多关照。

桌子很大，能坐下二十多人的那种桌，居然全满了。来的都是各医院的院长，副院长，以及科主任，都是老同学了。许白黑和每个人都打了招呼，热乎了，这才落座了。李乘风硬是把他给按在了主座上，许白黑右边是李乘风，左边是十三院的院长，胡院长。李乘风举杯，兄弟姐妹们，这顿饭我掏腰包，不花公款，给白黑接风，干了吧。

席间，觥筹交错，酒如流水，人若走马，都很尽兴。许白黑是有言在先的，各位，我明日还要接诊，我就三杯吧。于是，他听到了好多的回应，都是重叠声，嘻嘻嘻，呵呵呵，嘿嘿嘿，哈哈哈，大家都说，装什么装，谁不接诊呀。更有甚者，风云第一刀都笑喷了，白黑，我明天还是手术日呢。怎么就不能喝了，一夜还不够醒酒吗？许白黑说，我真不够，我没试过。李乘风说道，那就从今天开始吧，白黑，大家都是医生，谁也没你讲究，为什么，说出来都是泪，讲究不起啊。

还真就有人流泪了，泪流满面，借着酒意，细说从头，白黑，我这脑外科医生半辈子了，第一次醉酒，是手术后，也是手术前，次日还有手术。没有办法，手术成功，下了台，就上了桌，患者是领导的领导的亲属，我能不去吗？人家敬酒，我也像你这么说的，没用，都得喝了。喝多了怎么办，回家吐，吐不出来就抠，抠出来，抠干净。然后呢，冰箱里有毛巾，特地冻上的，早晨早起，包头上，醒脑子。手术台？照样上，照样做，照样不出错。

符合者众，大家都说了，白黑，我们都是这样过来的。逼出来的酒量。掏心说，接诊一天，谁不是累得半死，可是领导发话了，同事有请了，熟人非要谢你了，推不掉啊，不敢推啊。那就上吧，那就喝吧。回家醒酒吧，各有各的办法，轻者大量饮水，往死里灌，代谢嘛。重者得用药了，上吐下泻，OK，肚里清仓了。难受？那都不算事儿，什么才算事？接诊不出错！

李乘风补充了，白黑，在座都是名医，虽然没你名头大，可咱们同学，那也都是医学界的领军人物啊，都是杠杠的。这可不是大话，这是大实话。你当他们好请啊，那都是轻易不上桌的，生人叫不动，患者叫不动，普通熟人都叫不动，都是实在磨不过去了，才肯出动一回的。

许白黑仰天长叹，众位，那我就六杯吧。容我先练成独家醒酒大功，咱们下回再尽兴吧。十三院院长站起来了，他说，那可不成，咱得来者不拒，这样吧，我表个态，许先生的酒，六杯开外，全是我的，我替他喝了。许白黑跟着起立了，这位仁兄，不，我应该叫你学长，你比我们都高了两届。我想先敬你两杯，第一杯致谢，第二杯致歉。你的心意，乘风都跟我说了。咱们来日方长吧，期待合作。

两人碰杯，一饮而尽，许白黑说，如不嫌弃，叫我名字吧，大家都这么叫我，学长岂能见外。十三院院长满目深情，悠悠一声，白黑，叫我老胡吧。他们都叫我老十三，我不喜欢，宁当医生，不做王爷。

李乘风大笑，前仰后合的，老胡，你就是个人精，白黑好什么，你就说什么。投其所好，什么居心，不就是想上船吗，想把你那叶小舟，给挂到心理医院的大船上。号外，爆料了，老胡刚才偷偷送礼了，大礼，抠门透顶，那都不是给我的，他让我转给白黑的，见面礼。

谁要能猜出来，我喝九个。

众人起哄，纷纷猜测，猜什么的都有。李乘风连声的，错，错，错。许白黑转过头，低声的，胡兄，我来猜猜吧，可以吗？老胡点头，额头上渗出了汗珠。许白黑微笑，胡兄，我猜，那是一座山。不，不会是照片，不是画，不是书，那该是什么呢，模具吧，雪山模具。你为我定做的，是吧？老胡没有点头，伸手了，就在桌布之下，两人握了个手，就一下子，紧紧地，都很用力了。

是李乘风送许白黑回去的，叫的代驾。李乘风说，白黑，我送你回宿舍。许白黑纠正，那不是宿舍，是家，我安家了。到了楼下，许白黑下车，李乘风认真叮嘱，白黑，告诉芝芝，我想她了。许白黑说道，乘风，代我问好，问好老郭。

无眠之夜，最是销魂，许白黑独自销魂。他还从没这么销魂过，一个人。他都是和芝芝一起销魂的，就在露台上，无声无息地，谁也不说话，好久，凉了，就要回屋了，芝芝会问，想谁呢？他会说，谁呢，都不是你了。芝芝就说，白黑，这样子真好，好极了。

他给芝芝发了语音，一句话，芝芝，都想你了。又发了照片，好多张，都是家居图，他认为，芝芝是会满意的，对于这个屋子，对于这个家。唐希是个有办法的人，原本的东西两户，都是四室两厅的格局，贯通了，创新了，创成了双连贯了，就成了两个厅了，大客厅，大餐厅。至于房间，还是四间，都是大房间了。两间卧室，都带卫生间的，一间梳妆房，还有一个空屋子，就是所谓的书房了。

整个居室三百平方米，另有衣帽间，以及储藏间，洗浴间超大，差不多四十平方米了，这是合并了一间小卧室，才给做出来的。装修风格是法式的，简约法式，家具也是同样，都是单色系的，烟灰色的。这里是顶楼，29楼。就在他的脚下，都是门对门的，都是医生，都是宿舍。这里是心理医院的宿舍，两个单元，上百户宿舍，都是同样的结构，都是唐希做的装修，按照每位医生的不同要求。当然，要求是不可以太细化的，医生可以指定的只有三样，居室风格，家具风格，以及色系的选择。

在整个装修的过程中，唐希对接的只有一个人，美国烂柯山心理医院的总务。此人属于高薪特聘，并不懂医，只会管理，管理医院的一切杂事，尽在掌握，从无遗漏。至于装修款，是由心理医院全额投入的，每套居室都采用统一的封顶价位，超出部分，是要自掏腰包的，许白黑也不例外。也就是说，如无特殊要求，那么每位医生都是可以拎包入住，毫无支出的。

毫无疑问，在这两个单元，许白黑是支出最多的那个人。还有几位医生，也都做了一些投入，比如宋定睛，他的家具和电器，都是女朋友指定的品牌和款式，全是漂洋过海，远道而来的。比如来自新西兰的某位医生，他要大通透，只要一个大客厅，一个大卧室，这样就可以享用他最热爱的洛可可风格的家具了。

至于地库，地下车位原本都是隔离式的，卷帘门样式的。后来都打通了，唐希十分不解，反复追问，为什么。许白黑解释，《变形金刚》看过吧，那就是汽车文化了，都文化了，还能隔离吗？唐希羡慕的，许先生，你手下的医生，可真是上了天了。许白黑纠正了，不是我手下，都是我同仁，我也是医生。医生就该这样的，在哪里都是。

这两个单元，是团购的，李乘风一手促成的。他说，租房？白黑，你疯了吧，你当这是美国呀。这里的房东说撵你就撵你，说涨价就涨价，都会翻脸的。听我的，买买买，买房子永远不会赔，什么时候卖掉，都会赚钱。许白黑认同了，感觉特别有道理，就和亨德斯以及保罗进行商议，都通过了。就买了，都买了。

还有些空屋子，也都做了装修，设施齐全，再有医生来了，随时可以入住的。至于亨德斯和保罗，他们若是莅临，都是住酒店的，是不会住在这里的。李乘风曾经以股东的身份，强烈建议出租空房，许白黑反问，你疯了吧，乘风，这里只能住医生，我宁愿空着。

芝芝回话了，白黑，你的时间，子夜时分了，怎么还不睡呀？许白黑说，等你呢，咱们一起拆礼物吧。许白黑举着手机镜头，开始拆礼盒了。这是一只黑纸盒，红缎带，挽着蜻蜓结，抽开了，是一座雪山，梅里雪山。雪色皑皑，千峰白头，主峰是金色的，是金顶，却不见了夕阳，不，夕阳在的，始终都在的，每个黄昏。

芝芝，你怎么不说话了？

我在想，卡瓦格博，这是谁的主峰呢，是梅里雪山的，还是你的？

芝芝，它属于梅里雪山，永远。我没有主峰，如果有，那是你。

白黑，你是否相信，在那个患者心上，你就是卡瓦格博，他的卡瓦格博。

不，芝芝，我是带他下山的人。我不是他的山，我是他的医生。

十

亨德斯和许白黑虽是师生，但在心理治疗领域各有所长。亨德斯在深度心理催眠治疗领域，技艺神乎其神。三十年前，他以小矮人病例成为全球著名的心理医学权威。那是一个 17 岁的姑娘，但身材和心智长到 5 岁就停止了发育。她舅舅带她看遍美国各科医生，皆是束手无策。亨德斯力排众议，对她进行深度心理催眠，得知她是在 5 岁时，因父母意外死亡而自我封闭了肉体和心智的成长。亨德斯给她治疗了两年，成功治愈她的重度自闭症。23 岁时，那姑娘长到 165 公分，心态也再无异常。

许白黑在治疗抑郁症领域盛名久负，不少重度抑郁症患者在他手上重获新生。就像亨德斯那样，许白黑也是一战成名的。在心理医学的教科书上，亨德斯的案例，被称为小矮人案例。而许白黑的案例，则是雪山案例。

他的患者，是个拥有 17 次自杀未遂史的中年男性，单身人士，教育程度高中毕业，无婚史，性取向正常，社会关系简单，与人交往无明显障碍，多数时候都是面带微笑的。他的每次自杀都很真诚，从不弄虚作假，跳楼是从八十多层高的公寓头朝下跳的，可惜那天风太大，把他吹到二十多层某户人家的阳台上了。他的全身多处骨折，为此不得不住院半年，进行双重性质的治疗。

出院后，他又选择了饮弹自尽，用的是把老式手枪，开枪姿势是举起右手，向自己的头部进行射击。上帝再次戏弄了他，这颗子弹就那么嵌在了他的头骨上，由于子弹的口径只有 0.22 毫米，对他头部造成的伤害太过于有限，因此他在脑外科住院一周，同期进行心理治疗，治疗周期是三个月。

后续，他又采取了多种绝不重样的自杀方式，投海服毒上吊，甚至卧轨，都运用过，只是都没能如愿以偿，当那辆火车完全停下时，距离他只有 20 公分。在此期间，医学和他，历来都是双向选择的，他也曾自主性寻求过心理治疗，也多次被精神康复中心予以收治，进行强制性治疗。他对每位医生都很慷慨，出院后都以再次的自杀行为作为回报。

这位患者是被送到亨德斯面前的，走的都不是寻常路径，他丧失了选择医生的权利。他走的是医学通道，在这个行业内，像他这样的顶级患者，已经无路可走了，寻常医生见到他，都会向上进行推介，后来给他治疗的，都是名医。多位名医，多次失败。亨德斯实话实说，先生，在这个行业内，你早已大名鼎鼎。你对我们很失望？患者说，不，我感激医生，我只是对医学很失望。

亨德斯召集之前的多位名医，开了个会。是开会，不是会诊。会诊就是会诊，是没有任何题外话的。开会就不同了，开会可以涉及一些其他内容，比如，是不是应该更换医生。亨德斯说，鉴于患者对于我们这些名医的深度失望，以及由此产生的极为强烈的抗拒意识。我建议给他换医生。我要你们的意见。大家开始议论，半小时之后，会议通过了，患者的接诊医生，不是亨德斯了，而是许白黑。

亨德斯对许白黑说，许，我在你的身后。许白黑对患者说，我是无名之辈，你是否接受我？患者说，我接受，为什么不呢？许白黑说道，我向你承诺，没有第 18 次了。患者叹气，他们都是这么说的，只不过是数字不同罢了。

这位患者极为配合治疗，对医生护士态度顺从，从无抵制。头两个月的治疗，许白黑采取相对保守的疗法，无论用药还是其他治疗方式，都和其他患者同等待遇，每天的对话也都是例行性质的，许白黑会问，今天好些了吗？昨晚睡得怎么样？还有拥抱死神的想法吗？患者就回答，好，还不错，偶尔会有。

第三个月，许白黑着手调整了部分用药，患者出现各种不良反应，每天都要呕吐好几次，即便如此，他仍然会说，还好，愿上帝保佑你，我的医生。到了第五个月，患者的药物反应已经没有那么强烈了，许白黑这才与他进行了治疗意义上的正式沟通。

许白黑不相信患者对于自己病情的综合自述，如果他信了，他也必然会是失败的，就像前头那十几位同行一样，他们都被患者陈述的假象所蒙蔽，从而无法找到患者的真正病因。找到患者厌世自杀的真正原因，从而击碎它，这是心理医生必须要做到的。之前的所有医生也都是这么进行的，只是他们都没有做到极致，无可复制的极致。

许白黑推翻了患者前期的所有病历，这些病历对于患者病因的结论完全一致，那就是采信，采信患者的自我陈述。根据患者自述，他是由于商业失败和历任女友的离弃，才导致绝望厌世，进而一心求死的。许白黑对患者说，我要说出你的秘密了，就在刚才，护士给你注射的药品并不是你的常规用药，而是少许的镇静剂，你是否觉得困倦？患者说，不，我没有不适。许白黑就说了，他的语气波澜不惊，如若溪流，自远山而来，积水成潭，深不见底……

先生，根据你的陈述，你出生于美国西部，年轻时酷爱各类冒险运动，曾经加入过当地最著名的冒险俱乐部，这个俱乐部的名字并不是你说的那样，它不叫鹰眼，它真实的名字是卡瓦格博。它是梅里雪山的主峰，海拔高度为 6740 米，它是整个地球上，从未被人登顶的山峰，你和你的伙伴们都渴望征服它。在成功登顶珠穆朗玛峰数次后，你们曾经三次去攀登卡瓦格博，每次都有人员伤亡，每次都有伙伴留在那里，永远地留下了。而最后一次，只有你一个人回来了。你那八个同行的伙伴，他们都在梅里雪山长眠了。

你们的俱乐部也因此解散了，很快，你就离开了故乡，来到这个都市谋生。你与故乡切断了一切联系，再也没有回去过。你奋斗了十年，只为着遗忘。你以为已经过去了，可是没有，在某个清晨，或者黄昏，你忽然发现，那些往事扑面而来，来势汹涌，就像那场雪崩那样，你再也无法获得解脱。你开始更换工作和女友，以及住所，但是没有用，新的环境和爱情，无法令你像从前那样投入和沉迷了。

先生，就这样，你又重回了自己，你每时每刻都在登山，你的耳畔风雪呼啸，你的眼中只有死亡。而你那些伙伴全都复活了，他们总在跟着你，总在看着你，总在跟你说话，倾诉着对你的思念和不舍。你开始酗酒，但是酒醒后，你更加无处容身，他们占据了你的沙发，你的床铺，甚至坐在你的马桶上，怎么也不肯离开。先生，你想他们，也怕他们，你爱他们，也恨他们，当年你无法带他们下山，而今他们却想要把你带走，带到地狱里去。

先生，你的选择是正确的，你开始求助于医生，但是你不敢说出病因，因为他们总在你的身边，你怕他们听到了会伤心，于是你对所有的医生进行隐瞒。在这样的情况下，没有医生能够令你彻底痊愈，所以你出院后，仍会实施再次的自杀行为。

你问我为什么会知道？先生，我很愿意告诉你，大多数惯性自杀者，对于死亡的时间都会有所讲究，而你 17 次自杀的日期却是毫无规律可循的。没错，我就是从这组数字入手的。我专程去过你的故乡，找到了当年的俱乐部老板，我得到了所有成员的资料，我就这样破译了你的自杀密码。先生，你每次自杀的日期，都是你那些伙伴的生日。三次登山，你共有 13 个伙伴留在了梅里雪山。有位叫丹尼的，你在他的生日自杀过三次。我想知道，你和丹尼之间，到底发生过什么？

诊室里灯光柔和，而又略显昏暗，在这样的灯光下，患者的脸上光影纵横，都是泪光，是满脸的泪光在肆意流淌。他的嘴唇和双手都在颤抖着，他的声音低不可闻，丹尼，你怎么出去了，你不要扔下我不管，这位医生什么都知道了。他看见你了，丹尼。

许白黑说，先生，这里只有你我，没有丹尼，他一直待在梅里雪山，从来就没有回来过。先生，根据俱乐部老板的回忆，你和丹尼并不是最好的朋友，你们始终关系平平。所以，我对当时的灾难现场做了还原，当你们攀登至五千多米的高度时，遭遇极端恶劣天气，在这种情况下，是继续还是放弃？你们即刻按照老规矩进行了决议，他们的结果是四比四。是你的最后一票，决定了整支队伍的命运，于是你们留在原地，想等待风暴过去，继续进行攀登。

先生，你在整个队伍中，始终都是排在最后的一个，是你的那一票，摧毁了所有人的生命。当雪崩降临时，丹尼曾经救了你，紧接着，丹尼坠崖了，就在那一刻，就像那些灾难片里的镜头那样，是你拉住了他的手。不幸的是，你无法把他拉上来，而他却要把你带入深渊，先生，你松手了。丹尼坠落了，他是大喊着你的名字坠落的，他的呼唤始终响在你的耳边，许多年了，直至此刻。

先生，这场雪崩，你的伙伴全部遇难了。你回来后，再也无法面对他们的家人，以及自己，你选择了逃离。离开他们，离开故乡，离开所有的冒险活动，你成为一个最正常不过的都市人。你结交了不少新朋友，但他们都说你郁郁寡欢，不太合群；你投入了好几次恋爱，但你的女友都无法忍受你的暴力倾向，你多次在睡梦中掐住她们的脖子，令她们几乎窒息；你的几任房东都曾经起诉过你，因为你肆意毁坏住所的家具，甚至房屋本身，先生，你的房东让我看过那些照片，你的破坏力真让我触目惊心。

朋友没有了，工作没有了，女友离开了，当你只剩下自己，丹尼他们就都来了，来陪你了。于是你再度结交朋友以及女友，以此来逃离他们，但是没有用，他们不肯放过你。先生，你的首次自杀是割腕，与众不同的是，你割的是右手腕，你不是左撇子，但你割得很深，如果不是你的邻居来敲门借东西，我确定你会死去。为什么要割右手？因为你当年松开的，就是右手，是不是这样的？

患者紧抱着自己的脑袋，但他剧烈耸动着的肩膀，也是具有表情功能的。正是这样的表情，给了许白黑莫大的鼓励。在之前所有的病历记载中，这位患者从未有过任何的失态，以及情绪上的高度失控。

许白黑问道，先生，你是否需要暂停？我们也可以明天再继续的。患者抬起头，不要停下来，医生，你如果能说出来，当时我为什么能够一个人活着下山，我就把什么都告诉你。

先生，从未被征服，始终被向往，这就是卡瓦格博。世界各地的登山队也曾屡次攀登，全队罹难的不在少数，也正因为如此，这里流传着许多神秘的传说，有些传说如同神话，有些则犹如魔咒，甚至带有浓郁的灵异色彩。这些传说，当然会对你们构成某种程度的心理影响，以及心理暗示。我是无神论者，但我推测，先生，你曾经看见过某些景象，正是这些景象，促使你活了下来。先生，请你坐下来，否则我无法确定我的人身安全，我们的沟通也必须终止。

谢谢你的配合，先生。你常在睡梦中掐紧你女友的脖子，我由此猜测，你在雪崩过后看见过一个女人，也许她还对你说过些什么。她是你的雪山之神，犹如契约，你心里始终都在供奉着她，她也在保佑着你。后来，丹尼他们都回来了，你认为是你的女神把他们给放回来的，她对你毁约了。

你深陷其中不能自拔，无限痛苦不可告人，这是深度的耻感，每个人都有的。于是，你开始实施自杀行为。17 次，你都失败了，你不认为这些失败都是偶然的，你认定了，这是那个女神在施展魔法。当然，这时的她已经不是女神了，她是个女巫，甚至是女鬼，她要让你生不如死。你在睡梦中与她抗争，想要掐死她，结局很悲催，再也没有女友肯与你同床共枕了。

先生，至此，我们共同面临着一个至关重要的问题。你是否也愿意像我这样，把这一切都视为幻觉，只是幻觉。丹尼，还有其他死去的伙伴，以及那个女人，他们都来自你的幻觉，请你告诉我，他们是不是你的幻觉。

患者望着许白黑，他的目光无比幽深，简直深不可测，他说，医生，你是不是也听从于那个女巫？否则你怎么会知道山上发生的事情？许白黑微笑，先生，我为你做足了功课，耗尽了心血，我查阅的资料，摞起来比你还要高。我是你的医生，不认得什么鬼神，我只认得你的病情。

患者问道，你为我费尽了周折，又是调查又是推理，不错，你比他们都要高明，但你为什么不肯直接问我？许白黑慢悠悠地抹汗，极度紧张的时候，他的脑门上总会出汗，他说，先生，除了对丹尼他们的恐惧感，你还具有极强的尊严感，所以你向所有的医生隐匿病因。先生，其实此刻，我比你还要恐惧，我恐惧你会说不，如果你说不，他们不是幻觉，他们就在这里，正在听着我们的谈话，那么先生，你的余生将会只有两个去处，坟墓，或是精神病院。

医生，绝大多数时候，我知道丹尼他们都是幻觉，但那个女人不是，我在山上真的看见过她，她就住在卡瓦格博，住在梅里雪山的顶峰，你知道她穿着什么样的衣服吗？患者紧盯着许白黑的白衣，他说，医生，她就穿着白色的长裙，又软又薄，几乎就是透明的。那时的温度接近零下四十摄氏度，可是她的手暖暖的，那么软，那么热，我向她哭喊，他们都死了，我也不走了，我要跟他们在一起。可她不让我死，她牵着我的手，把我送下了雪山……

十一

先生，对不起，我必须要打断你了。接下来的情况是这样的，当你醒来，你已经是在山下了，而她已经不见了，是不是？许白黑问道，他的口吻极为笃定。

患者喃喃低语，是的，她走了，她回山顶了，那是她的家。许白黑说，先生，我以我的职业发誓，这个女人同样也是你的幻觉。你下山的过程无比惨痛，抵达相对安全的区域后，你曾产生极为短暂的昏迷状态，那只是片刻，因为在那样的环境下，两分钟的昏迷状态都会使人致死，再也醒不过来。先生，就是在这片刻之间，你看见了她，看见了你的女神。

先生，人类大脑在严重缺氧的状态下，极易产生幻觉，而你当时正是这样，所以幻觉的出现，几乎就是必然的。先生，这个女人并不存在，她是你的幻觉，是你大脑缺氧和心理创伤的双重产物。之后，你的记忆系统产生了覆盖性，覆盖了雪崩之后，你独自下山的整个过程。也就是说，是她让你遗忘了这个过程，在心理医学上，这样的现象被称为选择性遗忘。先生，你并不是懦夫，选择性遗忘是许多心理创伤者的本能意识，但是你与其他人不同，其他人是直接或间接地封闭了某段记忆，而你是借助幻觉来进行遗忘的。

先生，你的创伤太过于深重，因此你的幻觉意识也在不断地自我强化着，就这样，幻觉逐渐吞噬了你的思维，甚至你的生活，你无法甄别幻与真，也无法分得清梦与醒。先生，你以幻觉来对抗创伤，这样的行为叫作饮鸩止渴，这个中国成语的意思是，愚蠢的人用毒水来解渴，口渴缓解了，他却中毒了。先生，这就是心理剧毒。是死于这种剧毒，还是击碎幻觉，全力求生，我给你时间进行考虑。先生，今天的治疗到此为止，明天，我要给你看样东西，我相信，你会给我答案的。

不，医生，我从没有这样好奇过，我希望现在就能看到。患者分明是有些急不可待了。许白黑摇头，不可以，先生，你现在要做的，是进行每天的常规治疗。而我的另一位患者正在等候，我必须遵守约定的时间。患者抗议，没有人会比我更严重，他们怎么能跟我相提并论呢。

许白黑哑然失笑了，当然，17 次自杀，你让所有人望尘莫及。另外，先生，我已再次调整你的用药，你不会再有呕吐现象了，你需要凝聚全部精神，等待明天。患者说，医生，呕吐并不难受，我已经习惯呕吐了。许白黑说，先生，重度抑郁症之外，你同时罹患其他多种心理疾患，受虐倾向只是其中一种。之前，我给你使用过催吐剂，原谅我不曾告知你。患者握紧双拳，使劲挥舞着，医生，你对我真好，但我真想打烂你的脸。

当晚，许白黑没有回家，整夜都待在诊室里。这间诊室，是专为这位患者而建立的。相当于项目，重点项目。该项目的所有费用，由许白黑母校的心理医学基金会提供。就该患者病况，许白黑提出了特别申请，申请书的落款，只有他的个人签名，没有任何人的联名。这是保密机制，也是项目通道。基金会进行了综合评估，批准了许白黑的特别申请。批准就等于立项了，所谓立项，就是拨款，全额拨款。从提出申请到款项到位，为时四个工作日。该项目的名称，就叫作雪山案例。

许白黑请来了德国最好的模具公司，对梅里雪山的主峰进行复制。他要求五千米以上部分，要严格按照比例，进行诊室版的全景复制。同时，他还找到了几位曾经攀登过梅里雪山的登山爱好者，以及两位电影公司的艺术家，分别是导演和剪辑师。他们的任务是，以登山爱好者提供的影像资料和口头描述为主，融合当前可以利用的一切影视资料，制作出一部为时半小时的影片。这部影片要真实再现梅里雪山的风貌，还原雪崩场景，展示上山与下山的路径，必须要做到效果逼真，令人如同置身其中。

许白黑花钱，很爽，很痛快，因为该项目款项充足，但求成功，不设上限。许白黑对模具公司的设计师说，我要的山体可不是死山，我要它风雪交加，寒意刺骨。设计师承诺，没有问题，山体内部空间足够，可以安装相关设置。

电影公司的导演也提出了要求，许，有些影视机构的作品涉及版权，但是效果极好，我不舍得放弃。你如果说出制作这部影片的详细用途，我乐意尝试去说服他们。许白黑说，行有行规，我只能再次告诉你，这部影片将用于某类心理病症的尝试性治疗。使用完毕后，我们会将影片作为涉密资料归档，永不公开。

导演问道，我的作品，我有权知道放映次数吧？许白黑回答，一次，绝版，不好吗？导演抗议，谁要绝版，我的理想是无限次。许，你是医生，思路不够奔放，你有没有想过，如果治疗成功，这部影片也许将会具有教学意义，也许它会被载入心理医学的教科书，嗷嗷，那可就成了史诗性作品了。不行，我要反悔，我不接受匿名了。许白黑乐不可支，艺术家的想象力好恐怖哇，好吧，你可以署名，但字体必须要小。作为交换条件，你要说服他们，拿到版权许可。

模具和影片的制作过程，足足耗时两月有余，等所有的任务完成，一切布置就绪，许白黑把亨德斯请到了这间诊室，共同体验了艺术效果，拟定了极限化的治疗方案。所谓极限，那就是只许成功，不许失败的。因为失败所意味的，没有其他，只是死亡，患者的死亡。

这间诊室极为空旷，正中陈列着模具公司的作品，该作品就建在地面上，总面积 10 平方米，整体边缘呈不规则状，高度为 3.79 米。这件作品可谓杰作，没有人知道它的材质，但它能令所有人心生寒意，它就是雪山，是梅里雪山，是栩栩如生的卡瓦格博。对面的墙壁，同样是雪白的，这是一面银幕，电影银幕。距离银幕大约二十米远，摆放着三只沙发，除此之外，整间房里别无他物。

患者来了，被许白黑搀扶进来的，步入了这间诊室。许白黑摘掉了患者的眼罩。患者的眼睛是闭着的，他不肯睁开。就像棒棒糖，许白黑用两根冰棉球，轻触患者的眼睑，在心理医学治疗中，这样的刺激模式，是具备安抚性质的。果然，患者睁眼了。

许白黑轻声说，先生，这就是你的卡瓦格博，你唯有面对它，才能走出它。患者声音发抖，医生，我可以的。许白黑说道，你很勇敢，先生，你仍是那个梦想登顶的勇士。让我们开始吧。许白黑按动掌中的遥控器，顷刻间，风雪如刀，呼啸而来。患者踉跄后退着，许白黑阻止，先生，请你站稳，我们所面对的，只是梅里雪山的复制模具，风霜雨雪皆由模具的微孔所释放，这些微孔多达上万个，你不用害怕它。患者说，不，这些冰粒都是真的，这是山上的冰粒，就是那天的。

许白黑说道，先生，请你抬起头来。患者缓缓抬头，他看到了天空，一望无际铅云翻滚的天空，许白黑低语，先生，这是 3D 效果影像，根据你们登山当日的天气记录所制作。患者哽咽，不，这是真的，你为什么要告诉我它是假的，为什么？许白黑回答，因为这是医学，这不是幻术；因为我是医生，我不是巫师。我要你以足够的清醒，来面对那一天，而不是重蹈那一天。

许白黑把遥控器递给患者，他说，先生，请你亲手关掉它。患者按下了按钮，刹那间，整间诊室风雪骤停，静得都有些瘆人了。许白黑走到门口，拉开了门，门外，是亨德斯。亨德斯进来了，他说，先生，你还记得我吧，我是亨德斯医生。我们还为你准备了一部影片，请允许我陪同你观看它。之后，我们会对你进行深度催眠，让我们共同来激活那段空白吧，也就是雪崩之后，你所经历的一切。

如同羔羊，患者居中，坐在了正当中的沙发上，他的左右两侧，分别是亨德斯和许白黑。许白黑叮嘱，先生，影片长度共计 30 分钟，配乐采用你青春期最喜爱的那支曲子，《雄鹰别怕》。解说词是我录制的，之所以是我，是因为在这半年里，我是与你说话最多的人，我的声音你早已熟悉，不会产生违和感的。患者点头，但他的身体绷得紧紧的，手背上血管暴出，如若攀爬了几条蚯蚓。

影片的前十分钟波澜壮阔，全景展现了梅里雪山的地理风貌，以及地质历史，间接带入了一些传说和神话。患者的状态似是及其投入，像是在享受，也像是在受虐，镜头缓缓转移着，转向了卡瓦格博，每个画面都是美轮美奂，而又惊魂摄魄的。许白黑的配音响起了，他的声音无比冷静，一如平常，不带有任何的情感色彩，他说，这就是卡瓦格博，这里没有珠穆朗玛峰的高度，也没有安第斯山脉的辽阔，没有人来过这里，只有勇士可以……

患者的嘴唇沁出了血丝，他紧咬着嘴唇，没有叫停。影片的最后是个定格，是患者所在的俱乐部，全体登山队员出发前的合影，也是他们的最后一张合影。他们都在笑着，肆无忌惮地大笑着。

许白黑问道，先生，你是否还记得，这张照片是谁为你们拍摄的？患者没有听到，他的眼神像是被锁住了，被这张照片给牢牢地锁住了，他大声呼叫着他们的名字，跟他们每个人打着招呼，他也笑了，却是泪流满面了。

亨德斯向许白黑示意，许白黑关掉了影片，那张照片熄灭了。整张银幕雪白如初，什么都找不到了。患者拧过头来，死盯着许白黑的眼睛，电光石火间，患者挥动拳头，向着许白黑的脸部砸去。

拳头落空了，许白黑是早有防备的，他出手的速度比患者还要快，力度也拿捏得恰到好处，他攥住了患者的手腕。他说，先生，我自从业以来，数次遇到袭击，受过伤，也流过血。我不会再挨打了。患者呜咽，我要他们，医生，我要他们回来。许白黑握住患者的手，先生，请跟我来，他们会回来的。

这间诊室，是个套间。患者被带入里间，这里是催眠室。患者用了药，躺下了。亨德斯说道，先生，你是最了不起的勇士，你敢于三次攀登卡瓦格博，我敬佩你。患者的声音如同梦呓，他说，上不去了，那么快，变了天了，什么也听不到了，什么也看不见了，什么也抓不住了。是我，是我要留下的，我真该死，我怎么没死呢？他们都留下了，他们都死了，死在那里了。

亨德斯的语气有些飘忽不定，似远似近的，他说，先生，他们的样子，我都看见了，你也看见了，我们都看见了，看见了每个人。患者满头的汗水，他说，不，不是你，是我，雪崩过去了，我看到他们了……

亨德斯低声打断了他，是的，是你，你在找他们，在五千多米的冰坡上，你爬着，低呼着，你找到了，天哪，你最先找到了他，他已经僵硬了，但是他的面容似在微笑，你叫着他，你正在叫着他的名字……

患者就叫了，叫出了第一个名字，接着是第二个，第三个，第四个，但是，到了第五个，他就找不到了。他知道，他们都被埋葬了，被雪崩给埋葬了。是雪葬。也许很快，也许很久，当再次的风暴来临，又过去了，他们或者会裸露出来，或者永不。

他不能等了，他不敢等了，等待，哪怕只是半秒钟，也是死亡，只能是死亡了。他已经无法呼吸了，就要窒息了，他要活着，活着回去，去告诉他们的家人，他们回不来了，再也回不来了。

我要下山，下山，我下山了，可是没有路了，都是雪，那么多，那么高，淹没了我。患者抽泣着，泣不成声。

亨德斯接着说道，不，先生，你是最优秀的登山队员，你没有选择原路，因为丹尼坠崖的冰缝，就在你们的来路上，你绕开了它。你是滚落下来的，从积雪中滚落的。你什么都忘了，你只知道向下，向下，唯有向下，才有可能活着……

患者挣扎着，像是要坐起来，此刻的他，是半躺着的，躺在催眠椅上。他的手腕上，是有束缚带的，当患者的医学指标显示，已进入催眠状态，该设施就会自动起作用了。亨德斯说话了，提高了音量，每个字符都充满了力度，足以令患者安宁下来的力度。他说，先生，告诉我，你看到了什么，是人，好几个人，对不对？

是的，医生，我看到了几个黑点，就在我的下方。患者显然是冷静了，医生，我知道那是人，是他们。他们来了，但是那么久，那么久……啊，不，不是他们，是她，我的女神，是她来了，她好美啊，她对我说，不要忘了我，此生此世……

亨德斯没有打断他，不需要了，催眠结束了。患者醒来了，医学意义上的醒来，许白黑说道，先生，祝贺你，本次的催眠治疗十分成功。嗯，药物作用，你还有些虚弱，所以，下面的过程就由我来讲述吧，请你聆听。

你醒了，是在他们的帐篷里。他们是一支登山队，来自日本的登山队，是他们救了你，他们的队长叫作小桃幸二。你对他说，我看见她了，我看见了雪山女神。是她救了我。小桃幸二严肃起来了，他说，朋友，当我们看见你，你是孤身一人，你对我们的呼喊做出了回应，你向我们挥手，就挥了一下；当我们赶到你身边，你已陷入休克状态。你很危险，我们用尽所有的手段和设备抢救了你。从那刻开始，我寸步不曾离开你。与你同在的是我，没有什么女神。

先生，你们共处了一个夜晚。分手时，小桃幸二再度叮嘱，朋友，你要接受必要的心理干预，否则你会崩溃的。先生，你掏出了脖子上的幸运物，送给了小桃幸二，那是一只鹰，翱翔在雪山之巅的雄鹰。

先生，是这样的吧。请你再次告诉我，他的名字，小桃幸二。

先生，就这样，你回到了故乡，可你无法面对他们的亲人，俱乐部老板也在时刻追问，向你索要真相，全部的真相。你不敢说出来，不敢说出那最后的一票，才是夺命的一票。于是，你只能离开了，离开了他们，离开了故乡，离开了有关雪山的一切。

没有人挽留你，也没有人给你送行，连你的父母都没有。事实上，你的父母早已离异，并且都有了新的伴侣和孩子，你与他们并不常常来往。从那以后，你再也没有回去过，也没有给任何人，留下过自己的联络方式。

你没有去找心理医生，进行必要的心理干预，因为你需要遗忘，而不是回忆。可是先生，你错了。人性是脆弱的，每个人都是。你高估了自己。于是，他们都回来了，丹尼他们和那个女人，都回来了。是的，他们从没有放过你，因为你不肯放过自己。他们是你的心理投射，全部都是，是关于罪恶和耻辱的。

先生，不要问我为什么知道这一切，让我来告诉你，我是你的医生，我找到了所有能够找到的，你的关系人。你的房东，你的俱乐部老板，你的亲人，你的某些女友，甚至你的邻居。你的女友都听到过你和他们的对话，和丹尼他们的对话，或许你还不知道，当你沦陷于幻境，你已经说出了这些。这不是什么秘密，先生，可你认为它是。你很固执，病态性质的固执。于是，你就只有自己了，只剩下自己了。不，你还有他们，丹尼他们和那个女人，他们是同伙，他们要你死。你不能死，你要自救了，你需要驱魔人。

驱魔人，到了最后，只能是医生了，心理医生。

事实上，在就医之前，患者是去找过巫师的，埃及巫师，以及印度巫师。这可都是自费的，结果是钱花光了，丹尼他们更加无所顾忌了，每分钟都在跟着他，脸上笑意森森的，挂着冰水。他去找了一位很有名气的印第安巫师，那人要价很高，结果是很灵验的。他挨揍了，先是巫师揍了他，那是一个仪式，是必须的。当他回家，开门的刹那，他们仍在，他们逼近他，围住他，唱歌给他听。他跑了，身无分文，只能去教堂吃东西了。

他去看了头一位心理医生，公立医院，全免费性质的。这医生很有名望，对他的自述基本采信，用药和治疗也都相当到位，在那个时期，他们对他的干扰减弱了，但他知道她还在，每天都在，从未离开。他向医生求助，医生，有个女巫，此刻就在这里，她在你的身后。

医生说道，这里是诊室，先生，你要这么认为，我要对你的治疗措施再度升级了。他惊惧了，而她正在窃笑，在那个瞬间，他明白了，她已经摄住了那位医生的魂魄，就像她对他那样。他说，医生，我很好，只是想跟你开个玩笑。医生点头，状态恢复得不错，先生，切记按时服药。

十二

遵照医嘱，他始终都在服药。这些药品，能够让他的思维和感知系统变得麻木迟钝，获得相对的舒缓平静，不那么敏感和暴躁，却不能够从根本上消除她的存在感。她无处不在，形影不离，他们相互憎恨，她对他是为所欲为的，他对她是无可奈何的。她已经毁灭了他，毁灭了他的一切。再也没有老板肯雇佣他了，再也没有房东肯租房给他了，再也没有女友肯陪着他了，他早已生不如死了。

他自杀了，但是他获救了。接着是第二次，第三次，第四次，直到第十七次。十七次决绝的自杀行为，让他声名鹊起，在整个美国的心理医学界，他的名气简直比亨德斯还要响亮。后来，他被层层升级，按照相关医学治疗条例，他被送入特殊就诊通道，公立医院也有，私立医院也有，就一个准则，全都是名医接诊了。

至于费用，那是个零，始终都是零，对他来说。他是全免费的，由此产生的一切费用，由保险公司负责；超出部分，那都是由专项财政拨款例行结账的。

后来接诊他的那些医生，每个都会对他刨根问底，盘问不休。而他已经把自己给练成了半个专家了，他对第 17 位医生说，好的，我愿意住院治疗，接受一切治疗方式。医生，我的陈述全部属实，绝无欺骗和任何的隐瞒。你就给我用药吧，口服和注射都可以，用了药我就好受了。

医生说，这些药品，都属于精神科用药。具体怎么应用，要结合你的病情。他打断医生的话，医生，我了解这些药品。目前研发出来的抗精神体系疾病药品共计200余种，而广泛应用于临床治疗的药品不过是百余个种类。你们就用这百余种药品治愈了无数的患者，想想看，百种对无数，多么可怕的比例。医生说道，所以先生，在这个领域，沟通是至关重要的，是可以直接影响和决定成败的。你希望得到药品，却抗拒与我深度交流，这种心态可不大正确。

他说，好的，那就交流吧。医生，你可以把我关起来，以医学的名义。却不能把我绑在床上，你没有这个权利。因为我从不曾伤害他人，不具备暴力倾向以及行为。医生忽然说，先生，我对你的历史进行过相关了解，你曾经是个狂热的冒险主义者，但是来到这个城市之后，你中断了所有的冒险活动，你性情大变，循规蹈矩，是什么原因使你离开故乡，并且多年来从没有回去过呢？

他淡定的，从第三个医生开始，你们对我的过去纠缠不放。好吧，我重复给你听，没错，我们冒险失败了，俱乐部解散了，我不想那样活了，我要换个活法，这有错吗？我在故乡没有家，我的父母都另有所爱，你说我该为谁而回呢？

这位医生对他进行了为期三个月的住院治疗，他们的配合极为默契，在他出院时，医生亲自把他送出了大门。两人握手道别，医生再次交代，先生，按时服药，定期复诊，我会派助理医生来接你的。他说，好吧，感恩你的治疗。

他被送进了康复中心，这里相当于过渡性场所。他被列为危险人物，是不可以直接重归人群的，也是不可以独处的。在这里，他受到了严密的医学观察。他很有经验，完全知道应该怎么做，才能尽快结束这个过程。就像从前的那许多次，他成功了。他出来了。

他租赁了新居，每天常规用药，坚持体育锻炼，烟酒不沾，每周买几张彩票，他找到了新工作，在一家卫浴用品商店担任导购员。

药品的副作用让他变得虚胖，嗜食嗜睡，在库房搬东西时会很乏力，给客户介绍商品时常常答非所问，有时视力模糊，有时头晕脑涨，有时坐卧不安，早晨上班偶尔会迟到，但是没有人责怪他，老板和同事对他都很友善，生活在他们当中，他是平静的，也是安全的。

他还是有些惧怕的，每天下班回到住所，开门时，他都需要鼓足勇气，上床睡觉时，他总是开着壁灯，他知道她仍在跟着他，寸步不离地跟着他。她总在呼唤他，呼唤他回来，回到雪山来，和他们在一起。他答应她了。他已经没有任何办法了。医生帮不了他，药品帮不了他，他们都是名医，他们当中的好几位，都给他做过催眠，但他知道那是没用的。他甚至能记起每次催眠的全过程，她都在，她就在催眠的诊室里，在每个医生的身旁，或是身后。

第 18 次。没有第 18 次了。他要跟着她回到雪山了。他再也不会自杀了，他是死不了的。他只能去了，去找他们，就此归队，再也不分开了。复诊的日子到了，他被接走了，接到医院了。他要道别了，在心里，向所有的医生道个别，他感激他们，他们都为他尽力了。

是个清晨，见了面，他和医生互道了早安，医生看着他，就像往常那样，询问他的状态，他对答如流。但是，他被医生滞留了，他没有办法离开了。医生和他的两位助理，把他送到了亨德斯的医院，是属于强制性质的。

原因很简单，他对医生撒谎了。昨晚，他不是睡在床上的，他睡在了户外，是楼下的草坪，他的头发上粘着草屑，毛衣也是同样的。他是高危患者，但凡高危患者，若是被医生察觉出，有任何非常态性质的行为，那么医生是有足够的理由，以及权力，对患者采取必要的措施的。

这位医生对亨德斯说，之前多次复诊，患者未见异常。但是这次不同，很显然，他是不敢独处了，所以才会在外头过夜。他身上粘的是针草，显然，是公共区域的草坪，那里有人，夜行者，以及夜归者。亨德斯医生，我已尽力，我只能把他交给你了。亨德斯说，卡尔医生，谢谢你送他来，我接诊了。与你们一样，我会全力以赴的。

经与患者进行首次沟通，以及对于患者之前病历的综合评估，亨德斯做出了决定，那就是更换医生，换掉自己，由许白黑接诊该患者。他的理由特别单纯，患者对医学的失望，其实是患者对名医们的失望。既然如此，那就不要再用名医了。与其他医学学科不同，心理医学最重心理，是绝不可以让患者对于自己的医生，存有任何程度的抗拒意识的。

接诊该患者，需要足够的勇气，以及高超的医术。许白黑有勇气，也有充足的经验，最重要的是，他是有把握的，因为他们全败了，大医生们全都败了。如同临阵，名医们都是重装上阵的，于是许白黑卸甲了，见龙卸甲，潜龙无畏。

他赢了，赢了时光，赢了患者。

就在诊室，就在雪崩发生的当天。他赢了。

患者看到了这一切，也听到了这一切，许白黑是以回放的形式，让他看到和听到的。许白黑回放了整个催眠场景的全部过程，他说，先生，按照行规，催眠治疗结束后，普通患者只能够听录音。但你不同，你需要看清楚整个过程，看清楚亨德斯医生与你的所有互动，看清楚你自己的每个动作；听清楚你们之间的所有对话，每句话，每个词。

先生，你已经说出了一切，这么多年以来，你让幻觉吞噬了真实。在雪山女神和小桃幸二先生之间，你选择了女神，因为你的罪恶感。你无法面对两个事实，你认为是你的那一票害死了他们；你认为你不应该在他们死后，立即下山，独自逃生。这是你的罪恶，也是你的耻辱，你无法面对自己，所以你产生了那个幻觉，是女神，是她要你活下来的。

先生，你对自己进行过无数次的自我催眠，你始终沉迷于幻觉当中，当幻觉战胜了真实，真实也就只能沦落为幻觉了。你确信女神与你同在，小桃幸二和他的登山队员们才是一个幻觉，而幻觉是不值得被记忆的，就这样，你遗忘了他们。

先生，人类的大脑如同航母，要比电脑复杂多了，记忆系统也是同样，打个比喻，你从记忆中删除了他们，就像电脑那样，小桃幸二他们被你删除掉了。先生，是亨德斯医生恢复了你的记忆系统，就像电脑工程师能够恢复删掉的文档，亨德斯医生找回了你的全部记忆。

先生，你的罪恶感和耻辱感太过于深重了，你无法赎回自己，从女神手中。可是她为什么又变成了女巫呢，先生，那是你的仇恨感，你恨自己，就像你恨她那样，不可自拔。先生，我们已经找到了这个死结，就是你的幻觉。我们可以击碎它了。

先生，你没有做错什么，你投出的那一票，只是代表了你的个人意志，至于结果，那是你们所有人的投票所导致的。如果一定要进行追责，那是由于你们这支登山队的机制存在问题，多数登山队采用队长负责制，全体队员必须听命于队长，而你们不是，这个责任在于你们的俱乐部老板，是他制定了这个规矩，而不是你。至于求生，那是每个人都会做的，再正常不过了。先生，你没有罪恶，你不必羞耻，你不应该仇恨自己。

先生，我是有凭证的。请你抬起头来，看看银幕上的这只鹰吧。这是你的吉祥物，是你送给小桃幸二先生的礼物。他从没忘记过你，多次与你联络，打过电话，寄过书信，往你的故乡，但是都落空了。

先生，就在我们的催眠过程中，以及催眠治疗结束后，当你说出他的名字，小桃幸二先生的名字。我即刻联系了国际登山组织，由此得到他的电话号码。我与他通话了，他告诉我一切，你们之间共处的一切。我请求他寄给我这只雄鹰，他说不，他要亲自给我送来。先生，小桃幸二先生已经出发了。他为你而来。你们很快就能见面了。先生，你与他是生死之交，不只是朋友，他是你的救命恩人。

最后，许白黑说道，先生，请让我扶你起来，好吗？

可是，患者是不肯起来的，他始终都在匍匐着，就那么匍匐在地板上，深深地匍匐着。起初还有些哭声的，后来，就什么都没有了。许白黑俯下身体，轻轻拍打他的后背，先生，你还好吗？患者抬起头了，伸出一只手来，许白黑握住了那只手。

诊室里什么声音也没有了，再也没有声音了，花开无语，风雪无痕，像是都过去了，又像是从没有来过，许白黑仰起脸，对着天花板，他是医生，他是不能够失态的，他是绝对不可以在患者面前落泪的。他站起来了，他想拉着患者的手一起站起来，可是患者放手了，患者一把抱住了他的双腿，再也不肯松开了。

先生，我恳求你不要这样。许白黑的腔调有些走样，带有浓重的鼻音，先生，今天只是第一步的成功，前头还有许多难关，让我们共同应对，好不好？患者蹭掉了满脸的鼻涕和泪水，都蹭到了许白黑的白衣上，他仍然跪在他的脚下，他说，医生，我已经好了，我真的好了，我从来也没有这么好过。那些都是幻觉，没有了，我再也不用害怕了。我自由了。我不用死了。我能够活着了。医生，我深爱你。

许白黑说，先生，你病情特殊，必然还会反复。你需要长期的治疗，我的预计是两到三年，你才可以彻底痊愈。但我理解你此刻的幸福感，我祝贺你，先生。患者问道，那位亨德斯医生呢？啊，我想亲吻他的鞋底。医生，我接受过许多次的催眠治疗，都没有用。说句心里话，我更信神了，你就是我的神，他也是。

许白黑把患者拉起来，两人相对而立，许白黑说，先生，催眠治疗是一门极为精湛的学问，催眠过程中稍有失误，不仅会使整个治疗前功尽弃，还会在某种程度上加剧患者的错误认知，令病情进入循环性的恶化态势。先生，亨德斯医生对每次的催眠治疗，都要做足大量的准备工作，他还从没有失手过。亨德斯医生能够介入此次的治疗，是你我共同的幸运。

他没有告诉患者，亨德斯的本次催眠，动用了念头，患者的念头。他提取了患者的声音，将某些音符进行了合成与重组，然后对患者进行回放，这就是所谓的念头了。在患者听来，这不是医生，这是他自己，是他自己的心语，心之密语。如是，就达到了催眠治疗的最高境界了，等同于患者的自我催眠了。

并不是每位医生都会这么做的，通常的催眠治疗，都是由医生来催眠患者的，在患者半梦半醒之间，医生会对患者提问，并进行适度的心理矫正。这样的催眠治疗，对于寻常患者是可行的，对于非比寻常的患者，比如这位患者，那就是几乎无用的了。

后续的治疗，许白黑独自担纲，对患者进行了多次的催眠治疗，亨德斯都没有参与了。亨德斯的缺席，只是为着患者，只具有医学意义，是不具有任何其他意义的。不错，是亨德斯击碎了患者的幻觉，让那些幻觉碎裂了，如同碎片，潜藏在患者的意识深处。就心理医学角度，当患者再次见到亨德斯，他会不自觉地拼合起那些碎片，使之成为整体化的影像。或许只是瞬间，但那也绝不可以的。亨德斯只能就此消失了，而许白黑要做的，是让所有的碎片都彻底消亡，永不再现。

其后的催眠治疗，许白黑没有沿用亨德斯的方式，他用的是自己的方式，最终解脱了患者。反其道而行之，退后原来是向前，许白黑在治疗过程中，刻意激活了所有的碎片，与患者一起，再行组合了。就像基因编程，经过多次的重组，基因也就变异了，幻觉也就被真相所取代了。

患者见到了小桃幸二，他已经词穷了，为着久违的幸福感。他又封神了，小桃幸二成了他的第三个神，都是男神。作为男神三号，小桃幸二还能做些什么呢，那就只剩下一件事情了，借钱。是的，这是男神一号和男神二号所不能做到的，他们都是医生，医生和患者是不可以产生借贷关系的。

患者是有救助金的，社会福利性质的救助金，所有的失业人士都有的，用于生活是足够的。当然有前提，公民或者准公民。由于患者情况特殊，他甚至可以在治疗和休养期间，领取更多的相关补助。多到什么程度呢，坐吃山空山不空，吃喝玩乐是足够了。但是他不打算动用这些钱，他想给他，给许白黑，给他母校的心理医学基金会。

为此，许白黑提出申请，理由无可抗拒，请予接受，否则，或许会对患者心理造成不良影响。屡经复议，基金会接受了，同时接受了患者的捐赠条件，该笔款项，用以冲抵那座雪山模具的经费，当然不够，远远不够，但是无妨，就是这么多了，冲得多少就算多少吧。

患者两手空空了，兴奋无比了，在许白黑的见证下，小桃幸二慷慨解囊了，借给了患者五千美元，说好了的，三年归还。小桃幸二殷勤相问，我的朋友，够吗？许白黑回答，我以为够了，足够。患者反问，不够？那才怪呢。我是谁？大名人啊。我还用工作吗？不，名人就是最好的职业了。

患者回到了故乡，见到了俱乐部的老板，和他的亲人，以及丹尼他们的亲人。正如许白黑所预计的那样，他又反复发作了几回，只不过是越来越轻了，每回都比上一回要轻得多。而不是像从前那样，越来越重，每次发作都比上次要严重许多。他再也没有自杀过，也没有崩溃过，至于时而出现的痛苦感，他是这么对新任女朋友说的，痛苦谁都会有，不是这样的，就是那样的，反正谁也免不了的。亲爱的，难道不是吗？两年后，他彻底痊愈了，也就是说，他不用再跟任何心理医生打交道了。

他没有再买过任何彩票，他把自己活成了彩票，活成了那张能中巨奖的超值彩票。他早就是个名人了，好多媒体来找他，都是付费访谈。某著名传记作家，把他的经历写成了书，这本书超级畅销，一版再版，给他带来了源源不断的收入。电影公司以及电视台纷纷与他洽谈，要把他的故事拍成影视剧，他们给他开出的都是大额数字，开价的规则简单极了，他值多少，就是多少。恰到好处，不多不少。

他对许白黑说，医生，我始终遵守约定，无论出书还是做节目，都不曾涉及你和所有医生的个人信息。你看，我是用数字或是字母来称呼你们的。许白黑说，可是所有人都知道，你最后的医生是我。

他呵呵笑，却是不肯挂断电话，许白黑放软了音调，先生，不要总找借口与我联系，我们不再是医患关系了，也不可能成为朋友，我有我的行业守则。

他反唇相讥，多么冷血的行规，多么无情的医生，你和亨德斯医生连我的婚礼都不肯参加。我好想你们，见个面吧，不，不是我去医院里找你们，我想看见你们吃饭的样子。许白黑都有些低声下气了，先生，许多患者在痊愈后，并不想看到我们，行规是为了绝大多数人而设立的。你是个特例，感激你的念念不忘，再次恳请你的理解。

就像那个导演所预料的，这个病例被收录到了心理医学的教科书，被称为雪山病案。许白黑的名字，在整个行业内无人不知，他成了一颗最耀眼的新星，最年轻的新星。他收到了很多贺电，来自世界各地的同行与同窗。最早的祝贺电话，来自之前的那十几位医生，治疗失败的十几位医生，无一遗漏。

他们都说，这是今年最好的消息，太值得庆贺了。他对他们说，谢谢你的肩膀，谢谢你们的肩膀，站在你们的肩膀之上，我们共同拯救了他。卡尔医生说道，许，那首老歌又翻红了，《雄鹰别怕》，我很爱听。许白黑说道，卡尔医生，感恩你，感恩那个早晨，你把他送过来了。

保罗相约，喝酒庆祝了，在本地最悠久的德国餐厅，悠久到了什么程度呢，若是按照中国的年号，那都是所谓的康熙元年了。保罗说道，许，还记得黑顶病案吗，他们当中，有好几位都参与过。名医，也不过如此。我为你骄傲。许白黑拥抱保罗，名医也是各不相同的。保罗，我最敬佩的名医，是亨德斯。保罗问道，亨德斯，我也想做名医，我可以吗？亨德斯回答，你已经是名医了，保罗。保罗摇头，不，我要我的病案也能够进入教科书，那才是名医呢。许白黑笑说，保罗，那不是名医，那是大医生。保罗笑骂，许，去你的大医生。

许白黑升级了，研究的课题升级了，接诊的患者升级了，就连助理医生的资质也升级了，总之是什么都被升级了。家里的待遇也都升级了，芝芝强行给他升级了，所有的行头都升级了，就连住房也升级了，原本是住在公寓的，这下子有了自家的小楼了。芝芝提示，白黑，我总看娱乐版，有时也会出现名医的名字哦。许白黑抗议，芝芝，不要仗着嫁妆丰厚，就这么刻薄。芝芝反问，什么嫁妆？许白黑指向夜空，那颗星，Spirit。芝芝笑说，白黑，那是你的，不是我的。许白黑悠悠长叹，不，它是 Spirit，医学版的 Spirit。

亨德斯问过许白黑，许，功成名就的感觉怎么样？许白黑坦言，好像也不怎么样，并没有我想象的那么美妙。亨德斯点头，许，这就对了。你没有狂喜，也就不会失落了。许白黑问道，亨德斯，你都经历过了，是吗？亨德斯使劲抿着嘴唇，绷着脸，还是忍不住了，干脆笑出声了，许，我成名时，就像个小偷，真是受不了，每天都要躲着那些记者。后来，我更受不了了，因为他们都不来了。许白黑乐不可支，亨德斯，我也是的。

十三

卫生局换名称了，正式易名，不再叫作卫生局了，叫作卫计委，卫生和计划生育委员会。李乘风也不是李局长了，他的称呼是李主任，卫计委的李主任。这是心理医院开业的第二周。

这件事，对心理医院不构成什么影响，对许白黑也没有什么影响。易地换处境，岂有适应不适应，他已经适应了，适应了患者。与美国的患者不同，这里的患者来到医院，更为注重的是接诊的医生，他们喜欢名医，都要名医，非名医不看，宁可排队。这就涉及名医的界定标准了。按照国际惯例，名医的界定十分简单，从预约到就医，从诊费到流程，每个环节都是有不同的，相较于普通医生。

可是这里就不是了，名医是有着多重的衡量标准的，无论哪个标准达标了，都可以称为名医的。于是，就都是名医了。由于名医太多，患者就学会了甄别。甄别之后，就能够精准定位，锁定目标了。患者甄别医生都是有经验的，老经验，那都是走口碑的，口耳相传的口碑，真功夫才有真口碑，患者只认口碑，别的都不认。

对于心理医院的医生，患者也甄别了，超简单，贵的就是对的，外资医院，没有疑问，谁贵，谁就是最好的医生。许白黑是最贵的，预约和挂号的就最多，多到了经年了，也就是说，就这一周，他的患者若是都按顺序来，那么到了明年的今天，他也是看不完的。许白黑分流了，把自己的患者，分流给其他的医生了。

经与患者协调，有些患者认可了，有些不，他们要等，非要等着他。许白黑不接受这样的等待，他只认可分流。于是再次沟通，患者各显神通了，李乘风来电了，老同学来电了，直言不讳，白黑，那个谁谁，是我熟人，他不要别的医生，你给他先看看吧。

许白黑对李乘风说，都是插队的，那还排号干什么？乘风，我不能开这个先例。李乘风说，随你，我也是受人之托，你就用我来杀一儆百吧。许白黑笑说，真好，李局长这个模版，遮风挡雨不在话下。李乘风说道，什么李局长，是李主任，你又叫错了。白黑，说正经的，哪天真有必要了，你可得给我立马插队哇。

许白黑不置可否，只是呵呵。李乘风叮嘱，关于易名，全市所有医院和相关机构，都开过会了。你不开可以，至少也在医生群里转个文件吧。许白黑笑问，你怎么知道我没转呀？李乘风乐了，白黑，别天真了，就你那里，我还真没有不知道的事情呢。许白黑嗯嗯，最好不过了，乘风。

2 号患者，也就是许白黑的第二位患者，是张先生。约定的就诊时间，是上午九点半，到上午十点半，为时 60 分钟。

按照约定，张先生应该九点来到，到助理医生诊室，也就是谢晓桐的诊室。谢晓桐要和张先生例行沟通，签订就医和保密协议，待相关流程完毕，确认达到就诊条件，才可以带他到许白黑诊室的。但是，张先生迟到了，直到九点半才出现，还带了一大帮随从，前呼后拥的，根本不遵守独自前来的约定。

依照惯例，谢晓桐告诉张先生，本次就诊已被取消了，请他改日再行预约。张先生启齿，就吐出了一个字来，啥？立马，他的随从们就开始大喊大叫了，谢晓桐怎么劝说都不行。心理医院的诊室都是按照国际标准特别装修的，隔音超好，按理说，许白黑是听不到外边的声音的，可是拍门声就不同了，拍得山响，他就不能不出来了。这是首例，他行医生涯的首例，在接诊之前被拍出门的。许白黑一眼就认出了，这位张先生，是本市排名第二的地产大亨张国富。

李乘风曾交给许白黑厚厚两大本资料，都是本市各界的前十几名领军人物。许白黑随手翻过了，并没有细看，没什么可看的，都是业绩，都是头衔。有些人的头衔，就占了好几页纸，看了会笑的。他只是看了照片，和名字，以及基础资料，比如年龄和职业。

许白黑面无表情，只是看着张国富。他的眼神是没有温度的，并非是刻意的，而是历来如此，心理医生的常态。张国富挥手了，霎时就安静了，他的随从们都封口了，也不动弹了，像是一群兵马俑，鲜衣怒马的兵马俑。许白黑这才开口了，张先生，现在是 9 点 45 分，你可以和谢医生例行沟通半个小时，至于我，请你另行预约吧。张国富说，我不用她，我要用你，我就治半个小时，这总可以吧？

许白黑说道，不可以，很抱歉。许白黑转身，进了诊室，关上了门。两秒钟，张国富推门进来了，好热乎的，许国医，知道我为什么迟到了？我去给你拿礼物了，就在我的工地，刚发现的，我亲自去挑选的，给，小胖妞，喜欢吧？你要是能把我的抑郁症给治好了，我再给你送个大胖妞。

小胖妞，是一尊俑，唐三彩仕女俑，半尺高，还带着土锈呢。许白黑问道，这是违法的吧？张国富神秘兮兮的，许国医，咱俩都是外国人，咱没听说过，自己挖的东西自己不能要。那个墓已经封上了，来了不少专家和警察呢。

许白黑说，请叫我许医生。张先生，咱们言归正传吧，你有抑郁症是在什么时候，由哪个机构确诊的？

张国富说，我自己确诊的。实话实说，我不仅抑郁，我还精神分裂，我还具有多重人格，我有严重的自杀倾向，我还想杀人。我最想杀了那个姓王的乐色，他就是个超级乐色。许医生，你听得懂吗，乐色是什么？你要翻译不出来，我还不用你了。

乐色这个词，许白黑是听过的，看港片的时候听到过。他说，这是粤语，垃圾人。张先生，沟通重在平等，我若使用某个英文单词，你能接受吗？

张国富说，NO。许医生，跟你说吧，王乐色十恶不赦，抢我女人，抢我地皮，什么都跟我抢。我的财富都是挣的，他可都是抢的。我要杀了他，非杀不可……

你有无数次机会可以杀他的，为什么不动手？许白黑打断了他。

张国富愣了愣，哈哈大笑，说，果然是大医生。说实话，我都看过几十个心理医生了，我去过北上广，还有港澳台，京派和海派说我狂想症，本地医生直接跟我说杀人要偿命，港台的段数高一点，就是不说话，让我说，每分钟都是我花钱呀，太没有职业道德了。

张先生，请陈述你的病情。许白黑说。

张国富端起水杯，细细抿了一口，放下了。他盯着许白黑说，我心里苦，我太富了，有多富就有多苦。我早就抑郁了，创业初期就抑郁了。那时候也不懂，都没这个词，这个抑郁症吧，现在它成时尚了，谁要是不抑郁呢，那就显得不合群了。我跟他们可不一样，我是真抑郁，我不是装的。许医生，我看你也不容易，不远万里海归了，还不是为了发财？你放心，我付全额，还给小费。

许白黑微笑，张先生，你在 14 分钟里说话将近 4000 字，说钱字 125 次，说杀人 62 次，说没病 55 次，说有病 43 次，说抑郁症 39 次，说我字 276 次。你的病情呈现多重病症并列状态，并不只是抑郁症那么单向。另外根据你的谈话结构，你有一个周密的杀人计划，或者说幻想，你计划使用的武器是钱及抑郁症。你一直四处打量，是看有没有录音设备，你端起水杯只是舔了一下，主要是看水里有没有催眠或控制情绪的药物。我这里没有录音设备，因为你是初诊，需要确认病症之后，我们会经患者签字认可，才使用录音设备。我倒是认为，你身上会有录音笔，并且是上楼之前就让手下调好的，因为以你的个性，不会去花心思学习使用比较复杂的高科技产品。

许白黑说完就站了起来，他拉开门说，时间到了，再见。张国富呆愣半天，他起身走到门口，伸手就把门推上了，他说，我要求延时，我包你今天上午。

许白黑拉开门，摇头，张先生，下次再来的话，需要先做相关的检查。张国富歪着头，咿呀，你怎么知道我还会来？许白黑说，你的录音笔，你会让手下数清楚我刚才所说的数字错了没有，没错你就会来的。

张国富指着桌上的小胖妞，许医生，就这么打发我？

许白黑说，张先生，请带走你的工艺品，夜市买来的吧？连夜抹土，辛苦了。千年土锈，没见过这么容易脱落的。我还得抹桌子，真是的，我可不想见到什么大胖妞了。

张国富看着许白黑，目光是高潮的，像是看到了什么惊悚片的结局那样，走得一步三回头的。出了诊室门，当着谢晓桐的面，他对随从下令了，去查查许医生的底子，我怀疑他是学算命出身的，可别是假学历哈。谢晓桐忍不住了，张先生，我们这里没有假学历。张国富大笑，指着自己的鼻子，美女，你信不信，我第一学历初中，第二学历博士，双博士呢。

许白黑起身，活动四肢，伸了个大懒腰，落座，喝咖啡，慢慢地喝，慢慢地品，每一口，都是千回百转的。老习惯了，在接诊之前，他总是这样的。他看了几眼资料，3 号患者的例行资料，谢晓桐同步过来的。他在等待，等待患者，那才是最鲜活的资料。

许白黑看表，还有三分钟，他没有动。过了五分钟，他还是没有动。他端坐着，没有任何的顾虑，这里的保安措施无懈可击，到处都是摄像头，360 度，无死角。医院雇佣的保安公司，是本市最为专业的，该公司只服务于银行业，此前从未与任何医院合作过。这是许白黑的应激发挥，是心理医院唯一超越国际模式的建制，他只能这么做，否则那些外籍医生是不肯来的。

十分钟了，许白黑开门走出去，他有些吃惊了。诊室门口，如同列队，除了谢晓桐，还有四个人，一位身披大红僧衣的和尚，一位身着皂色道袍的道人，一位白衣老者，这袭白衣，居然和许白黑的完全同款，这是医生的白衣。最为奇突的，是一个特种兵，这人一身迷彩服，头顶钢盔，脸戴护目镜，脚踏高靿战靴，像是刚从战场上穿越而来的，二战时期的战场。

特种兵上前半步，自我介绍，许医生，是这样，我刚从模拟战场训练营回来，失礼了。这三位大师是我专门请来的，这位是佛教大师了空大师，道教大师净坛道长，还有著名老中医，享受国字号特别专家津贴的孙教授。我想请你们一起给我会诊，治好我的重度自闭症。

许白黑淡淡的，王先生，重度自闭症患者，不可能具备你这样的表现形态，我要看看你的诊断证明。

王先生转过头，说道，孙教授，请出示吧。

孙教授亮出了诊断证明，许白黑接过来，看了看，看呆了，他还从没有见过这样的诊断证明的，上头罗列了十余种精神疾病。要是这份证明能够成立，那么王先生是不可能站在这里的，他应该是在精神病院才对的。

许白黑对王先生说，太重了，请转院吧，十三院，强制治疗。

孙教授说话了，许医生，我们是同行，中西医结合，可以治愈一切心理疾病，请看。孙教授拉开提包，掏书，都是专著，差不多十余本专著，每本都厚厚的，最上头的一本，应该是学术著作，叫作《抑郁克星百草根》？

许白黑特别惊讶，快速转移视线，看着王先生，眼睛里全是笑意。

谢晓桐解释，老师，我跟王先生说得很清楚，心理治疗是一对一的，可他坚持要这几位大师参与会诊。

许白黑点头，忽然伸手了，左右开弓，双手同时摘下了王先生宽大的护目镜和钢盔。猝不及防的，王先生的脑袋完全裸露了，呵，他的眼睛布满了血丝，几近通红；下坠的眼袋乌黑发亮，那是严重的水肿所致；他的头顶只有几缕灰白色的头发，头皮上隐约可见一些密密麻麻的红点，针孔似的，叫人看了浑身发麻。这样的一张脸，配着满身威武的战袍，显得诡谲极了。

许白黑问道，多少天没睡过觉了？这样子还能野营？王先生，请跟我来。三位大师请留步吧。

王先生微微侧头，那三位大师就跟着谢晓桐走了，去休息室喝茶去了。进了诊室，王先生就说了，许医生，我天天吃安定片，吃几片都睡不着。我最擅长的，都是我最恐惧的，比如社交，比如演讲，比如上下其手，比如训话，以及被训话。我的大脑无法停止思考，每分钟都在高速运转，包括此刻。

许白黑认出来了，这位王先生，就是张国富口中的乐色，本市房地产界龙头老大王谢桥。难怪张国富不是王谢桥的对手，张国富用的是假名，十分可笑的假名，张一一，一加一等于二，也不知是抗争，还是认命呢。王谢桥却不是，他是行不更名坐不改姓的。

许白黑说，王先生，你请了和尚念经，道士作法，中医把脉，都没用。为什么，因为你没有自闭症。自闭症患者的基本特征是独处，拒绝以任何形式和外部世界发生关系，他们活在自己的世界里。而你，始终都是离不开人群的。

我想要杯咖啡，可以吗？王谢桥问道。

许白黑给他倒了杯咖啡，王谢桥有点诧异，许医生，你怎么知道我要美式的？

许白黑回答，因为你想快速提神和我对抗，证明这世上没人能让你睡上一觉。治疗状态的医生和患者，都不应该饮用任何刺激性饮品，但你此刻太需要提神了，故此为你破个例吧。

王谢桥一口气喝干了咖啡，眼神很是挑衅，许医生，孙教授是治疗心理疾病的大家，他的百草根药方属于个人专利，广受推崇。我的圈子里，每个人都在长期服用百草根汤药，抗抑郁，治百病。他是来谈合作的，想在这里设个中医诊室，不应该被拒之门外的。

许白黑问道，王先生，国际模式，心理医院从无中药，也没有中医，不存在合作的可能性。恕我直言，就你的状况，百草根的疗效何在呢？王谢桥反问，哦，许医生看不起中医药？许白黑回答，不敢。只是在我所认知的医学领域，没有见识过。

王谢桥说道，许医生，中药没有副作用，还可以养生保健。西药呢，是药三分毒，你想让我吃西药？许白黑说道，王先生，正是如此。不，没有什么相生相克，那些草根汤，你就当成喝茶好了。

许医生口气好大，比我还大。王谢桥感叹。

许白黑说，王先生，你和业内很多人不同，受过正规教育，家世良好，孤芳自赏。为了成功与财富，曾做出某些自我鄙视的事情。于是内心撕裂，回避自己，但近来有某件事或某个人，让你不得不去面对了。你深度挣扎，无力解决，又不能够告诉别人，你将这种情绪性困扰称为自闭症。你想摘下自己的面具，让自己灵肉合一，但每个面具都戴了多年，长在脸上了，没法剥离。你每逢独处就会开始狂想，大脑中有千万个念头，都是关于某人某事的，然否？

王先生，你服用安定类药品无效，是因为你用错了时间，对你而言，该类药品应该是在白天分次服用的，那样可以让你保持镇静；夜里再行服用，就可以入眠了。你自我意识丧失，却自主意识强烈，文艺点的说法叫作镜里人格，就是只能在外界投射中找到自我，失去镜子就失去自我，所以你必须整天混在人群中，并且深度依赖。

因为这种人格的症状特征是极为自恋，你不能看不到自己，故而你最为惧怕的就是独处，又谈何自闭呢？

王谢桥冷笑，许医生，他们给你什么好处了？你调查我？

许白黑问道，他们是谁？王先生，你不用回答我，那是你的对手，无数的竞争对手。看来我低估了你的病情，你要的都不是一呼百应了，你要的是对手。无论他们存在与否，你心里都是对手。

王谢桥轻呼，他们是真的。他们就在我身边，包围了我。多少年了，来来去去，总是那么多。

许白黑说，王先生，谁都知道，地产业是百业之龙头，超暴利，超惨烈。你是本市龙头产业的龙头老大，实在是理当如此的。而深度还原一个人的心理态势，是我的基本职业技能。所有成功者的经历都是大致相似的，通俗的说法是，机关皆算尽，方为人上人。人上人所患心理疾病，大多以自我厌恶或者超级自恋为主要反应方式，而你是双重性的，白天是后者，夜里是前者。

王谢桥仰靠在沙发上，双眼盯着天花板上的七月荷塘，他说，这里果真就是烂柯山，这些荷叶都在风里摇曳，是晓风呢，还是晚风呢，好多的露珠，总觉得会落下来了。许白黑说，有时会的，只是水珠而已。王先生，我们的科技早已突破神话范畴，但是人类的心理疾病，99% 都来自最原始的情与欲。王谢桥沉默片刻，说道，许医生，你还给我留着面子呢，对吧？

十四

王谢桥的沙发，是感应式的，就医学指标而言，当他放松了，身心舒缓了，这张沙发就会自行调节，不易察觉的，沙发后背下降了，降了几十公分，王谢桥就是躺着的了。同时，头顶的荷塘随风而去了，都成了小石头了，形态可爱，色泽各异，这是戈壁滩，黄沙千万里，谁识紫苜蓿。

许白黑说道，王先生，不是留面子，没把握的话我不会说。从事我这个职业，说错了话是无法追回的。不错，我确实怀疑，你的头发是被自己揪掉的，成缕成缕的揪掉的。根据你头上那些血痕的分布状态，你的头发本来应该是很茂密的，没有谢顶的迹象。

王谢桥苦笑，眼神有些迷离了。他说，许医生，你这样的医术，是否有过治疗失败的病例?

许白黑也笑了，却不说话，只是摇了摇头。

王谢桥又说，我们圈子里这么流传，我是因为某个女人，或者某块地皮而抑郁的。不是这样的，许医生，在这个行业，我没有对手，又全是对手。知道我为什么做地产?我是学新闻出身的，我懂时代，这是地产的时代。知道我怎么成为第一的?就在去年夏天，整体房价持续上涨，借东风，本市房价几乎翻番了，我手里正好有大盘，全出了。行业排名洗牌了，谢桥地产就此成龙头了。知道我最怕什么?我最怕规矩，因为我是最守规矩的。知道规矩是什么?许医生，我想告诉你，我没有答案，我每天都在找答案，可我找不着。

王先生，心理医学是给不了你答案的。任何学科都给不出这个答案。许白黑沉吟着，说道，有些事情本就是因果倒置的。如果这个答案是你的病因，那么我的诊断就是结果了。王先生，我们需要共同面对这个结果，你应该进行治疗，同期用药，这是必须性质的。

王谢桥望着他，许医生，我接受，听从你。我也知道，任何人都会过气的，没有谁能够永立潮头，从来就没有。我的好日子还有多久呢，我真想知道，又怕知道。我做两头生意，本市最贵的房产，和最便宜的房产，都是我做的。谢桥地产从来不走中间路线，只做高端别墅和经济项目，就此刻，我还在想，我的别墅群，应该怎么命名呢。许医生，门外的三位大师多次开会，拟出了好几个名字，我都不太满意，恳请赐教。

许白黑说道，王先生，这不属于医学范畴，爱莫能助。

王谢桥说了，这属于心理学范畴。心理学与心理医学，在学术上并非同一概念。我个人认为，后者是无限的，包括了前者。

许白黑说，那么，最贵的别墅，最富的人群，都爱这么说，请到寒舍小聚。王先生，我若是你，就叫寒舍。

王谢桥惊呆了，呆呆的，低语着，寒舍，寒舍里，能饮一杯无……

许白黑没有再说话，因为王谢桥的声音越来越低，已是低不可闻了，他睡着了，甚至还打了呼噜，他的嘴角溢出了一脉长长的口水，垂到了沙发上，垂到了地毯上。

当日，许白黑在医生群里发了个通告，那就是实名制。所有患者必须实名，方可就医。宋定睛提出反对了，老师，这不吻合国际惯例。许白黑反问，定睛，在你的行医生涯中，接诊过几例非实名患者。宋定睛回答，两例，占比百分之零点一。许白黑说道，绝大多数国家，都是医疗全覆盖的，故而使用化名者，少之又少。只有两种人会这么做，一是我的同胞，他们的共性是隐形富豪，没有例外。再就是那种传说中的社会人了，他们不能留痕，在任何地方。

宋定睛点头，是这样的，老师。我认为患者有绝对的自主权，实名或是化名，我们没有权利强制患者实名制。许白黑说道，我同意你的见解，只是瑞士银行都可以使用化名，我们为什么不可以？因为这里是这里，这里有这里的常态。患者非富即贵，都爱用化名。我们是医生，不是侦探，如此，有助于直接切入病情，而不是打哑谜。都那么遮遮掩掩的，怎么展开治疗。宋定睛说道，明白了，老师，我想问，还有其他因素吗？许白黑深呼吸，是的，入乡随俗，不留隐患。

几乎所有的医生，都提出了质疑，有些医生直言相告，对此通告不予执行，如果因此遭到解聘，那么将会向美国医师学会提请复议。只有谢晓桐例外，她是深表赞同的，她甚至提出了，医院的预约网站，应该上传身份证明文件，确保实名制的落实精准无误。许白黑同意，就此执行了。

他给全体医生开了一个照会，详尽解释和沟通，多数医生接受了。仍然有人问他，许医生，这样做是有悖医学精神的，请问你是以医生的名义，还是大股东的身份？许白黑回答，我以大医生的身份，可以吗？对方说不，医生有大小，但是医学没有。许白黑说道，那么好吧，我深感欣慰，对于你们的反对。但是我坚持，这里是我的故乡，我比在座任何人都要了解它，这个理由可以成立吧。同时，我可以告知各位，就此事，我已征求几位股东的意见，结果是全数通过。谢谢各位同仁，散会吧。

往后的患者，那就是千人千面了。各有各的表现形态，各有各的发病特征，各有各的来历，各有各的去向。许白黑的接诊过程，貌似光怪陆离，实则一如既往，从未改变，以不变对应万变，若身上的那袭白衣，风过无尘，雪色如初。

他的患者有男有女，有老有少，有抑郁的有重抑郁的，有并未抑郁装抑郁的，有抑郁症确诊却多年治疗无效的；有多重人格障碍忘记自己到底是谁的，有精神分裂搞不清自己是上帝还是凡人的，有自杀成瘾就是不肯真死的；有把全部钱财缝在内裤里须臾不能分离的，有刻好墓碑想为死去的爱犬殉葬的；有无法节制的购物狂人，有每天都要捡废品的富人；有五十多岁生二胎的独身女人，有六十多岁离婚再娶初恋的大爷……总之，是什么样的患者都有，什么样的奇葩病情都遇到过了。

许白黑分门别类，对症处理。症是五花八门的症，药品却是只有几个类别项的。他对所有的患者坦诚相告，你们能来这里，就是承认自己的心理状态存在异常，说白了就是知道自己有病。心理疾病最怕的就是不自知，不自知的患者和你们截然不同。你们认为世界是常态的，而自己是异态的，这就是自我认知，就是治疗的良好开端。相信医学，相信医生，两个相信的完美结合，必将使你们回归正常人群。如果治愈后仍有反复，不要害怕，那属于心理疾病愈后常态。我不担心你们，能自觉地走到我面前的患者，我都不担心。

许白黑所担心的，是那种从不肯承认自己有病的人，他们坚信自己心理上没毛病，他们永远是对的，然而疾病本身又令他们深感痛苦，他们对于自身痛苦的唯一解释就是，这个世界错了，所有人都错了。当病情发展到这种程度，他们会将自己升华为真理本身。真理们的心理温度越烧越高，高至沸点，必然会冲出家门去替天行道，斩杀罪恶，这是最可怕也最严重的患者。稍轻些的会被家人强行送进精神病院，进行长期隔离的强制性治疗，还有一些患者则是最终了结了自己。

他们都会长期折磨和摧残家人，因为外人早被他们吓跑了，只有家人跑不掉，便沦为他们施虐的对象。施虐过程令他们充满发泄的快感，故而施虐必然会成为惯性的行为。人类可以依靠意志力做成许多事情，但是从没有人能够以此战胜疾病。最起码，在他的行医生涯中，从没有见过能够自愈的心理疾病患者。

有不少患者要求多开些药品带走，免得跑来跑去费劲。许白黑的回答是，不可以，此类要求在任何国家的心理医院，皆会遭到拒绝。精神科药品处方惯例，常规是三天，最多是七天，甚至还有当日处方，也就是一天用药。此为国际标准，只能执行，没有例外。患者说，许医生，上次的药和这次的不同，我要上次的药，这次的药为什么不给力？许白黑回答，那是因为，当时你躁狂症症状较为严重，常到餐馆肆意毁坏餐具，不分贵贱，见到什么就砸什么，故而给你用了几天那种药品。现在你进步很大，都是挑最便宜的下手，并且每个月最多砸个两三次，较之病发初期，同比下降近半，当然要及时调整用药了。

患者居然有些羞涩了，许医生，上次的药吃完好爽哦，跟梦游差不多。我每次吃完药，都觉得我媳妇换人了，吃药前她是孙二娘，吃药后她是潘金莲。许白黑说，我开药时就提醒过你，服药后禁欲，看来你没有遵从医嘱。患者嘿嘿，许医生，床上搁着个潘金莲，谁能不做西门庆呀。许白黑呵呵，先生，虽说是自家餐馆，可也是有成本的。换药了，谨遵医嘱吧。患者满怀憧憬，许医生，这次的药还能不能让我媳妇变好看？许白黑摇头，这回不必禁欲了，该药品也不具备较强的致幻作用。患者叹气，我还是想吃上次的药。

患者接过谢晓桐递来的药品，怏怏而去了，谢晓桐似乎是有些兴致勃勃的，她说，老师，你知道吗，那位张先生又来了，他让手下细数了你说出的数字，全对啊，老师的心算能力真是举世无双。

许白黑笑喷了，他摘下腕上的手表，给谢晓桐看，晓桐，是这只表。它会统计患者重复使用的每个字符的具体次数，表盘上会有显示，适用于各国语言。当然，正常情况下，它只是一只手表，看时间用的。谢晓桐捧着手表，细看，这只手表是电子的，款式简单至极，表盘是黑色的，表带是碳钢的，搭扣式，上头镂刻着几个字母，Spirit。谢晓桐惊呼，绝版了，老师，在哪里可以买到。许白黑说道，晓桐，这是赠品，买不到的。

这样的手表，全世界只有两只，是情侣装。女式表是芝芝的，男式表是许白黑的，是北欧某国 Spirit 药品公司为他们专属定制的。Spirit 药品公司成立于 1868 年，生产手术器械及麻醉科药品。后来从事精神科药品的开发，主打产品是某类儿童自闭症药品，以绝对优势领先业界。Spirit 药品公司是转型成功的典范，是经典，无与伦比的经典。之所以如此，在于那颗星，源于那颗星，芝芝的那颗星。

Spirit 药品公司得到了芝芝的授权，是那颗星的命名权。可以自用，也可以出售。Spirit 药品公司的做法可谓奇绝，他们拍卖了那颗星，卖给了阿拉伯某王室成员，此人痴迷星象，智商惊人，他收藏了那颗星，永久收藏，只等着宇宙虫洞贯通了，他就可以随时去玩了。

这笔资金，是两亿五千万美元。Spirit 药品公司全部用于开发主打产品了。药品质量是过硬的，是顶尖的，临床试验是成功的，无可复制的成功。在国际医药界，是不存在什么推广问题的，临床试验的百分比，就是最好的推广了。

那颗星，是礼物，那是芝芝送给许白黑的礼物，那是许白黑送给 Spirit 药品公司的礼物，那是他们送给自闭症儿童的礼物。作为回礼，Spirit 药品公司打造了这么一双手表，送给了许白黑和芝芝。出于珍重，许白黑是表不离手的，总是戴着。出于热爱，芝芝是从不戴这只手表的，她只是爱看，欢喜了要看，惆怅了也要看。

Spirit 药品公司的总裁杰瑞，多次问过芝芝，芝芝，你不喜欢我们的礼物吗，让我看到它吧，在你的手腕上。

芝芝笑道，好的，杰瑞，下次吧。

杰瑞叫道，许，你听听，芝芝总是骗我，这么多年了。

许白黑说，杰瑞，我是从不骗你的，说定了，下次吧。

探讨病例，是心理医院每周的常规。在周一上午，八点。时间可长可短，短的几分钟，最长也不能超过半个小时。与别的行业不同，他们都是站着的，医生和助理医生都是站着的。其他医生都是一对一的，他们只有一位助理医生。许白黑不同，他需要跟两位助理医生分别探讨，基于行业的保密规则。

先是宋定睛，宋定睛问道，老师，我根据你和患者的录音材料整理病历，发现有些患者只对你陈述病况，而不肯说出病因。而你并未采用心理催眠的治疗方式，获取病因。许白黑说，定睛，如果都要进行深度心理催眠，我每天下班会老十岁不止。上班是中年人，下班是白头翁。如非必须性质，是不必催眠治疗的。至于病因，经过这段日子，我真是别有心得了。我们可以依照患者自述，推理病因。

宋定睛又问，老师，如何快速推出病因呢？许白黑回答，锁定他的痛点，真正的心理痛点。比如病历编号 077 患者，某啤酒品牌大区域经理，事业顺遂，婚姻正常。抑郁症确诊，长期用药，五年了。就像很多患者那样，内心高度厌世，可又貌似活得挺精彩。他的痛点是什么？

宋定睛回答，老师，077 号病历我反复听过，患者自我陈述属于常态，没有特殊性质关键词。许白黑说，男人，就是他的关键词。不同于英文，汉字的他和她，发音都是一样的。他有婚外性关系，是他，不是她。问题在于，他不要我听出来，他要我认为他是她。定睛，我会在本周的治疗中，解决这个问题。

老师，双向性取向，就是他的痛点。宋定睛说，我明白了，老师将要采用的是非常规治疗手段。许白黑说，是的，国情和文化不同，治疗方案也需因地制宜。宋定睛说，他们都在看字典，提升汉字书写水平。我看的是教科书，本地初中语文课本，看到初三了。

许白黑说，不错，那已经足够用了。

宋定睛出去了，谢晓桐进来了。

谢晓桐问道，老师，很多患者都是戴着帽子和墨镜进出医院的，像是很怕被人发现。全世界都将心理疾病视如常态性疾病，同胞们却不是这样的。

许白黑说，晓桐，这是患者的自由，由他们吧。我们要做的，是视而不见。当他们痊愈，有些患者的心态是会转变的，比如你经手的 089 号和 161 号患者，他们后来就不用这些掩饰物了。

谢晓桐说，他们只是个例，老师，多数人并非如此。

许白黑说，晓桐，在这里，你也可以这样理解，这只是一种习惯，个人习惯。

谢晓桐说，好的，老师。还有一个小问题，我正在看史料，关于某些热点人物，比如李中堂，我想从心理医学角度写篇论文，有价值吗？许白黑说，个人认为，毫无意义，晓桐，以你的资历，写谁都行，但有个前提，他是活人。

谢晓桐出去了，许白黑叫来了护士长，就一句话，请告知所有人，无论患者什么样子，都不可以多看，记住，他是常人。

护士长说道，许医生，记住了，请放心，我即刻传达。

许白黑说，不是传达，这是你的本职。不要再让我提醒你了。

十五

李乘风来了，中午来的。

谢晓桐连说，欢迎，欢迎李主任莅临指导。李乘风笑眯眯的，晓桐，上路挺快的，套话都会了。唐主任总夸你，说你悟性高。谢晓桐笑说，谢谢认可，请问李主任要喝什么？李乘风想了想，这样，我要喝椰青，点单去吧。

李乘风直摇头，白黑，怎么不招个养眼的助理呢？许白黑低声说，亏你还是学医的，医科生哪个不是X光机的视线，换个造型，她能秒杀你身边所有女友。李乘风大笑，原来你喜欢透视呀。真是小人不论大小都是小人，君子不管真伪都是君子，你是真还是伪？许白黑说，我可不是什么君子，但是尊重学生，为师之道，乘风，此类话题以后不得再说了。

李乘风是有使命的，于公于私都有。私事好办，惊蛰生日要到了，什么礼物都不要，李乘风没辙了，想让芝芝代办此事，去给惊蛰送个惊喜。李乘风原本也不是什么慈父的，惊蛰小时候没少挨揍，因为学习成绩。惊蛰走了，李乘风就变了，常常忏悔，不该那样打孩子的。他已经好久都没见过惊蛰了，也没见过红缨，他们不肯回来，他又去不了，想得厉害，找个由头打电话，惊蛰都不让他多说，三言两语就挂了。

两人商议送什么，李乘风说，什么都行，就是别给钱。他总跟我要钱，我都不给他。怕他染上什么恶习。在这个问题上，我和红缨是一致的。许白黑问，别的问题呢？李乘风说，除此之外，全是南辕北辙，我们只是结婚证上的夫妻。白黑，如我者众多。

许白黑也不管时差了，拨通了芝芝的电话，开了扬声器，芝芝说，白黑，你别告诉乘风，惊蛰卖车了，贱卖，别的东西也卖了。他们什么都给他最好的，就是不给钱。我要是惊蛰，我也会这样的。

李乘风蔫了，每次说到惊蛰，他都会这样的。许白黑说，芝芝，你去跟惊蛰好好谈谈，做个预算，看他每周要花多少，用于什么。如果合理，你在汤姆的银行，给他开个账号，你来管控他的开销吧。芝芝说，好，我不会让他胡来的，这就是生日礼物了。

私事理顺了，李乘风也没见开心，因为公事太难办了。按照老领导的要求，李乘风要通过许白黑，请过来几家国际级别的药品公司，来签署合作意向书。李乘风说了，白黑，这件事不得推脱，老领导太重视了。事关高科技产业区的全盘规划，是大局，不可抗。照办吧，你有这个资源的。许白黑无语，李乘风承诺，所有费用全包，只是签个字而已，签了就成了，你懂的，没有后续。

许白黑说，懂了，都是废纸。乘风，国际惯例，医生与药品公司可以有往来的，但那是限于学术性质的，没有其他。李乘风哼哼，白黑，咱俩之间，就不用装了吧。什么是学术，医学项目赞助算不算，医学资源互惠算不算，你敢说你没有吗？许白黑回答，乘风，这些都有的。只是我懂这里，你却不懂那里。学术合作，是无极限多元化的。我个人所得，只在医学，除此之外，什么都没有的。

李乘风惊呼，神，原来你是神啊。许白黑摇头，没有神，都是人。乘风，你总说底线，要守底线。搞不明白，怎么就到底了。我只知道天平。天平所至，无处不平。这么说吧，我从没见过任何好处，来自合作方的以及患者的。这要是神，那心理医院的全体医生，就都是神了。李乘风嗯嗯，白黑，接着装，跟我装逼。可好玩了，是吧。我就问你一句话，我先说，我全身上下，里里外外，都不是自己买的，都是规则来的，怎么了，怎么也不怎么嘛。你身上呢，要真是一尘不染，我自扇耳光，走人。

许白黑说道，确实如此，让你失望了，乘风，你从没这样过，为什么这样逼我。李乘风看着许白黑，白黑，求你帮忙了。我在节点上，仕途节点。这是他的宏图，看得很重。我有竞争对手，很强势，我没有退路，做梦都想赢。

许白黑不说话，相顾无言，李乘风站起来，就走了，门都没关。李乘风下楼，上车，回了办公室。整个下午，都在发火，没人敢进来了，他就主动出击了。全楼上下，例行巡视，看什么都不顺，看谁都能找出问题，就连人事处的字纸篓里，有那么几张还没用过的打印纸，也被他发现了，立马吼了起来。人事处处长捧着这几张纸，连声认错，说道，开会，全处人员立即开会，找出那个人来，给我做检讨。

就像风，李乘风所到之处，好几个部门都开会了。他都没参加，这种级别的会议，处长就足够了。好不容易，快下班了，许白黑来电了，乘风，Spirit 药品公司，他们来，足够了吧？李乘风说，够了，太够了。我就不懂了，你何必非要这样呢，气死我吧。白黑，当年第一回去你家，当芝芝说出那颗星的名字，我就知道你跟他们有交情。而且是铁关系，不然你怎么会无偿捐赠命名权呢，那颗星的命名权，哼。李乘风挂了电话，重重的。

李乘风叫来唐希，通知开会，小会议室，紧急会议。会议议题，立刻成立专项筹备委员会，和 Spirit 药品公司进行战略合作。唐希听不懂了，他有他的办法，他用汉字做了记录，他写的是，司皮瑞特。李乘风挺体恤的，耐心解释，你看你，丢人不，连 Spirit 都不知道，最著名的精神科药品生产商啊。希，大事成了，我怎么不开心呢，这就是乐极生悲吧，呵呵。

那刻起，李乘风改口了，他叫他希了。唐希惊喜，李主，还有件事，大家都反映，这次的廉政考试，你出题太难了，还亲自监考，全单位都没几个及格的，怎么处理？李乘风哈哈，希，那就重考吧。唐希嘀咕，建议换题。李主，我问过了，别的单位出题，那都是上会通过的。李乘风皱眉，今天没那个闲工夫，希，你出题吧，完了给副职们都看看，就得了。

会议开到了晚上九点多，氛围热烈，毫无违和，一致通过了所有的相关细则。李乘风说，辛苦了，都饿了吧？黄副主任说，李主任，小唐什么风格呀，早就安排食堂备餐了，工作餐。李乘风嗯了，那就这样吧，该吃的去吃，该留的留下。

通宵达旦，意向书出炉了，很不简单，就几页纸，三个人通力合作，抠出来的。李乘风说，大功告成，前路漫漫，黄副，快去补觉吧。至于唐希，李乘风都不用交代了，他是不会离开单位的。事实上，为了加班方便，他都搬家了，不住在单位家属院了，就在单位斜对面买的房子，随叫随到。

清晨，七点钟，李乘风在单位食堂吃了早餐，鸡蛋灌饼加白粥小菜，打包了同样的一份。上车，绕道，到了心理医院的住宅楼。刷了门禁，上楼，29 楼，按指纹，开门，没见人，那也不要紧。他应该是在卧室的，或者书房，那间空房子里。李乘风把早餐放餐桌上，掉头就走了。

李乘风直奔目标，去见老领导了。老领导是特地从会议室出来的，接见了李乘风，听了汇报，看了意向书。老领导颔首，不错，乘风，小许这人行，问好他。李乘风说道，他激动得不行，听到指示，当即落实，连患者都给撂下了。老领导笑说，替我批评他，患者至上啊。李乘风点头，是是是。

就合作本身，老领导提出了新目标，乘风，他们才来三个人，这怎么行呀。总裁带队，请他们骨干成员都过来吧，看看咱们这里的大好风貌嘛。李乘风说，一定到位，老领导，还有什么吩咐？

老领导就吩咐了，两条，一是语法问题，Spirit 这个单词，要以中文形式出现，不能用英文。本着对合作方的高度尊重，中文之后可以加个括号，把 Spirit 放在括号里。

再就是医学表述问题了，李乘风在意向书的附件里，详细介绍了 Spirit 药品公司的起源以及行业地位，资料翔实，一目了然。老领导认为少了个呼应，本土医学发展历程的相对呼应。在这个领域，李乘风是绝对的专家，他不是不懂得呼应，而是搜肠刮肚，也没找出来有什么可以与之呼应的。

圈子里的人都知道，老领导还有个称呼，孔明灯，足智多谋，知人善任，暖暖的，亮亮的，是跨行业的，是多领域的，专家解决不了的专业问题，对于老领导，那都不是什么问题的。果然，老领导有了妙计，他说，乘风，精灵公司是 1868 年成立的，生产手术器械，还有麻醉药品，可见西方人是清朝才有手术的，太晚了。我们的麻沸散是三国时期的，手术鼻祖啊。李乘风赞叹，高，高见啊。老领导，那就这样写吧，据相关记载，我们的手术技术始于神医华佗。老领导深思片刻，乘风，开头五个字要改，改成史载。

李乘风回去了，他的办公室，有人在等着他，都是约妥了的。上午几拨人马，来来去去，各有各的时间段，谁也不会遇到谁的。有两个是下属单位的头儿，还有两个来自药企，也有医院的院长，最后来的那人他都不认识，是个老朋友给他介绍的，有事相求，涉及医疗鉴定相关事宜。所有的来人，都给他带了礼物，有土特产，也有牛奶，都是夯货，大盒子以及大篓子，进门就给放到墙角了，微笑着道上一句，一点心意，不成敬意。李乘风的回答都是一样的，从来都一样，太客气了，下不为例哦。

李乘风都是在办公室午休的，就睡沙发上，这天是个例外。过上一段日子，就会有个这样的例外的。中午，1 点 30 分，李乘风开始码货了，用小推车，一次性，把所有的礼品都给运到了汽车上。他的车上常年备着咖啡，没法子，搬货太累了，必须提神的。到了小区，他喝了两罐咖啡，上楼，下楼，共计三个来回，一气呵成的，这才运货完毕。

锁了家门，拉上窗帘，李乘风喘得厉害，累坏了。休息十五分钟，他开始清点了。此次，他收到了十三件礼品，牛奶四提，土鸡蛋两箱，杂鱼干两篓，野蜂蜜两盒，大麻花两件，还有一大包柿饼。可贵了，总数445万元整，其中例银48%，酬劳43%，还有9%，那叫香火，属于善款类别的，随机性较强，都是他助人为乐的所得。

这笔数字，装满了两个健身包。接下来，他要跟麦老板取得联系了。那件事之后，他们的联络方式同步更新了，时间变了，相当诗意的，日落时分，高峰期，麦老板或是他的手下，驾车驶过小区门口的马路。还是要看晾衣竿的，暗号照旧，晾衣竿降落了，那就是健身房碰头了。如有急需，要求即见，李乘风会在晾衣竿上搭一条大浴巾的，纯白的大浴巾，大酒店专用的那种。

李乘风并不是个讲究的人，吃饭穿衣都很随意，但是他很干净，家里总是窗明几净的。每周，老郭都会给他推荐个保洁员，小区的保洁员，来家里搞一次大扫除的。他从来不用外头的家政公司，老郭说了，反正要给钱，何必用外人呢。李乘风认为有理，简直就是真理。于是每次完事了，他都会多给几十块的，还会赠送废品，纸盒纸箱什么的。以至于人人都说，老李，好人哇。老郭就很得意，拍着胸脯，那还用说，自己人嘛。

月上柳梢了，李乘风提着健身包，出门了。开车二十五分钟，到了半腰水库，龙王山的半腰水库。出乎意料，这一回，麦老板不是自己来的，他还带了个人。麦老板说话历来简短，他说，李主任，这是我手下，小白。我要出差了，往后他跟你交接吧。李乘风看了眼小白，太年轻了，也就二十岁的样子。李乘风有些不放心了，说道，麦老板，你给我派个孩子来呀。麦老板忽然乐了，李主任，咱们小白入行早，已是身经百战了。

近期，也就半个月之内，他们见过两次了，都是在这里。上次是两只健身包，换欧元的。这次也是。麦老板从不问为什么，但是他需要知道，近期还有没有第三次。他问的是数字，李主任，欧元总额？李乘风直说了，150 万，尾款我会很快凑齐的。麦老板像是有些迷惑，何必现凑呢。之前那些，先兑了吧。

李乘风深呼吸，不兑。我要专款专用的，那是养老账户，谁能舍得呢。麦老板说，好吧，理解。李乘风又问，麦老板，你怎么不问，我想干什么呢？麦老板笑说，李主任，青云当头，何必多问呀。李乘风忽然说，我想知道你去哪里，去多久。麦老板的眼睛，晶光烁烁的，像是猫眼，他眨眨眼，说了，李主任，我要去那个有万岁的地方，去去就回了。

李乘风懂了，这句话里的玄机，去去就回的意思，也有可能会是一去不回了，否则他就不会带来个接班人了。李乘风依依不舍了，他说，保重啊，麦老板，我等你回来。小白忽然插话了，李主任，行有行规，我们这行，不得动情的。麦老板低语，小白，往后你就懂了，情是什么。李乘风伸手，麦老板也伸手，李乘风是要握手的，麦老板是要击掌的，最终还是击掌了。

麦老板走了，带着小白走了，开车走的，山路，转个弯就不见了。也不知道为什么，李乘风没动，就那么站着，双手合掌，好久，好久，他才发现，自己的手势，是祈祷，也是不舍，不是为了自己，这一回真的不是。

李乘风最讨厌自己吃饭了，因为他常常是这样的。他去找老郭了，吃的是羊杂汤，配烧饼，就在小区门口的小店里，这里小店很多，鳞次栉比，两人吃过多次了，老郭都吃腻了，李乘风还没吃够呢。

老郭的家就在郊区，原先是村子，城市扩建，就成了拆迁户了。有些家底，不算多，本来是够用的，只是他有三个儿子，娶妻生子的，老郭手头就紧了。他妻子在家带孙子，四个孙子呢，忙得要命，太闹腾了，老郭就出来干活了。干过不少活，还是保安最好，好在清闲，好在自在，好在有朋友。没错，老郭和李乘风是朋友，老朋友，没有人规定过，业主和保安是不可以做朋友的。

下棋，吃饭，聊天，那是常态的。说来奇怪，李乘风是从不轻易信任任何人的，但他信任老郭。因为信任，所以隐瞒，他都不敢暴露身份了，生怕失去了朋友。许白黑来过之后，老郭都不怎么搭理李乘风了。经多次道歉，虔诚认错，两人才重归于好的。好了之后，还是老样子，在老郭眼里，他还是老李，从前的老李。至于李局长，以及李主任，老郭都不认的。

老郭这人吧，有种错误的思维，他从不仇富，他有些仇官。尤其是小官，村长那个级别的，他是被村长欺负过的，欺负得够呛，从来不需要提起，永远也不会忘记。李乘风的官，比村长大多了，可他从无官气，从没摆过谱，对谁都热乎，整个小区的保安，都抽过他的烟，各种品牌的好烟。李乘风是有失眠症的，半夜有时会出来买东西吃，每次都双份，给值班的保安带上一份。人气超高，自己人，整个保安队的自己人。

李乘风凝视着老郭，老郭还在喝汤，老郭怕烫，每次都喝得特别慢，李乘风鼓足勇气，说出来了，老郭，到我这里来吧。

老郭抬起头，叹气，老李，真是孽缘啊，我就知道会有这天，你是不会放过我的。

李乘风喊道，老板，泸州老窖，来一瓶，还要毛豆花生，双拼。

十六

心理医院的宿舍楼，位于新区，离医院不算太远，开车二十分钟吧，也就到了。步行呢，许白黑没试过，没有人试过，都是汽车族，干什么都是开车的。家里的指纹锁，许白黑重设了密码，重录了指纹。因为他发现了，他们都可以长驱直入的。李乘风可以，哥嫂可以，钟点工可以，当然，芝芝也可以。他只是保留了自己和芝芝的指纹，至于钟点工，他告知了密码，每天来做家务，用密码就可以了。

他们都抗议了，无效。所谓家，私密之地也，他坐马桶从不关门，洗澡也是，有时甚至喜欢一丝不挂的，喝杯冰水，走来走去的。他是裸睡者，芝芝也是，卧榻之侧，岂容他人随意进出呢。哥嫂家里的钥匙，他是有的，从没用过，要去了，先预约，再敲门，从天而降的事情，他是做不出来的。但是他们可以，随时都可以，想来就来的，从不会先来个电话的。

李乘风喜欢在半夜出现，美其名曰，来送消夜的。来了就不走了，主动留宿，霸占了那间次卧，若是芝芝来了，许白黑要先打招呼的，跟李乘风。至于哥嫂呢，就不用打招呼了，芝芝每次过来，都要去哥嫂家里请安的。

他是哥嫂带大的，当时他 4 岁，许青蓝 17 岁，王花花 19 岁。许青蓝一无所有，王花花是有工作的，街道玻璃厂的临时工。就那么一眼，王花花爱上了许青蓝，爱得如火如荼，爱得铺天盖地的，两人就成了最年轻的爹娘了，同心同力，养大了许白黑。许白黑考上大学了，两人才要了孩子。中秋出生的那天，并不是八月十五，许白黑给她起了名字，叫月初。是李乘风说的，白黑，娃娃就叫中秋吧，团圆啊。就叫了中秋了，王中秋。

王花花是没有兄弟的，早就有言在先的，从结婚那天起，就说定了。第一个孩子，要姓王的。许青蓝说，不，不管几个，全都要姓王。

不知道为了什么，从产房出来，许白黑蹲在楼梯的拐角，忽然就哭了，呜呜的，也不敢哭出声来。李乘风也蹲下了，他说，知道，你想妹妹了，别哭了，咱好好念书，以后当医生，出息了，就能找回来丹心了。许白黑说，不是，乘风，我不知道怎么报答嫂子啊。李乘风说，白黑，她就是你妈妈，母子还用报答吗？

雪山案例之后，许白黑就把哥嫂给接走了，新买的小楼，让他们住在了主卧，三楼，带了个大露台。还请了个厨师，专做中餐的。可是，他们只住了大半年，就执意回来了，并且再也不肯去了。没人说话聊天，看不懂电视报纸，街上空荡荡的，也没个人影，他俩寂寞得受不了。芝芝出尽百宝，甚至从唐人街找了麻将搭子来，也没能留得住他们。

许青蓝是木匠，在木器厂干了大半辈子，做得一手好木雕，是公认的大师傅。后来，厂子倒闭了，木器厂和玻璃厂都倒闭了。许青蓝和王花花都被买断了工龄，一次性结账，所得寥寥。往后就没了收入了。再后来，就办了社保了，只能顾住嘴，顾不住其他任何开销的。

那些年，芝芝每个月都给他们汇款，是许白黑的奖学金，以及打工所得。后来的后来，许白黑给他们买房了，买了两套，连同中秋的婚房都给提前备下了。许青蓝和王花花却是比从前更为节俭了，节俭来自忧虑，忧虑来自电视，他们是每晚都要看电视的，电视里的美国让他们太不安心了，失业率年年递增，枪击案时有发生，动辄就闹罢工，游行和抗议活动屡见不鲜。他们总在担心着许白黑，担心他会不会失业，会不会因为肤色而遭到同行的排挤，要是哪天混不下去了，那就只能回来了。真到了那天，他们是要给他托底的，就像从前那样。

许青蓝就在郊区开了个木雕厂，小厂，十几个工人，都是从前的徒弟。产品是以茶文化为主题的，主营茶宠摆件什么的，生意不大，却有固定的消费群。这个群体是小众化的，极为风雅，也就极为挑剔，都不怎么喜欢传统的，最爱新款了。许青蓝的作品独出心裁，都是船舶，古董的和现代的，中式的和西式的，形神俱佳，活灵活现的。

这个小众群体是有共识的，茶者，水也；茶宠者，滚汤浇头者也；谁会以佛头和貔貅等吉祥物为茶宠呢，粗鄙者也，简直就是自毁风水，自找晦气，蠢到底了。什么茶宠才是上上品呢，船行水上，风云际会，那才是热火朝天的。许氏船舶，百年传承，许师傅雕的船，没得说，当得起风调雨顺，自然是好运连连的。

许青蓝是不懂风水的，只会造船，许家是造船世家，他的手艺来自基因，也来自图纸。不同于别的木工师傅，他们都是走手感的。许青蓝会作图，像工程师那样作图。根据图纸造船，是他的独创。他只用楠木和杉木，这两种木料都喜水，不裂，也不朽。进货都是碎料，家具厂的碎料，从不进整料的，成本很低的。

他是用机器造船的，也用手工，来雕刻船体装饰，以及客户指定的字体。他的客户遍布全国，小众群体多了，也就成了大众了。他在茶城开了个店，店名叫作独宠，只有一个店员，负责接单以及对外发货。店里船舶林立，煞是惹人，零售也是挺火的。于是他就常来送货，一个人来。

大财是发不了的，小财是从没断过的。许青蓝的自我感觉，还是相当优越的，不用担心过劳死和失业，没有硬性指标任务，更没有年终考核评比，工作状态比那些上班族悠然得多。家里的钱都是王花花掌管的，许青蓝所用，都是自己挣来的。每月也给王花花交些家用，少了八九百，多了两三千，王花花来者不拒，都给存起来了。

每天早晨，许白黑都要跑步的，有时出去跑，有时在家跑，就在跑步机上跑。跑步完毕，就该洗澡了，今天不，他起得很早，他没有跑步。他约了哥哥，两人都要工作的，只能是大清早了。夜里？那怎么可以呢，心理医生的习惯，从不在黄昏以后，谈任何重要的事情，那样会失眠的。

许青蓝来了，像是有了什么预感，脸上有着笑意，却是挤出来的。

多年了，半生了，许青蓝和许白黑，从没有提起过那件事，那个人。是丹心，是他们的妹妹。许青蓝始终以为，许白黑是不知道的，什么也不知道，因为他从没有问起过。他低估了一个孩子的记忆，一个四岁孩子的记忆。是时候了。许白黑要说出来了，不再沉默了。不能再拖了，他要动手了。找人，寻亲，找回丹心。

许白黑说，哥哥，我想问你，我们还有一个妹妹吧。她叫许丹心，对不对？

许青蓝掏口袋，上衣口袋，掏出个小瓶子，速效救心丸。倒出几粒，压在舌下了。他说，白黑，到底也没能瞒住你。有次你跟我聊到起名字，我说咱们家青出于蓝，然后就该黑白分明了。你当时就说了，怎么都是冷色，怎么就缺个暖心的颜色呢，我就怀疑你什么都知道了。是，白黑，咱家还缺了个颜色，咱家还缺了一口人。是有个妹妹，许丹心，我养不活你们两个，你 4 岁，她 1 岁，我就把她给送走了。白黑，我在她的小包裹里头搁了纸条，还有两块钱。这些年了，我跟你嫂子到处找她，这里都找遍了，省里也都找了，还找了相邻的两个省，找不到啊。我们想着，找到了再跟你说吧。

要是这辈子都找不到，就不让你知道了。

许白黑说，哥哥，当年刚到美国，人地两生，夜里头总是半梦半醒的，总想你们，很多场景就在眼前，也不知道是真是幻。后来亨德斯给我做深度心理催眠，他说，我的潜意识中有这么一幅画面，在一个破旧的火车站候车室里，有张长椅上搁着个婴儿，婴儿睡着了。有三个人围着这个婴儿，这三个人，被亨德斯称为少年少女，以及孩子。少年和少女多次抱起婴儿，又放下了，最终放到了长椅上……哥哥，那个少年是你，那个少女是嫂子，那个孩子是我，而那个婴儿，就是丹心，我们的妹妹，对吗？

也不知道怎么回事，许青蓝的眼睛，像是喷泉，无声无息的喷泉，泪水成河，落在脸上，都是冷的，他已经说不出话来了，什么都说不出来了。

许白黑接着说，哥哥，从前，我只知道有个妹妹，她叫丹心。别的我就不知道了，我们怎么离开老宅的，丹心怎么丢的，我都记不起来了。是亨德斯，他激活了我的深层记忆，找到了那个夜晚，他说，那个椅子是绿色的，包裹是流苏树图案的，白花灰底的，细丝绒的布料。哥哥，他还说，那个婴儿好漂亮，眼睫毛很长，她没有醒，睡得好香啊。而那个少年，他的手上长满了冻疮，少女的衣裤打满了补丁。还有我，哥哥，我在你的怀里，我没有哭，但是我都看到了，一切。

许青蓝抹去泪水，用衣袖抹的，抹干净了，他抬起头，白黑，我对不起父母，对不起你，对不起丹心。我养不活两个孩子啊，我就想着，送到火车站，兴许还能活，那里人多，来来往往的，说不定谁家里没孩子呢，就会抱她走了。

许白黑清清嗓子，哥哥，你谁都对得起，你那时也还是孩子，总不能全都饿死吧。这么多年我没说，我是怕你难受。这次回来办医院，我要找回丹心。只要她活着，总是会有线索的，这个事情交给我了。许青蓝说，白黑，是我的主意，不是你嫂子。她不同意，她怕我会恨她。你长大了，也会恨她。

许白黑说，哥哥，我懂，你不说，我也知道，寄人篱下，岂能是一家三口。对于嫂子，我只有两个字，母亲。

许青蓝问道，白黑，那你还记得，我们的母亲吗？

许白黑回答，对不起，哥哥，我不记得了。是我的记忆，选择了遗忘。

许青蓝低语，那个除夕，他们没有半丝异常，连半个字都没跟我交代，视死如归就是那样的吧。别人家过年都是吃饺子，咱们家年年除夕都吃桂花元宵，用那棵桂花树的干花和奶酪做成的。我回来晚了，我去刷大字报了，揭发他们罪行的大字报，就在这条街上。我进门了，他们都吃过了，都躺在地上了，并排躺着的，就在地下室，那间保姆房里。锅里头还有三个元宵，白黑，我想先喂你吃了，再喂丹心，我就吃最后那一个吧。可你不吃，你把那只元宵给打掉了。我把它捡起来，塞到你嘴里头，你好像知道那是剧毒，我怎么往里捅，你也不肯咽下去，你把我手指都给咬流血了。你从来都没有咬过我啊，我就想着，活吧，那就活着吧，咱不死了。

哥哥，哥哥，你说的这些，我都知道了。许白黑说道，亨德斯告诉我的，他是用深度催眠术，还原了当年所有的场景和细节。他说我的记忆系统天生异于常人，很多人记不住太早的事情，我却连颜色和味道都不曾忘却。哥哥，我想问你，他们为什么不走，离开这里，早些离开，就像很多人那样。

许青蓝嘴唇哆嗦着，祖父见过很多人，日本人和帮会的人，都见过。他说不，就是不，怎么也没有怎么的。他也帮过一些人，付出至大，相互信任。他以为都会过去的，不会长久的，可是他错了。到了绝境了，求助无门了，因为他们比他更惨。白黑，祖父享年 72 岁，祖母 70 岁，父亲享年 46 岁，母亲 45 岁。

许白黑转头，望向窗外，哥哥，不应该有我的，丹心也不应该出生的，为什么要生下我们。许青蓝说，在我的童年，父亲从不在家，他在边远地区，接受改造。他回来过三次，一次是你，一次是丹心。最后一次，就是永别了。白黑，我们的母亲是基督徒，她认为，胚胎也是生命，所以有了你和丹心。

许白黑起身，进了洗手间，出来时面容平静，只有头发是湿的。他洗了脸，也冲了头，他说，哥哥，所以我报考医科大学，所以我攻读心理医学，所以我走了。许家造船，船行海上才是船，否则就是舟了。到了美国，第一个周末，我去了父母亲的母校，一整天。

许白黑没有说出来，他的记忆深处还有着一些画面，是父母和祖父母的尸体，是许青蓝和王花花在桂花树下埋葬着骨灰，没有盒子，也没有瓶子，只是两只棉手套，是许青蓝的棉手套，不分手指的棉手套。他们先把他哄睡了，才去树下挖的坑，他是被砸冰的声音惊醒的，那么冷，许青蓝和王花花的脸上，挂满了霜花。他和他们，屋里屋外，他们挖着，埋着，他看着，一动也不动的。那个夜晚之后，他比任何孩子都要听话，比任何孩子都更为惧怕黑夜，以及雪色。

初到美国，许白黑夜里不敢关灯，又心疼白白多出来的电费，等到真的习惯了黑暗，他才知道黑暗并不可怕，可怕的只是他对于黑暗的想象和追忆。然后是奶酪，桂花树，是冰，是雪，是霜寒，再然后，就是无数次刻意的回忆了。他逼迫自己回忆当年，回忆那个夜晚，刚开始还需要辅助以酒精，甚至药品，后来，回忆也就只是回忆了，当回忆再也不能够刺激到他，他知道自救成功了，要做心理医生，先从自己开始，他做到了。

许白黑是常常看到丹心的，他想出来的丹心。婴儿期的丹心，少女的丹心，青春的丹心，恋爱中的丹心，已为人妇的丹心，做了母亲的丹心，操持家务的丹心。丹心是活灵活现的，她只比他小了三岁，差不多的岁数，是没有代沟，也没有隔阂的。

飓风麻雀登陆了，惊涛拍岸，地动山摇的，此夜不寻常。芝芝摇醒了睡姿怪异的许白黑，她说，你为何抱着枕头不撒手，这只枕头是谁，我，还是丹心？许白黑低语，海啸，淹没整个城市，我抱着你涉水逃生。芝芝，丹心和你反过来了，你在我的梦里，而她如在身边。芝芝，我恐怕是需要心理干预了。

芝芝说，白黑，你去找她吧，大不了找不到，何必总在心头挂着。许白黑拥抱芝芝，不，你不懂，有时候会觉得她就是个陌生人，纵使相逢应不识，路人甲乙那样的。芝芝说，怎么不懂，你怕找不到，更怕找到了，却是情同陌路了。许白黑呻吟，芝芝，我怕她是一个那样的妇人，恨我，只为钱而来。芝芝搂紧他，白黑，找到丹心，你才是你。

许白黑次日就约了保罗，他说，保罗，我需要你的专业治疗，我丢了妹妹，多年来深受困扰。保罗说，许，你的问题简单，去找你的妹妹，找到或找不到，你都将痊愈，为什么不去寻找？许白黑说，最怕找回来一个噩耗，那样，我连想她都没法再想了。保罗说，许，你塑造了她，你怕她非你所愿。许白黑说，是的，保罗，自我心理反馈，我是过度了，我总是这样的。保罗说道，许，我也同样，谁不是呢。

许白黑道来，其实我特别脆弱，还很怯懦，我逼着自己坚硬起来，保罗，与你同窗的日子，我每天对着镜子发誓，我要超过你，我要做亨德斯最卓越的弟子。誓言成真了，亨德斯与我合伙开办心理医院，拒绝了你入伙的请求。可是保罗，每当面对你，我会深深地愧疚，毫无快感。保罗说，许，那是你的童年烙印，和文化基因，对于竞争，我们的认知是不同的。比如你和我，我也是每天发誓要超过你，不过我不喜欢镜子，我是对着窗户发誓的。我就是想超过你，我无数次告诉过你，可你从没告诉过我。

许白黑说，我说不出口，越想要的越说不出口。所以我们都很渴望知音，知音的意思，就是我不说而你懂得，纯属意会。我还以为你早已意会了我，因为你是对手，也是我的知音。保罗瞪圆了眼睛，惊叫，见鬼的意会，许，你怎能对我如此意淫，你不说出来，我又怎么会知道。许白黑说，有种文化，也被称为风范，那就是这样干，却要那样说，你不会懂得的。保罗问，那是怎么表达名利的？许白黑说，有许多种表达方式，以及专属词汇，都很美好的。

保罗说，许，你可知道亨德斯为什么选择你作为合伙人，而不是我？他对我说过的，保罗，你们两个人同样卓越，可是他太沉重，他的心里压着山，许多座大山，他透不过气来。保罗，你去走自己的路，我要照顾这个压在山下的学生。我说，亨德斯，我心里也有山，你不公平，你不照顾我。亨德斯说，许是孤儿，他的父母及祖父母皆是自尽惨死，当时他就在现场。他的妹妹也丢了，他认为是自己的存在而致使妹妹被遗弃的。他的心里背负着无数恩情，他认为自己欠哥嫂的，欠妻子的，欠朋友的，他逼着自己去偿还，去回报。他要报恩，而我担心他因此崩溃。许，亨德斯说这所有的一切，皆由他为你进行深度催眠而得知，他不允许我跟你提及这些。许，我心疼你，因为你活在群山之下。

许白黑呆愣许久，才开口的，可恶的保罗，你真会伪装。还有亨德斯，他居然告诉了你。我真应该憎恨你们，可是保罗，此刻我想拥抱你。

保罗张开双臂，那么来吧。许白黑踌躇，你让我先吃完这张烤饼。保罗把许白黑面前的盘子拂开，许，这不是烤饼，这是班戟。你太隐忍了，也太固执了，你至今不肯品尝火鸡，你吃西班牙火腿必然紧锁眉头，还有，你吃什么都要淋黑汤，我和亨德斯认为，你用挑剔食物来宣泄压抑感。许白黑拍案而起，那是日式酱油，不是黑汤，原来我早被你们俩联手剥光了，我却以为自己穿着最华丽的衣裳，保罗，我真的无地自容了。

除了芝芝和谷雨，许白黑是从不与人拥抱的，亨德斯和保罗动辄就要搞个拥抱，许白黑几度蠢蠢欲动，却总是讪讪收回张开的姿势，他无法将自己的身体打开，成为一个怀抱。

保罗拥抱他了，这个拥抱，是缓缓着力的，越抱越紧，抱得许白黑浑身出了汗，大汗淋漓了。他说，保罗，这可是我的处女抱，同性之间的。保罗说，我反感听见处女航和处女作，多么血腥和不祥，为何迷恋这个词汇？许白黑说，多么可笑，我以为那是神圣的，曾经。而现在，我知道，那是吃人的。

保罗没有松手，他的拥抱是透彻的，许白黑从没有这么享受过，来自朋友的拥抱。保罗贴着许白黑的耳朵说，许，你必须明白，你的哥嫂，你的妻子，你的朋友，他们爱你，愿意为你那么做。他们不是你的债主，你也不是他们的欠债人，你们彼此相爱，那不是你的债务。

保罗的心理干预，是十分完美的，接着就颠倒了，主次颠倒了。保罗强烈要求，许，我也需要干预，必须的，相互的。就像足球，你来上半场，我来下半场，可好？许白黑还能说什么呢，他只能做，做好自己的角色，足球队员，是等同于心理医生。

保罗和许白黑的相互干预，极为隐秘，未被任何同行所察觉。都是在餐桌上进行的，往来未有歇，肝胆两俱裂，两人每每忘记了置身何处，今夕何年。最可怕的是，不知不觉地，他们就会互换了位置，倒转了关系，保罗多次提醒，许，此刻是你在干预我，你是医生才对的。许白黑哀求，借我几分钟吧，我想当患者。保罗感叹，这就是棋逢对手吧。许白黑悲壮地，不够，这简直就是你死我活了。

最重的情，是无法精确归类的，最深的伤，也是同样的。故而心理医生的功力，在很大程度上，体现在对患者情感的把握及疏导上。懂情的不一定就是好医生，好医生却必须是最懂情的。因为情之一字，内涵无限，包罗万象，几乎可以折射出所有的病因，以及指向。在工作状态中，医生都是冷面无情的，不如此，何以治愈患者呢。动情或是用情，是心理医生的大忌。最懂情，也最无情，是心理医生的基本职业要求，如此，不知消磨和折损了多少心理医生的自身情感。

许白黑万般惆怅，保罗，因为总要控制情绪，保持绝对理性，这些日子，我几乎无感了。无悲无喜，无欲无求，我都不是人了，不是男人了。保罗点头，许，这是职业的代价，某些阶段，我也是这样的。许白黑说，自我调节，我会获得平静，但是享乐，那是另外的概念了。保罗诧异，至少你们相爱，我们都羡慕你们，至于是不是男人，那不是你来定义的，是芝芝。

许白黑嘿嘿，保罗，昨天下午回家略早，你猜我看到了什么，一个陌生人正在餐厅布置餐具，我问她是谁，她也这么问我。她是芝芝雇佣的厨师，我吃她的饭已经快两年了，而我从不知道她的存在。保罗笑得前仰后合的，那多好呀，回家如度假，什么也不要你管。许白黑仰天长叹，经过认真询问，原来家里还用着管家，以及园丁，甚至还有一个司机。我问芝芝，为什么不告诉我，她说偏不，因为她最爱听我说，芝芝，辛苦你了，每天都让你这么累。

保罗神往，许，我多么渴望爱情，那种惊雷闪电的感觉，我要那种灵魂的碎裂感。许白黑提醒，保罗，你已经是大叔了，大叔应当考虑的是白头到老，只有少男才会梦想着心脏中弹。保罗憧憬地，我知道你们有凤凰涅槃的美好神话。许白黑说，上万只凤凰蹈火，结果有一只浴火重生了，这就是神话。保罗说不对，是一双，你们就是那一双。而我只是一只，我想要我的另一只。许白黑低语，爱情是没有谜底的，保罗，当你遇到，你就是谜了。

十七

吃饭，吃什么饭，那都不是什么问题，从来就不是的，对许白黑而言。中餐西餐，大餐小餐，他都能吃，都能吃出别样的风情来。也有要求，唯一的要求，那就是按时按点了，早餐和晚餐都是六点半，午餐十二点半。若无要事，雷打不动的。

他是把胃口分为两大类的，学子胃和江湖胃，前者无比规律，都是被驯化形成的，到了饭点就饿，给什么吃什么，都不会挑食了，属于被动型进食者。江湖胃就潇洒了，多餐少餐，甚至暴餐，都能胜任的，多见于商界人士以及自主从业者。他们可以全天不吃一口饭，也可以大半夜饕餮，撑得睡不着，至于那是早餐，还是消夜，管他呢，他们才不在乎呢。

许白黑羡慕江湖胃，可惜他是学子胃，改不过来，如同从良，那都不是立地成佛了，那简直就等于换了人生，再世为人了。许白黑也会做饭的，只限于西餐，反正都是半成品，两片面包一片火腿，就是个汉堡了；若是加根香肠，那就是个热狗了；如果加个蛋，再抹点果酱，那就成了三明治了。喝的是牛奶或果汁，以及自来水，拧开水管就能喝的。几乎不存在做饭的问题，都是简餐，几分钟搞定，好好吃的。重在食材，没有理由不好吃的。后来就讲究了，家里用厨师了，中餐馆的厨师，都不能说是做饭了，都是菜系了，各大菜系，轮流上桌，相对而食，是无与伦比的满足。

谷雨升初中了，厨师就换人了，换成了西餐厨师了。说不清是被动还是主动，谷雨不爱吃中餐了，她的胃口被养成了，从小学开始，她的午餐都是在学校吃的，免费的午餐特别好吃。就像是一统江山，谷雨统一了餐桌，全西餐，纯西餐，彻底西化，再无轮回了。许白黑偶尔馋了，就去中餐馆子吃一顿，偷情似的，快活极了。

回来了，许白黑的一日三餐，就中西合璧了，每天都要合璧的。他的中餐是在心理医院吃的，工作餐，每天换菜式，西餐菜式，全是西餐。医院签约了本地某品牌西餐连锁店，长期供餐，午餐，送餐制。半个月不到，许白黑的邮箱，就接到了投诉信，好几位医生提出换餐厅，理由充足，菜品太差，牛肉不见血，面包像蛋糕，太软了。许白黑也有同感，他算不上美食家，可他知道问题出在哪里，是食材。

几经交涉，该餐厅态度还行，但是午餐质量是毫无改良的。许白黑叫来律师，也就是医院的法律顾问，他说，终止合约，什么代价。律师强忍笑意，没有代价，许医生，没有人会为这种事打官司。许白黑哦哦，你能确定？律师成竹在胸，我能，合同是我起草的，没有任何破绽。付费方式，当天结账。我这就通知他们，今天不要送餐了。许白黑说道，那好，下一个合作方，希尔顿酒店。律师哇，这主不好惹，签约多久就是多久，不能随意毁约的。

签约半年，吃了半年，期满，应医生们要求，没有续约了，他们想要吃出个性化来，最好是点餐制，而不是统一的配餐制。作为资方，许白黑唯有开办餐厅了，他知道抗拒的结果，那就不是投诉信了，那将会是辞职书。

心理医院的餐厅，只能是开在地下室的，两栋楼的地下室，各有功能，一个是运动场所，另一个就成了餐厅了。厨师好办，海外聘请就是了，聘了六个，都是洋人，拥有专业资质的。就地招了五个杂工，和八个服务员，十九个人，刚刚好。

本来是只提供午餐的，既然餐厅开张了，当然要人尽其用了。于是就成了包两餐了，早餐和午餐。午餐是纯西式的，早餐就比较接地气了，有西餐，也有中餐，本土化了，本地化了，各式小吃应有尽有，都是自助式的，中餐由谁来做呢，当然是杂工了，事实上，他们都是具有厨师资质的。之所以甘为杂工，一是待遇好，再就是想学会西餐，跟着国际大厨学西餐，何乐不为呢。

食材，历来都是餐饮的灵魂，许白黑锁定了来源，那就是胡葵了。肉类和瓜果蔬菜，以及米面粮油，各种作料，还有红茶咖啡牛奶等等，那都是来自胡葵的。按照每位医生每天早餐 10 美元，午餐 35 美元的标准，每个人都满意了。如此，餐厅运营态势良好，不用追加补贴，也没有什么盈余，钱都花光了，每分钱都花得很到位，到位极了。许白黑的邮箱，收到了好多的赞，来自医生的，来自厨师的，都是赞。许白黑就说了，花钱怎么花，省钱怎么省，那都是学问。我的学问很简单，就两个字，胡葵。

只要进了心理医院，不管什么岗位，医院都包两餐的，双标准。数字是相同的，不同的只是货币。外籍人士走美元，本地人就是人民币了，都是 10 元和 35 元。也有例外，律师就是例外，医院的总务也是例外。许白黑从没有明确过，餐厅是医生餐厅，但是货币是个分水岭，本地员工是从来不进餐厅的。

他们都爱点外卖，吃得随心，还有结余，许白黑特别理解。但是用餐地点是不可以含糊的，他是不允许任何人在诊室环境吃饭的。于是就在楼顶的大露台安置了桌椅，做成了玻璃房，四季恒温，景色宜人。到了中午，护士和工勤人员都上来了，各吃各的，香气荡漾。

医院是不管晚餐的，都是自理的。那也是学问，大家都有学问了，冰箱里学问无限，塞满了各式各样的半成品，以及成品，大多数都是胡葵的。宋定睛每天都要签到的，胡葵签到，奖励点数，攒够1000个点数，购物时能当10元钱使用。许白黑跟着学，连续签到，从不中断，不劳而获，何其快哉。

许白黑是不变的，从来不变，在哪里都是不变的。每天都是同样的，按时起床，按时锻炼，按时吃饭，按时接诊，就连睡觉都是按时的。偶有应酬，也是从不流连的。李乘风却是变了，好久没来了，有多久呢，那都半个多月了。不来医院了，也不来家里了，许白黑每次给他电话，李乘风都说，在忙，好忙。许白黑就问，忙什么呢？李乘风神秘极了，白黑，就那个事，你懂的。

像只陀螺，好大的一只陀螺，李乘风转起来了。上转下转，左转右转，转速惊人，都是为了目标，他的目标是副市长，主管卫生文化教育的副市长。这个位置已经空了，前任栽了，进去了。事实上，半年前吧，李乘风就已经嗅到信息了。此人是从地级市某要职任上，调整过来的。这都不是风声了，这是规律，约定俗成的规律。春蚕到死丝方尽，破茧了，就该收网了。谁都知道的，包括他自己，所以那天，全市局级领导的会议上，当他被带走，没有人感到意外。对于他的位置，竞争早就已经开始了，从来都是这样的。

当然不乏竞争对手，好几个呢。只不过就像登峰，要想问顶，唯有双拼，拼速度，拼装备。李乘风两样都占全了，每个夜晚都要做评估的，刷人。刷到最后，就剩下一个对手了。此人姓梅，城建局局长。卫计委和城建局，是平级的，都是极为重要的；李主任和梅局长，都是很有业绩的，很有作为的，年龄也相当。若论优势，李乘风胜在学历，梅局长胜在来历。梅局长的爸爸是个传奇，是战士，也是战神，出过国，渡过江，用轻机枪击落过两架联军战斗机的。

秉承家风，梅局长是转业回来的，进了城建局，从副局长干起，两年，就成了一把手了。从称呼来看，李乘风稍逊风骚了，他是李主任，梅局长在单位，都不叫局长了，他被称作梅帅。大帅的帅，统帅的帅，帅帅的，特别帅，一年更比一年帅，帅了每条街，帅了整座城。

李乘风和梅帅是老相识了，有交集，没有私交，像是左膀右臂，两人都是深得老领导信任的。当竞争白热化了，李乘风以必胜者的姿态，在办公室挂出了一幅书法，是老领导的墨宝，三个字，一剪梅。过了没几天，海边广场出现了两个超级大球，一体相连，八九米高，大理石的，每个球上都有字，两个字，都是青铜隶书，合起来就成了风调雨顺了。经行家破解，李乘风恍然大悟了，两个大球是有来头的，不叫球，叫珠，定风珠和定水珠。这手笔，这格局，把李乘风气得够呛，斗志更盛了。

李乘风是有信仰的，该信的他都信了。只是他的信仰，从来就不能解决他所面对的现实。先是医学，医学信仰，可惜医学只能够救死扶伤，那都保不住自身。屡屡受创，皆因医学，心伤透了，就不再回头了。他只信人，他所依靠的人，以及依靠他的人。将心比心了，空空如也了。他怕了，怕他们，更怕自己。他们也是同样的，所以他们都爱上山，有事没事，都要上山的，龙王山。山上有神，神光灵验，可保平安，可获吉祥。人心之上，也就只有神了。

李乘风信神，是与众不同的。他们的信仰都是打包的，神鬼都信，神鬼难分。李乘风从不信鬼，真正的医生是没法信鬼的，他只信神，什么神都信，深信不疑，两情相悦。大神者无语，大爱者无求，李乘风是有所求的，每次拜神，都有所求，都是俗事，都是人事。他是心有所愧的，对神，也对人。他的拜神活动，也就出类拔萃了，求过了，还要搞个忏悔的，都不用说出来，心念，是他的心念。

李乘风的麾下，从者众，管医疗是要管好医药的，任何药品进入医院，都是要经过严格程序的，要招标的，相当于大浪淘沙了。优胜劣汰，淘的是药品，是药品企业。外来的药品企业，以及本地的药品企业。只有金沙，才能够进入流通环节，才能够挺进医院的，这就等于是分流了。所谓的分流，在于医院，在同类药品中，医院是有着相对的选择权的。用谁的，不用谁的，医院说了算，院长说了算。都是要上会的，会议通过了，就算落定了。

在院长和药品之间，李乘风有时是桥梁，大桥小桥都做过的。大桥多是外地的，至于本地，限于规模，那就只能是小桥了。千年等一回，断桥也有过的，都是他主动断的，就像那条白蛇，他怕雄黄酒，更怕雷峰塔。所以无论多大的利好，他都是当断则断，从不手软的。即便如此，也是出过纰漏的，幸甚至哉，都是可控范畴之内的。

本地的药品企业发展很快，越来越多，最活跃的有十几家，多是新晋企业，也有破茧重生的老字号，所谓破茧，就是借壳了。彩虹药业就是如此，是老国企演变而来的。如同所有的老字号，绚烂过后，都是寂静，死去般的寂静。彩虹药业是业内的明星企业，营销业绩一路飘红，只是没有自家的专利药品和原生药品，有的只是仿制药，和中成药，以及相关医用辅料等。

彩虹药业公司董事长齐彩虹，是李乘风的大学同学，大班同学。李乘风和齐彩虹从没断过交情，时不时就要照个面的。齐彩虹能有今天，李乘风功不可没。是李乘风把齐彩虹引荐给老领导的，那时的老领导，还是卫生局局长呢。那时的李乘风，刚调进卫生局，副局长排名最后；那时的齐彩虹，刚从医院辞职，下海经商，经营药品。一路走来，你中有我，我中有你，肝胆相照，互不亏欠。只是李乘风也没有想到，齐彩虹能够拿下那家老国企，并且顺利更名，使之成为彩虹药业了。

那可真是不得了，光是那片土地，就不得了了。这当中的过渡，李乘风也都算是参与了，却是有些不得要领。就像豪赌，他上桌了，他翻牌了，但他不知道，那是输了，还是赢了，因为他不知道底牌，庄家的底牌。最可笑的是，他甚至连庄家是谁都弄不清楚，老领导？不，区区卫生局局长，是主宰不了那片土地的。

此后，他就不是齐彩虹的老同学了，他成了老兄了，齐彩虹跟他兄妹相称了。所有的老同学都知道，是李乘风成就了彩虹药业；所有的医院院长都知道，彩虹药业的背景是李乘风。众口铄金，久了，李乘风也就认了，全都认了。

按说，以心理医院的行业地位，按照彩虹药业的实力，那是压根就够不着的。就像扁舟和航母，各有各的水路，各有各的航道，应当是永无交集的。可是齐彩虹心心念念，就是放不下，她多次恳求李乘风了，让他牵个线，想跟许白黑坐坐，聊聊，重温美好旧时光。李乘风说，你自己约呗，我跟他也不是那么熟，还没跟你熟呢。齐彩虹就给李乘风发来好多的截屏，都是她约许白黑遭拒的记录。李乘风大笑，这么肉麻，你是想吓死他吧。齐彩虹也笑，这年头只有作死的，哪有吓死的，就咱们这种善男信女，真的要死也只能死于一个原因，那就是殉情哦。

齐彩虹给李乘风送了重礼，是几片乌黑干瘪的陈皮，她特别强调，这可是百年老陈皮，无比金贵啊，可别让中医看见了，他们会打劫你的。李乘风问了，彩虹，就咱们这科班出身的，你信这玩意儿？齐彩虹说道，那不重要，重要的是所有人都信了。老兄，我是卖药的，市场信什么，我就信什么。

李乘风挺当回事的，下班时把陈皮送给老郭了。老郭现在是有职务的，他是卫计委保安队的负责人，也就是班长了。班长有班长的待遇，不仅工资高了几百块，还不用值夜班，老郭是只上白班的，中午和黄昏，就可以走棋了。问题是李乘风从没赢过老郭，最多下个平局，还是屈指可数的。而多年来，在市直机关的文体比赛活动中，李乘风是永远的棋艺冠军，从来没人能赢得了他的。

老郭接受唐希的垂直领导，从不越级，公事都是听从唐主任的，两人合作愉快。老郭的住处，是唐希破例给安排的，就在单位附近，租赁的小户型公寓，五十多平方米，一室一厅，租金每月 1200 元，属于全额补贴，那都是工作需要。至于水电费以及物业费，前者老郭自理，后者可以报销。唐希对老郭是无微不至的，老郭对唐希的回报，则是公对公的，从不越界的。

唐希问老郭，郭师傅，今天的快递多吧，都是谁的呀；谁出门了，出去多久回来的；还有，谁来了访客，手上拿东西没有，等等。老郭反问，唐主任，咱这里是情报局吗，总这么搞，我不就成了间谍了。唐希笑说，你不说，我也都知道呀。老郭呵呵，咱就七个保安，你六个眼线，锦衣卫哇。

整个卫计委，唯有老郭对李乘风的称呼别有风范，他叫他老郭，他叫他老李，谁也没变过，谁也没打算变过。李乘风说，老郭，这东西化痰止咳，给你喝吧。老郭说，老李，不就是个橘子皮嘛，看你大惊小怪的。李乘风说，老郭，这东西上百年了，比金子贵，还买不到呢。老郭嘟囔，那得有多脏，都是毒，吃了得拉稀。李乘风低声，老郭，你可以出手，卖了它。老郭来了兴趣，老李，怎么卖呀？李乘风微言大义，我放个风呗，给咱们的副主任们。记住，别卖给老黄，别人嘛，价高者得。

十八

李乘风既然开口了，许白黑就接招了。周五，两人说妥了，四个人一起去爬山，龙王山。周日，清晨，许白黑驾车到达指定的山坡，唐希和齐彩虹早就到了，唯独不见李乘风，唐希指着自己的汽车，许先生，主任昨晚忙到半夜，还没醒呢，咱们是不是再等等？许白黑问道，又是应酬？唐希摇头，市领导的岳母突发急性胆囊炎，主任全程坐镇手术室指挥，都没顾上合眼。

许白黑哦哦，他还会做手术？唐希说，主任是真正的顶级医学专家，他的专业职称是主任医师，同时还拥有普外科的医学司法鉴定资质。许白黑吃惊，你见过他动刀？唐希强调，他多次指挥重大手术，每次都很成功。许白黑拉开车门，叫道，专家，真正的医生会在手术后，等待患者苏醒。李乘风捂住胸口，白黑，正中靶心，心疼。许白黑笑道，对不起，说错了。李乘风下车，也笑，许医生，你会说错话？只有一种可能，故意的。

龙王山并不高，最高峰也不过海拔五百多米，南山之南，北山之北，都开发成了景区了，外地游客的景区。本地人最爱的是未开发地带，荒山野径，趣意横生。许白黑走得虎虎生风，李乘风和唐希气喘吁吁的，居然在半山的小店买了两根竹拐杖，拄着拐杖向上攀登，齐彩虹更是累得够呛，抱怨不迭，许白黑，都是你出的馊主意，喝茶洗浴，吃饭打牌，干什么不好，非要爬山。我不行了，我要你背着我走。

李乘风说，他不近女色，我背还差不多，背完了咱去泡温泉吧。唐希说，齐总，让我扶着你吧。齐彩虹尖叫，我才不要，我就想跟老同学套套近乎呢。许白黑接过齐彩虹的皮包，掂了掂，问道，齐彩虹，你包里有宝贝吧，这么沉。齐彩虹指着李乘风，都怪他，忙了成夜还空着肚子，我给他熬的沙葱牛皮汤，两大保温杯。也有你的，尝尝吧。许白黑吓着了，连连摆手，不了，我不吃牛皮。

深秋时节，满山的青翠已然斑驳了，青黄相间的样子，还有红，霜风敲打出来的红。过些日子，这里就该是红叶似火，势若燎原了。秋阳高远，山风回旋着，去了，又来了，海洋的气息时而浓，时而淡，时而若有若无的。树梢上，毛色鲜亮的小松鼠状若飞鼠，毫无顾忌，跳来跳去的。几只花冠鸟掠过，貌似挺开心的，头顶的花冠都张开了，像是小蘑菇，小小的毒蘑菇，好看得要命，许白黑忍不住了，吹了声口哨，小鸟回应了，争先恐后的，都回应了，声音是串串的脆响，如若春冰上滚过了珠子。

走着走着，一角屋脊耸入视线了，红砖碧瓦的，有些焚香的味道，像是沁水了，化不开了。这里是龙王庙，从前，这里不是庙，是观，龙王观。许白黑小时候来过的，跟着许青蓝来过，看船，海上零星的船只。就在荒草丛中，他还捡到过一只眼睛，神仙的眼睛，是彩塑的，掌心大小的瓦片儿，他很喜欢，带回家里了，可把嫂子给吓坏了，怕他冲撞了神灵。

许白黑说道，庙里住菩萨，观里住神仙，怎么就换了地头呢？李乘风说，白黑，那就要看香火了。香火谁家旺，谁家住山头。唐希清清嗓子，说道，许先生，十几年前，就为了叫观还是叫庙，穿袈裟的和穿道袍的还打了场官司。和尚赢了，道士输了，龙王观就成了龙王庙了。李乘风打断唐希，说道，白黑，我和了空大师是朋友，他可是玄学大师啊，那个净坛道长学艺不精，自然败北了。市里也没亏待他，山下给他建了座飞龙观。齐彩虹大叫，你拉倒吧，全市人民都知道，了空就靠着给领导算命才赢的。

许白黑笑说，算命这回事吧，那还真要懂些心理学的。李乘风说，那是，白黑，你要肯出山，分分钟碾压了空。许白黑摇头，我不行，我不会请神送神。李乘风唉唉，白黑，山上山下，分别太大了，山上香火最贵了。中秋和初一烧头香，要好几十万呢。许白黑问道，真能烧得上头香的，就不用谈钱了吧。李乘风说，也不尽然，老板们烧香，可都是要掏钱的，抢着掏。

许白黑想起来了，想起来那两位大师了，他们跟在王谢桥的身后，是那么和谐融洽，他就说，乘风，世事如棋，棋逢对手。李乘风挥挥手，白黑，我不认棋局，只认神灵。齐彩虹哎哟，上前抱着李乘风的胳膊摇了摇，老兄，咱们都一样。咱们什么交情呀，比心比心。唐希说，李主，我有今天，都是拜你所赐。这里没外人，此刻，我就想叫你一声大哥，可以吗？李乘风拍拍唐希，叫吧，大哥爱听，往后就是兄弟了。唐希叫道，大哥，小弟对你，此生不渝。李乘风嗯嗯，白黑，都是自己人，你也别见外了。

唐希说，许先生，心理医院的事情，我都是全身心效劳的。没人的时候，大哥管我叫希，许先生要是不嫌弃，也叫我希吧。许白黑摸摸头，托大了，这样吧，我就称你小唐吧。唐希说，感激抬举。又问李乘风，大哥，还是老规矩？我跟了空大师安排过了，大殿已清场了。李乘风点头，希，我跟白黑先进去。

大殿无人，只有诸神，李乘风说道，白黑，咱俩一起拜拜菩萨吧。许白黑说，乘风，我从没拜过神，你请便吧。李乘风就拜了，他的神态庄严肃穆，行的都是大礼，行云流水，礼到功成。他是每当行完一套大礼，就要给香炉里奉上三炷高香的。三巡过后，李乘风祈祷了：一香礼佛，我佛安好；二度香火求平安，他也平安，我也平安；三香但求近来事，我佛保我仕途通。

整个过程，李乘风专业极了，满满的仪式感，他是趴在地上，以额头叩地的，末了，久久不肯起身。许白黑扶起李乘风，问道，乘风，他是谁？李乘风说，白黑，不是他，是他们。他们安好了，我才是晴天啊。许白黑又问，他们也是这样拜佛的。李乘风说，那是，都是这样拜的，都是这样求的。许白黑转身，要出去了，李乘风忽然牵住他的衣袖，白黑，别走，我还有些话，要跟佛祖说。许白黑就站住了，站了五分钟，什么也没有听到，李乘风是用心说的，都没动嘴的。

两人出来后，齐彩虹进去了，接着是唐希。他们都说，大哥，我是先给你上的香，求佛祖保佑你顺利通关。李乘风说，精诚所至，金石为开。我提议，咱们应该共同上一炷结盟香，兄弟姐妹，福祸同当。齐彩虹和唐希齐声叫好，许白黑不由得后退了，乘风，你们去拜吧，我就不进去了。李乘风招手，许白黑摆手，两人都笑了。

霎时，就静下来了，许白黑倚在树上，看他们三人在大殿里拜来拜去的。他渴了，就把牛皮汤给喝了，味道很勉强，是虫草太多了。他是从不看好任何一种依靠仪式感的关系的，他也从没跪拜过任何一方神灵，这种东西如果真有，那么它应该是以常态的形式存在着。常态何须跪拜，心无亏已是万炷香了。

李乘风进了密室，独自会晤了空大师去了。许白黑不肯进去，他们谈些什么，或者做些什么，他实在是很清楚的。对于所谓的玄学，他历来认为那只是一个分支，关于概率学的分支。和他们同样，他也是有信仰的。和他们不同，他只信仰医学，信仰心理医学。是的，心理医学是可以解读一切的，一切的人和事，不是未来，而是现在，以及从前。

最是难忘，莫过于这里的斋饭了，葱花小面入口清香，浣纱芋头好大一碟，许白黑都给吃光了，西餐都是有甜点的，他已吃惯甜食了。李乘风和唐希都不吃甜，齐彩虹常年节食，连主食都不吃的。

李乘风并不讶异，白黑，如果单看食谱，你就是个女人。许白黑嗯嗯，不理他，只顾着吃了。

就像所有的北方城市，秋色总是最短的，冬季总是最快的，来得快，去得慢，好悠长，好厚实，长的是夜，厚的是冰。河面上结着两尺来厚的冰层。好多人冰上行走，图近，都不走桥了，电动车也是通行无阻的。有些人喜欢在冰上钻眼儿钓鱼，鱼饿极了，见饵就咬。许白黑挺喜欢吃鱼的，却是最讨厌看见钓鱼人，尤其是冬季的钓鱼人。

也是奇怪，有次忽然来了兴致，他就买了几条刚钓上来的白鲷鱼。这种鱼个头不大，半尺来长，记忆中是无比的鲜美。许白黑动手烹鱼，还开了瓶香槟，不料，酒如故，鱼非鱼。只觉得土腥味奇重，多刺，结果连鱼带酒全给扔了，好像不如此，就不足以解气了。是芝芝给出的答案，白黑，莫向当下觅回头。你早已尝尽美食，白鲷鱼？哇哇。许白黑难得撒娇，呜呜，我吃玉米饼子长大的，见了就怕，为什么我还爱爆米花。芝芝学猫叫，啊呜一声，那是专业猫粮，谁不爱呢。

许白黑常到冰河上晨跑，他爱听冰层下隐隐的碎裂声。这种声音并不好听，却是最熟悉的，从不曾变过，如同共振，总能让他回去，回过头去，触摸自己。像是玻璃，那里头，是有着另一个他的，隔了半生的他。两个他，都是他，铁马冰河不是梦，是创伤，痊愈的创伤，还是会疼，他就是要让自己疼，跑着跑着，汗透了，血热了，就会免疫了，对于疼痛，终生免疫了。

正常状况下，如无特殊原因，每逢双月的月底，许白黑会回美国几天，全家团聚。而每个单月的月底，芝芝会来，小住几日。谷雨有时来，有时不来，来不来全是自己说了算。许白黑不觉得生活有太大改观，芝芝不这么看，她说，为了解你心结，我们代价高昂。谷雨也说，爸爸，你要寻亲，不回去也可以操作，为什么要和我们分开。许白黑说，为了重逢，重逢自己。谷雨嗷嗷，可怜的爸爸，我爱你。

许白黑对芝芝说，你并不在意丹心，只是为了我。芝芝说，当然，我若是为她，那就是矫情了。许白黑没有问过谷雨，想姑姑吗。他知道她会说，不，我不认识她。她是在美国出生和长大的孩子，会说中文，只在家里说。也不知从什么时候开始，大约是初二的样子吧，她不再说中文了，开口闭口全是英文。许白黑无所谓，他对妻子说中文，对女儿说英文，切换自如，皆如母语。芝芝曾经坚持，于是母女两人的对话极为怪异，谷雨用英文，芝芝用中文，后来芝芝挺不住了，改口说英文了。至于中文，已沦为二线语言，只通用于卧室之内了。

王花花是想让谷雨回来上学的，芝芝夫唱妇随，全家福，大团圆，谁也不用再当空中飞人了，总是飞来飞去的。芝芝啧啧，嫂子，这样多好呀，成功人生都是鸟，飞着过的。谷雨也说，大妈，你不让姐姐出去，还要让我回来，这是悖论哈。王花花对谷雨最亲了，谷雨怎么说，她都爱听，听不够。芝芝就不行了，王花花是有看法的，一个女人，常年不工作，还那么会花钱，怎么就那么理直气壮呢。她是说过芝芝的，多次提示过，让她找个工作，挣多少是多少嘛。芝芝搂着王花花，嫂子，嘻嘻，医生夫人，还用工作吗？

许青蓝常说，花花，你别添乱了，白黑也不容易，天天招呼那些人，又有钱又有病的，多操心啊。许白黑是深有同感的，他给太多的富贵者治过病，用最精湛的医术，最先进的治疗方式和药品，他可以缓解他们的病况，但他治不了根，那个根是他们所在的圈子和规则，是隶属于整体循环系统的，是相互作用的，作用力有多大，反作用力就有多大，杀伤力也就有多大。

王谢桥就是这样，张国富也是这样，他们来治疗一段，心理状态会很放松，不再那么抑郁焦虑了，狂躁多疑了，悲观恐惧了；也不再把每个关系人都视为潜在的敌人了，也能睡得着了，吃得下了；白天偶尔还会狂想，但是夜里没噩梦了；有事仍然要占卜，但是没事了，也会偷着乐了；貌似痊愈了，貌似安好了。可是一转身，就又回去了，回到原生态了，回到地皮争夺战了，回到财富运作大盘了。

而这一切，都是无序的，所以就又病了，病态加剧了，表现方式更为多样化了，也更为复杂化了；于是，治疗手段也就升级了，逐步升级，每次都要升级的。医生和患者之间，就总是再见了，再次见面的再见。好像分别不是为了分别，而是为了再见。如此循环，是永无止境的。

美国的患者就不同了，他们往往是自成系统，自体循环的。心里有死扣了，无力解开了，就陷入心理病态了。医生解开他的死扣，他的心态就此舒展，再回首，就会像汤姆那样，作为告别语，他们都爱那么说，医生，那真是一个噩梦。不，那真是一个笑话。

就复发率而言，心理疾病很少有一个疗程就可获永久康复的，美国患者都是一回比一回轻，复发症状比始发症状呈下坡，再下坡，直至着陆。而这里呢，正是相反，每次再见，许白黑都会发现，他的患者重了，病情重了，较之上次。

许白黑对亨德斯说，就像野战医院，枪炮一响来了一批伤兵，我治好了他们。可是他们无法停下来，又去冲锋陷阵了。再回来呢，症状加剧，我得从头来过。亨德斯说，许，你应该阻止，他们是患者，不是战士。许白黑苦笑，为财富名利而战，烈火烹油，不死不休，没人能够阻止。并且他们每个人都要抢先开火，然后对着我控诉整个战场没有规矩。

许白黑常看手机的，分地头，也分种类。在这里，他只看社会热点事件的，都是小事件，都是大问题，在他看来，与专业相关联的，从来就没有小问题。回到美国就不同了，他只看新闻，看大势，偶尔也看看明星八卦的。由他提议，烂柯山心理医院股东开了个会议，很正式，会议通过三项议题，一是秉承医学精神，扩展患者层面，不能只是服务于富贵者阶层了。二是就此支出问题，就目前收支状况，心理医院已经提前收回成本了。很成功，比预计的要好得多，因此就第一项支出款项，三位股东意见一致，很应该，可以做。三是扩招医生的问题，鉴于心理医院的发展态势，医生队伍有待补充。许白黑斟酌再三，提出来了，是否可以和当地医疗机构进行合作，比如十三院，他们的院长已经多次请愿，想派医生前来见习，长期学习和服务。亨德斯和保罗都是反对的，两票对一票，第三项议题就此搁浅了。

股东会议也要分真假的，真的会议开完了。还要再和假股东开个会的，不出所料，李乘风蹦起来了，咱投钱？对大众？白黑，你吃错药了吧。绝对不行。要投也得我投，不，卫计委投吧，我来负责款项问题。全额拨款，合作方式。先做公益，名利双收。许白黑问道，花钱的事，这也能赚？李乘风庄严的，能。连这都不懂，什么大医生。你要在这里，科主任你都混不成正的，最多就是个副的。

许白黑才不理会李乘风呢，这个会议，只属于告知性质的。他派出医院总务，去和所在社区进行联系了，双方约定了，定期开展面对大众的心理讲座。王谢桥听说了，这个社区是有他的楼盘的。他就来找许白黑了，谈合作，双层次合作，希望心理医院派出优秀医生，对谢桥地产的中层精英进行心理辅导，并在旗下所有房地产小区开展讲座活动。王谢桥强调，这都是长期性质的，绝不是短期行为，如是后者，不如不做。许白黑微微一笑，太好了，王先生，所见略同。

王谢桥说，许医生，请允许我的请求，一律按时付酬，对所有的医生。许白黑说，这样吧，谢桥地产的讲座，头两堂课，我来上，谨致谢意吧。关于公益活动，心理医院的医生是义务性质的，我已征求他们的意见，所有人都报名参加了，你只负责场地和组织就行了。周末，活动就展开了，十分成功，最精彩的是互动的环节，台上的医生和台下的听众，就此展开对话了，有问有答了。

如果按照小区的地段和房价来划分，那么，他们的听众群是全方位的，什么样的人都有，什么样的问题都有。就普遍意义而言，问题是产生于压力的，经济压力，情感压力，生存压力，以及精神压力。压力从来就不是单一的，都是相伴相生的，都是相互作用的。白领的压力和蓝领的压力又有什么不同呢，都是一样的，都是奋斗者的压力，都是缺钱的压力，都是缺爱的压力。只有金领是不一样的，他们什么都不缺，什么都有了。他们怕的只是失去，失去自由，或是健康。

应李乘风的要求，该项活动又加上了卫计委，以及彩虹药业。于是主办单位就是卫计委了，承办单位是烂柯山心理医院，赞助单位是谢桥地产集团，以及彩虹药业公司。根据讲座内容，谢桥地产整理印刷了几批很精美的防治常规心理疾病的册子，回回都被人们给领完了。

王谢桥要请许白黑吃饭，每次活动过后，都要请的。请到第三次，许白黑上桌了。行医半生，这是他的头一上，上患者的饭桌。饭后，王谢桥开车送他回去，是辆雪豹跑车，通体霜色，车门如双翅，是在头顶张开的，这辆车动感十足，是那种贴地飞行的感觉。许白黑就不行了，他开车总是四平八稳的，都没放纵过。

十九

周一，每个周一。

无论他在哪里，此岸还是彼岸，按照北京时间，早晨六点，许白黑会准时接到一个电话。

这个声音是极具特质的，似乎有些倦意，犹若初醒，却又挺清亮的，像是自带了节奏，每个字都吐在了节点上。没有来电显示，没有预约，从来就没有。许白黑几次提醒，这种方式并不合适。但是对方极为执着，也极为自律，每次只说十分钟，时间一到就及时收线了，秒速收线，绝不纠缠。他也就无所谓了，什么样的怪人怪事他都见过太多，所以对这个人也就没有什么好奇心了。

许白黑说，老先生早上好，这次想说点什么？对方说，上次你说猜谜语，我猜了，你说得对极了，猜对了就睡着了。许白黑说，猜不出来呢？对方说，偷偷看谜底，谁也管不着，哼哼，偷东西最开心了。许白黑笑说，真是的，偷吃最好玩了，半夜裸体吃。对方嘿嘿笑，像个老顽童，他说，狐狸偷鸡，你可真坏。我就不这样，我最爱在被窝里偷吃了，炕红薯，烤土豆，好香啊。许白黑惊叫，哇呀，那是清朝呢，还是民国？对方抱怨，什么呀，咱俩才差了一轮，你明知道的，你故意气我。许白黑问道，逗你的，你逗我来我逗你，咱俩都缺逗，不是吗？对方说，可不是嘛，我都没有朋友，一个也没有。哎呀，到时间了，小朋友再见。

对方收线，许白黑把台历翻到下周一，写上了主题：朋友。对方记性太好，下周一来电的第一句话必然是，我没有朋友，你有吗？然后是围绕这个话题的十分钟讨论，再引出下一个话题就收线了。这是个寂寞的老人吧，两人是陌生而亲近的，都很放松，毫无负担。这人从没提到过诊疗费，许白黑也没提过。他乐意接他的电话，也乐意抹账。他知道那是为什么，是需要，他也需要的。

心理医院运营态势良好，良性增长，整体收入远超预计，与美国的心理医院持平，不相上下的。许白黑每月都给股东看报表，收支报表，精确无比，分红额度，持续上涨，亨德斯和保罗都很欢欣。三人连线，相互道贺，亨德斯问道，许，有一条支出项，你列为风俗性质，这是什么？许白黑解释，这是惯例，中秋节和春节都要发放的，有些机构发双薪，有些发福利，我是按照圣诞节标准发放的。保罗说，理解，支持，做得好极了。

亨德斯和保罗郑重提出，要求医院引进专业管理公司，例行所有事物的管理以及执行。理由就一条，许，你是医生，你的精力应该用于医学，而不是做账，以及打理杂务。许白黑苦笑，我是院长，有些事情得亲自出面，比如某些会议，以及应对相关机构的例行抽查和常规性检查，等等。保罗问道，很多吗？许白黑回答，已是最少，但是我的时间因此而碎片化了，不胜其烦。亨德斯说道，许，我要你聘请副院长，两个，不计成本。我要你是医生，百分之百的。保罗也说，许，若非如此，我们情愿关闭这个医院。许白黑回答，好的，亨德斯。好的，保罗。我想你们了。

李乘风是把自己视为股东的，心理医院的股东。理所当然的，他就特别关心医院的收支状况，收入不用说，那是杠杠的。支出怎么办呢，他是操碎了心，能免则免，能省则省，能抠则抠，如非必要，他是不同意许白黑随意花钱的，公款意义的钱。比如心理讲座活动，已经成为招牌动作和规定动作了，是要长期举办的，是要产生花销的，涉及场地费和组织费用，还有媒体推介呀，矿泉水呀，零碎多了，就不是小数了。

本来都是谢桥地产独家承担的，彩虹药业也有贡献，出药品，赠送性质的，比如艾条和藿香正气水什么的。是可忍，孰不可忍，活动小了是可以忍的，影响力太大了，那就不能忍了。作为主办单位，李乘风当然要行使独揽权了，那就成了卫计委的功业了。都建功立业了，于是就成了项目了，卫计委的大项目，花多少都是项目款，足足的，都花不完的。

王谢桥忍不了了，李乘风把他的名头给换了，赞助单位变成了协办单位了。谢桥地产集团，从没受过这种级别的气的，所谓级别，当然是李乘风的级别了。区区的处级干部，在王谢桥看来，那都是批发性质的，多了去了。跟谁闹腾呢，王谢桥得让李乘风明白的。于是打了通电话，几分钟，搞定了。谢桥地产升级了，升级成为承办单位了，在心理医院之下。

许白黑静观其变，笑看风云，爱谁谁，他只需要负责讲座本身，别的一概不理。李乘风和王谢桥都来找他了，李乘风来家里找，王谢桥来楼下等，家里的楼下。两人都控诉，对方是掠食者，许白黑认为，李乘风的确是的，什么都要抢，连花钱的事情都要抢，不像话。单是对比卫计委和谢桥地产印刷的册子，高下立见。卫计委的册子是以花钱的名义，在省钱的，粗制滥造，错字满篇，纸张呢，那是两头通透，薄得要命。

许白黑独家授权了，授权谢桥地产承制所有印刷业务。初衷如初心，他要大众看得清楚，不至于被任何错误所误导。李乘风骂道，白黑，你被奸商收买了。说，你跟他好，还是跟我好？许白黑慢悠悠的，我跟听众好。乘风，你俩都是博士学历，可我觉得你们童心未泯哦。李乘风愤怒，狗屁，所有的大奸商都是博导，全是买的，我才是货真价实的。许白黑严肃了，甩出几本册子，李医生，这是医学吗，这是垃圾。李乘风无语了，良久，苦笑着，那好吧，白黑，都让他印吧。

李乘风暗示了七次了，三年半了，每年的年中和年终，他都要跟许白黑谈论分红的。鉴于两人之前的约定，有碟片和马鬃为证，他就不好意思太过于直白了。可是许白黑很不上路，每次都不肯报出数字，200 万美元入股分红的数字。全市所有的医院，李乘风都是有眼线的，想知道什么，就能知道什么，唯独心理医院是个例外。不是没想过安插眼线，可惜插不进去，许白黑都没给他任何机会。

良宵，春风正好，明月当头，扁舟一叶横波去，未知谁是采莲人。李乘风约了许白黑，就在半腰水库，只为听歌，听那张碟片。一曲终了，李乘风叹息，白黑，我饿了，咱们这医院，你和亨德斯都吃饱了，也该给我了吧。许白黑好委屈，乘风，你不放心我。李乘风说，怎么会，但是分红这回事，谁也不能替谁吧。该给多少，就得多少呀。许白黑沉吟，乘风，你我所得，都出去了，从分院回到总院了。没有比这更好的渠道了，是不是？李乘风问道，那么，接下来呢？

许白黑回答，都进了汤姆的银行了，然后，就被芝芝给提走了。你也知道，芝芝特别会花钱，所以家里还有汇丰银行的账户，连汤姆都不知道。他总抱怨芝芝挥金如土，你可以放心了吗？李乘风说道，怎么会不放心呢，我只是想知道一下数字呀。许白黑没有说话，他是写的，写在水面上了，八下子，八个数。第九下，不是数字了，是个符号，美元的符号。几乎覆舟，李乘风重心移位了，看清楚了，也记住了。

许白黑说道，乘风，如果你让我转给红缨，或是惊蛰，我可以即办。李乘风脱口而出，不，谁也不转。许白黑笑了，这不就得了，我管呗，没有人比我更合适了。李乘风气呼呼的，那你怎么不说，让我天天惦记着。许白黑莫名其妙的样子，乘风，咱俩还用说吗，谁跟谁呀。李乘风吸吸鼻子，白黑，对不起，我是小人，你别理我了。许白黑说，我也是小人，就咱俩，那都没大人。乘风，你也别理我了。

李乘风勾着头，他的脸红了，他不敢相信自己还会脸红，可他就是红了，热乎乎的，还出了汗。他想都没想，就把那根马鬃塞给许白黑了，白黑，你留着，等到那一天，还是藤缠树。许白黑没有问，那一天是哪一天，他知道那一天，李乘风的那一天，是在若干年后的，是全新的，是自由的，是彼岸，是天边。许白黑收起了马鬃，收在了内衣口袋里，像是承诺，他说，乘风，尽我所能，为了那一天。

李乘风有样学样，也收好了那张碟。紧接着，他又掏出了很多卡，油卡，以及购物卡，他说，发给讲课的医生们，别走咱医院的账了，以后类似支出，我想办法。许白黑想了片刻，留下了油卡，没留购物卡，他说，用不着，他们都是胡葵购物。李乘风说，那我回头送给嫂子吧，再有半年就过期了。许白黑接过来了，还是我来吧。乘风，你以后不要再给她太贵重的东西了，人多嘴杂，不好的。

许白黑约谈了心理医院的总务，事出有因，他在外头开办了一家心理咨询中心。经验多了，有想法了，想创业了，这是可行的。问题在于，他从心理医院挖人了，当然不是医生，他养不起，也用不起。他挖的是患者，精确地说，是准患者，也就是需要进行心理干预的人群。挖了多少个，成了多少个，不知道，能够确认的只有一个，是夏无冕。

夏无冕是由宋定睛负责心理干预的，长期干预，状态恢复良好。夏无冕无限依赖着宋医生，就像他从前依赖着夏乒乓，同样是依赖，走向是不同的。夏乒乓让他留在少年，宋医生让他成为男人了。男人自有男人的交流方式，夏无冕直言不讳，宋医生，告诉你的老师，开掉你们的总务吧。宋定睛问道，何罪之有呢？夏无冕说，半价，去他的心理咨询中心。宋定睛想了想，那你去一趟吧，走走流程，看看底细，我再跟老师说。

夏无冕就去了，他是大户，谁都知道的。总务很激动，亲自接待，把家底抖搂了一大半。摸底任务完成了，夏无冕给宋定睛发了音频，全程的音频。据此，许白黑梳理了三个环节，他无法一一甄别，只能辞退了所有的相关人员。一是大厅服务台的护士，二是病案室的管理员，三是护士长。他们都给总务提供过患者信息，以及联系方式。甚至还有兼职的，到了那里，他们就成了心理咨询师了。最过分的，明里暗里，他们是以心理医院的下属机构自居的。也难怪有人会信了他们，总务和护士长联手，还有谁会不信呢。

一刀斩，有没有被冤枉的？或者有，许白黑是给留了后路的，那就是去找律师，心理医院的律师，自证清白，即可复职。律师的办法很简单，以心理医院的名义，给总务发了律师函，提供了解决问题的两种方式，一是等待传票，法院的传票；二是交出名单，所有参与者的名单，如此就不予追究了。结果是，许白黑又开除了几个护士，诊室里的护士。

约谈总务时，律师是在场的，只说了一句话，我们保留追究和诉讼的权利。许白黑对总务说，本来我是想任命你为副院长的。很遗憾，我们都没有机会了。就此别过，祝你顺利。总务走了，没有哀求，也没有回头，因为他了解许白黑，他是从不轻易做出决定的，但是一旦生成，那就是无从变更的了。

亨德斯和保罗的要求，许白黑是从不怠慢的。他确实是打算提拔总务的，跟了他几年了，也算是能干，是个干才。之所以叫总务，不叫副院长，是许白黑的原因，他要全套沿用美国心理医院的模式，不愿意打破任何一个环节的。既然他是许医生，那总务当然就应该叫总务了。名为总务，实则是副院长的职权和待遇，一样都没少他的。他也从没提出过命名的诉求，百万年薪，他是感恩戴德的。谁承想就成了这样，许白黑吩咐律师，起草合同，新任副院长的年薪，从见习开始吧。

通过猎头公司，心理医院副院长走马上任了。副院长张出众，男，36 岁，“80 后”，生长在豫东平原，一个叫作十八里的村庄。本科学历，毕业于中州科技学院，属于民办性质。张出众最崇拜的人，是他叔叔，叔叔是外科医生，就在郑州。他的头份工作是叔叔给找的，在医院做后勤，打杂跑腿，什么活都能干。两年后，张出众跳槽了，到某大型药品企业，从事营销工作。他的业绩十分出色，他升职了，营销部副经理。

26 岁时，张出众被总部派到蓝市，任区域营销经理。待遇不错，有住房补贴，有公务车辆，有招待费用。29 岁，张出众在这里买房了，四环外，八十平方米，三居室，三十年房贷。全家人都来了，父母妻子，以及两个孩子。谁也不敢闲着，父亲在小区做环卫工，妻子在某烟酒店做店员，母亲做饭，带孩子。32 岁，总部召回所有外派区域经理，也就是说，跨区域营销部门，暂不存在了。张出众没有选择了，他只能辞职了。

32 岁到 34 岁，两年间，张出众先是在某传媒机构从事创意策划，后到某事业单位的二级机构，任总经理助理。这两份工作貌似都挺高端的，可是加起来，他总共干了半年。前者是被辞退的，后者是主动离职的。此后，张出众自主创业了，就在自家小区不远的街道上，开了家药店，夫妻店。半年，成为市级医疗保险定点药店了，经营状况不温不火的，收入稳定，能够养活全家人了。只是限于规模以及营销模式，谈不到什么发展，那是需要资本的，他没有资本。

同年，张出众应聘某私立医院院长助理，成功，获得留用，至今。该医院位于城郊接合部，二层楼，十几个医护人员，三个大科室，妇科儿科，以及老年病科。院长原是村长，还开有洗浴中心以及饭店，忙得很。张出众差不多就是一肩挑了，他的待遇是提成制的，每月都不同，最多拿过两万，最低拿过四千多，整个年度平均下来，月收入大约八千多元。

张出众是有理想的，每天都在为理想而战，从没歇过，他的理想特别具体，40 岁再买一套房，100 平方米以上的房；换一辆车，15 万元以上的车；50 岁解压房贷；55 岁，净存款 100 万，是孩子的教育基金，以及父母的养老费用。张出众是王，家里的大王，一言既出，就是家规了。在外就不同了，是要卖命的，卖命干活，快活无限。

猎头公司给许白黑推荐了三个候选人，张出众是其中之一。许白黑选定了张出众，不是由于他有多么出色，要论出色，那两位都比他出色得多了。相反，许白黑欣赏他的笨，就是笨，太笨，精明过后的笨，去伪存真的笨，实话实说的笨，甘于卖命的笨。

许白黑让出了自己的办公室，让给了张副院长了。至于待遇，年薪 30 万，人民币。都签了约的，张出众是喜出望外的，结果又变了，许白黑生变了。迫于压力，亨德斯和保罗的压力，这两人气急败坏，无法接受这个价位，就连 100 万，他们都认为太低了，烂柯山心理医院的副院长，岂能是这样的收入，必须更高，越高越好。亨德斯说，许，他是你的替身，多少都值得。保罗更是可恶极了，他说，许，我们的建议是 100 万美元。许白黑怒吼，好吧，我跟他毁约。

许白黑对张出众说，出众，你的年薪需要调整，很抱歉，补签一份协议吧。张出众宠辱不惊，许先生，我理解，每个老板都是这样的。要减薪是吧，好的，减吧，我的底线是年薪 10 万。许白黑说道，出众，正是 10 万，是美元。经股东商议，决定如此。告诉我，你此刻的心情。张出众双手握拳，大力挥舞着，许先生，我崩溃了，我不会说话了，我不行了。我爱上你们了，我爱上医院了。

由于爱，所以爱，张出众的工作能力，原本就是没得说的。涨薪之后，他就像是发疯了，都不像是副院长了，简直就是拿自己当老板了。干起活来忘我投入，井井有条，纹丝不乱，有型有款的，显然是比许白黑到位许多的。许白黑的管理只有一个核心，医学，医学至上，其他事物都是当过则过的。张出众不是，他是面面俱到的，极为注重行业地位以及行业关系，外围一团和气。对内呢，他是管不着医生和护士的，他管所有的杂项，吃喝拉撒，无不涉及，就连花园的花树和灯光，也都是归他统筹的。

他对医生都是高度尊重的，就像是对待他的叔叔，很快，就都打成一片了，医生都叫他出众，没人叫他院长的。和手下的关系，诸如财务，诸如网站维护员，诸如文员，诸如保安和园丁，他都处得很好，没有架子，却是言出如令，无人不从的。

谢晓桐手上的活计，也都移交给他了，唐希对他很满意，李乘风也是同样，李乘风说，出众，听说你很费电，夜里总要加班。张出众说，李主任，哪里都是红花绿叶，是我本职，应该的。李乘风笑说，咱俩一样，都要搞好服务。张出众肃然，不一样的，李主任是医生，会做手术，我只会干杂活。

许白黑成了甩手掌柜了，舒爽了，本色了，只有医学了。他是每天都要接诊的，上午接诊。下午，就是轮转制了，他把自己给轮转了。具体的轮转方式，按照诊室，也按照医生。按次序来，一个一个来。每位医生都是有自己的诊室的，每个下午，他们都是要接诊的，独立接诊。许白黑来了，轮转而至了，就属于合作接诊了，该病例也就属于合作病例了。

此举，对于许白黑而言，通俗的说法，叫作传帮带；对于这些医生而言，却是意义深远的，等同于镀金了。若是放在了江湖，那简直就是无名之辈和武林宗师的合作了。一举成名，也未可知。要看病例的，就像当年的雪山案例，赶上了，就是大功告成了。赶不上呢，也不要紧，此后就有归属了，在行业内，就是门下弟子了，名师门下的弟子。未来光明，开诊所也好，办医院也好，那都不在话下了。

如此轮转，许白黑是经过深思熟虑的，也是征求了亨德斯的首肯的。他说，亨德斯，这里的患者比例严重失调，都是富贵者，没有普通人。就医学角度，这些医生的医术都处于上升期，他们需要更深邃的视角，洞穿到这个病例和这个患者之后，那个无限的空间当中去。亨德斯说，许，所谓轮转制，历来都是大医生做轴心的。你是逆轮转，但我认为你是对的，我支持你。如有超高难度病例，我愿意加入合作。许白黑笑说，祖师爷，亨德斯，如果他们听到，他们会祈祷，哦，我的天，快赐给我最难的病例吧。

二十

每个人都是有弱点的，或者说是毛病，许白黑也有，是袜子。从业伊始，但凡接诊，他的手和脚就会出汗，若初恋的少女见到了心上人，掌心总是潮乎乎的，腻答答的。鉴于有时候需要和患者握个手什么的，他的手就干燥了，这是心理上的被动性调节，高度隐蔽，谁也无从察觉的。悲乎，脚就不行了，湿不湿只有自己知道。总是湿着，那实在是很难受的，于是他最爱换袜子了，每天都要换的，每次接诊完毕，都要换双袜子的。他的抽屉里，永远备有袜子，谁也不知道，原先都是那种配西裤的袜子，丝质的或棉质的。后来，他发现了一个秘密，他们都爱穿船袜，每个医生都是的。

船袜，会露出脚踝，似乎是不够正式的。但是管他呢，谁也没有规定过，心理医生接诊要穿什么袜子。西裤和皮鞋是个定例，男医生女医生都是如此，袜子就不同了，那是自留地，想咋地就咋地的。自打换上了船袜，也不知是通风了，透气了，还是别的什么原因，他的脚汗不治自愈了。但是换袜子的习惯，还是改不了，只不过是次数少了，每天中午换一双，就足够了。许白黑特地写了篇论文，他已经两年都没发过论文了。该论文从心理医学角度，深层次剖析了自主性心理调节性质的袜子现象。

他的论文，只能是发在顶级医学杂志上的，不是名气，而是视角，以及深度。没有办法的事情，大医生的视角和深度总是不同的。

该杂志主编卡卡先生说了，许，热切期待再次赐稿，关于内裤的也好。你知道吗，你的这篇大作，在国际心理医学界，那可是刮起了一股风，袜子风。许白黑由衷地，卡卡先生，秘密公开了，就不是秘密了。我的目的达到了，出汗少多了。谢谢你，卡卡先生。

心理医院的每个医生，都是看杂志的，国际医学期刊，是他们的必备读物。他们也都投过稿，如获留用，是要等的，通常都要等上小半年，甚至更久，才会发出来。每逢有了这样的喜事，许白黑都要给这位医生发祝贺函，并和全体医生对该论文进行深入探讨的。探讨地点两处，餐厅或是运动室，有时也请大家吃顿大餐，以示庆祝。

午休，真是个难题，尤其夏日，实在是太长了。试了千回了，就那么躺着，就是睡不着，不踏实，梦都不肯来的。好笑极了，他可以让任何人进入催眠状态，美梦醒来，如若初生。可他对自己没办法，那么做些什么呢，溜达吧。楼上楼下，楼台庭院，到处转转，打发时光。于是，就邂逅了，邂逅了几乎所有的医生，原来都是这样的。就笑，同笑，好开心的笑声。

也不知怎么的，老胡就来了，常来，都是中午来的。分明是困得不得了的，来了就要咖啡，就精神了。许白黑干脆送了他两桶咖啡，老胡就幽怨了，白黑，这是不让我来了。许白黑说，老胡，胡院长，我尽力了，是股东不同意，咱们得接受呀。老胡不乐意了，白黑，我这是长线行为，今年不成，还有明年。我亲自去天南海北的，召来了一批医生，他们都很优秀，也很年轻，咱们来日方长啊。许白黑说，知道，乘风那里给特批了经费的，关于这批医生的待遇，不然人家怎么肯来。

白黑，我这样的院长，你见过没有？老胡问道，别说海外，别说国际，就说这里，见过吗？许白黑轻轻摇头，没有，老胡。乘风说你是个缠人精，简直阴魂不散，就为了要钱。学长，你若做医生，必是好医生。老胡眼看着火候到了，就提出要求了，学弟，你中午也没事干，到我那里上上课吧，给那些医生。谢桥地产你都去了，我十三院就不能屈尊一下吗？许白黑说，一下？好说，我就怕是好多下。

老胡起立了，掏出一张纸，好大的一张纸。二十几行字，每行字下头，都是一个签名。这是留言，也是请愿，是这批医生手写的，每个人，都写了一句话，写给许白黑的。许白黑看过了，收下了，什么也没有说。老胡说了，白黑，这算不算万民伞，你来不来？许白黑回答，不算，那都是假伞，这是真话。我来不来呢，当然不，老胡，你们都倾巢出动了，我怎能单挑呢。这样吧，你回去准备病案，每个医生一个病案，我们一对一。我这里的医生反正都睡不着，我想他们都乐意参与交流的。我的经验，这样是提升最快的。

老胡低着头，许白黑说，不要偷笑，太娘化了。老胡说，是这样，还有个难题，中午听课，下午接诊，都要提神的。你们餐厅的咖啡特别好，能不能给我进一批呀？许白黑惊叹，老胡，你真是毒舌，这都能喝出来。那是一个朋友，大咖啡商，他给我直供的，市场上没有的。成啊，我包了。老胡又说，关于酬劳，你知道这里的标准，区区的，我不敢擅自加码，不成敬意。许白黑笑了，老胡，明天中午你和乘风一起来吧，就在我们餐厅吃饭，大家一起，当面说清楚的好。

两人就来了，老胡说出了时间和数字，每天中午，大巴接送，路途因素，授课时间暂定为半个小时，授课费每堂 200 元。老胡言语恳切，各位同仁，这是上会决议的，我尽力了，请求理解啊。李乘风说道，鉴于各位的外籍身份，以及医学成就，卫计委决定，每堂课补贴 200 元。也是上会通过的，我知道太少了，只能这样了，谢谢了。宋定睛说道，李先生，胡院长，这就等于是每个月一千多美元了，说实话，我都没见过这样的报酬。既然这么少，那还不如义务吧。我就不收了，义务授课。话音未落，大家都跟着说了，我也是，我也是。

老胡哭丧着脸，都不要啊，那我还得上会，要通过才行啊。李乘风也说，我也得上会，要不要都得通过啊。许白黑说，乘风，老胡，这不就是在开会吗？我们的会，就不是会吗？李乘风说，是，这是大会，关键是小会。大会说小事，小会说大事，都懂吧。不要钱？这是什么行为，个人理解，医学精神。都是医生，我就不谢了。

许白黑说道，且慢，我给大家算笔账吧，每人每个月一千多美元，一年呢，一万多美元。十三院需要授课的医生共计二十余人，我们人多，可以轮流来。如此计算，每年授课费合计大约二十余万美元。这是小数字吗？既然李主任和胡院长还要上会，这么为难，我们为什么不要呢？我提议全收，按课时结算。至于这笔钱的用途，我们就不会开会吗，咱们回头再说，畅所欲言吧。

砰砰，没人鼓掌，也没人说话了，都是碰杯的声音，玻璃杯，有的是果汁，有的是牛奶，有的是冰水，当然，还有咖啡。都是纯色的，碰到一起了，就成了多彩的了，好看着呢。

谢晓桐的男友，有时会来接她，总是他在等她，在会客室等她。他似乎挺喜欢看画报的，地理杂志画报，每次看到他了，许白黑都会进去打个招呼的，他会捧着画报站起来，说上一句，许先生好。然后，就没有然后了，他就不再说话了，只是笑，眼角眉梢都在笑。笑意明亮，没什么心事的样子，许白黑挺喜欢这人的，就说，医院餐厅欢迎家眷赏光，中午一起吧？他就摇头，许医生，谢谢了，不了，下次吧。

下次复下次，总也没下次，许白黑都没和他同桌吃过饭的。谢晓桐多次致歉，老师原谅他吧，他怕大人物。许白黑开玩笑，晓桐，你才是大人物，一看就是你当家的。谢晓桐挺无奈的，老师，他从小就听我的。谁想这样呀，男人当家最好了。

许白黑无语了，他都没当过家，家里大事小事，都是芝芝办理的。有前提的，都是他同意的，也可以说，那都是他授意的，他什么都知道，关于账户，或者说关于财富。只有房子除外，汽车除外，珠宝除外，这些事物，他是从无发言权的。就为着检验话语权，他特地征求芝芝的意见，芝芝，我打算换房子住，换个别墅，好不好。芝芝说，不许换，这个就挺好。不过你要换个钟点工了，我不想再看到地漏里头有头发了。许白黑哪敢耽搁，即刻就照做了。

许白黑对宋定睛说，定睛，我下午都是轮转的，只需要留下一个助理医生了。你和谢医生，谁去谁留，我先征求你的意向。宋定睛眨眼，老师，我女朋友的意见，让我跟紧你，不要离开。许白黑悲凉的，定睛，我们的权威呢？我先问你，也是我妻子的意见。宋定睛说道，老师，我们这个职业，注定了是要亏欠配偶的。抗争与否，都是这样的命运。狭路相逢弱者胜，向她们低头吧，大丈夫何惧低头。

两人都低头了，看了眼自己的脚，他们都穿着船袜，脚脖子都露着。脚底另有玄机，许白黑穿着一双卡通袜，宋定睛穿的是鸳鸯袜。这就是抗争了，最为专业化的抗争，总是能够让人偷偷乐出声来的。于是乎，宋定睛留下来了，谢晓桐呢，她独立接诊去了。

许白黑如意了，以芝芝的名义。宋定睛乐开了花，不，他的女朋友从来就不知道这件事，就像芝芝那样，她们当家是真的，只不过是家里的家。出了家门，到了医院，关于医学，她们说了算？那就是个笑话了。

谢晓桐当然是不情愿的，但是许白黑对她说，晓桐，我还记得你的理想，是要在香港开诊所的。你需要独立接诊的经验，越早越好。谢晓桐问道，老师，恕我直言，这算不算性别歧视呢？宋医生和我同时做的助理医生，老师即便要换人，也应该是换上个新人，这才是公平。许白黑振振有词，宋医生不及你，他悟性不够，还需要学习。晓桐，你成绩优异，可以出师了。谢晓桐追问，老师，这不是你的风格，给我最真实的原因吧。许白黑说，好吧，你婚期将近，女医生不容易，都要两头兼顾。我的助理，必须是全心全意的，从无例外。

张国富的病例，许白黑转给谢晓桐了。是张国富自己提出来的，张国富的要求太离谱了，许医生，我要你立刻中断和谢桥地产的讲座活动，跟我的国富地产进行合作。我和那个乐色，你只能选择一个。许白黑说，张先生，我已经选过了。张国富说，那好，我也放弃你了。给我换医生，让你记住我，你还没有被患者甩过吧。许白黑说，这下有了，张先生，就是你了。事实上，依据你的病情，你确实不需要我了。涉及后续治疗，这里的任何医生都可以胜任的。

张国富忽然就深情了，情真意切的，许医生，大恩难报，你治好我了。我的手下都服你，因为我不打人了，也很少骂人了。我知道这回你会换了我，所以我先说了。许白黑说，张先生，你是否常常热泪盈眶，毫无来由的，这是现阶段的应有常态。很快就会过去的，不用担心，放开情绪，听之任之，无须刻意控制的。张国富就流泪了，是的，许医生，我不想过去，我很享受，我总想哭。许白黑说道，谢医生会帮助你，你会痊愈的。就像百米赛，我们已经九十米了。

张国富说，这几年，许医生，我就一个想法，想跟你吃顿饭，喝杯酒，交个朋友，能成全我吗？许白黑沉思片刻，张先生，后院的荷花都开了，我请你赏荷，走吧。张国富摇头，你这院子呀，我都转了多少遍了，说真的，我就喜欢那棵桂花树，不管它开不开花。许白黑就开窗了，那么张先生，就在这里看它吧。预计深秋，你的疗程就结束了，到了那天，我们树下赏花吧。

谢晓桐有了自己的诊室了，也有助理医生了。宋定睛送了一套意大利陶瓷餐具，他说，谢医生，这是贺礼，等着你的喜酒。谢晓桐说道，好喜欢，宋医生，我就想知道，我是不是败给了性别。宋定睛说，你我同门，谈何胜负。谢晓桐忽然问了，宋医生，那么你的喜酒呢，什么时候可以喝到？宋定睛回答，看她，她要哪天就哪天，我是哪天都可以的。

宋定睛为什么不肯离开呢，那实在是太简单了，他就一个想法，N 年之后，他是大医生，必须是大医生。开不开诊所无所谓，开不开医院也无所谓，在哪里从医也无所谓，什么都无所谓，就连 N 年的 N，到底需要多久，他也无所谓。要当大医生，就得跟着大医生，学学学，练练练，学无止境，学海无涯，直至大医生发话了，定睛，你走吧。那就是学成了，可以自立门户了。

从师以来，宋定睛学了太多，最重要的功夫，他学会了。那是定力，永不自乱的定力。无论是什么样的患者，无论是什么样的干扰，他都没有乱过，纹丝不乱，稳稳的，冷冷的。如同利刃破空，乱了的，只是风声。和许白黑同样，他也是没有什么表情的，在面对患者的时候。和许白黑不同，他有时会控制不住，他会常常跟自己对话，先问自己，就这样说，就这样做，行不行？再告诉患者，如此这般，如此那般。他知道，这是火候，炉火纯青？他还欠着呢，他还远着呢。

对于夏无冕的心理干预，宋定睛长期跟进，是相当成功的。就连许白黑都认为，心理医院的医生，是没有人可以做到这一步的。夏无冕几乎脱胎换骨了，几乎再不胡闹了，几乎成熟起来了，几乎就是个有担当的男人了，可惜，全是几乎，还不是彻底，当所有的几乎加起来，夏无冕的心理年龄，距离他的实际年龄，39 岁，还是要相差不少的。到底是多少呢？依据专业评估，是九个半的年头，也就是说，此时的夏无冕，在心理医学意义上，他是 29 岁半，青春叛逆期，末期。

没有任何正常人，是完全正常的，世上是没有完人的，所谓完人，都是造神。正像造神，夏无冕被还原了，成为常人了。他恋爱了，并不是很投入，他是被爱方，那个姑娘爱死他了。只爱他的人，不爱他的钱，纯爱。夏无冕挺享受的，他还没有被这样爱过，此前的女人都不纯，她们都很鲜明，直奔主题，恋爱的过程都省了。夏无冕都学会心酸了，总是酸酸的。爱是甜的，怎么会这么难受呢。不要紧，他有宋医生，对他而言，宋医生意味着什么呢，是衣，一袭白衣，那是没有人可以随意涂抹的，谁都不行。

有难题，有问题，他只相信宋医生。他们是每个月都要见面的，每月两次，每次一个小时。不，不是医患关系，他不是他的患者。他的动机原本是十分单纯的，成为患者，抑郁症患者，他要得到那张诊断证书。为什么非要这样，他都懒得去想，他听他爸的。是宋医生改变了他，重塑了他。于是什么都变了，因为他的眼神变了。他不稀罕那张证书了，他只想做回自己，现在和将来。

就像每一次，宋医生给出了答案，无冕，这不是爱情。你没有错，是这个姑娘不对，放弃她吧。夏无冕点头，宋医生，我知道她是我爸雇来的，就像我那些朋友，都是买来的。但是我动心了，对她。宋医生，是那种恋爱的感觉，就像是真的。

宋定睛站起来，无冕，你要明白，你需要的是真爱。好姑娘数不清，为什么不？夏无冕说，我不敢，即便我找了，他会比我更快，她会听他的，都会被收买。宋定睛说，你高估他了，他不是万能的，是你的世界太小，只能看得到他，还有你自己。夏无冕张开双臂，宽袍大袖的，他穿的是汉服。他爱穿奇装异服，宋定睛从不制止，相反，他鼓励他，29岁半的男人，穿什么都是常态的。

夏无冕低语，宋医生，我名下是有财富的，但是我无法动用。我把零用都留着了，现在的数字，是这么多。夏无冕给宋定睛看手机，宋定睛看了一眼，少得可怜。夏无冕花钱，是不受限的，花多少都行，历来都是有人跟着买单的，夏乒乓的人。

无冕，我知道你想怎么样。宋定睛说道，哦，啥也不用干，花钱如流水，还要没人管，想得美，我还想呢。没有这回事，什么都有代价的。夏无冕说道，是呀，要么我等，要么我自己挣。不能等，那会成仇的。宋医生，好多富家子都在等，等着他老子归西。我不。我不怪他，我懂了，是他有病。好可怜啊，他比我还要可怜。

值得了，宋定睛感到值得了。所有的心血，所有的付出，所有的努力，都值得了。他不能停，他要他继续成长，长到 39 岁，那是终点，他们共同的终点。宋定睛微笑，无冕，你是好孩子，也是好男人，除了不会挣钱，我找不出来你的缺点。接着看书，看电影，这是新的清单。去交朋友，去谈恋爱，依据概率学，你会拥有真的友情，以及爱情。这是必然的，至于挣钱，这不是你现在要做的，不要去想它。

宋医生，我最庆幸的，你知道是什么吗？夏无冕问道。

当然，无冕，我们并不是正式的医患关系。宋定睛笑说，如此，我们是可以成为朋友的，难道不是吗？

二十一

卫健委，卫生和健康委员会，卫计委改名字了，成了卫健委了。李乘风还是李主任，或许在这个单位的历史上，他是唯一的，跨度性质的唯一。他的前任们，都是叫作局长的，卫生局局长。他的后来者，应该都是主任了。只有他，先是局长，又是主任，有什么分别吗，职能层面当然是有的。个体感受呢，没有，真的都一样。

许白黑的手机铃音，原本是毫无特色的，要看屏幕，才知道来电者何人。有几个极其缠绵的患者，周末也不放过他，完全忘记了医生和患者的正常关系。迫于无奈，许白黑上手段了，把他们的来电都做了设置，各种鸟鸣，悠扬婉转，非工作时间，他是只欣赏，不接听的。猫头鹰除外，那个女患者情况特殊，抑郁症同期，在某医院做了子宫颈癌的手术，愈后不良，他得随时接听，等同于术后心理干预了。

这是常规，在绝大多数国家都是常规。手术患者的心理干预，从来就是常态化的、一体化的，术前术后，都要干预的，由专业的心理医生进行干预，至于外科医生，是只需要负责手术事宜的，各司其职，无缝对接。

这里是个例外，许白黑还没听说过术后干预的，倒是常听到老同学抱怨，他们都是外科医生，术前术后，什么都要解答，口水都干了，患者还是不满意，嫌他们不体贴。许白黑就给心理医院的全体医生下令了，谁的患者谁负责。如果患者有手术，或是其他重症，必须接听来电，视为心理干预。这是他的第一道命令，以大医生和大股东的身份，令出如山，半个小时，他收到了所有医生的回复，是的。

在国外，心理医生下班之后，是不接患者电话的。如有特殊情况，也是由助理医生处理并传达的。外科医生也是同样，主刀医生大半夜安抚患者及其家属？那简直就是天方夜谭了。问题在于，许白黑的同学都是这样的，谁要敢说这是骚扰，那就是没有医德了，搞不好就要被约谈的。

许白黑是从无电话恐惧症的，他只怕一个人，夏乒乓。因为怕，他把他的铃音设置为静音了，不用接了。在接了无数次之后，他才这样做的。宋定睛也是饱受骚扰的，最多的一天，夏乒乓给他打过三十多个电话，先是质问，再是威胁，最后就成了苦情了，还我孩子。

宋定睛笑问，老师，夏无冕和他住在一起的，我怎么还他孩子？许白黑笑答，注意他的措辞，他要孩子，夏无冕不是未成年人了。定睛，你可以把他设为静音，像我这样。宋定睛摇头，涉及夏无冕的情况，每个细节，我都不想错过。许白黑问道，烦吗？宋定睛说，不，就像你的同学们，不会烦了。

许白黑致电夏乒乓了，怪了，夏乒乓不接。过了好久，才回过来的，许医生，沉不住气了吧。将了我的军，再来谈条件，说吧，多少？

许白黑说，夏先生，宋医生对于夏无冕的心理干预，超出我的预期，综合所有指标，成功指日可待。所以，你我曾有的约定，就此取消了。夏乒乓说道，许医生，我怎么出价，你都不满意。好吧，今天轮到你出价了，狮子大开口，我给。许白黑说，夏先生，我不接你的电话，是因为你每次都要开价，我不想听到数字了，我们见个面吧。

夏乒乓说道，许医生，你们师徒拆散了我们父子。无冕都不跟我说话了，我可以随时停止他的心理干预。许白黑说道，你停止不了，他是成年人，他有自主权。怎么，你不要诊断证书了？夏乒乓反问，他都好了，你还会给他诊断证书吗？许白黑笑问，孩子好了，做爸爸的为什么不高兴呢，你要他不好，你才开心吗？夏乒乓哀叹，许医生，我被你套路了，从一开始。我就不明白，你到底是为了什么。

许白黑说，夏先生，什么也不为，医生的本能，你相信吗？夏乒乓说，鬼才信，许医生，我只知道，人在做，天在看，你就不怕报应吗？许白黑说道，夏先生，我再说一遍，如果你需要我提供专业治疗，我可以给你特殊通道，不必排号了，我的号是在一年以后了。

夏乒乓冷冷的，许医生，你当自己是谁呀，也不过就是个回来捞金的。你盯着无冕是为什么，为医学，扯吧，图什么呢？你当我不知道，不就是借花敬佛吗。为什么连我也不放过，你什么目的？我劝你不要忘了那句老话，本是同根生，相煎何太急。许白黑淡淡的，夏先生，你反应过激了。你想说明什么，你没有病，是吗？夏乒乓说，对了，这就对了，许医生，请你记住，我没有病。认识我的人都知道，我身心健康，安好安乐。

放下电话，许白黑久久无语，他不能不顾虑他，他是患者，他们应该是医患关系才对的。他有把握治愈他，他已经多次提示过了，以各种方式，提示他来就医。可是他从不肯承认，他是有病的。按照他的状况，他一定是在用药的，长期用药，偷偷用药，某种口服药。若非如此，他早就失控了，精神失控。他是边缘人，和他的公司同样，存在于背影中，他不可以移动，半寸也不可以，即便光明，近在咫尺。

报应很快就来了，李乘风来了，再次带来了老领导的问候，以及要求，白黑，老领导说了，那孩子要是有病，你就给诊断一下嘛。许白黑问道，乘风，这是第二次，他亲自开口。几年了，两次，你认为呢？李乘风说，我没看法，我只是个带信的，口信，带到了，就成了。倒是 Spirit 药品公司的事情，老领导盯得最紧了，他说了，大事，要事，莫过此事。许白黑摇头，乘风，我想见夏乒乓，你来安排吧。李乘风说道，白黑，我懂，你想给他治病。我就一句话，别多事，此人沾不得。

沧海一声笑，滔滔两岸潮。这支歌，是许白黑的新宠，闲了要听，乱了也要听，听了就好了，就不乱了。没有人知道，他也是会乱的，心乱，凌乱，各种乱。在美国，他最爱听《一剪梅》了，回来了，就成了一声笑了，自动生成，并非刻意。有区别吗，有的，那是共享的，而这个，是他自己的，独曲，独享。

周六，假使不是月底，或者月初，他不用回去，芝芝也不过来的话，他有了特别节目。那就是睡眠，婴儿式睡眠，全天 24 小时，吃了睡，睡了吃，吃吃睡睡的，什么也不多想，什么也不做的。可是不得了，还没几回，变化大了，好几个同学问过他，白黑，你是不是微整形了，要不就是吃了什么最新研发药品了，怎么这么容光焕发呢？许白黑回答，婴儿睡，就周六，睡几回就知道好处了。

好事来了，李乘风给了个项目，属于本市医疗行业重点项目，有资金扶持的。许白黑只需要填表申报，就可以了。申报什么，那都不是问题，只要和专业相关，就行了。许白黑发问，乘风，我参与过许多项目，最近一个项目，翻译过来，叫作思维影像体系，也叫作蜜獾计划，应用于心理医学的创新治疗。我想知道，你的项目是否具有同样的性质。李乘风回答，白黑，填个表而已，别废话了。

许白黑说，乘风，填表不是小事，我很少填表的。李乘风呀呀，真是洋鬼子，俺们总填表，各种表，填不完。这么说吧，该项目三个重点，扶持重点，重金扶持。一是外科项目，咱们同学的机器人手术项目；再就是你的心理医学项目，抑郁症项目；第三嘛，医药研发扶持，说白了，彩虹药业要开发百草根中成药。我正发愁呢，药品名还没定呢，这类药热门，好名字都被注册了。

许白黑问道，乘风，机器人手术都几十年了，你还当成新项目？还有，我需要确认，那个百草根，是针对抑郁症的用药？李乘风笑说，是滴，抑郁克星啊。咱都清楚，中成药嘛，起作用的是什么，是成分表里最后那个字，等。白黑，你别介意，你在前头。许白黑直截了当，我很介意，无比介意，百草是什么，上百种？一锅炖？你们炖吧，我不参与。李乘风气坏了，腔调都变了，给钱不要，你又犯病了。别人抢都抢不到，你总跟我耍大，你有多大。许白黑笑嘻嘻的，乘风，我就不要，你怎么着。

李乘风才不会被一张表格给绊住，他把张副院长给招去了，让他填表，盖章，报送。张出众全盘照做，做完了，跟许白黑说，许先生，我若不做，唐主任会做，那还不如我来做，对吧？许白黑说，很好，对极了。但是我呢，不想要，你明白吗？张出众说，明白，许先生，我觉得这个事情吧，它不是钱的事情，它是规格的事情。你在当中，这个项目的规格就高了。许白黑问，出众，什么钱都能要吗？张出众回答，许先生，硬要给的，怎么就不能要了，我觉得吧，怎么花，才是重点呢。许白黑哦，出众，你要是我，你怎么花？张出众想都没想，他说，许先生，医院这么大，哪儿不能花呢。

谢晓桐又来了，老样子，眼皮红肿，分明是哭过了。

许白黑招呼她坐下了，做了杯奶茶，又递了湿巾。谢晓桐说，老师，张国富先生的病例，我真是无能为力了。他回回无理取闹，肆无忌惮，说医院和王先生联手搞讲座，是狼狈为奸。在他嘴里，王先生是王乐色，我是，呜呜，呜呜。许白黑说道，晓桐，对于女性的人身攻击，不过两种，样貌或是两性关系，涉及我了，是吗？

谢晓桐呜咽，老师，不堪入耳，我无法启齿。许白黑说道，晓桐，在治疗过程中，医生是没有性别的。根据他的口语特色，是一个名词刺激了你，马子，是不是？这算什么，我都想笑了。你知道我曾被首例患者称为什么，她叫我清朝人。我转身给她看，我说，女士，你要是找不到那条大辫子，我的律师就会找你。当她痊愈，她拥抱我，高呼，她爱大清朝。

谢晓桐抬头，望着许白黑，老师是山，撼无可撼，我不是，我连山下的一棵树都做不好。

许白黑说，晓桐，我把张先生转给你，是让你收官的，完美收官。该病例是具有典型意义的，你若能彻底治愈他，对自身医术而言，意味着非凡的突破。

谢晓桐看着许白黑，老师，我懂得的，等同于你我合作的病例。九百九十九步，老师都走了，最后一步留给我了，可是他不认我，他不拿我当医生，他只拿我当女人。

许白黑的笑意，恰似波光，转瞬即逝了，他说，晓桐，你被他绕住了，他是故意的。他不想离开这里，他要攀比，在医院能比什么，当然是病情了，所以他就是不肯痊愈。特别提示，王谢桥和张国富的病历，都是由你负责整理和归档的。请你仔细回忆一下，他们的情况有什么不同，又有什么是相同的。

谢晓桐说，老师，我总结了，王谢桥和张国富是死敌，毫无疑问的。若说相同点，他们都是地产商，我亲眼看见过，在医院大厅，他们相遇了，张国富开口大骂，还往地上吐口水。王先生就像是没有听到，涵养了不得。

许白黑说，晓桐，我们都知道，亲耳听见的，亲眼看见的，往往并不是真相。有两个要点，张国富骂王谢桥，为什么非要大庭广众的。王谢桥为什么从不还口，从不报复。他是垃圾桶？他有受虐倾向？你知道的，不是。

谢晓桐吃惊的，老师，你什么意思呀？哦，我这就去病案室，提取王先生的病历，重新进行梳理。

晓桐，很好，自己找答案吧。许白黑说，还有一件事，做完这个病例，如果你愿意，我可以推荐你到美国的医院去见习，跟着亨德斯，为期两个月，如何？

老师，感恩你的机会。谢晓桐站起来，轻轻说，不，我不愿意离开。许白黑也站起来了，他说，你应该与男朋友好好沟通，分离只是暂时的。谢晓桐垂首，老师很清楚，不关他的事。许白黑说，你们已是婚姻预备役，休戚与共是永恒的主题。谢晓桐说，老师，李主任说心理医学相当于太极八卦，心理医生都是太极高手。许白黑说道，晓桐，这话可比张国富说的恶毒，你怎么不介意呢？他要对我说，我不饶他。

谢晓桐站着不走，却不说话了。许白黑轻声说，去了你会提高很快，未来开诊所，这段履历也是独居殊荣。晓桐，我们的职业专长是把复杂的事物简单化，而非相反。谢晓桐说，李主任说他几十年来都说不过你，而我的口才还不及他。许白黑笑了，李主任今天特别火，他最喜欢有人原版引用他的至理名言，他要听见会很开心的。谢晓桐说，自从独立接诊，老师跟我疏远了。

许白黑收敛笑意，晓桐，师生无远近，下班吧，累了。许白黑脱下白衣，挂好了，穿上了外衣，撞色的休闲服，黑白相间，好潮的。鞋也换了，皮鞋换成了跑鞋，脱鞋的刹那，谢晓桐看到了他的袜子，她惊呼，后退，无法相信自己的眼睛，那是两只大猫爪，萌死人，夸张无底线。许白黑唯有解释一下了，他说，晓桐，这是卡卡先生送的，可不是白穿的，新选题，我需要灵感。谢晓桐低了头，老师，一山还比一山高，我仰视你，从没变过。

张国富常来心理医院搞巡视，到处走，到处看，东摸摸西望望，对什么都感兴趣。许白黑碰到多次了，都是打个招呼，也就过去了。

张国富忍不住了，就在桂花树下，他对许白黑说，许医生，我等你好久了。我是来聘你的，当顾问，我投了一出歌舞剧，大精品，大项目，大制作，不得了。比你和王乐色的讲座威猛多了，干吧，咱弄票大的。许白黑道谢，摇头，欲走。张国富叫道，许医生，我都摸底了，其实你很在意我。许白黑问道，张先生，这不是你的风格，怎么又变了？

张国富哈哈，许医生，跟我合作一回吧，我投的是《烂柯记》。许白黑没听懂，张国富更得意了，许医生，你也知道，我爱艺术，这名是我起的，好多艺术家都大赞。许白黑说，我也赞。张国富仰天大笑，许医生，本来叫斧子，流行风嘛，各地都在推出子系列，什么孔子孟子韩非子，还有墨子狗子啥的，我怕观众搞混了。

许白黑使劲干咳，实在憋不住想狂笑时，他都是以干咳来掩饰的。他说，张先生，这都哪儿跟哪儿，扯不上呀，我不能接受。张国富凑上前，神秘兮兮的，许医生，你真是半拉老外，傻了，顾问都不懂，啥也不用管，会一样就成了，赞，猪都会呀。许白黑问道，张先生，为什么要请我？张国富变了脸色，咬牙切齿，为了王乐色，我要把你抢过来。当我的顾问，把他给甩了。我要气死他，不，我要送给他一样礼物，癌细胞。

许白黑似笑非笑，我跟王先生的合作，极为愉快。张先生，如果非要选择，我还是那句话，对不起了。因为你没有诚意，只有目的，顾问？鱼饵，你是来钓鱼的。张国富大吃一惊，你都发现了？许白黑点头，你想跟我长期合作，开办心理医院，我没说错吧？张国富嚷嚷，我的苍天，我冤死了。我堂堂地产商，开什么医院呀。还有比地皮更绝顶的生意吗，我圈地盖房，哪个房不是招财猫，不是摇钱树，开医院？那不是老寿星吃砒霜吗，自寻死路。

许白黑盯着张国富，张先生，你现在不是我的患者，我就不用客气了。王先生要做的事情，你都是要做的。他是想要开心理医院的，风声早就出去了。他不是第一吗，你不是第二吗，这个排名吧，我觉得比较讲究，有奥妙的。张国富炸了，就要蹦起来了，许医生，你想诈我，没门。我跟他怎么能一样，他拿地都是直接拿，一手货。我们怎么拿，TM，都是油渣，二道油渣。

许白黑说道，张先生，别告诉我这些，行业规则，请勿外传。张国富开骂了，5S压榨，谁不知道呀，咨询，咨询个鸟毛啊。许白黑貌似很吃惊，什么咨询，张先生，我怎么不懂呢？张国富大口喘气，脸红脖子粗的，他说，许医生，咱都别装了。你是怎么拿回老宅的，我们就是怎么拿地的。都是那对球，乒乓蛋啊。

许白黑想知道的，已经够了，不是好奇，不是多事，他没有别的选择，凡是与李乘风相关的信息，他都是需要掌握的，尽可能多。李乘风是个网中人，那张网并非无限，软着陆从来就不是破网的，而是织网，另行织网，而他，就是唯一的织网人。

许白黑送走了张国富，送出了医院大门口，他从没这样送过人，任何人。张国富的汽车，就停在门口，没有司机，没有随从，他是自己开车来的。独来独往，都不像是他了。许白黑为他拉开车门，张国富上车，发动，他忽然问了，许医生，在你看来，我就是个混混吧？许白黑反问，是吗？我都没见过这么多情的混混，真的。张国富说，许医生，我知道你家里的事情。你能这样，太冷血了。我都没见过这么冷血的人，我也想这样。

二十二

Spirit 药品公司来了，来签约的，是那份意向书。整个仪式无比隆重，气氛热烈，充满了节奏感，比真的还像真的。许白黑没有参与，缺席，理由很纯真，我有患者。纯真是有快感的，快感是要创造的，就是这样创造的。

这样做，丝毫也不影响他和杰瑞的关系。杰瑞，Spirit 药品公司总裁，也是绝对控股人，也就是说，他是该公司的老板。公司是世家传承的，到了杰瑞这代人，继承人两位，杰瑞和他姐，谁也不想干。不干也是持股人，又富有又自由，只做想做的，晃晃悠悠的，就老去了，多好啊。

做掌门人太辛苦了，要保住传承，还要做好转型，太难了。杰瑞和他姐用老办法，扔硬币，谁输了谁接班。如此，杰瑞上位了，他爸退休了。上位就要担当了，结果是，杰瑞做得超好。再没有那么好了。在这个领域，用李乘风的话来说，杰瑞的地位，那叫领头羊，简称头羊。

按照许白黑的要求，杰瑞带来了四个人，他的助理和公司副总裁，以及亚太地区总裁。许白黑设宴，希尔顿酒店的空中花园，请他们吃饭，吃的意大利餐，杰瑞喜欢。每次相见，都是这样的吃法，每年都要吃上至少两次的，算不清，聚餐多少次了，反正有二十多个年头了。

许白黑叫来了芝芝，杰瑞也叫了陪客，是汤姆。Spirit 药品公司和银行家汤姆，是多年的业务关系了，也是朋友。当然，缘起有因，许白黑是他们的介绍人。就像仇人相见，分外眼红，他们每个人，都扑向了对方，拥抱，贴面，甚至亲吻，叭叭叭，亲了个没完。许白黑推开汤姆，不许吻我。汤姆大笑，长途飞行，就为一吻。杰瑞怀抱着芝芝，抱得紧紧的，杰瑞深情万分，芝芝，我爱你，我们都爱你。芝芝笑问，怎么爱我？汤姆和杰瑞齐声，昨夜星辰，依然闪烁。

李乘风落单了，都没人互动了。就他穿着正装，还打了领带，超正式，倒像是外来物种了。本来挺自信的，对自己的英文水平和外交能力。在卫健委，他的英文口语水准，也是头羊的。可他听不懂他们在说什么，最要命的是，他的自我介绍，提前操练好几天了，当他无比流畅地背诵出来，他们都傻了，杰瑞和汤姆他们都傻了，听不懂，只会点头，频频点头。不是他不行，而是方言感太重了，属于本地英语，英语八级。

席间是没有翻译的，没外人，芝芝就给李乘风做了翻译。李乘风最关心的，才不是杰瑞呢，而是汤姆，他问芝芝，他的银行实力怎样，不会倒闭吧？芝芝惊讶，你不知道这个银行？李乘风委屈极了，你们都说是汤姆的银行，我检索不到啊。芝芝说出了银行的名字，李乘风当即检索，惊呆了，放心了，反而挺不是滋味的。

这里就他最小了，都是大人物，大银行家，大资本家，大医生，以及大管家，芝芝历来都是许白黑的管家。他始终都是挺自信的，在许白黑面前，势均力敌的，都是强者。他知道错了，他所以为的都错了。他的网络简直细若蛛丝，危若累卵，在这张桌子上。他要刷出存在感，他站起来了，举杯，亲爱的杰瑞先生，汤姆先生，以及所有的朋友们，我以外科医生的身份欢迎你们，祝福医学，祝福友情。

全体起立了，许白黑说道，各位，李乘风先生是我的同学，我的朋友，我的兄弟。他的故事，就一句话，跑马的汉子威武雄壮。芝芝说，各位，我们的故事也是一句话，就像汤姆和杰瑞，永远在一起。汤姆说，李先生，让我们开始吧，从此刻，到永远。杰瑞说道，李先生，我也爱马，欢迎你来我的马场，绵绵的青山，我们策马扬鞭。

他们碰杯了，双杯，就那么站着，干了双杯酒。

杰瑞笑问，许，如果像你，Spirit 药品公司真的来了，会是怎样？许白黑笑答，还能怎样，就是这样，心理医院这样呗。汤姆叫道，杰瑞，你要来这里，我也要参与。我们共同，怎么样？许白黑说道，汤姆你闭嘴，杰瑞不要你，他只跟天才合作，你不够格。杰瑞也叫，对极了，我只认识一个天才，他买走了我们的星星。

芝芝笑弯了腰，她大叫，不许说天才的坏话，天才干什么都是对的，哈，也许宇宙虫洞明天就会贯通了。李乘风眼巴巴地，各位，我想认识那位天才。大家都笑歪了，欢声笑语，没完没了。甜品上桌了，许白黑说，快吃，跟我回医院，哇，看我的药房，半壁江山，都是 Spirit 药品。杰瑞问道，李先生，你怎么不吃呢？李乘风高呼，爷们吃甜食，那还是爷们吗？

假结婚，也会生出真娃娃的。老领导就是这么想的，李乘风也是。本次签约，老领导签得手都软了，光是签约金额，就是好几千个亿。涉及多个领域，多个板块，多个国家的多个企业。这么多的多个，绝大多数都是要走的，只有极少数会留下来，履行约定。这些极少数，还都是混血企业，本地人在国外的企业。没有纯外资企业，一家也没有，等于零，清零的零。

所谓的高科技产业园，其实是个新区。假以时日，等到相关企业入驻，就要正式挂牌，进行命名的。命名等于正名，是要叫作大新区的。之所以从产业园起步，涉及巨额投入以及规划，那是不能够一步就到位的，放长线，不停地扩展版图，不停地追加投入，也就成了新区了。老领导的风格，历来如此，稳扎稳打，永不出错，一下子就出王炸？那是作死的套路，他见得多了。

现在怎么办，新区太大了，企业太少了，老领导愁啊，就利好政策而言，已经突破极限了。这是本市多年来最大的突破，如获成功，就是飞跃，质的飞跃。关于招商，早就进行了，各部门都领了任务的，都积极动作了。问题是招来的企业规模，实在是没什么太像样子的，拿不出手的，老领导都觉得没法交代了。

李乘风也交差了，是两家港资企业，涉及医疗产业，若论资本，那是相当雄厚的。若论来头呢，那就没什么意思了，都是代理性质的。都是本地精英的手笔，大手笔，老手笔，老领导太熟悉了，熟悉这种手笔，也熟悉这种套路。老领导从来没有这样不满过，对于李乘风。李乘风眼下正处于重要的节点，也深知大新区对老领导意味着什么，何以如此呢。老领导心知肚明，就一条，他不想扯上许白黑。长期以来，李乘风都是这样的，无论什么事，他都要把许白黑隔离出去，从不融入，融入这个圈子，以老领导为中心的圈子。

老领导是极为看重许白黑的，不是背景，而是地位，无与伦比的行业地位。三节两寿，李乘风都是要来家里的，老领导多次说过，乘风，小许呢，他怎么没来呀？李乘风总有理由，各种理由，老领导就开了句玩笑，乘风，他是你的后路吧？李乘风连说，不不不，我只有一条路，就是老领导。

老领导发火了，让秘书叫来了李乘风，这是罕见的。平日里老领导要叫李乘风，那都是亲自打电话的。李乘风诚惶诚恐的，老领导，我哪里做错了，你说，我改。老领导就说了，乘风，我要国际顶流企业。别人办不到是没能力，你呢？李乘风抹汗，脑门上的汗，老领导，我跟他说过的，很郑重，时间问题啊。企业落地，那是多大的事啊。老领导说了，乘风，你的脑子一贯很好用，涉及小许，就不好使了。这还不好办，先签约嘛。这是第一步，接下来的事情，那就要看咱们的诚意了，是不是？李乘风说是是是，我这就去落实。

李乘风这才找的许白黑，但是他把老领导的原话给篡改了。只要走出第一步，往后走不走，他管不着，许白黑也管不着，那是人家资本家的事情，谁也管不着的。只要把人叫来，签个约，亮个相，就足够了。

代价？当然是有的，谁让老领导不满了，都是有代价的。李乘风还从没付出过代价，他的行事作风，老领导历来满意，满意极了。这次呢，李乘风抉择了，没什么可犹豫的，就是许白黑了。他骗不了许白黑，更骗不了资本家，不是他不自信，是老领导太自信了。诚意？什么是诚意？老领导的诚意，李乘风太清楚了，都是要搭配的，都是有赠品的，那是什么？混血企业。李乘风的想象力是足够的，但是他无法想象，Spirit 药品公司会跟那些个企业共立，共立于大新区。那都不是神话了，那是笑话，笑死人的笑话。

在这所有的企业当中，Spirit 药品公司是最彪悍的，到了什么程度呢，完全就是独领风骚了。他们若是真的驻扎了，大新区就激活了，盘活了，生机勃勃了，一飞冲天了。老领导要的是成真，让那份意向书成真。

所以，突破无极限，就连杰瑞总裁都感到震撼了。老领导全程陪伴，还送了礼品，是他的摄影作品，大新区鸟瞰，动用了警用直升机，顶风拍摄的。老领导都冻得感冒了，腰也扭伤了，都打了封闭了，还请杰瑞总裁一行吃了饭，最高规格的饭，本地头牌菜，龙王山的青丝菌。

老领导的宴席，许白黑缺席了。许白黑的宴席，老领导送了开胃酒，杰瑞总裁老家的开胃酒。宴席结束了，李乘风即刻来到老领导的家里，连夜汇报。老领导觉得许白黑特别懂事，签约不到场，请客不请他，太有灵犀了，什么风头都不抢的。老领导先问，杰瑞总裁怎么说？李乘风说，他深深折服于你的个人魅力，他正在考虑中。个人评估，希望很大。老领导呵呵，那是，只要他来了，就不能放走了。乘风，你和小许，深得我心，加把劲吧。

李乘风趋前，老领导，我们俩不行，你是孔明灯，请赐教。老领导踱步，深思，他说，有计了，给他新通道。心理医院什么待遇，精灵药品就什么待遇。在此基础上，还可以合纵嘛。李乘风说，好的，真是绝计啊。老领导叮嘱，还有，通往大新区的那条大道，就叫精灵大道吧。只要精灵落地，我大新区壮哉啊。

出了老领导的家门，李乘风就给许白黑打了电话，真是好笑，许白黑他们都在吃地摊呢，本地小吃，权当消夜了。李乘风说出了老领导的原话，一字不落的。末了，他又说，我的看法，这还不是底线。就一个字，等。久了，就破底了。许白黑说，乘风，我就问你，你等得起吗？李乘风回答，精灵面前，我算什么？既然说什么都没用，还不如说句好听的，精灵药品如果能来，记住了，大新区就是精灵的。只此一家，别无分号。许白黑问道，乘风，为什么？李乘风说，什么也不为，这种感觉真好，我都不像是我了。

丹心，丹心。许白黑在找丹心，来了多久，就找了多久。用了所有的方式，启动了所有的渠道，尝试了所有的办法，无所不用其极。他找到了，不是一个，而是许多个，没有真的。她们，都不是丹心。

起初，但凡有消息，他就会紧张，心脏猛跳，怦怦的，像是初恋时节。见了几个，就平静了。在所有的联系方式上，他留的都是经纪人的电话，寻亲经纪人。寻亲启事写得简单明了，是许白黑拟定的，时间地点人物，关于人物的描述，是一岁女婴，没有名字。只有短短三行字，他认为信息量足够了。经纪人是负责初选的，过了这一关，就是面见了，就是许白黑面见了。

真正的线索，只有许白黑知道，是那个包裹，是许青蓝的纸条。

至于丹心独有的特征，她是有三个旋的，只有这一点，他告诉经纪人了，经纪人以此甄别，这就是初选了。

许家人多是双旋，许青蓝是，许白黑是，谷雨也是，只有中秋不是。有段时间，经纪人特别忙，忙着看后脑勺。许白黑跟着忙，总在见人，三个旋的适龄女人。见得多了，他发现问题了，经纪人的问题，或者说，是寻亲领域，团队造假的问题。

就像房屋经纪那样，两头吃，都不是个体现象了，是群体性质的。他问了自己的同学，开办整形美容医院的同学，关于三旋造假的手法。同学回答，白黑，原理简单，皮下功夫，好办得很，三个？你要三十个也没问题的。许白黑透了，问题是出在自己身上了，国际名医，医院院长，美籍华人，招子太亮了，太值得那些人飞蛾扑火了。

辞掉经纪人，他删除了一切信息，寻亲的信息，以及自己的信息。因为那些大大小小的寻亲网站，貌似无限多，实则都是有关联的。没有寻亲者会一对一发布信息，都是群发，大海捞针的心理。他知道自己已经被锁定了，被那些别有用心的团队给锁定了。只能是换个马甲，再出现了。

换谁呢，张副院长，张出众，这是私事，许白黑当然要和张副院长商议的。理顺了前因后果，张出众说，许先生，颠覆性变形吧，这件事跟你没关系了。不是你找妹妹了，是我在找姐姐。时间地点人物都不要了，咱就找丹心。我姐姐就叫丹心，被我父母给送人了。老了，后悔了，想她了。就是这样。所有的寻亲启事都是这样的。许白黑说，出众，我哥哥的纸条，只有丹心的名字和出生年月日。如此，当丹心出现，她就是丹心了。

张出众说，许先生，最重莫过于信任，我不会辜负。我开一个新号，24 小时，只要它响，我都在。许白黑说，出众，大情不谢。然后，两人就去下馆子了。四环，苍蝇馆子，吃荠菜馄饨和炸元宵。

这个区域，许白黑都快吃遍了，跟着张出众。就像海绵吸水，许白黑挺善于学习的，会在小饭桌上谈公事了，会在深夜偶尔飙车了，会直接用瓶子喝啤酒了，甚至会撸起裤腿了，太热的时候。

鉴于张副院长超级出众的工作能力，以及团队精神，经股东决议，张副院长的工作职能发生了变化，接管了心理医院的护士团队。原先，护士都是由护士长管理的。变了，都变了，护士长的上线不再是许白黑了，都是张副院长说了算了。同期，应亨德斯和保罗的强烈要求，张副院长的收入又被打破了，15 万美元，年薪，加上各类福利以及津贴，直接晋身百万阶层了。

阶层固化，那都是老板的责任，奋斗者都是无辜的。张副院长性情大变，在家里都没脾气了，柔情万丈，父慈子孝的。他爸不用打工了，孩子都进了贵族学校了，药店还开着，雇店员了，妻子成了老板娘了。他就剩下一个心愿了，孩子大了，见到许先生，不是叫他伯伯，而是叫他老师。

心理医院的医生，都是把许白黑叫作老师的，在他轮转之后。在此之前，只有他的助理医生这么叫，别的医生都叫他许医生，或是干脆就直呼其名了。张出众震惊极了，没有问过，默默观察，他学会了很多名词，医用术语，相当于留观了。许白黑和所有的医生都拥有了共同的病例了，就是师生了，等同于导师了，那就是门派了。

张副院长统一口径了，跟心理医院的所有本地雇员，包括护士，他宣布了，谁也不要再叫他许院长了，护士们请叫他许医生。其他人员都请称呼他先生，许先生。为什么呢，医学。他是大医生，每天都接诊。我们要做的，是给他，是给所有医生，最好的接诊状态，丝毫也不用分神。任何事情，先跟我说。我决定不了的，等许先生出诊室了，歇上个几分钟，我跟他请示，再行回复。

忽如一夜，医院的停车场巨变了，三层了，钢架结构。停车位够用了，松松的了。都涉及财务问题了，许白黑竟然不知道，分明是张副院长连夜赶工完成的。心理医院的财务支出，不是一支笔，而是两支笔。十万元以上，许白黑才会签字的。不到这个标准，那都是张副院长落单的。这个扩建工程肯定是要超出十万元的，许白黑才不管呢，张副院长有的是办法，他最爱分期付款了。

为了利息，留住利息，多些利息。利息多了，就是本息了，那可不是小数，是大数。果不其然，张出众来签字了，那个得意的劲头，就像是大清早出门，一低头，呀，捡到钱了。许白黑抢先说道，又是利息吧。张出众说道，三层，捡来的，全是花利息。许白黑啧啧，我怎么这么好命呢，妻子是只琉璃猫，副手是个铁公鸡。

张出众说，许先生，我已知会全院所有人员，包括医生们。咱们的车都要停在这三层，按号停车。地面停车位全部留给患者了，保证他们就医方便。请记住，你的车位在桂花树下，编号617。许白黑无语了，这个编号是他的生日，有时他会忘的，只有芝芝不会忘。许白黑说，谢谢你，出众，让我每天看到生日。还有，我想请问，我是不是卸任了，怎么没人称我院长了？张出众嘻嘻，许先生，如你所愿了，多好。

二十三

落选了。

双双落选了。

李乘风没当上副市长，他还是李主任。

梅局长也还是梅局长，还是梅帅，城建局的梅帅。

黑马胜出，白马都落选了。这匹黑马是来自本市辖下某县级市的一把手，属于上升产品。水清清，水深深，划船的人儿在摇桨，唱着山歌摇呀摇，谁家的船儿在水上，只有鱼儿才知道。

海边广场的两只大球变形了，大球无形，变成雕塑了，海浪雕塑，巨浪冲天，两柱大浪，浪头超高，十几米，须仰视才见。底座四个字，前浪后浪。这可不是什么情绪，这是情怀，也是时尚。只不过雕塑家太艺术化了，太抽象了，很多市民看不出头绪，怎么欣赏，那两股大浪都不像是浪，像什么呢，民间自有命名，大拉面。

李乘风也不是个没有手笔的人，他也出手了，摘掉了办公室墙上的墨宝。一剪梅是什么，是歌，是用来唱的，用来聆听的，费氏唱腔，只能属于许氏李氏，跟别人都没有关系的，从来就没有过。那可不是一张纸，不是用来看的，也没什么好看的，他始终就没有好好看过的。

投入也回来了，150万欧元投出去，回来了135万欧元。那一成呢，叫作规矩，也叫作茶水费。李乘风挺累的，换钱累，送钱累，去取钱也累，累了好几回，还没完呢，得彻底送走了才算完的。晾衣竿上，又见浴巾了，这回是胡桃色的浴巾，比咖啡色要深，却又不是黑色的，通俗色，就是王道了。李乘风出门了，背着双肩包，沉得要命，几乎没累虚脱了，他是从不让巨款在家里过夜的。

李乘风驾车，驶向郊外，出市了。不远处是有一处景区的，人造景区，自打建成就是游人寥寥，几乎就要荒了，什么都荒了，无人养护的，属于死角地带，监控死角。这个地点，是麦老板选定的，健身房？那是老皇历了，早就不用了。他们是每年都要换地点的，都是麦老板定的。在选址这个领域，麦老板的造诣，无人堪比。李乘风也曾提出过几处地点，麦老板都给否决了，李乘风是心服口服的。

至于半腰水库，那是应急的场所，就近，麦老板保留了。但是也有约定，一年之内，绝对不可以超过三次的。所以李乘风的拖把，都是阴干的，在洗手间里，从不往阳台上放的。每次保洁员来家里搞卫生，他都得全程陪着，生怕拖把被挂错了地方。

麦老板没有来，来的是小白。小白开了辆小面包车，两万多块那种。车窗后玻璃上贴着广告，泥子的广告。小白是叼着烟卷下车的，活活就是个送货的。两人相视一笑，小白接包，扬手，一道抛物线，双肩包稳稳地立在了驾驶座上。李乘风没有问，小白，你练过功夫吧。他问的是，小白，他呢？小白看着他，说道，安好。李乘风嗯，那就好。小白问道，多少。李乘风回答，135。小白笑说，吃一成，可真够黑的。李乘风说道，哪有你们黑呀。小白咿呀，我们可都是人鱼公主哈，踩刀尖，那都是为了爱。李乘风叹息，我不是公主，我是马戏团的，只会踩钢丝，全凭手上那根杆，杠杆哦。

某次开会，老领导在台上讲话，李乘风和梅帅正巧挨着，大半年了，两人都没说过话了，见着了也假装没看见，只顾着斗法了。忽然间就热乎了，梅帅的胳膊肘，捅了李乘风。两人对视，李乘风嘿嘿，梅局长，那谁，够硬核哇。他谁呀，你谁呀，老爷子谁呀，虎父无犬子，你是英二代呀。梅帅说，李主任，那算什么，也就你记得，谁还看那个呀。李乘风低语，改日约饭。梅帅说，约饭。李乘风说，一言为定。梅帅说，铁马难追。

当然没有约，谁也没约谁，说了就说了，过了就过了，说过了就等于是过了，都是这样的。可是老领导约了，约了他们两人，到家里来，吃个便饭。多么地快乐，多么地美妙，多么地不得了，这么多年来，两人是从没有在老领导家里聚过的，甚至连碰面都未曾有过。这回合纵了，这回连线了，老领导好亲切，亲自给两人斟酒，布菜，闲话家常，絮絮叨叨的，归根到底就一句话，两人都升级了，在这张桌子上。那都不是自己人了，而是自家人了。

自家人是要掏心窝的，老领导掏了，乘风，小梅，别以为我有多大，不当家的时候多了，这个事情就是这样。李乘风和梅帅异口同声，知道，知道，老领导放心吧。老领导重重点头，起身了，两人告辞了。

两辆车，原是不同的方向，到了第一个路口，就应该分道扬镳了。可是没有，犹如谍战片，说不清是谁跟着谁了，到了第六个路口，两辆车都停下了，两人同时下车，同时开口，互问对方，你真知道？静默三秒钟，两人都笑了，大笑，摇头大笑。李乘风说，懂了，自家人不行，得自己人才行。梅帅说道，都自家人了，咱俩岂不是成了兄弟了，以后多走动啊。李乘风拍肚子，好，来日方长。我饿了，没吃饱，撸串儿去了。梅帅也拍肚子，那正好，我也好这口，别那么小气，你请客呗。李乘风上车，喊道，跟上，咱去吃到撑，吃到吐。

唐希和齐彩虹，从始至终都参与了此事，事过了，人不过，那就要抱团取暖了。他们常约许白黑外出，吃饭喝茶，打牌泛舟，酗酒泡澡，花样百出，万变不离其宗，主题是不变的，那就是倾诉和声讨，倾诉时运不济，声讨小人作乱。谁是小人呢，李乘风说了，狗屁的黑马，不要侮辱马。那就是棍棍，我当副局长的时候，他还在小镇派出所背警棍呢。蹿那么快，靠的是什么，全靠盗墓贼。有什么办法呀，谁让人家地头好，全是好坟。办案发财立大功，黑白通吃占全了。

许白黑能把三个人说的话倒背如流，酒至半酣，唐希会说，那个谁，他凭什么当上的副市长，我呸。当地人都知道，他外号叫鼠王，钻地鼠的大王。齐彩虹会冷笑，当上了又怎样，他能压住谁呀，做梦吧。咱们铁板一块，他那只手伸不进来，管医疗？全行业都认李主任。大哥，我先表态，彩虹药业不认识外人。每每至此，李乘风就会长叹一声，倒满杯，一口干了，他说，我也不全是为自己啊，想着这一步上去了，也能拉你们一把，唐希鞍前马后的，也该提个副职了。还有彩虹，咱们彩虹药业，那得做成集团啊。

妙就妙在他们无论喝了多少，哪怕是吐了再喝，喝了再吐，也从没有人提及过老领导，连暗示都没有过的。再怎么不满，那都是对着鼠王的，对着世道的，甚至是对着省里的某些大领导的。如此语境，醉也不醉呢，当然是醉了，纵然醉死，也是不可以忘我的，全然忘我的。在心理医学领域，如果归类，这是恐惧症的范畴。但是也有不同，犹如一棵树，树下的人看不见风，看不见云头的树冠，他们惧怕的只是叶子，风里的叶子。

许白黑的任务是倾听，以及送人，送李乘风回家。送了十几次，他熬不住了，常常是两三点钟回家，洗澡上床睡觉，次日，整天都觉得没精打采的，要喝好几杯咖啡，方能提神的。再约，他就不去了。李乘风幽怨，你怎么这样，我最失败的时候，你袖手旁观，陪陪都不行？许白黑说，三个祥林嫂，夜夜无病呻吟。副市长当不上怎么了，有什么不同吗？李乘风问道，怎么没有，头顶上坐一只大鼠王，好受吗？许白黑反问，乘风，想想上次死里逃生吧，这算什么呢？

李乘风一言不发，就把电话挂了。整月没声没息的，也没见过面，都不太正常了。心理医院的讲座活动，每月都要换场地的，太受欢迎了，早就成了巡讲性质的了。月初，换地头了，张副院长给李乘风打电话，通知了时间地点。李乘风按时到场，按惯例，登台讲了几句话，讲完就走，看都没看许白黑的。

过了几天，唐希和齐彩虹来了，说李乘风很伤心很悲观很抑郁，都服用抗抑郁药品了，请许白黑务必去看看李乘风，就此和解。许白黑不去，就是不去。后来，唐希单独来了，苦苦相劝，不要意气用事，那会葬送友情的。许白黑说，小唐，友情不是创造的，缘分才是，我创造力衰竭了，缘尽于此吧。

唐希说道，许先生，前路后路都是路，最是难走回头路。许白黑说，小唐，你们都是花，他是苦菜花，你是解语花，还有一朵牡丹花，我可不是花。唐希就说，李主任告诉过我，许先生最爱桂花。许白黑说是，只识桂花，没有其他了。唐希走了，回去如实转述了，一个字都没落下。李乘风拍案而起，希，约上彩虹，去山上，农家乐。咱们俯瞰他的心理医院，叫他出来，跟谁叫板呢？席间，齐彩虹给许白黑打电话，拨通了，递给李乘风，李乘风说，白黑，怎么样呀，我们等你呢，来吧。然后，他就说，那好，你忙吧。就挂了电话。

整顿饭，李乘风都没动过筷子，他的皮肤本就挺黑的，这下子是黑里透红了，乌泱泱的两团高原红，挂在脸蛋上。每当他动怒，都会这样的。一般人是看不出来的，自己人就不同了，唐希和齐彩虹都是自己人，都是认得的。齐彩虹问道，大哥，你们几十年了，不至于吧。李乘风嘿嘿，人家国际名医，不懂咱的规矩，自打开业，就把我当成跑堂的，都不知道是谁管着谁了。唐希就说，大哥，那我再去一趟？

第二天，唐希带了两个人来了，说是接到患者投诉了，烂柯山心理医院就某些敏感药品，涉嫌超标使用了。唐希特地到许白黑办公室，恳请他理解配合，此行纯属执行公务。唐希没什么表情，话也说得很有张力，可圈可点，可进可退。许白黑表示，我们给患者开三天用药，他当天就全用了，这是谁超标呢？唐主任，从此刻起，心理医院不再接诊这位患者了。

唐希惊讶，拒诊？许先生开玩笑吧，本市所有医院的所有医生，没有谁敢这么对待督查的。许白黑哦，原来唐主任是以督查身份前来的，那好，我建议走医疗司法鉴定程序吧。唐希呆住了，好久才说，许先生，这又何必呢，我劝你一句，还是好自为之吧。很快，处理结果就来了，是行业通告。卫建委对心理医院进行批评，责令限期修正，并处以五万元经济处罚。

通报如喜报，许白黑要的就是这张喜报。他当即就叫来了律师，吩咐律师按照医疗司法程序，处理此事。同时，他以烂柯山心理医院分院的名义，就该病例以及该通告，向国际心理医师学会提请复议。三天后，李乘风亲自来了，率队前来，可谓是倾巢而出了，卫建委的所有领导都到场了。李乘风宣布撤销该通告，并且就此事进行了深刻的检讨，以及万分诚恳的道歉。

许白黑说道，各位辛苦了，既然如此，心理医院也就撤回相关诉求吧，不予追究了。李乘风说，老同学，你厉害，在这里跟我平手了。许白黑问道，什么是平手，乘风，你可知道，在任何地方，医院的律师都将起诉那位患者，诬告是必须付出代价的。所以你用错词汇了，你应该对我说的是，承让了。

李乘风反问，许院长，你当这里是租界吗？许白黑笑说，李主任，就你这句话，这是什么性质，如果追到底，你还坐得住吗？李乘风环顾四周，大声说道，各位同仁，我说错话了，请你们都忘了吧。许院长，再次致歉，我们错了，对不起。许白黑说，乘风，我接受道歉。工作时间，恕不接待了。

李乘风走了，来也如风，去也如风，就是那么快。比李乘风更快的，是许白黑。他是以秒杀的速度，给齐彩虹打的电话，他说，彩虹，请理解我的遭遇，我必须对此事做出回应了。

就此，心理医院撤掉了彩虹药业的所有药品，以及各类辅料。

齐彩虹上门来了，白黑，你别拿我撒气啊。许白黑说，路归路，桥归桥。彩虹药业的全部药品以及辅料，我们已经悉数封库，请你即刻派人提走。齐彩虹哀求，别这么绝，好歹也要把这批用完吧。许白黑忽然发火，就是这么绝，你的药品什么品质？我可以告诉你，我们全是作为辅助性用药。每位医生在开具处方时，都会明确告诉患者，该药品属于搭配性质。换句话说，很多患者还没出医院，就已经把你的药品投到垃圾箱了。

齐彩虹愤怒了，这么不堪，你为什么还要引进？许白黑说道，作为某种交换条例，那是无可抗拒的。但是引进归引进，不用归不用。患者至上，他们可以买，也可以扔。都是我授意的，全体医生执行，怎么了？齐彩虹说道，白黑，是他得罪你了，我可没有啊。许白黑说，彩虹，你不会忘了吧，是李乘风让你的药品进来的。齐彩虹冷笑，白黑，你可真是空前绝后啊。许白黑也笑，不错，因为你是药商，而我是医生。

医生和药品，医院和药企，以及数不清的患者，构成了一个近乎完美的循环系统。这个系统的名称，就叫作医疗系统。在医疗之上，是生命。在医疗体系当中，除却众多的管理机构以及行政人员，归根到底，是只有两类人群的，医生和患者。按理说，医患关系是最为简单和纯粹的，但是不，从来就不是这样的。

中国的医生是最为劳苦的，苦就苦在不被信任。患者要用你，他还不信你，治病救人？自保都难啊。许白黑每次参加同学聚会，酒过三巡，必有如此感慨。众同学深以为是，不过从医久了，他们也都疲了，有时连附和都懒得附了。每次都有响应的，唯有李乘风。李乘风的响应从没正常过，不是消极就是激进。喝得高了是消极，喝得少了是激进。消极的说法是，救人加防人，就像哈姆雷特的生还是死，真是永恒的命题。激进时，他说，知足吧，搁几十年前，咱们都在农场劳改呢。许白黑就问，你呢，劳改队长？李乘风嗯嗯，又说，不一定，我特别识时务，可能会留在医院扫厕所吧。

从来就没有人笑，笑不出来，不过对于许白黑，大家都是羡慕的，无比羡慕。不是他的国籍和名气，而是他的自由，以及可选择权。不错，相较于众同学，许白黑是拥有选择权的。他可以选择患者，也敢于选择药品，而他们都做不到。他们无权选择患者，当患者选择了他们，他们是不可以拒诊的。

至于药品，他们的白衣口袋里都揣着张单子，单子上是可用的药品目录，是经过无数程序筛选之后，进入医院药房的药品目录。奇就奇在这张目录经常调整，同类项药品的选择权常常都是屈指可数的。因此，患者有时是会暴怒的，医生，你们拿回扣真是丧心病狂了，我要那种药，不是这种药。医生无从辩解，只能这么说，我们医院没有，这样吧，你去药房买吧。

许白黑就不同了，他有时不得不拒诊，不过只限于三种人群：没病装病的；花钱买陪聊的；必须进精神病院强制治疗的。这三种人不是多数，可也绝不少见。许白黑对某位顶级流量小生说过，你的所谓妄想症源于职业，也源于无聊，完全可以自行调节，无须治疗以及用药，为何屡屡预约？小生回答，看许医生，是我们圈子的成功标配。许白黑好奇，哦，你们不是流行去跟那位大喇嘛修密经吗？

小生撇嘴，他已过时了，许医生，你正当红呢。许白黑忍住笑意，红了，我怎么不知道？小生顷刻间换了面孔，双手高举，呈擎刀之状，他是杀气横生的，连语气也是，他低吼，什么铁军，一群杂碎。许白黑恍然大悟了，明白了，你有新戏，要搞宣发。小生傲娇，正是，你我皆红人，合个影吧，双赢。许白黑说，被逼而红，不是真红。小生乐坏了，嗷，豪横，这就是我的宣发语了。

许白黑从不跟人搞双赢，换言之，他从不与任何患者合影。至于锦旗和礼物，入乡随俗，他也得收。锦旗是收下了就入库，医院里是不得悬挂的。礼物比较缠手，有些太名贵的只能当场拒收，有些太稀奇的他也不知道该怎么处理。有位做卫浴生意的老板，病愈后给他送了只袖珍版的玉雕马桶，像只汤碗那么大，说是小玩意。许白黑也没当回事，就收下了。后来才知道，那是上好的蓝田玉雕成的，是可以拆开的，每一块都价值不菲。许白黑也不好退货，只能折中，给那位老板的亲属跳了个号，亲自接诊了。

对于心理医院的药房，许白黑是视为重地的，亲手抓，不放权，从不含糊。药剂师四人，都具有海外留学背景，专业资质，看处方，审处方，严格把关，从没错过。相较于其他医院的药房管理，心理医院的药品损耗率，那是超级低，有些特别药品，损耗率为零。

是李乘风推荐的彩虹药业，倾力推荐，无可拒绝。许白黑引进了，但是画地为界，他有他的规矩，也就是说，心理医院的主打药品，全部都是进口类药品。至于彩虹药业的药品以及辅料，许白黑在全体医生会议上做过交代，他说，各位都明白，我们医院能在本土立足，涉及多重因素，这件事情，我也是不得已而为之。请各位秉承医学精神，对每位患者给予足够的提示。医生们都做到了，于是彩虹药业的药品各有去处，大同小异，基本上都进了垃圾桶，医院的垃圾桶，街上的垃圾桶，以及患者家里的垃圾桶。

至于彩虹药业的主打产品，百草根中成药制剂，早已研发成功了，问世了，火得很，本市各大药房都有售，很多医院也是同样。该药品说明书措辞巧妙，用于治疗抑郁，缺了个字，抑郁症的症。成分表很长，各种草根，最后是个等字。许白黑懂得那个字，所有的医生都懂，那是西药，抗抑郁症的西药，是该药品所有成分中，唯一起作用的部分。所谓懂得，那就是零容忍了。针对该药品，他们首创了空处方制度，只开药，不给药。患者是要买单的，药房是要销毁的，成批销毁该药品。医患有默契，相互理解，那都不用说得太明白的，患者都是聪明人，点到为止就已足够了。

二十四

许白黑收到了匿名邮件，证据确凿，检举张副院长吃回扣，吃某个印刷厂的回扣。该厂是心理医院的业务单位，承制医院所有印刷业务，比如处方和病历，就诊说明和医用便笺，等等。许白黑当然要查，清查，他让宋定睛扮作客户，在网上问价，问了多家印刷企业，本地的和外地的都有。

报价有两种，针对公家的和针对自家企业的，价格当然是有着落差的，幅度可不小，足有两成甚至三成呢。市场貌似很透明了，实则不然，因为宋定睛办事，历来都要水落石出的，他换了一种方式，以公职人员的身份问价了，讲价了，哇，这回涨幅了，都可以五五分成了，利润对开了。

许白黑和宋定睛相视而笑，真是不查不要紧，就这么一查，就查出了张副院长的讲价能力，吃回扣的讲价能力。吃回扣，显然是更便宜的，当然有前提，大前提，那就是回扣额入库了。张副院长的回扣，都回到心理医院的财务室了。一波三折，先是印刷厂打给他，打到他的银行卡上，他再交回给财务，连同底单和流水。若论宋定睛和张副院长的讲价能力，张副院长显然是略胜一筹的。

与此同时，张副院长也收到了匿名信，快递来的。他被告知，许白黑在物色新的副职，候选人三人，姓名履历都有，资料扎实得很。张副院长没乱，稳稳的，拿着信，来找许白黑了，两人互换了情报，张副院长振振有词，许先生，宋医生，有一个名词，是个小生物，你们肯定没听过，很难听，但是很精准，我都说不出口了。许白黑说，出众，意会了。宋定睛也说，出众，心照了。

什么名词呢，谁都知道，谁都不肯说，其实很简单，就是屎壳郎了。屎壳郎很勤劳，总在搓球球，小粪球，那是口粮，也是使命。这个球球就搓得很完美，就像高尔夫，一杆击出，落到洞里的都不是球了，是人，心理医院最重要的两个人，院长和副院长。谁是屎壳郎？那都不用说，女郎呗，受伤了总是要报复的，有损失总是要找补的，最佳方案，离间计。

命中率只要达到 50%，许白黑和张出众有一人中计，就够了。许白黑若是信了，张副院长会被辞退的，新的副院长人选，他们已经给准备好了，就等着心理医院招聘了。上任之后，此人的目标就是药房，拿下药房。反之，张副院长若是信了，那就更好了，离心离德了，他们就会拉他一把了，拉过来，拉成自己人了。都是为了药房，都是为了进药，让药品重回药房，占领药房。

两封信，张副院长的信是捏造的，纯属捏造。许白黑的信呢，那是推理，想都不用想的，绝对的事实嘛，张副院长不吃回扣？那他简直就不是人类了，是猫，不吃腥的猫。至于回扣额度，那都是行规，按规则搞算数，每只老鼠都会的。老鼠怕猫，真是谣传，抱团抱团，把猫打翻，耶。

许白黑是不是猫呢，这不重要，重要的是，他了解鼠类，所有的鼠类。他说，出众，两封信是同步的。我们也要同步，以不变应万变，让他们忙去吧。张出众说道，明枪打了，暗箭射了，就剩下软刀子了，我等着他们。宋定睛笑说，出众，你可真多情，软刀子怎么会上你，你才是个副的。许白黑惊恐的，说什么呢，难道是我？

猫鼠之争话从头，猫也难，鼠也难，最难还是李乘风。李乘风可不懂什么三十六计，他就只会一样，走为上。走是什么意思呢，脱身，他和许白黑都要脱身，药房也要脱身，甩掉彩虹药业，就是全都脱身了，并且，再也没有后续了。想反弹？那是没有可能的，路都堵死了，药房就成了死地了，鼠类的死地。

是李乘风提出来的，白黑，是时候了，我们撤掉彩虹药业吧。许白黑问道，你怎么交代？李乘风反问，我跟谁交代？许白黑回答，举头三尺有神灯，齐彩虹是谁，貂蝉嘛。李乘风吃惊，你这么看，那我呢？许白黑说，你是吕布，乘风，但你也是李医生。李乘风仰头，白黑，我没有任何好处。就这件事，我是纯洁的，他们逼良为娼啊。许白黑问道，为什么非要拖到现在，你可知道，我忍了多久了。李乘风说，上不去了，谁还怕谁呀，干掉她，隔空飞掌，看谁扇了谁的脸。

许白黑说，假使你上去了，乘风，还会不会这样？李乘风低声说，我不知道，别废话了。出手吧，咱们连环出手，我对付你，你对付她。许白黑说，公道无价，公道无言。可是这一回，我要说话了，狠话。李乘风说，好办，先做狠事，后说狠话，那才有人听，那才有人怕。许白黑说好，我会把事情做绝，永绝后患。你就不用怕了。李乘风笑歪了，白黑，我带所有人，去听你教训。他们都很会欺负人，也没少受人欺负，能硬也能㞞，都是双料货。许白黑说，那就定了，乘风。完事了啃羊，咱们庆贺。

啃羊，是李乘风的特别用语，不说吃羊，都说啃羊，他从小就这么说的。草原上的习俗，炖羊都不炖烂的，七成熟就上桌了，得啃，不然骨肉相连，撕扯不开的。

羊是最新鲜的羊，现杀现宰现发货，来自胡葵自营的某旗舰店。李乘风太挑剔了，都不沾本地的羊，只认草原羊，最正宗的滩羊。心理医院的餐厅，所用的牛肉和羊肉，大多都来自这里。也有胡葵海外直采的，新西兰的以及澳大利亚的，都是冷冻的，就没有那么鲜美了。没有人说不，都是赞扬，就连两个洋厨师都惊叹，上帝呀，是什么样的牧场，才能养出这么肥硕的牛羊。许白黑说道，巍巍祁连山，茫茫大草原，牛羊遍地，雪水成河，当然好吃了。

两人的聚会地点很隐秘，还是在老房间，希尔顿酒店的老房间。许白黑带的羊腿和牛腩，医院餐厅煮好了的，说是七成熟，其实就是个半生不熟的，啃一口，还冒血丝呢，其实牛羊肉吧，西餐和草原的烹制方式异曲同工，要的就是原汁原味，原始和新鲜。只有大汉文化才最讲究十分火候，彻底煮烂，重调料，重养生，好吃好消化。

就像影视剧里那样，两人都是身着浴袍，神神秘秘的，恰似接头的特务，说话都不会说了，像是在说暗语。许白黑说，没人跟踪我，放心吧。李乘风说，彩虹疯了，老是缠我。这事大了，老领导过问了。这回没逼我，让我缓缓再说。他不敢逼你了，因为他想要精灵。白黑，咱俩已经是仇人了，咱影帝了，往后全靠演技了。

许白黑乐了，他说，太好了，那就过些日子，你来求我和解吧。咱也不能总是偷偷摸摸的，这不好，我都不适应了。

李乘风大笑，孔明灯，中计了。也不看看对手，跟谁 PK 呢，也就是能捏住我们。一听你的手段，直接就酥了。这年头，多大的灯笼都是纸糊的，一吹就穿孔。

许白黑说，李股东，那两封信跟你有关系吧。

李乘风笑骂，狗屁的关系，我只是知道，我只是支持，我只是看了一下底稿。

许白黑啧啧，领头羊，好样的。

这事就这么过了，两人历来如此，越是大事越是简练，三言两语的，就定调子了。反倒是小事，他们有时会反复议论，都有点八卦了。中年大叔说起闲话，就跟大妈差不了多少，没什么格调，纯是非，纯桃色，一点也不高雅，都不像爷们了。

两人埋头啃羊，碰了几杯酒，许白黑想了想，说道，乘风，我猜唐希和齐彩虹也是挺铁的吧，嘿嘿嘿，颠倒众生？公共资源？

李乘风拍大腿，眉飞色舞的，白黑，我跟她吧，也就一回，还没弄成。不许笑，不赖人家，我吓软了。至于唐希他俩，嘻嘻嘻，所见略同。希吧，小棉袄，超贴心，加上年轻貌美，老女人都喜欢他。我那里几个女副职，都叫他小毒药呢。

许白黑放下筷子和酒杯，看着李乘风，乘风，我看他就是个小扫帚，专给你干脏活的。没少干，你都离不了。

李乘风点头，是这样，白黑，没办法。正人君子有呀，好人也有呀，人家都不跟我亲，无求者牛逼啊，我拿不住，也用不着。

许白黑提醒了，乘风，风前蜡烛瓦上霜，是谁，不是谁，谁都不知道，就像惊悚片，剧终了，没有鬼，都是人。

李乘风说道，白黑，也就你除外。很多事，红缨，我都不告诉她。好处都得给，谁都不例外。我吧，手上有饲料，定期撒上几把，猪饲料鸡饲料。平了，人畜平安。你都看见了，彩虹药业发展迅猛，市场份额旺旺的。唐希级别也上去了，副县级调研员了，明年吧，得让他坐实了。

许白黑连连眨眼，何处桃源，宽处桃源，按照有关要求，我的门诊大厅设了投诉信箱，这是对患者的，钥匙都没有。内部也设了，哪儿呢，张副院长独家创意，男女洗手间，钥匙给我了，我扔了。

李乘风伸懒腰，爆笑，感染力很强，笑了好久，他说，我也有个创意，我想设个金刀奖，拉些企业赞助，每年重奖本市真正卓越的外科医生，你觉得呢？

许白黑摇头，修脚师和厨师，才可以叫作金刀。医生的柳叶刀，只能是碳钢的，永不变色。

李乘风思索片刻，端起酒杯，白黑，你对。医生都不容易，真对患者一视同仁，那医生早被杀光了。医保都是见人下菜碟，让医生怎么搞公平，天大的笑话。我这里常来告状的，都是医患纠纷，我有什么办法，我只能就事论事，该罚就罚，我罚医院，医院罚医生。罚来罚去的，都没人喊冤了，都咽了。

许白黑感叹，归来久了，我只是庆幸，庆幸当年，庆幸今日，你我仍然同在。

李乘风随手抓起一张报纸，歪倒在沙发上，弹着报纸说，白黑，听好了，我教你报纸怎么看，领导讲话百川到海，你别看江河看海湾；房价下调李代桃僵，机器一开补上了；某大师讲文化战略，这是太监结婚只用嘴；某某连环诈骗百余名女子财和色，这是缺爱的女人太多了；某富豪家族遗产纠纷，这是规律，必须的；某明星吸毒进去了，这是资本角逐的牺牲品；彩票又开出大奖了，扯淡，十几亿人谁信呀；哇，某国慈善组织绿瞳，为我大西北偏远地区捐助巨资，给贫困孩子做眼部手术，做了上万例了，哎哟，这是要搞置换吧，咿呀，换什么呢，猜不着了。

许白黑忽然问，绿瞳，这名字怎么样？

李乘风呵呵，绿眼珠，蓝眼珠，黑眼珠，我最喜欢蓝眼珠。

门铃响了，是服务生来收拾餐桌了。来了两个人，专业手法，干净利索，片刻过去，什么都没有了，只有气味，牛羊肉的气味。就如同那些过往，不管过了没有，都是不留痕了。许白黑酒意上涌，重重跌坐在沙发上，他说，乘风，我喜欢绿瞳，那么幽深，那么明亮。

回答他的，只有鼾声了，李乘风的鼾声。不知道为了什么，此刻，许白特别想说话，想倾诉，想说出来，都说出来，就在这里，这个屋里，这张沙发上，这个人的面前。可是他睡了，睡着了，深睡不醒。多么难得，这么好的睡眠，他是久违了的。他告诉过他的，白黑，我不想做梦，不想醒来，每天，每夜，每个早晨。他站起来了，走开，回头，低语，晚安，乘风。

许白黑在美国，工作和生活是超级模式化的，几点几分到几点几分，该干什么就干什么，该面对什么人就面对什么人，每分钟都行走在时间轨道之内，简单扼要，从无脱轨。既定的人生让他无限放松，偶尔的，也难免会生出些惆怅的，潮涨潮落，月圆月缺，他甚至专门找出个本子，用来做记录了。芝芝问过他，这是为什么？许白黑回答，找些闲愁，真是好享受啊。

芝芝说，为何长吁短叹？许白黑低吟，白头若少年，今朝最销魂。芝芝讶异，销魂，不是只能用来形容男欢女爱吗？许白黑故作绝望，芝芝，你的中文水准如同幼童，虫鸣鸟叫，风过眉梢，皆可销魂，就看心境了。芝芝嗔道，我有高学历，也曾有高等职业，我并非生来就是个家庭主妇。许白黑赶紧道歉，对不起，开个玩笑而已。芝芝乐了，玩笑？明明是你心语。许白黑拍胸脯，让销魂见鬼去吧。芝芝说，鬼见愁是你，见鬼愁是他，你们俩吧，不见如见，见如不见。

说出这样的话，是在那件事之后。那天，许白黑和芝芝，决定了一件事，办妥了一件事。要事。大事。两人的心境，多少还是有些不同的。她是为了他，他是为了他。芝芝有怨气吗，许白黑认为，她若不是神，就是要有的。连他都有的，她又怎会无怨无悔呢。《一剪梅》对不对呢，对的，但它不是神曲，是人与人，是人对人。这支歌是超越了剧情的，超越了人性的。他才不会按照歌词走套路呢，那就是逼人成神了。爱我所爱，尽我所能，拯救你，但是，我是人，不是神，也怨过，也悔过，还是要做，从头做到底。

许白黑做了，什么都做了。就像作案，追求完美，每个细节的完美。作案都是要成双的，鸳鸯大盗，莫过于此了。作为雄鸟，他是感恩雌鸟的，雌鸟耍耍性子，闹闹情绪什么的，那就更好了。若非如此，鸟窝都会乱套的。许白黑对芝芝说，他给我的是什么，我给他的是什么，芝芝，我们是人，他才是神。芝芝说，胡说，你刚说过，这世上没有神。许白黑说，是的，没有，但是那个时刻，我以为他是。芝芝说，白黑，那刻与此刻，有何不同呢？许白黑回答，没有不同，落幕了，我看见他了。第一眼，是他，他是绿的，全是绿的，手术服的那种绿。

二十五

是今朝，每每相见欢，都是今朝人。

两人也不常见的，有事就要见见的，没事呢，那就无事生非呗，找个由头，也就见了，见了就要酌，小酌过后，李乘风总是即刻睡倒，许白黑则是难以入睡的。至于大酌，那就更追魂了，李乘风酒至酣处，半醒半醉的，他有时会哭的，也不说话，也不骂人，只是流泪，滴滴答答的，满脸满襟，流不到头的。

两人都是好酒量，大学时代喝的是闷倒驴，李乘风老家的那种酒。酒如烈焰，入了口，五脏六腑都是灼热的，两人高兴了能喝一斤，难受了只敢喝半斤。冷静和理性，是医科生从不泯灭的灵魂，都不会为了某种情绪而失态，或失语的。后来就放开了，没有什么是不敢出口的了，那是什么时候呢，是许白黑走了之后了。

李乘风是行业内出了名的性情中人，以专业精湛以及快人快语为人称道。但是许白黑知道，那不是真的。当他拍案而起时，怒发冲冠时，嬉笑怒骂时，他不是真的忍无可忍，都是掂量过后的爆发。如同做戏，他知道那是戏，知道戏中的自己，更知道戏中的观众。他是不舍的，不是为了做戏，而是舍不得散场。散场了，就是散台了，他要的从来就不是观众，而是戏台。哪怕是独角戏，他也会倾情出演的。

如果这是本色，那么李乘风是个英雄。如果这是幻觉，那么李乘风是个可以确诊的精神疾病患者。当然不，起码目前不。他还是他，本市的卫健委李主任，一路走来的李医生。后来就换了酒了，是许白黑回来了，白酒就换成了洋酒了，不是白酒不好喝，而是怕上头，怕难受，不想哭了。

许白黑爱喝黑方威士忌，那种牌子，是西方劳动者的惯用酒。初到美国时，每逢日落苍茫，他会从口袋里掏出只扁扁的小酒壶，拧开盖子，抿上两口，然后去打工，干上几个小时，回宿舍的路上，再来两口。永远都是两口，不会多，也不会少，多了会影响学业，少了不堪慰寂寥。芝芝来了，相爱了，同居了，某一天，许白黑忽然发现，好久都没有喝过酒了。

成为名医了，许白黑甚少喝酒，偶有需要，也都是家里酒窖的藏品，入口丝滑，柔若无骨，就是用来形容这些酒的。许白黑思念黑方，有次去超市买来喝了，哇呀，真是不得了，恨不少年时。此后，黑方就成了家里的必备酒，堂而皇之地入了酒窖了。尽管两箱黑方的价格，还不够那些藏品的半小瓶，可是千金不换心头爱，他认准了黑方，但凡饮酒，必选黑方。

李乘风初识洋酒，许白黑是引路人，他带来了好几瓶，最贵的上万，最便宜的当然是黑方，在国内也就百多元，在美国才十几美元。李乘风都尝了，细品，嘴里啧啧有声，末了，他指着黑方，白黑，这个最贵吧，霸道，有股洋葱味。

此后，黑方被命名为洋葱酒。两人无论大酌小酌，酌的都是洋葱酒，再没换过了。不锈钢冰块，是洋葱酒的最佳拍档，两人都是大叔级别的人了，喝多了真冰块是会腹泻的，可是喝洋酒不加冰，相当于喝白酒没吃肉，输掉的都不是口感，而是整个状态。许白黑往酒杯里投掷冰块，叮当叮当的，李乘风惊呼，你疯了，这是铁呀。许白黑乐开了花，土鳖，这是冰。李乘风伸出两根手指，捞起那两块冰，摇摇，晃晃，大惊小怪，天哪，不会是爱迪生发明的吧？

李乘风的办公室，是有镇宅之宝的，从没变化过。是一个镜框，悬在他身后的墙上，里头不是字画，也不是瓷器陶片什么的，而是刀，全是刀，都是小刀，各种型号的手术刀。每天坐在刀口之下，李乘风没法不自豪，整个卫健委，有本事拿得起这些小刀的，只有他，从来就是只有他的。

领略了不锈钢冰块的妙处，李乘风毫不犹豫的，硬是打开了镜框，往里头镶嵌了几块冰。本来，他的办公室，是被手下偷偷称为小刀会的，加了冰块后，这里就成了冰刀会了。李乘风不以为忤，反以为荣，在单位的全体会议上，他说，与我而言，不忘本色是什么，就是手术刀了。与时俱进是什么，就是不锈钢冰块嘛。冰与刀，是我的座右铭。若干年后，也是我的墓志铭，与同志们共勉。

共勉从来不生情，自由何必过来人。

并不是偶发性的，而是惯常性的，难于自控的，许白黑感到力不从心了，注意力无法高度聚焦，心思游移，分崩离析。接诊时，他甚至会将同样的问题重复提问，患者不明就里，问几次答几次，许白黑无法不焦灼了，如此状态，于他，是从没有过的。

他对亨德斯和保罗倾诉了，我白天会想久远的事，夜里会想新事物，工作时不能专注，下班后无法放松。亨德斯问道，许，你在忧虑什么？许白黑说，没有具体，皆属抽象，烦恼无处不在，我被包围了。亨德斯说，我不会认为这是为着丹心。寻亲无果，这是常态。许白黑说，亨德斯，我代价颇高，那么多丹心，都不是。我想丹心，却不知还能怎样做。亨德斯说，许，只能等待，好多事情都是这样，别无良策。

保罗却有不同的看法，他说，许，从我认识你那天，你永远处于高强度的功能性自控状态，从没有真正放松过。今天的表现方式，属于原我的释放意识，自我分裂是必然的投射现象。相信我，这只是你漫长人生的某个阶段。许白黑说，请不要使用医学术语，哦，请问保罗医生，这个阶段何时结束？我要日期。保罗笑说，这是我们共同的问题，先生，请让我看到你的勇气。

许白黑挂了电话。不到三分钟，保罗又打来了，许白黑毫不客气，医生，请把我视为患者。保罗语气严肃，许，你无法治愈自己，你需要心理干预，以及相关药品。许白黑说道，保罗，没有任何人知道，我用药已经半年了。保罗沉默良久，才说，我也同样，许，可是药品帮不了我。至于心理干预，请问全球业界，还有谁能够干预你和我呢。我唯有你，你唯有我，就是这样了。

许白黑自嘲，保罗，中国的小说有个特别的门类，叫作武侠小说。这当中有两个绝顶的高手，分别叫作东方不败和小李飞刀，他们没有对手，无限寂寞。前者还好，死于所谓的霸业，后者至为悲催，他是老死的。保罗问道，他们为何不决斗呢？许白黑说道，前者是明代的人物，后者是古装的人物，唐宋元明清，可以驰骋于任意时间段。保罗说，明白了，他们的缔造者不是同一人，就像匹克威克和三个火枪手那样。许白黑说，狄更斯是你最爱，我知道的。保罗也说，你的最爱分明是那把飞刀。

保罗，知道我独处时干什么，就在我的书房，那件空屋里，我在练习吐烟圈。许白黑缓缓说道，这几天下雨了，很潮湿，烟圈都不散了，就那么浮着，像横云，一叠叠的，昨晚，我看了一夜，看云。保罗问道，许，你从不抽烟，昨夜多少支？许白黑回答，保罗，不是支，是盒，三盒，还剩下半盒，我没有数。保罗追问，那么芝芝来了呢，你也是这样吗？许白黑说，不，我会等她睡着了，再进书房。当她快醒了，我在卧室的床上。

保罗声音低沉，许，无分东西，我与你同样。你知道我的枪法，现在我不打靶心了，靶靶连中，多么无聊。也是半年了，我都在打风筝，那种夜光风筝，夜空里升至百米之上，昨晚是一只蜻蜓。开两枪，蜻蜓眼珠灭了，打灭整只风筝，我用掉了 68 粒子弹。许白黑问，保罗，这只蜻蜓有多少闪光点？保罗嗟叹，68 个，许，我想问你，何时见个面呢？许白黑像是自问，见面，一面，有什么用呢？保罗说道，记得上次你带我去吃楼外楼，你教我那句中文，千年等一回。许白黑说，保罗，是我记错了吗？这一句才对的呀，西湖的水我的泪。

周末，有时是许白黑的家庭活动日，起初多是在哥嫂家里吃饭的。后来就改了，改成了在外聚餐了，许青蓝和王花花，几乎吃遍了大江南北，所有出名的饭店，就连日料和泰式阴功汤，他们也都吃腻了。许白黑黔驴技穷了，多次向宋定睛讨教。他是有绝活的，最会吃了，用他自己的话来说，唯有美食不可亵渎。在整个心理医院，但凡涉及吃喝事宜，许白黑向来都是问计于宋定睛的。

定睛，我小班同学聚会，22 人，请你订饭店，以及菜单。

定睛，乘风中午过来，市里开会他挨批了，心情不爽，请叫几样小菜来，要开胃，更要开怀。

定睛，我哥嫂吃遍九州，周末将至，请赐教，我要大吃大喝的那种。

宋定睛从没有让许白黑失望过，他说，老师，要不这样，我给你们订机票，就去泰州吃河豚吧。那里有家小码头，旁边有个小馆子，乱糟糟的，但是那里的砂锅烩河豚，还有蟹黄大包子，唔唔，天下无双。我上周才去过，女朋友连吃了三个小砂锅，当场都逼我求婚了。

许白黑乐不可支，定睛，爱情和美食，以及专业，你是怎么排序的？

宋定睛毫不迟疑，专业至上，爱情当先，至于美食吧，那是需要仰视的。

许白黑豪兴大发，定睛，订机票，订饭店，立刻。

宋定睛委屈极了，老师，你哥嫂都抱怨我，说我带坏了你。

许白黑乐极了，那就定五张吧，请你和女朋友同去。

宋定睛使出撒手锏，振振有词，老师，她说她爱你，你是她的老天使。

许白黑见怪不怪，淡定接腔，定睛，谢谢她的爱，告诉她，我无以为报，唯有美食，永不负她。

结果是五个人去了机场，四个人上了飞机，留下了一个人，还是那个做东的。许白黑没有登机，他是从机场折回头的，原因很粗暴，就在扶手梯上，他接到了保罗的电话。保罗说，快开门，许，听不到我在敲门吗？许白黑失语片刻，叫道，保罗，保罗。

许白黑下厨，给保罗做了顿便餐，这顿饭实在很花哨，主菜是本地小笋鸡，配菜是澳洲黄金鲍，以及花红果子大拌菜。主食是黑面包和白馒头，许白黑吃的是面包，保罗选的是馒头。喝的是豆腐沫，保罗喝了好几杯，他很执着，对餐具从不含糊，说什么也不肯用碗喝非是高脚杯不可的。

保罗轻声说，许，我的姐姐解脱了，安葬了，在我妈妈身边。许白黑说，保罗，请允许我说，我为她开心。保罗举杯，同乐，许，她在精神病院二十四年三个月了。

许白黑说，保罗，她若有自主意识，我想她会申请安乐死的。保罗说，是的，一定是的。如果我有那么一天，我会那么做。许白黑摇头，保罗，你没有那一天，从你学医那天起，你已经不属于那个家族了。保罗说道，许，这么多年，我从没问过你，为什么要学心理医学？许白黑回答，跟你同样，保罗，为了自救。你的至亲都在精神病院，而我的至亲，都是自尽而死的。我想我的基因里，或者是潜伏着那样的倾向的。我不能那样，无论发生了什么。

保罗问道，许，知道我为何前来？许白黑回答，你想掐灭我的烟圈。保罗，我也想压低你的枪口，打够了风筝，你还能打什么呢？枪法至此，已是终极了。

就如同武者的亮剑，医生与医生之间，最大的坦诚便是药品了。保罗很爽快，直接掏出了药品，许白黑也拉开抽屉，取出药片。两人的药品是同样的，Spirit 药品公司专利产品，都是作用于脑部神经系统的抑制性药品。这种药品是属于镇静剂类别的，不管在哪个国家，都是被列入严格管制类药品目录的。

相较于寻常的安定片，这种药品可谓是航母级别的，药效最强，副作用的表现方式也极为柔和。没有人可以短期用药，最新研究证明，这种药品具有严重依赖性，也就是说，该药品具有不明程度的成瘾性。当然不是药品化学分子式的问题，而是患者的群体反应。依据国际心理医师学会统计，某些患者在长期服用该药品后，大多呈现不明来由的些许快感。鉴于此，该药品目前地位岌岌可危，有关组织已将其列为危险性药品，面临着停产以及禁用的必然命运。

许白黑苦笑，保罗，你我皆知，患者若必须服用该药品，每张处方最多只能开两粒。你能否想到，心理医院有多位医生，就像你我这样，相互治疗和干预，彼此建立了病历，为什么，就为了开具这种药品，重复开具，包括我在内。

保罗点头，许，美国也是同样。可以这么说，这世上有无数的心理医生，本身就是患者。许白黑说道，有个秘密，我想告诉你。保罗打断了他，许，我早就知道，亨德斯曾是研发此药品的志愿者。也就是说，早在七年前，他开始用药。而彻底停药，他足足抗争了五年半。许，我们尚且如此，那么其他同行呢？

许白黑忽然问道，保罗，你是否还记得，去年我们去荷兰参会，国际心理医生年度照会。几个同门都在，同一酒店，子夜，我去找他们，每个房间都有着同样的味道，不，他们没有那个嗜好。现在我明白了，他们是在尝试，想找到这种药品的替代物。保罗说道，许，我也试过，就在半年前。所以你不必去了，我可以告诉你，没有用，这种药品是无可替代的。

保罗，制药如攀山，不到最高峰，岂能闻虎啸？许白黑说道，这种药品就是这样的，如果完美是一种罪，那么它是罪恶的。保罗笑了，许，东方文化真是和谐，连制药都能这么形容。我想知道，杰瑞是否和我们同样。许白黑回答，保罗，这是全球精神科药品的最高机密，但是我可以告诉你，杰瑞的团队正在想尽一切办法，下来，让这种药品从最高处下来。怎样下来？你懂的，提升副作用，双标，降低成瘾性。保罗点头，许，不是双标，是单一的，副作用上去了，成瘾性就下来了。啊不，我不要发胖，我不要亢奋，我不要麻木，我不要焦灼不安。许，我要囤药了。

许白黑微笑，保罗，我已经这么做了。

保罗说道，许，但愿这是幻觉，但是不是，医生和药品都沦陷了，最好的医生，最好的药品。很简单，从心理医学角度，你吐烟圈，我打风筝，都属于某种病态行为。许，你是抑郁症患者，我也是。不同的是，你是深度抑制型，而我，具有严重暴力倾向，我常常幻想杀人，或是被杀，那时，我有巨大快感。

保罗，正是，我们是医生，也是患者。许白黑说道，每当独坐，我无法自控，一支接一支的，吐着烟圈，沉迷于幻象，呵，我看到灾难，海啸到来了，还有地震，吞噬一切。于是我用药了，结果是双重的成瘾性，药品和烟圈。用药后，那种快感无以言状，胜过我所有的人生体验，包括我的新婚之夜，包括我的雪山案例。保罗，就像亨德斯那样，我多次尝试停药，以其他同类项药品来替代该药品。但是不行，这种药品光芒万丈，其他药品都成了污泥浊水了，令人痛苦，而非快乐。保罗，我从没这样高兴过。但我知道，这是不可以的，不可以长久，那会产生耐药性。加量吗，不，我必须减量，为了减量，我开始酗酒，减半片，需要半瓶酒。你知道我的酒量，至少要 250 毫升。

保罗并没有震惊，因为他也是同样，最终是以酒精来进行减量的。不同的是，他的体验更为糟糕，酒量日增，药片只减掉了四分之一。他们都是医生，心理医生，两人都清楚各种药品之间最为细微的差异。这种药品是以喜剧的形式问世的，出道即巅峰，但它分明是个悲剧，悲就悲在了超越，超越时光的超越。如果它是在十年，甚至二十年之后面世的，与整个行业同步了，那就不是这样了。

如同那些传世的名著，往往是以禁书的形式诞生于世的。这种药品也是同样，副作用太过于绵柔，几近于无。不同于其他的精神科药品，它不会令患者那么难受。它让人放松，就像催眠那样，既治愈了，又舒服了。因此成为患者的最爱。因为爱，最爱，都爱，也就没有人可以抗拒它，可以离开它了。因此而遭到封杀，只能是它的必然命运了。

太完美的药品活该如此，太完美的医生也是同样。他们懂患者，更懂自身。在催眠状态中，亨德斯是这么说的，许，我在顶端，这个时代心理医学的顶端。这里是天空，我好孤单。他们怎么上不来呢，只有你，只有保罗。哦，你们最快，就差小半步了，你们就是我了。许白黑问道，亨德斯，你要他们都上来，还是只要我和保罗呢？亨德斯哽咽着，许，我应该都要的，可是我的手，只拉住了你和保罗。

亨德斯醒来了，许白黑说道，亨德斯，这叫门户之见，任何大师都在所难免，不必有犯罪感。亨德斯摇头，许，这种念头是有罪的，我不能容许它的存在。心理医学没有门户，只有医学本身。许白黑肃穆，弟子受教了。亨德斯说，让我们都记住，顶峰不是某个人，几个人。祈祷顶峰，后来者居上，越多越好，啊，我希望多到数不清。

许白黑说，那是不可能的，亨德斯，顶峰之下是群峰，群峰万千，顶峰至尊。保罗也说，亨德斯，不仅医学，任何学科都是同样的，踞顶峰者，寥若晨星。亨德斯说，我当然知道，我此生最大的遗憾，是顶峰如同绝壁，而我只有两只手。现在，我要放手了，我还没有老，我要多拉几个人上来了。那么多的后辈，许，我要学你，我要全球巡诊了。保罗说道，你去吧，亨德斯，我来，我来烂柯山心理医院。我在这里，你们都可以走。许白黑问道，亨德斯，保罗，如果我们的患者，知道了我们也都在用药，他们还能去找谁治病呢？

没有人能够回答这个问题，如同溯源，是个死结，无从打开的死结。许白黑的海啸，以及地震，在心理医学领域被定义为毁灭意识。这种意识来自仇恨，童年期家破人亡的仇恨。他能够压抑和转移这种仇恨感，却无法消除它。它被他击退至角落，只能活在他的潜意识里，斗转星移，却是生生不息的。

而保罗的杀人，以及被杀，那种暴力与快感，同样是来自童年的，那是他的自卑感，以及屈辱感。他是精神病家族的孩子，他无法摆脱血液里的病态基因，而这个世界送给他的，只有戕害与抛弃。那时的精神病院，是被称为疯人院的。他的至亲被人们称为疯子，男疯子和女疯子。他也是没有名字的，从来没有人肯叫他保罗，他们叫他小疯子。他没有玩伴，唯一的玩具是一把枪，一群孩子向他射击后，扔掉的玩具枪。

保罗捡起了那把枪，捡起了街角的每粒子弹，那些小小的橡皮子弹。取得医生资格证后，保罗埋葬了它们，埋在了自家的花园里。为着庆祝，他给自己送了礼物，仍然是枪，是一把手枪，二战时期最潮的勃朗宁手枪。与许白黑不同，保罗练的是双修，他的枪法并不逊色于医学专业。许白黑跟着他学过打飞碟，姿势端得很足，可惜命中率太低了，几十只飞碟掠过，他能打下几只就不错了。保罗呢，他早已不需要任何姿势了，都是随意扬手，连环射击的，他能够从任何角度将飞碟击碎，从无遗漏。

二十六

保罗逗留了一周，为着取得最精良的疗效，两人全情投入。每天都去心理医院的诊室，相互治疗，至于那件白衣，两人是轮流穿的。每当一个疗程过后，许白黑脱掉白衣，两人稍事休息，然后，角色互换，保罗会穿上那件白衣，而许白黑就成了患者。也闹了笑话，那就是患者常在治疗过程中，对医生进行专业纠错。

最后的一次治疗，两人居然同时示意，要求对方先穿上白衣。许白黑忍无可忍，保罗，我们离开这里吧，时而医生，时而患者，我分不清自己的角色。保罗点头，我也同样，许，亨德斯戒除药品用了五年多，我们做个约定吧，两年之内，有信心？许白黑沉吟，三年吧，我怕自己会成为酒鬼。保罗拥抱许白黑，许，三年，我们戒药，戒酒。许白黑拍打保罗的后背，他说，好，也要戒风筝，戒烟圈。前浪五年，后浪三年，前浪哪有后浪汹。

保罗出门有个习惯，那就是戴口罩，医用口罩。没有办法，无论走到哪里，都有粉丝找他签名。那些粉丝总是一声惊呼，天呀，小李子来了。于是呼啦啦就被包围了，想要脱身可就难了。许白黑笑说，保罗，前不久我重温了盖茨比，你们真是惊人的相似，如同孪生儿。乍看之下，连我都分不清楚。保罗嘟囔，我们见过面，就像镜子。他向我致歉，我说用不着，盛世美颜，咱得自豪。许白黑呵呵，保罗，不得透漏相关信息，我没有听到。保罗啧啧，你真可恶，不，他不是我的患者，我们是朋友。

由于保罗的缘故，许白黑将几位患者的治疗改期了，另行约定，这其中也包括王谢桥。别的患者都好说，王谢桥不行，他没法子不生疑心，许医生是从不轻易惊动患者的，他接诊都是雷打不动的，某次他送他回医院，半路下起了冰雹，超大，大粒子都有土鸡蛋那么大了，吓人，路瘫了。许白黑下车就跑了，头顶着脚垫跑了，打伞是不行的，形象坏了也是不行的，他有患者，他是必须按时接诊的。

有什么人和事，能让许医生改期呢，那肯定是要人和要事，要比冰雹大得多的。要事就好了，他是特别愿意帮忙的；要人呢，那就更好了，他是特别渴望结识的。王谢桥派出手下，来心理医院探听了，这一探，就探出了保罗。王谢桥就来了，找救星来了，非要许白黑和保罗联手给他治疗。许白黑说，王先生，这是无理要求，不可以的。王谢桥微微欠身，许医生，保罗医生，我病情日重，昨晚在派出所过夜。今日上午，终于办妥了离婚。请你们拯救我吧。

王谢桥缓缓卷起衣袖，他的手臂上，包裹着厚厚的绷带。许白黑问道，又被妻子所伤？王谢桥说，还好，这次没伤到神经和肌腱。许白黑说道，王先生，请稍等片刻，这里是诊室，保罗需要回避。王谢桥忽然掏出一副耳机，双手呈给保罗，是那种同期声翻译的耳机，保罗接过，却没有戴上，他将耳机轻轻放在了桌子上。王谢桥双手合十，冲着保罗，也冲着许白黑。

保罗戴上耳机，开口说道，先生，没有先例，我与他从不联手治疗。王谢桥望着保罗，保罗医生，恳求破个例吧。我被第三任妻子，第九次咬伤了。我身上全是伤，发妻惯用水果刀，二妻喜欢用开水，现任妻子的凶器，是牙齿和指甲。为什么，我那么宠她们，可我的女人都恨我。

保罗说道，先生，请等五分钟。我需要去看一下你的病历。

诊室里就只有许白黑和王谢桥了，王谢桥要说话，许白黑制止了，他说，王先生，我们应该静等，请勿交谈。

保罗回来了，他说，王先生，此刻开始，我们进入治疗了。首先，我有三个问题，每次是否你先动手？你的女人是否受伤更重？除妻子以外，你与其他女人也有两性关系？

王谢桥无语了，唯有点头了，点了三下。许白黑说道，王先生，我还有第四个问题，你是否遵医嘱，按时按量服用药品？

我没有，许医生，你的药品令我大脑迟钝；性活动也受影响，快，太快了，大不如前；还有，内裤总是湿的，漏尿，有时开会要用尿不湿的。我停药了，没办法啊。王谢桥有些激动，许医生，你是神医级别的，我没法不求你。我真的不用吃药，只要能跟你谈谈，我就好很多了。

保罗说道，先生，即便不用药，你所说的这些状况，按照你的生理年龄以及行业压力，也会发生的。

许白黑说，王先生，原是每月一次治疗，由于你的病况，改为半月一次了。你应该明白，医生是不能够替代药品的。保罗补充道，先生，有些患者对医生会产生深度依赖心理，这种状况并不妥当。就医学意义而言，治疗的目的是为了痊愈。当你痊愈，疾患会离你远去，医生也是同样。

我不会离开许医生。王谢桥低声的，我已经离不开他了，每次见过他，我都会好受很多。在公司心平气和，回家也不发火，独处也不抓狂了。见他一次，我能好上一礼拜。

王谢桥转向许白黑，说道，许医生，不情之请，咱就一周一次吧。我按你的时间，随叫随到。

许白黑说，王先生，你很清楚，那是不可能的。你病情反复，是由于你擅自停药。任何药品都有副作用，坚持用药，副作用会日渐减轻。所谓医药，乃是医生和药品的合称。对于任何患者，医药都不能分而治之的。

王谢桥抬腕看表，说道，许医生，本次治疗时间已经过半。如果你不反对，我就闭嘴了，听你开导，听你训斥，呵，那可真是享受。

许白黑说道，王先生，我不记得我训斥过任何患者，可见你已是高敏人群了，杯弓蛇影，良言逆耳。

保罗也说，王先生，治疗重在沟通，我想请你谈谈你的前妻，不，前妻们。

王谢桥摇头，保罗医生，那都是鬼，三个鬼，吸血鬼。没什么可谈的，太狗血了。老大只会抓小三，老二只会抓财富，老三不得了，什么都要抓。都是我的错，是我看错人了。但是我仍然相信，爱情不是个传说，它是存在的。

保罗说道，当然，王先生，我也相信爱情，所以我从未开始。

许白黑说道，那么我呢，唉，我也信，所以我从不背叛。

王谢桥嗯嗯，许医生，保罗医生，成王败寇，训我吧，越重越好。不然我怎么翻盘呢，下一回，我要当赢家。

这次的治疗，可谓是耳机治疗，就像国际高峰论坛那样，三个人都得戴着耳机。许白黑与王谢桥说中文，与保罗说英文，保罗和王谢桥则是中英文对答。事实上，许白黑和保罗的患者虽然覆盖全球，各种国籍的人士都有，但他们极少会用到这种耳机。他们的患者大多精通英文，并不次于母语。国内就不同了，很多高学历人士也无法准确应用英文，王谢桥就是如此。治疗过后，王谢桥显得精神多了，风尘尽去，像是年轻了好几岁。

他与保罗握手，当即呈上了一只信封，打开来，居然是美元。王谢桥说道，这是本次的诊疗费，执行标准与许医生同样，谢谢保罗医生。保罗问许白黑，我是否应当收下？许白黑回答，与国际惯例不同，本地另有门槛，需在有关部门备案后，方可行医，否则视为非法行医。保罗惊奇，对王谢桥说，那么，我本次属于义诊行为。王谢桥收回信封，非要请许白黑和保罗吃饭，许白黑说道，今日不便，择日再约吧。

王谢桥走后，保罗质问许白黑，你和他吃过饭？许白黑轻轻点头。保罗脸上变色，许，你违背行业基本守则，与患者私下接触。如果你不收敛，我会向心理医师学会举报你的行为。许白黑凝视保罗的眸子，灰蓝色的眸子。他说，保罗请坐下，让我用问题来告诉你答案吧。三个问题，我从医二十余年，从无任何违规行为，是否？如非重症以及特殊患者，须与同行联手诊治，那么，从没有任何同行知道我任何患者的任何信息，包括你与亨德斯，是否？我从未收取过任何患者的任何礼物，是否？很好，都是。那么保罗，请跟我来吧。

两人进了电梯，下到负一层，这里是地下室，是个很大的健身场所，有各种健身器械。许白黑介绍，这座房子建于百年前，这里最初是库房，据我哥哥说，都是各类船舶模型。我把这里改为健身室了，大家工作过后，来这里放松一下。保罗轻声说道，我知道，你的祖父拥有本地最大的船舶公司，你的父母是最好的造船工程师。许白黑带着保罗走向尽头，推开一扇门，他说，保罗，这里曾是工人房，现在，是我的礼品间，都是不得不收的。国情不同，人情也就不同。总是拒人于千里，在此地是无法立足的。

这间房大约三十多平方米，四面墙壁都是架子，五层的松木架子。架子上琳琅满目，摆满了礼品。分为四个部分，分别是短期的和长期的，可售的与不可售的。每件礼品上都贴着标签，上头备注着收礼日期，以及该礼品的价格。保罗随手打开一只盒子，里头是件 T 恤衫，黑丝质地的，前胸有刺绣，是朵小小的白花；后背四个汉字，国士无双。这几个字像是幼儿写的，五彩斑斓，煞是可爱。

许白黑说，限量版加定制版，名家题字，手工刺绣。是朵姜花，送礼人大概是见到过，我的桌上有过姜花。保罗，这件 T 恤的标价是 8388 元，不，后头的字体与我无关，本来就是这样的。前头的姜花是为我定制的，加上这朵花，这件衣服的价格应该上万了。可也就成了死货了，我无法转售，只能搁在这里了。保罗问道，这几个字是调侃，还是奉承？许白黑回答，都印在衣服上了，纯属娱乐，相当于好莱坞的，我是金刚，我是哥斯拉。

保罗问道，许，这间房是你个人的，那么其他医生呢？许白黑说道，医院有两位财务人员，共同负责清点礼品，以及销售礼品，都是线上销售的。他们另有一间库房，所有医生都可以把礼品放进去。他们之间从不面对，也就是说，他们不知道哪位医生收到了什么礼品。他们只负责根据定价，进行销售。而我，我知道所有的礼品，也知道每月的销售总额。保罗，上月的销售额度是 23 万余元，人民币。

保罗追问，用于什么？许白黑回答，保罗，医学的点滴进步，最大的受益者都是人类，最大的牺牲者却是动物，实验动物。这些钱属于专款，用于动物保护。你和亨德斯都是股东，医院是我们共有的，请原谅我没有告诉你们，我擅自做主了，因为我认为，对于这些礼品，你们一定会产生过激的反应。

保罗低语，许，我理解，理解这些礼品，理解你的处理方式。作为股东，作为医生，我是赞同的。有时我会想起它们，那么多的实验动物，它们最好的结局就是人道毁灭了。许白黑的声音无比落寞，保罗，保护它们的同类，是对它们最高的致敬。国内目前也有相关的组织以及机构，针对不同级别的野生动物；也有私人机构，爱猫爱狗人士，收容流浪猫狗，多在郊区，条件简陋；有些可信，有些不可信。交道打久了，也就能够甄别了。这些钱的去处都很牢靠，都花到动物身上了。保罗问道，相较于其他国家，这里的动物更需要救助？许白黑重重点头，保罗，你无法想象，这里只有野生动物保护法则。至于其他动物，比如流浪猫狗，即便遭到虐杀，当事人也是不用承担任何法律责任的。

保罗说道，许，我只看到了这里最豪华的机场大厅，以及那里奢侈品商店的消费人群，他们挥金如土，他们都是来自这里的。他们是你的同胞，可他们更像是另一个物种。许，我也要做些什么，为这里的动物。自本月起，我每月会捐出收入的百分之一，由我的助理转给你。许白黑说，好的，保罗，我跟，跟你同样。保罗说不，你有礼品，许，我回去会知会亨德斯，我和他同一标准吧。许白黑鼓掌，太好了，保罗，它们的家可以重修了，会舒服多了。

两人看了餐厅，露台上的护士和员工餐厅，以及地下室的医生餐厅。医生餐厅是多功能的，兼会议室，心理医院很少开会，尤其是全体会议，但也是要开的，只不过都是短会，超级短，直接说事情，说完就散了。都是张副院长讲话的，许白黑都没在全体会议上讲过话，他只在医生会议上讲话，也只在医生餐厅用餐。张副院长则是分身有术，吃饭要两头跑的，一三五在露台上吃，周二周四和医生们一起吃。没人规定他要这样，是他自己安排的。他是常有提议的，比如本地雇员的餐费，原是 35 元人民币标准，他认为低了，不利于医护协作，建议升为 50 元人民币了，棒棒哒，大家就可以 AA 制聚餐了。

有个重大提议，搭桥，在心理医院的两栋楼体之间搭出一条通道，谁都方便。都已经动工了，又停了，就成了断桥了，超难看。保罗以股东的身份，对张副院长下令了，我的院长先生，这是不能耽搁的，我为什么看不到工人在施工呢？张副院长启用了手机软件，同期声翻译系统，他说，尊敬的保罗医生，本地刚出台了环保新战略，每个月要保证蓝天指标的，三个标准，特别蓝要有 10 天，一般蓝要有 10 天，剩下的 10 天，才可以不蓝的。全市所有扬尘工程都被紧急叫停了，等通知，再开工吧。

保罗仰望长天，揉揉眼睛，他说，许，我原本只知道一位天才，他会收藏星星，原来还有一位，是本地的地方长官，他会管控天色。许白黑说，保罗，我们都知道，绿水青山就是金山银山，这是时代，山水时代。保罗说道，许，都知道你爱山水。许白黑说，保罗，我爱自然蓝。保罗说，许，我爱深蓝。张副院长大惑不解，深蓝，那不是个机器人吗，搞死象棋冠军的那个。

临行，保罗送给许白黑一件礼物，是一把手枪，高度仿真的玩具手枪。许白黑不能置信，保罗，你当这里是那里吗，这里禁枪的，普通人有枪是有罪的。保罗笑说，谁会不知道，地球人都知道。我是落地买的，我也是用的胡葵。许白黑做射击状，他问道，保罗，你担心我？保罗微微颔首，许，谁不知道呢，这里多次发生暴力伤医事件，甚至有医生被杀害，我要你保护好自己。

许白黑说道，保罗，我们的职业是驱魔人，以医学的名义。保罗说，工作时我是战士，不停地杀来杀去，我已杀死无数个患者的心魔。呵，他们不会知道，他们的医生难于自救哦。许白黑苦笑，他说，心理疾病患者的共性，是过度关注自身。我的很多患者不肯就诊于其他医生，执意等我接诊。问诊时他们又总是不说实话，我的治疗无比劳苦波折。我不能对每个人用药，进行催眠，因为多数患者达不到催眠治疗的医学标准。保罗说道，不说实话的患者，为何来看心理医生。许，你可对该类患者实施拒诊，根据国际心理医师条例，这是医生的权利。

许白黑叹气，没法拒诊，该类患者超过九成。治疗如同游戏，猜心游戏。每当猜中，他们会欣喜异常，啊，许医生真神，求你剥掉我所有的画皮吧，让我找回真身。保罗问道，要是猜不中呢？许白黑黯然，从没有过。你可知道，很多年轻医生都说，来这里来对了，这些患者让他们的医术飞速提高。跟我同样，他们也都被练成侦探了。保罗问道，他们是否惧怕暴力事件？许白黑想了想，说道，我的前任助理谢医生，她的白衣口袋里，有一小瓶喷雾剂，女子专用的自卫武器。我的助理宋医生，他擅长拳击，是在这里练成的。至于我的同学们，他们更高端，防范意识风雨不透，刀刀防，句句防，字字防。你猜怎样，差不多每个人都遭遇过医疗官司，或是暴力行为。

保罗忽然笑了，许，那位王先生，你给他用的什么药品?

许白黑也笑，最初级的药品，保罗，依据他的病情，只能是这个等级的。

保罗大笑，全球首例，你我联诊初级患者。许，为什么?

许白黑说道，因为他是龙头，他要这个效果，而我们给他了。

二十七

就如同所有的医院，就如同所有的医生，这些年来，心理医院也没能少得了所谓的医疗纠纷，以及医疗诉讼。医患纠纷了，相对好办，有关机构会做出相应的调解和处罚的，什么是调解呢，那就是就事论事，安抚患者了；什么是处罚呢，那就是追根溯源，处罚医院了。根源无处不在，要找毛病，那是谁都会有的，比如病历，心理医院的病历都是英文的，这就是毛病了，老毛病，大毛病。

许白黑拒不改正，找翻译？那是不可能的，那会泄密的，泄露患者的就诊信息。再说了，也没有什么样的翻译，可以承担这么专业的工作。如果真有，他会招致麾下，重金聘用的。可惜没有，从来就没有的。那就只能使用翻译软件了，可惜软件总是漏洞百出的，这就是出处了，毛病的由来和出处。国际惯例，国际医生，历来都是英文病历，许白黑不能要求他的医生们，把时间都用来从事翻译工作的。那就认罚吧，反正也没有多少，有李乘风在，那都是意思一下的。

医疗诉讼就不同了，都是要走司法程序的，有前提，那就是医疗司法鉴定了。按照规则，都是异地鉴定的。而那些鉴定者，当然都是具有相关领域鉴定资质的，比如精神病院的医生，当然都是大医院，名医生了。好悲催，心理医院没有输过，就医学角度而言。但是多多少少的，都要赔款的，以人道主义的名义，赔付给起诉方的。

心理医院开业以来，几十起纠纷了，十几起官司了。说不清道不明，谁也搞不明白，既然官司没输，为什么还要赔款呢？许白黑又请了两个大律师，专打医疗官司的。大律师解密了，许先生，国际医疗官司，那都是丁是丁，卯是卯的，专家说了算，陪审团说了算，法官是执行者，执行医学精神，那就是法律精神了。咱这儿不同，那都是司法机构全权裁定的，他们懂得医学吗？嘿嘿嘿。不错，咱们可以上诉，但是折腾啊，结果呢，赔十万改成赔七万了，有意思吗，还不够我的差旅费呢。

许白黑笑说，那可真是的，那就给吧，反正也不多。律师先生，你可知道，烂柯山心理医院总院也有过医疗官司，二十年，两起，都是胜诉方。我的分院破纪录了，也好，我们就当作常态吧。律师也笑了，许先生，你想得好美。这些年了，咱才十几起官司，这也配叫常态？你可知道，就你母校的附属医院，咱这里最大的综合医院，每年要打多少起官司吗？嘘，我来告诉你吧，去年是 278 起，赔付款两千余万；前年是 301 起，挺好运的，赔付款没超过两千万呢。

许白黑说道，我只关心一个问题，当事医生会怎么样？律师竖起大拇指，要点，直插要点。咱这里的当事医生吧，有些会做私了，自家赔钱，对方撤诉，保名誉，也求个清净。真要闹大了，捂不住了，那就要看医院了。有的医院走公款，有的医院罚医生，还有第三种，医院出大头，医生出小头。许白黑说道，那好，你们的工作执行两个要点，全权代理一切相关事宜，非是绝对必须性质的，我的医生不出头，不露面，不上法庭。其次，直接对接财务，涉及具体数字，在这个院子里，只有我知道。律师说道，明白，照办，许先生放心，所有医生放心。我的高薪，我是配得上的。

医疗暴力事件，在心理医院还未曾发生过。但是许白黑知道，根据统计学概率，那是迟早的，也是必然的，不论保安措施有多么严密，那都是要发生的。概率这东西，于整体而言是科学概念，于个体角度却如玄学，就像战场上的死亡数字，若是达不到全覆盖性质，那么它对于整体战局，或许是毫无意义的，然而作用于战士，每个战士，那就是全部了。许白黑和宋定睛探讨过这个问题，他说，定睛，当它发生，我必是首当其冲的，破零，必自我始。宋定睛说道，老师抽屉里有枪，两秒钟可以上手了。还有我在，咱们有备无患的。

许白黑没有告诉保罗，他早就买了同样款式的手枪，那把枪就在他诊室的抽屉里，每天都在。保罗的那把枪，他送给宋定睛了。宋定睛讶异，老师，为何喜欢老式手枪？许白黑笑说，跟保罗学的，他说新式手枪只有技能，没有情调。宋定睛喔喔，这么说来，是不是坦克也要比比风度了。我喜欢豹二，也是老版的。许白黑说，定睛，关于武器，有部电影，《决战中途岛》，那里是有着终极答案的。宋定睛说，老师，同见。许白黑说，定睛，今日开始，我们联手接诊吧，所有病案。宋定睛喜出望外，每例？许白黑貌似开玩笑，每例，为了医学，也为了安全。

许白黑一语成谶了。

上午的第二个患者，石星火，是个从事 KTV 行业的老板。本市有多家连锁 KTV，叫作错不了，全是他的产业。他是在半年前开始治疗的，经诊断，他被确诊为双料患者，抑郁症中度加精神分裂症轻度。表现症状较为复杂，就像那种干果零食包一般，正常状态下是干湿分离的，可是一旦遭受了重大刺激，那简直就是撕开了封条，发病状况立即演化为混合版的，家人和手下都对付不了。

所谓的江湖弟子江湖老，江湖大佬也是同样的，石星火是不是大佬呢，他以为他是的，从里到外都是的，从行事风格到举止做派，人生无处不江湖。快意恩仇，只为吞并，他吞并了很多人，他赢了他们。他也被吞并过，被高墙吞并过，吞了两年，才出来的。干回老本行，还是老套路。走在这条道上的人，都是要打伞的。石星火有伞，是把老伞，无问黑白，合作痛快，称兄道弟的，还真像是兄弟了。

没想到的是，他的伞出毛病了，天气原因，很多伞都是这样的。伞被监视了，非常规监视，是大脑被监视了，以某种芯片或光束的方式。可是伞的头部，并没有被植入的痕迹，那就只能是传导方式了。关键是这种方式超出了伞的认知范畴，在这个领域，伞是行家呀。

非常状况，非常手段，伞有两个选择，要么脑瘫，要么正义。每时每刻，所思所想都必须是正义的。伞好苦，再不敢想别的了。行路难，最难是晴天。石星火被抛弃了，几次去找伞，伞都不认识他了。就像从没有过任何交集，就是两个陌生人了，路人甲乙了。

石星火动作了，拜了把新伞，青壮派新伞，厚实紧密，又大又圆。夏天夏天悄悄过去，留下小秘密，你心里我心里，怎能忘记你。秋天来了，新伞失踪了，确切地说，新伞进去了，被撂进去了，栽了。石星火被查了，他懂规矩，他是阴阳师，哪套规矩都很精通。于是，他就成了无辜的了，无辜的民营企业家。

错不了 KTV 照常营业，每晚如是。石星火病了，犯病了，旧病复发了。发起病来，就要砸场子，自砸场子。桌子椅子酒水吧台，什么都砸，那可不是作秀，是真砸，朝死里砸。他并没有失控，他是挨着砸的，连锁店，轮流砸。暴力现场从无客人，他很会选时间。他的手下没人敢动，他不许他们动弹，只准许他们观看。砸完了可不是剧终，他还要盘点的，盘点直接经济损失，少了也就罢了，多了可就不得了了，他会酗酒的，用一只洗脸盆，一头扎进去，不见底，都不抬头的。

酒醒了，总是在医院，十三院。都是老相识了，这里的好多医生都给他看过病，他们都认为，他是没救的，应该长期住院，进行强制性质的治疗。石星火可不信邪，他觉得自己还不够住院标准，他才够得上的，伞。念念不忘，必有回响，他果然看到了，他的伞，老伞，是来取药的。石星火叫他，伞不说话，掏出张小纸片，写了几个字：我的大脑被监视，我要吃药，把脑子吃瘫。

石星火哈哈大笑，扬长而去，直奔心理医院。挂号是个难题，许白黑的号挂不上，要等，等到后年 6 月才有的。护士建议他换个医生，石星火才不呢，他只认许白黑，江湖传言，许医生出手，万千大悲咒。这是有来历的，据说是个媒体精英，见到了红衣女鬼，鬼上身了，到处请神，求医，都没用，女鬼不走。到了这里，就两次，哇，精英说了，什么女鬼，那都是幻觉。

石星火要插队，立即就医，他的办法最原始，也最有效，飞快地，他把自己给剥光了，就剩一条内裤了。几个护士围住他，保安也来了，石星火淡定问道，许医生接不接诊，我要裸奔了。

如此，石星火如愿以偿，见到了许白黑。

这是半年前的事了。

经综合评估，许白黑认为，石星火是可以医治的，有望痊愈，但这也是有前提的，前提就是石星火的背景环境，以及求治心态。背景状况如果遭遇巨变，那是任何医生都无能为力的。至于求治心态，在于医生对于患者的精准把握，以及双方的定位意识。石星火可以胁迫医生接诊，豁得出去，他是绝境心理了。能有多绝呢，那真是绝杀的绝，这样的人物，他是不会自杀的，他只会杀人，杀谁呢，没准儿。当他彻底崩盘，谁在他跟前，他就会杀谁的。所谓激情犯罪者，多是这样的人格。

对于石星火的治疗，许白黑并没有很破例，也并非太常态。开始是每月两次，他会根据他的状况，对治疗方案，以及用药，进行适度的调整。后来相对稳定了，就不再调整了，走常规。石星火恢复得不错，他没有恨意了，谁也不恨了，连自己都不恨了。他甚至赎回了热爱的感觉，有些用力过猛，不光大钱，小钱也爱，抠得很，连只烟灰缸被打破了，都要从保洁员的工资里扣出来的。

他是个懂得尊重医生的患者，每天按时吃药，尽管烟酒成瘾，但在服药前后的半小时，还是相当自律的。在石星火看来，许医生是什么人呢，那都不用说，他是超值的，值得裸奔，为他裸奔。

伞也在用药，十三院的药，好几种药，西药加中成药。不知道为什么，伞是越来越糟糕了，怎么用药也没能脑瘫，阵发性麻木是有的，但是，没用。绝大多数的时候，伞的思维反而更活跃了，只想正义是不可能的，总会想起的，都是那些不能够想起的往事，暗黑的往事。伞撞墙了，头破血流，还是不行，还是会想。到底是谁在监视自己呢，放眼周遭，那是看谁都像的。伞不肯绝望，死撑，待变。变数是不断的，于是，好多好多的伞都不见了，风流总被雨打风吹去，这是伞的结局，几乎是必然的，无论被动，还是主动。伞去了，去自首了，这一天，是伞的60周岁生日。

很快，错不了KTV总店，及旗下所有连锁店，全部都被查封了。据多家媒体发布的原因，乃是扫黄行动。许白黑当然知道了，每晚临睡，他都要看看手机的，他不认为石星火还能出现，出现在心理医院，出现在他的面前。

次日，清早，七点半，许白黑进医院，上楼，脱掉外套，穿上白衣，宋定睛进来了，神色有些异常，他说，老师，石先生来了，今天是他复诊的日子。许白黑深呼吸，定睛，此刻的石老板，无论如何都不应该出现在这里。宋定睛问道，老师，我们应该怎么办？许白黑说，患者都来了，医生还能怎么办呢，接诊吧。

许白黑伸手，推开诊室的门，这里的灯光历来都是幽暗，而又柔和的，他早已适应了这种色差，如若黄昏将尽的时刻。但是，他看到了雪光，一束雪光，扑面而来。这是刀，是刀锋，雪色的刀锋。

这是石星火的刀，果刀，KTV里用来做水果拼盘的果刀。这把刀紧握在石星火的手中，笔直地刺向了许白黑的前胸。

就在那电光石火间，许白黑后退了，退了两步。他的手中，已然亮出了武器，是一把枪，藏在白衣口袋里的手枪。许白黑喝道，住手，不然我要开枪了。

石星火瞬间石化了，石化了几秒钟，迅即复活了，他喊道，许医生，我要杀了你，你真该死。许白黑说道，你试试，冷兵器对手枪，都是废铁。石星火大叫，有种你开枪啊。石星火向前逼近，许白黑没有后退。他闪身了，这一闪，就闪成了二合一了，他的身后是宋定睛。两人同时出手，就那么一下子，便放倒了石星火。

早就商量好了的，他们甚至还演习了一遍，在许白黑进诊室之前。许白黑负责下盘，宋定睛负责上半身。结果是分毫不差的，石星火被制服了，动弹不得了，刀也脱手了，飞到墙角了。许白黑说，石先生，杀医生，为什么？石星火咬牙切齿，你个汉奸，你个杂种。我死，我要你陪葬。许白黑说，我很遗憾，石先生，对于这个结局。石星火号啕痛哭，嗷嗷，嗷嗷，就像是野兽那样。

警察来了，呼啦啦上来了好几个。他们早就到了，来找张副院长调查石星火的就医情况。正说着呢，接到指示了，石星火就在楼上，就在许白黑的诊室。于是乎，恰似那猛虎下山，利剑出鞘，咔嚓嚓，枪都上膛了，张副院长要带路，带队的警察一把拽住他，挺身而出，危险，我们上。张副院长蒙了，但是职责所在，他也是毫不退缩的，于是争先恐后，一队人马，打着手语上了楼梯，神兵天降了。

迎接他们的，是歌声，石星火躺在地上，高歌不止，唱的都是串烧歌，东一句西一句的。这是典型的自我封闭状态，他对任何人都视而不见了，警察都成了空气了。警察出手，石星火被铐上了，手脚都铐上了。但是他的嘴成了问题了，没有专业工具来堵的。暴力执法，那都是传说，警察是绝对不会这么做的。警察说，许院长，我们要带走他。但是这样不行，请让他住口。

许白黑对警察说，他是精神分裂症患者，有严重暴力倾向，刚才对我行刺未遂。这种状况，必须强制治疗，送到十三院去。警察问道，拒捕装疯的多了，许院长，怎么证明呢？许白黑指向走廊上方，他说，这里的每间诊室，对面墙上，都有摄像头的。这就是证明，所有过程全程在案。警察立即调阅了资料，同期传输，进行请示。

石星火被注射了镇静剂，最为顶级的镇静剂。他的歌声中断了，他唱不动了，却也没有昏迷过去，还在哼哼着。警察问道，能不能再打一针？宋定睛摇头，涉及患者各项身体指标，我们只能严格按照计量单位用药。带队的警察接了个电话，到楼梯拐角去接的。很快回来了，他说，这样，许院长，先送他去十三院吧。我们一起去。许白黑说道，警官，我要落实清楚，他是患者还是嫌疑人。如果是后者，那是你们的公务，我就不去了。如果是前者，他已丧失反抗能力，请你们把他松开。

警察说道，许院长，关于这个问题，我个人无法回答。许白黑说道，我理解，你松开他，我就去。警察迟疑片刻，还是照做了。许白黑又问，警官先生，这是什么行动，是不是叫作扫黄打非？有人没忍住，扑哧一声，笑出声来了。警察咳嗽，解释，许院长，这是扫黄，不是打非。打非不归我们管，是要多部门联动的。宋定睛赞叹，警官先生，我们见过各国警察，就是没见过这样扫黄的。

到了十三院，石星火简直就像是荣归故里了，当即就被收治住院了。他的费用，是由心理医院垫付的。就是那么巧，他的家属都去外地了，就在前两天。警察带走了石星火的所有病历，心理医院的，以及十三院的。

老胡来找许白黑了，开口就问，白黑，那个黑老大，整天都在发誓，出来就要杀了你。许白黑摇头，老胡，他不当大哥已经很久了。他是你的患者哦。老胡摇头，到了我那里，没有人这么嚣张的，过头了，白黑。许白黑说，那是你们治疗不力，针对该患者的特殊症状，我派宋医生前往会诊，算是我们的联合病例，胡院长，你是否接受。老胡连声的，真是再好不过了，许医生。

也不知道为什么，许白黑上了热搜了，关键词两个，患者杀人以及汉奸医生。他成了焦点人物了，为此，医院门口加强了保安，非是患者不得入内，不然那些小网红都会闯进来的。许白黑常看手机，一看就乐，乐不可支。李乘风急了，密约，速见，地点是在路上，车里。李乘风问道，为什么不出来辟谣。许白黑回答，乘风，所有资料都在警方手中。你想想，谣言是怎么出来的，又是怎么发酵的。我为什么要辟谣，我要那些造谣者辟谣。

李乘风问道，是谁，他们是谁？许白黑说，我跟谁有仇，没有。我跟谁有竞争关系，没有。那么你说，还能是谁呢？李乘风恍然大悟了，惊呼，我知道了，唯有利益可以解释一切。白黑，你要是怕了，彩虹药业就卷土重来了。别动，不理，让他们自己删帖去吧。许白黑得意，乘风，区区彩虹，还没这么大力道。汉奸哇，这话要是收不回来，你觉得谁会兜不住呢？李乘风猛拍方向盘，几乎就要笑岔气了。

二十八

黑暗无处不在，就像光明那样。石星火见光了，两个月后。原因呢，等于没有原因。石星火得到准确线报，伞薨，就在看守所，大半夜的，天亮的时候，都凉透了，经查，死因是心梗。谁还没几个手下呢，石星火的手下得力极了，替他钻了被窝，蒙头大睡，就在十三院的病房里。

许白黑的手机，都是清晨响铃，定了闹钟的。半夜几乎没响过，是夜不寻常，滴滴沥沥的，是雨声，是铃声，都有些分不清了。他的铃声就是雨声，听雨听了好久，听出来了，不是雨，是铃。他用的是翻盖手机壳，翻开来，偶尔会有惊喜的，就为着小小的概率，他没有换成那种一目了然的外壳。

看了眼屏幕，许白黑下床了，都没接电话，先穿衣，他是裸睡者，他穿上了外衣，挺正规的。医生见患者，即便是在家里，也是不能乱穿的。他拉开门，太对应了，门外这位，穿的是病号服，正是石星火。

石星火先还钱，他的住院费，两人交接完毕，他终于说出来了，许医生，我来谢谢你，把我送进去。许白黑不理他，压根就不搭腔。石星火追问，你是怎么发现的？许白黑说道，那把刀，没有刀尖，是个平头。你要真想杀我，不该用刀头刺，应该用侧锋，刀刃。位置也不对，应该是颈部大动脉，而不是前胸。

许医生，对不起，外头的事情我都知道，连累你成汉奸了。石星火攥紧拳头，问道，是谁干的，迟早我替你出了这口气。

许白黑笑眯眯的，石先生，我以为你是草莽，没想到这么有文化，这个词选得太精湛了。那几天，我的小学照片都被扒出来了，我的家人都吓坏了，以为时光倒流了半个世纪啊。事情过了，前后七天，那些东西一下子就消失了，你应该也知道了，不必执着，算了。

就这么算了，也太窝囊了吧。石星火问道。

许白黑伸出手指，一指禅那样，点了点石星火的胸前，那件病号服上，是印着字号的，十三院的字号。两人都笑了，颇有几分同是天涯的意味。

石星火说了句很奇怪的话，许医生，再过几天，我就出院了。重操旧业，不能再拖了。许白黑点头，不置可否。石星火吐出口气，许医生，没有金盆洗手那回事，我是不可能改行的。但是我可以换法人，换名字。法人换成我老婆了，产业照做，现在叫作黑木崖KTV了。

许白黑嗯嗯，石先生，这名字不错，不过你最好多准备几个名字。你可知道山口组，这个组织已近消亡，自然过渡，白化了，但他们从没有换过名字。石星火嘿嘿，吃寿司的跟吃馒头的，吃法不同啊。许医生，我想继续治疗，求你了，收下我吧。

许白黑说道，石先生，暂缓吧，不要那么急。石星火大言不惭，用不着，许医生。我已经安全了，放心吧。许白黑点头，那好，要我治疗，你先减肥二十斤，医学角度，身体负担太重，会影响治疗效果。石星火气急败坏的，我有什么办法，十三院的破药，把人都吃成了气球。也没有医生跟我聊天，他们说起话来，要么像是哄小孩，要么像是训犯人。只有宋医生来了，是把我当人看的。许白黑说道，换位思考，他们每位医生要同时治疗多位患者，就像流水线。

石星火发誓，给我半个月，甩掉二十斤。回见哈，许医生。

行刺事件，像是过去了。那把枪，在许白黑的抽屉里，封印了，再没拿出来过。他是绝对不允许自己的白衣口袋里，揣着把手枪的。石星火用了一个月，减掉了三十斤，重归许白黑的诊室。诊室还是那间诊室，主角换了，宋定睛成了主诊医生了，许白黑成了坐镇的了。不到要害时刻，他是不会说话的，但是他在，整个疗程，从不离开。

宋定睛问道，老师，为什么要这样呢？许白黑说道，因为你有能力治愈他。宋定睛说，老师，我知道，亨德斯医生全球巡诊了，连我的同学都跟他有了联合病例了。老师正当年，难道也要这样吗？许白黑摇头，我和亨德斯这么做，不是为了给你们病例，所谓联合，旨在提升，关乎医术，无关其他。

宋定睛说道，有个名词，叫作退出江湖，老师，我若是石先生，我会这么做的。许白黑问道，定睛，从古至今，有过江湖吗？如果有，那是现象，那不是真相。两者之间，有一层蝉翼，洞穿了，你就不会再相信武侠了。宋定睛说，老师，你伤感了。许白黑说道，是的，我也年轻过，相信过，就像你这样。

整个卫健委，只有两个人对李乘风的称呼是不同的，老郭和唐希。老郭叫他老李，从认识那天起。唐希叫他李主，从提拔那天起，人前人后都是李主。唐希成功晋升了，成为卫健委副主任了，排名最后。手下对他的称呼是唐十三，唐希十分纠结，他对自己的预期是唐二。他是有着相对的把握的，如果没有意外，排在他前头的那些人，有人会退休，有人会二线，有人会调动。还有几位比较麻烦，跟他差不多的年纪，差不多的资历，熬是熬不走他们的。

那就只有出手了。唐希不敢出重手，出重手是会产生连锁反应的。连锁会连到谁的身上，他都不用过脑，用手指头都能理清楚。经过逆向排序，和反复算计，唐十三选定了首个出击对象，胡八。

胡八是女人，是有后台的，只不过她的后台退休好几年了，本来还是有余威的，却被查出了癌肿瘤，是癌中之王的胰腺癌。

整个过程太简单了，唐十三给有关部门发送了一段视频，胡八与情人在酒店开房的视频，当然是以匿名方式发送的。这情人是胡八的手下，小肖，还不到三十岁，副主任科员。胡八被撤职了，只是撤掉了实职，仍是有资格参加小会的。唐十三如愿以偿，成了唐十二，小茶杯也换了，换成保温杯了，也不喝白开水了，喝起酥油茶了。

李乘风对唐希说，希，太下作了。市直系统传遍了，她男人多年来都装不知道，这下好了，装不成了，离了。两个家庭都离婚了。唐希痛心疾首，李主，我也是没办法，别的事情都会牵连无辜啊。李乘风铁青着脸，收手，听见了没有？唐希郑重地，放心吧，李主，我知足了。李乘风哼哼，知足，你就不是希了。我都不知足，你会知足？唐希说，李主，老郭很知足，我派他参加市直机关文体比赛，下棋得了冠军，奖金两千块，他都买成大墅烟了，10 条。李乘风吃惊了，大墅烟不是 5 元一盒吗？唐希哇呀，李主，早就升级了，最贵的 20 元。大墅烟把那个巨轮烟给兼并了，老郭没跟你汇报呀？李乘风说，希，老郭就个保安，别总跟他较劲。

李乘风和许白黑和好了，按照既定计划，走棋似的，一步步和好了。不出李乘风的预料，齐彩虹果然老话重提了，要求李乘风帮忙，让彩虹药业再度挺进心理医院的药房。李乘风以友情破碎为由，拒绝了。他对齐彩虹说，人家比咱牛，惹不起了。你当他还是初来乍到呀，这几年他治好了多少人物，都是大人物啊，我压不住他了。齐彩虹说道，压不住就攀呗，你俩有底子，多热乎热乎，情分就圆了。李乘风耳语，那回咱闹的，他跟我分心了，帮不了你了，妹子。

许白黑收下了一盆花，又是无名氏送的，派人送过来的。这盆花叫作爆珠，这花名副其实，几十朵花苞是在半个下午悉数盛放的，花开之快，如若有声，哔啵哔啵的，像是蜡烛燃烧，滴落了烛泪。花朵不大，拇指大小的样子，如同珠子，极为圆润，花瓣重重叠叠，每片都是半透明的，似水晶，也似琉璃。许白黑从没见过这样的花，深嗅，是迂回婉转的乳香，假使闭上了眼睛，他会以为桌上放了杯温热的牛奶。宋定睛低语，像是怕会惊了那些花朵般，老师，我查不到，这是奇花啊。许白黑轻声说道，定睛，你在医生群里发布一下，请大家都来赏花吧。

无名氏和许白黑的通话，数载若转瞬，每周一早晨的六点整，许白黑会接到无名氏的电话。六点十分就挂了，都是无名氏先说的再见。两人什么都聊，像是很随意，又分明是句句走心的。先是半年的光景吧，无名氏就派人来取药了。无名氏用药，始终都是断断续续的，也就是说，无名氏不肯长期用药。只有在承受不住的时候，他才会有所诉求的。许白黑用药从不破例，每次无名氏派人过来，许白黑只会交给对方两粒药。来人是个中年男人，自称小耿，四十几岁的样子，从不多嘴，也从没问过费用问题，许白黑也没有提过。

无名氏的名字，是他自己命名的。两人的对话极为奇妙，许白黑说道，老先生，涉及高等级管制类药品，我必须明确你的信息。无名氏呵呵，小朋友，无名氏这个名字，你喜欢不喜欢？许白黑哎呀，我最喜欢这个名字了，又让你抢走了。无名氏爆笑，你喜欢也没用，谁让你有雪山案例呢。天下万苦，成名最苦哦。许白黑笑说，那还真是的，所以要吃甜食哦。

许白黑是有备注的，备注了无名氏的用药状况，就在自己的手机记事簿里。上面记得清楚，无名氏，索药 64 次，取药 64 次，共计 128 粒。至于费用，许白黑当然不会走空账，更不会作为损耗，他都是付费的，并且留了底联的。有时候，小耿也会给许白黑带点小礼物，让他无法拒收的小礼物。就像这盆爆珠，小耿只是说了花名，就随手放在了桌上。

许白黑从没有向无名氏道过谢，这回不同，他实在太好奇了。他说，老先生，谢谢爆珠。我特别想知道它的来历。无名氏故作神秘，小朋友，有座山比珠峰还要高，只不过它长在海中，故而不为世人所知。这盆花就来自这座山。许白黑笑了，你就编吧，我去过那里，没有这种花。无名氏乐不可支，那你还问，我就不告诉你。

许白黑抱怨，那你为何要在花盆上题字，一看就是铅笔写的，惜春无解药，且问赏花人。无名氏问道，这诗怎么样？许白黑回答，不好，比李白差远了。无名氏哈哈，说，都怪你，教给我一身毛病。我昨天喝了好几杯咖啡，兴奋极了，头发都奓起来了。许白黑回答，根据小耿每月送来的体检单，你的各项指标都相对正常。单看指标，你不像63岁的人。还有，你应该庆幸，你还没秃。

无名氏幽怨，你我都清楚，指标不是一切。比如创伤和记忆，指标是不会呈现的。许白黑问道，老先生，你每晚要用几片安定？无名氏惊呼，你都知道了？许白黑斟酌着，我给你的药品，很快就会停产了。没有人可以抗拒它。只有你是间歇性用药，必有其他药物作为辅助。我猜是安定片，对吗？无名氏回答，是的。你的药品太完美，它是不会长命的，必遭封杀。我不敢依赖它，只能用安定片。小朋友，不是每晚，是每天，白天。当我需要，我就会用的。

许白黑说道，我有个同学，也是这样。他昨晚六片安定，还睡不着，又来找我了，我给他推了支镇静剂。无名氏语气感伤，你们彼此信任。许白黑说道，是情如手足。无名氏问道，那你怎么不给他用我这种药品呢？许白黑直言，因为他不是你，他会每天向我索取。

无名氏超时了，六点十分，他没有说再见，也没有挂电话。电话两头，都是无声的。良久，无名氏开口了，你家里为何会有镇静剂？许白黑说道，自备的，但是我还没有用过。无名氏又问，小朋友，你依赖那种药品？许白黑回答，曾经是的。现在我在尝试停用，很难，还有渴望，像对情人。无名氏说道，你说过的，你没有情人呀。许白黑回答，是没有，假想有，不可以吗？无名氏说道，我也爱过，好久以前了，就像上辈子。许白黑哇呀，荡气回肠，我就没有。我得到了最爱。我和你，谁该羡慕谁呢？

无名氏说，小朋友，老来谈爱情，还怪有意思的。许白黑笑说，教你个名词，这叫自嗨。无名氏说，再说一遍，让我记下来。下次咱俩自嗨。许白黑大笑，没这一说，你可别出去说，那就闹笑话了。无名氏叹气，我很少出门，出门也很少说话的。许白黑说道，我每天都出门，要说很多话，以前会说错，现在不会了，想错都不会错了。许白黑说了再见，就要按键了，可是他听到了无名氏的声音，是我放手的，我和她。

齐彩虹又来了，许白黑还真没见过这么难缠的，他只能是以不变应万变了。齐彩虹显然是刻意打扮过的，桃花粉面，暗香袭人，乍看也就四十岁不到的样子。许白黑给她倒茶，齐彩虹却说，白黑，来杯冰水吧，我上火。你看我愁的，皱纹都出来了。

齐彩虹的脸，探到了许白黑跟前。许白黑还真就看了，非常认真地端详了。这是一张绝对标准的美人脸，可惜不是原生态的。暗地里，李乘风是把整形称为装修的。用他的话来说，齐彩虹的脸，那可是进行过全面装修的，而且还是精装修。她的皮肤和五官都是无懈可击的，神态也颇具少妇风韵，举手投足都是烂漫的。唯有眼神，顾盼之间流转的眼神，标出了她的年轮。

眼睛历来是整形医生的克星，医生所能做到的，只是周边的功夫，比如眼皮和眼睑，以及眼袋。至于眸子，整形医生的口头禅是，要想眸如星，早睡少做梦；要想眸如水，少吃多喝水。齐彩虹牢记医生的叮嘱，每晚都睡得很早，早晨的早；常年节食，每天都要喝水，大量补水。她的全身都挺水的，补水补的，可惜眸子是个例外。她的眸子是干涸的，黑眼珠毫无神采，白眼珠如若流沙。

两人目光交错，齐彩虹当然明白自己的短板。扬长避短，她挺了挺胸脯，直挺到了许白黑的视线当中。许白黑下意识地扫了一眼，这下不当紧，他又发现了问题，相当严重的问题。齐彩虹太贪心了，她居然把胸脯做成了欧式的，远远超出了黄种人的正常身体比例。

齐彩虹错解人意了，把胸脯挺得更高了。许白黑退无可退，只能开口了，彩虹，你看起来就像我的晚辈。咱们是同学？我都不信。

齐彩虹即刻站起来，原地转了一个圈，这下许白黑观赏到了她的翘臀，和胸脯相对应，当然也是欧式的。她的腰肢依然很细，可惜太硬了，不够柔软；大长腿是做不出来的，但是高跟鞋可以补差。许白黑目测她的鞋跟，得出的数据是15公分。齐彩虹嗔道，你看看，我都老成什么样了。许白黑心惊肉跳，只怕她不小心跌倒了，那会骨折的。许白黑由衷地，快请坐吧，小姑娘。

齐彩虹不肯就座，就那么站着，悠悠叹道，我这都是硬撑的，看着岁数小，心里可老了。红颜命薄，就为了打江山，两个男人都不理解，都离了。我同情他们，高学历拯救不了小农意识啊。多少年了，男人堆里摸爬滚打，我死守一条，绝不破底。你看李乘风，那么卓越的男人，对我用情至深，可我只把他当大哥看待。女人要没底线，别说男人，自己都会看不起自己的。

齐彩虹忽然哭了，两行眼泪逶迤着，脸上泪痕深深的。许白黑赶紧递纸巾，齐彩虹却是不接，她轻轻推着许白黑的手，两只手就推来推去的，推成了交缠的态势。许白黑缩手，把纸巾盒子推给她了。

齐彩虹抽出纸巾，轻轻往眼角印了印，她说，不怕你笑话，真是走投无路了，白黑，求你了。竞争惨烈，彩虹药业上千号人，都靠着我呢。我最懂你了，有情偏要装无情。其实，我也是这样的，我心同你心，两心同一心。

许白黑深吸一口气，他忽然问道，当年为何辞职，医生不做了，要去办企业？

齐彩虹抽泣，太难了，也太穷了。宿舍十几平方米，两个人住。上班连轴转，下了夜班走不了，干不完的活，都是杂活，没有出头之日的。呜呜，眼科女医生，说出去多体面，可我连件像样的衣服都没有。

许白黑说，光我们小班，从医院辞职下海的三人，调动转行的四人，做医生太难了。不过大多数人并没有放弃，都从小医生，干成了大医生了。彩虹，咱们还是相互理解吧。我真是爱莫能助，心理医院用什么药品，不是我当家了。我的老师亨德斯全权授意，我只能谨遵师命了。

齐彩虹说，那咱俩去趟美国吧，求求亨德斯，让他接纳彩虹药业，我会厚谢他。至于你和我，情归情，路归路，咱们并轨而行，好吧？

许白黑望着她，实在是无话可说了。

白黑，你和亨德斯是合伙人，每年利润共享。可你比他付出更多，没理由都听他的。齐彩虹说，要不，这样吧，可以操作的，你让彩虹药业入股心理医院。咱俩联手控股，不就都成了你的了。

许白黑怎么也没想到，齐彩虹会甩出这么张底牌，他忽然有种很不祥的感觉，是为着李乘风。合作几年了，他从来就没有得过齐彩虹的好处，他知道规矩，也没打算跟她走规矩。他以为她的规矩，会以双倍的形式，全都走到李乘风的身上。可是没有，在彩虹药业的规则里，李乘风也是个赤手空拳的，什么也没有得到过。和她作盟友，那都不是钢丝上的舞蹈，简直就是蛇口拔信子，沾着了，都是毒。

齐彩虹从洗手间出来了，补了妆容，嫣然浅笑着，款款移步，移到了许白黑跟前。轻轻抱起他的胳膊，左摇摇右摇摇，前摇摇后摇摇，许白黑不动声色地退后半步，就势抽回了胳膊，他已经感到了那两团巨乳的热度。齐彩虹变戏法似的，塞了张卡片在他掌心里，她踮起脚，贴着他的面孔，耳鬓厮磨，吐气如兰，白黑，青纱帐里没有秋，只有人间四月天。

余音袅袅，齐彩虹已不见了，走了，她终于走了。

许白黑打量那张卡片，这卡片并不寻常，小小的，只有打火机那么大，却很坠手，两百克都不止。银色的，不是白银，而是白金，成色最纯的白金。这是一张房卡，本市某会所特制的房卡，属于一次性用品。这里的会员是分级别的，以金属来划分级别。这家会所的名字，就叫作青纱帐。许白黑进过这类场所，跟着李乘风去的。在他看来，这些都不是会所，会所是某些人物的聚会场所，可供娱乐和消遣，但有度数。过度了就不是会所了，就成了马戏团了，跑的不是马，都是人。他有践踏感，人对人的践踏。他封杀了这种地方，在这里。

许白黑叫来宋定睛，说道，定睛，涉及药品，你去处理吧。请去我的库房，取出那只马桶，亲自送到这个地方，交给这个女人，这是我的回礼。这个白金入库，卖掉。换成动物口粮，估计得有两吨了，不，都买成罐头吧，它们没有自由，没有明天，那就吃好一些吧。

宋定睛说道，老师，从没见过你动怒。许白黑用湿巾抹脸，他问道，我明明赚了，马桶换白金，死货换俏货。高兴还来不及呢，我怎么怒了？宋定睛说，老师，你的声音如同破冰，我听了都发冷。许白黑呵呵，定睛，你又进步了。来，用我的手机，你帮我拟稿，两个准则，我不去，也别让她觉得打脸了。宋定睛手指翻飞，读出声来，我的女王，我爱七月七，待那日，金风玉露醉青纱，羊脂美玉映桃花。

二十九

许白黑赞许，厉害了，定睛。你加了一条，以物易物，谁也不亏。宋定睛认真了，老师，其实是你亏了，白金有价玉无价。我建议拆掉那只马桶的水箱，要不就亏大了。许白黑没法不怒赞了，他说，后生可畏，拆吧。宋定睛又说，我这就订花，雪山玫瑰，作为道具。许白黑嗯嗯，掏出车钥匙，开我的车去。定睛哇哇，最爱老师的奥迪，高大威猛，虎虎生风。许白黑明知故问，你的奥迪 A 系列要换掉？定睛回答，老师放心，咱们同款不同色，我买白色的。许白黑恍然大悟，听懂了，你女友不爱黑色，你呢，是嫌矮，要的是高度。

许白黑驾龄多年，他的座驾从来就轮不到他做主的，都是芝芝指定的品牌和车型，让他开什么车，他就开什么车。让他什么时候换车，他就得换，不想换也得换，都停在家里的车库了，敢不开吗？不仅不敢，还得无限惊喜，高呼哇，我爱它，请赐名。他的每辆车，都是有名字的，芝芝起的名字。让它叫什么，就得叫什么。最近那辆车，竟然是竹色的，翠翠的，新款，底座也低，功能超强，名字气死人，它叫地皮菜。大丈夫沦落至此，真是忍无可忍的。

许白黑是要反抗的，在这里反抗，在家里不敢。他的反抗就是奥迪，他爱奥迪，由来已久，就爱那种虎气，猫科动物的虎气。他买的是新款，奥迪 Q5L，黑色。宋定睛问过的，老师为什么不开顶级豪车呢？许白黑得意扬扬，什么是豪，豪情豪兴豪迈豪放，我就喜欢奥迪。名字我都起好了，我的叫黑黑，你的叫白白。为什么，乘风有灰灰呀，这都是爱。

宋定睛很快就回来了，他说，老师，幸不辱命，我是隔着房门做的交易，她在门里，我在门外。许白黑问道，定睛，你是不敢进去吧？宋定睛咂舌，是的，老师，我连头都没有抬，人家换衣服了，就像卷珠帘，我只看到了流苏，膝盖以下部分哦。许白黑笑说，总不能光脚吧，会所拖鞋也不行，都是平底的，我猜是凉鞋，女主持人那种。宋定睛悲鸣，老师，那双脚也是整过的，可是骗不了医科生，我得叫它阿姨脚。许白黑幸灾乐祸，定睛，别吹了，咱们只会看皮子，你可知道那些外科医生，光看内脏组织，就能报出年龄的，精准无比。宋定睛问道，那么李主任呢，他还行吗？许白黑点头，底子牢，太行了。

许白黑当然是有性经历的，不能说万紫千红开遍，但也足够称得上百花坛主了。初到美国，每天都是苦学苦干，累得像摊泥，可就是睡不着，想女人，想得浑身冒火，忍不了，就出去爬冰卧雪了，扎到成米深的雪堆里，闷上个十几分钟，回屋时，满口都是雪渣子。可是没用，还是想，只能是自行了断了。

是雪米莉解救了他，她也是服务生，两人都在那间码头馆子打零工。雪米莉是法国姑娘，来美国攻读法律专业的。她的理想高不可攀，全球一流的大律师。雪米莉是有男友的，但她总是约会许白黑。

约到第三次，许白黑赴约了。那晚，是在她的小公寓里。两人都没顾得上说话，整夜都在搞射击，雪米莉对他的称呼是火焰枪，天诛地灭的火焰枪。雪米莉是他的第一个女人，许白黑爱上了她。他向她求婚，雪米莉惊呼，不可以，我的丈夫不会是你，也不会是他。许白黑哀求，放弃他，嫁给我吧，没有你我会死的。雪米莉抚摸他的小腹，不，不是爱，是燃烧，男人和女人的燃烧。许白黑亲吻她的眼珠，落泪了，雪米莉，我再也不会爱别人了。

两个月后，他见到了雪米莉的男友。他惊慌失措，可是她不，她说，来吧，让我们一起吧。而她的男友说，哇，东方人，我喜欢。让我们做个游戏吧，看看谁能把法式面包给敲断。许白黑是逃走的，半路跌倒了，身上好几处瘀青，好久才退了痕迹。再往后，他又有过不少的女人，他与她们狂欢，却是再也不会爱了。都是红灯区的女人，他给钱，她们提供最为专业的服务，彼此尽欢，互不相欠。

是亨德斯要他这么做的。亨德斯说，许，是你的错。这只是性的索求，不涉及爱情。许白黑说，不，我真的爱她。亨德斯说，去吧，到你该去的地方去，醇酒美人，明码标价。许白黑说道，老师，我怕我会失去自己。亨德斯摇头，许，你会找回自己。

许白黑历来是个听话的学生，老师都这么说了，他当然就去了。去了几次，也就不觉得有多大兴趣了。最重要的，他找到了真相。人是不能挨饿的，尤其是男人，大好青春的男人。挨饿可不光是嘴巴的问题，上下两头，哪头饿了都得吃，吃饱了就什么都好了。

亨德斯问他，还有犯罪感？许白黑说，不。亨德斯又问，羞耻感？许白黑回答，再也没有了。亨德斯说道，仍然相信爱情？许白黑说，是的，渴望真爱。亨德斯笑了，许，在这个领域，你的毒素排掉了。许白黑问道，亨德斯，你的第一次是怎样的？亨德斯想了片刻，哦，我想不起她是谁了，我15岁。你知道的，关于生理学和性知识，我们从小就要普及的，是必学课程。中学时期都是要发放避孕套的，每所学校都是如此。没有人认为性是神秘的，都是可以公开探讨的。

莫名其妙的，许白黑揪心了，生疼生疼的，他的15岁，夜里会有正常的生理现象，他不知道那是什么，只感到耻辱，以及罪恶，不敢告诉任何人，最好的朋友也不敢说，没有人说，从来就没有的。

直至进了医科大学，他才知道那是常态，每个少年的常态。但是新的问题又来了，上解剖课了，男女同堂，他们好久不敢抬头，去看女同学的脸，因为女同学的脸色，都是赤红的。

许白黑有芝芝了，他们相爱了，他再没去过那些地方了。他知道那里的奥秘，奥秘就是快感，唯有快感，再无其他。此后，就都是芝芝了，他再也没有别的女人了。按照他们的理念，两性关系是可以随时产生的，但那是有前提的，自由人士。婚姻关系则是必须忠诚的，肉体的忠诚。若是忠诚不复，婚姻是会瓦解的，没有女人可以忍受丈夫的出轨，不管他是谁。

那么红灯区呢，那是另一个话题了，无论婚前婚后，男人都是可以去的。就像饭店，那里是提供食物的，食客多是饥饿者，以及猎奇者。那里的从业者，被称为性工作者，她们都是有执照的，营业执照，都是要做体检的，定期体检，授受平安。芝芝怀孕时，以及生育后，都是鼓励过许白黑的，鼓励他去红灯区，释放自己，许白黑去了没有呢，芝芝没有问过，他也没有说过，只有他自己知道的。

提及当初，芝芝总要骇笑的，白黑，那么多的账单，都是亨德斯请客？许白黑说，是的，他说什么都可以等待，唯独饥饿不能。芝芝顿足，雪米莉的巨乳真就那么美？许白黑反问，你初恋的小男生，他的肩膀真就那么暖心？芝芝跳到许白黑怀里，两人深吻，吻到一半，芝芝停了，悠然追忆，神往之至，初吻，我 16 岁，他也是。我们那时，谁要是没有恋人，那都是耻辱，没人喜欢你嘛，那还了得。许白黑喔喔，芝芝，你们好幸运啊。许白黑挺想痛骂的，对于自己的少年，以及青春，都没法开口了，因为没有什么词汇，是能够解恨的。

再见雪米莉，许白黑已成为名医了。雪米莉是他的患者，她是律师，但不是大律师，她无法释怀。许白黑没有拒诊，他说，按照行业规则，我可以为你引荐其他医生。雪米莉不接受，许白黑就收治了她。她仍是美貌的，但他再也不会沦陷了，就连分神都没有过了。雪米莉痊愈了，许白黑破例了，送给她一件礼物，是他的藏品，是她的鞋子，网球鞋。雪米莉说，许，你是爱过我的。许白黑说道，那是个误会，最美的误会。

男人在一起，总是要谈论女人的，许白黑和李乘风就常常谈女人。李乘风每次说到雪米莉，都是无限神往的样子，金发碧眼，雪白皮肤，哎哟，报一下三围呗。许白黑说道，你当我会告诉你，那是我初恋哦。李乘风大笑，妈呀，我房颤了。许白黑说，颤着吧，不过乘风，还有个秘密，幸亏她的鞋是43码的，跟我一样大，你猜我藏在哪里了，哼哼，家里的鞋柜，芝芝还以为是我的。李乘风前仰后合的，那么大，你也要，重口味啊。

许白黑都懒得接腔了，他们是在烤鸭店里，他埋头卷着烤鸭，吃了两个饼，他才说话，性吧，就跟烤鸭差不多，吃不着特别馋，吃多了特别腻。亨德斯四十八岁之后，再没进过红灯区了，够够的了。李乘风羡慕的，下次我去美国，带我去看看吧。

许白黑吃惊，你没去过？李乘风哀怨，都是跟团，最多也就是看看艳舞，看得流口水，又爽又难受。许白黑说道，好办，下次我请你，转遍欧美红灯区。李乘风惊喜，白黑，就跟芝芝说，你要去欧洲会诊，好吧？许白黑笑说，用不着骗她，我也够了。李乘风气坏了，那我怎么玩？许白黑拍拍胸口，包在我身上，找最好的给你。我在外头喝咖啡，等着你出来。

李乘风感动极了，两人碰杯，喝的是白水。李乘风又问，喂，你到底有过多少个？许白黑挠头，也没统计过具体数字，不比这盘烤鸭片儿少吧。李乘风神秘兮兮的，我比这盘鸭片儿还要多，信不信？许白黑问道，走心？李乘风果断摇头。许白黑又问，结账？李乘风有些尴尬，那倒不用，不过都是要给好处的，算是置换吧。许白黑拍桌子，那你还去红灯区？一码事嘛。

李乘风无言以对了。在两性关系上，他的经历可比许白黑要复杂多了。那些女人都是很纯情的，纯得都没法买单了。他的回报只能是资源，他给她们好处，各种各样的好处。他是慷慨的，出手历来硬朗，她们都赞美他是两头硬。事实上，她们也都算得上女中豪杰了，浑身都软，就是手硬。对于上床，她们分为两大类，上床之前给他钱的，以及下床之后给他钱的。李乘风也曾无地自容，后来也就惯了。要是不拿钱，那还怎么上床呢。

也有不谈钱的，那是两个老情人了，都跟了他十多年了。本来都是他的手下，关系稳定之后，他把她俩都给调离了。一个去了血站，也是副职了；一个去了本市的卫生护理学院，职务不高，却是个实权派。跟她俩上床，都是要谈谈工作的，就在枕头上谈，贴心贴肺的。早期都是先做后谈的，后来就变了，变成了先谈后做了，没办法，时光催人老，做完了，李乘风就谈不成了，得睡，速睡，死睡。

这两个女人都有家庭的，夫妻双方高度默契，谁也不会干涉对方，都拥有绝对的自由。两个女人还是闺蜜呢，时常交换些蜜蜡之类的小礼物。相约逛街时，两人会抢着买单，给李乘风带点可爱的小玩意。李乘风也有自己的原则，他是不吃窝边草的。如果吃了，他就会换盆，换了盆的草，总是春意盎然的。李乘风比谁都清楚，从医学角度，长期稳定并且专一的性关系，有助于男性的健康，身心健康。至于短期关系，那都是露水，天亮了，也就蒸发了。

也有过例外的，齐彩虹就是个例外。刚开始，他是很想真心对她的，老同学，老交情了，他是最重故人的，可是她不，就在青纱帐，她展露了所有的才艺。

之后，两人的关系就升级了，也更为密切了，都升成兄妹版本了。换言之，李乘风不再跟她上床了，他是这么说的，妹子，战略盟友，咱们同心同德，不谈风月吧。在那个刹那，齐彩虹几乎崩溃了，妆容尽毁，满脸是泪，都成了花脸了。李乘风拥抱她，也不由得哽咽了，彩虹，当年梦里无数回，都是你啊。

李乘风是帮过齐彩虹不少忙的，彩虹药业能够蒸蒸日上，李乘风也算是居功大焉。齐彩虹是个知恩图报的女人，没给李乘风送过钱，她送的是股，彩虹药业的股份。李乘风拒收了，不是为了情分，而是为了安全。齐彩虹身上压了多少个男人，他并不清楚具体的数字，但他知道绝不会少，并且都不是简单的人物。这么多人物当中，无论是哪个出了问题，彩虹药业都会遭遇灭顶之灾的。

李乘风可不想因此获罪，他只用齐彩虹来搞拓展，开疆辟土的拓展。为了拓展，齐彩虹也没少做投入，但是李乘风不怕，如此即便出事，也属于可控范围之内的。她花多少，他做多少，彼此心照，大致持平，他没拿过她的钱，从没有，这就是底气了。

三十

一只烤鸭吃光了，李乘风又叫了一只打包，连带两只鸭架子。两人各自上了车，开到卫健委附近，某栋公寓住宅楼的门口，停了。李乘风都没下车，许白黑左手烤鸭，右手纸箱，是那种大墅烟的整装箱，就上了15楼了。

老郭重感冒了，几天没上班了，下午都是输液，就在家里输的，护士来给他扎上，输完了，自己拔针。都是李乘风安排的，他告诉许白黑，我这单位吧，所有人都认为，唐希跟我最好了。白黑，你知道不是的。许白黑说，那是，都不知道灰灰，好什么好呀。乘风，你和老郭，那都不是好，那是铁。

老郭的屋子有些乱，台面上好多的东西，吃的喝的用的，无所不有。最打眼的是老郭的睡衣，蛋青色的绵绸睡衣，许白黑眼熟极了，这是芝芝带给李乘风的。许白黑手法娴熟，烤鸭放到餐桌上，两只鸭架子塞进冰箱，拉开壁柜，纸箱子入库了。老郭嚷嚷，老许，你是想让我得肺癌吧，没安好心。许白黑笑说，老郭，你每年两次排癌检查，指标杠杠的哦。

老郭说，老李跟我说，抽吧，不怕，真要是生癌了，你会让我享受富豪待遇，出国治疗，真要是没治了，你也会给我申请安乐死的。许白黑点头，老郭，我会，想抽就抽吧。我哥哥也爱大墅烟，我都不敢送，我嫂子不许他抽的。对了，我哥哥给你做了只烟灰缸，杂木块拼的，保你没见过，下回让老李捎给你。老郭问道，老许，你总这样，图个啥呀？许白黑反问，老郭，咱可都是灰灰的铁粉啊，骨灰级的。

许白黑下楼，上车，跟在李乘风的车后，都没问去哪里的。李乘风上高速了，四十分钟后，李乘风停车了，停在了某个洗浴中心的停车场。这里是邻市，县级市，许白黑都气笑了，乘风，不就洗个澡吗，至于这样吗？李乘风说，懂个屁，这里不扫黄。你说咱啥也不干的，要是光着腚让人查证件，还要盘问半天，多败兴啊。许白黑说，乘风，你需要多开眼，迟早带你去北欧看大游行，那是个节日，男女老幼身上有彩绘的，好美的。

两人先做了桑拿，汗出透了，又泡了温泉，李乘风反复追问，真的只有芝芝？那么多白种美人儿，你真的不想？许白黑说，怎么不想，想得多了，不能动，我怕代价，婚姻这回事，唯有忠诚的。李乘风提示了，傻子，你可以不让芝芝知道的。许白黑说道，乘风，那样做代价更高。我爱芝芝，不容欺骗的。李乘风目光迷离，有些恍惚了，他也想过这样，和自己的最爱，活到白头的，没有别人，双方都没有，一辈子都没有的。

在红缨之前，他也多次相亲，谈过几次恋爱的，都没上过床，女方不跟他上，不到谈婚论嫁，谁会跟他白睡呢。李乘风憋死了，某些时刻简直生不如死，也动过心思，想去那些场所，发廊和歌舞厅什么的，可是出事了，不是他，是某个同事，医院派人从派出所领回来了。这人完了，没脸了，没家了，被离婚了，自毁前程了。都是大好青年，谁还敢呢，李乘风就提速了，为了结婚，他都不挑了，恨不能省掉所有的流程，直奔洞房花烛的。他从来就没有爱过红缨，红缨对他也是同样的，都是由于匹配，条件互补的匹配。李博士本人条件不错，可他全家都是牧民；红缨是本地人，没有任何经济负担。

对上了，就成了，两人领证了。婚后的一切，都是程序化的，李乘风步步高升，红缨也就成了夫人，很是有些气派的。都没怎么上过班，都忙到儿子身上了。李乘风很忙，几天不进家门也是常态，红缨也无所谓。她爱儿子，只爱儿子，至于李乘风，她能理解他的任何行为，包括绯闻以及情人。先是拿着李乘风的工资卡，后来不够花了，经过商议，李乘风每月给她发双薪。再往后就出国了，出国陪读。国外是有房产的，儿子和红缨都有房产。

儿子和红缨分开住了，儿大不由娘。红缨伤心了，懂得自爱了，购物标准飞速提升。经过多次交涉，李乘风交出了存款，红缨所知的，他的全部存款。两人多少年都没同过床了，具体是从哪个年头开始分居的，李乘风压根就想不起来了。红缨也想不起来了，就像李乘风那样，红缨也有过自己的伴侣。李乘风去美国时，应儿子的要求，跟红缨提出过离婚，红缨说，也行，不能总是耽误你。可是男女有别，女人老了，就没人要了，我是不可能再嫁了。乘风，我的未来，独居，独活，独死，你不能不为我想想啊。李乘风无语了，他知道，那将会是一笔巨款，于是就按下了这个话题，再也没有提过离婚了。

白黑，我这一生，从没爱过。李乘风问道，那个滋味，真就那么好，像影视剧那样，愿为对方去死？许白黑缓缓开口，不是死，是活着，为她好好活着，每一天，这一生。李乘风神往，白黑，我也想爱，我也试过，可是都不行，没有人爱我。许白黑把浴巾扔到李乘风大腿上，他说，乘风，不滥交。或者某一天，你会如愿的。

李乘风说道，白黑，知道我为什么总去哥哥嫂子家里，心里欠呗，我多少年都没有家了。许白黑轻声说，知道我为什么又给中秋买了套房，心里欠呗，要是没有我，她应该大上好几岁的。李乘风嘿嘿，世间万种情，就怕两相欠。许白黑呵呵，情无相欠，唯有心甘。

两人泡够了，冲了个澡，就在更衣室，李乘风忽然说，白黑，你先回去吧，我还有些事情要办。许白黑问道，乘风，你要在这里办事吗？李乘风回答，我去楼上的茶吧，这里的卫建委主任，是我的老熟人，要见一下的。他在路上，就快到了。

许白黑扬扬手，就走了。许白黑出门了，上车，挪车，挪到了停车场最角落的位置，一览无余了。

他检索了这里卫建委主任的资料和照片，正职副职都看清楚了。他在等，半个小时，没有人进去，只有人出来。两个人，相距十五分钟，一前一后出来的。第一个人，是李乘风；第二个人，是个陌生的男人，挺年轻的，穿着挺普通的，一眼望去像是个商人，手腕上戴着佛珠的。但是他的脚步是不同的，每一步踏出去，都很有力度，如果这里是泥泞，那么他的脚印，会是很深很深的。并且，他的步子，如果测量的话，最可怕的将会是距离，几乎完全等同的距离。

李乘风和男人都走了，各自驾车走的，不是同一个方向，出了停车场，就各分东西了。许白黑没有跟，跟李乘风会被发现的。跟那个男人呢，那都不用想的，他会被甩掉的，毫无疑问的。

许白黑并不知道，李乘风对他，也是同样的。李乘风是跟在他的身后，看着他穿过大堂，出了门，才转身的，先去了一趟洗手间，又去了茶吧，吃了两只卤蛋，居高临下，四下环顾，这才下楼，进了更衣室的。

更衣室里，老熟人已经在等他了。是麦老板，久违了的麦老板。按照常理，无论多么高端的洗浴场所，都是不能够在更衣室里安装监控设施的，麦老板不信常理，只信设备。他的身上，永远都带有设备的，最先进的设备，探测设备，外形是只打火机，打火机若有任何异常，那只能说明一个现象，这里是有设施的，隐蔽的监控设施。

往来多年，他们是彼此信任的，也是相互理解的。李乘风的收入是源源不断的，他都交给麦老板了。因为反馈，麦老板每次都要给他看回执，资金流向的回执，账户回执。与所有人不同，李乘风的回执是自己的，那个账户是麦老板亲自带他去开具的，瑞士苏黎世的某家银行。没有任何组织和机构，是可以动得了瑞士银行的账户的，任何一家银行的任何一个账户。调查？取证？追回款项？那都是童话，哄人的。

李乘风如有不测呢，那也不怕，N 年后，惊蛰是可以随时取出那些款项的。之所以是 N 年后，而不是现在，都是因为密码。那里的银行，所有的银行，都是可以自由设定密码的。不一定是数字，不一定是符号，不一定是掌纹，不一定是刷脸。客户要怎么样设定，都是可以的，可以是一句话，可以是一首歌，可以是一张图，甚至可以是一个物件，比如一根马鬃，经过 DNA 系统取样的马鬃。李乘风的密码，就是灰灰的那根马鬃。他才不会交给惊蛰呢，起码是目前。

李乘风不是普通人，他是李博士；麦老板也不是普通人，他是金融专家，国际资本操盘高手。他有很多客户，在这个城市，以及其他很多地方。李乘风这样的客户，他却是只有一个的。他是从不带人出境的，李乘风是个例外，唯一的例外。

至于那些人，他们是没有这个诉求的，也就没有了创意，他们都是用子女作为账户的，也就是说，麦老板只需要把他们的资金，转给他们的子女，就算完事了。当然有前提，他们的子女都在国外。麦老板看不起他们，就像他的祖先，看不起大清朝那样，家有祖训，传了六代了，怎么说的呢，原话，铁甲战舰无敌啊，可惜回到大清，就是废铁了。

果不其然，甲午一战，北洋水师覆灭了。留下的只有几个名字，民族英雄的名字，以及悲情英雄的名字。他们都是先祖的同袍，先祖想他们，故而麦老板的家族，是每年都有仪式的，就在海战那天，全家都要祭祖的。麦老板年年如是，无论在哪里，那天都要赶回英国的。只有一次例外，他和李乘风去瑞士了。或者说，他把李乘风给运到瑞士了。怎么运送的呢，那对麦老板来说，太容易了。

李乘风随团到了香港，普通旅游团，旅游加购物，两天，之后直飞东南亚，某国。自由行了。就在这里，李乘风不是李乘风了，他用的新护照新名字，麦老板给他办全了。这可不是假护照，绝对真，就是真的。麦老板所在的集团总部就在这里，给李乘风这样的人换个身份，那是集团的正常业务。就用这个新身份，李乘风和麦老板到瑞士了，开具了银行账户。捎带着，还玩了两天。回来后，旅游团集结，李乘风登机，回国了。他还是李乘风。他的新护照，留在麦老板手上了。至于他的账户，麦老板是可以存款的，却是绝对不可以提款的。要想从他的账户提款，唯一的凭证，就是那根马鬃了。

门前流水尚能西，光阴也是的。那是好多年前了，李乘风和麦老板相识了，就在老领导的家宴上。那时的李乘风还是副职，李副局长；那时的麦老板，青春当头，就像小白那样。老领导给他们做了介绍，说得很清楚，乘风，这是小麦，麦老板，都是自己人。过了没几天，麦老板来找李乘风了，那是他们的初次，在某个街心的小公园，两人约定了交接流程，包括暗号和见面方式，以及地点等等。李乘风从不搬家，也是因为麦老板看中了那个阳台，和那个小区所处的地段。

对于老领导，以及其他的客户，麦老板的服务意识是整体化的，全盘化的，定点定位，大同小异。他们的自保意识太强了，绝大多数都有中间人，所谓中间人，那其实都是法人，很不得了，比如典当铺的法人，咨询公司的法人，茶叶店的法人，甚至服装店和文玩店的法人。麦老板不大喜欢这些法人，他都是派手下去跟法人们从事业务的。这些法人有个共性，貌似精明，实则愚蠢，店里都是空荡荡的，连几个托都不舍得雇，摆摆样子都不会。实在是不上路，太不上路了。

麦老板的手下，可都是经过专业培训的，是麦老板亲自规培过的。一旦某个法人出现了问题，麦老板的手下能跑就跑，跑不了就招，招出麦老板，就是完事了。因为他们都是本省人，只知道麦老板在本市的商贸公司。至于集团总部，他们听都没听过，什么都不知道，招了也是白招。顺藤摸瓜，那是不可能的，神探都办不到。

麦老板是不怕出事的，也从没出过什么事。但凡有了丝毫的不对头，麦老板就会消失的。消失多久，还回不回来，是他本人回来，还是另行派人回来，那都是集团总部决定的。麦老板收到的资金，是只走航运通道的。集团总部的业务两大板块，就是金融以及航运了。

本地的公司，只有麦老板和小白隶属总部，就像编制那样，那种隶属关系是终身制的。麦老板是老板，小白是财务，两人还有一个共同的身份，搬运工。没辙的，公司的资金常常成吨，两人要往总部的货轮上运送的，每周一次。什么货币都有，主打有四种，人民币和美元，以及欧元和港币。这些货币到了总部，那就是游子归家了。再出门，那就是白白的了，想去哪里就去哪里，去哪里都是合法的了。

在东南亚某国，集团总部是标杆性的产业，全国民众都信赖，就连政府都不例外，该国政府的慈善基金会，就是由集团总部全权运作并掌管的。从来就没有任何机构或组织，怀疑或者调查过集团总部，集团总部是大型跨国产业，都进入世界 500 强了。就在前不久，集团总部隆重庆祝了百岁生日，是百年产业了。麦老板的身份，刚够得上入场，他是中层，只相当于区域经理，还是小区域。至于大区域，那都不叫经理了，那叫 CEO，某国 CEO，就是这么称呼的。

集团总部有多少个 CEO 呢，要看地图，世界地图。哪里有需要，哪里就有 CEO，从无遗漏的。麦老板是个很有追求的人，有信仰有目标，他的信仰就和他的祖先差不多，爱英雄敬英雄，但也识时务，重时务，是决不肯白当炮灰的。他的目标呢，有点小，只能叫作小目标了，小小的 CEO，就在那个好冷好冷的地方。那地方怎么形容呢，在麦老板看来，那就只有两个字了，万恶。真是那样的，吃都吃不饱，还要喊万岁，资金流量也不少，可惜都攥在极少数的人手中。这个比例是多少呢，不看流量看称呼，万岁之下，还有千岁百岁的，麦老板的交易对象，至少也要 500 岁，不够岁数都没价值，不值得动用国际通道的。

危险来了怎么办，麦老板真的好怕啊，所以他的兜里永远都揣着英国的护照，以及身份证明。小白也怕，护照永不离身，和麦老板同样，他也是英国人。集团总部是有硬性规定的，凡外派人员都要有大国护照，英美法德意日什么的。集团总部的所在地，东南亚某国的护照，那都不行，还不够硬，不够资格驻外的。

麦老板的区域，李乘风是个 VIP，麦老板是亲自为他服务的。何以至此呢，那都不是数字问题，若是单论数字，在麦老板的客户中，李乘风不算上乘，只算中等，就连中上等都够不上的。那是行业现象，跟个体没什么关系的。没有谁会比麦老板更了解行业了，行业若是足够霸气，岁数小点也无妨，有的行业吧，麦老板连 100 岁的客户都接了。医疗行业呢，说起来大，那都是民愤，要论实力呢，还是小呀，属于弱势行业了。若是论岁数，李乘风这位置，怎么也够得上 250 岁了，真是折寿呀。

三个原因，麦老板选择了李乘风，一是李乘风没有法人，他就是自己的法人。没有中间环节，干什么都是亲力亲为，好作风。二是李乘风护犊子，不用孩子走账，风险自担了，孩子的未来富富的，妥妥的。三是李乘风太精了，在安全意识上，那是心细如丝的，以晾衣竿为暗号，就是李乘风的发明和创造，麦老板都不能不服气了。

还有一点，李乘风特别大方，每次都会主动抹零，都给麦老板了。不像那些大客户，又大又抠，令人发指，就连小数点，他们都要查清楚，那可都是分啊，美分的分。更气人的是，他们还记账，记在他们自以为安全的地方，比如暗柜暗格，字典图书，甚至药丸的胶囊里头。

其蠢如猪并不可耻，都没经过规培，挺让人同情的。麦老板同情他们，所以出手很重，按照集团总部规定，每笔资金，抽水两成，那叫手续费，两相情愿的手续费。区域经理也有相应的权利，综合各种指数，有权利做出适度的加法和减法，加法叫作风险金，减法叫作优惠额。麦老板对所有客户都加了风险金，加到三成了，没有人不认，都认了。不认会怎样呢，那就只能沤在家里了，或是某处空屋。在本区域，从事该项金融业务的，只此一家，别无分店。这都不是垄断，这叫商业竞争，优胜劣汰，必然的结果。

从前就不是这样的，有些涉外企业敢做，有些地下钱庄敢做，有些银行也敢接暗活，大银行小银行都有，那叫什么，那叫猖狂，那叫找打。于是都被打了。打光了没有呢，麦老板不知道，他只知道，他没有对手了。这是可喜的，也是高危的。就像防盗网，钢铁林立，但是总有缝隙的，可以采光，却也会通风的。

上次的 200 万美元，那都不算事，因为双方安好，汇款方是麦老板的商贸公司，这属于公司的正常业务。公司是偶尔会产生资金流的，国际资金流，什么也不为，就是为了流动，外流回流，逆流顺流，如此流通状态，就不会引发关注了，流水流水，不流就成了死水了，那种低级防护手段，早就出局了。收款人许白黑，收款方汤姆的银行，那就更不用说了，著名银行家加国际顶流名医，怪力乱神的级别哇。

有个传说，是关于裸体的，传说男女之间裸体相对了，那是蹦极，玩的都是秒速，剩下的就是个悬了，下坠的悬，悬空的悬。男人和男人就不同了，裸体的男人都是攀岩者，玩的就是个逆向，越攀越高，直至绝境。麦老板和李乘风就是这样的，他们已经无处可攀了，登顶了。顶是什么，绝地绝顶，绝处风光，绝处逢生的风光。

摊牌。李乘风决定摊牌了。麦老板决定摊牌了。

他们已经达到了眉目传情的境界了，连手势都用不着了，就在更衣间里，他们交换了一个眼神，就各自离开了。两人都拿错了健身包，他们的健身包，历来都是同款同色的，也都是最为大众化的，很能装货，从不惹眼。反正每回都要拿错的，换来换去的，都不知道谁是谁的了。

七十分钟之后，他们又见面了，老地方，龙王山半腰水库。

好浪漫哟，水上泛舟，撑船人小白，居然还有吃的，都是水货，白水炖鳖，还有小菱角和小莲藕。没有酒，麦老板和小白是从不喝酒的，驻外期间。小白先给李乘风进行了常规性检测，用的小火机，白色的小火机。麦老板的火机是蓝的，精灵蓝。这是必须的，职业规范，事实上，李乘风的手机，已经出现过好几回异常现象了，都是火机提示的。头一回，李乘风都吓蒙了，麦老板说，李博士，这是常态呀，别担心。比拼高科技，火机能称王。拼了，安哪。李乘风好喜欢这只小火机，但是麦老板说了，你不能用，隐形人是会招蜂引蝶的。

落日熔金，在水中央，像只蛋黄，碎了，都是屑，波光闪闪的。麦老板脸红了，他的长相极为儒雅，眉目清秀，是那种学院风，都不像是国际上市公司的商业精英，像是从事科研的，理工科那种。他说话了，李博士，我不姓麦。叫我小蓝吧，我姓蓝。名字也不妨告诉你，我叫蓝应短。小白也说话了，他说，李博士，我是他堂弟，我叫蓝小白。李乘风问道，这么多年了，为什么是今天，要告诉我这些？

麦老板，不，小蓝，蓝应短，他都笑不出来了，因为他知道，他是知道的，早就知道的，知道他是假的，假名假姓。但他从不问他，还处处懂得规避，两人同去瑞士，但凡需要出示证件的，比如机场和酒店，他都会主动后退，保持三米距离，双方意会，谁都舒服。不像某些人群，居然还敢给他下料，上手段上设备，简直就是霸王马前耍大戟，还真是不知死活的，不过小蓝从不计较，他是有人保护的，集团总部是不会让任何驻外人员落单的，这就是各司其职了。

小蓝说道，李博士，就在洗浴中心的停车场，你的朋友没有走，他在车里。他看到我了。

李乘风呆了，半晌，他说，他不是朋友，是我亲兄弟，放心。

三十一

小蓝点头，我知道，李博士。自此刻起，我就叫你李哥吧。

李乘风瞬间漂移，如若穿越，直接穿回草原了，他说，我也有最爱，至亲，它叫灰灰，李灰灰。知道它怎么叫我的，是哥哥。

就是那么奇异，小蓝懂了，小白竟然也懂了。小蓝说，哥哥，上次在瑞士，那个山顶的马场，你喝多了，抱住一匹大灰马，亲吻痛哭，你叫它灰灰。那一刻，你就是我朋友了。

小白说，哥哥，两位哥哥，吃鳖吧，别那么伤情了。

三人开吃，人手一鳖，很快就给吃光了，垃圾也都入袋了。这船是借的，水库清洁船，靠了岸，是要连锅端的，这是无痕化处理。

李乘风说，小蓝，小白，把我账上所有款项，都买成美国国债吧。大势所趋，国与国都这样，我随势而行，错不了。再者，还能图个高息呢。

小蓝点头，好的，照办，放心。实不相瞒，哥哥，我的存款也是如此，早就这样了，所见略同啊。

李乘风问道，小蓝，我多还是你多呢？

小蓝说道，哥哥的职业，外科医生，全日制的医学博士。若非是在这里，那都不用采取这样的方式的，咱们也就不会认识了。放眼全球，大医生的收入，我又怎能比得了呢。

小白说道，李哥哥，我也有打算，过几年吧，我会去读书，读硕士，不怕你笑话，我读心理学门类，希望出了校门，我会做得更好。

小蓝说，小白，那是一定的。据我所知，集团总部的这个板块，正处于收势状态。全局化转型，就像这只船吧，总是要靠岸的。

李乘风说道，我羡慕你们，虽然按照某些规则，我们都是贼。可是贼路不同，你们是你们，我是我。你们是自己的选择，我不是。我不想做贼，我恨做贼，可我每天都是贼。

小蓝说，哥哥，你跟他们不一样。因为你想做人，做不成的。他们是自甘为贼的，贼性入骨，贼心泱泱。谁不恨贼呢，是人就恨贼，十几亿人呢，六十亿人呢。

小白说，李哥哥，我家先祖最爱大清，所以他离开了，逃走了，不是怕死，是怕白死。为谁而死呢，为谁殉葬呢。他知道大清长不了，要亡的。他最大的悲哀，是失去了最好的朋友，劝不动，他回去了。他都没能战死海上，他是自尽的，陪着他的战舰。

李乘风举杯，纸杯，白水，三人碰了杯，他说，为那个人，为那艘船，这不是酒，这是水祭。

小蓝说，哥哥，当年八国联军入京，打开兵器库，都不知道该笑还是该哭，都是最先进的军火，克虏伯大炮，马克沁机枪，应有尽有，都荒废了。

李乘风再度举杯，小蓝，小白，至少还有过。来，遥祭吧。

无心的，完全就是无心的，张副院长越发本色了。每天十几条朋友圈，各类荣耀，那都不是显摆，纯属抒发性质的。干什么都要配图，开什么会议了，和某个领导握手了，收到患者锦旗了，接待某督查小组了，和老朋友聚餐了，今天医生餐厅吃什么了，总之是有图有真相。这些都不要紧，个性如惯性，许白黑无所谓，随他发，不干涉。

张出众爱带他的朋友来医院，搞参观，到处看，用他的话说，那叫开眼，开洋眼。有底线的，都是夜里头，从来就没有影响过医生的接诊。许白黑每晚看手机，就像播报，他会知道都有谁来了，都有什么感想，张出众的原老板都率队莅临了，就连他的诊室，都参观了，并且合影留念了。

张副院长的超大办公室，白天办公，夜里也办公，属于多功能厅，接待朋友是常项，合家欢聚偶尔为之，还能留宿，夫妻俩在那个招牌性质的匾额下头搞了个自拍，张出众的文字特别暖心，爱妻非来送夜宵，怎么舍得她独行，陪我加班，不负年薪不负韶华。他还真是这样的，谁都没负过，尤其是医学，他的大匾额是自费安置的，四个大字，大医精诚。

是享受，对许白黑来说，午夜，裸体，在被窝里，阅读这样的信息，他都笑晕了，多少回，那都数不清了。好多医生跟他提示过，表示抗议，他们不能接受这样的行为，国外的心理医院，是决不允许出现这类现象的。许白黑不这么看，他认为这属于站位不同，医生们都被呵护得很好，太好了，他们都不理解什么是风俗，什么是特色了，本土化的风俗以及特色。他们只会接诊，接诊本地的富贵人群，也并非不接地气的，心理讲座就是地气了。他们都年轻，会吃会玩，酒店餐厅会所，高尔夫球场等高消费场所，他们都是常客的。

张副院长改建了停车场，心理医院所有人的车都摞起来了，三层，上百个车位。许白黑时而散步，会去看看车的，医生们的车都是三十万以上的，没有例外的；护士长的车最贵了，上百万；律师的车也不错，八十来万吧；张出众换车了，四十多万的车，最显眼的是车饰，就在车后尾，好多条小壁虎，组成了一个心形，一颗心，心上几个童字体，神爱世人。至于护士们和其他人的车，那都是十几万的车，五颜六色，怪是好看的。

某次医院组织的野餐聚会，许白黑的预感极为不妙，尽管他从不相信预感。起源是护士长的脖颈，她戴了条项链，看起来也不算打眼，细细的，若一根银色的丝线，线头坠了颗红豆，是的，每个人都那么认为的。许白黑知道不是，那不是红豆，那是血钻，按照宝石方式打磨的血钻，重在血色，而非光芒。

芝芝有同样的一条项链，是某珠宝品牌的限量版产品，价值六位数，美元。他是不好开口问的，就对宋定睛做了示意，宋定睛就问护士长了，哇哇，好美的相思豆，摘下来看看呗，拍个照给我女朋友，看她喜欢不？护士长有些为难，还是摘了，这条项链就传到了许白黑的手上，他仔细看了，没有错，确认了。

许白黑辞退了护士长，当然要有证据，证据充分，无可辩驳。他是个放权的人，对张出众放权，对护士长也放权。医院所有的办公用品以及餐厅食材，都来自胡葵。平台监管，无法作弊。唯有护士长是个特例，她管辅料，某些医用辅料。这些辅料质量和价位也还过得去，产自南方某专业厂家。许白黑从医多年，都没操心过辅料问题，那都是护士长的事情。心理医院的所有辅料，本来都是外资企业的，许白黑签的单。

后来换厂家了，护士长换的，没有办法，那家外资企业撤走了。护士长向他推荐了这家企业，许白黑当即点头了。护士长是年薪制，采用半美式标准，全美式是不行的，太高了，就说不过去了。护士长的全年总收入，加起来 150 万左右，人民币。在许白黑看来，就应该如此的，护士长的年薪就是要高于副院长的。

他错了。犯了最低级的错误。

查账是查不出来错误的，心理医院的财务，没有任何纰漏，每张账单都是洁白无瑕的。许白黑是通过李乘风，拿到了这个厂家的相关资料。什么资料呢，回扣资料。李乘风正在进行规模性的行业整顿，手中很是有些硬货，都是来自各医院的检举信，多数匿名，少数实名制的。该厂家多次出现在检举信上，也就是说，该厂家太坏了，把好多护士长都给拉下水了。

李乘风甚至帮他算出了护士长的暗收入，也就是回扣额。许白黑较真了。心理医院有律师的，他让律师告诉护士长，三条，一是她被辞退了；二是吐出赃款，全额吐出，一分都不能少，限期三天，交给财务；三是走法律渠道，心理医院不认规则，只认法律。

护士长忏悔了，哭求谅解，全招了。她是找到许白黑招供的，地点也并非是在医院，她是到他家里招供的。她得到的并非全款。按照市场规则，按照厂家的运营手法，以及销售模式。每个护士都有所得的，也就是说，涉及辅料的应用，每样辅料，每件辅料，护士长得大头，护士得小头。都有，人人都有。

这还不是大料，真正的爆料，是张副院长。从张副院长主管护士长那天起，就跟该厂家产生了业务关系了。不仅如此，心理医院的收费室，两个收费员，都是要给该厂家做统计的，每月都做，详细统计出每件辅料在谁的名下，也就是说，谁用了，谁得钱，按比例得钱。统计岂能白做呢，统计费也是月月都要给的。一条龙，清一色，无一幸免。

许白黑理顺了一件要务，心理医院没有清白的雇员，本地雇员。就连保安都是如此，他们的外快来自两处，该厂家有关业务人员可以随意进出，要给好处；停车场是不允许收取停车费的，他们细化了，有就诊收据的不收，没有的，不管来干什么的，都得交费。没有人会为了几块钱耽误时间，就都给了。即便有人投诉，也是投到张副院长那里了，当然无恙。

保安队队长也是每月都要跟张副院长表态的。保洁员也有收入，医院所有的纸箱纸板什么的，都能卖废品的。园丁也有好处，这么大的院子，庭院深深，四季花开，有些花卉枯萎了，救不活了，是要补栽的。就为了补栽，有两棵枇杷树被钻了小洞，塞了毒鼠药，搞死了。这两棵树的故事，所有人都知道，只有许白黑不知道，那些医生不知道。换言之，这是本土故事，用护照的人都不知道。他们只知道，后来的银杏树很美，风姿摇曳，比枇杷树好看多了。

许白黑问护士长，你年薪那么高，为什么要这样？护士长说，许先生，我以前在其他医院当护士，都是这样的。许白黑问张出众，出众，我若辞退你，你会怎么样？张出众说，许先生，我会后悔一生。但我对你无愧，因为无论你用谁，都是这个规则，我已经是最低限度了。许白黑问李乘风，他说，乘风，我曾鄙视你，你是否知道？李乘风回答，我要不知道，我就不是我了，现在还鄙视吗？许白黑说，鄙视不会变，可以添加，添加理解。李乘风说，那就学我吧，行业整顿，年年整，月月整，没有一劳永逸，只有头悬利剑。让他们每个人都惊着，敬神你是神，怕鬼你是鬼，都是你。

许白黑连线召开了股东会议。说了具体情况，以及数字，那些人贪墨的总额。最重要的是处罚方式，他说，律师整理了名单，根据相关法则，如果走司法程序，心理医院的本土雇员，会有两个去处，高墙之内，以及派出所，这叫刑拘。会被抓光的。亨德斯和保罗同时说道，那又如何，许，让律师处理，该怎样就是怎样。这是钢丝，不是皮筋，没有任何弹性可言的。

许白黑就快呜咽了，亨德斯，保罗，这里有个名词，叫作影响力，无论任何领域。我们太有影响力了，结果会是怎样呢，该厂家遭到彻查，联动性质的彻查。会有许多人的命运，因此而改变走向。而我们，必然会遭到报复，或者，换个名词吧，叫作清算。

亨德斯问道，许，你恐惧？许白黑回答，是的，我了解那种概率，隔墙撂砖头的概率。保罗问道，许，什么是墙。许白黑说，我今早吃了个面包，德国古法发酵，微酸，难吃，但我爱吃，胡葵海外直采，产地德国柏林。保罗，只有一个柏林，就是这样了。亨德斯说，许，我也是每天都吃，好吃极了。保罗说，我就吃不下，许，但我尊重这个味道。许白黑说，我想你们了，好想。

二比二，四个人，许白黑和律师，张副院长和护士长。地点，律师办公室。许白黑都没说话，律师是他的代言人。律师宣布了游戏规则，他说，主动投案或可减刑，你们的刑期都不会低于十年。许先生说了，他愿意给你们这个机会，回家告别去吧。

许白黑和律师起身了，张出众和护士长扑上来了，扑到许白黑脚下，跪了。许白黑早有防备，他懂得这个人群，懂得他们对于绝望的表达方式，绝望太多了，总是要表达的，许白黑看够了他们的表达，在手机上，都是跪。他见不得这个动作，这个人群的这个动作。他的出手超快，可比他们的膝盖快多了。膝盖不落地，那都不是跪，他没让他们落地，一手一个，都拉住了。

李乘风出现了，恰到好处，分秒不差。律师说出来的话，许白黑是不能自行涂改的，李乘风可以。李乘风哀求许白黑，白黑，有句老话，戴罪立功。战场上都能用，医院怎么不能用啊。求你了，罪无可恕也得恕，就当为我吧。事情搞大了，我这帽子都保不住啊。李乘风抬脚就踢，连踢两脚，张出众和护士长都被踢了，李乘风吼道，滚，快滚，不想死就滚雪球去。

24小时，雪球滚成了，圆圆的大大的，就在律师办公室。心理医院所有的本土雇员，都是小雪粒，都来吐赃了。一个不缺，一分不少。款项总额高达八位数，领头的数字是3，收尾的数字是5，5分钱的5。两棵枇杷树沉冤得雪了，只是再也回不来了。

这笔钱的性质，许白黑都搞不清了，若是按照收入来计算，应该走财务，走银行，股东各有所得。若是按照赃款来处理，那它应该被采证，作为司法证据的。可分明都不是，什么也不能是了。亨德斯和保罗都说过了，许，那笔钱我们拒收，它原本就不应该产生。无中生有，应归于无。为了无，用掉它吧。许白黑说，好的，从哪里来，到哪里去，我会花掉它的。

杀一儆百，那都是低等招数，但在某些阶段，也是非用不可的。

那个一，就是护士长了。许白黑和护士长进行了临终谈话，他说，国际惯例，你的位置最重，所以你必须被辞退。你应该感恩，心理医院的不杀之恩。护士长问道，许先生，我就想知道，是不是张出众告发我的？许白黑挥手，你可以走了，谁也不是，是你自己，那颗红豆。

新任护士长，许白黑是就地提拔的，是他诊室的护士。省心是不可能的了，辅料自理了，他亲自谈定的厂家，某外资医药用品公司，他的大学同学在此担任副总裁，是元老了。许白黑提出要求，他说，你的任何业务人员，不得出现在心理医院。他的同学说，白黑，那些所谓的惯例，我们从来不那样做，这么说吧，我可以承诺，你的护士长只是偶尔会被邀请参会，有些礼品，如此而已。

许白黑留用了张出众，他不打算辞退所有的小雪粒，留用雪球王，就成了必选项了。他跟张出众谈话了，约法三章，做好本职工作，处理对外杂务；收回财务管理权限，签单权力没有了，别说十万元以内了，十块钱也没有了；收回护士管理权力，由护士长管理护士；护士长之上，是许医生，再没有别人了。

关于停车场，关于花木，关于废品，许白黑都摊开了，一一清算，他说，出众，我不该留用你，但还是要留用你。我要不留你，本市医疗系统没有你立足之地了，领着全家回你的豫东平原去？那叫赶尽杀绝。就在这个院子里，我都经历过了，你就不必了。你目前的工作，报酬超值了。如有再犯，决不轻饶。还有，医院不是你的后花园，是工作场所，非公务需要，不要再带任何人来这里了。

张出众唯唯诺诺，变脸了，他的肤色本来挺黑的，此刻都变白了，煞白，面无人色了。他说，对不起，许先生，我都忘了自己是谁了。你对我好，信任我，我就上头了，都不拿你当老板了。真贱，活该这样，以前总被踩，我倒是乖乖的。许白黑说，出众，你记得就好。最好的生态系统，没有谁踩谁，都是分工协作的。你的逻辑太诡异，我不欺负你，你就欺负我。我要告诉你，我从不欺负人，但我不会容忍任何人欺负我，不管他是谁。

不客气了，许白黑对谁都不客气了。亲手拟定了多项管理细则，破例开了个会，全体大会，公布了。他有足够的理由，以及底气，可以这么做。因为他给的是高薪，因为他是老板，因为这里是外资医院，全外资医院。痛下杀手，都是被逼的。他说得很清楚，违例犯规者，辞。没有第二次，没有以观后效，没有悔改的机会。他的语气很平静，一如既往，他说，医院是干什么的，为患者。谁是最重要的？医生。对你们而言，为患者服务，就是为医生服务。不想干，走人。干不好，走人。就这里的薪资标准，我用谁谁高兴，听清楚了？散会。

三十二

发飙的感觉，好酸爽。既然发了，那就发到极致吧。许白黑把办公室收回来了，给张出众重新分了个办公室，比护士长的要小。那个大匾额，许白黑给扔到医院楼后的垃圾桶了，特意告诉保洁员，不许动，不许收，就那么搁着，全体观瞻。宋定睛定时观望，定时回禀，他说，老师，超预期，风声鹤唳了。张副院长再也不耍大了，也不发圈子了。许白黑说，行了，我都不治人，岂容他治人。底色也不错，他敬医学，换人还不如用他呢。

宋定睛说道，回扣，我的理解是调控，商业市场的本能性调控。许白黑说，最悲剧，就在回扣了。定睛，你我都是医生，提个问题，若非外籍，你我吃不吃，不吃行不行？宋定睛说，老师，三百六十行，行行有回扣。我从没想到，心理医院也是这样，我是灯下黑啊。许白黑说道，定睛，就冲着你对回扣的深刻认知，帮我分担一些公务吧。以后 10 万元以下票据，你来审核签字吧。宋定睛诧异，老师，可我不是副院长哦。许白黑说道，宋医生，这是必修课，大医生的必修课。

李乘风来心理医院作报告了，他是李股东，他不能不上心，万分上心。他的报告主题当然是讲廉政的，讲话前或讲话后，都是要看廉政专题片的。许白黑和医生们对该活动简称，铁窗 TV 季。

李乘风是打算长期开展报告活动的，就像心理医院的心理讲座活动那样，人人有份，永在路上。全院上下共同观赏了三次TV，许白黑就不让再看了。李乘风抗议，许白黑质问，天天看囚徒，有用没有呢？李乘风说，怎么没用，你看张出众，他每次都流汗，吓的。许白黑嗯嗯，乘风，这不是笑话，我们活在笑话里，但我们不是笑话。

李乘风的心头，也是打了个巨大的问号的，那可不是关于廉政的，而是关于股份的。心理医院的情况，总院的以及分院的，他都是很清楚的，清楚动态，每个股东的动态，以及大医生的动态。亨德斯去全球巡诊了，保罗去总院坐镇了。涉及股权的分配，这样的局面若是久了，会不会产生变化呢？也就是说，保罗会不会入股呢？在李乘风的概念里，心理医院的股东是只有三个人的，他就是第三股东了。

李乘风单刀直入了，问道，白黑，你和亨德斯，会让保罗入股吧？我表个态，我不反对，但是我得知道，他在前，还是我在前呢？

许白黑反问，乘风，这还用问吗？你是分院的股东，保罗是总院的股东啊。总院控股分院啊。从一开始，保罗就是这里的股东啊。

李乘风蒙了，迷了，迷不过来了，痴痴的，又问了，白黑，你的意思，他是我的上级，他比我挣得还要多？

许白黑笑问，乘风，水面上的数字，你还不满意。就那么200万美元的投入，这都翻了多少倍了。

李乘风低声叫道，白黑，我有个新想法，你把我赚的那些，再变成股份，进行追加性质的投入。就以你的名义吧，不能让亨德斯和保罗知道了。如此，事实上，保罗就在我后头了。

许白黑嗤嗤，嗤嗤，笑都笑不出来了，这里是办公室，他不想太失态的。若是在家里，他会弯腰的，笑弯了腰。李乘风也笑，得意地笑，怎么样，白黑，我这创意好吧？亨德斯是你恩师，就让他当老大吧，咱不动他。要是换个人，嘿嘿，咱俩联手，控股，那是迟早的事情。

许白黑说道，乘风，也许用不了多久，你就会看到答案的，令你惊喜的答案。

卫健委的项目款到位了，两百多万。和雪球相比，这是个小雪蛋，但是名头好，叫作专项扶持资金。雪球就不行，那可是赃款，叫不出口的。许白黑做了个融雪计划，那就是大众门诊了。他早就想做了，做个门诊，面对普通人群的门诊。

要说都是为了大众，那就说大了，大话等于假话，他才不会说呢。他是为了医学，医学意义上的大众化，以及广义化。心理医院的医生都在成长，他们需要最广大的患者群体，心理医学的医患关系，是应当落地生根的，是不可以脱离地缘与地脉的。

对应的，都是对应的，这里的患者也需要他们。迫切需要，需要面对最精良的医生。未能相对，都怪缺钱，双方都缺钱。心理医院不是慈善医院，不是百年前的教会医院，治病行医，是有着自身的运营规则的。孤岛何以成为孤岛呢，那都是海面的问题，是海平面太低了。心理医院是有医保的，省市医保定点单位，但是形同虚设，来此就医的人群，基本就没有动用医保卡的，太贵了，刷一次卡，要刷掉好几年的，普通人群是舍不得的。

就用这两笔钱，大雪球和小雪蛋的钱，创办这个门诊，那就贯通了。什么都贯通了，一切都贯通了。潮起自天际，孤岛若横生，那么，心理医院就不是孤岛了，就成了群岛了，大众化的群岛了。于是，大众门诊的名字，就叫作一号门诊了。为什么呢，诊室的原因，该诊室是由许白黑的办公室改建而成的，是心理医院最大的诊室。许白黑和心理医院的医生，都有自己的诊室，按照国际惯例，都叫作某某医生诊室的。一号门诊没法走惯例，只能走制度，独创的制度。

一号门诊，独创了五个第一。一是名头第一，面对大众，采用摇号制度，网上预约，谁摇到了就是谁的。按时预约，按时就诊。小病短治，重病长治，长期治疗。二是资金流第一，资金足足的，患者所有费用，都出自这里。也就是说，患者就医，是无须承担任何费用的。三是标准化第一，医生和药品都是全球一流的，一号门诊患者，和所有诊室的患者，都是同一标准的。四是保密规格第一，一号门诊的患者资料，特别加密，拒绝任何性质和方式的泄密行为。也就是说，该门诊属于公益性质，但是不接受任何宣传和推介，不用夸，没意思。

没有更厉害，只有最厉害。第五项就是最厉害的，教学意义上的厉害。怎么厉害呢，心理医院和十三院联盟了。这是两个医生的创意，许医生和李医生。李医生苦苦相求，白黑，带带十三院吧，国际化火种啊。许白黑犯怵了，乘风，十三院？好多中医吧，那都不是一个逻辑，带不成啊。

李乘风叫来了十三院的老胡，共同拟出了培训名单，来心理医院一号门诊坐诊的医生名单。老胡激动坏了，就口不择言了，他说，八百万人的省会，就一个十三院，是治疗精神病的专科医院。破落户啊，哪个医院不是几十层的住院楼，可我的住院楼呢，四层啊。李乘风愤怒了，说谁呢，哪个省会不是这样？许白黑打圆场，好了，别吵了，都是四楼，我这里也四楼嘛。

一号门诊的坐诊医生，两位，心理医院的医生为主诊医生，十三院的医生同时坐诊，进修性质的。许白黑说，我带头，每月一号我全天坐诊，其他日子，全院医生轮流来。老胡郑重承诺，白黑，许医生，我院名单全部按照你的要求，没有中医；年轻化，全是“80后”；保证正规院校毕业，本科或以上学历。对他们来说，这都不是镀金，这叫镂金，镂成重金了。李乘风哼哼，几十个省会，谁的重金最多，我，蓝市。气死人，不让宣传。许白黑笑说，乘风，老胡，重金不是炒的，重金是要压舱的。

一号门诊是大事，必须要庆祝的。庆祝方式染毛，染毛的意思就是染头发。三个大叔都是自重的人，谁也不会头顶着白茬子去见人的。有个说法，鬓如霜，又何妨。那都是胡扯，要是跟古人比形象，那都对不起满大街的发廊，那可不是情怀，那是毛病。李乘风请客了，他有卡，老情人给他办的卡，还指定了色号，他一直用这个色号的。

该色号的名字叫作白发红颜，是大妈们最爱的。颜色介于海棠色和古铜色之间，光影流转，不动声色地就让人回去了，小了十岁不止的。李乘风的头发是重灾区，不染就全白了，老胡的毛色稍好，可惜秃顶了。许白黑的头发还是挺茂盛的，也没怎么白，两鬓微斑，星星点点的。发廊老板亲自服务，开口闭口的，都是您们。三人都不敢笑，硬憋着，故意提问题，就为了多听几回，您们。

三个人集体染成了白发红颜，对镜自揽，都是挺自信的。许白黑和李乘风是有共识的，都不好意思说出来，内心深处，他俩都觉得自己要比对方长得好看，并且不止一点点。老胡是不敢跟他俩比美貌的，若是女人，他俩可都是美人级别的，他是常人，只能拼气质了，酷得很，医生出身的男人，可能会缺风情，但是冷感，那都是过剩的，比荷尔蒙还要多的。

后院起火了，李乘风和许白黑的后院都起火了。芝芝和惊蛰“搞”到一起了，惊蛰搬到芝芝家里去住了。芝芝家好大，几层楼，几十个房间，就住了那么几个人，芝芝和谷雨，管家和厨师，还有一个园丁。许白黑有日子没回来了，都是芝芝两头飞的。那么惊蛰和芝芝，是不是属于同居的性质呢，红缨是真的拿不准了，她就雇了个私家侦探，同胞，她的英文水准只限于购物，别的都不行，干什么都要用同胞的。

同胞跟踪了好几天，得到了好多证据，芝芝和惊蛰出双入对的，出入各种高端场所，见人，各种神神秘秘的人。他们在干什么呢，同胞搞不懂，也不太敢使用非常规手段，一旦被发现，他就玩完了。他能做的，只是拍照，拍视频，拍了好多，都给红缨了。见图如见人，红缨崩溃了，有个视频，惊蛰和芝芝步出夕阳酒店，惊蛰紧搂着芝芝，两人有说有笑，都是得意忘形的样子，还接了吻，苍天呀，是惊蛰主动的，左右开弓，吻了芝芝的脸蛋。

红缨吃了降压药，哆嗦着，把资料传给李乘风了。两个小时，李乘风没反应，红缨拨电话，声泪俱下，乘风，惊蛰都不理我了。孩子才多大，她都能下手，你快让白黑回来吧。李乘风不耐烦了，红缨，你可以不信任芝芝，你不能连自己的孩子都不信吧。婶婶和侄儿都爱玩，都是没大没小的人，他们跟你不一路，你管他们呢。红缨尖叫，他们都同居了，乘风。李乘风哈哈笑，那就最好了，我就发愁惊蛰独居，心理会出毛病的，孩子多可怜，父子关系母子关系都不行，也没个朋友。红缨泣不成声的，李乘风安慰了几句，就挂了电话了。

李乘风反复观看了那些视频，得出结论，此事不寻常。不是惊蛰和芝芝的关系，那是毫无想象空间的。惊蛰从小就自卑，成绩太差，还爱逃课，是个问题儿童，没少挨揍。若非如此，他是不会那么早就把他给送出国的。他有他的风险，说是妻儿都在拉萨，为了高考，那可是有人信，也有人不信的。

妻离子散的，都是为了惊蛰，可是留学生也是分种类的，也有圈子的。像惊蛰这样，初中毕业就出去的，那都是二代，富二代以及官二代。都不缺钱，都挺张扬的，惊蛰不行，缺钱，融不进圈子。李乘风宁可惊蛰没圈子，那个圈子险得很，账户太险，都连着呢。

惊蛰和芝芝历来亲近，李乘风是深感欣慰的。他和红缨是失败的夫妻，也是失败的父母。惊蛰缺能量，暖能量，芝芝是个能量过剩的人，两人搭伴，那是正好啊。可是视频提示，分明是不对头了，两人不是在玩，像是在从事某种事物，或者说是业务。什么业务呢，李乘风挠头了，问了许白黑，许白黑居然不知道，也怪好奇的。李乘风问芝芝了，芝芝，你带着惊蛰干什么呢？芝芝嘻嘻嘻，乘风，你猜呗。

李乘风猜不着，许白黑同样，他已经几个月没回家了，为了每月的一号，为了他的一号门诊。芝芝倒是常来，都没提过有什么业务。她能有什么业务呢，天文专业早就撂荒了，那就是个白丁了。两个白丁，能干什么呢？许白黑不知道，但他知道一样，不挣钱的业务，芝芝是绝对不会去干的，倒推理，芝芝和惊蛰，是在合伙挣钱呢。

确实如此，芝芝和惊蛰联手开辟了新产业，没少挣钱，两人对分，五五开，要多燃有多燃，燃爆了。以什么专业呢，两个学科的剩料，心理医学的剩料 + 天文专业的剩料，组合起来，那就叫作占星了。芝芝是业内新近崛起的占星师，惊蛰是她的副手，那就相当于助理了。对于惊蛰，芝芝想的比李乘风都要细，她要给他一条路，行业化路线。她要他比那些二代都强，二代都上的野鸡大学，还常常挂科，毕不了业，学历证书好多都是买的。他们能干什么呢，混日子或是开饭店，大大小小的中餐馆，就是他们的事业了。

芝芝从事占星产业，那叫作宝刀出鞘，一出手高低揭晓，客户多了去了。惊蛰为什么不能当个占星师呢，钱也不少挣，还不用那么累，还能治病。自卑症好了，自闭症好了，也不抑郁了，特别勤奋，都学会闻鸡起舞了，把剩料都给阅读了，英文呱呱叫了。仗着年轻记性好，面对客户，都能够出口成章了。钱多了，就得理财了，芝芝趁热打铁，教会了惊蛰怎么理财，怎么生钱。

惊蛰用不着上大学了，这里不论学历，论能力。占星的能力，谁敢说不是专业呢。作为师父，芝芝时刻不忘推举弟子，就像亨德斯对待许白黑。作为弟子，惊蛰打算过两年开个工作室，与师父合股，就开在最牛的鳄鱼大厦，顶级商业楼哦。通过占星以及踩点，选址都定了，鳄鱼肚部位，臭名昭著的鳄鱼翻，怎么翻，都入肚了，旺地也。

悔教夫婿觅封侯，就是芝芝了。这些年了，芝芝和许白黑聚少离多，见面容易，国际航班多着呢，但不是每个黄昏了，就像从前那样。他总是在家里吃了早饭才走的，晚饭呢，如无特别事务，他都是回家里吃的。吃完了闲聊几句，洗洗就上床了，同一张床，从没有分开过的。他走了，她落单了；他有多么的充实，她就有多么的寂寥。

何以解忧，唯有挣钱，不管账户上有多少钱，挣钱总是快乐的，是可以生成快感的。许白黑很少会接大单了，他的心力都用在心理医院了。芝芝催了几次，无效，她就自主创业了，她问惊蛰，亲爱的，告诉我，你最爱什么？惊蛰回答，钱钱钱，美元欧元英镑。芝芝大笑，扔给他几本书，都是剩料，她说，不许再说中文，搬过来，每天不间断跟我对话，我要你的英文胜过母语。

如此这般，惊蛰出道了，两人真没少挣，什么货币都有，因为什么客户都有。就像许白黑那样，好多客户也都是不远千里而来的，就冲着芝芝，发现过星星的芝芝。在这个行业内，科班出身的人物真是太少了，芝芝是罕见的，几个客户下来，名气飙升，作为助理，惊蛰的身价跟着水涨船高了。他都不叫她婶婶了，他叫她老师，就像宋定睛称呼许白黑那样，非常正式的。

许白黑呼唤芝芝，快来，我想你了。芝芝笑说，就不来，我忙着呢，都没顾得上想你哦。许白黑就闹腾了，就一句话，来不来，不来？我就哭给你看。芝芝开心极了，报复似的，哭呗，哭了我就来。许白黑哭不出来，他有他的绝招，他把手机摄像头给转到要害部位了，艳照门，楚楚动人，好委屈啊。

芝芝就来了，打包来的，按照许白黑的要求，带来了惊蛰。结果是谁都没哭，就李乘风哭了，长歌当哭，肝肠寸断。李乘风哭诉，芝芝你个巫婆，你怎么这么坏，带着惊蛰搞算卦，洋卦啊。惊蛰当即就给李乘风展示了占星术，都是专业术语，李乘风过瘾了，过足了瘾。打了个电话痛斥红缨，红缨不甘示弱，两人就互殴了，好甜蜜，多年都未曾如此了，双方都懒得多说的。

李乘风不敢带惊蛰回家，出来得太匆忙，卧室床上还躺着那个机器人呢，许白黑带给他的美女机器人。同床好几年了，李乘风都是搂着睡的，就那肤质，就那身材，就那声音，就那水色，他要不搂，他就不是男人了。惊蛰连连催促李乘风回家，李乘风向许白黑求救，用的是眼神。许白黑心领神会，他说，回家干什么，住酒店吧，楼顶的花园大套房，必须的。这么说着，就掏出了一张卡，希尔顿酒店的白金卡，递给了李乘风。

三十三

四个人，都是男人，两个警察，两个穿便衣的，一同登门，来找许白黑了。他们来了解张国富的情况，要求提取张国富在心理医院就医的所有资料和病历。张国富深夜驾车高速行驶，小车撞断海湾大桥护栏冲入大海，生不见人，死不见尸了。

许白黑叫来了谢晓桐，他说，先生们，想必你们已经了解过相关情况了。张国富先生是谢医生的患者，在我之后，都是她为他进行治疗的。至于患者的相关资料，情况是这样的，每位患者都和我们签过就医及保密协议，张国富先生更是特别，他对协议做过公证。如需提取，我也需要手续的，正规手续。

警察说，许医生，我可以透露些情况，属于保密范畴。目前汽车已经打捞出来，但车内无人，车窗破裂，他是涉案人员，我们必须落实清楚所有状况，需要根据他的资料进行分析和判断。执行公务，务请配合。至于手续，我这里有，请过目。许白黑接过了那张纸，仔细看了，他说，好的，请稍等。

张国富的就医资料，如果打印出来，应该会有两米高了。可是许白黑交给警方的，只是一只 U 盘，他说，都在这里了，警官先生。

警察问道，许院长，请问你最后一次见到他，是在什么时候？

许白黑沉思片刻，说道，很久了，我没有见过他了。可是就在一周前，他的车辆曾经出现过，就在我的楼下，车玻璃是深茶色的，我看不见里头。

警察点头，许院长，那是上周二下午六点三十分，至六点五十三分，那辆车停留在你的宿舍楼下，负二层，地库，共计二十三分钟。你是六点五十分驾车进入地库，六点五十二分上了电梯。我们想知道，为什么在最后的时刻，他要见到的人是你。

许白黑回答，警官先生，我更想知道，你们是依据什么确认，他就在车里的。痕迹？如果是，那不能构成证据，因为那是可以替代的。

警察微笑，许医生，那就是他，我们早已确认了。

许白黑貌似紧张了，问道，警官先生，如果我当时遭遇了袭击，我会受到保护吗？

警察回答，许医生，你是安全的，你可以放心。最后一个问题，你可以确认，他真是抑郁症患者吗？

许白黑回答，当然，我与张国富先生是医患关系，他是我的患者。若非如此，我就不是医生了，这里也就不是医院了，我们也就不会这样面对了。

警察说道，打扰了，许医生，我们的任务完成了，谢谢配合。

从始至终，没有人和谢晓桐说过话，是她先开口的，警官先生，我是张先生的主诊医生，有什么问题要问我吗？

警察摇头，谢医生，谢谢你，没有问题了。

警察走后，谢晓桐说道，老师，我很难过，我做医生，就这么失败吗？许白黑说道，晓桐，我很失望，对于你的问题。不是警方不认你，是你的患者不认你。

谢晓桐说道，老师，从一开始，张国富就没有把我当作医生。也只有他，是这样的。我也有很多其他的患者，都很认可我。我也从不认为，张国富会是投海自尽的人。

许白黑说道，晓桐，至于结论，那是警方的事情。

手机响了，许白黑没有接，就是不接。谢晓桐问道，老师，是否要我回避？许白黑摇头，翻开手机盖，屏幕上一个名字，王谢桥。

许白黑接听，他说，好的，我立即下来。谢晓桐震惊，问道，老师，你要去见他？许白黑点头，脱下白衣，挂好，就要出门。

谢晓桐神色变了，她说，老师，原来如此啊。不，我不会保持沉默，我会对警方说明真相。

许白黑回身，看着谢晓桐，足足看了半分钟，他说，晓桐，很好。跟我来吧。

王谢桥的跑车，就停在院子门口，上次张国富停车的位置，发动机并没有熄，却是几乎无声的。谢晓桐的出现显然是个意外，王谢桥无奈，只得熄了火，上了许白黑的车。

许白黑把车开到了龙王山顶的观景台。十几分钟的车程，谁也没有说话，气氛是相当压抑的。下了车，就豁然开朗了，海天一色，风势浩荡，海鸥成群结队地俯冲而来，盘旋着，不肯远去。

三人下了车，凭海临风，王谢桥看着许白黑，又看看谢晓桐，几番欲言又止。许白黑开口了，王先生，谢医生是张国富先生的主诊医生。心理医生对患者的了解，并不次于亲朋好友，请直说。

王谢桥说，许医生，我也接受了相关调查。有大量证据表明，张国富此生最恨的人，是我。

谢晓桐跨前一步，说道，王先生，一定是这样的，你有足够的证据，自证清白。王谢桥直视谢晓桐，正是，谢医生。

许白黑忽然问道，王先生，调查你的是警方吗？我这里是两拨人马，问话的是警方，另一拨人马，是不穿制服的。也没有开过口，但是那只 U 盘，警察交给他们了。

王谢桥点头，许医生，我这里的情况也是同样的。

许白黑递给王谢桥一张便笺，医用便笺，他说，王先生，对于患者，我历来有始有终。这是我意大利同窗瓦斯特医生的联络方式，他是那里最好的心理医生。

王谢桥说道，许医生这回终于出错了，不是意大利，是奥地利，他所谓的热爱艺术，是从《茜茜公主》开始的。

许白黑说道，好巧，我的老师亨德斯正在维也纳巡诊，就在奥地利弗兰克医生的医院。请看纸条的反面，就是他们的联系方式了，王先生，我想问你，这是天意，还是算计呢？

王谢桥回答，是后者，许医生，恳请引荐。根据他的病况，是离不开医生和药品的，最好的医生，最好的药品。

谢晓桐惊呼，退后两步，她不能置信地望着许白黑。王谢桥也盯着许白黑，但他并不显得吃惊，他说，许医生，感激不尽。事实上，你从开始就知道的，对吧？

许白黑说，首诊，你们两人的首诊，我那时就知道了。在你们的回忆中，有一处共同的地方，黄沙，戈壁，苦寒与饥饿。我在网上查过你们的资料，你们在同一个时间，同一个地点，西北某个至今无水的村子插队五年。你们对那段生涯感情特殊，许多采访过你们的记者用生花妙笔，做过不同的描述。出于某种原因吧，你们刻意隐瞒了对方的存在。曾经相濡以沫，何以相忘于江湖呢？

王谢桥说，佩服。但是许医生，后期巨大的商业利益，也是足以令人手足相残的。

许白黑望着远方，娓娓道来，问题是张国富先生演戏过了火，恨不得诏告天下，他要将你五马分尸。依据心理医学，他这种个性的人，若是那么恨你，必然会说出你们的前因后果，而绝非只论当下，不提以往的。他反复强调，你和他抢地皮抢女人，这个罪状放在你身上并不合适，甚至有些可笑。我用逆向思维做了推理，假设有两个好朋友，他们要长久垄断这个城市利润最大，而又险象环生的行业，只有一个办法。那就是相互为敌，各自壮大，始终稳居第一和第二。如此，这里最好的项目永远属于你，或者他，而不是别人。

王谢桥面不改色，居然笑出声来了，他说，全中，许医生。但是我们机关算尽，还是出了纰漏，他某个重点项目的重点环节出了问题，涉及某些人物了，惹不得的人物。当务之急唯有封口，被人封口，或是自行封口，我们选择了后者。

许白黑说，这里有你，当是无恙。若非如此，你们就会双双消失了。我猜，接下来，你将会着手兼并他的集团公司了，接手那个重点项目。好大的蛋糕，谁也吃不到，只能是你们的。

王谢桥拍打栏杆，他说，我们瞒过了所有人，但没有瞒过你。许医生，我想知道为什么？

许白黑没有说话，转身，走向汽车，打开了后备厢，取出两袋饼干，确切地说，是饼干屑，都捏碎了的。他的动作极为从容，扬手，抛到车顶了，哗，海鸥集结了，啲啲，啲啲，啄食着，都聚在车上了。

许白黑笑说，王先生，我有时会来这里喂海鸥，就爱用饼干，都是现捏现喂的。这两袋饼干屑，是上周三早晨被我发现的。他都被全程监控了，何以如此呢，也许这就是答案吧。

王谢桥说道，是的，许医生，正是，这是我们共同的答案。

许白黑指着满面绯红的谢晓桐，他说，王先生，你应该感激谢医生，她要追讨凶手，为张国富先生讨还公道，为此不惜和我反目。

王谢桥闻言，走到谢晓桐跟前，缓缓开口，谢医生，想请你喝杯酸梅汤，敬请赏光。谢晓桐有些语无伦次了，王先生，还是我请客吧，是我太笨了。许白黑笑眯眯的，晓桐，这杯饮料比较贵，恐怕你请不起的。

酸梅汤确实太贵了，贵就贵在了高度至上，王谢桥是在飞机上做的汤，是他的私人飞机。酸梅汤的味道很奇特，酸是真酸，却也不乏甜味，是后劲，甘鲜。王谢桥说，我老家的杨梅，老家的做法。

花开时节似烟霞，半是平生半是君。许白黑说道，饮罢忘情水，红尘有故人。两人碰杯，王谢桥递给许白黑一支雪茄，许白黑乐了，真好，飞机上抽烟，我喜欢。谢晓桐激动无比，王先生，再来一杯，可以吗？

环市飞行，谢晓桐惊呼不断，哦，是这里，哦，是那里。许白黑都没低头，这架飞机，他不是首航了。王谢桥忍不住笑说，许医生，我知道你在想什么，我的别名，王乐色。许白黑故作惊讶，怎么会，我在想另一个名字，《烂柯记》。还有，装文盲不容易，刻意咬字，会被医生听出来的，荀子变成狗子，都是你的策划吧。

王谢桥故作羞涩状，许医生，我是班门弄斧了，见笑了。不过歌舞剧还是要做的，我接了，怎么样，诚邀加盟。许白黑说，《烂柯记》主角是斧子，是凡人，谁会看呢，送票都送不出去。奇幻仙侠剧还差不多，两个老神仙做成青春帅哥版的，还能有些观众。若是如此，我就适度介入。王谢桥指天发誓，定了，寒舍大卖，就是你的创意。许医生，天上没神仙，人间有仙手啊。

周一，清晨，五点半，许白黑起床了，无名氏的电话就要来了。双方对于时间的精准把握，那都超出钟表的概念了，简直就成了心灵感应了。当他们说再见，那不是九分钟，也不是十一分钟，总是恰恰十分钟，不多也不少，与挂钟的分针秒针同步定格，从无偏差的。不，就那么一回，延时了，此后就不再提及那个话题了。

无名氏问道，你是否掐着计时器与我说话？许白黑说，原来要看表，现在不用了。我是感觉你的语气，当你要结束时，每次会有几秒钟的停顿。无名氏反问，我为何要停顿呢，是不是老年痴呆症的先兆？许白黑说，不，你的思维比智能机器还要威武。如果拆开你的大脑，我怀疑会看到成堆的零件和芯片，而不是血肉组织及神经腺体。无名氏笑说，你怎么从不打探我是谁？许白黑也笑，你自称无名氏，那就是无名氏嘛。无名氏倾诉，此刻，我独坐宅中，举目无亲。上次流泪，都有十多年了，是因为拔牙。

许白黑说，我不会哭，我只会笑，我的笑容只有一种，职业性的。当我大笑，那是假笑。无名氏似乎有些得意，我会笑，常常笑的。许白黑叹气，那多好，真令人羡慕。无名氏忽然问道，你会想起我吗？在某些时刻。许白黑回答，从不。无名氏立刻表态，我也是，从不。许白黑呵呵，有时，我想转身而去，就像电影里的女人那样，扔掉一切。无名氏哈哈，不，走掉的都是男人，女人都会回来的，她们只认得回头路。就在笑声中，两人收了线，连再见都没有说。

江山笑，烟雨遥，淘浪淘尽红尘俗世几多娇。清风笑，竟惹寂寥，豪情还剩了一襟晚照。这支歌，是许白黑的自留曲，独家自赏，百听不厌。可是，他分给无名氏了。那天比较特殊，是个纪念日，是无名氏考进大学的日子，放榜的日子。铁道学院，所学非用，感慨就多了些，许白黑就给他放了这支歌，无名氏索要，许白黑就给他了。无名氏每天都听，许白黑也是，无名氏都是在被窝里听的，许白黑是在车上听，动态的，熙熙攘攘，就恍若背景了。

小耿来了，来取药的。原先是每月来一回，十分稳定，而今不同了，也没个节奏了，说来就来的。小耿带了只食盒，竹制品，便利店里装桂圆的那种，特别寻常。盒里两样小菜，一碗米饭，都是家常菜，微热，是午餐。许白黑也有回礼，是一块拳头大小的黑石头，他说，我上周捡的火山石，沧海桑田，和光同尘。小耿微笑，许医生，先生很想知道，哪道菜式最合口味。许白黑想了想，上个月吧，桂花八宝饭，好吃又好看。

许白黑把食盒带回家了，给厨师过目。这位厨师都不是他请的，是芝芝请来的，从某个融合饭店挖来的，没什么师承，没来头，手艺却好，最会做私房菜了。厨师揭开食盒，看来看去的，尝了菜，又吃了米饭。他说，许先生，看不出来路，不是大厨的手艺，也不是那种会所菜。顶级食材，几乎没用任何作料，低盐，少油，只用了几滴橄榄油，不是压榨的，是萃取的。哎哟，米饭真不得了，每粒米都立着，我都没见过这样的大米。许白黑细看，果然如此。他说，卖相太好，怪不得不香。厨师立马开心了，就是，作妖，妖米。许白黑感兴趣了，他说，下回有豆了，我带回来，你看看是不是妖豆。

许白黑休假了，回家了。作为补偿，他都不怎么出门了，反倒是芝芝和惊蛰，整天早出晚归的，忙着忽悠客户。许白黑乐得自在，吃了午饭就要午休的，每次午休，都是被芝芝叫醒的，都是黄昏了。我怎么这么能睡呢？许白黑自问，他知道这是透支了，太累了。为了腰围，晚饭他都不怎么吃了，也不觉得饿。他不用电梯了，上上下下的，他都是走楼梯的，刻意的。楼层空了，空了两层，谷雨搬走了，上大学了，她就搬走了。

谷雨就读林学院，她爱植物，最爱那种化石类植物了，远古的。就选了这个专业，喜欢什么就读什么，无人可以干涉，父母都没什么发言权的。谷雨搬家了，两个小箱子，是芝芝和惊蛰送她走的，送到了林学院附近的小公寓，她不是独居，她和男朋友在此同居了。两人热恋中，房租 AA 制，外出用餐也是如此。她的男朋友跟她同岁，生物系学生，来自阿姆斯特丹。

18 岁，财务自立，自己挣钱自己花，这才是硬道理，跟家世没关系，跟父母没关系，每个孩子都这样的。两人偶尔打工，周末打工，按小时计费，足够旅游了。至于学费，那是倒流的，顶级大学的好学生，都是这样的，这叫奖学金，富着呢，都花不完。国际惯例，有个很简单的判定标准，大学生牛不牛，就看你是给钱的，还是得钱的。得钱者牛，越多越牛。

许白黑想见谷雨了，提出要去她的小公寓拜访，遭拒了，爸爸，他的爸爸都没进来过，你也应该这样做。许白黑说，那么我们在外头聚餐，怎么样？谷雨说，下次吧，他有一点小压力，你太出名了。许白黑说，好吧，代我问候，预约。还有，你能单独见见我吗？谷雨唔唔，爸爸请稍等，我问问他。许白黑咬牙切齿的，因为谷雨说了，爸爸，他说下次一起吧。

这个他，是不是自己的女婿呢，想都不用想，那肯定不是的。许白黑想不想谷雨呢，也不怎么想，她在爱，青春是用来干什么的，爱。主课题就是爱。尽情爱，忘我爱，每秒钟都要爱，每个细胞都要爱。至于学业，他没操过心，顺其自然，就是王道了。奋斗？他跟她都说不清楚，她不认识这个名词，她的认知极限，就是努力了，常态化的努力，必有常态化的收获，那已经足够了，此生足矣。

奋斗者之歌，许白黑也曾是歌者，人生的前二十多年，他都用来唱歌了。都唱至泣血了，终于唱出了一个破折号，那条线叫作航线，越洋航线，着陆了，换调子了，好不适应哦，超难听，那时风行摇滚乐，重金属，鬼哭狼嚎的，他都不听了，全线封杀了。破戒等同于洗牌，手里就两张好牌了，民族经典，《一剪梅》，《沧海一声笑》。打牌打了好多年，打出来了两个牌友，李乘风以及无名氏。

李乘风都不会打牌，他只会唱歌。唱单调？那是猪，哼哼哼哼，从出生到挨刀，都不会变调的，李乘风最讨厌猪了，他都不吃猪肉的，吃了就会拉肚子。他不是回族，跟习俗没关系，天生的，是基因。天大的基因哦，可是不得了的，他跟他说过的，白黑，再穷咱也是贵族，真要论起来，你家还不如我家呢。西夏，李家的，口耳相传的，不过我都拿不准是真是假。许白黑都笑崩溃了，乘风，皇族哇，快去挖地三尺找物证呗。李乘风嘿嘿，白黑，谁还没个祖宗呀，那都不用找，隐姓埋名就是遗训，深藏功与名。

李乘风也是歌者，拥有两支歌，《一剪梅》都是后来曲了。在此之前，他唱的都是刀客的歌，祁连山，大草原，是有过刀客的。刀客的歌都不是汉语，李乘风唱了十多年，都不知道意思，那种语言失传了。但他知道，那是英雄之歌，英雄唱英雄，都是真英雄。谁还没做过英雄梦呢，李乘风的英雄梦，就是做刀客，上祁连山，做大刀客去。

刀客梦断，是在初中。他懂了，山上是没有刀客的，那个行业已经消亡了，被定性了，学名叫作土匪。大刀是玩不成了，那就练小刀吧，他就这么定了专业，学医，拿小刀，做外科医生。他做到了，李医生太棒了，患者都爱他，而他呢，他爱他的刀。大道者，小刀也。小刀救人，大刀杀人，谁是大刀客，李名医。

为何放刀，为了英雄。他彻底弄懂了，医生不是英雄，做医生是做不了英雄的。多大的医生都不行，都被管得妥妥的，顺顺的，乖乖的。他都博士了，都名医了，常受气，医院后勤随便哪个小科长，都能随时让他很难受，还说不出口。

进机关了，当官了，扶正了，人上人了。英雄梦更远了，成泡沫了，摸都摸不着了，想都不敢想了。他成贼了，不是成王败寇的贼，是真贼，罪贼，罪不可恕的贼。怎么活，活下去，活到自然死，这是李乘风每个夜晚的命题，不做也得做，越怕越要做，好多人都是这样的。他了解他们，就像了解自己，他憎恨他们，就像憎恨自己。没有错，他恨自己，在极为个别的时刻，当他想起灰灰的时刻，想起他的英雄梦的时刻。他还拥有些什么呢，万贯家财，一张画皮。

三十四

他的财富都在苏黎世，最稳妥的银行，用画皮存进去的。画皮了，他就不是李乘风了。那本东南亚某国的护照，只有他的照片是真实的。其他信息都是生成的，必须性质的生成。已经很幸运了，他都不用改头换面，不用整形的。小蓝说了，哥哥，你的护照畅行全球，绝对真实。李乘风不这么认为，他从没怀疑过这本护照，能在瑞士银行开户的护照，当然错不了。他只是不能面对自己的身份，他是谁，是李乘风，还是青青普大呀。

青青普大呀，是护照上的名字，音译，就是这么个叫法了。

他怕青青普大呀，李乘风和青青普大呀，这当中，隔的都不是万水千山，不是风月无疆，而是一线，生死一线的一线。如是可以平安退休，他就不是青青普大呀，他可以还是李乘风，以直系亲属团聚的身份，去往彼岸。他都想好了，李乘风只需要去一趟瑞士，进银行，做个转账，万事 OK 了。青青普大呀怎么办呢，收藏呗，晚年自赏。

从一而终，只做李乘风，是有着大前提的，那就是退休之后了。距离退休，他还远着呢，有年头呢。也想过提前退休，或是办个病退，但是他不敢做，也不舍得，目标太大了，好处也太多了。恨归恨，恨自己是虔诚的，他可不恨好处。谁恨好处呢，那么大的好处，爱还来不及呢，爱还爱不够呢。都是这样的，所以谁都不舍得放手，没有谁会早退的。

梅局长，梅帅，出事了，几天前，被带走了。朋友圈还热乎着呢，音容犹在，两人都没怎么见过了，就在聚餐之后。李乘风细看朋友圈，梅帅像是有预感的。他最后的照片，是黄毛，黄白相间，他是天生的黄头发，不染就是这个色调了，整个人都不好了，不像大叔了，像个大爷了，老化了。那是他在五环的城郊接合部，陪同老领导进行规划性调研，现场发的圈子，这里就要开发了。

李乘风随手抓了份文件，去找老领导汇报了。他必须要看看老领导，老领导如果有变，多少会有些蛛丝马迹的，他能看得出来。若是，他就得启动应急措施了，用最快的速度，离开这里，去做他的青青普大呀。老领导好极了，比照片里还要好，没有丝毫的反常，还呵斥了李乘风，乘风，你怎么搞的嘛，精灵药品公司到现在还没个确切态度。你和小许好好追追，大新区不能再拖了。

李乘风低眉顺眼的，垂着头偷乐，老领导，杰瑞总裁不地道，本来都说好了，来咱们这里。可是越南动作了，印度也动作了，他们的条件更优厚，人工更低廉。杰瑞什么人，资本家，那都不看情分，只看利益的，所以他就摇摆不定了。要不，我和白黑去一趟吧？

老领导望着李乘风，语重心长的，乘风，你哪里也不用去，你的任务是坐镇。让小许去吧，费用嘛，从你那里出。李乘风眼窝热了，老领导，这点小事，你还惦记着，他才不缺钱呢，让他自费。问题在于策略，怎么让杰瑞放弃越南和印度呢，老领导，请赐锦囊妙计吧。

老领导拍拍头，乘风，我最不爱听见孔明灯了，你们干什么的，都不动脑子吗？都来跟我要计，多读书，都会有计的。这样，咱们放大招，整个新区都给他，精灵大新区，我就不信了，这样他还不来。

李乘风门儿清，新区都空着呢，所有的意向书都成了废纸了。市里也有新方案，就地取材，本地企业入驻，撑起新区。眼下正值焦点时期，精灵药品公司若是来了，新区就是国际标准了。不来，也无妨，那也是本省的最高标准。老领导是新区的缔造者，他想要的是大新区，能对世界亮相的大新区。

老领导起身，从书架上捧出本书，他最爱的书，宝典级别的，私家秘籍，很多页码都毛边了，很多段落他都能背诵了。这本书是孤本，是老领导的老领导，临终时传给他的，书里都是计，上下五千年的奇计大全。老领导送给李乘风了，乘风，读好读透，你也能当小诸葛。李乘风吸吸鼻子，老领导，这个绰号不好，桂系都败了，还很不团结。我也想当灯，像你这样，照亮好多人的路程。

那本书，李乘风不敢扔，也不敢乱放，他给送回家了，搁到马桶水箱上了。偶尔便秘，也可翻翻，大笑是可以促进胃肠道蠕动的，有利排便。

李乘风挂出了大浴巾，晾衣竿的位置，提示为紧急情况，即见。

他是要见蓝应短的，小蓝，来的却是小白，蓝小白。

李乘风开门见山了，小白，我有急事，要见小蓝。

小白回答，李哥哥，他去那里了，弹丸之地，去领勋章了。那里会定期给外籍商人颁发杰出贡献勋章的，都是中国人，就他一个英国人。殊荣哦，有了勋章，以后活动起来，就会方便多了。李哥哥，他有交代的，让我转告你。他什么都明白，他让你安心。

李乘风问道，怎么安心。我得知道，你们跟那个黄毛，有业务没有呀。如果有，你们都应该消失的。

小白噎住了，笑得噎住了，他说，李哥哥，你想多了。世上本无麦老板啊，虚无存在主义，就是这回事了。哇，你的发型好帅，白发红颜哈。

李乘风追问，小白，我问你，我是否随时都可以叫作青青普大呀？

小白郑重了，李哥哥，你本来就是，你怕什么呢？

李乘风说，我怕没名字，两个名字都没了，只有编号，用到死。

小白说，李哥哥，他让我告诉你，你不会有编号，此生都不会。

李乘风的恐惧，是没有人知道的。如果有，那是小蓝和小白，而不是许白黑。许白黑和小蓝，是李乘风的两个世界。如同夜与昼，是一种轮回，必然的轮回，此消彼长，永恒如是，是不能够重合的，也不能够超度的。

许白黑不这么看，也不这么想。看得有多清，想得就有多清。此地无银三百两，隔壁王二不曾偷。这可不是民间俚语，是高端学术问题，如果能够断句的话。许白黑能断句，把逗号换成句号，就是攻克了学术难题了。断句了，就是两个人的行为了，李乘风统领上半句，许白黑就成了王二了。

李乘风是做着英雄梦做贼的，许白黑可没那么笨，他做过武侠梦的，梦醒时分，已是大盗了。大盗报名来，怎么回答呢，许白黑的回答滴水穿石，大号王二，小号许白黑。大号小号都是为了他，李乘风。他要拯救李乘风，没错，是拯救，绝地拯救。李乘风已经沦陷了，灵与肉都沦陷了，彻底沦陷了。他要赎回他，从悬崖的最深处，从许多年前的那个时候。

李乘风的模样，都已经没法看了。像是掺了酵母的面粉，发酵状态好极了，整个人都是蓬松柔软的。他的腰围突破三市尺了，穿的都是运动裤，抬起胳膊来，腋下一层赘肉晃荡着，叫人不敢直视。最初，李乘风用的是针剂，每当深夜里他来找他，许白黑会直接拿出药品，250 毫升的糖盐水，给他静脉滴注。许白黑从没学过打针，可他学会了，为着李乘风学会了。

他的手法极为纯熟，注射过后，他会加药，用最小号注射器，往吊瓶里推一支镇静剂。是李乘风擅自更换吊瓶的，换成了 100 毫升的糖盐水，小剂量会让他入眠更快。当然，还有口服药，最尖端的口服药。

离开药品，李乘风就是个废人了，白天无法正常工作，夜里不能睡觉，夜尿频频，尿吧，就几滴，躺下了，尿意就来了。查了好几回，膀胱好着呢，前列腺棒着呢，全身脏器功能都没毛病。这不是药品的事儿，该药品副作用不涉及夜尿问题。李乘风用药几年了，都是断续性用药，停停，用用，能不用就不用。倒计时一年，他离不开药品了；倒计时两个月，他加量用药了。

李乘风外貌变了，性格也变了，如同刺秦，他是时而荆轲，时而秦舞阳的，也没个过渡，随时都能自我切换的。李乘风无比信任许白黑的医术，但他就是不允许催眠治疗，怎么劝都不行。

许白黑摊牌了，不是口头意义上的摊牌，而是行为，医学行为。他给李乘风换药了，在静脉滴注时换药了。就在他的家里，就在那张沙发上。就医学意义而言，这是全球首列非诊室催眠治疗的成功案例。但是，这是违法的，催眠治疗是心理医学当中，最为精密的治疗手段之一，对于治疗环境，是有着超高标准的医学指标要求的。在整个的治疗过程当中，稍有不慎，便会前功尽弃，甚至把患者摧毁的。

许白黑用的不是镇静剂，而是催眠治疗的特用药品。这种药品具有某种程度的麻醉作用，以及恰如其分的致幻作用，换言之，应用该药品的患者，是没有任何秘密可言的，在医生面前。于是，李乘风招了，全都招了，他什么都说了，说出了小蓝，说出了账户，说出了数额，说出了青青普大呀，说出了一切，一切的一切。

许白黑问道，先生，你抗拒催眠治疗，是害怕泄密，是这样吗？

李乘风回答，医生，是的。我跟他是过命的。我们有约，那一天，我会告诉他的。

许白黑又问，那么，先生，请问我是谁？

李乘风眯着眼睛，半梦半醒的样子，他说，医生，你是我的医生，对不对？

完全正确，先生。许白黑说道，我在你的梦里。你将无法忘记我，我们还会再见的。

许白黑篡改了台词，按照正常的治疗方式，他最后会说，醒来，先生，你已经醒了，醒来吧。

许白黑不能让李乘风醒来，此刻，他是他的患者，患者是不能受到刺激的，只能被安抚。安抚的最好方式，就是再推一支药，让他接着睡，如此，当他醒来，他会认为那是一场梦，一场梦中梦，而那个医生，只是他的梦里人。

李乘风是中午醒来的，他似乎很兴奋，也很疑惑，哇呀，白黑，不得了，我梦见了一个医生，但他没有脸，我看不见他的脸。许白黑接腔，为什么不看清楚？李乘风挺委屈的，妖异得很，他对我说，你看不清的，结果我真就看不清了，他的脸一团模糊，像在雾里。可他身上的白衣，我太熟悉了，我也穿过的。许白黑问道，乘风，梦中的你们，是在哪里？李乘风呵呵，气死我了，好像是在水里吧，也好像是在船上。

许白黑心脏狂跳，却是面无表情，他又问，聊些什么呢？

李乘风神神道道的，就不告诉你，白黑，怎么回事呢，我怎么这么舒服呀，绵柔得很，我的头。咦，白黑，你怎么成熊猫眼了？

许白黑拍拍李乘风，我是酱香，乘风。我羡慕你，美梦无价。

接下来，又做了几回梦。李乘风的状态明显好转了。他甚至都考虑停药了。他说，不得了，白黑，我这几天都没吃药了，停药行不行？许白黑说，不行，只能酌减。李乘风没遵医嘱，直接给自己停药了。他是博士，医学博士，对于药品的认知，与许白黑是旗鼓相当的。两人都知道，应用于心理医学的相关药品，从来就不是万能的。比药品更重要的，是医生，以及患者。李乘风是患者，也是医生，他懂得什么叫作状态，临床状态以及治愈状态。眼下的状态是个节点，不进则退的节点。在人生的每个节点，他都没有退过。

李乘风停药了，擅自停药了。结果是反弹，整体病情的必然性反弹。要命的是，他是不自知的。整日里该干什么就干什么，什么也没有耽误，可是每个人都觉得他变了，变得不对头了。在整个单位，唐希跟他是最为亲近的，可是唐希都不大敢跟他说话了。

唐希跑来向许白黑求救了，他说，阴阳脸，说变就变的。再这么下去，单位里好说，把上头得罪了，那可怎么办啊？许白黑哦哦，唐副主任，本市领军抗抑郁药品，百草根冲剂，听说系统内多位领导都在喝。怎么，他没有喝吗？唐希苦着脸，许先生，谁还没点抑郁呢，可他太重了。就刚才，开小会，他把大家的水杯都砸了。让大家都到十三院住院去，就因为杯子里都是百草根。明明是他主导研发的项目呀，借题发疯啊。

许白黑说，唐副主任，建议强制性送往十三院治疗。唐希站起来，深鞠躬，许先生，我给心理医院下绊子，没少下。你大人大量，别跟我计较。我保证以后不这样了，求你了。许白黑嗯嗯，唐希，抑郁症有个别名，心理癌症，我尽力而为吧。

唐希可没空手，带了两盒礼品，许白黑的是猫屎咖啡，张副院长的是老白茶。说不清有多少，是海量吧，张副院长从唐副主任那里得到的，都是气，受气的气，就因为百草根冲剂，怎么也进不了心理医院的药房了。

许白黑的药，李乘风都给投进垃圾桶了。用药这条路是断了。想继续催眠治疗，也不具备基础条件了，李乘风疑心很重，比曹阿瞒还要重，都不大到他家里了。许白黑力邀，乘风，要不希尔顿？见个面吧。李乘风冷笑，不去，每次见过你，我情绪都很亢奋，我怀疑你在我杯子里下药了。

许白黑问道，乘风，你连我都不信了？李乘风笑道，那个医生说了，我根本就没病。白黑，说真的，我倒是觉得你才有病。许白黑直言，乘风，我跟你同样，都是抑郁症。我已经停药了，已近痊愈了。李乘风爆笑，哈哈哈，你终于承认了。我早就发现了，你柜子里好几箱大墅烟，都拆了，没抽，每根都被你捏过了，都捏扁了，你个变态。

许白黑说，不错，我戒烟用的，戒烟圈，我不吐烟圈了。倒是你，乘风，你什么也戒不掉，连做梦都戒不掉。我必须告诉你了，你梦里的那个医生，是我。

李乘风问道，是你？就凭你？白黑，你做大医生还不够，还想当神医吗？世上有神医吗，有，就一个，就在我梦里。许白黑说，乘风，谢谢夸奖。李乘风按车窗，关严实了，两人是在车里，卫健委的停车场，许白黑的车里。李乘风认为办公室不够安全，重要事务都要在车里说的，还不许带手机，两人的手机，此刻都在车下，轮胎内侧。

李乘风低声说，白黑，告诉你吧，我跟他每晚都见面，我已经看清他的脸了。他跟我长得一模一样，他就是我，我就是他。

许白黑深吸一口气，乘风，是我医术不精，令患者沉迷其中。让我来证明什么是催眠治疗吧，请你听好了，小蓝，小白，青青普大呀，密码，马鬃；还有打火机，晾衣竿，浴巾。乘风，这是心理医学，而我，是你的医生。

半分钟，令人窒息的沉默。然后，一支箭射了出去，肥箭，李乘风，他没忘记车下的手机。他把两个手机都给抓走了，直扑自己的车，一骑绝尘，呼啸而去。

三十五

许白黑赶回家里，还是晚了一步，家里的状况，比他预计的还要惨烈。那张沙发皮开肉绽了，被砍的，砍了许多刀。地上一只洗菜盆，手机都在盆里，被水泡着。许白黑居然感到庆幸，这是一场有节制的爆发，他的患者发泄了，也克制了，一切都是能够挽回的。

他看到了李乘风，如同落叶眷恋着枝头，他的双手不肯松开，紧抓着窗前的护栏，这是高层，落地窗都是要安装护栏的。许白黑伸手，掰开了那双手，死攥着护栏的那双手。李乘风站起来了，出来了，挪到许白黑的面前，很近很近。许白黑后退，让出足够的距离，他在等，等着他的拳头。

没有，李乘风坐下了，倒下了，仰躺着，躺在他的脚下，大字摊开，一动不动了。许白黑蹲下了，蹲了好久，看着他。李乘风移开目光，开口了，白黑，忘掉吧。

许白黑清清嗓子，语气温和，乘风，你要治疗，我能治愈你。

李乘风爬起来，窜进书房，拿着纸笔出来了，伸出一根手指，嘘，示意许白黑不许说话了。接下来，两人的交流，就成了聋子了，只能写字。这还不够，还要打伞，大黑伞，就蹲在伞下写字。

李乘风有足够的理由，怀疑这里也被监视了。向红缨学习，他也请了个私家侦探，给自己的汽车和办公室进行了检测。相较于小蓝小白的打火机，这侦探的设备有点大，像扫地机器人那么大，圆的。

说好了的，没问题不收费，有问题呢，按个收费，每个 300 元。李乘风付了一万元，优惠，抹零了。他出高价，买回了那个机器人，每天都在家里搞排查，进门就排，睡醒也要排。跟两个老情人分别约会时，他的包里带着机器人，偷偷排查了她俩的车，都有警报，只不过是静音，他给调成这个模式了。怕吓着她们，他都没说。自打黄毛事发，她俩都没睡好过，生怕老领导会出事，会牵涉到李乘风。

伞下，用字，许白黑对李乘风说，乘风，你这是病态。你被骗了，机器人是假的，那是变戏法。苏联时代，这种事物流行过。

李乘风问道，打火机是真的吧，我的手机有问题。

许白黑还能怎么说呢，他知道那是真的。他见过那个东西，在某机构里，去挣小钱的时候。他有点好奇，他还玩过呢，对接人难得见到他这样，又给他玩了更小的好东西，那是小蜜蜂和小蜘蛛，以及小蚊子，跟活物没有区别；还有小雨滴，小雪花，甚至一滴小汗珠，一根头发丝，可以任意出现在任何场景，或是人体的；甚至还有空气，看不见的，摸不着的，无从感知的；好多好多的，只是他不能说出来，无论对任何人。

许白黑说，乘风，就像你有病，是的。

李乘风问道，我该怎么办？

许白黑摘下手表，他说，乘风，这是最尖端的设备。FBI知道吧，我去协同办过案，这是他们送我的礼物。

李乘风一把抢过来，移开半尺，细瞅，他眼花了，远看才清晰。李乘风认出了碳钢，表带是碳钢的，也认出了搭扣上的标志，Spirit。不等他发问，许白黑就说了，乘风，这是双重的礼物。杰瑞定制的，后来被打开过的，这就是第二份礼物了。

从不撒谎的人，他所说出来的，那不是话，那是钉，字字如钉。

李乘风信了，坚信。

大黑伞被掀翻了，李乘风站起来了，笔也扔了，纸也撕了。手表戴手上了，问了个专业问题，白黑，覆盖面多大？

许白黑回答，乘风，没有覆盖面，没有盲点。你是否听明白了，没有任何设备，或者数据，可以探测到这只手表的存在。

李乘风似懂非懂的，追问，那我不就成了隐形人了。要是点对点，针对我，我不就暴露了。

许白黑笑说，李博士，你对高科技的认知，如同小学生。是这样的，你我此刻的对话，也许会被接收，但那是另外的版本了，也许是风月，也许是医学，谁知道呢？

李乘风大笑，白黑，别抬举我，我不是小学生，我是幼儿园的。

李乘风捞出手机，从水盆里。还能用，都好好的。许白黑提出置换条件，他说，乘风，你要表，就得吃药。现在就吃，吃完才可以走。每天如此，我得看着你。

李乘风吃了，吃得好委屈，还得张大口，啊啊，让许白黑检查，吞下去了没有，就像日本电影里的横路敬二。许白黑从没见过这么听话的患者，太听话了。他是那么怕他，怕到了不肯离开的地步，是的，李乘风搬过来了，医生与患者同居了。

李乘风的状况，明显好转了。按时用药，早睡早起，还是那么贪吃，有时许白黑会听到咕咕的叫声，那是李乘风的腹鸣。家里的钟点工时常抱怨，许先生，次卧床下都是零食包装袋，怎么那么能吃。厨师也屡屡呻吟，许先生，今天要做羊肉狮子头，十只哇。许白黑拍拍厨师的肩膀，工作是恒久的忍耐，多做两只，我吃。李乘风可是从不耽误上班的，每天都会按时出现在办公室，以及会议室。

如同基督徒的礼拜日，周末，李乘风都是要去上香的，去龙王山上香。李乘风的烧香名单里，赫赫然，又加多了两个名字，蓝应短和蓝小白。李乘风怎么都无法安心，唯有烧香，可以令他获得麻醉般的效果。那都不是忘我了，那是无我，死去一样的无我。

这些行为，在许白黑看来，不是皈依，而是过度，治疗意义上的过度。医生都是不信鬼的，不信鬼，焉信神。没有鬼神，又怎会烧香拜佛呢。从始至终，李乘风就是病态的，如同两列并轨的火车，呼啸而来，呼啸而去，没有站点，不可以停歇的。那是财富，更是惊悚，渗透到每个毛孔的惊悚。

每晚三点，许白黑会被某些奇怪的声音弄醒，出来一看，是李乘风在睡梦中吟唱，唱着那首刀客的歌谣，他的手里紧攥着一串佛珠，枕下也放着各式各样的护身符。到了白天，他就变了，意气风发，一切照旧。他的病情极为复杂，抑郁症重度，被迫害妄想症，人格分裂，躁狂症，等等。病因却是最为简单的，那是罪恶，他无法界定，自己是不是罪恶的。如果是，那么都是的。如果不是，那又怎会如此万劫不复呢？

李乘风的卧室里，三样至尊法宝，高科技加宗教，那是手表，以及一尊金佛，和两颗黄豆大小的舍利子。谁最重要呢，许白黑都看不懂了，手表是不能离身的，金佛是要上香的，早也要上，晚也要上的。舍利子最怪异了，或是泡在水杯里，或是揣在口袋里，要看心情的。

整个卫健委，唯有老郭是个例外，老郭不怕李乘风，两人还是原先的状态。老郭说，老李，你不能总来找我，你是一把手，不能总待在保安房。李乘风说道，在这个院子，我待在哪里，都是为了工作。老郭愁眉苦脸的，他们都来这里找你，我都没法工作了。正说着，唐希找来了，双手呈上讲话稿，说道，李主，全市医院院长会议人都到齐了。

李乘风嗯嗯，接过讲话稿，随手就扯了，他说，医德医风是个老问题，我脱稿讲话。唐希低声说，好几个院长都在议论，牢骚还不少呢。李乘风和唐希走到电梯口，电梯开了，四院院长出来了，匆匆告罪，对不起李主任，唐副主任，刚接个电话，院里有急事，我得走了。

李乘风问道，什么事？院长挠头，说是市里来人，让我立即回去。李乘风又问，我怎么不知道，是哪个部门？院长看着李乘风，轻轻点了下头。李乘风伸手，与院长握手，他说，例行公事，等你回来。院长回答，那是，我会的。李乘风的讲话，就快结束的时候，会议室的门开了，院长进来，找了个位置坐下了。李乘风忽然拐了话题，滔滔不绝的，讲到下班还没结束。

类似的事情，时不时就会发生。院长还是那个院长，李乘风还是李主任。被叫走的院长多了去了，都回来了。也没见到有谁，真是一去不回的。李乘风还在用药，只用一种药，抗抑郁药品。医学能够做到的，以及不能够做到的，他都懂。当恐惧达到了极限，那都跟医学没什么关系了，当事人只有一条出路，练胆，练成了，就成了铁胆了。至于佛祖，李乘风用的是心理医学意义上的移情心理，他从不认为佛祖高于医学，如是，那么寺庙的数量应该是最多的，起码比医院要多得多。

李乘风是自愈的，自己治好了自己。他击碎了自己的恐惧感，他不再恐惧了。换言之，在绝大多数时候，他是没有恐惧的。恐惧这个东西，简直就跟佛祖差不多，拜佛如果不能够得偿所愿，那么直接灭佛就是了。就像历史上的那几个皇帝，李乘风效法灭佛了。他把佛像给融化了，融成了一块无规则的金疙瘩；至于那两粒舍利子，他送给唐希了。先是送给老郭，老郭不要，老郭说，不能吃不能喝的，我还得没事供着它，有病才搞这个嘛。

唐希不敢用手接，他是用纱布来接的，在手心里垫了几块医用纱布，全无菌的。他是跪接的，跪在了李乘风的脚下，李乘风后退，唐希叫道，大哥别动，我跪接舍利子，跪的是佛祖啊。感恩大哥赐我圣物，此生供佛，我心如镜。李乘风拉起了唐希，殷殷叮嘱，希，你也清楚，我是怎么烧香拜佛的，浮屠七层，你得自渡啊。

李乘风减肥成功，恢复常态了。也不再乱发脾气了，该干的事情他都干得很好，不该干的事情他也干得很好，没人知道，就是很好。

李乘风作为了，亢奋性作为，也可称为病理性作为。乘东风，行业整顿的东风，他在单位搞了回普查，普查业务水准，试卷模式，亲自出题，亲自监考，没收手机，没人能作弊了。

就一道题，R，医生处方上的标志性字母R，什么意义，解释清楚。结果好悲壮啊，全军覆没了，都是零分。李乘风找到了出口，大发其火，和黄副主任轮流发火，他俩都是监考，都是火，发了个够。发完就冷了，冷静的冷，开了个小会，搞了个调整，十几个副职呢，谁管什么，都给换岗了。如同走棋，满盘棋子，黑黑白白的，都分不清楚了。

许白黑又开始吐烟圈了，每天都要吐，升级版的大墅烟。柜子里的几箱烟，他都给扔了，留着，是为了查数的，每天允许自己捏扁几根，都是有数的，那是代瘾，心理医学上的代瘾。对于李乘风的治疗，是必须要同步的，用药，以及催眠治疗。可他无法进行了，李乘风不许他再给他催眠治疗了，就如同裸奔者，都逆风飞奔了，谁还在乎私处风光呢。

李乘风不再从心理医院拿药了，他有他的渠道，进药的渠道，以及出药的渠道。他是时不时就会给人出药的，在他的圈子里，抑郁者多了去了，都是裸奔者，抑郁着也痛快着，啥也没耽误。难受极了，李乘风就给他们发些药品，同时普及一下相关医学知识，以及自己独特的抗病心得。他说，全球最会治疗抑郁症的医生是谁，咱们许医生。他治好了我，怎么治，呵呵呵，用药呗。用药者无畏，大无畏啊。

李乘风学会无畏了，许白黑学会敬畏了。所畏者，大不同。他越无畏，他越敬畏。敬畏是个恶俗的名词，在他的理念里，早已被用滥了。什么是真正的敬畏，是距离，而非融入；是安置，而非打开；是受用，甚至是享乐，就像山川河流，日月星辰，四季花开，朝朝如是，唯有欢喜。

就像他的职业，他的患者，他的一号门诊，那都是医者所为，大医者当为，自然而然，谈何敬畏呢。敬畏是必须有所超越的，超越自身，超越物质，超越背景。超越了，就是不同的高度了，没有高度了，如同绝顶，那不是山顶，那是穹顶，穹顶无限，环宇无疆。

许白黑对亨德斯说，亨德斯，你是对的，我放弃他了，从医学意义上。亨德斯说道，许，他是罪人，你也认同了？许白黑说道，他是。我错了，好多年了。我所做的，从来就不是拯救，而是赎罪。我这么做，我也有罪。亨德斯笑问，许，你始终认为，你是救赎者，怎么成了罪人了？许白黑回答，亨德斯，因为我重新确认了一个词，敬畏。

许，他们是赌徒，赌徒都是一样的。亨德斯沉吟着，说道，许，医学不是赌场，赌徒莫入。许白黑说道，亨德斯，我要挂了，打扫卫生，扔掉烟草，一根不留了。亨德斯问道，许，无论发生什么？许白黑回答，是的，亨德斯，无论。他无法影响我了，就像我对他。

许白黑和李乘风，回到了从前，从前的从前。李乘风搬走了，有时会来，频率很高；有时几天也不见人影，偶尔来电，也都是有事要说。李乘风有自己的圈子，许白黑也有自己的圈子，圈子都挺大，也有重叠，是同学圈，本地的同学圈。有几次，许白黑召集聚会，好几个同学都没到，吃到结束也没到，各有各的理由，理由都是合情合理的。轮到李乘风就不同了，若是李乘风召集饭局，会有迟到的，从来就没有不到的。

许白黑无所谓，这个同学圈实在太小了。他有大圈子，心理医学的同学圈，全是名医，国际名医。这个圈子的话题，除了医学，都很可笑，没大事，全是小事，换猫砂换狗粮之类的小事。没东西可炫的，炫什么炫呢，去女王家里用餐了，乘航母出海了，搭核潜艇到深海旅游了，这可怎么说呢，都不能说的，都是自己玩的，分享就没意思了，那都不好玩了。定期聚会，也是必须的，太有钱了，都不肯在外头请客了，都在家里吃，可省了，连大餐的流程都给省略了，每人发条鱼，就算吃饭了。吃不饱怎么办，好办，跟管家说一声，要啥有啥，大厨候着呢，私家大厨。

每个圈子都要有新血的，他们都带来新血了，或是助理，或是学生。许白黑岂能落单呢，他把宋定睛给带进圈子里了。在心理医院，宋定睛排名第二，是后辈当中最出色的医生，成功案例无数。入圈子可不光是吃饭，而是系列行为，开会免不了的，会诊免不了的，国际性质的学术会议，以及联诊，都要参加的，还要发言的，学术发言。宋定睛发言多次了，有席位了，也有地位了。这是什么意思呢，没什么意思，他是名医了，国际名医了。

三十六

好多惬意的时候，许青蓝和王花花肯来心理医院了，肯留下来在餐厅吃饭了，甚至可以在桂花树下谈笑风生了。许白黑是落足了心思，才成了这样的。他们不怕了，不怕这里了，不怕那年的除夕了。他让他们都过了，过去了，也过来了。

张副院长的寻亲专线，响了两次。丹心，是丹心，她和她，都说自己是丹心。张副院长如获至宝，把两个丹心都领给了许白黑。头一个都不用甄别，她不是丹心，她也是当年的弃婴。她以为自己或者会是丹心，她在寻亲。也在寻亲，从没停止过。许白黑问她，每个信息，你都会试试？她说，是的，许先生，你是找妹妹，而我是在找自己，我想知道自己是谁。

第二个丹心，竟然是个男人，四十多岁，是个山民，只有山上的风霜，才能雕琢出这样的面容。他自称是丹心的代理人。许白黑要证物，男人闪烁其词，由于方言太重了，许白黑不大听得懂，写字也不成，男人是个稀缺物种，半文盲，都不会写字的。没法交流了，怎么办呢，许白黑可不会放他走，谁说医生就不会动手呢，许白黑动手了。心理医院的两个院长，同时出手了，对这男人进行了搜身，反抗无效，门口有好几个保安呢。

许白黑得手了，他搜出了一小块布料，从男人的内衣口袋里。这块布料毫无疑问，来自那个包裹，当年包裹丹心的小被子，也就是那条披肩了，母亲的披肩。

许白黑手上有同样的布料，是亨德斯给他催眠过后，依据计算机成图体系，由法国某服装大师工作室原样复制的。这块布料无可仿造，国内至今还没有这样的工艺。这条披肩是他母亲在法国游学时购买的，原本就来自这位服装大师的家族品牌的。

许白黑放走了这个男人。是丹心让他来的，他不能强留的。丹心还活着，丹心知道他在找她，找了好几个年头了。丹心怎么想，许白黑是懂得的，丹心用母亲的布料，告诉他，她在，她还不想来。许白黑已经很知足了，至少她来了，派人来见他了。

张出众跟着这个男人，秘密跟踪的。跟到了火车站，看到他买票，那是绿皮车，终点站是郑州。他也购票了，跟去了。第四天，张出众回来了。许白黑特别紧张，出众，你确定他不是我妹夫？张出众说，放心吧，他不是。他是回家了，他家在嵩山。我摸清楚了，他全家都是山民，久居深山，很少出山。许先生，我派人蹲点吧？许白黑摇头，出众，她要我等，我就等着。我不催她，也不逼她。张出众感叹，许先生，团聚要趁早啊。许白黑说，我也想早，可是已经晚了。出众，有些事是要做的，有些人是要等的，只能等。

心理学有个公式，猫鼠公式。一只猫若是把老鼠堵在了洞里，猫是无须作为的，什么也不用干，歇着，等着，就足够了。是有气味的，猫的气味，老鼠最敏感了，洞里无论有多少只老鼠，都会肾上腺飙升的，突破指标了，就该冲锋了，必须冲，都会冲。这是本能，求生的本能。都冲出来了，还有能活的，猫都不怎么贪心，也不想太费力气，通常是抓到一两只，玩玩，就作罢了。公式，等于必然，没有不冲锋的老鼠，那会发疯的，互相撕咬，直至死光，就在洞里。

许白黑就算是一只猫，丹心也不是老鼠的，猫鼠公式作用于人类，那是别有版本的，强与弱，强者与弱者。丹心是弃婴，被抛弃者，她是摆脱不了弱势者情结的。弱势者通常都是主动方，只要动了，就会联动，停不下来的。或者很快，就有下次了，还是那个山民吧，他应该来送许青蓝的小纸条了。当什么都送完了，丹心还能怎样呢，现身，当然不是她现身了。而是他们现身，她的哥哥们。

偶尔的，许白黑也会接受患者的邀约了，比如王谢桥，比如石星火，比如一号门诊的某些人，他甚至都会搞串联了，把这些人都给带到了黑木崖 KTV，看他们痛饮，听他们嗨歌，都没买过单，都是签单的。他学会签单了，黑木崖就是他的定点签单单位，之一。

光是签单，都结不了账的。石星火就不许他结账的，月底年底都不许。听歌，那都是为了医学，歌者，心曲也，许白黑可会听歌了。他都没唱过，他有他的场所，家里。他只在家里嗨歌，胡唱，唱什么都跑调的，怕什么呢，听众寥寥，扳着手指查数，就三根，拇指芝芝，食指李乘风，中指无名氏。

他跟有些患者成了熟人，也不觉得有什么不妥了，都熟透了，熟彻心扉了。就如同马上回首，哪有什么一马平川，是山，一柱擎天的山；是海，沧海横流的海。八仙过海那是神话，神话都是人造的，就像《烂柯记》，那出大剧已经彩排了，许白黑还没看剧本，没空看。到现场看了预演，内衣都湿了，冷汗，什么玩意呀，他把顾问费都给退回了，退给王谢桥了。王谢桥率队追杀，追到了心理医院，非要创意不可，不给都不肯走的。

许白黑问编剧，你当神仙是走棋的，谁告诉你那是围棋了。都神仙了，为什么要下人类的棋。神仙连棋都没有，太没想象力了吧。

他问导演，你那个天庭背景，玉帝上座，神仙罗列，前后有序，还要搞朝拜。这是神仙？还不如凡人嘛。连下棋都没法过瘾，还要穿过南天门，按时去打卡。阁下是学文学的吧，薪火传承就是这样吧。

他问王谢桥，神仙是什么，假使有，是人，拥有某种神秘力量的人。这是什么人，肯定不是地球人。那么主题是什么，宇宙时间。王谢桥问道，白黑，那么神仙岂不就成了外星人了？许白黑说，几千万的投入，不是用来搞人神合一的。搞了几千年了，有意思吗？用来提问题不好吗，就时间这个概念，到底是有还是无，到底是不是另有空间，多热门的题材呀。

王谢桥说道，哎呀，还真是，我是总策划，怎么就没想到这些呢？这样，有辙了，换团队吧。奇幻仙侠剧，咱就启用最年轻的主创团队。许白黑嗯嗯，王总，特别提示，请个天文学家和物理学家，加入顾问团。王谢桥呵呵，把顾问费给强行放下了，许医生，全盘照做，重新创作。我就爱玩，什么最好玩？卖座。什么最无聊？赠票。什么最无耻？全球巡回赠票，还得送饭钱。咱能干这事？可不能，项目款，都是民脂民膏啊。你听我手机铃音，刀郎，《驼铃》，唱什么呢，不负人民养育情。

心理医院的库房，那间公用的库房，像样的东西越来越多了，越来越贵了。就像葛朗台那样，许白黑不时溜进去，带着宋定睛，两人总是逗留挺长时间的，摸摸，看看，玩玩，够了，就该折算了，算价钱，心狠手辣的。栽了跟头之后，许白黑对钱很过敏，出售礼品，都不归财务管理了，由宋定睛全权负责了。张副院长有没有想法呢，太有了，太多了，所以他对宋定睛简直好极了，他都不把自己当作副院长了，他把宋医生当作副院长来对待了。

动物救援活动，越做越大了，钱多了，就该大。怎么大，那是张副院长统筹的，许白黑给他的任务是，全城摸底，所有的动物收容站，都要摸清底细，性质不纯的，撤资。真正救助动物的，给粮，成吨成吨地给。至于资金，也要给，那叫医药费。动物跟人一样，也要生病的，也要看医生的，人托人的性质，许白黑锁定了一家宠物医院。凡收容站的动物有病了，尽管来这里看病就医，他给报销，全额报销，每月报销。张出众对他说，钱多，人傻，有啥办法。许白黑教训他，亏你还知道神爱世人。错了，生命平等才是真。谁规定的动物不能有医保了。出众，这世上有医保的动物多了去了。

张副院长的眼界太需要拓展了，许白黑派他出国学习去了。同行者还有两人，护士长和总务护士。三人去了多个国家，多家医院，以及几个企业，包括 Spirit 药品公司。花的是公款，全额公款，这笔支出叫作学费。去了六个月，半年，回来了。

张出众说，许先生，梦里不知身是客，豫东平原太小了。许白黑说，出众，大小不在于面积，孤岛再大也是孤岛。张出众自信极了，许先生，心理医院才不是孤岛呢，咱有一号门诊啊。我就觉得吧，还是要叫大众门诊，名副其实嘛。许白黑叹气了，出众，你没白去，也没白学。

周末就忙了，熟人多了，难得清闲了。李乘风约了好几回，许白黑都不去，约暴走，他才赴约了。暴走，就是少废话，并肩走，沿烂柯路，上龙王山，半腰水库歇歇脚，小卖部买两只老冰棍，相顾无言，舔着，舔冰棍是有学问的，童年没功底的人都会漏水的，李乘风就不会舔，滴答滴答的，衣襟都是圈，许白黑滴水不漏，无痕的。

到山顶了，两人进庙了。李乘风也不拜佛了，也不上香了，胆大包天，还吃了个米饼，是供果。许白黑问道，没信仰了？李乘风指着佛像，嬉笑，白黑，心里无鬼，何须拜神。许白黑恍然大悟的样子，乘风，明白，有人替你拜的，就像你从前。李乘风驻足，白黑，别总是这么纯洁无瑕的，你荷花呀，别人都是淤泥，德行。就咱那医院，你当老宅是怎么收回来的，用钱砸的。

许白黑说道，乘风，今时今日，我必须告诉你了。夏乒乓那里，我已经跟他结过账了。从前不说，是你太自信，我是担心你忍不住，会有所反应，那会影响你的。李乘风呆住了，跺脚，白黑，你个白痴，你给他多少？许白黑想不起来了，怎么也想不起来那笔具体的数额了，他说，乘风，七位数，五百多万，数字很具体，都到个位数了。李乘风吐出几个英文字母，WRTMD。

李乘风常态愤怒，都是使用后三个字母的，他已经好多年都没使用过五连环了。许白黑唯有解释，乘风，他让我相信，你给的是不够的。亿元老宅，我懂规矩，收回来必是代价高昂。他是谁的人，我知道。我不想你欠他，那就平账呗。李乘风冷冷的，白黑，规矩是什么，办事结账，各有价码。夏乒乓跟在我身后不假，他是传话的。话费给过了，我告诉过你了。

许白黑想了想，说出结论了，乘风，是你多情了。如是他们觉得够了，他就不会来找我追款了。亿元，至少一成半，这才是规矩。你知道怎么跟我讨债的，直接就把心理医院的挂号费给截了。用最美好的态度，来做交换的。现在想来，我是换不换都得换的。李乘风后退，退到大殿门口，坐到门槛上了，笑了，抬手就给了自己一耳光。

许白黑问道，乘风，知错了？李乘风嗯，我错了，白黑。我太下流了，连青楼女子都不如，欢场真情，火坑孝子，都是我。许白黑说道，乘风，那位真正的买单人，还有来往吗？李乘风琢磨片刻，说道，白黑，我找的那老板，我给过好处了，两清了。都没见过了，唉，这个市场洗牌可快了，早就出局了。

许白黑说，乘风，夏乒乓那笔款子，是我的个人款项。心理医院的财务，没有这样的账目。李乘风说，白黑，我有个想法。心理医院的股份，我想追加一些，就以你的名义吧，免得亨德斯和保罗想多了。

许白黑定定神，深呼吸，乘风，此刻，我忽然想要说出一个真相。你不是心理医院的股东，无论总院还是分院。股东确实是三个人，我和亨德斯，以及保罗。没有你，从来就没有你。你那 200 万，也不在汤姆的银行了。我让他给你转走了，乘风，转到最稳妥的账户了。

李乘风站起来了，俯视着许白黑，目光如刃，问道，怎么，嫌弃我的钱是不是？嫌脏？你有多干净，你给夏乒乓的不是赃款？那该怎么称呼，难道是谢礼？

许白黑说道，乘风，那是两个概念。我的老宅，原本就不该给钱，要钱的才是拿赃款的。你那200万，是什么性质，你我都清楚。我不能放入心理医院，那叫隔离，必须的，你明白吗？

李乘风冷笑，我不明白，你在水面上给我写出来的数字是什么？你亲口说过的，那是红利，李股东的红利。

许白黑也站起来了，两人面对面了，太近了，近得都不像是男人对男人了，这个距离，只能是男女之间的距离了。可是他们谁也没有后退，就这么开口了，如同耳语，乘风，那是你的钱。一分不少，全是你的。迟早我会让你明白，不是股东，也有红利的。

李乘风说道，白黑，只有股东才有红利，狗都懂的。

许白黑乐了，乘风，你打破了一个恒定指标。你什么也不是，但你就是有红利，年年递增，不要都不行。

李乘风呆愣片刻，笑骂，狗屁，你当你是谁呀，神呀。

许白黑回骂，你才是神呢，乘风，当年我真把你当神了。现在多好，你是人了。

骂过了，距离就拉开了，两人都喘了口气，好大的一口气，好累，就像打了一架似的。

许白黑挺挂念这里的浣纱芋头的，可他不敢说出来了。李乘风的灭佛行为，是株连性质的，连带的，他都不怎么待见这里的大和尚，以及山下的老道长了，也就没有什么上品斋饭可以吃了。

当晚，许白黑吃到了浣纱芋头，就在自己家里，独享，是王谢桥派人给他送来的。《烂柯记》的新团队组成了，王谢桥每天都要来个电话的，谈一下构思，问一下创意，也是挺有意思的，王谢桥的开口第一句话，都没变过，许医生，此刻方便吗？许白黑会说，方便，请讲。可是这回不同了，他说，王总，我有些倦了，本市最好的浣纱芋头，或者可以提供灵感吧？

就这么一句话，还不到一个钟头，许白黑的餐桌上，就摆上了好几样斋饭，大快朵颐，他也没忘了报复，他给李乘风发了张照片。果然，李乘风反击了，他花了十几分钟，就在卫建委门前的人行道上，亦步亦趋的，找寻遗迹，宠物犬的遗迹。就在紫荆树下，他找到了，好大的一泡狗屎，他拍了九张特写，发给了许白黑。

许白黑是看着狗屎，吃的美食，心里那个快活呀，真是无以言表的。他就是要刺激他，用尽一切方式和手段，让他愤怒，让他发作，让他拥有痛点，以及兴奋点，而不是麻木，或者丧失。他要他痊愈，医学意义上的，以及人性意义上的。

许白黑的厨师放假了，带薪休假，半个月。事实上，他是时不时地就要给他放个假的，有代价，返工要有新菜式，每个假期两道菜，西餐。如此他就有了两套菜单了，吃得可随心了，每天点餐，想吃什么就点什么，心想事成，都在桌上了。

家也换了，他不住在那里了，搬家了。搬到寒舍了，这是寒舍第三期了，王谢桥的别墅区。原来的家没法住了，装修素颜了，卸了妆了，韶华凋零了。要么重新装修，要么换地方，许白黑自己换了地方，给其他医生的居所全部重装了。唐希的手笔，只能是这样了，几年的光鲜，已经够了。

寒舍的别墅，是他一次性全款购买的，王谢桥给的优惠是七五折，许白黑付的是九五折。他很坚持，王谢桥就收了。装修费四百万，用的是某连锁装修公司，总经理问他风格，他说，这样吧，让你的设计师和这位女士对接一下，她要什么就是什么。总经理心领神会，许医生放心，我会全程保密，就像你对我的病情。

许白黑反问，我的家，为何要保密？总经理大惊失色，这不是金屋？许白黑很无辜，俗话，这是糟糠呀。总经理笑道，许医生，别骗我了，就这头像，可不是美颜的效果，明明是咱的晚辈哦。许白黑无奈，拨通芝芝的电话，让她跟总经理通了话，总经理这才信了。信了也不甘心，许医生，难怪你这样，家有美妻啊。

这套别墅的房产证，写的不是许白黑的名字，是两个名字，中秋和小黄。都要做出交代的，他对王花花就是这么交代的。最终他是会离开这里的，但是心理医院是要开下去的。心理医院不是教会医院，背景不同了，没有命运可以重蹈，他的老宅，只能是医院了，只要不坍塌，它就是医院，烂柯山心理医院。

以新换旧，以寒舍换老宅。他还给他们了，就都安心了。王花花不安心，她不让他给小黄署名，许白黑笑说，嫂子，这是中秋的，她当家哦。母女连心，随后，中秋还真是提出来了，她要独自冠名。许白黑练的小擒拿手，擒拿了小黄，就成了窝里斗了，不关他的事了。小黄胜出了，中秋倒戈了，王花花白白折腾了。许青蓝说，白黑，你有离心了。许白黑说，哥哥，我没有，我只是想要嫂子安心。过几年吧，我会再换一套房子的，中秋就可以接手了。

乔迁新居，许白黑下厨了，做了田园比萨，六寸的，开了瓶黑方，独乐乐，岂可无管弦，大 TV，可庄重了，就是缺热闹，许白黑频频换台，找到了，啊哦，大型新编民族交响乐，《核舟记》。好开胃，许白黑载歌载舞，吃着跳着哼着，乱哼，跟着哼。

比萨吃到最后一口，TV 换画风了，是本省新闻。屏幕上，一个六十来岁的男人被簇拥着，正在视察什么海洋养殖业，手上还拎了根海带，像是墨绸。男人在说话，倾听者众，都很用心的样子。

许白黑调大了音量，聆听。他太熟悉了，这个声音，这些年了，每周一，他会准时听到这个声音的。无论在哪里，无论他说什么，他都能认出来，认出来他的声音。

他退后了，他要看清楚他。看清了，他很平常，样貌平常，个头挺高的，头发黑黑的，有些稀疏了；格式化的神情，也平和，也亲切，也威严，也倦怠。他的衣服是个亮点，是件冲锋衣，枯叶色的。这件衣服是芝芝选的，两件，另一件是夜蓝色的。你喜欢哪个颜色？许白黑问他。他说，我要你最喜欢的。许白黑就给他了，两人的衣服是一模一样的，除了颜色。

三十七

他是无名氏，是他的无名氏。他是另有称谓的，在 TV 里，若是倒退两百年，这种称谓是叫作封疆大吏的。就在今早，六点钟，他们还通过电话的。

为什么每次听你的歌，我就想喝杯酒呢?

每天都要听?

每天，N 遍。

那岂不是每天都要喝几杯?

唔唔，我就不信，你会不喝，这是喝酒的歌。

不是，这是退出江湖的歌。

骗谁呢，退出怎么会说胜负呢?

江湖是什么，我觉得就是个传说。心理医学意义上，只有某一些人，才会这样不舍江湖吧?

不是的，江湖即红尘，那些盖世武功，才是真正的看点。

有道理，换个说法，我的武功应该叫作心字秘诀吧。

又错了，这是我的武功，你的武功叫作无邪小秘籍。

为什么是小的，大秘籍不行吗?

哈哈哈，大了就不是秘籍了，那叫教科书，就像你的雪山案例。我有个问题，你为什么从来就没有问过我，我是谁呢。

那还用问，你是无名氏，若是江湖，只有三种人会追求无名，一是杀手，二是大盗，第三嘛，很好听，叫作侠客，真正的侠客。可你不是，你是红尘中的名人吧。这个岁数了，我猜，我猜，哎呀，猜出来了，老戏骨一枚，跑不了的。

谈话没法子进行了，不是时间到了，而是笑场了，两人都笑场了，尤其是无名氏，咳个不停，分明是上不来气了。都没顾上道别，就都挂了电话了。

没有无名氏了，不是他不能隐身了，而是他不想隐身了。不过许白黑还是很乐意把他称作无名氏的，太有意义了，几乎就是恩典了。无名氏是个感恩的人，中午，小耿来了，拿药，送礼，重礼，自种的，几个小小的青番茄。

小耿说道，许医生，这是老先生的名片，请收下，他说，生吃最好吃了。

许白黑说道，小耿，辛苦你了。还有，你什么身份，都别装了，掀开夹克，拿出手枪，让我看看呗。

小耿无奈，照做，许白黑和宋定睛轮流观摩了手枪。

宋定睛问道，老师，这是什么枪，我怎么不认识这型号呢？

许白黑回答，好像是黑猫警长的枪，小号版。

最好的回礼，莫过于空手了，小耿是空手回去的。

宋定睛说道，老师，你给多少殿下和陛下看过病，就他，无名氏？嘿，好神秘哦。

许白黑说道，定睛，患者无大小，理解至上吧。

两人吃了番茄，味道挺不错的，好自然的那种味道。许白黑忽然笑出声来，他想起来了，他告诉过他的，半年前吧，他就开始种这种番茄了，就为了上肥，他还养了几只鸡呢。

半个多月吧，两个电话过后，烂柯山心理医院的牌子升级了，从市级升为省级了。

换牌子的仪式并不隆重，跟开业时的盛况是无从相比的。就来了十几个人，主管省卫建委的某领导，以及省卫建委主任和副主任一行。李乘风提前来了，提前了五个小时，早晨五点不到，就把许白黑从被窝里叫出来了。

许白黑气得够呛，乘风，你这是干什么，他们九点才到。

李乘风说道，白黑，这么大的事，你还不赶紧去现场安排。

许白黑迷茫了，他们说了，就换个牌子，十分钟吧。然后座谈一下，就在地下室的餐厅，定睛和出众都安排好了。

李乘风跺脚，讲话稿准备了吗？名签做了吗？全体医生列队参加换牌仪式，你排练好队形了吗？

许白黑笑说，什么都不用，我都交代过了，平时怎样，今天就怎样，不用做任何特别准备的。乘风，这么说吧，要是谁要求我的医生列队，我就不许换牌子了。换什么换，真是多余的。

李乘风悲呼，苍天，你开开眼吧，让这个猪头醒醒吧。这是级别，这是建制，这是规格，这是待遇。我说白黑，你到底攀上谁了，什么大人物啊？就连老领导，都是昨天下午才知道这个事的。太蹊跷了，不按常理出牌啊。老领导问我，我说不知道，他不信，我好冤啊。

许白黑沉思片刻，回答，乘风，我不知道这是怎么回事。

李乘风冷笑，你要不知道，那就是见鬼了。不过这个鬼真好，足够辟邪了。

升级了，自然是要有一些变化的，心理医院的所谓上级单位，成了省卫建委了。相较于李乘风，这个主任显然是很好打交道的，公事公办，没有私交，从来就不提问题，来了也都是例行公事的，十分客气，都没摆过谱的。有那么一回，许白黑带了宋定睛请他吃饭，便饭，没想到主任提前把账给结了，这还不算，他还非要回请不可。

下班回家，有半个小时的车程，许白黑被跟踪了。后头的车辆，仿佛是故意的，故意要让他知道似的，宁可闯红灯，也是死咬不放的。就这样跟到了寒舍，寒舍是园林式的别墅园区，依山面海，属于本市最为绝佳的地势，拥有无与伦比的天然绿地，以及丛林。

寒舍是有三道门岗的，大门，区域性大门，以及地库的门岗。这里的每栋别墅，都有自家的地库，属于自动识别系统，识别自家的车辆。前两道门岗就不同了，都是有保安把守的。许白黑在通过前两道门岗时，都对保安说了，后边是我的客人，请放行。

到了自家地库，他进去了，没有落闸，后头的车辆也就跟进来了。许白黑下车了，后头的车门也开了，是夏乒乓，他也下车了。许白黑微笑，开口了，夏先生好，久违了，请进来喝杯水吧。夏乒乓一反常态，奔过来了，伸手，紧握住许白黑的手，使劲摇了摇，他说，许医生，从前多有冒犯，别跟我计较。我是来赔罪的，就不进家里了。

许白黑明知故问，跟了我一路，难道就是为了来道歉的，夏先生，就在这里吗？

夏乒乓回答，是的，对不起，许医生，请接受我的歉意。

夏乒乓递过来一只袋子，居然是装酒的袋子，套装酒的袋子。并不是名酒，而是本市特产，新近开发的五道酒，都是小瓶装，每瓶小半斤，好曼妙，何为五道，温良恭俭让也。夏乒乓说道，明人不说暗话，许医生，我不该收你的，都还给你吧。这不是酒，是美元，一百万。多出的部分，就算利息吧。

许白黑没有接，他说，夏先生，你要我给，我就给你了。你要我收，我怎么收呢？这算什么呢？总要有个名目吧。

夏乒乓哀求，许医生，收了吧。你要不收，我可怎么办呢？

许白黑说，好吧，我可以收，但是我有条件，你我之间的。夏先生，无冕的状况，你很清楚，他是个男人了。我和米医生很成功，不是吗？我要你像他那样，成为我们的患者，接受我们的治疗。如不，你可以走了，带着这些美元。

夏乒乓声音嘶哑，许医生，你这样对我，为什么？

许白黑回答，因为你是重症患者，因为你一直都在用药。那些药品拯救不了你，夏先生，你必须接受最专业的系统化治疗。否则，你必然会走向极端的。我相信，你的每一个夜晚，都有死念，是不是？

夏乒乓说是，是的，许医生，就像年轻时想女人，不光夜里，白天也想，每天无数次，想死。

许白黑开了门，家门，做了个请进的姿势，他说，夏先生，来吧，一个小时，以及一粒药品，今晚你会觉得星光很美，活着真好。

夏乒乓进门了，他说，许医生，如果是，我会总来找你的。

许白黑说，明早就来医院，全面检查，正式进行治疗。至于现在，就算是一粒糖果吧，总要让患者尝到甜头的，是吧？

夏乒乓说道，许医生，跪求你了，我不能总去医院，我来家里找你可以吗？

许白黑说道，夏先生，不可以，家里不是治疗的场所。这样吧，你不妨另行设置一处地方，模拟诊室环境，我们定期会面吧。

夏乒乓点头，许医生，这些都好办，我都能做到，很快的。

许白黑笑说，知道，我会让你放下死念，也很快的。

圣彼得堡，T34 心理医院，是尼古拉医生开办的。圈里人，他是许白黑和保罗的同窗，是亨德斯的得意门生，跟许白黑同样，属于特招性质的，亨德斯从莫斯科给招来的。T34 心理医院会叫这么个名字，跟坦克真是没有关系的。T 来自街道，医院所在街道的头一个字母，34 是岁数，尼古拉医生开办这所医院的岁数。

会诊，并非是大医生的常态，只有高难度病历，他们才会会诊的，跨区域会诊，跨国会诊。尼古拉医生及其助理医生，到美国会诊了，与保罗会诊。该病例都被搁置了，因为保罗魂飞魄散了，就在见到助理医生的那一秒钟。

当然是女性，最美最美的俄罗斯姑娘，她有多美呢，不是人，是光，北极光，就是那么美，美死人的美。最妙最妙的奇迹，是北极光也灵魂出窍了，与保罗同频，同秒。于是，尼古拉医生被晾了，晾在了诊室，保罗的诊室，都晾凉了。是的，他们走了，双双闪人了，消失了，如同惊鸿，如同闪电，就那么一下子，还没来得及看清楚的，就不见了踪影了，都不见了。

24 个小时，有什么关系呢，对于尼古拉医生来说。那可是保罗和北极光的一生啊，前半生加后半生的一生。千真万确的，保罗的单身生涯终结了，北极光的蜜月开启了。从这里起航，去到月亮上了，真是的，保罗的家装，就是月球风的，卧室是椭圆的，没有棱角，床是圆的，大圆床。

头 8 个小时，他们都在床上。美人，美人，倾城倾国，都是美人，两个美人能做什么呢，杀无赦，杀来杀去的，没有胜负，还要杀，必杀技，杀他个一生一世的。第二个 8 小时，这才顾得上开口了，说话，话平生，都是泪，保罗的家史血泪交加，北极光的情路珠光荧荧，29 岁了，爱过好多回了，每当她爱了，都会哭泣的。

他们都让她流泪了，她是有罪的，太美了，太优异了。或者有这么美的女人，或者有这么优质的女医生，但是这样的合成品，他们不敢要，要不起，于是，就提出条件了，同样的条件，放弃医学，回到家里，做我的夫人吧。

总被抛弃，北极光是多么惨痛啊，婚纱的代价若是白衣，那她宁可不嫁了，她说，保罗，我要向你求婚。保罗再次窒息了，心脏都痉挛了，大丈夫让女人求婚，不可忍。保罗绝地反击了，第三个 8 小时，他规划了整个婚礼的议程，就在床上。雄风是什么，枪法，保罗掏枪，连环射击，射出了两颗心，你心同我心，都在墙壁上了。

北极光可不会尖叫，她会喝酒，烈性酒，酒量大大的。她还会抽烟，失恋了，就抽雪茄。保罗说，这里就是你的烟房，和酒窖。北极光问道，保罗，你不抽烟吧，也很少喝酒？尼古拉医生就是这样。保罗大叫，不，我是烟棍，我是酒棍，从此刻开始。去他的尼古拉，我这就告诉他，你辞职了。

保罗是有两所医院的，烂柯山心理医院，总院和分院。许白黑走了，亨德斯也走了，总院就剩下保罗坐镇了，他是大医生，也是大股东。天下有无铁三角呢，有的，那就是他们了。保罗说，爱人，到我的医院来，你不用做助理医生了，你是主诊医生了。北极光说，我爱，大帝怎么办？哦，你和大帝都是我的最爱。

大帝，西伯利亚猫，体重近三十斤，长毛，虎斑色，十岁，雄性。北极光是在莫斯科上的医科大学，本科硕士博士，大帝相伴，从没有分开过的。博士毕业，北极光选择了尼古拉医生，因为他的医院是最好的。从莫斯科到圣彼得堡，同行者大帝，同居者大帝，只有大帝。大帝耐寒，但是怕热，这里的夏季它是有些受不了的。

最重要的，在俄罗斯也好，在美国也好，在绝大多数的国家，猫狗都没有圈养的概念，都是自由的，和人类同样，在外头都有自己的伙伴和朋友，都是老相熟了，回家只是吃饭和睡觉，在它们看来，人类是什么呢，那都是同类，直立行走的同类罢了。北极光婚后，是要两头兼顾的，大帝和保罗，谁该迁就谁呢，无疑的，保罗第二，他可没有大厚毛，他是冷热皆宜的。

注册，两人注册了。第 23 小时 30 分，注册开始。15 分钟，注册完成，礼毕。第 24 小时，保罗和北极光回到诊室了，以夫妻的身份。尼古拉医生几乎发疯，鉴于场所特殊，为着自控，他吞下了好多的冰块，填满了口腔，以免狂叫。

亨德斯也来了，被尼古拉医生给叫回来的，从渥太华赶回来的。亨德斯打针了，打了一支镇静剂，低剂量的，以至于他的舌头比较僵硬，口齿不大清晰，但这并不能够影响他的思维，以及表达。他给出了最完美的解决方案，他说，亲爱的北极光，大帝在哪里，你就在哪里。我的建议是在这里，别担心，我有老朋友，动物心理学家，她会帮助大帝适应新环境的，会给它介绍新朋友的。至于这个夏季，先修剪一下毛发吧，就像英短猫，就像美短猫，就不会太热了，啊，真是棒极了。

北极光拥抱亨德斯，我爱你，亨德斯，我想大帝会咬你的鼻子的，它对最爱，才会这样的。尼古拉举手，做投降状，亨德斯，那一咬，神啊，最是销魂。保罗说，亨德斯，我要去接大帝，明天。亨德斯摇头，这可不行，我也要去。重要的人都要去。保罗，去通知吧，婚礼地点，圣彼得堡。

许白黑服药了，三分之一片兴奋类药品，他要创造，创造出最绝顶的礼物，献给保罗，和他的爱人。由于用药，他的语言状态一反常态，淋漓尽致，再无顾忌了，他说，保罗，惊闻噩耗，我要告诉你，婚姻的真相。是蜂巢，蜇，随时蜇，跑不了，贪甜，忍着疼吧；是豹牙，咬咽喉，常咬，不要挣扎，随她咬吧；是蛇，大花蟒，死死缠住你，透不过气来，无论你在哪里。最可怕的是中年后，男人就会雌化了，怎么回事，那是她们驯化了你。我们求蜇，求咬，求缠，不给怎么办，我们撒娇，哭闹，保罗，噩梦啊，可我不愿醒来。

保罗笑说，许，我比你更惨，芝芝在你身后，北极光要在我前头，我说并行可以吗，她说不，她是后浪。许白黑呜咽，保罗，好悲壮，你的家里如医院，可以随时会诊的。保罗大笑，我发过誓，不娶女医生的，可是誓言算什么，当爱情来临了。许，我恨自己，为什么十年前拒绝那次讲学的机会，到她的母校去。许白黑吼道，蠢货，保罗，开头算什么，末日最重要，我和芝芝会在同日，就像泰坦尼克号的那对夫妻，不逃生，沉船了，海底多美，呵呵。

兴奋剂可不是白用的，许白黑的礼物亮了，亮了整个的婚礼现场。婚礼总是相似的，流程都是雷同的，都不能免俗的。来的都是圈里人，同样的祝福，不同的贺礼，可以归类，好多个类别，送什么的都有，属性都一样，定制品，都是昂贵的。保罗是圈里最后一个单身汉，大家都在等着这一天，等了好久了。

许白黑的礼物，是一只大摇篮，超级大，长圆形，长度 120 公分，宽 60 公分，木制品，泡桐木。这可不是手摇的，而是电动的，要用电池的，纽扣电池，一粒就够了。是许白黑的构图，许青蓝的手工，细腻无比，无可挑剔。许白黑拍手，大家静静，请看，为什么，人过半百难免会有些怀旧的，猫也是的，心理学上的摇篮情结啊，我的大帝，还等什么，来吧。

啊呜，大帝回眸，眸子里是个问号，意味深长的，许白黑亮出了招牌动作，张开怀抱，求抱抱。大帝很给面子，过来了，进去了，躺倒了，翻个身，肚皮朝上了，好爽，打起了大呼噜。这个摇篮可非等闲，是有导音系统的，于是，满场回鸣，唯有呼噜。北极光热烈拥抱许白黑，她说，多么完美，天才的礼物。

满堂笑声，他们都问，北极光，我们都不如他？

北极光可不含糊，她说，当务之急，保罗最需要的是什么，是让大帝接受他，爱上他，而不是把他视为入侵者。只有许，他做到了，为了保罗。许白黑得意极了，我不是天才，我假想自己是一只猫，就是这样，就这么简单。

芝芝和北极光耳语，你不喜欢珠宝吗，我做错了吗？北极光哧哧笑，喜欢得很，超爱黄宝石，和大帝的眼神同色系，好贴心哦。芝芝说，男人可不如猫，猫挑食，男人这种生物吧，最爱自讨苦吃，满足他，给他苦头吃，让他当糖吃，他会比猫还像猫。

北极光说道，记住了，可是猫会咬人呀，他们呢？芝芝说，好办，用猫的办法统治他们，沉默，不理他，偶尔失联，甚至失踪，哼，他就听话了，乖乖的。北极光倒吸一口冷气，你玩过失踪吗？

芝芝搂紧她，冷笑，多了，最长的一次，九个小时。北极光问道，那他呢，找你找疯了吧？芝芝点头，到了那种时刻，你会发现，什么大医生，都是蠢材，他都快报警了，我呢，就藏在他的后备厢里偷乐呢。

北极光捏捏芝芝的细腰，嗯嗯，我想知道，你是怎么做到的，我不能发胖，我要打破基因，永远窈窕。芝芝说，没有诀窍，美是忍耐。扶墙走路，必要的时候，饿的。北极光说道，幸亏现在才认识你，不然我也许就不会失恋了，也就没有保罗了。芝芝咕咕笑，我此生最大的遗憾，就是恋爱的次数太少了，都没有什么谈资了。

三十八

保罗爱枪，谁都知道，作为东道主，尼古拉医生给大家安排了娱乐项目。率队前往基地，军火生产基地，进行观光和体验。有专机来接的，不是客机，机舱好大，只有长椅，好几排。尼古拉做了介绍，朋友们，我们即将抵达的，不是地球上最大的基地。最大的在哪儿，哈哈，都知道的。这里是最强悍，也是最领先的，当然是之一,四个之一的之一。它的威力随时可以摧毁这个星球，但这不是最重要的，那是什么呢，是护卫，天下无敌，就是护卫。请勿离队，都要跟着我们的接待人，他是我的朋友，老朋友。

接待人是该基地的军火生产商，大老板。该基地有多大呢，不能走路，要走车，从这头到那头，直线，开车一个多小时，也就够了。半个城吧，就是那么大。这里也是分区域的，生产区域，研发区域，以及核心区域等。有些区域可以参观，有些不能，连遥望都做不到。

高山苍苍，河水泱泱，高山流水，知音难求。是保罗的枪法，让大老板震撼了，嗨了，破格了，适度开放了某些禁区，嗓门也高了，嚷嚷着，看吧，我的医生们，这里是贸易区域，只有买家才能看的。保罗也笑，我不喜欢这些，重兵器，射程太远，跨大洋，不好看。大老板挥手，想买的多了，我都不卖。在这个世界上，都是买方市场。只有这个市场是例外，是卖方市场。卖不卖，我都不当家，有公约的，能卖的卖，不能卖的，出什么价都免谈，要什么花招都没用，我就一个词，滚。

许白黑问道，先生，我想请问，你看过那个小半岛，那个年轻人，搞出来的那些个系列展览吗？大老板愣住了，慢动作，弯腰了，抽了，笑抽了，大家都笑抽了。大老板掏出纸巾，发给大家，擦鼻涕擦眼泪的。他说，那是什么，业内有命名，玩具总动员。全是玩具，老玩具。比我还老，就像尼古拉医生的医院名字那么老。尼古拉不乐意了，揍了大老板一拳头，你个奸商，是不是你干的，卖废品给人家。许白黑纠正，尼古拉，请使用替代词，乐色。

大老板举手，向天发誓，我犯了狂想症了，幻想了一个链条，甲乙丙三方，我是甲方，我把我爸爸的产品卖给乙方了，乙方敬老，连我爷爷的产品也买走了，高价。乙方转手了，把我爷爷的产品转手给了丙方了，听说还给免单了。我爸爸的产品呢，乙方自用了，还拆了，要仿造。哟呵，太励志了，什么都造不成，请问，线头和染料都不过关，怎么织出美妙的花地毯呢。亨德斯拍拍大老板，先生，我能治愈你的狂想症，我宣布，你已经痊愈了。大老板反问，医生，我说什么了？亨德斯回答，你卖掉了爷爷的玩具，爸爸的藏品，太不像话了。

大老板提问，请问所有人，你们都想得到礼物吧？嗷呜，我送枪，每人一把，本年度最新版手枪，银鸽 022 版。保罗拥抱大老板，告诉我，你包邮。大老板承诺，一定，送到每个人的手里。许白黑问道，老兄，什么意思，难道你黑帮呀？大老板反问，兄弟，哪有黑帮呀，都合法化了，难道你不知道吗？我白白白，比白雪公主还要白，枪支特别通行证，我随便撕，就像处方，撕到退休。许白黑搂着芝芝，笑说，老兄，把我的给她，两把，她签收。大老板嗯哪，收到，兄弟，不要说再见，我们一定会再见。

再见，雪域莽莽，返程了。各有归途，各有去向，都挺忙的，就此别过了。再聚，就不知道是在哪里了，不知道是谁发起了，有些聚首不可预计，就像保罗的婚礼，闪婚。有些分离也是同样的，走了，就再也不会出现了，哪怕是在梦里。比世事更无常的，是生命，生命是从不等值的，在医学意义上，无论他是谁。

没有人去送他，他是独自离去的，他是他们当中最年轻的。这一别，是永诀，他不会再来了，他的生命走不到这个年底了。他是医生，也是患者，肝癌肿瘤晚期患者。他很乐观，每天都在自我干预，效果良好，直面死神，如同初恋。亨德斯说，亲爱的，第一个应该是我的，祝福那一刻，就像回家了。他说，医学昌明，当我在安乐死胶囊舱里，按下那个按钮，30 秒钟，就结束了，老师安心吧。

他删除了自己，从圈子里，大医生的圈子里。没有道别，也没有人给他点蜡烛，连句悼词都没有的，有的只是目光，他们的目光，就在窗后，每个房间的窗后，看着他走了，远了，看不到了。

亨德斯问自己，我呢，是不是也应该放手了？他有答案了，答案既出，就迫不及待了。他想退休了，就在今天，就在此刻，就在这里。许白黑没有感到意外，从亨德斯使用尿不湿的那天起，他就知道，这个日子不会太远了，是逐日逼近的。他说，亨德斯，就像彩排，我看到无数次了，这个场景。我接受，并且愿意鼓掌，为你。许白黑说着，就鼓掌了，亨德斯握住他的手，许，听到掌声响起来，我不孤独。我也想留下来，但是医生是不应该穿着尿不湿接诊的，这对患者不公平，这对医学失敬了，我该谢幕了。

许白黑说，亨德斯，我从没有见过这么圆满的卸甲。请答应我一个请求，谢幕不等于落幕，请在幕后吧，还有那么多医学命题呢，你不会忘记我们的蜜獾计划吧，让我们一起完成它。亨德斯微微欠身，许，谢谢邀请，我乐意参与。

许白黑弹指，眼角光影飞溅，亨德斯，铁三角不能散了，你的资本不能撤。还有，我们的圈子只有死别，没有生离，谁也不能删除自己了。亨德斯微笑，许，你才是黑帮，白衣黑帮大帮主。许白黑也笑，说退就退了，我不上谁上，保罗新婚呢。上就上吧，都会谢幕的。

亨德斯说道，许，祝贺你，新任掌门人。我是有令必从的，随叫随到。许白黑叫道，宗师，每天都要到，你的诊室是研究室了，我会给你准备足够多的尿不湿。

管他新婚不新婚的，刻不容缓，许白黑叫来了保罗。履行掌门人职责，他宣布亨德斯要退休了。保罗从怀里掏出一瓶气泡酒，他说，半夜叫新郎，必有大事。亨德斯，别说你想退，连我都想退了，当我看到他消失了，从圈子里。来吧，生者尽欢，让我们干杯吧。

许白黑问道，保罗，你为什么不问谁来接班呢。

保罗反问，还能有谁，当然是你。许，我永远比你晚一步，无论什么。但是，啊，世间最美，莫过晚来。爱晚，我就爱晚。

许白黑笑道，保罗，我保证你是圈里最快的，做酒棍。

亨德斯高高举杯，举过了头顶，干了，我爱这杯酒。

三人干了杯，保罗笑说，亨德斯，你不是我们的，你是所有人的。你还应该问问他们，是否答应你。

保罗拉开门，门开了，好多人，都穿着睡袍，站在走廊里。都是亨德斯的学生，几乎所有的学生，他亲手带出来的学生，是尼古拉医生先开口的，他说，亨德斯，我至今都记得，你说你爱我起的名字，圣彼得堡 T34 心理医院。我想说，我们都爱你，不要走，可以吗？

许白黑的目光如同一条弧线，抛向了队伍的左侧，那里，是维也纳的弗兰克医生，于是，弗兰克医生问话了，亨德斯，我想请问你，那位茜茜先生的病例，你就这么甩手了吗？他每天都在等你，他是不能没有你的。

若是换个场合，许白黑会笑，大笑，为了茜茜先生这个名字。

茜茜先生会是谁呢，毫无疑问，他只能是张国富了。但是弗兰克医生是不可以当众叫出患者的名字的，所以他就用了这么个称呼。恰似暗号，亨德斯即刻表态了，弗兰克，我会去你那里，为了茜茜先生。

还有我呢。还有我呢。还有我们呢。所有的人都在问话了，亨德斯无言以对了，他历来都是公平的，对每个学生。许白黑就提议了，他说，亨德斯，采用半年制吧。半年在美国从事研究，半年全球转转，不说巡诊了，非特殊病例，比如茜茜先生这样的，你不用事必躬亲的。有我们在呢，让我们看到你，这就足够了，可以吗？

保罗说道，不，这是不够的。亨德斯，我们都是你的学生。你是老了，我们也在老去，我们也都有学生了。都有了最卓越的学生了，答应我们吧，你要让他们知道，你不是传说。你要让他们相信，他们也可以成为你的，你这样的医生。

亨德斯没有说话，他已经说不出话了，唯有点头了，那么地轻，那么地慢，就那么一下子，他点头了。

杰瑞来蓝市了，是从印度来的，飞机落地，他就直奔寒舍而来了。犹如潜伏者，只怕暴露了行踪，他的开场白，许，别让他们发现我。他们总在催，每天，以各种方式。

许白黑和杰瑞贴面，老规矩，贴面礼，他说，还能有什么最好的方式呢，莫过于无偿了，土地使用权无偿，以及诸多名目的补贴，比如落地，比如厂房，甚至宿舍，等等。杰瑞惊呼，许，你好精通，当年心理医院也是这样的吧？

许白黑摇头，才没有，我是老宅，不是新区，大新区，呵呵。我付出了代价，才收回了老宅，规则性质的代价。

杰瑞说道，许，这正是我最为担心的，所谓规则，到底有多大，到底有多深。我不知道我能否应付，在未来无比漫长的日子里。

许白黑回答，杰瑞，没有问题，你可以应对的，就像我这样。

许白黑讲述了心理医院的事情，关于回扣，关于副院长和护士长，关于每个员工，他说，没有玄机，全部赃款收回了，只是那两棵树，再也不能够复活了。杰瑞，我曾经以为心理医院是个孤岛，现在我不这么看了。海洋时代是没有孤岛的，终将没有，必将联通。

杰瑞问道，许，你是为了什么，这些年来。

杰瑞，你为了什么，我就为了什么。许白黑说道，有些人应该挨揍，他们说我是思乡，故乡情结，哈哈哈，他们连白痴都够不上，是伪君子。我们为什么，资本和利润。收益喜人，甚至是惊喜。之所以这里，而不是那里，我是源于某些必然因素的，比如老宅，以及情感。最重要的，是一个心愿，好渴望，就像少女在守候着她的骑士。

杰瑞点头，好浪漫，许，感激你告诉我这么多。我也想告诉你，我跟印度签约了，授权他们生产 Spirit 药品公司最为尖端的某些专利药品，谁都知道的，那里是世界药房，是仿制药品的生产基地。这个行业，几乎所有的巨头都对他们授权了，Spirit 药品公司为什么不呢。

许白黑点头，当然，祝贺你们的合作，那会惠及更多的人群。众所周知的原因，这些人群是用不到最好的药品的，有了你们的授权，就会好多了。

杰瑞说道，许，我选择了印度，放弃了越南。

许白黑笃定的，杰瑞，越南就不用说了，不在考虑之列。他们吃猫，每年要吃掉四百万只猫。我们这样的人，都是不可以忍受的。他们不会知道，这个可恶的陋习，才是他们发展的绊脚石。

杰瑞说，正是，绝不，无论什么条件，我们也不会去那里的。

许白黑笑说，杰瑞，你和印度是尖端专利产品的合作，那么这里呢，只能够是常规产品的合作了。我觉得吧，如果你愿意再等等，这里会更为主动，大幅提升利好幅度的。新区都快长草了，你来了，那就是精灵大新区了。你要不来呢，那就叫新鬼城了。急的不是我们，是他们，我们最爱慢时光，不是吗？

杰瑞乐不可支，许，你的表达有些本土化了。慢时光，是这里对我们的称谓。我们是慢，好慢，那只是生活和心态。至于其他，我们全是最快的，难道不是吗？

汪汪汪，汪汪汪，许白黑的手机响了。杰瑞不明就里，到处张望，并且准确地做出了判断，许，你养了牧羊犬了，在哪里呀？许白黑压低声音，杰瑞，是人，我的手机，别出声。

这个声音，是李乘风的专属铃音。许多个夜晚，许白黑无事可做，找闲事，享闲情，就是捯饬铃音了，是李乘风自己要求的，白黑，我就是狗，牧羊犬，我下载的，你听听，好听吧？按照李乘风的要求，许白黑设置了这个声音，汪汪汪，就成了李乘风的来电了。

许白黑极为紧张，通常，犬吠响起，意味着李乘风就在门口了，寒舍的门口。许白黑不由分说，把杰瑞推进电梯，按了 3 楼，那是他的书房，以及大露台。

许白黑开门，神色淡定，乘风，我有朋友，正忙呢。咱再约吧。

李乘风硬是挤进来了，捏起台上的咖啡杯，细看，深嗅，哇，白黑，没口红，没香水，你喜欢素颜？

许白黑说，是的，你快走呗。

李乘风哼哼，骗谁呢，你个吃斋的，我就不信你今天开戒了。我得上楼去看看，嘻嘻，就一眼。

许白黑拉出台上的小抽屉，里头有张小卡片，无名氏的名片。这张卡片是他特地带回家的，黄昏，就为了这个概率，千分之一的发生率。他说，乘风，你看，是他的朋友，我正在接诊。

李乘风屏住呼吸，吐气如兰，白黑，你和他，熟人？

许白黑嗯嗯。

李乘风耳语，白黑，那我走了，回头说。

李乘风转身，脚步又快又轻，就像猫步那样，没几下，就窜到院子里了。许白黑追过去，乘风，我送送你。

李乘风推他，超级用力，白黑，快回去啊。

李乘风来去如风，许白黑没有上楼，也没有叫杰瑞下楼。他拈起那张卡片，撕了个粉碎，3寸乘2寸，区区小纸片，比他的女朋友还要威武，假使真有的话。这是他的家，不是道场，容不得符的，使命既成，这张符的归处，就是垃圾桶了。

杰瑞留宿了，确切地说，是连吃带喝，聊了成夜。吃的是外卖，全是炸货，好精致的，样式多极了，炸香蕉炸牛奶，炸馄饨炸茄盒，炸馓子炸年糕，等等，喝的鸡尾酒，两人各显身手，轮流调酒。他们有共识，从不认为鸡尾酒是市井酒，或是酒吧的酒。那些场所的鸡尾酒，都是用来看的，不是用来喝的，口感不行。最好喝的鸡尾酒，是在哪里呢，当然是在家里了，拥有专属酒窖的家里，用最好的酒，调出最好的酒，那种层次感，是不需要什么花式手法的，直来直去的就成了。

杰瑞闹了笑话，他把馓子当成了炸面条，至于炸香蕉，他认为那是奇迹，是应该申请全球餐饮界的创新奖项的。最压轴的是洋葱，水果小洋葱，就像车厘子那般大小，玲珑剔透，入口爽脆，滋味甘甜，一口一个，嘎巴嘎巴的，可比北欧的洋葱好吃太多了。杰瑞吃了十好几个，还要，许白黑摊开手，没了，这是盆栽，家里就一盆，都摘光了。杰瑞大叫，许，这是什么品种，我要引进，必会风靡。许白黑呻吟，杰瑞，这不是我种的，这是变态试验品，从种子发芽，就要用网带套着，不许它长大；你知道要用什么肥料吗，新核桃，烘干，打粉，就是了。杰瑞大笑，明白了，奢侈品，只能盆栽，无法推广的。

两人毫无睡意，探讨了两项议题。关于Spirit药品公司在中方市场的运营模式，得出结论了，那就是随行就市，向其他国际品牌药品企业看齐。人家是怎么做的，那都是反复摸索出来的，基本格式化的。同步，怎么都错不了的，那叫方阵，谁敢打破这个方阵呢，没有人，谁也打不起的。破阵子可不是词牌了，是弦，弦断有谁听呢。

涉及某些具体的操作方式，以及有可能产生的个体性后果，那就是就事论事了，当罚则认罚，见招即拆招。都是有前例的，前例就是在列的，怎么样都不会出列的。也有先驱，撤走的就是先驱，那就是出列了，不在阵容了。

许白黑说，杰瑞，不要少见多怪，乐观不是心态，而是策略，商业策略。打个比方，一位卓越的外科医生，和一个所谓要害部门的公职人员，两者的收入应该有至少数十倍的差额，在世界任何地方，都是如此的。所以，趋势作为吧，我们不妨将某些行为，解读为市场性调控，是必然性的，也是过渡性的。杰瑞说道，许，所见略同，我们都这么认为。没什么值得不高兴的，相反，充满希望，对于前景，以及未来。

三十九

杰瑞有个朋友，是做汽车的，百年老字号，国际品牌汽车。他在市场运营中，采取了极端化模式，对于中方市场。那就是外包，全部外包了，他只提供发动机，以及生产线，营销什么的都不管了。他说，N 年，合约期满，双赢了。而这个品牌是永恒的，它仍然属于这个世界。杰瑞认为他太黑心了，也太狠心了，卖名号卖那么贵，还当了个甩手的掌柜。他的朋友说，杰瑞，你好无知哦，那叫区域性授权，自成边界，我为什么要拒绝呢。

杰瑞是做药品的，他可不能这么做，他的心好小，像药片那么小，最小的药片那么小。最小的药片是一部变形记，本来是没有这么小的，个头是现在的双倍以上。药效是最美好的，副作用微乎其微，令人依赖，相对容易成瘾。故而遭到封杀，已经全面停产了。许白黑有过瘾的，对该药品，后来戒掉了，极难，极难。

杰瑞也试过，他的研发团队每位成员都试过，不是要推翻结论，而是要重出江湖，隆重推出该药品的改良版。世事是如此的荒唐，改良的意思是什么呢，说出来都会令人垂泪的，那就是加强某些副作用，让它不再那么完美，让患者不再那么依赖它，离不开它。也就是说，不要太舒服，适度难受，就可以了，就会过关了。

以往，以往的以往，无论是药品，还是手术器械的研发，Spirit 药品公司从无败笔。最大的失败，就是这回了，败就败在了第一。

研发第一，临床应用第一。第一遭封杀，谁能不气疯呢，杰瑞就没有疯，他很冷静，他要当第二了，没有第一的第二。第二是稳拿的，毫无悬念了，该药品的改良版正在临床试验中，数据指标精良，无出其右者。

许白黑说，杰瑞，这里有一句老话，来自一部老电影，超越时光。谁说的经典都在好莱坞呢，谁说的黄种人就没有绝色呢。这部电影就是无与伦比的，主人公也是，她说过的，我要说自己是第二，那么请问，这天下还有第一吗？杰瑞神往，许，我看过，个人认为，没拿下奥斯卡奖项，是因为结局太过于东方化了，仍然是成全和被成全。如果那个男人也跳了崖，就此完结，它就是全球顶流了。许白黑说，严重同意，武侠，临了，侠气和人性，前者胜出了。

杰瑞分明是有些担心了，提出了非分要求，许，你可否做我的志愿者，试用药，今日始。许白黑说，我很乐意，我会尽心体会，它和前身有何不同。杰瑞说道，许，你会感到某些不适，哼，做到完美就是罪。人性如此啊，那就满足他们吧，给出副作用来。许白黑笑说，我会详尽记录，反馈给你。分享一个小秘密，杰瑞，完美版我私留了一些，就在家里。杰瑞吹口哨，许，全球召回算什么，召吧，照做。好多个医生跟我说了，他家里有，嗯哪，我家也有的。

两人相视而笑，像是两个大盗挖到了聚宝盆，太得意了，胃肠道蠕动加剧了，就饿了，冰箱里有西班牙火腿，切了片，生吃，入口即化的。杰瑞问道，听说这样的火腿，在这里好贵，是吗？许白黑唔唔，贵，三万多人民币一条，比原产地贵了好几倍呢。

杰瑞拧开水龙头，接水喝，许白黑制止了，他安装了纯净水过滤器，但是不可以直接饮用，还要烧开，放凉，好麻烦，所以他喝的都是瓶装水。5 点 10 分了，杰瑞的航班是八点钟的，6 点 20 分出发就行了。碎片时光，干什么好呢，莫过于浏览寒舍三期园区了。

寒舍是王谢桥的点睛之作，依山傍水都算不上优势，妙就妙在了园林规划，西洋风水，本市首创。每期的园林都是字母造型的，王谢桥团队精选的字母，三期的字母是个 M，小写版，圆润，对仗。王谢桥也住在这里，就在东头，他爱看日出。许白黑在西头，他爱那落日纷纷，满目流光。

寒舍当然不是寒舍了，都是豪宅，是不应该随意再进行改造的，起码是外部。如果非要再度升级呢，那就是不像话了，许白黑介绍，杰瑞，这里保持原貌的就两栋，我和开发商的。其他这些你都看到了，我总结了本土别墅五大傻，花园做菜园，挑高做隔断，露台安顶棚，地下电影院，家家筑围墙，还有更杰出的，不说了，你会肚子疼。

杰瑞没有说话，他的目光被吸住了，牢牢吸住了，许，快看，那个女郎，她是幻觉吧，太美了。

许白黑仰望，无比地震惊，伊人独立，白雾苍苍，她就在露台上，王谢桥的露台上，她不是别人，她是谢晓桐。真的好美，她只围了条大披肩，晓风袭来，她的胸脯裸露了，弧线饱满，如若弯弓，如若蜜桃。许白黑想逃，迟了，她看到他了，都怪杰瑞的那声轻呼，惊动了她。她先逃了，逃进屋里了，太慌了，披肩都掉了，落地了。

许，你怎么了？杰瑞从没有见过许白黑这样，像是失神了，也像是受惊了，他问了好几次，许白黑都没有说话，只是转过身，快步离开了。

到了车库，许白黑隆重介绍了两位嘉宾，他的两辆车，新车和旧车，新车黑黑，奥迪 Q5L，旧车矮黑黑，奥迪 Q5。两个黑黑的车牌，尾号不同，分别是单号和双号。今天要开矮黑黑了，没办法，这里动不动就要限号的，都是为了蓝天，限号蓝。杰瑞原地跳高，许，等我来了，就是白白吧。许白黑笑道，不行，那是宋医生的专利。他的新车就叫白白，旧车叫作小白白。杰瑞，你还是开幻影吧，这里什么车都有的。

机场，来来往往的都是别人，送往迎来的是许白黑。还没几天，他又来了，开的是黑黑，接芝芝来了。芝芝打招呼，哇，黑黑好漂亮。许白黑立刻效仿，哇，芝芝好迷人，比上个月好看多了。

正如预计，正是所求，他被报复了，报复方式是一路的沉默。每当他需要安宁，他会故意说错话的，这个法子屡试不爽，超级管用，从不外传的。送她回家，他去上班，历来都是这样的，她会等他，在哪个家，都是如此。这回不同了，她说话了，白黑，你别走，有事商议，他垂危了，我不知道应该怎么做。

许白黑莫名其妙，芝芝，是谁？

芝芝回答，还能有谁呢，你岳父。

许白黑问道，还有多久，医学意义上。

芝芝竟然摇头，白黑，我前天接的电话，小先生来电，说是就这几天了。突发性脑出血，重症监护。你知道的，我跟他们每年只有两个电话的，固定式，双方恪守，谁也无意破局。

许白黑无话可说了，他不知道应该怎样表述，怎样作为了。是芝芝的问题，她不接受他们，上次探亲后，她的弟弟和妹妹都与她主动联络过，意图亲近。她都挡了，维持在礼貌的层面，决不深入。背地里，她称呼他们小先生和小女士，以此类推，她的父亲和继母，则是先生和女士。她不肯原谅他，并且她要他知道，她都做到了。

从无苦情戏，他没有找过她，他有他的妻儿，貌似其乐融融。她是局外人，前妻的女儿。他给她学费，送她离开，有言在先的，芝芝，你已成人，要靠自己了。芝芝说，那是一定的，祝你们幸福，爸爸。那是她最后一次叫他爸爸。往后就极少联络了，是他主动的，他不想多一个包袱，他已经儿女双全了，妻子是太太，从不工作的，他是养家的男人。

许白黑是做过努力的，为了芝芝。可是芝芝不领情，她要的只是认证，自我的认证，他们眼中的认证。她比他们都好，什么都比他们好，比他们加起来还要好。好过了，就是终结了。煽情，那是三流电视剧，芝芝都不看电视的，她的人生是顶流配置，无须俯就的。

可悲就在这里了，她比他清醒，本能的清醒最是清醒。她隔绝了他们，从始至终。许白黑就不行，他与他们联络过，探亲过后。不过几次，就冷血了，比芝芝还冷。他们太热血了，以亲情的名义。他给过两次，一次是岳父，一次是继母，他说，父母大人，芝芝尽孝了。

时隔许久，许白黑才告诉芝芝的，芝芝很现实，只关心数字，她说，白黑，数十倍奉还了，勾销了。你不了解他，不是对我，母亲是被他逼的。他连爱自己都不会，何况爱人。许白黑说，是这样，那位女士也不爱他，她只是需要他的保障。芝芝说，白黑，爱情或有完美的，亲情皆是残缺的。我若嫁个穷汉，探亲？那都没人肯接见的。

许白黑唯有致电小先生了，三分钟，理顺了三件事。丧葬仪式的费用，归他；丧礼，他和芝芝要参加；骨灰，先生要和女士一起的，百年之后。许白黑回答，好的，我们接受。具体日期，请及时通知。

芝芝都听到了，忍不住自嘲，白黑，我真多情，我还以为他想见我。许白黑说，不要错怪他，芝芝，他没有自主意志了。最重要的，你是否想看到他呢，最后的一面？芝芝问自己，我想他吗，是，好想，无数次。可是没有用，他从没有说过，芝芝，让我看看谷雨吧。

陪伴不可或缺，许白黑没去医院，整天。这是他的头一次，从医以来的头一次。芝芝说，白黑，你去吧，受不起。许白黑说，芝芝，要习惯，以后我会经常陪你。饶恕我，从前太无知了，我只认得医学，冷落的不只是你，是整个生命。认知从不会迟，开始了，我要加倍自爱，爱我所爱。

夜半，歌声，细细碎碎的，像是来自梦境的，醒来方知，真是梦啊，浮生一场大梦，梦里梦外，有何分别呢。循声，登楼，斯人如故，风露中宵。为了谁，他知道，此情此景，不是自己的。他没有上前，像往常那样，伸出一根手指，托起她的下巴，吹气，嘴对嘴，像是吹气球那样的。

他下楼了，无声无息地溜走了，到客厅，订票，最近的航班，是在三小时后，就是它了。最难得快意恩仇，必须做到极致，他把酒店也给订好了，死票，等死，不死不回来。做好早餐，收好行李，他站到花园里叫她，芝芝，我们出发吧。芝芝喊道，白黑，我听不见。他改口了，爱人，我们应该去了。

芝芝下来了，问道，白黑，为什么？许白黑实话实说，芝芝，为了你，我只会为你。芝芝说道，白黑，我没有遗憾，不用去了吧。许白黑说道，女人，少废话，跟我走。芝芝嘟囔着，也听不清在说些什么了。许白黑软了声调，芝芝，他是爱你的，在很久以前。

芝芝走后，每次走后，许白黑会清点柜子里的药品，还好，这次只是少了三粒。他摸出她的规律了，差不多十天一粒，很好，她很节制的。本月已是月半了，看样子她是要加量了。许白黑从没有问过芝芝你为什么要用药。如果他问了，她会说，为了享受。他知道不是，那是空白，童年期的空白，她是要填空的，当她想起来。

一号门诊，是流水，大江大河，滔滔不绝。在这里，医生采用轮诊制，轮流坐诊，一带一模式。心理医院的医生，和十三院的医生，共同接诊患者。患者两大类，初诊患者以及复诊患者。每天上午都是初诊患者，四位。下午是复诊患者，医患双方都要遵循预约时间，那就是，谁的患者谁来复诊。严格履行首诊制，直至治疗结束，该患者的病历归档。

十三院的医生，共计 20 人。只有这么多，只能这么多，吻合三个基本条件的，就是这个数字了。他们都很上心，特别用心，都是有专业功底的从业者，医术水平的提升是飞快的。从前快不起来，那都怪十三院，临床治疗环境太差，乱糟糟的，毫无私密性，五分钟就要处理一个患者，连问诊带开药，都是重复，谈何医术呢。

他们都在医生餐厅吃饭，沟通无障碍，乱坐的，谈医学，谈医疗，聊人生，聊感悟，畅所欲言了。关于餐费，老胡表示，白黑，十三院补贴，算我的。许白黑说，笑话，老胡，我有项目款，归我管了。老胡提问了，白黑，你有多少项目款呀，够不够呀？心理医院看病太贵了，我都来不起。许白黑解释，老胡，我们贵得有道理，都是贵在医生身上了。此番皆属义诊，就不贵了。哪像你们，都是以药养医哦。老胡神秘兮兮的，嘘，别这么说，正在专项治理呢，进行式，好多年了。许白黑说，这个名词好动人喔。

鉴于此，许白黑给这些医生加了补助，以进修费的名义。也不多，每人每月一千五百美元。他知道他们的收入状况，三个板块，工资和奖金，以及其他。此番前来，老胡是不会硬性规定，让那些科主任都要给他们发放奖金的，大锅饭式的奖金。都不在科室里干活了，还要长期分摊大家的奖金，那就不合乎情理了。至于其他部分，那都不用说，没有了，全无。那么他们的收入，就只剩下工资了，真是少得可怜。医学硕士的工资，是每月四千多元，逐年递增，什么幅度呢，干到四十岁了，是有望突破六千元的。这个数字，放眼全球，许白黑只有一个感受，中国医生硬核，真的好硬啊。

医生餐厅也特设了中餐，为了他们，每天 20 份，都是从大酒店定制的。很快，就用不着了。他们显然是更愿意品尝现烹的，西餐，洋厨师，那就是再好不过了。他们都吃上瘾了，学子本色，他们的交流也逐步英文化了，口语能力同步增长。吃不了西餐的只有两位，老胡和李乘风，他们经常来搞慰问，很郑重，每次都要握手的，和那 20 位医生。他们都没有进过诊室，国际规则，概莫能外。所以要握手，就只能是在餐厅了。

许白黑提示过的，乘风，老胡，这里都是省属医院了，你们两位市里的总来慰问，师出无名吧。老胡说道，白黑，我的医生，我当然要来了。李乘风反过来提示了，我说白黑，你是不是也应该请省卫建委主任来看看大家呀，让我做一下陪同呗。许白黑笑道，可别，人家可不是学医的，要留下吃饭吧，都得没话找话，怪累的。李乘风说，要是真的论起来，就我成了多余的了。算了，就当我是蹭饭的吧。许白黑说道，太好了，乘风，就要你这句话呢。以后别搞什么握手仪式了，我都看够了。

这20位医生，多数都是许白黑的校友，毕业于蓝市医科大学。许白黑早就上了母校的杰出名人榜了，并且稳居榜首多年了，他们都仰视他，从入校的那天起。见到活人了，那可真是活色生香啊。真是的，他给他们开小灶了，每月两到三次，讲课，国际案例深度剖析。如此一来，那就是搭上了海盗船了，不见惊涛骇浪，又岂能配得上医者风流呢。是的，他们已经可以接诊了，独立接诊，在心理医院独立接诊。当然，只能是一号门诊了。

一号门诊的患者，是可以归类的，归去来兮，无论怎么归，都是那么几个类别项的。按照病例归类的，那是病案室；按照病情归类的，那是医生；按照属性归类的，那是医学，心理医学。因为病情总是千变万化的，因为每个患者的表现方式都是不同的，所以在国内，绝大多数的精神科医院，似乎是约定俗成的，都是按照药品来做归类的。患者来了，医生问诊，几分钟的样子，确定了该病症的基础类别项，那就是要用药了。用药去吧，家里用药，或者是住院用药，总归就是用药了。

有个比喻，是李乘风和老胡联合总结出来的，关于医药的。逻辑好简单，在其他医院，你若是患者，那么你在用什么药，你就是什么病，不可细分的，那都是类型病。可在烂柯山心理医院呢，那就颠倒了，完全颠倒了，患者是什么病，医生是需要进行精准划分的，对症治疗的。所谓治疗，重在沟通，这可不是那种俗称的心理疏导，而是治疗，医学意义上的常规性治疗，必须性治疗。同期，也是要用药的，但是相较于治疗本身，药品就没有那么重了，就轻了，轻成了什么性质呢，那叫辅助，主导性治疗，辅助性用药。

四十

外来者居上。

外来者，顾名思义，是从外地来到这里的人。他们都是奋斗者，而奋斗者的共性，是只有两个字的，白手，白手起家的白手。有些人相对成功了，属于白领阶层以及公职阶层的。有些人正在赶路呢，都是急行军，没有停歇的，他们就像从前的张出众，遍布了各个行业。他们的收入是可观的，支出却是更为可观的。他们大多都有房产和汽车，也有贷款和按揭。他们的居住方式多是三代同堂的，他们的孩子都是成双的，二胎，两个。

在他们之下，还有着更为广阔的人群，他们有个俗称，打工者，或是外来务工者。他们都是租赁式的居住方式，群居模式的，以及同居模式的，男女同居。在此置业，就此安家，有无可能呢，有些人是有的，那是要倾举家之力的；有些人是没有的，最终是要离去的，或是别处，或是故园。

奋斗者的比重，最重的是“80后”和“90后”人群。重中之重，“80后”。他们来此就诊，病情有轻有重，表现方式不一，发病状态多元化。他们的病因，可谓是内外交困，外部来自行业压力，那种无序竞争的压迫感，是不胜负荷的，都是咬着牙硬扛的。内因来自家境，亲情于他们，不是援助，而是负担，沉重的经济负担。上有老下有小，都是成双成对的，都要担当，责无旁贷。

还有衍生问题，原生家庭都是缺爱的，甚至是无爱的；成长环境都是监狱模式的，读书如服刑，老师如狱警；漂泊感，源于归属感的无力，所以要扎堆，要抱团，要思乡，但是不走，不能走，怎么也不能走，落地生根，盘根错节者，嘉木也。

本是同根，相煎何急，犹如煎蛋，双面煎，煎熬久，谁能不病呢。于是，他们当中，就生成了各类的瘾者，多之又多。瘾，等同于心理安慰剂，自慰性质的。总是自慰，图的并非快感，而是解压，缓解疼痛，力图持续，持续坚持，坚持顶梁，里外顶梁。在家自是顶梁柱，在外争当顶梁柱。

烟瘾者数不清，那都不算什么。酒瘾者，不在少数，酗酒成瘾，饮必多，多必闹，俗称撒酒疯。暴力成瘾者，又称发飙者，文飙和武飙；武飙就是动手了，打人了，发作起来不可控，见谁打谁，但有底线，打的都是弱者，比如自己的孩子呀，家人呀，甚至路人甲乙呀。反正是绝对不会打强者的，比如老板和警察。

文飙就不同了，文飙都是君子型，口诛笔伐的，在圈子里，在网络上，发起飙来，文飙比武飙还要猛，有气死别人的，有气疯自己的。他们是网暴族，网络暴力者，有拿钱干事的，有义务骂人的，每天都要发飙，停不了，重度依赖，高浓度上瘾，又恨又爱，无分彼此。

路怒族，路飙者，双相混合型，文飙加武飙。世人皆知路怒族，无人识得独怒族。独怒族，才是最可怕的，也是最可悲的，他们只在独处时愤怒，愤怒到了极限，必然要发作的。发作方式，轻者毁物，重者自毁，他们的可怕就在于冷静，冷冷的，梅花烙，烙自己。最重者虐杀，虐杀流浪猫狗，静享这个过程。不，他们不是拍摄视频赚取流量的那种人，那种人已经不属于人类的范畴，为所欲为，只因为没有相关法律。而这种人，他们是独怒族，濒临极限的独怒族。

许白黑接诊时，是从无个人情绪的，但他战栗了，浑身都发抖了，怒发冲冠了，因为他的患者是极限独怒族，虐杀动物。许白黑只有一个心思，治愈他，必须治愈他。不计成本，只要疗效，以及速度。他反常规了，把该患者从一号诊室给转移了，转到他的诊室了。这是从不允许的，也是唯一的个例。

他治愈了他，该患者每晚用药，镇静类药品，如不，他会颤抖的，为他的以往，为那些小动物。许白黑对他说，先生，换作任何地方，你都要坐牢的。但这里不行，我没办法把你送进监狱。切记，每周复诊，直接见我。你如再犯，你会杀人的，并且是虐杀。患者问道，许医生，你比我更懂我，我会自杀吗？许白黑回答，你不会的，先生，虐杀者都是对外的。

倾诉瘾者，众多，无限的多。他们必须倾诉，表忠心，表纯良，表风骨，表友善，表见解，表才艺，林林总总，不一而足。都在追求与众不同，都在彰显特立独行，于是，就都成了相同的，都成了同道中人了。

不是伪装，他们是真诚的，以为是那样，自己真是那样的。问题就在于，撕破语言的总是事实，当检验来临，比如某个机会，某个项目，某个奖项，某些好处。他们要抢的，撕脸皮，毁友情，互揭老底，都要上位。无序竞争，等同于掠夺，是非成败转头空，倾诉才是永恒的。只有倾诉，可以让他们找到自我。自我认知，自我肯定，继而上升为自爱自重，男儿当自强，女儿当要强，安能辨我是雌雄，反正都是这么强。

瘾者可医，忍者无敌。

从医学角度，忍者是最难于医治的，属重症患者。他们是忍耐者，承受者，从不发作，永久耐受。爱是恒久的忍耐，恨也同样，怨也同样。从无忍者是天生，都是被迫的，都是无奈的，都是忍了再忍的。忍忍忍，为了生计，为了孩子，为了前程，为了家人，为了自己。可怜否，不，忍者居高楼；可悲否，不，忍者有大成；那么，可喜否，不不不，这个人群，只有一个出处，癌肿瘤患者。

令瘾者无瘾了，令忍者无忍了。这是什么，是医学，心理医学；是医生，心理医生；是治疗，是治愈了。从接诊到痊愈，医患双方，都谈不上什么较量的，于医者，你来了就得好，因为你是患者。轻者，两个疗程见好；重者，十个疗程见好；重中之重呢，那就两年，甚至更长，总之每次都要比上次好上一些的，每年都要比上一年好上许多的，最终是要好的，全都好了。这就是医学意义上的痊愈了。

一号门诊，每天接诊，周一到周五。预约者太多了，预约成功，能见到医生，能走进诊室的患者，所占比例近乎千分之一。并且，这个数字还在增多，每分钟。有那么一句流俗语，什么碑都不如口碑。口碑好可怕，总是在疯传，口耳相传，谁也封杀不了的。许白黑极为憎恶的一个称呼，就是神医了。可是很不幸，他的身边都成了神医了，宋神医张神医，等等。是百家姓了，医者的百家姓，患者的百家姓。

怎么办嘛，这可如何是好嘛，使不得的，许白黑是不能要求任何医生加班的，没有先例，没有任何先例的。是他们提出来的，加班。十三院的医生，他们都加过班，早就惯了。他们是在餐厅提出来的，集体要求，周六和周日上午，愿意加班。许白黑做惊恐状，这是违法的啊。他们都笑，许医生，这是常态的，你当你在国外啊。

许白黑唉，唉，我老了，真是老了，跟你们相比。我想起一个老片子了，讲丐帮的，丐帮长老有句话，我们有多大，在你，不在我。各位请注意，他的对话者是爱新觉罗·玄烨。这不是什么亮点，至今也不是，我喜欢他的打狗棍，那并非权力的象征，每个信徒都有的，人手一棍，一视同仁。各位同仁，我们并非丐帮，医生不是乞丐，但是换个概念吧，我以为区别不大，医生，还能做些什么呢，还会做些什么呢，就一样，治愈患者。来吧，沉重的话题，要用游戏的方式来说，我用这把餐刀敲盘子了。以此为号，我闭着眼睛听，听到多少声，就是多少位医生，愿意加班。

叮叮叮，叮叮叮，此起彼伏，秩序井然，响个不停。叮，完了。全完了。都敲了，全上。许白黑站起来，伸手，做了个心脏按压的手势，他说，各位勿随，我是脚麻了。笑话一枚，谨致同心吧。啊，是保罗医生，他又挣大钱了，商业策划，气死人呀。怎么会有那么坏的啤酒商呢，听听吧，猫尿啤酒。年度新品，即将上市，全球推广。我反对玩弄消费者，但我好想痛饮猫尿，见者有份。

保罗来了，好大的排场，他是乘坐专机前来的，没办法，都是被逼的，猫尿啤酒的啤酒商是个巨头，非要请客不可，请保罗的所有同事优先品尝猫尿啤酒，所以就派出自己的飞机，把保罗给送到蓝市了，连同半个机舱的猫尿鲜啤。许白黑都没去接机，他派宋定睛率队前往的，什么队伍呢，就是十三院的医生了。

他就是要让他们都看看，看看大医生的阵势，以及应有的派头。他们都太谦恭了，甚至都有些谦卑了，对他，对这里的每一位医生。他要纠错，给他们纠错，起码要让他们知道，真正的医生应该是怎样的。对于他们的未来，许白黑是有考虑的，长远的考虑，如果他敢说出来，他会挨揍的，毫无疑问，那个人就是老胡了。

保罗拥抱了每个人，热烈得很，他说，我是来给你们送啤酒的，猫尿啤酒太值得痛饮了。当然有公务，两个事，第一样，我要给你们授课，集体授课。第二样，我会和你们每个人合作，在一号门诊进行接诊，属于联合病例。宋定睛问道，保罗医生，还有第三样吗？如果有，请你宣布一下吧。保罗说道，好的，我的医生们，鉴于你们在分院的表现都十分优异，我以总院第一医生的身份邀请你们，前来进修。当然，我要你们的英文如同母语，努力吧，我等着你们。

宋定睛说道，各位，这是保罗医生的盛情，这是烂柯山心理医院的约定。喔喔，请各位记住了，烂柯山心理医院分为总院和分院，这是什么意思呢，我的理解，分院是隶属于总院的，也就是说，保罗医生的话，是绝对当真的，在某些事情上，比如这件事，谢谢你们的理解。我也有一件事情，医生宿舍的顶楼，自今晚开始，就是我的教室了，长夜相对，我想用英文吟诵诗歌，请做我的听众吧。

人前人后，说法总是不同的。就在许白黑的休息室，三个人开始密语了，宋定睛说道，老师，回来的车上，我一一问了他们，他们都说了，严格保密，绝对保密，老胡不会知道的。保罗也说，许，他们的眼睛像是烈焰，那么灼热，当我说出第三样的时候。许白黑说，保罗，定睛，中国医生太少了，在世界第一流领域，这不公平，这是我的愿望，谢谢了。

宋定睛走了，布置他的大教室去了，就剩下保罗和许白黑了。两人都笑了，笑得鬼鬼祟祟的，许白黑说，保罗，我知道你来干什么的，你来休假的，大叔娶小妻，招架不住了吧。保罗苦着脸，许，这不是问题，这是享受，我才不累呢。问题是，我不想当烟棍和酒棍了，在床上当，每个晚上和清晨。许白黑都要笑出眼泪了，他说，怪不得，烟草商和啤酒商都那么追随你，也不是白当的，好命啊。保罗打了许白黑一拳，许，让我大睡两天，后天再接诊吧。

中年患者群，也算是一号门诊的主流人群了。“60 后”和“70 后”为数最多，他们大多属于典型的中产阶层了。何谓中产呢，要看存款，要看房产的，存款至少要有七位数的，房产至少要有好几套的。中产自有中产的风范，进菜场不问价，逛超市随便拿，网购用胡葵，胡葵海外购。他们的孩子都不在身边的，两个去处，一线城市，以及国外。那么大的费用怎么办，好办，卖房，一套不够卖两套，两套不够全卖光，这就是中产了。

中产阶层算不算是富人呢，不算，算不上的。中产和富人的分水岭，是账户。唯有账户，国外的账户。真正的富人，在国外都是有账户的，自己的账户。中产的账户都在国内，国外就算是搞了个账户，那也都是子女的，跟他们要钱用的，他们自己是花不着的。对于自己的账户，他们是有自己的逻辑的，那就是鸡蛋不能放在一个筐里，大银行和小银行都要存，大基金和小基金都要买，多了怎么办，家里最安全了，是掖藏现金的好地方。

好多中产者，别有所好，不看艳照门，专看小热点，他们的小热点，就那么几个人，曾文正公李中堂左公柳什么的，翻过来倒过去，也没搞出什么新意思。曾氏知退，左氏善谋，谋什么，人家每回从兵部领饷，都要给兵部留两成的，什么款，谢仪。李先生善哉，更不得了了，创办北洋，购买铁甲战舰，人家都没忘记了，捎带着给自己开了个户，国外的账户。这叫什么呢，当然不是回扣了，这叫洋务款项，私家性质的。

老佛爷知否，那都不用说，驭人之术，在乎利也。小光绪知否，不知，所以他什么都办不成，小爱妃都保不住的，自己的性命也搭上了，冤不冤，日夜活在深深的忧虑中。呜呼，小光绪；哀哉，大中产，好大好多的中产啊。他们还是那样，就像小光绪那样，实在是强不到哪里去的，无论情商和智商。是的，都那么忧虑，都那么不甘，都那么惊惧，都那么抑郁。都有抑郁症，小样，都是吓出来的，自己吓自己，就那么点小钱，至于吗？连个国外的养老账户都没有，配得上抑郁症吗？

实在是不配，可他们都有，都是抑郁症患者。他们也是有共性的，他们无疑是成功的，但是代价都是高昂的，从情感领域，他们简直还不如人家小光绪的。人家那是真爱啊，人鬼情未了，生死犹相知。他们呢，徒有婚书，只有婚书，除此之外，再无其他了。都是假婚姻，不同床，不同账，不同路，连圈子都不同。各玩各的，各过各的，不交叉，不过问，不相干的。

也有同心同德的时候，那是孵蛋。蛋是什么，孩子，翅膀下的孩子，蛋壳里的孩子，这种孩子都是二代，中产二代，简称中二代。别名更贴切，虽然不好听，也不知道是哪个缺德的给取的名，就那么叫开了，叫什么呢，无关岁数，无论男女，统称毛蛋。

毛蛋天生幸运，好小学好中学好高中，无关分数。大学就要分界了，去国外的，要读野鸡大学了，也有以常春藤冠名的分支机构，美其名曰分校；在国内读书就好办了，不挑专业，行政管理什么的，照样好学校，还能保送研究生。哇，硕士毕业了，单位都安排好了。房子也买好了，连装修带家具，汽车也配了，全活了。

恋爱了，结婚了，配偶也得是毛蛋的，不然都不配，看不上的。县里的不能要，村里的不能要，多高的学历都不能要，多好的职业都不能要，因为家境不行，父母不争气，都不是中产，不匹配的。

毛蛋加毛蛋，小毛蛋出生了。毛蛋才不带呢，谁带，得挑。爷爷奶奶，姥姥姥爷，挑谁是谁，谁敢说不呢，没有。家教好重要哦，小毛蛋岂可以生长在单亲家庭？那可怎么办呀，接着装呗，就像从前那样，就像真的那样。

小毛蛋大了，上学了，凤还巢了。还装不装呢，有些接着装，懒得离了。有些不，离了，白发如霜单飞燕，不知明春到谁家。及时行乐，乐在当下，每个当下。于是，大叔常思远，到处去远足；大妈好热闹，没有人气活不了，总要吸人气的，就像妖那样。养老是要务，健康最紧要，只能靠自己了。指望毛蛋吗，那是想都不用想的。生时啃老，死后有用啊，每年清明，毛蛋都会来烧纸的，到墓前。

最是独处，最怕独处，独处断肠，枉世为人，如此这般，大叔大伯，以及大妈，他们都来了，来心理医院了断心事了。来时只怕聚无多，去时独向虎山行。不怕了，啥都不怕了，何以解忧，唯有无惧。何以无惧，俯仰无愧，无惧者无忧，无愧者长乐。

长生殿，是他们对一号门诊的昵称。对待医生，他们的叫法是小小的，和老老的，小王小李小赵小焦，等等，老的就一个，老许。丁医生而言，他们是相对容易治疗的。心理治疗等于用药加干预，药品都是顶流的，他们遵医嘱，药效显著。心理干预是个命题，技术指标含量较高，涉及社会历史律法伦理等多重领域，与他们逐项探讨？那就不是医学了，那叫口水战。干预的本质不是用来纠正认知体系的，在这里。干预是为了什么呢，是为了接受，以及自赎。

好比打牌，都在牌桌上，都在出老千，赢了，拎着赌资回家了，藏起来了。是否罪与罚，是否要忏悔，是否要恐惧，是的，他们都是这样的，每个患者都是。令患者接受自己，规则中的自己；令患者赎回自己，牌桌上的自己。让他们知道，什么是牌桌，什么是出牌，什么是出千。若是出牌就等于出千，那又何罪之有呢，这就是自赎了。

给他们平静，安宁，学会独处，享受独处，这是心理医学。而快乐呢，是不会随之而来的，那不是医学的范畴。但是医学可以解决的，已经足够了，对于他们。独享平生，啥都有了，还缺什么，不就缺爱吗。那还等什么，自爱吧，这才是最重要的。就那么一个人，过得好，吃得好，睡得好，身体指标好，只要钱够花，万事皆等闲。

再往上，老年人，一号门诊没有过的。心理医院的预约方式两种，在线预约以及电话预约。他们或者也听说过，也打电话咨询过，但是没有人来。许白黑问护士长，为什么？护士长解答，许医生，他们怕入坑。免费的事情他们都踊跃过，比如旅游，比如健康讲座，比如某些投资项目，等等，都是坑。再加上电视上常有相关提示，他们不相信真有免费的门诊。许白黑说，好吧。护士长问道，许医生，我们还能做些什么呢？许白黑摆手，什么也不用，那是他们子女的事情了。

青春派，是特征显著的患者群。他们都是“90后”和“00后”，以自由职业者居多。他们的病情有共性，俗称脑控族。他们认为，自己的大脑或是小脑，被植入了芯片。因而自己的所作所为，所思所想，皆被监视了，甚至受到操控了。谁干的？不知道。怎么植入的？拿不准，或是梦境中吧。为什么会是这样呢？试验品。他们就是这样认为的，自己是个试验品，他们为此痛苦，为此沉沦，继而仇恨，仇恨一切，所见的一切，所面对的一切。

这是什么病，医学的解释是幻想症。但是根源呢，何以会有如此之多的幻想症患者，溯源，是安全感的缺失，甚至完全性的丧失。这类患者具有高度潜在的危害性，以及破坏力。换言之，他们具有反社会人格。如不治愈，他们会分化为三个类型，一种是难于破案的连环杀手，第二种是公共场所的暴力制造者，第三种是最弱势的，以女性患者为主，她们是同归于尽型，选择对象，最爱的或是最恨的。

怎么治疗他们呢，极简，医生带他们看视频，人体脑部解剖的视频。该视频就是为他们量身打造的，出品单位是许白黑的母校，美国的母校，全球最为权威的医科大学。出资方式，联合性质，母校和心理医院分院联合出资。该视频全长 45 分钟，以医学的名义，令所有的患者明白了一个事实，不争的事实。在这个世界上，以目前最先进的医学水平，是没有任何技术，可以在人类的脑部组织植入芯片的。

事实胜于雄辩，事实等于真相。如同迷宫，若是事先知道了出口，那么入口又算什么呢，那就是做游戏了。海市蜃楼，一生一见，幸甚至哉。再回首，少年无畏，青春最美，美哉，我走我路了，我不在乎了。

呵呵，这还不够，就这么让他们走了，搞不好还会反弹的。还需要一个小赠品，5 分钟，医生会用 5 分钟，讲一个小谜题。事关上世纪九十年代初，第一个年头，冬季，远东某国解体了。有三种人得到了谜底，他们也是这样的，脑控族，以为自己被脑控了。不，他们更悲催，他们不是幻想症患者，他们的所闻所见皆是真实的。他们都是些什么人呢，有身份的人，特殊行业从业者，以及品牌者，能够为这个种族创造出品牌效应的人。

谜底是什么呢，那都不如游戏，那是个滑稽剧。表演方式，身边每个人都是演员；观众模式，群演，陪练；接收模式，以医学及科技技术，也能植入了。确实是梦境植入，当事人会在梦境中被麻醉，遭到植入。植入的是什么东西呢，耳机，无限微小的耳机。当然，仅靠音频干扰是不够的，是程序，电脑化的程序。耳机和程序是互动的，每时每刻，而程序是可以无限化的。被植入者，早已被秘密调查过了，也就再无秘密，以及任何隐私了。与人性无关，这种方式本身就是反人性的。但是它被称为是保护机制，由来已久了，也早就过时了。

患者听到结尾，总是要问，医生，这都在我出生前了，我怎么不知道呢？医生说，早就解密了，公开了，都知道的呀。患者追问，跟我们有关系没有呀？医生摇头，成本太高，都轮不到普通人的，请务必按时用药，如约复诊。大好年华，当有作为，去吧，为爱为梦，祝你好运。

也有聪明人，问了题外话，是一对小情侣，年龄加起来，刚好半百了。他们就要结婚了，婚房是个大问题，选择方式两种，一是男方全家上阵，凑齐首付，四十余万，买套三环外的三室两厅商品房住宅，大约一百平方米吧。但是有代价，是要三代同堂的，永世相守的。并且每月的月供是要自理的，三十年，每月四千多元吧。

是女方提出的第二种方案，那就是买公寓，40 年产权的小公寓，位于四环，地铁口，公寓面积只有四十平方米，但是层高达到了 5.05 米，也就等于是买一层送一层了，也就 80 平方米了，尽管二楼作为卧室，房顶是比较低的。关键是房价低，总价 32 万，首付还不到十万元，加上装修什么的，十万出头也就有了家了。至于月供，每月一千五百元，不到二十年，也就还清了。

他们挽着手，追问医生，医生，如果你是我们，你会怎么选择？

医生回答，我真是很难回答，因为就我的认知，房产都是永久产权的，无论在哪里。但是国情不同，这里商品房和公寓的区别，在于少了三十年的所有权，还有水费电费，要比民宅贵一些。如果是我吧，我会选择最大的生活自由，以及最低的经济负担。比如节假日，我想和我的爱人在家里裸奔，还有共浴。如此人到中年了，都会换房的，更好的住房，两套，甚至是三套。

小情侣相视着，没有笑，像是要哭了，男的挥舞着双拳，低声喊道，我要加油，使劲挣钱，养好妻儿。女的喊道，不，我也要加油，不要你养，我们三十岁再生孩子吧，咱们自己说了算。医生微笑，祝贺你们，我相信你们会过得很好，比很多人都好。

男的问道，医生，我会愧疚吗？对于父母，他们都是乡下人，做梦都想来蓝市的，来带孙子，也来养老。

医生反问，先生，我对于所谓孝道的理解，是不索取，以及力所能及的回报，你以为然否？男的点头，医生，真是的，谢谢你。

四十一

别家闲来酬宾客，我家闲来扫落花，总有那么几朵雪花，是不化的，凝为霜花了，就在指尖，都是字，闲书，小说哦，许白黑都看了两本书了，写外科医生的，都有花儿，海棠与荷花。太低级了，乐色，作者若非双料，文学盲加医学盲，那是怎么也写不出来的。给李乘风看了，他叫道，白黑，创作多么繁荣，从高原到高峰，你为何要买这种沟里的货色哇，百十块，白扔了。

许白黑从不浪费，废物利用，让宋定睛也看了，宋定睛气坏了，老师，就这水平还出书，还不如我呢。许白黑嘿嘿，同意，定睛，你的中文水平，初中毕业了，杠杠的，若非从医，我觉得吧，你应该从事写作的，绝对能开发影视版权了。宋定睛感叹，老师，想起远东作家群了，曾经几千人请愿效力，没用了，都没薪水了。许白黑投书，投进纸篓了，定睛，这作者连请愿都不配，不入流。有机会多看看一流作品，精品那么多，睡前阅读，好开怀，好催眠的。

寒舍少人烟，几无人声，鸟鸣恣意，平日里。周末就不同了，家家都来人了，偶有几声喧哗，是迎来，更多的是送别。许白黑没有，全免了，他从不轻易在家里招呼人，没这个习惯的。也不用出门了，哥嫂家里不去了，带他们外出游玩用餐，也都不必了，双方都腻了，谁也不想去了。于是乎，就成了各过各的了，就像所有人那样。

煞是惬意，清晨若是起早了，他不再散步了，在这个小写的 m 形园区里。他不愿碰到她了，谢晓桐。自打那天起，他都没有见到过她，她都不来餐厅吃饭了，她在刻意回避他。奇了个怪的，这个招数好管使，因为他不能去她的诊室找她，问她，晓桐，你为什么要那样？

也不能先发制人，给她辞退函。没错，她和患者住在一起，他应该辞退她的。可是他不能，上梁不正下梁歪，是他先破底的，破了行业规则，带她上了王谢桥的飞机。扪心自问，这种行为算得上违规吗？答案是必然的，算，在任何地方，都是不可饶恕的。但是在这里，实在是算不清，无法清算的。从心理医院设置了礼品间那天起，医患之间的某些接触行为，就等于是被默许了。

不问责，就是默许。如果问责，那就得一锅端了。所有的医生无一幸免，没有谁可以全身而退的，包括他自己。是的，或多或少，或深或浅，都跟患者有接触的，每个医生。黑木崖，早已不是许白黑唯一的签单场所了，他的签单定点场所多了去了，都是被逼的，被石星火那样的患者逼迫的。患者太过分了，当他们被治愈，他们就会围追堵截，非要把医患关系给搞成朋友关系，至少是熟人关系。好像不这样，他们就不是人，就没有人性了。

不是为了免责，而是为了医学，就心理医学的区域性医患关系，以及该现象的深度解读与剖析，许白黑发表了一篇论文。这是继袜子现象的论文之后，他的又一力作。卡卡主编还发了个案首语，就一句话，医学无国界，是也非也。一反常态的，许白黑在圈子里推送了这篇文章，国际心理医生的圈子，以及心理医院分院的医生圈子。

两个圈子的反响截然不同，两极化的。心理医院的圈子，全是赞，赞老师，赞论文。国际心理医生圈子，没有赞，全是祭奠，像是悼词。追悼的不是医学，而是医生，好像他们都殉职了那样。只有保罗说了祝贺，许，公开了就脱罪了，你和他们。许白黑说，还有你，保罗，上次你来，带走的凤凰单枞鸭屎香，都是患者送的。保罗笑说，无妨，亨德斯可爱喝了。帮我回请他们，喝杯猫尿啤酒吧。许白黑高呼，耶，猫尿无罪，猫尿有功。

是谢晓桐的男友先来的，来心理医院找许白黑。他是否已成她的前男友了呢，许白黑拿不准了。他们从没有说过话，都是打招呼。他太腼腆了，不好接近的。他见过好多次，他来接她，她对他说，我们去那儿吧，吃什么，玩什么，买什么，做什么，云云。都是她，她说什么，就是什么，他都是微笑，点头，牵手，就去了。

羡煞旁人，宋定睛多次说过，谢医生，青梅竹马好好哇，我就没有。谢晓桐说，宋医生，从出生就认识，我都没听他说过不，你说好不好呢？宋定睛问道，这要不是好，那都没有好了。我天天说不，没落过好，还挨打呢。谢晓桐惊呼，她像一只小羔羊，她会打人，羡慕。许白黑每次都会说，晓桐，女人不打人，那就不好了，我也挨过打的，最重的一回，胸口两粒血滴子，被咬的啊。谢晓桐笑道，老师，我不信，你是骗人的。

言犹在耳，就这么物是人非了。他成了她的前男友了，他说，许医生，我们分手了，她不要我了。恳求你相助，我不能失去她。许白黑问道，你们的婚期一拖再拖，几年了。是她，还是你？

他抽泣，无声的，好久，他说，是她，许医生。我们在一起，许多年了，都是她跟着我，从香港跟到德国，从德国跟到这里。说好了注册的，可是她总拖着。我没法交代啊，对所有人。

许白黑说，我所认为的关键，不是什么交代。而是相爱的感觉，与刷新。恕我直言，你们的感情太久远了，比一生还要长。唯有刷新，方可永恒。如果不，我是不敢看好你们的。这件事，我真的爱莫能助，万分抱歉了。

他站起来，下定了决心的样子，不，许医生，你能帮助我们。

她跟患者有交集，我有证据的，她应该被辞退。我愿意辞职，和她一起离开这里。我们回香港去，开诊所，就像从前说好的那样。

许白黑没有再说什么，无话可说了，直接送客了。不用再回避了，他把她叫来了，开门见山，晓桐，我就一个问题，你男友和王先生，你的选择是谁？

谢晓桐问道，老师，你认为我是主动方，不，我是被抛弃的，是被迫的。他让我看到，他有新人了。我不认为那是逼婚，我认为那是尽头。我给他了，了结了。可是他又反悔了，非要我跟他走。事已至此，谁也不能回头了。

许白黑说，明白，但是，我不知道到底是谁在逼谁。晓桐，我认为是你先放弃的。他是不甘的，于是新人是这么产生的。你是主导方，始终都是。晓桐，或者我过时了，我不能理解你的选择。

谢晓桐抬起头，泪痕犹初，老师，没有迟早的。我们的开始，或许比你和夫人还要早。那时，我才三四岁吧，我爱对他说，抱着我，别放下。而今，我总是问自己，是他在抱着我吗？不，这么多年了，都是我在抱着他。老师，我是女人，我累了。我多么渴望被抱着，可是我从没有得到过。

许白黑轻声问道，晓桐，这些年了，我没听你这样说起过。

谢晓桐凝视着许白黑，眼神幽深，老师，说出来又如何，你能给我安慰吗？不，你不会的。你的心比谁都硬，我有时怀疑，你都没有心。无心人，你什么都懂的，从一开始。

许白黑的眼神没有退缩，直视着她，晓桐，是的，所以我让你去独立接诊了。此刻我很痛心，你们是两小无猜，无猜无价啊。许多夫妇共处一生，都是求而不得的。这么久了，你男友都不肯跟我多说话的，要有多么绝望，他才能来求我。衷心劝你，回头是岸，来得及的，就像从未离岸。

谢晓桐说道，老师，你不是女人，你不会懂的，男人才要岸，远航的船只都要归岸。我没有岸，我是水，我要流淌，流向天际。

许白黑问道，晓桐，成为王先生的第四任夫人，你甘心吗？

谢晓桐淡淡的，老师，我甘心，因为我并不爱他。

许白黑无语了，好久，才说，晓桐，我了解你，你是个很有抱负的人，更胜须眉。告诉我，你的夙愿是什么？如果我没有说错，你跟王先生是志同道合的，开办心理医院，对吗？

谢晓桐起身，老师，是的，我想成为你，我不可以吗？

许白黑拉开抽屉，取出辞退函，放桌上，推过去，他站起来了，他说，晓桐，谢医生，你被辞退了，祝贺你得偿所愿了。

王谢桥来了，黄昏将尽，暮色未消，夜如潮水，如影随形，眨眼间，就朦胧了面容，开了灯，哇，他好精神呀，分明是做了微整形了。居然还涂了唇膏，无色的那种。许白黑当然认识，因为他也涂了，天太干了，嘴唇爆皮，岂能接诊呢。

王谢桥双手合十，许医生，我都知道了，深切致谢。她已经走投无路了，在你的圈子里，我会负责到底的。

许白黑咦咦，王总，你什么意思，听你的口气，怎么就成了我在逼婚呢。咱们也算是同龄人了，我都不记得情为何物了。

王谢桥赞叹，高，本来我是不想这么快的。难得至乐，何不未央。实话，我恐婚。女人鬼起来，个个像冤魂，好怕。你就这么跟我要婚姻，要名分。好吧，我给你，许医生。

许白黑气笑了，王总，不是我要嫁给你，这怎么就成了我的事了。你也不想想，人家样样高于你。你有什么呀，年长那么多，用什么来填呢。我要是你吧，我会死抓不放的，并且从一而终。

王谢桥挠头，许医生，言之有理，可我就是舍不得，就这样把自己给锁死了，你都不知道我有多抢手。

许白黑问道，那都是些什么成色呢，如果把女人比作矿石。王先生，我可不认为谢医生是她们的同类项，她是裸钻，相较于你。

王谢桥肃然了，许医生，你说得对极了，是我高攀了，我娶她。

许白黑说道，王总，作为她的老师，你的朋友，我的礼物是，支持你们开办心理医院。

王谢桥乐了，许医生，你很慷慨，但是我也不是为了这个才娶晓桐的。不过成立心理医院，也是我多年夙愿了，而今万事俱备，我这里只缺医生，最优质的医生资源。你知道的，我招不来外籍医生的，我要挖人了，可以吗？

许白黑回答，开业至今，我的医生们大多都在，原定合约期满，也都续约了，也有离开的，都是我推荐的，去往全球了，他们需要这个历程。挖人就像恋爱，那得你情我愿的，你尽管试试吧，欢迎。

王谢桥试了，用尽了所有的办法，以及手段。除了地产，他对其他产业毫无兴趣，开办心理医院除外。还有什么能比这个更具前景呢，没有，他认为是没有的。他实在想不出比心理医院更好的项目了，他甚至考虑，要多开几所，遍地开花的。

对于谢晓桐，酸梅汤之后，他主动约过她。她有时赴约，有时不。那天，是她约他的，哭诉，男友有新欢了。王谢桥安慰，安抚，极尽温存。什么爱不爱，只有怕不怕，他不怕她。他只有低头的时候才怕，抬头的时候就不怕了，过尽千帆，女人无数，只有她，令他抬头了，甚至仰视了。她是什么，是医学，是正义，当然，还是年轻美貌的。横刀夺爱，谁又夺了谁的呢，都是双向的，试问天下谁敌手，王谢。

王谢桥说，晓桐，开什么诊所，咱们要开医院。你是院长，第一医生，当然，也是大股东。谢晓桐嗯嗯，我这么想，你是风云人物，此事留余，最重要了。王谢桥历来冰雪聪明，一点就通的，他说，所见略同，那么这样吧，晓桐。谢桥心理医院全额资本，来自香港，你的名下。你看这样可以吗？我的老板。

谢晓桐嗔笑，不可以，夫妻也有协议的。我都拟好了，你填占比吧。王谢桥就填了，捏着玉手，豪气冲天，填了五五，利润对分。

开办医院，最重要的就是落实医生了。医生是什么级别的，医院就是什么级别的。王谢桥要的是国际级别的医生，他是稳操胜券的，他出了双倍的报酬，从烂柯山心理医院挖人。

他失手了，一个医生也没挖到。因为他失算了，忘了算上医学的分量了。这些医生都在上升期，医术上升期，以及学术地位的上升期。于他们而言，跟着许白黑，还是跟着谢晓桐，有病才选谢晓桐呢。别说双倍了，那是多少倍都没用的。

退而求其次，王谢桥锁定了十三院的 20 个医生。他是个有办法的人，他把他们给约齐了，约到饭桌上了。席间宾主尽欢，他开出了价码，各位，十三院的收入我很清楚，谢桥心理医院愿以十倍的报酬，诚邀在座英才。他们都笑了，王总，我们胡院长会吐血的。

没有人表态成不成，当场。王谢桥认为已成，大局已定了。结果，等啊等啊，白等了，没回复。怎么回事呢，那都是西餐惹的祸，心理医院的餐厅，都是西餐。大家吃饭时总要说些闲话的，王谢桥就成了谈资了。既然是集体行为，就没有人敢于单独行动了。前景貌似很美妙，但是地产商的承诺，能够成立吗？谁都没谱的。

就这么谈来谈去，还是许白黑给做了个总结，他都没提谢晓桐，也没提王谢桥，他只是对他们说，你们叫我许医生，我爱听，你们叫我老师，我更爱听。我个人以为，谢桥心理医院资本雄厚，立足本土，前景广阔。并且最重要的，你们后退有路，什么也不用担心。

青春是什么，今天想做，今天就做。一个下午的功夫，王谢桥收到了回复，18 个医生的回复。王谢桥的行事作风，火箭速度，从不给人反悔的机会。次日，签约仪式举行了。说起来就有点下流了，都是剽窃。谢桥心理医院的签约书，整个就是偷的，原创版本来自烂柯山心理医院，许白黑与谢晓桐的签约书。

甲乙双方变更了，谢晓桐荣升甲方了。乙方 18 人，一个一个来，隆重极了，王谢桥亲自给双方呈递合约书。地产商是什么，什么也不是，就是房子多，钱多，太多了。于是，两个月后，谢桥心理医院开业了。本来是要盛大开业的，就像楼盘开盘那样，但是，低调很重要，本身足够高端了，就用不着搞什么高调了。

谢桥心理医院，所有的流程都是克隆版，相似度足以乱真。只有医生无法克隆，招牌无法克隆，故而价位也就不求克隆了，走的是中端路线。18 个医生当然不够，那就招聘，面向全国。有高薪，何愁无人才呢。可以说，市场的划分是自成完美的。什么样的医生，什么样的患者，各自就位，各有去处，终要相逢的。

四十二

十三院并没有受到什么影响，以及冲击。还是老样子，没什么变化。这个市场从来就是无限的，缺的只是医院，以及创办医院的资方，以及人物。按照人口数量，这样的医院，本地奇缺，再开办数十家，才能够基本填充缺口的。

不，那些医生太年轻了，他们的院长并没有吐血，相反，都放行了。不放行又能怎样呢，扣着档案？那是老掉牙的手段了，枉做小人。医疗行业可不比某些行业，那都是全拨款的行业。医疗行业早就盘活了，自己养自己，可不就是活了。医生要走，要看去哪里，要是公对公，都是公立医院，院长还有些话语权的。走到私立医院呢，那就是谁也拦不住了。

老胡是个风雅无限的人，雅在无言，什么都没说，就会打报告。要求扩建，要求升级，强烈要求，一再呼吁。李乘风每年都陪着打报告的，今年特别厚，附加了谢桥心理医院，以及 18 位医生的具体综述。就像两只气球，打报告的时候都充气了，满满的，都快爆了。不要紧，都是医生出身，都有注射器，自己扎，嗤嗤，放放气，飘呀飘，飘到来岁，再打报告。

18 位医生走了，许白黑办了个送行宴，宋定睛全程招呼的，挺是热烈的，都喝高了，许白黑除外。宋定睛说道，各位同仁，我的教室就这么荒废了，独自吟诗，很没味道的。他们齐声叫道，不不不，我们还要来听课，通吃英文，走遍全球。宋定睛几乎狂笑了，好极了，妙极了，真是奇妙极了。

还有两位医生没有走，也没有参加送行宴，他们是两个蠢材，李乘风嘴里的蠢材，老胡嘴里的蠢材，连告密都不会的蠢材。是的，保罗的承诺，宋定睛的暗示，那都是许白黑授意的。不是耍人，不是练人，而是择人，择人是绝对不可以出错的，错了是无法收回来的。只能是在无限精准的状态下，才可以确认的。

就在那晚，宋定睛开始吟诗的那晚，老胡收到了汇报，18 个人的汇报，有短信，有电话，甚至还有视频，偷拍的视频。只有两个人是沉默的，从始至终，音信皆无。许白黑没有惊动他们，权当不知道，什么也不知道。王谢桥来挖人了，许白黑在餐厅发话了，18 位医生都动作了，他们还是没有动。许白黑没有问他们为什么，他知道答案，关于未来的答案。

许白黑就动了，联动，约了李乘风和老胡，在家里吃饭，新加坡菜式，宋定睛和他女朋友亲自下厨了。老胡问道，白黑，你打算怎么处置我那两个叛徒？李乘风说道，老胡，看你那德行，不告密就是叛徒吗？老胡反问，怎么，难道你那里不是这样吗，你能容得下这种蠢货吗？李乘风拍胸脯，老胡，还是你行，我那里都没有这种货色了。

许白黑笑说，不许骂人，你们以为我在干什么，在收心腹呀。真是小人之心，直说吧，我这么做，那都是因着心理医学的特殊性，怎么特殊了，保密。能够保密，是心理医生最基础的职业守则。我刚从业时，遇到某些特殊病例，憋得都快发疯了。所以我要一间空屋子，这就是心理医学上的空屋效应了，所谓效应，就是不想说话了。宋定睛插嘴，老师，我的书房也是空屋，并且是禁地，我的定力还不够，我都不让她进来的。

李乘风和老胡面面相觑，同时开口，咱也搞一间吧。

许白黑说，可别，我们这样是职业需要，你们没必要的。好了，定睛，你去三楼，我的大空屋，请他们下来吧。

老胡和李乘风几乎喷饭了，白黑，你把他们藏这儿了？

许白黑回答，正是，难道不应该吗，一起吃个饭。反正他们都很蠢，怎么也不会泄密的，是不是呀？

李乘风拍心口，那 18 个人是常态，这两个是变态。我说老胡，跟着你干，连房贷车贷都悬乎，我要是他们，我也会走的。

老胡回答，恨不当初，我就没有这样的机会，那年头吧，一份档案拴死人，拴你一辈子。还是现在好，混子固然多，可你真有本事了，也能卖上好价钱呢，十倍酬劳，值了。

谢晓桐双喜临门了，院长加新娘。作为老东家，心理医院送了三只大红包，许白黑的，宋定睛的，以及全体医生的。梅开四度了，王谢桥仍是患者，仍来就诊。他的主诊医生是宋定睛了，如果幸灾乐祸是一种风情，那么，宋医生是个风情万种的人。他是每次都要提醒患者的，王先生，为何不在自家医院就诊呢？王谢桥幽幽的，因为谢医生不及宋医生哦。

宋医生与许医生不同，医学如江山，代有才人出，各自领风骚。如果说许医生的风骚是不风骚，那么宋医生的风骚就是很风骚了，风骚得要命，挺张扬的，好像生怕别人不知道那样，到处风骚，把朋友都给带坏了，带得很风骚。

夏无冕就很风骚了，跟宋医生学的，换句话说，是宋医生调教的。出师了，自立门户了，什么意思呢，心理干预用不着了，夏无冕不是孩子了，他长大了，身心同步了。不只是同步，是同岁了。这可不是定格，是要同步向前的，天不老，谁肯老，都是风骚。

真的，无冕，咱们不能继续了。我怕你老了，会像只狐狸。

那不行，让我见到你，每月两次，必须的。

你恋爱那么久，呵呵，网恋，该去见见了。我看她挺好看的，要不叫她来呗。男人见男人，就算了吧。

你知道我有身份，她需要这个身份，留学生嘛。结婚注册了，她就不用回来了。但我可以确认，这仍然是爱情。我要跟你商议婚事，我去找你吧，家里还是医院？

哈，医院不太好，我老师看见了，我还得解释。家里也不行，保洁员休假了，乱得很。

什么乱，你忘了，那叫乐色，乐色成堆了吧。好办，老地方，暗号不变，快来吧。

好吧，先说清楚，这回借钱不？让我算算哦，双飞加注册，加礼物，还有婚戒。富二代，简婚行不行，行的话，我就来，你打借条吧。

打过了，来拿吧，你手上都有我好几张借条了，快来呗。

宋定睛看表，还不到下班时间，但是这有什么关系呢，他没有患者了，这个下午。那么想走，为何不走呢，换好衣服，他是溜着墙走的，必经之地有点麻烦，是许白黑的办公室。许白黑从不早走，没有患者也不走的，镇守之势。没法子的，这个院子里无论有什么事，最终都要找他的，所以他总是要在的。

果不其然，宋定睛暴露了，每次都这样，他被叫住了，前奏是咳咳，都没变过的，定睛，这才几点，就走了。

宋定睛才不会进去呢，他就站在门口说的，老师，今天五位患者。三位在我的诊室，两位一号门诊，全部完毕。我有约，去个好地方。

出乎意料的，许白黑站起来，伸了个懒腰，问道，什么地方，好玩吗？真是凑巧，我也挺闷的，方便带着我吗？

宋定睛几乎没跳起来，哇，老师怎么了？

许白黑回答，怎么也没怎么，天天如此，最后两个小时，都是干坐着。亨德斯这样，我也这样。我常常想，你为何不这样，你们都不这样。每个黄昏，你们都去哪里了。我也想去，可我无处可去。

宋定睛拍手，老师，请变色，脱白衣，跟我走吧，包开心。

许白黑跟去了，像是随从。郊外，兜兜转转的，到了某个农家小院，但见宋定睛点了个彩炮，嘣嘣，扔院里了。门开了，无人。两人进院子了，院子不大，极其整洁，野花几丛，桃树两棵。进了屋，唰，黑了，漆黑，什么也看不见了。

许白黑没法不问，定睛，这是干什么？

宋定睛回答，老师，你摸，这里全是帽子，好几百种。摸到什么，戴头上。戴什么帽子，你就是什么身份了。

许白黑没摸帽子，他摸到了开关。开灯了，他看到了夏无冕，头顶斗笠的夏无冕。他消瘦了不少，精神了好多，眉宇清朗，目光似水，秋水。再看宋定睛，啊，多么匹配，他的头上是冕，类似战国七雄的那种冕，前后都挂了珠子的，玉珠。珠玉琳琅，他们对话了。

擅入者何人，报上名来。

我是寡人，巡幸归来，你是何人，怎敢坐在我的殿堂之上？

嘿嘿，我是刺客，等你好久了。

啊，我的卫士呢，我的谋士呢，来人，快快护驾。

别喊了，他们都被我用来练手了，看脚下，俱陈尸。

请问阁下，你在刺客传里排名第几？

我是天下第二刺客，若问第一，是我剑下亡魂。

寡人好吃惊，江湖也如此，都要一统哇。不如你我合作，庙堂江湖咱通吃，壮士以为如何？

岂可忘，不能忘，今日所来为何，杀你。事了拂衣去，不问天下是谁家。放马塞外，平生最爱是天涯。

许白黑出屋了，望向长空，落霞璀璨，啪，摸头，一泡鸟屎，是一只灰喜鹊，呱呱去了。欢喜，好生欢喜。屋里的对话仍在继续，他找了一张小板凳，坐下聆听。这是一种训练方式，心理医学上的训练方式，辅助性训练方式，以游戏的性质，训练应变力和认知感，以及语言的逻辑能力。这种训练是要长期坚持的，道具多样化，衣服鞋帽都可以的。这里是夏无冕的游戏室，是宋医生的训练场。这个游戏，他们已经做了好几年了，还没有玩够。没有错，训练成功了，就是玩了，纯玩。

许白黑也做过这个游戏，自问不如宋医生，在同样的岁数。是的，他也带亨德斯去过，游戏被打断了，插播了问候以及寒暄的片段。犹如片头的广告，降低了游戏的纯度。宋医生的游戏无疑是最为精纯的，他让被训练者，完全看不到其他的存在了，包括他的老师。

许白黑还能做什么呢，他问自己，要不要提前呢，若是提前了，就在今天，就在此刻，利弊又该怎么清算呢，对于他的患者，夏乒乓。是的，他们父子虽然同屋而居，但那是别墅，各有各的楼层，都不怎么打照面的。他们已经好几年都没有好好说过话了，谁也不理谁的。夏无冕若是缺钱了，他跟母亲要，只是他的母亲，也没有钱，手头很紧的。

他们的父子关系，如同情侣，实在是诡异极了，当初有多么的依赖，后来就有多么的决绝，男人之间的决绝，从来就是无法回头的。不生怨恨，已是夏无冕最为深厚的亲情了，要他宽恕他的父亲？那不是心理医学的范畴，宋医生是不打算那么做的。如果这世上还有一个人可以做到，那他应该是谁呢，只能是他，他本人，夏乒乓。

许白黑对于夏乒乓的治疗，是极为隐秘的，都不属于圈养方式的，而是散养的。是的，夏乒乓是自设的诊室，按照许白黑的要求。夏乒乓隐忍了一生，任性了一回，在诊室的建制上，那可不是规模，而是数量。东西南北中，他给自己造了五个诊室，分散在蓝市的不同方位，都是他的私宅。

先是每月两次，后来就成了每周一次了，都是夏乒乓主动相约的。没办法，自从有了第一次，许白黑家里的那一次，一个小时后，夏乒乓吃了药，回家了，上床了，睡觉了，苍天呀，罪孽呀，他居然梦遗了，就像少年那样，梦里全是春光，再没有那么酣畅了。他是中午才起床的，对镜自揽，许多个年头了，他都没见过这么饱满的自己了。

他把自己的药品都给扔了，他要吃神药，这可真是神药啊，毫无副作用的神药。最要命的还不只是神药，还有神医，他上瘾了，双重性上瘾，对神医，对神药。头一个月，他的死念仍然旺盛，每天都有好几回的，只不过是短了，稍纵即逝了。

一个季度过后，他不想死了，再也不想死了，他甚至有了性行为了，在某些场所。他已经十余年都不曾这样了，这是长期用药的必然性副作用。他是抗争过的，用的都是相对高端的抗抑郁药品，可是没有用，他的用药史已经长达二十余年了，同类项的药品他都已经耐药了，只有加量，不断地加量。在这个前提下，副作用也是同样的，倍增了，他早已不是男人了。

半年过后，他的夫妻关系火起来了，烈火烹油，差不多每天都要纵欲的。她是他的发妻，从老家带出来的，是个村姑，只会依从，依从于他，从没有抗逆过的。他成功了，他发财了，他不行了，在床上不行了，十多年了，她都是独守空床的，她没有抱怨过，尽管他常常看到她的泪水，打湿了枕头。

他安置了她的全家人，都在县城里买了房，但是他不许他们来蓝市，跟着他干活。他很少给她钱，大钱，他怕，怕他的妻儿，会是跟他同样的命运。他让她的前半生活成了寡妇，后半生呢，他知道也会同样的。他的补偿，只能是在床上了，能做一天是一天，能乐一回是一回。他跟许白黑说过，许医生，我都是吹的，我没女人，早就不管用了。许白黑说，了解，你不说我也知道的。你是重度抑郁症患者，病史二十余年，你能活着，就是奇迹了，在床上做男人，那是不可能的。不过夏先生，你真的是个男人，很是男人。

许医生，我想他，有时大半天坐在客厅，就为了看他一眼。

夏先生，你都看到了，他很好，不是吗？

许医生，我们老家的大礼，就是磕头了，披麻戴孝的那种。不过我是不会对你的，我只想对着宋医生磕头。从前我是要让无冕跟着我的，走我这条路，大富大贵，但我不能让他有风险，所以才去找你，就为了一份诊断证书。我领着他走遍全球，无论开出什么价码，我都得不到。我恨过你们，可我也知道了，你们是真医生，你们都是。

夏先生，我要告诉你的是，你有诊断证书，是我开具的。并且你有完整的就诊档案，每次，都是我亲手书写的。你真是太稀有了，我都好多年没有出过诊了，也没有写过病历了。鉴于你的病情，已经进入良性态势，下一回我要带助理医生前来了。还有，关于你的用药，我需要做出一些调整了，你目前的用药是第一代产品，我要改为第二代产品了。

不，许医生，我就要用第一代药品，这个世界上，不可能会有比它更完美的药品了。我吃过的药品都海量了，这是神药，我要吃神药。

夏先生，关于药品以及治疗方式，医生当家，请遵医嘱。

夏乒乓很听话，越来越听话了，如此，他换药了。

该药品的第二代产品，已经上市了，它仍然是最好的药品，就药效而言。但是正如杰瑞总裁所言，做药品最难的从来就是降低副作用，想要提高副作用吗？给他们就是了。杰瑞做到了，该药品经过两年的临床试验，重出江湖了，精神科药品的江湖。当然，第二代产品仍然是针对抑郁症患者的，至于副作用，那是因为它的患者群扩大了，精神分裂症患者也在其中了。如此，Spirit 药品公司在该领域，该市场，属于扩版了，以绝对优势扩版了。

许白黑是深谙一切的，一切的背景以及底细，关于第一代和第二代药品。他已经断瘾了，对于第一代药品，保罗也是同样，都没有瘾了，因为他们都用了第二代药品，作为志愿者。用第二代药品，了结第一代药品的成瘾性，这是全球药品实验领域的首例，只不过是不可告人的。许白黑的柜子里，第一代药品的存货已经不多了，他只提供给两个人，夏乒乓以及无名氏。夏乒乓改版了，那就只剩下无名氏了。

至于芝芝，那是不能算数的，他给她换了包装了，她以为她用的是第一代药品，其实不然，早就成了第二代了。她是敏感体质，感受到了某些副作用，比如乳房酸胀，不太舒服了，她就停用了。

第二代药品的副作用，对于其他患者，都是要有一个周期性的适应过程的，或长或短。夏乒乓不是，他吃过的药品太多了，这点副作用于他，实在是不算什么的。他甚至没感觉出太多的差异性，除了口干，以及阵发性的眩晕，每天几次吧，也就几秒钟，就过去了。针对他的年龄以及身体指标，许白黑给他加了几样药品，都是常规药，用于心脑血管类别的。

时候到了，许白黑认为到了，鉴于夏无冕的状况，许白黑主动约见了夏乒乓，这是首次，非正常治疗时间，他约了他。两人是在山头见面的，土山，好矮，山下，就是夏无冕的农家小院了。

许白黑开了句玩笑，因为夏乒乓失态了，情绪失控了，当他看到院子里的寡人和刺客正在吃桃，都上了树，就在树上吃的。许白黑说，夏先生，你可以磕头了，我的建议是对着树，这两棵树是宋医生送给无冕的生日礼物，移栽的，好品种，糯甜。

许白黑还真就掏出来了两颗桃，堵口用的，在这样的时刻，他是不允许患者抒情的。两人吃桃，吃完了，夏乒乓问道，许医生，无所事事，游手好闲，也可以是一生的，要看是在什么地方了，对不对？

许白黑答非所问，夏先生，恭喜你，无冕要结婚了，去往加国。我以为，那里的福利吧，年轻人都不用怎么奋斗的，你觉得呢？

夏乒乓点头，许医生，我觉得是的。我错了，都是我错了。

许白黑说道，夏先生，知错就改吧。

当晚，夏乒乓驱逐了夏无冕，从家里，以暴力的形式。夏无冕无处可去，直奔机场了，连行装都没有，就这么走了。这事闹得挺大的，以至于夏乒乓的许多朋友，甚至老客户，都知道了他的不幸。父子决裂了，都脱离了父子关系了，夏乒乓等同于失独了，失独老人。

四十三

张副院长要请假，赶回老家去，他要去救火，救人如救火。他的偶像，他的叔叔，要离婚了。不得了，大事，他是非去不可的，去拦截。整个张氏家族，就出了两个人物，张医生以及张副院长。其他人，那都放不到台面上，没个像样子的，真是舍我其谁啊。

许白黑准假，去吧，出众。几天都可以，就当是探亲吧。

张出众急了，掏出手机，点开圈子，家族的圈子。圈子里最打眼的，是他叔叔的离婚协议。该协议是五个小时之前，半夜，突发的，发件人，他婶婶。压倒性的，没人敢接招，于是就成了压轴版的了。

张出众说，许先生，我叔叔和婶婶多年来极为恩爱，婚姻楷模。这怎么就要离婚呢，我叔叔也没个解释，电话也不接，可别想不开啊。

许白黑似笑非笑，出众，好婚姻都是双簧。人家是合唱，我就不明白，你去唱什么，插曲吧?

张出众惊讶，许先生，什么意思呀，我怎么听不懂呢?你看看这协议，所有财产都归女方，我叔叔净身出户啊。

许白黑摇头，不用看，出众。哭吧，男人哭吧不是罪。张氏家族，以后就是你担纲了，领衔主演。你叔叔就此卸任了，不管他愿意不愿意。这是离婚协议?傻子才这么看，这是声明书啊。你以为人家会离婚？当然要离了，跟谁离？跟你们离呗。

张出众叫道，绝对不是，许先生，这回是你错了。你知道的，我叔叔是大拿，当家人。我婶婶什么都听他的，超温柔，没说过不啊，比机器人还要听话的。

许白黑笑问，出众，你看我在家，是不是当家人，是不是跟你叔叔一样呢？

张出众频频点头，对对对，许先生，你们一样，真是一样。夫人也跟我婶婶差不多，只会服从，多么贤惠啊。

许白黑大笑，出众，真正的当家人，是你。你这种男人，才是家里的大拿。我和你叔叔，在外是男人，在家吧，也就是只鼠，猫爪下的鼠。我们不配说话的，关于家事，都没有话语权。一个好医生，八成的精力都被医学消耗了，半生如此，靠的是什么，背后有人啊。你不懂我们，我懂你叔叔。他妥协了，向你婶婶，这张协议由此而来。

张出众气愤无比，啊啊，真的啊，就这么甩手了，天杀，真坏啊。

许白黑反问，谁坏？天杀谁？出众，你年薪过百万，我且问你，你为张氏家族做过什么？这么多年，谁有事都找你叔叔，谁有病都靠你叔叔。老的小的一大堆，他是什么都扛了。谁的钱不是血汗，为什么都是你叔叔花钱啊。叫我说吧，你婶婶还真不是人，神啊。这下子好了，神要退位了，该你上了，夫妻双双，上吧。

张出众问道，许先生，我懂了。他们是假离婚，好悲壮，损招。我是谁，我是你的副职，岂能掉链子。我要回去，带上我贤妻，同归于尽去。不就是个大管家嘛，我接了。

许白黑说，出众，我要是你呢，每逢佳节我都回。接盘要有个接盘的样子嘛，你叔叔怎么做的，你就怎么做。祝贺你，接盘侠。

接盘？那是不可能的。张出众的应对措施出台了，取消行程，不回了。管好自己的小家，已经超负荷了，管家族？他是有心无力的。他好累，比谁都累，比他叔叔累多了，最累了。

因为最累，所以最嗨。真的好嗨，他又买了两套房，投资性质的。两个孩子都念的贵族学校，双语教学。家里的药房经营尚好，都要操心的。仍是三代同堂，那两套房都出租了，租金用来还贷，还要略作补贴的。手里总是紧紧的，心头也是，舒展不开。按说是富了，可还是不够，挣多少都不够的。

就像圈子里所有的精英那样，他都开始考虑养老了。养老金要储备的，养老房要豪华版的，南方的海边城市，海南或是江南，都挺美的。这里的两套房，可以随时套现，也可以作为婚房，给孩子的婚房。平日的消费也都上去了，下不来了，再也不进小店了，都是饭店了。最重要的，属于核心机密的，他也有了女友了，这是精英圈子的标配，必不可少的。所谓红颜知己，岂可辜负，隔三差五，是要开房的，或是出游的。还有，艺术品位也少不了，当有雅好，玩玩收藏什么的，都是好烧钱的。

他是一轮明月，月亮的背面，还有着另一个他，吃喝嫖赌抽，样样都上路。他的朋友们都是这样的，都是双面的，好丈夫好父亲，以及大孝子。绝对的当家人，举家三代人，他的一言堂。当他说出要这样，或是要那样，从无质疑声，从无反对声。所以，他的孩子都熟谙弟子规，他的父亲仍然喜欢捡废品，纸盒或是饮料瓶什么的；他的母亲总要抢购特价菜，什么便宜就买什么；他的妻子最爱做的，是秀丈夫，秀恩爱，嫁给这样的男人，睡觉都会笑醒的。

整个心理医院，谁是最累的人，可不是许白黑，榜首是张出众。体检指标为证，张副院长的某些指标，不像四十来岁的人，倒像是六十多岁的人群，连老园丁都不如的。许白黑的指标偶有超标，稍稍超标，他会即刻采取有效措施，进行控制。他是高度自律的，所有的医生都是同样。他们也会放纵，也会享乐，宠自己，宠得不得了，就如同宠爱家人，就成了互宠了，没有底线的深宠。

张副院长的理想，许白黑懂得，因为懂得，所以同情。他不认为那是可以实现的，关隘重重，张出众的孩子若非天才，是不可能突出重围，走到他的跟前，叫他一声老师的。都不用什么想象力，就可以清楚地预见他们的未来，那是什么呢，是被固化的家教与阶层。最多，多不过年薪十余万；最大，大不过药房小老板。就是这样了，只能是这样了。张出众是个特例，因为他被心理医院重金聘用了，因为他被心理医院特赦了，继续留用了。

张副院长的工作态度以及能力，是无可挑剔的，这就是最好的雇佣关系了。许白黑再也不跟他去吃什么小吃了，不同行，不同乐，自打那场变故之后。他留用他，并非是由于他有多么能干，而是要昭告所有雇员，此事过了，不予追究了。若是他想，他可以辞掉他，随时。想没想过呢，许白黑想过的，但是张出众没有给他机会，不敢给，给不起，第二次机会。但凡他有，他就得走，打回原形，永难翻身。

不走，不回老家，不回去接盘，接他叔叔的盘。这还了得，惺惺相惜，哪管素未谋面，许白黑开口了，出众，你怎么还不走？我是从不干预家事的，但我愿意破个例，为你叔叔。半个月假期，回去吧，好想看到你接盘的。

张出众说道，好的，许先生，我们夫妻同回，愿意听你的。

许白黑叹气，出众，既然如此，我就多说几句吧。可能我比较狭隘，我对孝道的理解，是空间，每代人的空间。

宋定睛拍拍张出众的肩膀，出众，恕我直言，三代同堂，我以为是反人性的，在你有三套住房的状况下。

张出众冒汗了，刹那间，满头满脸的汗，他知道这意味着什么。再舍不得，也得做了，接盘是要接的，接张氏家族的大盘。搬家是要搬的，给父母搬家，另行安置空间，他都得做了。

他惹不起，许先生和宋医生，他都惹不起的。他们从没踩过他，从无冒犯，对他很好，从无重言。越是这样，他越绷着，每根神经都绷着，每天上班都绷着。他不知道，宋医生是如何知道他有三套住房的，他没说过的，跟他们俩，跟任何医生。在这个院子里，只有几个人知道这件事，酒桌上知道的，都是发过誓的，绝不外传。

所谓外传，就是外籍了。从前就是这样的，但凡他说一句，不得外传，他们就不会知道了，什么也不知道的。后来他被封杀了，没有签单权了，他就很低调了，再也没有发过号令了。再往后，宋医生找他谈话了，关于签单权力，两人就此分担了。三万元以上，宋医生签单；三万元以下呢，宋医生说了，出众，整天签单，好琐碎，我都烦了。你是副院长，还是交给你做吧。

三万元以下，也不是小数目了，张出众又有了感觉了，蠢蠢欲动的感觉。可是很奇怪，每当他想动，宋医生就会搞搞审核的，审核他的每一张单据，细审，连同财务总监，一起进行审核。他就动不了了，动弹不得了。可怕的是，就财务领域的管理而言，财务总监就像是一条藏獒，看门用的，看得死死的，那都不是什么忠心了，那叫效命。

张出众看不到工资单了，任何人员的工资单，包括护士和保安，甚至园丁。他不能不怀疑了，有些人的薪水是要高过他的，他们是律师，财务总监，以及护士长，和总务护士。他很想确认一下，是不是这样的，就问了从前的心腹，两位财务人员，那位出纳和会计。她们的态度好极了，还请他吃了零食，只是什么也没有多说。

也就几十分钟吧，财务总监来找他了，到副院长办公室了，也没什么事，扯了几句闲话，都是关于资本的，很专业。他是接不上什么话的，财务总监是名校出身的，海归，没什么共同语境的，也就没什么交情可讲了，可是总监最后说了句话，让他记住了，张副院长，在资本面前，人是没有心腹的，都是资本的心腹，是吧？

张出众问道，这么久了，我都不知道，你是同胞吧？财务总监点头，当然了，但我没有户口，被注销了，这里不允许双国籍的。瞬间，张出众都产生了漂移感了，在心理医院，到底谁是外籍呢，谁是外人呢，是他们呢，还是他自己呢。

四十四

独宠，是一间小店，位于茶城，专卖木雕制品，以及各类茶宠，是许青蓝开的店。散客零星，顾客不多，快递员多，都是来收件的。这里主营外地业务，流量相当可观。店员只有一人，从开业以来，十多个年头了，都没有变化过，可以说是店主了。

当然是女人，四十来岁的女人，算不上美女，但是挺好看的，身段高挑，浓眉，大眼睛，肤色不够白，小麦色的，也没见抹过粉，只用口红，都是流行色系，小姑娘爱用的颜色。她的来处，都在手上了，是干农活出身的手，大手，指节凸出，摊开来几乎是方形的。

她的右手掌心好多的茧，木匠的那种茧。就像许青蓝那样的，是的，她是他的徒弟，唯一的女徒弟。在此之前，她开饭店，小饭店，夫妻店。她的丈夫死于车祸，28 岁，那年，她是 26 岁，怀孕五个月了。有笔赔偿金，公婆和小叔子全都拿走了。她选择了引产，关店，打工，就在许青蓝的小工厂。

她看懂了他，她的师傅，没有人比他更寂寞，寂寞的就只有手艺了，无与伦比的手艺。她从没见到过这么寂寞的男人，这么认命的男人，她是住在厂里的，她无处可去，有时起得早了，她会听到厂房里的声音，是他的咳声，当他做活特别专注的时候，木屑纷飞，他会咳的，捂住嘴咳的。是她主动的，后来，就有了这家店了，就有了独宠了，就有了公元了。

公元，许公元，男，12 岁，小学五年级。他是许青蓝的独生子，他是许青蓝和独宠的孩子。与中秋不同，公元太正宗了，单看外貌的话，假使时光可以从头，许公元就是许白黑，小时候的许白黑。许白黑不这么想，刻意的，他不大乐意忆当年了，看自己是看当下的，看孩子是看未来的。公元是许青蓝的孩子，也是他的孩子，许家的孩子。

许白黑有时会到茶城，扶手梯，上三楼，走得飞快，直奔独宠。只有在这里，他才会慢下来，一步一回头，看看他们，独宠和公元，多数时候，公元都是在写作业的。就像年过五十的男歌星那样，许白黑的头上会扣着一顶棒球帽。歌星是为了掩饰秃顶的，他可不是，他的头发很茂密的，只是，他不可以露脸的，就像哑谜，许青蓝以为他什么也不知道，他就只能是不知道了。

怎么知道的呢，嫂子，王花花。许青蓝和王花花，都是罪人，如果男人的原罪是走投无路的话，那么女人的原罪呢，恐怕就是貌丑了。极度貌丑的女人，当她爱上了美少年，爱我所爱，付出一切，包括收养他的弟弟。那么他们之间，还真是恩爱无敌的。恩德何所报，白头到终老。许青蓝和王花花有多么不般配，就有多么的和谐。在家里，他都让着她，不是怕，是懒得，懒得听，懒得看，懒得相对。全是懒得，没有其他。所以他就开了工厂了，什么也不图，就图个有去处。

子不嫌母丑，许白黑不孝，好多时候，他都不敢看她的，王花花令他不忍卒读。不光是丑，还有她的居功至伟，她的颐指气使，无论对谁，都要指点的。中秋和小黄就为了别墅的署名权，几乎没闹了离婚，都是她的手笔，中秋太像妈妈了，小黄本来就挣钱不多，兜里总被掏空，许白黑不看好他们的小日子，有钱没钱，都是空空的。

空空的，许青蓝的口袋就总是空空的，在他的青年，以及中年。

许白黑到美国后，是有奖学金的，也打工，每月都往回寄钱。只能寄给嫂子，全是为了哥哥。每次探亲，他都要给许青蓝钱，许青蓝不要，没地方搁，搁内裤里都不行，也会被掏走的。许青蓝开工厂的所有投入，是许白黑出的，不为别的，只为自由，哥哥的自由。

什么都来得及的，无论从什么时候开始。许青蓝的初恋，是独宠赐予他的。什么爱不爱的，他都不好意思启齿的，他只会做。什么都给她，为她做一切。工厂和店里的所有收入，都是她的。他所挣得的，他都交给她了，唯恐她不要。是的，她真是不要，嫌多，他说，求你了，我没有别的可以给你了。她说，胡话，我觉得吧，你什么都是我的。他就呵呵笑，像傻笑，两头家，委屈你了。

许青蓝的两头家，没有财产问题，例银是要交的，交给王花花。王花花小看他了，小看了他的一切，包括手艺，以及挣钱的能力。许青蓝的时间，王花花也不在乎，她有她的乐子，她的圈子，她的亲戚们。她是他们当中最成功的人，男人又帅又忠诚，女儿名下有别墅，小叔子不用说，国际名流，响当当的。

王花花有三个圈子，都是好姐妹，亲近得很。早上太极拳，晚上广场舞，最重要的圈子是抗癌的，圈子里都是癌症患者，不太重的那种。王花花是在55岁，切除了子宫的，由于不规则出血，发现了罹患子宫癌，恶性程度极低。她是在美国做的手术，愈后良好，只是心态变了。谁知道会不会复发呢，谁知道会不会扩散呢，谁知道会是什么时候呢。就像圈子里的那么多癌友，都走了，有的有墓地，有的没有，连骨灰都没有留的。

王花花有墓地，早就买好了，双人墓地，好贵的。一掷千金，只在两种时候，买墓地和出国游。她常常参团，甚至组团，全球旅游，购物，什么都买，贵的自用，便宜的都送人了。许青蓝从没跟她同游过，她也从没去过他的工厂，没兴趣，她对木雕从无兴趣。她是快乐的，如果没有癌症的话。即便有，她也是知足的，无比的知足。

许青蓝的时间，是绰绰有余的，绝大多数时候，他会在家里的。他就是这么认为的，这里是家，他的家，三口之家。他常常下厨，给公元做饭。他是个感恩的男人，他由衷地希望，王花花抗癌成功，健康长寿。如是，他会相伴此生，包括同葬；如非，他当然是要再娶的，明媒正娶，给独宠名分，给公元父亲，能够参加家长会的父亲。

只有一个人，他是必须要交代的，当然不是中秋，中秋才不关心这些，她只关心小黄，和她的两个孩子。是许白黑，许青蓝无数次要说，说出来，可他就是说不出来，白黑，我还有个家；白黑，像你和芝芝那样，哥哥也有爱人；白黑，哥哥托付给你了，我的最爱，是公元，许公元，我要你照顾他，培养他，等他长大了，就像你这样。

啊，不，他真是开不了口，许多年了，许多次了，许多许多的时候，话到口边，就那么闸住了，怎么也吐不出来了。

是此刻，都是此刻，尽在此刻，就在此刻了。他看见他了，在独宠的店门口。他戴了一顶帽子，像是顾客，途经而过。当他回头，他被封印了，兄弟两人，都被封印了，隔着一扇玻璃。玻璃之内，是他的一家三口，正在吃饭，叫的外卖，肯德基大桶餐，公元最爱吃的。

许青蓝站起来了，独宠也跟着起来了。许白黑脱帽了，像是默哀那样，可又分明的，满脸都是喜气。他进来了，都没搭理他们，此刻，他对成年人毫无兴趣。他坐下来，从大桶里头摸出一只鸡腿来，啃了一口。

公元惊诧的，叔叔，这是我的。

没有错，孩子，我是叔叔，你的叔叔。

黄毛，曾经的梅帅，有了结果了。他终于等来了结果，是数字，也是时光，所谓数字决定的时光。这个公开的数字，等价 11 年。也就是说，黄毛的刑期是11年。黄毛的认罪态度，是高度配合的，就像所有的同类那样，面对镜头侃侃而谈，赤诚忏悔，辜负了一切，尤其是他英雄的父亲。

老英雄倒下了，倒在了干休所，被送进了市中心医院的高干病房。慰问是有的，只不过是降级了而已，平日里该来的都没有来，来者级别最高者，卫健委主任李乘风。李乘风并不认识老英雄，他是领命而来的，作为医疗行业负责人，他是要从专业角度例行问候的。他的身后跟着黄副主任和唐希，以及医院的院长和医生。

李乘风是落荒而逃的，带着所有人，只有医生除外。他是只能这么做的，佛曰，不可说，说了便是错。老英雄由于遭到了致命性打击，大脑思维系统崩盘了，只有一句话，反复地说，恨不得告知所有人，假的，全是假的，我不是英雄，我真是假的啊。

老英雄假不假，白玉为堂金做马，铁马冰河大散关，谁在乎呢，只有他自己了。李乘风要做的，那都不是治疗了，那叫救赎，对于将死之人的救赎。由于该院院长是行政出身，不懂业务，李乘风直接交代医生了，用药，一个准则，不要让患者那么痛苦。医生回答，明白，李主任，我会执行的。

什么是专家对专家呢，那就是处方了。医生口述了处方，汇报性质的，那么多行业领导，唯有李乘风听得懂，全懂，作为回应，他对医生说，很好，很到位。加会诊，每天，例行。有任何突发情况，直接跟我联系。

第三天，老英雄进了重症监护室，开喉插管，上所有医学手段，保命是没有问题了。保多久，就成了问题了。老英雄已经九十高龄了，老伴去世了，是猝死，死于黄毛被抓的那天。她是老英雄的二妻，不得了，那个年代罕见的女记者，战地记者，就这么爱了，嫁了，育一子，黄毛，独苗啊。老英雄的前妻是村妇，他们有两个孩子的，后来，都断了往来了。李乘风联系了，他们都是农民，对于英雄的父亲，他们毫无兴趣，不予表态，事出有因的，少年来找过爸爸的，结果呢，家门都进不去，就放下了，权当没有了，此生没爹了。

为了老英雄，经特别请示，以及批复。李乘风见到了黄毛，隔窗相望，黄毛微笑，开口，李主任，上次“约炮”，我都没践行，对不住了。

李乘风问道，你是否知道，我为什么而来？

黄毛回答，为我爸爸，对吧？

李乘风说了老英雄的状况，语言极简，医学术语较多，他说，虽生犹死，已无任何意识了。但是医学意义上，或者可以无限期的。我要你的决定，你有这个权利。

黄毛说，李主任，不，李医生，我恳求你代我拔管，代我了结，让他一路走好吧。

李乘风回答，你放心，我会做到的。来吧，请你签字，拒绝抢救同意书。

黄毛签字，无比流畅，就像从前那样。他问了一句话，李医生，大拉面变成什么了？李乘风说道，夷为平地了，什么都没有了。当我们再见，还是烤肉吧。黄毛点头，约定，巴西烤肉，这回轮到我请了。

就此别过，李乘风丝毫也没耽搁，直奔老英雄而去。

礼毕，老英雄过世了。李乘风和医生一起，把老英雄送进了太平间。出了医院，李乘风这才进行了汇报，向老领导。老领导说，乘风辛苦了。我亲自去送行，送别老英雄。李乘风说，老领导，杰瑞到澳门了，他约我了，可我想去送别老英雄。老领导拍案，声音挺大的，貌似水杯都跳起来了，胡闹，乘风，你去澳门，立刻去。记住，不择手段，不计成本，留住他。我随后就到。

老英雄的告别仪式极为隆重，高规格，高配置。老英雄仪容庄严，胸前挂满了勋章，令人景仰。该来的人都来了，济济一堂，只是没有亲属，他的孙女在国外，母女在一起，都没有回来。女人都是听话的，牢记黄毛的叮嘱，无论任何人，以任何方式，包括我本人在内，叫你们回来，都不要理会，不要相信。他的妻子问道，若是出现什么颜色，什么令呢？黄毛回答，你老公不配，我都这样了，都没人质了，咱家就剩下英雄了，怕什么呀。

李乘风真去澳门了，没法子，随口那么一说，他只是想避开追悼会的，也就弄假成真了。轻轻一敲，正中七寸，老领导的七寸，就是杰瑞了。新区芳草萋萋，草长莺飞，人间四月天，天天是来年。老领导的极限，逾经年了，已来年了。没有再度的来年了，他已经动手了，把彩虹药业迁入新区了。

就像布局，就像餐台，精灵药业若是来了，新区就是国际化新区了，彩虹药业就是一道小配菜了。精灵药业不来呢，彩虹药业就得当主食了，只要桌上不空，新区就是成立的，就不是鬼城了。

澳门，还能做些什么呢，赌呀。李乘风进赌场了，赌气似的，小赌两把，每把5千块，共计赌资1万块。他的手气还是老样子，进门出门差不多，基本没什么输赢的。天下赌场都一样，大赌家赌气魄，小赌家赌时间。要想赢，早抽身，李乘风没做过大赌家，舍不得，他只做小赌家，每次只赌一小时。赢了就买烟，回酒店抽，自我激励机制好管使的。什么烟呢，好多国家都允许的那种烟，荷兰烟草的品质最棒了，李乘风欣赏那个味道。同好者，许白黑，两人都抽过的，每个人都抽过的，在许白黑的圈子里。

李乘风的圈子也是同样的，都抽过的，就像抽烟那样，好多会所都有的，没什么稀罕的。上瘾？那还真是的，就跟大墅烟差不多，就跟喝咖啡差不多，总抽，总喝，就有瘾了。李乘风很少抽，许白黑也是的，也就谈不到什么瘾了。倒是都有咖啡瘾，每天离不开的，只有咖啡。李乘风是来找快感的，赌了抽了，没有用，乐不起来。

连抽几支烟，乐在当下，就那么几下子，也就过去了。

当归，当归了，不然，老领导会追过来的。李乘风可不想跟他探讨，精灵药业来不来呢。李乘风的态度，爱来不来，甚至是不来最好。新区不是他的，跟他没什么关系的。精灵药业来了，他也没有什么好处；精灵药业不来，他也没有任何损失。他不是心理医院的股东，更不是杰瑞的朋友，从来就不是。李乘风就放手了，也放心了。连自己都不放在心上了，别人又算什么呢。老领导的那本秘籍，李乘风连便秘时都不看了，笑不出来了，恶心了，就扔掉了。

单位的事情，李乘风都不喜欢过问了，只等着汇报，副职们来汇报了，他就说话，也不算指示，都是参考性质的。硬指标来了，往下推行就是了。弹性指标呢，副职们看着办。搞得那么累，那么投入，就像从前那样，有什么好处呢，徒增怨气，脑残。残了半生，李乘风过来了，不脑残了，脑子灵光了，不跟任何人过不去了，包括自己。

不发脾气了，不追究了，抬手了，放权了，好慈祥。所谓的上行下效，卫健委一团和气了，再也不搞什么关于R的考试了，没意思透顶的。考出来什么了，老样子，人人都不会，照样不会。都是照样，什么都是照样的，没有谁可以改变这种照样的，从来就没有。他甚至惊奇地发现，黄毛的气色好极了，面容红润，精神也好，都没黑眼圈了，比从前好太多了，从没那么好过的。

这是什么呢，是来日方长，是后会有期，是谁奈我何，是金山银山，是绿水青山。山水有相逢，团聚有佳期，都是同路人，没有迟早的，路径和归途都是一致的。关于账户，那已经不是秘密了，黄毛的账户在哪里，大致有多少，李乘风用脚都能想得出来。可是公布出来的数字呢，他都不敢看，看了憋不住，想笑，更想哭。

他甚至想过，黄毛是不是也有另一个名字呢。像他这样子，青青普大呀。事已至此，黄毛栽了，有没有就不重要了。重要的是，

11年，或许更短，当然会更短的，那时的黄毛，仍是富人。比无数人都富的富人。原城建局梅局长，那一定要比卫健委的李主任富得多，多得多了。若论终极收场，谁比谁更强呢？李乘风自问不如黄毛，N年后，黄毛若是高兴，应该是可以买艘邮轮的，他呢，最多也就是一艘小快艇了。白发渔翁快艇上，惯看秋月春风，相对者，何人呢？

何人，芳名当属许白黑。人间至味是清欢，扯淡，歪理邪说，至味者，无味也。他和他就是这样的，风月情浓一挥而过了，啥都没有了。往事休提，谁都不提了，懒得提，用不着的。还有什么呢，没了，没有利益了，没有互惠了，没有谁帮谁了，没有谁靠谁了。真是靠不住了，就剩下一个背影了，背靠背的，像是匪帮那样。前头全都清空了，流星蝴蝶剑，天涯离别钩，胜负无妨，生死同样，有人收尸，有人埋骨。立碑否，李乘风说了，去他妈，千万别，我可不要那玩意儿。许白黑诺诺，好吧，记住了，乘风，你又喝多了。

谁还没有那么一首自己的歌谣呢，李乘风的童年就有的。只会唱，不懂意思，耗尽平生，他几乎破译了那首歌，那是传说，是一个古老的秘密，跟宝藏有关系吗？当然没有，太低端了。若非猪脑子，都编不出来那么多的寻宝记。这首歌是个大秘密，玄密，涉及那个古老的王朝。每当说到这里，他都会打住，喝多少酒都不多说，绝不泄密。他告诉许白黑，这个秘密吧，只有见到丹心，我才会说出来。许白黑笑说，故弄玄虚，我不会认为和丹心有关系。李乘风摇头晃脑的，当然，我只是想唱给她听。许白黑说，乘风，我也在破译，交给最专业的人士了，看看谁会更快吧。

每个深夜，齐彩虹都要望月的，就像貂蝉那样，祭拜的是自身。此生何所缺，不就缺个男人吗？曾经有过的，两个男人，都是前夫了。第一个是同学，医生，现在已是名医了。就像所有的医生那样，他是那么冷静，可他居然打她了，暴揍，然后就离婚了，把孩子也带走了。第二任是同行，开药厂的，夫妻店。婚后三年，也离婚了，连药厂都不要了，房产也不要了，气死人的，也是只要了孩子。她不舍得女儿，争夺抚养权，男人骂起人，好毒，你这种女人，都不配带孩子的。

她好悔，怎么会嫁给这样的男人，两个男人，都是那么的狭隘，浅薄，没见过世面，不懂得世道，以及商道。她有什么错，都是为了家，要发展，要发财，若得机遇，岂可以放过呢，当然要抓牢的。抓了，又抓了，总在抓。什么都有了，都市传奇，商海名流，财富几何呢，标准答案，彩虹药业正在筹备上市。追求她的男人太多了，老的小的都有，知情识趣，善解人意，都挺讨喜的，就是穷，都穷。都是假富，真穷。

回头路是没有了，两个前夫都另娶了，儿子随其父，从医。女儿更不像话，学业不行，念的三流大学，不要紧，她有美貌，嫁给外教了，定居国外了。儿女双全，如同没有。她无所谓了，在绝大多数时候。她是董事长了，彩虹药业集团当家人，掌门人，控股人。她的办公室好大，最显眼的是张大照片，她和老领导碰杯的大照片，红酒，老藤干红葡萄酒。

她的离婚，跟老领导没什么关系的，扶持过她的男人，多了，海量的。都挺有力度的，出手的时候。只不过软硬都是相对的，硬在了桌上，软在了床上。这么多年了，最硬的是谁，还是李乘风，尽管没做成。她挺想他的，想身体，可是他不干了，兄妹称呼了，还怎么干呢。

男人那么多，都要买单的，胃口都那么大，比她还要大。她才不呢，宁可用跳蛋，可是跳蛋再好，也不能亮相的，不能共度此生的，不能耳鬓厮磨的，不能共享荣华的。是的，她要一个男人，合法的男人，夫妻相称的男人。她是他的妻，他是她的夫。她有一切，就缺一个丈夫了，绝对坚挺的丈夫。足够硬，足够帅，足够年轻，足够有身份，足够补偿她。

只有一个男人是这样的，唐希。这么多年了，唐希是她的护花使者，一路走来，嘘寒问暖。他从没动过她，她知道，他不敢。她帮过他的，升为卫健委副主任，就是她的功劳。唐希比她小 10 岁，啊，每当她想他，她都会发抖，痉挛性的，颤抖。唐希的身份毫无问题，他已经离婚了，为了她。都是为了她。

两人领证了，同时做了财产公证。为了情，为了爱，为了牵手到白头，两人共同持有所有家庭财产，包括房产以及存款。

至于彩虹药业的股份，唐希持有 15%。真是太多了，唐希一夜暴富了。彩虹药业迁入新区，是享受相关补贴的，说白了就是不要钱，什么都不用花钱的。原有的地皮呢，好大的地皮，N 年前来自国企的。都是黄金旺地哇，早就已经一分为三了，一份用来开发安置房，安置原有的国企职工了。第二份是彩虹药业的所在地，属于齐彩虹所有的，总面积共计十八亩。

第三份呢，那是个秘密，就连齐彩虹都不怎么清楚的秘密。怎么说呢，那块地大约三十亩，好多年了，始终都没有正式开发的，也没有荒着。都盖成仓库了，仓库的样子，却都是空的，从来就没有存储过什么货物的。齐彩虹当然知道，那是圈地，问题是地主，真正的地主，她不知道是谁。她是问过老领导的，那时的老领导，是刚获得提升的，从卫生局局长的位置上。

老领导说了，彩虹，不得再问了。别说是你，就连我也不知道。齐彩虹说道，好的，彩虹药业不能动，原地不动，因为这块地是无价的。老领导说，对，彩虹药业要做好，该动的时候再动吧。

就如同是新婚的贺礼，唐希的排名调整了，第三名了。李乘风和黄副主任没有动，其他所有的副职都在其后了。没有人不满，起码表面如此。相反，大家纷纷祝贺，祝贺唐副主任前程无量，祝贺金童玉女百年好合。唐希本人没多大变化，只是配置变了，办公室变了，搬到李乘风隔壁了。桌椅沙发什么的，都给扔了，自购，都是超级环保产品，无毒无公害。最打眼的，是墙上的墨宝，老领导亲笔题词，此生无悔入华夏，来生还做中国人。开小会时，唐希的茶杯是最大的，比李乘风的还大，内容好妖娆，要么海马，要么花胶，都是炖品了。

李乘风和黄副主任原本就不错的，这下子更加密切了。黄副主任说，下一个该我了，连我办公室都不来了。李乘风打哈哈，老黄，那个节目主持人早没了，我就记得一样，哇，砸彩蛋。黄副主任深表遗憾，咱不行，都没挂彩的。李乘风说，老黄，不瞒你说，我都快白发如霜了，就这里。黄副主任高兴了，那是谁呀，轮不到咱们，咱也就是个斑驳吧，杂色而已，不好看了。李乘风说道，接下来，我市中医药产业必将大展宏图，那才好看呢，草根树根，草叶树叶，雪白血红啊。

李乘风心如明镜，在这栋楼里头，唐希的最终目标是谁，是自己。两种方式，可以等他退，也可以干掉他。李乘风有绝对的把握，唐希会选择第二种方式。因为没有退路，谁都没有了。老领导的年龄放在那里的，老领导的生日没人不记得，都是刻骨铭心的。

四十五

没有人会比李乘风更加了解唐希，包括齐彩虹。李乘风唯有谨慎，无限度的警觉了。那只手表，他是从不离身的，要么在手上，要么在兜里。许白黑说过的，该手表是具备自动识别功能的，对于场所，以及所有的谈话对象，自动鉴别，自行调节，无限安全。

老郭，是个至关重要的人物了，对于双方，他都是。在这栋楼里，包括停车场，所有的监视系统，都归老郭管理的。那么多的人来人往，那么多的土特产，老郭若是个有心人，那都是有迹可循的。李乘风约了老郭，啃羊，喝的是猫尿啤酒。没等李乘风开口，老郭先说，老李，唐希下手了，是在夜里，我不在岗的时候。以养护的名义，找了个公司，来搞资料了。嘿，都瞎了，我早就给洗掉了。花钱雇人，专业清洗。李乘风问道，老郭，还是老规矩？老郭悠悠长叹，老李，老规矩，一个月一洗，那怎么行。我现在都是一星期一洗了。你就放心吧，保安房的人全是我的。

李乘风嗯嗯，老郭，当初找你来，孽缘啊。老郭得意，那是，你平时吧，给我那么多小卡，我都分给大家了。还有，逢年过节的，许先生送烟，大墅烟，豪华版，都是成箱送的，都是小店买的，免税烟哇，都是抽的他的烟。唐希算什么东西，就会欺负人，我手下买个扫把都不成，都得他买。李乘风喜笑颜开，耗材嘛，都归他的，随他呗。老郭呸呸，老李，我喝多了。李乘风举杯，老郭，那可不行，你级别还不够呢。

畅所欲言，历来如此，李乘风和老郭是什么关系呢，老朋友，故人，可以信任，可以托付，不用防范的。很多事情是不用开口的，比如这件事，比如老郭的儿子，三个儿子，都在医院里工作，后勤部门，爽歪歪，小儿子甚至承包了医院的食堂。妙就妙在都是李乘风主动的，并且从无回报。什么好处都没有过，老郭什么都没给过他，理直气壮的，老李，穷是硬道理，谁让我穷呢。李乘风说，就是，穷者无疆，全民脱贫，王道。我就爱给你送礼，他也是，老许。

王谢桥婚后，戒掉了一个好习惯，抄经。都抄了好多年了，各种经书，佛经，甚至还有道家的符。寒舍上下，四层楼，就连地下室都挂了符的，三楼本是他的佛堂，好多大神，都开了光的。他爱在这里礼佛，抄经。都怪谢晓桐，她给清空了，当着他的面。哇，都让保洁员给收走了，收废品那样的。

她还下达了封杀令，不许请神，不许抄经，不许和闲杂人等交往。什么是闲杂人呢，就是那几位大师了，佛家的道家的，甚至还有孙老。孙老是百草根中成药的研发人，本来是叫老孙的，彩虹药业崛起了，百草根制剂成为主打产品了，不得了了，老孙就有了团队了，作为该团队的学术带头人了，也就成了孙老了，津贴待遇也升级了，就像高速公路那样，从S级升为G级了。

王谢桥弱弱地抗议，小桐，和尚和道士也就罢了，我听你的，不来往了。可是孙老不同的，人家名牌大学出身的，博导啊。谢晓桐冷笑，名牌大学，不就中医学院吗，再说了，1976年毕业的，工农兵学员，他爸是村长还是公社书记呀？王谢桥惊奇了，晓桐，你懂得太多了。谢晓桐得意地笑，有什么办法，我爸爸当年是渡海到香港的，全身涂了桐油，防鲨鱼的，要不我怎么会叫这个名字呢。

王谢桥好乖，都照做了，没理由，如果非要找理由，那就是服了。真是没辙了，纵横情场半辈子，就这么降了，被她降住了。王谢桥迷茫了，我为什么毫无反抗力呢？为什么全要听她的呢？他问许白黑，还是偷着来问的，怕被她给发现了。

许白黑不予解答，他不是他的患者了，他是宋医生的患者。他也不是他的朋友了，因为谢晓桐。他分得很清楚，层次分明，不该说的，他是一个字都不肯多说了。人家的家事，有什么好说的，日子好不好，那都不关他的事了。

就在不久前，希尔顿酒店自助餐厅，他还见到过他的，谢晓桐的前男友，碰巧遇到了。人家可不是一个人了，夫妻双双，他的妻子好年轻，温柔可人，腹部隆起，看样子都快生了。许白黑招手，向服务生要了个信封，权当红包了，这才过去打招呼了，问候以及恭喜，从始至终，都没提到过谢晓桐的。

许白黑出门，他跟出来了，貌似送别，他说，许医生，今日始知，那是上天的恩典。许白黑轻轻说道，我也这么看，早就这么看了，是她配不上你。他说，许医生，我明白了，你当初为何赶走她。许白黑颔首，握手，道别。他没有说出来，无法启齿，男人也会受到性骚扰的，如果每天的眉目传情还不够数，那么胸前的那粒纽扣呢，时不时地就会忘记扣上，就那么敞着，晃悠他。只是他，宋医生就没那个眼福的。

许白黑再也没有上过王谢桥的飞机，也没有去过谢桥心理医院了。谢晓桐的运营模式，不再是烂柯山心理医院的复制版了，她放开了，涉及成本，能减则减的。承诺还是要兑现的，医生的年薪收入确实是10倍于十三院的。但是仅此而已，没有其他的，纯属干货了，就连福利都没有的。

这是什么意思呢，这就是说，也高不到哪里去了。不中不西的，西方医生的收入历来惊人，中国医生的收入太少，可怜，原先还有些水分的，经多年整顿，差不多都给挤干了，沙漠似的，没雨水了。问题就在于，患者也从没有少花钱的，钱去哪里了呢，只能说是蒸发了。

谢晓桐采用的管理机制，本土化了，奖罚分明了。就像所有的公立医院那样，对待医生，是要问责的，患者有投诉，就要扣钱了。怎么扣，连坐，但凡经手该患者的医生，无一幸免。这些都不要紧，许白黑可以理解。他不能容忍的，是她的接诊程序，她把助理医生给免掉了，没这个说法了。医生全上阵了，全是独立坐诊了，只有她除外。她已经行政化了，她不是谢医生了，她是谢院长了，全职了。

如此种种，岂能留人。谢桥心理医院的流动性超强了，医护人员来来去去的。好多医生都走了，那 18 位医生，已经走光了。就像集体入职那样，他们是集体离职的。去哪里呢，他们的理想是来这里，烂柯山心理医院。

许白黑约见了老胡和李乘风，他说，乘风，你那个 R 考试，都没有过关的，卫建委急缺专业人才啊。我的建议，那几个给老胡发视频的吧，都是可塑之才，怎么样，都镀过金了，你要不要引进呢？李乘风思索片刻，我还是要那几个发短信的吧，这种人进来了，都是我的人，心思没那么活嘛。说句掏心话，这些年我就是个瞎子，我重用的什么人，唐希，我都怕他了。老胡说道，我不怕唐希，我怕视频，好怕。白黑对他们那么好，都能拍视频，那要是回我这里来了，以后不定哪天，可就是给我拍视频了。

老胡掏出手机，当即做出了归类。拍视频的三个人，被排除在外了。剩下的 15 个人，12 个人是发信息的，3 个打电话的，李乘风先挑的，按照时间顺序，他录取了前五名发信息的人，理由是反应迅速，都是人才。许白黑问道，乘风，你怎么不要打电话的？李乘风回答，那都是老胡的心腹，还是留给他吧。老胡大笑，十个人呀，都回来了。我十三院也有名医了，都是未来的骨干啊。以后再开全市院长会议，谁还敢看不起我，说我手下没人，哼哼。

许白黑说道，那就定了吧，那两位没有动作的，我留用了。老胡，你小看自己了，你的任上，有可能会出国际名医的。这样，就以心理医院的名义，咱们走个程序吧，尊重年轻人，永远也不要让他们知道这一切，这是我们之间的事情，前辈的事情。

所谓程序，就是考试了，宋定睛拟的试卷，全英文，国际心理医学案例分析。许白黑加了一道题，压轴的题目，占比五十分。那就是首例患者，你在心理医院接诊的首位患者，请复述该病例，以及日期，患者的就诊日期和痊愈日期。

这样的考试是根本就无须作弊的，不是百分百用心的医生，是不可能及格的，因为最后一道题。果然，只有两人胜出了，无声无息的那两个人。正是那两个蠢材，他们是心无旁骛的，只有医学，只有患者，所以忘不了，是无须刻意的，没有真正的医生，会忘记他自己的首诊患者，以及关于该患者的一切。许白黑是不会看错人的，他自己就是这样的，他所认知的大医生，都是这样的，没有例外，从来就没有的。

按照规则，其余 18 人，都没有达到及格线，心理医院就不能留用了。恰逢其时的，李乘风和老胡就来要人了，按照先前的计划，直取目标。李乘风当然如愿了，老胡就有点麻烦了，他的目标都不愿意回去了，嫌待遇低，条件差，心理落差太大了，都接受不了了。

是李乘风给老胡解困的，他当场宣布，三天之内，回到十三院找胡院长报到的，有三项特殊人才待遇，一是职称问题，优先解决；二是破格提拔，担任科室副主任；三是科研项目，有什么心理医学类的优质课题，我要全国领先的，突破性质的，报到卫建委来，特事特办，十万元以内的，一个月内给经费。

三天，老胡的目标十个人，有四个人来报到了。另六个人走了，都去一线城市的大医院发展了，不仅如此，他们还把李乘风的囊中人才，卫建委的公务员，给勾走了一大半。什么是一大半呢，五个人走了三个人，就是一大半了。李乘风和老胡的原计划加起来，是十五个人的。十五减六，再减三，等于九,九个精英，九个人才，九个经过国际心理医院以及国际顶流名医培训过的优秀医生，就这么流失了，从蓝市。

还有三个人，发视频的三个人，他们也走了，不在蓝市发展了。都去了二线城市的精神病专科医院了，还是做医生。他们没有得到烂柯山心理医院的推荐函，是进不了一线城市的大医院的。至于未来，他们会像从前那样的，一步步走，一步步来。想要快，是不可能的了，他们都去找过老胡和李乘风的，都被拒绝了，很客气地婉拒了。

只有两个人了，20个人，许白黑只有两个人了。他没打算留下他们，留在分院的。他给了他们身份，烂柯山心理医院分院的访问学者，就以这个身份，他们很快办理了签证，要到总院学习去了。他们的老师，只能是亨德斯了。因为中国医生的行医资格证，在国际上是不可以通用的，也就是说，到了总院，他们是不具有接诊资格的。

许白黑说，周医生，陈医生，亨德斯先生是终身教授，但是他不是医生了，老了，他在从事心理医学的最尖端课题研究，你们去参与吧。有报酬，足够生活，足够养家。你们将会有机会参加考试，去考美国的行医资格证，那是超级难考的，也是全球通用的。不同于国内，那里的考试是分级制，五年制，要考五年的。出一个医生太难了，我希望你们能够过关。这不是分别，我们会经常见面的，每个月我都会回家的，还请你们吃家宴。

宋定睛接着说，两位同仁，我会送你们登机，接机的是保罗医生。

他说了，猫尿啤酒，开怀畅饮，管够。关于亨德斯的研究课题，我先透漏一下名称，叫作蜜獾计划，那真是个天才的项目，它会改写心理医学的历史。说实话，我真的好想参与，可是这里离不开，有什么办法呢。许白黑说道，定睛，我是参与者，从开始就是。这样的计划毕生难逢，不可以错过的，你要加入的，这样吧，你来制定时间表。只要时间合理，就都合理了。

周医生和陈医生，都是毕业于蓝市医科大学的，硕士学历。刚毕业就被老胡给抢走了，给了好处的，医院的家属楼，旧楼，每人一套两居室。别的医院是不提供住房的，最多就是宿舍了，两个人一间的。就冲着房子，他们去了十三院，与其他同学相比，等于是省了十年的奋斗了。两人同岁，36 岁，从医 10 年，职称都是主治医师了。他们对于许白黑的称呼，是老师，对宋定睛也是。当两位老师在一起，是要有所区别的，宋定睛就成了宋老师了，许白黑呢，他还是老师。

周医生和陈医生都说了，老师，宋老师，我们是不会改变自己的称呼的，我们是医生。宋定睛说道，相信你们，顺便告知，我和老师可都是一气通关的，五年，一年也没耽误。许白黑叹气，定睛，你都成了老师了，这么快。宋定睛笑说，老师应该高兴才对的。许白黑点头，说得好，定睛。

好气人，老胡又来了，来送行的，超煽情，干这种活，他是行家里手，无人堪比的。他甚至都流泪了，抽抽搭搭的，不像话，呜呜呜，我怎么就没有赶上这个时代呢，只恨我出生太早了，没机会了。许白黑说道，学长，不要这样，你看他们，多好，我们后继有人了。老胡说道，小周，小陈，我想许个愿，成了大医生，要回咱们十三院来看看。不敢谈合作了，搞个讲座总是可以的吧？

许白黑说，老胡，回不回来都未可知了，你想想吧，若是保罗留人，怕是我都叫不回来了。再说了，你也没两年就退休了吧，到时候让他们请你去观光呗。老胡反问，白黑，你怎么不请我呢？宋定睛说道，胡院长，那可未必呀，我老师都是先做后说的。

王谢桥的奇幻仙侠舞台剧，许白黑撤出了，不当那个什么顾问了。好烦人的，每次探讨，他都几乎崩溃的，评论家太多了，名家云集，好多奇思妙想，高屋建瓴，他都听不懂，而且还很饿，因为他们不会住口，回回都要耽误吃饭的。不玩了，不值得玩了。许白黑把顾问费退给王谢桥了，他说，胜任不了，请理解。

王谢桥点头，理解。许医生，连我都不想做了，可是收不住了。大项目，重点精品工程，又追加了经费，是要全国巡演的。我现在吧，都不怎么能当得住家了，也就是个陪练了。

许白黑说，王先生，还要请你转告小桐，医生们来找我，我是不可以置之不理的，都是从我这里过去的。王谢桥回答，我懂，许医生，谢桥心理医院吧，本来是我说了算的，现在都不归我管了。我就一句话，想请问，还是朋友吧？许白黑点头，当然啊。这还用问，你太见外了。

说话说到了这个程度，其实就等于没什么好说的了。是的，许白黑是这么认为的，他不打算跟他们夫妻有任何交集了，谢晓桐就不用说了，他早就放弃她了。关键是王谢桥，谢桥地产现阶段最大的项目，是开发彩虹药业原基地，那块市中心的超级旺地。彩虹药业挺进新区了，那块地皮就可以招商开发了。没有任何悬念的，谢桥地产中标了，成为主体开发商了。至于合作开发商，共计三家，那也都是谢桥地产的子公司，若非是业内人士，还真是看不出来的。

全市人民都知道，这块土地是要开发大厦的，本省最高配置的宝典大厦。何谓宝典，那就是国学经典了，都是经典，全是经典，所以这座大厦是要盖成线装书格式的，左侧面都是书名，篆字体的书名，比较厚，就连《诗经》和《山海经》都在当中的，共计十余册。大厦通体采用明黄色，层高 66 层，窗式设计都是略显狭长的，据说远远望去，那都是仿古书排版的。

许白黑惊奇于王谢桥的速度，上次路过那里，还是个大坑，好深好深的。再次路过，就有了模样了，都盖了三层半了，也不过就是换了件衣服，脱了夹克，穿上薄袄了。坊间议论还是挺多的，网络上也是同样，就连有些大咖都发声了，不是关于宝典的，都是关于新区的，怎么说的呢，有个统称，蓝市大鬼城，简称大蓝鬼。

还真是大蓝鬼，白天不见人影，夜里难得灯火，都是蓝，天蓝海蓝夜空蓝。彩虹药业是进驻了，还有那几个混血小企业，像是什么呢，就像九月末的荷露，荷叶半老，风波犹生，落水里了，都不见了。新区太大了，按照当初的规划，是要容纳十余万人口的。住房配置都是有的，貌似挺高端的，可惜是有人买，没人住，毫无烟火气。倒是个练车的好地方，好多小驾校，都是在这里操练学员的。

老领导是约过许白黑的，亲自来电，约见面，都没提起李乘风的。这说明什么呢，老领导急了，急到极限了，他知道李乘风没用了，那么精灵药品公司的问题，就只能落实到许白黑的身上了。老领导约了两次，第一次是约在心理医院开业那天，他设宴的饭店。许白黑没有去，那天他在国外，去不了。回来了也没提起，就当是过了。

可是老领导没有过，他又来电了，约见。不是他的办公室，也不是饭店了，而是大新区，确切地说，是大新区的上空。老领导再次动用了警用机，邀请许白黑俯瞰大新区，半个多小时吧，两人落地了，就在新区的湿地公园，老领导说话了，小许，全靠你了。我知道你们夫妇和杰瑞总裁的关系，你可以做到的。

许白黑说道，老领导，谢谢信任。现在的问题是杰瑞总裁，他首先是资本家，然后才是我的朋友。

老领导说道，小许，我给你三大利好，烂柯山心理医院全额免税收；新区给你土地，百亩土地，无偿，你完全自主，可卖可租可开医院；彩虹药业原厂地，也就是宝典大厦，你可以参与开发，以心理医院的名义。我说完了，小许。

许白黑说道，老领导，据我所知，Spirit 药品公司无论选择哪里，都是全区域的。

老领导点头，小许，彩虹药业可以立即迁出，大新区全部清空。我们要快，用最快的速度，争分夺秒，让精灵药品公司进驻。

许白黑沉吟片刻，说道，老领导，容我问一句，我看其他有些城市，都是动用某些行政手段，比如迁入高校以及机关，以此来充实新区的。

老领导拍拍许白黑的肩膀，小许，你是个有心人。可是你不懂，蓝市不一样，咱们的新区，起点太高了，投入太大了。事已至此，只有精灵药品公司，才能镇得住了。

许白黑点头，老领导伸手，两人握手，都是双手，握得紧紧的。

四十六

许白黑觉得好美，猫鼠公式的那种美，就像一只猫，耸着胡须，大尾巴甩过来，甩过去的，惬意极了，不为别的，就为了猫爪下的那个洞，鼠洞，洞里头，都是它的猎物，好得意的。

许白黑是有判断的，最精准的判断，也是要有信物的，最及时的信物，是那只手表。和李乘风吃饭时，他做了个标记，在表盘10点45分位置，他给调拨出来了，一个小脑袋，小绿豆那么大，貌似猫脑袋，啊不，事实上，那是猞猁，猫科，最隐秘的猫科动物。手表是李乘风的护身符，李乘风当然要问了，白黑，怎么多出个小猫头？

许白黑回答，乘风，升级了，以后不用让老郭搞清洗了。同理，它会自动追踪，自动识别以及调整一些影像系统，与你有关的。李乘风哇哇，白黑，早干什么呢，以前怎么不弄出这个小猫头呢？

许白黑回答，乘风，以前我又没坐过警用机，现在不同了。他都不用你了，你得周全啊。这么说吧，下回你跟那个什么小蓝见面的时候，PK一下，要比他的打火机厉害才行的。你可别忘了，他是谁介绍给你的。

李乘风低语，白黑，在蓝市，只有我知道他是小蓝。别的人都当他是麦老板，也包括他，介绍人。

许白黑微笑，真的，你就那么肯定，试试也不多余吧，给他看看呗。

李乘风就试了，和小蓝 PK 了。惊天动地一 PK，碧水寒山，夺命的猫头啊。李乘风从没见过小蓝这样，不仅小蓝，小白也是，就在那半腰水库，岸边，当他亮出了手腕，晃了晃手表，小蓝和小白齐齐后退，双双落水了。扑通，就一声，都没个水花的。半分钟，两人冒头了，上岸了，分明是商量过了，就在水里。

小蓝问道，哥哥，这只手表我见过，可是表盘怎么变了呢？

李乘风赶紧安慰，别怕，咱又不是山口组，怕啥呀，咱是航运集团啊。这表吧，也就是个纪念品，你知道的，是他给我的，看你激动的，不就多了个小猫头吗？

小蓝郑重，哥哥，你确定这是一只小猫头吧。

李乘风哼哼，废话，不是猫头是什么，难道是虎头呀。怎么样，比你们的打火机厉害吧。

小蓝和小白相视而笑，他们说，哥哥，真好，真是再好不过了。

奇怪的是，小蓝的眼红了，微红，呛了水似的。他的眼珠原本是铜色的，深深的铜色，清澈透底的。铁汉无泪，若有，是离别，为了离别。是的，他们好久未曾相见了。这么多的日子了，李乘风都是和小白接头的。就像他想他，他也想他，常想的。

李乘风问道，小蓝，哥哥知道你出事了，好担心，怕你回不来了。

小蓝忽然笑了，哥哥，确实出了些小麻烦，不过也就一个月。行有行规，过后我是度假去了。

李乘风声音都哑了，连连问着，小蓝，受刑了吧，严刑拷打了吧，你受伤了吧？

小蓝嗯嗯，哥哥，每天都受刑，好几遍。你知道什么刑法，苍天呀，螺旋 CT 扫描，他们怕我身上有东西。好扎本，整个小半岛也就那么几台，进口的，嘿嘿，本来都是千岁以上才能用的，这下好了，给我轮着用。好难受，每次十五分钟，轰鸣哦，都没有养护过的。

李乘风追问，挨饿了吧，哥哥看你都瘦了。

小蓝笑说，哥哥，你又错了，每天逼我吃饭，吃得太好了。都是千岁级别的待遇。我都吃胖了，所以减肥了。你不了解他们，对我有多么的礼貌，住的都是五星级。一个月，礼送出境。不敢动我，只敢杀人，杀了我好几个客户，都是千岁级别的。

李乘风惊奇，小蓝，哥哥天天看网页，没见过这些消息呀？

小蓝笑喷了，哥哥，八千岁九千岁之类的，你或许能看见吧。笑话，你以为那是什么地方，天天喊口号，就会喊制裁。哈哈哈，老鼠制裁猫，一只老鼠好多猫。

李乘风也笑，小蓝，我知道猫鼠公式，老鼠疯了，没有办法，没辙了，到处都是猫。群鼠对猫，尚且要发疯，何况是群猫围鼠呢。

小白欢呼，哥哥高见，有些人和事，只关乎罪恶，不关乎姿态，即便跪姿，也是没用的。赌不赌，我赌时间，长不了了，赌资两百块。

李乘风摇头，我跟，都押胜，还赌什么呀？

小白指向不远处的农家乐，哥哥，够了，正好一顿饭。

小蓝似乎是气愤了，哥哥，谁还没个故国了，我是英国人，可我爱这里，爱故土。你知道那里是怎么骗人的，什么都是第二，说咱才是第一，简直狗屁不如，辱我故国，如同辱我，决不饶恕。

李乘风更愤怒，不要侮辱狗，以及任何动物。兄弟，我们人类吃的每片药，每项医疗成果，都是用动物先做实验的，无限惨烈，那才是牺牲。我父母双亡，说句没有人性的话，往后我只对动物尽孝，如奉医学。

小蓝说，哥哥对不起，共同尽孝吧。

许白黑毛病挺多的，每天都要换床单，换浴巾，换毛巾。这都是保洁员的活，他不用动手的，只管受用。他只换一样东西，袜子，每天三双，只能是自己换的。通常，第三双袜子，都是晚上回家才换的，地点，客厅，沙发。换好了，他没有抬头，他看到了另一双脚。银灰色跑鞋，船袜，目测，43码半，裸着一截脚踝，肤色明朗，肌肉紧实，健壮无比。

许白黑偷着乐，低着头，问道，你来了。

我来了。

你不该来的。可是你来了。

你应该抬头的，可是你不肯。

你为猞猁而来？

许医生，我想知道，你怎么知道我是猞猁？

当我在停车场看到你，看到你的脚步，每一步，我就知道了。那样的脚步，只有一种人可以走出来，经过长期特种训练的人。还有，青青普大呀，我知道这件事，从一开始。实不相瞒，这个名字就是我起的。

这件事是我办的，是我的任务，但是我好奇怪，为什么要叫这么个名字。原来是你，许医生。今天你叫我来，用那只手表，当我看到猞猁的标志，我知道你叫我了，我就来了。

君子之道，登堂入室的，怎么也该敲个门吧。

请问，你脖子不酸吗？

酸得很，但我可以忍，请报名号。

我是蓝应短，猞猁联盟组织成员，编号尾号903，前三位数不用说了吧，大家统一的。

许白黑抬头，站起来，轻声道，许白黑，猞猁联盟组织心理医学顾问。小蓝，我没有编号。但是有需要的时候，我会在。

小蓝笑容灿烂，当然，许医生。我终于明白，为什么会有青青普大呀，那是为了你。可是他吧，脑子太好使了，认定了我是黑社会组织成员。

许白黑大笑，小蓝，你不是吗？还有小白，两个黑帮哇。

小蓝问道，许医生，请问我们安全吗，哦，我的意思是，他会来吗，此刻？

许白黑指着台子上的手机，汪汪汪，他才会来的。

两人这才搞了个正式相见的仪式，怪肉麻的，热烈拥抱。

是的，他们都是猞猁，猞猁联盟组织成员。在这个世界上，这个组织是无限隐秘的，就像猞猁那样，数量并不稀少，但是很少有人可以见到。就算见到了，也会被人当作是猫的。与猫相同，它是猫科，是猫鼠公式中的强者，猎食者。与猫不同，它以多种面目出现，比如黑社会，或是其他。他们是有使命的，为着气息，为着线索，为着目标。他们是终极猎者，猎杀鼠类，所有的鼠类，以及鼠类联盟。

亨德斯和保罗，以及尼古拉医生等人，与许白黑同样，都是猞猁联盟组织的心理医学顾问。高度涉密，所以从不公开。当许白黑通过医学催眠手段，知道了青青普大呀。他就确认了，小蓝是猞猁，小白也是。没有任何黑帮，会为李乘风这样的小人物，做足功夫，做成青青普大呀，保财产保平安，他不值得，连污点证人都不配的。都是因为他，因为他和他的同仁们，多年以来以医学，以卓越的医术，为猞猁联盟组织所做出的贡献。是的，猞猁无处不在，涉及多个国家，和地区，是绝对强者的联盟。

我特别想知道，我们为什么不叫正义者联盟呢？小蓝问道。

那是因为，我们不是好莱坞。许白黑回答。

小蓝笑眯眯的，许医生，特来相告，他会无恙，你请放心。

许白黑凝视小蓝，小蓝，我和他的往事，从来就不是秘密，所有的一切，想必你都知道的。我是坦诚相告的，对猞猁联盟组织。今日找你，我要数字，他的数字，以及我的数字，我要与你进行核对。

两人当即报出了数字，李乘风账户上的数字，以及许白黑付出的数字。小蓝有些震撼了，许医生，你给多了，好多。许白黑挥手，小蓝，你所见到的，都是他留给自己的。他既然能收，当然也是要送的。这个数字，我是全额结账了，只多不少吧。

小蓝说，许医生，当年他给你的，等于生命。而你给他的，是自由。个人以为，自由高于一切。我也从不认为，这是报答。

许白黑回答，是的，小蓝，当然不是。当我这么做，我是快乐的，无比的快乐。而他当年，也是同样的，他说过，他乐意，乐意那样。

小蓝仰天长啸，许医生，那是一定的。我了解他，他的灰灰，他的密码，就是那根马鬃。他是我的朋友，也是老朋友了。当然，他是有罪的，但是谁可以是无罪的呢？在他的群体中，谁能做到呢？至少我是没有见过的。

许白黑说道，小蓝，青青普大呀，你知道为什么，因为我的女儿，如果不叫谷雨，她就是青青了，至于普大呀，那是他的口头禅，普外科最大了，别笑，真是这样的。

小蓝笑道，许医生，我也说个笑话，关于账户的，就那个小半岛，你知道谁的账户最多，最大，我可以报数，精准到分，并且总在变化中。啊，谁会不爱猞猁呢，每个人都爱的，是不是？

啪啪啪，啪啪啪，许白黑连开了半打啤酒，猫尿啤酒。他说，小蓝，叫小白过来，难得欢聚，不醉无归。醉了就睡这里，房多。

小蓝说道，许医生，他早来了，在露台上赏月呢。

许白黑说道，胡说，我都七天没见到月亮了，每晚都等，就是不来，不瞒你说，明月当头，也是老友。

小白没空手，他带了下酒菜，就两样，莲子和小马蹄，太小了，就像蚕豆那么大，都剥好了的。许白黑从冰柜里取出几只龙虾来，都是鲜活的，来自胡葵海外直采的，他做了刺身，刀法娴熟，先敲头，一下子，龙虾就不动了，没知觉了。他说，等丁麻醉了，全麻了。我就见不得这里吃龙虾的方式，用一根筷子贯穿身体，不住挣扎，太残忍了，亏他们吃得下去。

小白鼓掌，同见，许医生，我想知道，别家院子里都是花树，你为何要种一棵梧桐呢？

许白黑回答，不是种的，那是野树，是我要保留的，刚住进来还没我高，好细，现在都长到三楼了，我每天都要握个手的，就在露台上，和每根枝条，好有意思的。

小蓝怒赞，树是用来看的吗，都是要握手的，我也是这样的，我还要说些悄悄话呢，唉，我的好多秘密，人不知道，树都知道的。

酒至半酣，相对无言了。许白黑放下酒杯，小蓝，小白，你们在等我，等我说出来，对吧，好吧，请听吧。

三十三年前，冬季，蓝市医科大学，我和他同班，小班同学，同宿舍，上下铺，很要好。没有为什么，就是那么好。那是大二，我十九岁，他也是，每周，都要上好几堂解剖课的，我们小班二十余人，分成三个小组，每个小组七八个人，共同解剖一具尸体。他是班长，负责带人运尸体，每次都有我。

知道存尸房吗，那时候，就像一个大礼堂，好大，好空，就一个池子，池子里头都是尸体，泡着的，大多都是战争年代的尸体，无名尸，男女老幼都有，都是裸体，只是手腕上缠了一条铁丝，上头挂个牌子，很小，也是铁的，那是编号，单号和双号，就是男尸和女尸了。

那个池子，像一个泳池，深不见底，那不是水，那是福尔马林，百分百浓度的福尔马林，用来浸泡尸体，多少年都不会变质的。那天，我们需要三具女尸，就在池子边，用钩子勾过来了，历来都是这样的。我们是六个人，三辆推车，我和他是一辆，总是一辆。

尸体抬上车了，我忽然发现，这具尸体不行，她的胸口有弹孔，两个，都在心脏位置，怎么办呢，只有更换了。这时，他们已经走了，那两辆车，四个人，都走了，只剩下我和他了。好冷，刺骨啊，到处都是冰，池子里也都是冰碴儿，我们都冻僵了，还要捞尸体，很快，我们就勾上来了，放车上了，要走了。这时，我看到了一条手臂，带有铁丝和编号的，我走过去了，是原先的那具尸体，她的手臂是被冻住了，冻在池子的边缘上了。

我得让她入池，整体入池，我想搬开那条手臂，搬不动，冻牢了，我就蹲下来了，用力，就那么一下子，入池了。都入池了，我用力太猛了，我栽到池子里了。

我是会水的，从小就会，可是这不是水，我不能呼吸啊，身上都是棉衣，好沉，坠下去了，坠到底了，坠到池子底了。我憋住气，拼命挣扎，抓着那些尸体，一具，一具，向上，向上。他在叫我，哭叫，可我看不见他了，是的，我出来了，是他把我勾上来的，用那把钩子。

我被送入医院，蓝市医科大学的附属医院，紧急抢救，用尽了一切措施，可是，我失明了，双目失明。我的眼角膜被腐蚀了，腐蚀殆尽，无可挽救了。我是医科生，我什么都懂，我的余生，就是盲人了。我哀求老师，不要告诉我的哥嫂，老师答应了，给了我一周的时间。是他在陪我，每时每刻，喂我吃饭喝水，扶我上厕所。他总在安慰我，当他沉默，我摸他的脸，是湿的。

第六天，半夜，我听到他的呼吸声，我知道他睡着了，我光着脚下床，毫无声息，一步一挪，挪到了走廊的尽头，那是窗户，九层楼的窗户，足够了。我被抱住了，是他，他说，你别死，不要死，我有两只眼睛，我给你一只。我说不，我不要你和我，都是独眼龙。

医生来了，他们给我注射了镇静剂。我睡了好久，当我醒来，已是三天以后了，我已经做过手术了，眼科手术，眼角膜移植，这对眼科医生来说，只是一个常规性质的手术。他给了我一只眼睛，当然，履行了一切的程序。就这样，我能看得见了，我和他是用同一双眼睛，在看世界了。

他成为典型了，我也是，他是为了我，我是为了所谓的公共资产。如此，到了大三，我们终于等到了，等到了另一双眼睛，这一双眼睛，是来自刑场的。我和他，今生都是同一双眼睛了。

知道绿瞳吗？我所捐助的那个国际慈善组织，为什么是绿瞳呢？那是第一次手术过后，当我眼睛上的纱布被揭开，我所看到的他，全身都是绿色的，手术服的那种绿，那是虹光反应，他说，他也是的，他看到的我，也是的。

我为什么要回来开办心理医院呢，为了走账，是为了走账，好多好多的账，就这样从分院走回了总院，走到了绿瞳组织，通过这个组织，就回来了，回到西北，他的故乡，为那些孩子做眼科手术，给他们光明，还有未来。那些钱，都是以他的名义，回来的。

他是无奈的，所以他委托我，为自己的故乡，进行了持续性的巨额捐助。这么多年来，他得到了多少，他就捐助了多少，所以他可以是无罪的。至于他的妻儿，那都是我的个人行为，我愿意那样做。绿瞳组织，成立于他成为卫生局副局长的那一年，从那时开始，我就在等待了，等待今天，以及那一天，他所渴望的那一天，是属于自由的。

小蓝，小白，你们怎么石化了，是醉了吗？当然不，那么，我们换酒吧，就喝黑天鹅吧，是老版的，好多年头了。

四十七

就为了看一场电影，许白黑到东京了。

小桃幸二先生邀请的，他不能说不，是关于雪山案例的电影，时隔二十年，再度制作，再度热映了。主人公的原型，那位患者先生，他现在是一位富人了，富极了，名下最大的产业，攀登者协会，是他全额资助的，会员无数，秘书长轮流做，两个人，他和小桃幸二轮着来。这部电影是好莱坞和攀登者协会联合出品的，美日合作，全球同步上映，只不过还没到蓝市，据说正在审核中。

岂可以三人观影，那就没意思了，许白黑的同学都来了，日本的同学，好几位呢。观影过后，吃吃喝喝聊聊，简直就像个研讨会。最先发言的是秘书长，浓情蜜意，卿卿我我的，啰唆得很，爱雪山，爱医学，两句话的事嘛。小桃幸二先生打断了他，你忘了那只鹰了，你要送给他的。比秘书长的反应更快的，是许白黑，他说，住手吧，放在怀里吧。衍生产品那么多，就这么一只原版的。我认为，这只鹰是攀登者协会的吉祥物，永久，就像白头海雕那样的。

许白黑有的是办法，激活气氛，以此共鸣，太容易了，他说，我对这个电影不满意，为什么，对于医生的塑造，过于完美化，那么捧我，我是不领情的。我更喜欢的是日本的电视剧，白色巨塔，是真实的医生和患者，是医学的不断突破，以及目前的无能为力，比如肿瘤。

几位同学纷纷问道，许，中国有那样的医生否？许白黑回答，有，有许多，中国的医生令我敬仰，因为他们不是那座塔，他们有个名称，叫作底线。关于他们，请阅读我推荐的那两本乐色。他们回答，我们都用心读了，真是太烂了。所以我们都在等，等待后续的乐色。许白黑回答，放心吧，乐色小作坊，每年都有出品的。关于心理医学，关于外科医生，关于肿瘤，陆续推出。个人有些担忧，国内稿酬低啊。

小桃幸二先生承诺，文化合作，我们来做，必要的时候，为了乐色，攀登者协会提供赞助的。只是听说，中国文人都挺清高的，会不会拒收呢？秘书长拍胸，我听说，这个小作坊爱财如命，给多少钱干多少活，不给钱，或是钱太少，就会罢工的。同学们笑说，许，要不咱们现场募资，凑些碎银子，委托你转赠这个小作坊，可否？许白黑说，算了吧，还是写完再给吧，该作坊目前正在创作的是动物作品，猫科动物。

同学六人，都是日本人，都是顶级的名医，都是亨德斯的学生，他们问道，许，狮子老虎豹子，兔狲猞猁猫咪，是什么呢？许白黑回答，最是销魂，尾巴又粗又短的。他们望着他，点头了，脑袋都没有动过，用眼神点的，都点了，一个也不少。秘书长嗷嗷叫，不，我要雪豹。小桃幸二哦哦，我喜欢薮猫，还有云猫。

宋定睛注册了，注册结婚了。千百次了，都是他求婚，没用的，他的女朋友就求了一次婚，还是临时起意，随口说的。他就抓住了，抓住了这次机会，成功转型，把女朋友给转成妻子了。她有她的事业，她挺喜欢的，也不是那么容易放弃的，可是要嫁给医生，尤其是大医生，那是要全职的，全职的太太，全职的夫人，就像芝芝那样的。

那真的需要勇气，舍我其谁的勇气，因为太抢手了，很容易就会成为掠夺者的目标，她是必须要投入全副身心，才能够稳得住的，永久恒定，永不变质。她辞职了，到蓝市了，入住顶层了，是许白黑原先的住所。宋定睛说，我们也住寒舍吧，那里舒服得多。她说，你的老师是有雪山案例的，你有什么，我要你进了教科书，咱们再换吧。宋定睛欢呼，我会满足你的，那是必然的。

去死吧，还我金毛，还我狗狗。宋医生就是这么辱骂的，骂了好多遍，自以为是金句，但是这么美好的语言，如果不能使用口语，那就只能当作是心里话了。没有错，他是用心骂的，心语也，是什么人，能把他给气得拒诊了呢。那是一对老人，老翁和老妇，都七十多岁了，是被警察带来的，来大众门诊求治的。

事发起因，两人罹患多种老年病，每晚只看新闻联播，看完就要出动了，出门，毒狗，小区里的流浪狗，都被他俩给毒杀了。有理由的，流浪狗爱叫，饿了叫，惊了叫，病了叫，受伤了也要叫，影响他俩晚安的。毒杀了二十多条，无苦主，都白死了。犯事是由于一条金毛，宠物犬，出来玩了，也被他俩给毒死了。金毛主人不是好惹的，找齐罪证，报案了，没用，连刑拘都没有，怕条件太差，在里头犯病了。这事就闹大了，有了影响了，警察就带他们来治病了，干预性治疗，也就算是有了交代了。

宋定睛细看了所有的体检结果，开口，两位老人，请你们出去。我很负责任地告诉你们，心理医院不欢迎你们。警察蒙了，宋医生，我们是特殊预约，警方通道，怎么可以这样？宋定睛低语，警官先生，活不了多久了，体检指标就是判决书了。如果他们还能长命，我会接诊。像我老师那样，为了那些动物。警察深呼吸，吸气，没有酒气，他说，宋医生，心理医院两大名医，早有耳闻。按理来说，医生和警察都是特殊职业，是不可以率性的。

宋定睛淡然无比，率性了，怎么了。实话实说，该案件我看了诸多评论，多人呼吁城市不得养狗，个人深表鄙视。走遍全球，没有听到过这样的呼声，什么国家会没有动物保护法，什么城市会容不下流浪动物，什么人群会这么呼吁，山顶洞人，茹毛饮血的人。警察忽然拍桌子了，像是失态了，宋医生，我从警十余年了，白天站街，深夜扫黄，大案没办过，轮不到我，专案组会立功的，警二代警三代，抢着进，都是人家的。我对任何命令，只有一个字，是。带他们到你这里来，是因为这里免费，我就说了一句话，送他们进十三院吧。结果呢，我被训话了，让我解决费用，我忍，忍忍忍。

宋定睛像是自问自答，名医岂能名不副实，警方通道岂能白走，加队岂能白加，人民警察岂能白白相识，岂能长久忍耐，那么大的工作压力，心理干预是必须的啊，可是有吗，从无。中国警察中国医生，都是自我干预的，我们何不相互成全，我做你的干预者，如何？警察彻底呆住了，面无表情，无从开口的样子。

宋定睛低语，警官先生，我也是第一次拒诊，我也是忍无可忍了。警察说，宋医生，很幸运，按我的收入，永远也不可能走进你的诊室的。宋定睛说道，那还等什么，带他们走吧。警察问道，请问宋医生，我如何复命？宋定睛回答，我给你诊断证明，我给你联系胡院长，建议十三院强制治疗，他会接收的。

更年期的芝芝，内分泌有些紊乱了，清晨，极寒，她却感到燥热，热得要命，推枕边人，得到的回应是鼾声，甚至是梦话，装的，谁也叫不醒一个装睡的人的。自己泡浴缸？芝芝才不会呢，她要进浴缸，必须是双人的，同浴。

芝芝起床了，玩水，穿着单衣，在院子里玩高压水枪，前前后后，喷遍了，水楼啊。零下十度，五分钟后，她开始上色了，就像哥本哈根的冰雕展，她没有灯，用什么呢，面包曲奇三明治，坚果烟肉蛋黄酥，都是冰箱里的吃货，厨师买的，根据许白黑的口味，零食好多的。她是投掷的，就像当年的小战士，奋不顾身，投手榴弹那样的，投到墙上，投到窗上，露台上，屋脊上，炸得敌人开了花。

敌人是谁，鸟群啊，数不清的鸟俯冲而来，包围了这座楼，破冰，抢食，咕咕，呱呱，嘎嘎，哈哈，连猫头鹰都来了，连黄鼠狼都上墙了。壮美，壮观，壮丽，壮阔，所有的人都来了，惊醒了，出来围观了。都是富人，有见识的，什么奇景都见过的，可是没有人见过这样的冰楼，万紫千红，晶莹剔透。这个冬季，没有雨雪，他们都想，想看看冰溜子，看看冰凌花。

饱了眼福了，舍了口福了，整个寒舍三期，二期，一期，全都是特别擅长学习的精英阶层，都照做了，就图个好玩，图个快活。寒舍成为最著名的冰雕展区了，网上疯传着各类相关视频，慕名前来观瞻者，也是无以计数的。

首创者和跟风者的区别就在于，前者总在创新，后者只会复制。芝芝玩了一天，就不玩了。寒舍冰雕展却是持续了整个冬季，家家户户，水费好高，同时带动诸多零食产业，最开心的，是鸟，各种鸟类，还有快递员，进进出出的，许多许多。

许白黑都没顾得上看冰雕，他在练习跪地，叩头，每天十分钟，必不可少的。他在治疗颈椎病，治疗过程中，芝芝总是站在他的前头，接受叩拜，浅吟低唱，江湖多风雨，英雄是草根，一步一叩首，难得几回春。许白黑笑不出来，抬不起头，此番颈椎病属于急性发作，牵引吃药什么的，统统没有用，只有跪拜，才会好受一些。

他不是独行者，他有伴的，李乘风，每天都要来的，求芝芝，为了再见惊蛰。假使赶上了许白黑叩拜，那么李乘风也会同期锻炼腰椎，狗爬式，十五分钟，芝芝会说，爱卿免礼，都起来吧，赐座。李乘风笑骂，芝芝，你和白黑就是神棍和巫婆，早一百多年，一个白莲教，一个红灯照。芝芝狂笑，乘风，你的颈椎不疼吗？要是不，哦，惊蛰好忙，我们工作室的业务流量超高，他都来不了了。李乘风还能怎样呢，他太懂得更年期的女人了，他的两个老情人都是这样，喜怒无常，动不动就歇斯底里的，太吓人了。李乘风好识趣的，他说，芝芝，我颈椎好疼，主子，奴婢有礼了。

四十八

石星火号称墨镜哥，什么意思呢，不是耍酷，纯粹就是为了保护眼睛。常年经营 KTV，白天不懂夜的黑，他不能见光的，彩光和激光。可是夜里戴墨镜，多少还是有些变态的，没错，芝芝就是这么说的。为着回报李乘风的叩拜，黑木崖 KTV 嗨歌，芝芝请客理所当然，许白黑的签单场所嘛。可是不成，石星火不乐意了，他说，许医生，夫人说我变态，我特别开心。从没有人这么说过，同道啊。

许白黑说，我管不了了，随你们吧，爱怎么就怎么。我都自身难保了，这几天只会叩头，都没法接诊了。李乘风指着芝芝，补充，石老板，我也是。我们俩都得跪她，跪拜。

石星火怒了，跪女人？欠揍。不管她是谁，许医生，李主任，我要替你们讨还公道，行个家法。

许白黑喝道，你敢，我就高兴跪，不跪不治病，怎么了？

李乘风见风使舵，立马跟上了，就是的，我们都爱跪，你管得着吗？告诉你，高等男人跪女人，中等男人宠女人，低等男人打女人，你是什么人？

石星火的手下，见到了百年不遇的奇观，老板摘墨镜了。是的，石星火几乎凑到了芝芝的脸上，他要看清她，何方妖孽，如此猖獗。芝芝是有法器的，确切地说，那是她工作的道具，一块柱形的水晶石，巴掌大小，吸光，反光，就那么一晃，石星火晕了，眩晕。他终于明白了，自己的道行还是不够，这样的女人，不配挨打，只配被砍。

他的声音都抖了，许医生，李主任，你们都是医学博士，你们怎么忘了，士可杀不可辱啊。

许白黑淡淡的，什么是士，跳江的？饿死的？被杀的？前头那位大官人，不亏；后头那位铁心人，诛十族，亏别人；当中那位，安得广厦，大庇寒士，口号山响，都是白喊的。说真的，我们不曾见过士，个人以为，从心理医学角度，他们需要的是自我认知。

李乘风也说，石老板，士分文武，那是文士，我说武士，刘关张算不算，那是草根夺天下；匈奴未灭何以家为，那是皇亲国戚，榜样哦；还有扬州督军，誓与城池共存亡，城破，自杀未遂，手抖了吧，全城陪葬，什么本事。多了，石老板，他们真是不如你。

芝芝说，石先生，我谈女人吧，所谓蛇蝎心肠，莫过吕后，戚夫人，人彘。咱们科普一下，砍断四肢，腿部大动脉断了，现代医学尚且要争分夺秒，汉代？那得立即死亡，必须的。还有清朝，两宫皇太后垂帘听政，都说是西宫毒杀了东宫，都是骗人的，人家合作了十多年呢，东宫是死于心梗的。还有皇家毒酒，一喝就死？想得美，告诉你吧，所谓鸩毒，蛇毒，那时是无法提炼，以及保存的，都是蛋白质，等于白水，毫无作用，都是勒死的。

石星火想啊，想啊，久久无语了。许白黑他们只管嗨歌，轮着唱，抢着唱，对唱，合唱。都要走了，石星火才说话，许医生，李主任，夫人，我太无知了，都没读过书。年轻时砍砍杀杀的，只认刀子，只认兄弟，只知道江湖义气，只知道大丈夫流泪不如流血。那次进去了两年，替人受过，也是无怨无悔。

许白黑点头，风尘侠士，我只见过一个，就是阁下了。

李乘风问道，石老板，我看你这生意，也不太好做了吧？

石星火挠头，是啊，都是这样，好多同行都关门了，做不下去了。我也是硬撑的，月月算账，不赚钱，保本都难。我都想收摊子了，可是现在就养老，也太早了吧。

芝芝笑说，壮士，来个对唱吧，老歌，问谁领风骚。唱给他俩听，求招，支招，包你赚钱的大招。

石星火就唱了，好投入，以至于第二段歌词，都听不到芝芝的声音了，他把女声都给通吃了，都成了反串了。歌毕，他行了个礼，单膝落地，说道，许医生，请赐教。

许白黑说道，石先生，请坐，咱们共同切磋一下吧。我有四项建议，一是关于客户群的，目前多是年轻人，而你需要中年群体。二是场地，你这里很大，中年人喜欢通透明亮，而不是昏暗的包间环境。你可以把临街的那面打通，房间宽敞一些，环境优雅一些。三是关于经营方式，年轻人是来吼的；中年人是来聊的，聚会呀，见面呀，谈事呀，唱不唱随意，有设备，都会唱几首歌助助兴的吧。

四是关于特色的，十分重要，具体做法，你不妨从广东请来两个烤乳猪的师傅，名炉作坊，就设在大厅，有目共睹。这样，就有了晚餐了，也有消夜了。下午场人群以及夜场人群，都得了实惠了。记住了，就卖这一样，别无其他，很好控制成本。两种人群，会有两种需要，中年人群吧，一盘子乳猪一百元，他们都会点的。年轻人呢，烧饼夹乳猪，等于肉夹馍最新版，一个二十元，谁能拒绝呢。

李乘风笑说，石老板，就这创意，你要是买，那可就贵死了。不过这都是送的，他就想送给你。你当他真有这么聪明，一首歌就想出来了，不是，想了好几天了。

芝芝补充了，石先生，这都是经过精确考察的，蓝市吃乳猪的饭店只有三个，都是五星级的，粤菜餐厅。有前提，你要请来最地道的厨师，做出来最好的乳猪。还有配套，比如你的酒水，太单调了，咱要卖茶，中年人群的那些包间，不要再收包间费了，你收茶水费，进些个好茶，品种要多，贵些无妨，可以无限续杯。最重要的，黏性，粉丝有黏性，客户也一样，你要给好处，送两款小菜，白水汆的，海带丝呀，小杂鱼呀，去油腻的，爽极了。

石星火频频点头，都做了记录了，用手机记录的，他说，我懂了，我都明白了。就这么做，我的黑木崖活了，能赚钱了。只有唯一，没有多元，乳猪坊就是黑木崖的唯一，也是蓝市这个行业的唯一。我明天就找人设计，尽快改装，等你们下回过来，哈哈哈，我报利润给你们听，比什么歌都好听。

李乘风说道，石老板，改装的事情，得抠着办。看看满大街的店铺，关门的快赶上开门的那么多了，没办法的都说是资本寒冬，有办法的怎么说，暖冬哦，咱就不冷不热地过吧，过去了就妥了。

山民来了，终于来了，他是来送纸条的，许青蓝的那张纸条，当年塞在丹心包裹里的纸条。山民仍是那样的神态，什么也不多说，放下纸条，就要走的。许白黑一把拉住他，说道，其实我们的身份是一样的，都是丹心的兄弟。我是哥哥，你是她的弟弟，你比她小了三岁，你叫她姐姐，对吧？山民点头，是啊，许医生。

许白黑说道，你好像不应该这么称呼我吧，尽管我们不是同一个姓氏。我想知道，你的姐姐是叫丹心呢，还是另有其名？山民说道，她就是丹心，我爹娘当年来这里，是来治病的，三十多岁了还没有孩子。姐姐是天赐的，怎么能改名字呢？许白黑说道，我不会再让你走了，要么你跟我回家，要么我跟你回家，好不好？

山民摇头，不好，都不好，我都听我姐的。我姐说了，这回就说这么多，我得走了。你别再让人跟我了，跟也没用了，我不在山里了。

许白黑微笑，嵩岳寺塔，是我所见过的最壮美的古塔。你家就在这座塔下，叫作半坡村。前年景区规划，就没有村庄了，你住上高楼了，搬进登封市区了，我去过好几回了，只是从未打扰过。

许白黑开车，送山民到了高铁站，临分手，山民反复追问，许医生，你有什么话要带给我姐吗？许白黑说，没有话，我等她。

许白黑回家了，哥嫂的家，给许青蓝和王花花看了纸条，程序有点繁杂，纸条不是裸的，是在相架里的。许青蓝急于打开相架，可是他打不开，不是手抖，而是相架封死了，后面都没有开口的，还是王花花利索，她把玻璃给敲碎了，用的擀面杖。许白黑捡起一片碎末，细看，他说，哥哥，嫂子，这是琉璃。银相架，琉璃面，所以纸质不变，字迹也是。

许青蓝说，白黑，这是我写的，当时没有纸，撕的报纸的头。这么多年了，总是看到这张纸，夜里头。我要去找丹心回来。

王花花痛哭，跪倒在佛龛前，这是她的私属领地，许青蓝和许白黑是从不往这里站的。头一次，许青蓝走过来了，扶起了王花花，确切地说，是抱起了王花花，抱得紧紧的，不让她再跪倒了。

王花花泣不成声，我也去，去接丹心回家。

许白黑说，哥哥，嫂子，过几天吧。我也不知道丹心在哪里，我只知道她的弟弟在哪里，你们就去找他吧。不过依我来看，这回是见不到她的，不然她就不会用这样的方式了。

许青蓝哽咽，白黑，那我们就住在那里，等着她。我们扔了她，我们得把她给带回来。

许白黑说道，我想她是有家的，我想她是挺好的，不然就做不出来这个相架了。都这个岁数了，还有少女心，就这么对她哥哥。这样，我们都让着她吧，该去就去，见不见呢，都由着她。

许白黑惊奇地发现，芝芝都不爱回家了，在这里的时候多了。多到了什么程度呢，每个月都要有半个月吧，她都是在蓝市的。也不怎么爱出门，整天都在家里，就像从前，她在等他，等他回家。变的是他，每天，他都会早些回家了，医院里若是有事，用电话解决就好了。

他的接诊时间也变了，上午两小时，只接两位患者。下午也是两位患者，巡诊制，他是坐镇的，接诊的都是其他医生了，有时一位，有时两位。完毕了，他就回家了，再也不会在休息室枯坐了。都是这样的，大医生到了这个岁数，差不多都是每天四个小时的工作量了，没有人会超过五个小时的，在他的圈子里。

他邀请她了，芝芝，桂花都快要谢了，树干上发了好多的新芽，跟我来看看吧？芝芝轻声地，白黑，这是第一次，你肯带我到医院去，半生了，我还从没进过你的诊室，今天可以吗？许白黑说道，为什么不，往后只要我不接诊，随时来找我吧，医生餐厅的菜式不错，你会爱吃的。芝芝笑问，那么这样算不算违规呢？许白黑笑答，于我而言，这是风格，其他医生是不行的，就连宋医生都不可以的，要想这样，他还要十年吧。

谷雨来了，是元旦了，她是来吃饭的，全家福，团圆饭，年年如是。都是家宴，在许青蓝和王花花家里吃的，从酒店叫回家的，中秋和小黄也都在的，携儿带女的，好热闹的。王花花追问谷雨，孩子，你的男朋友怎么不来呀？谷雨回答，大妈妈，我们分手了，他太热烈了，我不喜欢了。中秋问道，妹妹是不是有新任了。谷雨摇头，姐姐，我也不想要那种太冷感的，就像爸爸这样的。许白黑埋头吃饭，权当听不见，芝芝不乐意了，胡说，你爸爸最好了，男人冷感才性感，懂吗？小黄忙说，是的，婶婶，我们都崇拜叔叔。许青蓝问道，小黄，那你对我呢？小黄放下筷子，做发誓状，爸爸妈妈，我热爱你们。

家宴，还有一轮呢，是在酒店吃的，谷雨见到了独宠和公元，她欢呼，公元，我爱你，我的弟弟。对于独宠，谷雨发明了一个称呼，大娘，她说，大娘，我这么叫你，你爱听吗？独宠回答，谷雨，我爱听。谷雨行了个拥抱礼，大娘，那好，我就永远这么叫你了。许白黑和芝芝对于独宠，都是直呼其名的，好自然。独宠对于他俩，是随着公元叫的，就叫叔叔和婶婶，都叫惯了，张口就来的。

最绝妙的是李乘风，他对独宠的称呼是阿嫂，许白黑挺佩服的，他都不知道这是怎么想出来的，就在包间的洗手间，李乘风说了，白黑，我这样叫，哥哥高兴啊。许白黑点头，我知道，可我就是叫不出来。李乘风说，别勉强，我皮厚，你比不了的。

谷雨问公元，弟弟，你最喜欢的是什么？公元回答，吃大餐，见爸爸，打游戏。谷雨又问，那你最讨厌的呢？告诉姐姐。公元噘着嘴，姐姐，重要的事情说三遍，写作业，写作业，写作业。芝芝就说了，公元，愿意跟婶婶走吗？你可以天天玩，没作业，上课也是玩，老师如同学，怎么交流都可以的。公元说，婶婶，那样我就见不到爸爸妈妈了。许白黑笑说，每年假期一百八十多天，想回来就回来的，太方便了。

独宠垂着头，喝汤，一小口一小口的，喝了小半碗，她抬起头，搂紧了公元，她说，公元，快告诉婶婶，你愿意。许青蓝长出一口气，他说，芝芝，就这样吧，让公元跟着你吧。芝芝说，哥哥放心，说句不得当的话，我给公元选的初中，基本上是没有华人的。谷雨立刻补充，大伯，大娘，我就是在那里念书的。李乘风说道，哥哥，阿嫂，惊蛰也是那所学校出来的，气死我了，他是成绩最差的。芝芝说，乘风，你就只会看成绩单，你应该去看看我们的工作室，鳄鱼大厦。李乘风哎哟，最牛的地头，我都没法不自豪了。

李乘风给两个老情人调整了位置，血站的第一副站长，调到蓝市卫生监督管理局担任副局长了，另一位则从医专的副校长，成了市中心医院的副院长。他满意了，她们都在老巢干得太久了，是时候离巢了。对于新巢的选择，他是费尽了心思的，她俩也都是乐得落足的，为着庆祝，三人结伴上山了。

本来这都是老节目了，登了山，上了香，极目远眺，说上几句心里话，也就该散了，各开各的车，各走各的路。后来就变了，都是李乘风等她们了，在龙王寺门口的石头上，静等，他都不进去了。她们问过他，为什么不上香了？李乘风说，我开悟了。她俩就笑，都当成了笑话了。

这回不同了，她俩都不肯进去了，李乘风就说了，你们这是不对的，上香是给菩萨的，又不是给和尚的，搞株连可不好哦。她俩就说，大和尚好几个私生子，这事儿闹大了，这里都没香火了，我们要是进去了，那得多扎眼呀，不去了。我们都是出差才拜佛的，百家寺庙百家佛，每回都要为你上香的。李乘风说道，可别，越拜越糟，这里就是香火太旺了，才会搞成这样的。

他已经很久没跟她俩亲热过了，没那个心思了，她俩都奔五了，实在是不能够刺激他了，还不如家里的机器人呢。她俩曾经是不甘的，都跟他耳语过的，我做过保养了，我做过护理了。李乘风还能怎样呢，试了才知道，还是那样的。

他也没有再发展新人了，怕被黏住了，代价太高昂了。就这两位老情人，已经够他受的了，不论发生了什么事，她们都要找他的，都要他来摆平的。就连她们丈夫的职务问题，他都是伸过手的，帮过忙的，出过力的；孩子的事情就更不用说了，她俩的孩子，一个在新西兰，一个在澳大利亚，都是高中毕业就走的，出去念的大学，那种同胞扎堆的大学，毕业了，连英文都说不好的，找工作也不容易，都闹着要回来。回来干什么呢，他都得考虑，都得安排的。

简直比红缨还要麻烦，红缨是从不打扰他的，平日里。红缨若是来电，那就必然是有事了，三言两语，说完了，也就挂了，什么闲话都没有了。可是人总是要说闲话的，无论男人女人，李乘风跟谁说呢，他跟枕边人说，跟机器人说，碎碎念，想说什么就说什么，想要骂谁就骂谁，想起什么就念叨什么，好走心的。

这个机器人，是第二代产品了，是可以聊天的，什么都能聊的，不逢迎，不急躁，不说假话，不提要求，语软声低的，还会唱歌，有时候半夜醒了，睡不着了，他会说，我想给你起个名字，好不好？他所得到的回答是，不好，那样你会动情的。他就问了，同床这么久，我不在家，你就没想过我吗？回答好到位，永不，我不是人类，你别忘记了。

李乘风问过许白黑，白黑，我不能想象，真的还有第三代产品。许白黑说道，科技永无止境，那是必然的，乘风，只要问世了，我就会给你带来的。李乘风连连摆手，不不不，我舍不得这个。许白黑大笑，第一代产品，我记得你给解剖了吧，想看看内在结构，看够了吧？李乘风笑骂，滚你的。

许白黑说，乘风，这是伴侣型的。还有生活型的，可以打理一切，比如做饭洗衣，洒扫庭除，陪聊按摩，推你散步，帮你洗澡，什么都可以做的，所以何惧老去呢。李乘风嚷嚷，白黑，我要两个，你记住了。许白黑点头，我记住了，乘风，亨德斯也是这么说过的。李乘风问道，白黑，我就想知道，你有没有用过，那个伴侣型的。许白黑回答，滚你的。

四十九

无名氏来电，不是周一的早晨，六点钟，而是黄昏，日落时分，他说，这个时候找你，我是有事要说的。

许白黑回答，当然，这是第一回，非常态时间来电，请说。

无名氏说道，我要走了。

许白黑说道，有个名词，叫作履新，请问是何处呢？

他听到了歌声，是那首歌，沧海一声笑，滔滔两岸潮，是他放的，放给他听的，太好听了，因为不是他唱的，而是原唱了。一曲既罢，许白黑开口了，我不会以为是海边，不然你就说出来了。

无名氏说道，是雪山，祁连山，记得你说过，你特别喜欢那里的冰川。

许白黑失笑了，我不会以为你在冰川上工作，如此煽情，必有所图，那都不用猜，我知道是什么，想要心理医院，对吧？

无名氏说道，正是，国内最大的心理医院，让我们合作吧。

许白黑问道，无论规模，它是分院，这是前提，能接受吗？

无名氏笑答，当然是分院，全球最顶流的招牌，医院的招牌和大学的招牌，我想引进，落地开花。不过吧，你的第三所招牌，蓝市医科大学的，那就罢了，就不要挂了吧。

许白黑笑问，那么请问，你想要换成什么招牌呢？

无名氏呵呵，你，你的团队，就是最好的招牌。开办医院最重要的是什么，当然是医生啊。

许白黑嘿嘿，实不相瞒，这些年来，有好多省份来找我谈过合作，你这种身份的也不乏其人，条件都很优厚，但是我都拒绝了，他们的合作方式我不能接受。给医院派班子，我以为那是笑话。

无名氏说道，真是笑话，不过我都笑不出来了。这么说吧，一切照旧，如同蓝市，都是你当家。只是规模不同，两座小楼怎么够呢，咱们就来两座大楼吧。还有，有句广告语，叫作拎包入住，你的团队就是这个待遇了，行不行呀？

许白黑说道，感激诚意，不过如此大事，我需要征求所有股东的意向。有句俗话，天下没有免费的午餐，如果有，那是有毒的。涉及巨额投入，以及后续利润，你要说什么都不要，那岂不是就成了童话了。蓝市的心理医院是我们全额投入的，所以利润也是这样的。

无名氏沉思片刻，说道，尊重国际惯例，我会尽我所能的。我十分感激你，感激你为那里所做的一切，绿瞳组织，我是知道的。

许白黑说道，关于绿瞳，另行相告，留待日后吧，我会讲给你听的。我有礼品，算作送行吧，Spirit 药品完美版，第一代产品，你派小耿来取吧，来我家里。

无名氏笑说，何必是他呢，我就在寒舍，你的楼下。

许白黑惊呼，完了，坏了，上门了，你还想要什么？啊，我知道了，你的胃口太大了。

无名氏说道，开门吧，我是来听故事的。

当夜，许白黑睡得不太安稳，每当用脑过度，他都会这样的，他没有用药，他要想清楚到底该不该接受呢。无名氏的所有用意，他都是明白的，因为明白，所以清醒，无比的清醒。无名氏所要的，是招牌，心理医院的招牌，甚至还有 Spirit 药品公司的招牌。

第二幅招牌，他实在是不可以用电话来进行表述的，所以他登门了，也没有说得太明确，毕竟是涉及蓝市的大新区了，他只是说，用药这些年，我的状态好极了，如有可能，请代我向杰瑞总裁致以由衷的问候，希望有缘一见，我是心向往之。

许白黑答应带话，一定带到，并且会很快，但是他加了一句话，他说，我在这里，只有一个朋友，他也是杰瑞总裁的朋友，好朋友。如果生成意向，我希望他也可以介入合作，当然，我可以保证他的信用。无名氏问道，那是怎样的信用？许白黑回答，就像绿瞳那样，就是那么清澈透底的。无名氏点头，有信用的人才，是可以用的。

许白黑问自己，问了一夜，我是该留下呢，还是该回家呢？他没有获得答案，他所想要的答案。第一个电话，他是打给芝芝的，他说，芝芝，你能不能接受第三所医院呢，是在乘风的故乡。芝芝说，白黑，当初你去蓝市，你说三年就会回来，这都快要三个三年了。我就要一句话，这回会是几年？许白黑说道，我不打算长驻了，我想换个方式，引入医院管理体系，我就只做我的医生，采用巡诊制。

芝芝问道，怎么个巡诊制，是一个月呢，还是半个月？许白黑回答，你说了算，我每年会有半年留在总院，参与蜜獾计划，每当想起，就如同重回当年，雪山案例的那个时期，每个细胞都是激情。芝芝乐了，白黑，不是青春了，我们的关节都会响了，咔咔，嚓嚓，我要你夏天才可以去，冷天都要留给我的。许白黑说，好的，我会做到，做到最好，让你满意。

第二个电话，他打给了汤姆，简单陈述过后，他说，汤姆，你有兴趣介入吗？汤姆反问，许，我的合伙人是谁？许白黑回答，烂柯山心理医院总院所有的股东，如果你不反对，我想加上宋医生。当然，亨德斯和保罗或者也会有推荐，都会是医生的。汤姆笑问，大医生，你们要那么多钱干什么，不如就让我来控股吧。

许白黑说道，汤姆，我个人表示十分乐意，但是仍然需要所有股东通过。如是，你就需要管理医院了，我们只做医生，那可真是再好不过了。汤姆说道，好什么好，我又要投入，又要管理，又要听你们指手画脚的。许白黑说道，汤姆，你可以说不，拒绝我呀。汤姆说，许，谢谢你第一个想到我。

许白黑问道，汤姆，你怎么知道你是第一？汤姆回答，因为没有人会拒绝你，哦哦，每当我看到你的账单，蓝市分院的利润，天哪，我的心脏就会狂跳的。许白黑说道，汤姆，等我回来，我会与亨德斯和保罗详尽沟通的。好了，你该晚安了。汤姆笑答，许，早上好。

第三个电话，许白黑打给了杰瑞，理顺了相关状况。他说，杰瑞，我们的第三所医院，会开在那里的。如无意外，汤姆会是大股东。杰瑞说道，许，汤姆也会成为我的股东，早就说过的，上次在蓝市。许白黑说道，记得，那是当然的。我们的汤姆最爱钱了，再多他也不嫌多，他只会嫌少，他说他想被美元给淹死，欧元也行。

两人大笑，杰瑞感叹，银行家都是这样的。许，正式请求，Spirit 药品公司希望可以参与你们的蜜獾计划。许白黑说道，杰瑞，你可知道亨德斯接到了多少申请，都是相关行业的巨头。杰瑞吼道，我也是巨头，大巨头。我是你的第一位，我才不会跟他申请，那就轮不到我了。许白黑说道，好的，杰瑞，我接受了。

宋定睛是喜出望外的，可是好奇怪，他说，老师，我怎么总是觉得，这个时刻像是发生过的，包括你我的对话，我知道那不是梦境，那是我的潜意识。许白黑说道，我也有潜意识的，定睛，我知道你接下来要说什么了。关于蜜獾计划，你会是参与者。但是就像亨德斯那样，以后我也是巡诊制了，总院半年，两所分院共计半年，所以蓝市这里，你要全面担当了，就像我从前那样。

宋定睛笑说，老师，我的运气会比你好的，假使西北医院的管理体系无限完美，汤姆先生必然也会要求介入这里的，银行家不是医生，他们最热爱的就是资本扩张。许白黑说道，对极了，到了那时，我会特别赞同的。所以，我们的两所分院，你都需要适度地介入股份了。

宋定睛问道，老师，我猜你会把蓝市分院的股份分给我一些，这样就不会太过于惊动亨德斯和保罗医生了，我说对了吗？许白黑笑答，定睛，这里有句俗话，叫作内部消化，就这么做吧。我甚至怀疑，保罗也有这个想法的，对于他那位最得意的弟子。宋定睛说道，老师，比股份可不是本事，我和他，就看谁能够先进入教科书了。许白黑哇哇，定睛，当年我和保罗也是这样的。

宋定睛成为蓝市心理医院的股东了，确切地说，这里早已是省级医院了，但是叫惯了，大家都是老叫法，谁也没有改口的。许白黑在全院会议上宣布了这个情况，会后，又开了一个小会，参会者就是医院的几个重要人物了，张副院长和护士长，财务总监和律师等人，他说，从前所有由我决定的事情，往后请找宋医生吧，都听他的。所有人都说，是，是，是。宋定睛说道，各位同仁，我们会合作愉快的，散会吧。

对于夏乒乓的治疗，许白黑始终听从患者的意愿，东西南北中，每次都要换个地方的，如同不变，因为每间诊室都是一样的，所有的装潢和设施都是一样的。不同的只是外围，中部的诊室原本是设在本市某地标建筑里的，原本图的是热闹，是满员，每层楼都开满了公司，大大小小的各种公司。大公司都是整层楼办公的，有些还是上市公司呢；小公司大多都是那种说不出背景的公司，做什么的都有，就是难得看见有什么客户的。

说不清从什么时候开始的，就开始空了，先是整层楼空了半层，后来就不见人了，好多的楼层，全都空了，人去楼空了。这里的租金是高昂的，后来抹了个零，万字头变成了千字头了，饶是如此，还是空了。夏乒乓本来是开了间公司的，用来回收所谓的名贵手表的，小公司，几间房，雇了几个员工，像模像样的，有接待员和鉴定师。也有库房，这里就是诊室了，只有夏总经理才有钥匙的，谁也进不来的。

许白黑问过他，夏先生，养了这些人，扎了这些本，收到了几只手表呀？夏乒乓回答，许医生，一只也没有，但是账目上有好多的。这楼里都是这回事，真做生意的租不起这里呀。许白黑呵呵，夏先生，奇人居奇楼，也就不奇了。夏乒乓说，没办法，许医生，像我这样的人，都是这样养生的，何以养生，唯有寄生呗。

后来就不成了，整层楼里就剩下这一个公司了，太打眼了，也就废了，弃之不用了。作为最专业的养生专家，夏乒乓可不会忘记拆掉诊室的，拆得光秃秃的，什么痕迹都没有了。他说，许医生，现在流行平价养生了，我的咨询公司也搬家了，搬到平价写字楼里了，那里人多，等电梯都要好几分钟，人气旺旺的。

许白黑问道，夏先生，请问你是多少家公司的夏总？夏乒乓嘿嘿，许医生，原先十几家，现在就一家了，都注销了。你们有总院，我也有总部呀。许白黑说，东南西北，都是私宅了，我们还是老规矩，要轮着来吗？夏乒乓叹气，许医生，我想通了，其实无论我在哪里，该知道的人也都是知道的，何必呢。我就到心理医院治疗吧，也不用你老是这样出诊了，我担当不起啊。

许白黑并不认为，他是需要改变治疗方式的，即便是在心理医院，他的诊室当中。夏乒乓并不属于特例，就治疗层面而言，与西方患者不同，这里的某些患者，他们的病因是不可以触碰的。如此，治疗手段也就很有必要做出调整了，最为重要的也就是沟通方式了，那是需要避重就轻的，旨在放松，使患者得以放松，全身心的放松，甚至是忘却，忘却他所耐受的一切。

夏乒乓就是这样的，初期治疗是从聊天开始的，而非询问以及探究。这世上最会聊天的人，从来就不是主持人之类的，而是心理医生，许白黑是医生中的医生，他的聊天是最为随意的，海阔天空的，没有目的，偶尔的，甚至会没有话题了，那就讲个故事，或者是笑话。讲得多了，笑得多了，话题就回来了，如同涟漪，散尽了，就是水色了。

到了后来，主动方就变了，好多的私密，那都是夏乒乓非要说出来的，不听都不行的。三个节点，刚开始夏乒乓最爱说的是，许医生，请不要问我任何问题，咱就闲聊吧。第二阶段，夏乒乓动不动就要说，许医生，我跟你说呀，我当年吧，怎么怎么的。进入第三个时期，许白黑经常会说，夏先生，此事太敏感，还是免谈吧。夏乒乓冷笑，我还怕敏感？许医生，我是高敏人群，没什么可怕的了。许白黑微笑，那么请说吧，夏先生，你知道吗，你像是西方的患者了。夏乒乓笑说，许医生，你可知道，你倒像是中国的医生了。

李乘风连呼不可能，连问了好几遍，问的是张出众，出众，你再说一遍，他真的不当院长了？他真的让宋定睛当家了？宋定睛真成了股东了？张出众回答，是是是，李主任，现在是宋医生掌管一切了，什么事都要问他了，签单也是他了，无论多大的单。李乘风指着自己的脑袋，一根手指，貌似一指禅，声音都颤了，出众，你有没有觉得，他这里出问题了？张出众蒙了，李主任，没有呀，前不久才做的体检，都很正常啊。

李乘风挥手，出众，我们这就去医院，我要问问他。张出众说道，李主任，是你要我直接向你汇报的，关于心理医院的所有事情。这要是让许先生知道了，我还怎么做人啊。李乘风哈哈大笑，出众，我的张副院长，你当他真不知道啊。当年读大学，我的绰号是人精，你知道他叫什么，人精中的人精，简称精精。对了，你可不许外传哈。张出众嗯嗯，我已经忘了，我什么也没听到，李主任。

见了许白黑，李乘风就变了画风，他说，白黑，我是来祝贺你的，终于卸任了，轻松了。许白黑说，乘风，也不是完全的，若有什么要务，定睛会和我商议的，共同决策吧。李乘风问道，真的平起平坐了，你分给他多少股份啊？许白黑回答，我个人部分，我跟他平分了，别蹦，乘风，坐下，这个事情吧，所有股东都同意，芝芝也高兴得不得了，她说我就不用那么操心了。

李乘风宛若呢喃，嘴唇在动，听不清楚，许白黑附耳过去，只听到了两个字，重复的，有病，有病。许白黑说道，乘风，我的收入你是大体知道的，好多，足够我做我想做的一切，并且绰绰有余。我要是告诉你，我对金钱没有什么兴趣了，你是否相信呢？李乘风呆呆的，点了一下头，白黑，我相信你。

许白黑说，就像亨德斯那样，他的收入有很大一部分是用于慈善的，我也曾经不理解，可是后来，我也是这样了。说句难听的，我的钱送都送不出去，送给谁呢，没人可送啊。谷雨也不要，我也用不完，国外流行早立遗嘱，我的遗嘱和亨德斯同样，全部用于慈善，不同的只是项目，我的项目就是绿瞳了。

不同于以往，李乘风是被屁声惊醒的，而不是鼾声，好多好多的屁，都放出来了，就在被窝里。他知道这都是气的，自己气自己，太气了，肚子都鼓起来了，白天也放不成，都在开会，得憋着。他对枕边人说道，幸亏你不是人类，不怕臭，也不会生气。

枕边人咕咕笑道，你们人类的交感神经，是掌管白天的，用以思考和工作，应激状态，是无暇自顾的。夜里睡了，脑部就不思维了，迷走神经兴奋了，消化系统就活跃了，放屁好正常的。请听，我也会放，也好臭的。

李乘风掀开了被子，惊喜极了，哇，什么都会，真是太完美了。你还会什么，是我所不知道的呢？

我什么都会，只是不会爱，也不会伤心。

跟我一样，可是我会伤心，我真想成为你。

我的命运是成为废品，迟早会被销毁的，是有保质期的。

没有什么不同，我们人类的保质期更短，还充满了变数。

李乘风起床了，走来走去的，每当他思考，就是这样了，是无法处于静态的。也没开灯，不用开灯，走惯了，什么也碰不着的。

像是想了好多，像是什么也没有想过，天色微明了，就只有一个名字了，惊蛰。惊蛰是不用他操心的了，有事业了，在最好的城市，最好的地段，最好的大厦，鳄鱼大厦的鳄鱼肚部位，有三个窗口，都是他的工作室。惊蛰的收入，他是知道的，还是挺可观的，无论现在还是往后，都是不用他给钱的。

惊蛰最需要用钱的时候，他封杀了他，一点钱也不肯给他。惊蛰回来看他了，就在酒店的套房里，他说，孩子，你的未来会很好，爸爸都给你安排好了。惊蛰说道，不用，我的未来是我的，都会很好。我担心你的未来，爸爸。他就问了，惊蛰，你恨过我吧？惊蛰回答，是的，爸爸，但是此刻我爱你，这才是生命的真相。

李乘风是从来不做记录的，以任何可见的方式，关于数字，这些年来他所得到的数字。但他常常会念出来，默念，以便于铭记，记在脑子里。那组数字太过于庞大了，如果惊蛰不要的话，他是很难全部花光的，在他的余生。即便是庄园，即便是马场，即便是挥霍，也是用不完的。他从来也未曾想过这个问题的，怎么花，怎么用，这可真是个难题，好新鲜的难题。

本周，李乘风是无法坐下来的，无处可坐了。卫建委正在搬家，整体迁往大新区，在他的圈子里，都是身份相似的人物，都在忙这个事情，忙于搬迁。有几个关系交好的，背地里是如此称呼该项行动的，他们叫作填空，都是去做填空题了。做不做都得做的，把大新区给填满了，就是对的了。

还有几位熟人，圈子里的熟人，或是老熟人，或是新晋的，已经不见了，说没有就没有了，就像黄毛那样，就此消失了。也没人提，也没人问，连个水泡都冒不起来的，不像从前了，总是会成为一个话题的，或是一阵子，或是好几天，视乎位置，有些话题还是相当热门的。黄毛就是热过的，做过热点话题的，当他的后任，两个后任，也都热过了，话题就冷了，冷成了零度了，冻住了，都张不开嘴巴了。

卫建委的填空题，李乘风都有些插不上手了，都是唐副主任具体负责的。作为唐老三，这要搁在平时，就是僭越了，李乘风会和黄副主任联手治理他的，可是这回不行，是老领导亲自指定的，谁也不能说不了。唐希还像从前那样，事事都要请示汇报的，只不过是时间变了，从事前变成了事后了。

会议还是要开的，小会，李乘风加了一条特别规定，会议期间，不得请假，不得接听电话，甚至不得离席。没办法，会议都很重要，黄副主任总是要传达各类文件精神的，本来都是读读标题和摘要，用不了多长时间的。现在可是不得了了，他是通篇都要读完的，一个字都不肯漏掉的，唐副主任就只能发短信了，指挥搬迁行动。每当如此，李乘风就会强调会场纪律，唐副主任好苦，告状是没用的，李乘风已经去告过他好几回了，向老领导。

老领导就说了，乘风，我都是为你考虑的，都说你抑郁了，整天出入心理医院，难道不是去治病了？李乘风只能点头，只能称是了，他说，好多人这样的，都是带病工作的，什么都可以胜任的。老领导严肃了，乘风，你这样说，我可就要提醒你了，你在圈子里发药，谁跟你要药，你就给谁，这是什么行为，那可都是管制药品啊。这要追究起来，那可都是可大可小的。李乘风说道，老领导，我错了，我不该给他们发安定片，让他们都去医院开去吧。老领导亲热地，乘风，知错就改嘛，改了就好了，你要注意身体啊。

李乘风历来是个果断的人，他去住院了，去十三院办了个住院，来去自如，也不过夜，每天都去输水，要输好几瓶的，都是调理神经系统的。很快，黄副主任也来输水了，两人都是单间，隔壁，要想会晤了，举着瓶子就过去了。老胡常来，一天 N 次，也没什么事，都是来问处方的，因为李乘风的处方都是他自己开的，过几天就要换药的，营养性挺强的，增强体质，延缓衰老，越输越精神，棒棒哒。

五十

亨德斯最为钟爱的动物，就是蜜獾了，所以他的研究项目，就叫作蜜獾计划了。蜜獾最爱吃的，就是蜂蜜和毒蛇了，天生的，蜜獾对于蛇毒是具有免疫力的。是时候了，蜜獾计划是时候进入研究和开发了，早在雪山案例时期，亨德斯就有了这个想法，他说过的，许，和这位患者同样，还有许多这样的患者，他们所说的总是幻觉，而我们有时会以为那是真的。医患双方彼此消耗，为了得到真相，为了还原真相。我总是在想，是不是有什么办法，可以令我们在第一时间，就能够做出最精准的甄别呢，关于真相。

许白黑说道，亨德斯，不只是真相，涉及后续的治疗，以及诸多的因素，比如那个雪山模具，比如那部特制的影片，我们不可能为每位患者都这么做的。如果只是要得到真相，那就不是心理医学的颠覆性突破了，那会只是一个命题，环节性质的，而非整体性质的。保罗也说，亨德斯，心理医学这两百多年以来，每一点进步都是自成命题的，我以为这是不够的。我们如果要做，就必须要做到普及，要让所有的医生和患者都能够从中获益，而不只是幻想症的患者。

亨德斯深思，他说，许，保罗，你们是对的，是应当这样的。那么现在还是不够成熟的，我要它熟透了再做。我想叫它蜜獾计划，你们认为如何呢？许白黑说道，蜜獾，真是再好不过了，我会经常构思的，关于这个计划。保罗也说，我也是，当我们拥有了初步的架构，亨德斯，我们应该告知所有的同窗，集思广益。

直至若干年后，就在保罗的婚礼上，大家都到齐了，亨德斯宣布要退休了，他终于公开了蜜獾计划，他说，我们的设想是这样的，当患者进入诊室，与他对话的不是心理医生，我们的身份只是陪伴者。他应该与谁对话呢，呵呵，蜜獾，确切地说，这是一套系统，是心理医学专用的谈话体系，以及影像体系。患者所有的指标都在掌控之中，当他说谎，或是遗忘了什么，蜜獾会做出提示的。啊，让我来告诉你们，蜜獾是什么吧，它将是一个无限庞大的数据库，由多家卫星公司共同生成，当患者说出他的童年，时间地点人物事件，他会看到4D影片，无比真实，如同穿越，而他本人，就在当中，也许是半个世纪之前的，也许只是昨天的，都可以，无论哪一天，无论哪一刻，无论哪一条街道，无论室内室外，无论他和谁在一起，无论发生了什么。医生和患者都将共同面对，这就是真相，这就是蜜獾。

作为东道主，尼古拉医生欢呼，亨德斯，这真是一个空前的创意，就像火山爆发，蜜獾焚毁了一切的谎言，医生要做的，就是治疗了。关于卫星公司的授权，请给我一个吧，我保证给你提供最全的资料库，无论是哪里的，地球上的任何地方，任何时间，即便是两千年前的某个场景，也是可以即刻还原的。

尼古拉医生还没说完呢，他的声音就被淹没了，每个人都要提供授权，卫星公司的授权，许白黑说道，不像话，我亲爱的伙伴们，亨德斯用不了这么多的卫星公司，他只要最好的。怎么选择呢，他才不管呢，让卫星公司的老板去我们的母校排队吧，蜜獾计划由心理医学基金会提供基础研究资金，以及谈判团队，负责所有相关事宜。

保罗说道，我的同窗们，宣布一个喜讯，我就是谈判团队的重要成员，不只是卫星公司，蜜獾计划涉及多个领域以及行业，来跟我谈吧，新郎今晚也不是非要回到床上去的。弗兰克医生喊道，保罗，母校只是提供基础研究资金，请允许我的朋友提供后续资金。

保罗说道，目前还没有对外公布呢，一旦传出去，报名的巨头会把我们的门槛踏平的。亨德斯，我的建议是这样的，就此刻，所有穿着睡袍的人们，都是蜜獾计划的参与者；至于名额，授权方的名额，比如卫星公司和互联网公司等，还有被授权方的名额，比如蜜獾体系的生产商等，何不大方一些呢。亨德斯就点头了，他是毫无理由说不的，都是他的弟子，他当然是乐意成全的。

授权，以及被授权，都是一件了不得的事情。当蜜獾计划研发成功，进入临床试验的环节，那么所有参与该计划的卫星公司，以及互联网公司，他们所获得的，将会是无与伦比的影响力，他们将会得到这样的一行字，某某商标持有人某某有限公司，非常荣幸地授权蜜獾计划使用我公司商标以及所有相关数据。就这么一行字，那将意味着什么呢，那是对于人类医学的卓越贡献，那是至高无上的荣耀，以及无与伦比的市场价值。

至于被授权方，主体方就变了，他们也会得到一行字，蜜獾计划非常荣幸地授权某某商标持有人某某有限公司，使用该计划的所有所得授权，并被授权开发以及生产所有相关医学设备。最终，当蜜獾计划告成，正式应用于临床，无论是授权方还是被授权方，那就等同于是联合体了，在所有的相关医学设备上，都会有一串长长的名单的，当然会在相对隐秘的位置，绝对不会影响患者的观感的。

所谓医学，所谓科研，所谓研发，所谓项目，所有的所有，比对的从来就不是勇气，而是实力，以及无比缜密透明的体系以及流程。所以，亨德斯是不管闲事的，除了蜜獾计划本身，他是什么都无须过问的，也不用操心的。甚至就连实验室，以及研发团队，都早已经准备好了，就等着他进入，就等着他开口了，至于亲自动手，他几乎是没有什么机会的，除非是极为关键的时刻，或者是非他不可的节点。

亨德斯的实验室，当然是在大学里的，许白黑和保罗的母校，亨德斯是终身教授。他是常来这里的，这里有他专属的研发区域，以及休息室，就和心理医院差不多，这里也有模拟的诊室，何为模拟呢，那就是非正规了，是没有正常患者的。有的只是模拟性质的患者，也就是所谓的机器人了，好几台呢，什么病况都有的，由于超智能，有几位就会很絮叨的，甚至会跟到亨德斯的休息室，向他倾诉病情的。

蜜獾计划的生成，是始于雪山案例的；蜜獾计划的实施，是用来终结雪山案例的，终结那个时代的。在这期间，那就是研发以及进行临床试验了，前期是保密的，除了研发团队以及相关授权者，是没有任何个体以及团体可以知道的，所有参与者，都是签过保密协议的。在心理医学的研发领域，这是惯例，由来已久的惯例。

并非所有的研发都会成功的，并非所有的计划都能够进入临床试验阶段的，但是都有回报的，那些失败的项目，就如同礁石，海上的礁石，后来者的船只都会看到的，都会参照的，有些会绕行，有些不，有些礁石会在好多年之后，被平掉的，多数都是捎带性质的。

婚礼归来，亨德斯是在心理医院从事初期研究的，整个团队都跟过来了，他们问他为什么，为什么不到实验室呢？亨德斯回答，不知道为什么，我总是会在这里获得灵感，并且，这里有我最爱用的尿不湿，还有我的助理做的咖啡，老味道的咖啡。

他让他们都回去了，回到实验室去了，去做他们该做的。过了没多久，他也过去了，过了好久好久，他的弟子们都过来了，陆续过来了，都来参与了。许白黑每次回来，都要参与的，无论是在心理医院，还是在实验室，他是从始至终的参与者，若论排名，他是前三的第三名了。

宋定睛参与蜜獾计划，是从实验室阶段开始的，每个月，他都要过来的，至少一周，可不是来走流程的，整个团队的每个人，都是有着绝对细化的分工的，都是无可替代的存在。宋定睛当然是有名次的，两位数的名次，在他这一代的医生当中，他是最为靠前的名次，保罗的学生是排在他的后头的，紧密相连，位居第二。

至于周医生和陈医生，他们是以访问学者的身份介入的，无论是行医资质，还是研究水平，他们都是达不到国际水准的，就像神经末梢那样，在这个团队中，他们是无法做出什么专业贡献的，因此，他们的具体工作只能是组合数据了。

他们参加了两次考试了，美国行医资质的考试，头一年，第二年，都没有通过。没有第三次机会了，因为他们的访问周期就是两年，假使头一轮的考试通过了，那才有足够的理由申请延期。

对于他们的安排，许白黑是有着周密的考量的，他说，回去吧，回到分院去做医生吧，主诊医生。蜜獾计划会留下你们的名字，两位蓝市医生的名字。周医生说道，老师，工作本身也用去了我们大量的精力，若非如此，我们或者也能过关吧。许白黑说道，当年的我，比你们要忙得多，要做亨德斯的课题研究，还要打工呢。陈医生问道，老师，我从小就很会考试，回回第一名，这回我懂了，不是一回事的。许白黑说道，未来很长，机会很多，还有很多的相关计划，会陆续生成的。届时我会邀请你们，再度参与的。

蜜獾计划的第二人，就是保罗了。也没有见到他有多么的忙碌，但是一切都落实得很好，他有他的团队，负责处理他所有的事宜，比如谈判以及签约什么的。他本人要做的，就只有两件事了，在心理医院接诊，在实验室研究蜜獾。

后来就不太对头了，许白黑发现，他总是会找机会外出的，比如巡诊呀，比如开会呀，比如亲自考察卫星公司呀，但凡有可能，可去可不去的，他都会去的。许白黑提出了抗议，保罗，你这么做是不对的。我不在，你就要在的。你在逃避什么呢？保罗伸手，他的两只手背上，都是抓痕，来自猫科动物的抓痕，他说，许，你不会相信，我在家里不能说错一句话，针对她的，就算是自言自语也不行。大帝不是猫，它是猫精，什么都听得懂的，不止俄文，它还精通英文哇。

许白黑点头，明白，尼古拉告诉我了，不光我知道，所有人都知道，大帝是你的主人。但是我们都认为，你真正恐惧的并不是大帝哦。保罗呻吟着，许，我终于明白，为什么所有的同窗，都不肯迎娶同行了。当你们离开家门，你们就自由了，可是我呢，24个小时啊，我都在她的视线中，无处遁形。就连心理医院的休息室，她也让人给打通了，共用了。天呀，每秒钟都在一起啊。

谁养的猫狗会像谁？那是低级的，因为那是违背了动物的天性的，迫使它们相似于人类，以此来获得生存以及宠爱。那么要是反过来呢，养主会很像家里的猫狗呢？那只能说是中等的了，那是以爱的名义，使得猫狗妥协，妥协于人性，妥协于被爱，也就丧失了爱了，那种最为野性的爱。人类与猫狗，最好的相处方式该是什么样的呢，毫无疑问的，你是猫，你是狗，我是人，可是我们相爱，深爱对方，谁都不用刻意去迁就谁的，双方都是自由的，以及平等的。

大帝和北极光就是这样的，高度理解，彼此尊重，从不勉强对方的，好多时候，保罗都看呆了，人家都不用开口的，一个眼神，就算是沟通过了，并且很到位的，简直就是心有灵犀的，北极光说了，保罗，大帝明天想跟我们去医院了，如果它满意，它会常去的。保罗说，太好了，总务护士家里的两只拉布拉多犬，也是常来的，它俩都会开门，偶尔会溜进诊室的，那可真是惊喜，患者好开心的，就在那一刻。

大帝可不像保罗夫妇，每天都要按时去医院的，家里有司机，大帝若是想去了，它会卧在车头上，司机就会送它过去了。心理医院的每个地方，它都很是熟悉，它爱待在楼顶的丛林，比在休息室的时间还要多的，拉布拉多有时会来，它俩都很年轻，朝气勃勃，到处跑，到处跳的，大帝老了，好乐意看到它们的，兴致来了，甚至会上树，打落几只果子，送给它们的。

回家总是一起的，一辆车，两个人，一只猫。深夜或许会分开的，那是大帝出门了，它有它的伙伴，方圆十多里的每一只猫，它都认得的，想待多久，就待多久，就像在老家，圣彼得堡那样，没有什么不同的。不同的是保罗，家里三层楼，只有一张床，大床，他和她共眠，每晚，如同初婚。保罗不是烟棍了，也不是酒棍了，过去了，他都不适应了，他的咽喉会发炎的，咳咳咳，貌似好难受的。她仍然热爱雪茄和烈酒，她会在露台上抽的，卧室就是连着露台的，保罗就会开门，大开，他说，我爱闻，来床上抽吧。

蜜獾计划，她是没能够参与研发的，亨德斯说了两次，诚邀加盟。她都谢绝了，她说，亨德斯，保罗是第二人，涉及多项的决议权，我在家里是不可能不说话的，他也是不可能不采纳的。尼古拉医生等人都是我的老师，他们也是保罗的同学，所以我以为，放弃才是最为明智的。亨德斯笑道，我倒是以为，你可以选择不说话的，在家里，关于相关的决议。她也笑，做不到的，亲爱的亨德斯，不是我，而是他，他什么都要问我的，有时甚至会喋喋不休的。

她是问过芝芝的，你家的那位，他也是这样的吗，什么都要问你。芝芝爆笑，北极光，女医生，谁让你们是同行呢。尤其是保罗，晚婚，巨婴心理，他要找补啊，你怎能不让他说话呢。告诉你吧，我家这位呀，从业初期，他为了练习回家憋话，他贴过小封条的，粘住了自己的嘴唇。

她约了芝芝，虚心求教，芝芝，我要多买一张床，可把他给气坏了，都快哭了，我都想睡沙发了，他是个话痨啊，我该怎么办啊？芝芝说，太好办了，你要比他还多话，死缠烂打的，先把医院的休息室给打通，每秒钟都要面对的。没有男人能够受得了的，让他主动逃走吧。睡沙发？那是他的事，床是我们的，永不放弃。

她都照做了，甚至变本加厉了，作为心理医生，一旦受到启迪，那可真是不得了的。于是乎，保罗就总是会找机会外出了，并且每次都装得很不情愿，几乎骂遍了所有的卫星公司老板，好像他是被逼走的那样。当他离开，她会大笑，在床上打滚，和大帝一起，她说，大帝，我错了，男人真是惯不得的，我要他像从前那样，会到野外打风筝，去迷死所有的女人。

五十一

蜜獾计划的临床实验数据，是必须要达到百分之百的成功率的，达不到的话，是不能够应用于临床的。没有例外，历来如此，涉及医学，涉及医药，涉及医用设备等所有相关项目的研发，都是这样的。计划无大小，唯有百分百，若非百分百，研发机构就只有两条出路了，放弃，或是再来，从头再来，直至达标。

蜜獾计划的临床试验，是同步展开的，在全球各大心理医院，在所有参与者的诊室。他们都是大医生，共计人数 44 人，诊室 44 间。至于患者，参与该项临床试验的患者，共计人数 133 人，他们的来源是三个渠道，第一渠道 44 人，他们是由参与研发的医生所推荐的，都是他们的患者，直接关系人。

第二渠道来自业内，由全球心理医师学会随机抽取，抽取业内心理医生 44 人，推荐患者 44 人，都是他们的患者，一对一的患者。第三渠道来自志愿者，有相关就诊经历的志愿者，共计 45 人，他们被告知，你们有绝对的权利知道，你们所参与的，是某项心理医学的临床试验，该实验不会对你们构成任何伤害，你们也没有对此行为进行保密的义务。你们有权利选择医生，仅限于你们从前的接诊医生，一位或是两位；如放弃这一选择，那么将由本计划为你们配比医生。

这也是惯例，关于医学志愿者的惯例。志愿者是不计其数的，他们的报名方式，是具有多重渠道的，是由相关机构进行全面汇总，以及精确调度的。谁要是想成为志愿者，那可真是简单极了，只需要报名就可以了，别的什么都不用做的。关于资料，关于病史，关于可以匹配的项目，那都是有关机构的工作内容，常态化的，随时可用的。

第 130 号实验者，就是志愿者，奥地利人士，他指定了三位医生，弗兰克医生，亨德斯医生，以及许白黑医生，派头好大，理由足够，是的，他是张国富。他说，他们都是我的医生，他们共同治愈了我，我要他们都参加，这难道不是合情合理的吗？他得到的回答是，很抱歉，不可以，从无例外的。张国富笑道，好极了，好办，请去问他们，让他们选我吧。

张国富成了例外，蜜獾计划临床试验的唯一例外，他们都选择了他，三位医生，都选了他，谁也没有说放弃，有关机构只得服从了。地点就近，就在弗兰克医生的诊室，他的诊室，原本就是 44 个试点诊室之一的，也是张国富经常出入的地方，曾经。他家离这里，走路十五分钟，他只用了五分钟，他是骑着自行车来的，他习惯于这样了，不想再做出什么改变了。

他见到了他们，他说，许医生，亨德斯医生，如愿以偿了，我好想你们。亨德斯说道，张先生，谢谢你这么做。许白黑微笑，见到你很开心，张先生，真的。张国富深呼吸，说不出话来了。弗兰克医生迅速暖场，张先生，我要向你道歉，我背地里是叫你茜茜先生的。张国富说道，真巧，我老婆孩子也是这么叫我的。

实验开始了，他们都坐下来了，四张椅子，一模一样的，只是距离有些远了，彼此之间大约有近两米的样子吧，这是便于自主游动的，可以进入任意场景的深处，无限延伸。张国富什么也没有问，他知道，医生和患者的椅子永远也不会真是一样的，这是传感体系，无论他坐在哪一张椅子上，他的所有相关指标，都在他们的掌握之中的。稍有异常，他就会被用药的，若是指数相对超标，实验是会被终止的，临时终止。

弗兰克医生说道，张先生，本计划是一套系统，全方位，360度的4D影像系统，它将会依据你的选择，以及本计划所有的相关数据，自动生成并可以随时进行切换的。时间是一个小时，你可以选择穿越，回到你的过去，任何一天，任何场景，任何人，任何事，你会看到自己的，那天的自己，以及你所经历的一切。我需要特别说明的是，系统是根据数据生成影像的，比如天气，比如街道，比如室内的所有设置，包括一张打开的报纸，半支点燃的香烟，等等，都是如此。因此，如有特殊提示，请你先行说出来，系统会即刻做出调整的，比如那天，你记得你用了一条不同寻常的新毛巾，有没有呢？

张国富说道，没有，从来就没有。医生们，我不想看到小时候，六口人，两间棚户房，工人区，家暴，咸菜，窝窝头，游行，打斗，我爸就被打瘫了，吃喝拉撒都在床上，一直到死。后来我下乡了，大西北，戈壁滩，开荒去了，我都错了，信错了一个人，爱错了一个人，都是跟我同样的知青。这辈子，我就做对了两件事，死自己死对了，娶老婆娶对了，我快四十岁才成家的，错不了了。别的全错了，没有对的了。你们要让我回去？我不，无论哪一天，我都不会再回去了。

弗兰克医生问道，那么张先生，你的成功时刻呢，挥金如土，志得意满，你难道从不怀念吗？

张国富摇头，那都是意淫，那都是泡沫，那个深夜，当我死掉了，我不认为那是假死，死前的一切，是不可以当真的。

亨德斯问道，那么张先生，你的最爱呢，那么美妙的时光，此刻是可以重温的，想回去吗？

张国富笑说，亨德斯医生，她就在我身边，这是我和她每晚的功课，何必还要回去寻找呢？

许白黑说道，张先生，非常理解，那么你想看到未来吗？未来的自己，特别说明，这是数据所做出的结论，不可能准确到百分之百的，但它仍然是目前可得的最为精准的概率，医学以及统计学意义上的。张国富问道，许医生，我的未来还用看吗，我想是不用了，没有悬念了，我会好好的，就在这里享受生活，再好没有了。那件事你知道的，我和他说好了的，假死，假吞并。结果呢，成真了，他把我给吞并了，一切都切断了，没有美元输出了，再也没有了。不要紧，我也留了一手，早期我就转出来了，够了，我还是富人。

许白黑问道，张先生，有这么一种操作手法，关于财富和债务的，涉及谢桥地产以及国富地产，我想你在国内的财富，恐怕都已经成为债务了吧，就像一只鸡蛋，里头已经空壳了。张国富笑道，许医生，都是这样掏的，我就一只小蛋，算个啥呀。你不是有数据吗，最为全面的数据化系统，让我看看结果吧，我要看到他的结果。

亨德斯说道，张先生，如果这是你成为志愿者的初衷，我可以放弃本次试验。不过我想建议你，不要放弃这个机会。张国富说道，亨德斯医生，我只想忘记，忘记自己的从前，都是不堪回首，何必还要看呢。亨德斯说道，张先生，我认为你的选择，是值得尊重的。我宣布本次试验归零，130 号志愿者，会是另一位人士了。

张国富起身，看着许白黑，开口了，许医生，你可以送送我吗？就像那一次，从桂花树下，送到了医院门口。许白黑说道，张先生，这里是诊室，恕不远送了。张国富忽然说道，许医生，我知道，你的学生嫁给他了。许白黑回答，那是他们的事情。张先生，我是医生，不是标签，从来就不是的。

李乘风来电，白黑，你什么时候回来？许白黑说道，乘风，我还有一个会议，还要参观惊蛰的工作室，他有礼物带给你。李乘风笑道，回回有礼，这回会是什么呢，值得你提前搞预报的。许白黑说道，乘风，是美元，他给你花的，他挣的。李乘风沉默片刻，不啃老就是好孩子，白黑，我出院了，正常工作了。

那首刀客的歌谣，几经辗转，找了好几个相关研究机构，专事从事古老语言的保护和开发利用的，终于给破译出来了。就那么几句话，唱的只是草原上的风光，和日常的生活，没有铁血，没有刀光，没有骏马，没有冰河，有的只是愿望，真是让人无法置信的，那么辽阔苍凉的旋律，最后唱的竟然是一口锅，把我的宝刀，铸成一口锅，我要炖牛羊，我要扎帐篷，我要住下了，谁也找不到我的刀了。

芝芝都会唱了，她说，白黑，你告诉乘风，我们的工作室要用这首歌，没有人见过这样的文字，好神秘，字形也美。许白黑点头，都失传了，不涉及版权事宜，如果有，那也是属于乘风所有的，是他保留下来的。芝芝说，我让惊蛰立即注册，或许有机会推广的，唱开的。我们的客户有很多艺术界人士，他们会惊为天籁的。许白黑沉思着，芝芝，或许这就是那个王朝的秘密了，那个最后的勇士厌倦了，放下屠刀了。芝芝点头，是吧，那就要乘风的原唱吧，他那种味道，还真是无法仿制的。

这次会议，是关于第三所医院的，烂柯山心理医院雪山分院的。这个名字，是由无名氏提出来的，为着纪念，也为着庆祝，他说，预祝会议成功，敬候佳音。许白黑说道，我想会的，首个议题，是需要通过这个名称。

会议是在汤姆的银行召开的，这里的会议厅好隆重，是最为适合高规格会议的。会议通过了三项议题，一是关于雪山医院的意向，到底成立与否，也就是开不开办了。历时十分钟，全体通过了。没有理由不通过的，蓝市心理医院就是前例，医生管理医院，都那么成功，那么财源滚滚，何况是汤姆这样的资本家呢。

第二项议题，是关于股权分配的，历时半个小时，大股东产生了，他是汤姆，雪山医院的第一股东，控股方，其他参股方，仍是烂柯山心理医院总院和分院的几位股东，共计五人，他们是亨德斯和保罗，许白黑和宋定睛，以及保罗的一位学生，他是医生，在总院执业。

就像宋定睛拥有蓝市分院的股份那样，他已是总院的股东之一了，四位股东之一了，他的股份，是由亨德斯和保罗联合分配给他的。这是没有什么惯例可循的，如果有，那是开创性质的。每一回都是开创性质的，有个名词，叫作二代、三代，如果套用到医院，那就是医二代和医三代了，是医学，是师生，仅此而已，再无其他了。

第三项议题，是关于合作方式的，雪山分院的合作方式。亨德斯说道，汤姆，我们的大股东，很高兴你的加入。你解脱了我们，我不能允许我的学生，以及学生的学生，再去浪费精力管理医院了，那不应该是我们的事情。许白黑也说，鉴于我在蓝市分院的经历，可谓是心力交瘁，因此我只能说，汤姆，谢谢你的加入。汤姆说，感激各位，作为第一股东，我会按照我们的合约，永久保留两个项目，那是涉及动物保护的慈善项目，以及一号门诊。

众人鼓掌，掌声稀稀落落的，没办法，人数太少的缘故。汤姆说道，如此热烈的掌声，我已经很久没有听到过了。好开心，我们的合作会是无比愉快的。我已经组建了两个团队，谈判团队以及运营团队，我想你们还是应该见见的吧。保罗说道，汤姆，那样岂不是还要再开一个会吗，才不，我看你是对掌声上瘾了吧。

许白黑说道，汤姆，特别提示，请转告我们的谈判团队，对方的宗旨是尊重国际惯例，我想，我们的态度也应该相对地尊重特色吧，中国特色。汤姆说，收到，明白，许，等你开口，随时出发，进入议程。许白黑摇头，不用等我，汤姆，我已脱身了，涉及此等事物，你们直接对接吧。

宋定睛站起来，问道，汤姆先生，我从没参加过这样的会议，我想请问，这是不是就等于是结束了，我还有些私事，要去机场，我可以先走一步吗？汤姆说道，是的，圆满结束，宋医生，我派人送你吧。许白黑笑说，定睛，快接受汤姆的好意，他的飞机上有一种美食，是你没有吃过的，貌似猫砂，独家所有。宋定睛惊呼，猫砂大餐，哇，真要好好尝鲜了。

杰瑞来了，特地来见亨德斯和保罗的，致以祝贺以及谢意，祝贺蜜獾计划取得首期临床试验的成功，感激他们接受了 Spirit 药品公司的加盟，以生产商身份的加盟。本计划授权了六家生产商，生产相关设备体系，Spirit 药品公司是其中之一，也是唯一的转型企业。其他五家都是专事生产医学仪器的企业，都是老字号企业了，老到了什么程度呢，那都是百年以上的企业了。

亨德斯说，杰瑞，我们只是提请人，提请之所以获得通过，是由于 Spirit 药品公司一百多年来，每次转型都无比成功，从手术药品和器械的生产，到自闭症儿童用药全球第一名，以及精神科药品的顶流生产厂家，我们有足够的信心认为，蜜獾计划的生产体系，你仍会做到最好的。

保罗说道，杰瑞，我就不明白了，你为什么什么都要加入，药品和医学仪器你都要，就连手术器械你也不肯放弃，汤姆是为了资本，我们都懂，你是为了什么呢？杰瑞仰天长叹，我也不知道为了什么，我只知道每个种类项的产品，当它研发了，问世了，应用了，普及了，我会很高兴，就为了这个吧。

亨德斯点头，杰瑞，我也是这样，很多时候我是为了高兴，就图个高兴。他们都说我的蜜獾计划，是为了医学，我问过我自己，是不是呢？答案是不，我早就应该退休了，医学自有后人，怎么会非我不可呢。所以咱们都一样，就只是为了高兴了。

许白黑和保罗面面相觑，有共鸣了，有共振了，原来都一样，只是不肯说出来罢了，还不到退休年龄呢，都是大医生，怎么能说呢，要是非说不可的话，那就只能是为了医学了。亨德斯是从没有在家里请杰瑞吃过饭的，这回破例了，他说，杰瑞，我是不婚主义者，我和她同居了大半生，至今未婚，怎么样，愿意去见见我的女朋友吗？一起晚餐吧。杰瑞说，荣幸之至，无比乐意。

回来的路上，杰瑞和许白黑同一辆车，杰瑞说，许，我也组建了谈判团队，你以为何时为宜，是和雪山分院一起呢，还是在它之后呢？许白黑掏出一张纸片递给他，他说，这是对方的直接联系方式，汤姆也有一张。我的建议是有些事情需要你来谈，有些事情则是团队来做的。杰瑞说道，许，我有一个问题，汤姆成为雪山分院的控股方，你们没有后顾之忧吗？许白黑回答，没有，因为我们是无可替代的，雪山分院如果没有了我们，他是开不下去的，所以我们的合作必然是双赢的。

杰瑞问道，许，汤姆跟我谈过，谈合作，他想介入，你认为如何？许白黑笑问，杰瑞，为什么不呢，他是个好伙伴，因为他爱钱，无限热爱，简直就是一只招财猫，赚得少了他都会失眠。建议合作，由你控股，自行运营。还有，杰瑞，特别提醒，关于 Spirit 药品公司的落地，以及合作，有些事情或者会出乎你的想象，那将会涉及前期的诸多投入，等等，我只想说，接受吧。

就像汤姆那样，杰瑞也说，收到，明白，我会的。许，你真的什么也不参与了吗？许白黑说道，是的，我是医生，我只高兴做医生。别的我都不高兴，不高兴的事情，我为什么还要去做呢。杰瑞，你别装得这么失落了，这是每个人都高兴的事情，我们各行其是吧。

五十二

许青蓝和王花花去了好几趟嵩山了，都是张出众陪同的，他要负责打理所有的琐事，飞机落地郑州，他要安排入住酒店，一个大套房，一个标间，他是要住标间的。套房是有两个卧室的，许青蓝和王花花各住各的，许青蓝从不在王花花面前抽烟，她的身体大不如前了，已经很少出远门了。

张出众有时去看他的叔叔，有时不去，就像是没有回来过，反正是谁也不会知道的。他不是家族的掌门人，那个位置也不再属于他的叔叔了，空置了，谁也不肯坐上去的。许白黑说的没有错，他的叔叔和婶婶根本就没有离婚，好得不得了，如胶似漆的，每逢假日，再也不会组织家族性质的大聚会了，于是也就散了。张出众也没有偶像了，无论是他的叔叔，还是许白黑，都不是了，他们跟他不同，什么都不同的，是无法效仿的，也就不是偶像了。

从郑州到嵩山，一天来回足够了，先到丹心的弟弟家，喝杯茶，聊聊天，热络得很，半个多小时吧，也就告辞了。都是有礼物的，许青蓝的木雕，嵩山的特产，就像是交换，谁也不会空手的。当然见不到丹心，她的弟弟说了，她不在这里了，早就离开了，也不太远，在哪里呢，就在郑州。许青蓝没有要过地址，他只是说，我会常来，我会等她，不催她，都随她吧。

还有大半天，就是旅游了，许青蓝看山水，王花花看景区，都是兵分两路的。许青蓝说，花花，我也跟你去吧？王花花就说，算了吧，别搞啥临终关怀了，用不着了，我这辈子都是自己打发自己的。许青蓝呵呵，什么话呀，我都跟你走遍全世界了。王花花笑了，那是白黑带我们去的，又不是你带我。

晚饭都是在郑州吃的，吃完了再住一晚，次日就是返程了。到了蓝市，王花花回家，许青蓝回厂，他的木雕厂。许白黑没跟他们一起去过，他自己也没去过，他甚至连电话都没有打过，他只会发快递，无论他到了哪里，他都会发出一件快递，给丹心的哥哥。他们说好了，他会即刻转交给丹心的，他发出过好多的快递了，什么东西都有，从不刻意，都是随心的，最近的一件快递，好小好小的，是一只发卡，用来别鬓角的垂发的，是雪花，一朵雪花，以七种颜色的碎钻镶嵌而成的，即便暗夜里，也是光影斑斓的。

王谢桥就诊，是从不迟到的，如果实在是来不了，他会提前另约，直接告知宋定睛，而不是他的助理医生。两人已经很熟了，医生和患者之间的熟络，从不涉及其他关系的。心理医院的心理讲座活动，仍在继续，从未中断，变的只是背景，主办方早已成为省卫建委了，合作机构也变了，是由卫建委主任推荐的，很好笑，是本省的几家著名餐饮公司，册子上也就出现了广告，都是菜品，以及折扣券。

许白黑和王谢桥，好久未曾谋面了，出出入入的，从没有遇到过。是王谢桥主动提出的，就在常规的治疗过后，他说，宋医生，我想见见许医生，请问可以吗？宋定睛看表，笑说，王先生，你的疗程结束了，如无反复，就不用再来了。你是要跟他告别一声吧，好的，请去休息室找他吧。王谢桥踌躇着，宋医生，我想请你代我预约一下吧。宋定睛说道，有这个必要吗，不过几十米的距离，你直接过去吧。

王谢桥说道，宋医生，我还是有些忐忑，怕他不想看到我，这样吧，你就跟他说，王乐色求见。宋定睛忍住笑意，王先生，你想多了，某些合作的终止，都是时也势也，没有任何个人情绪的。王谢桥说道，我有，从前那么近，现在这么远，我不要原因，我想回去。宋定睛没辙了，他只能治疗他的抑郁症，他可治不了他的个性，强迫型个性，他说，王先生，请跟我来，我带你过去。

休息室是空的，许白黑没在，宋定睛有些意外，探头看窗外，桂花树下也是空的，黑黑也没了。他说，王先生，他出去了，我也很奇怪，他上午都在医院的。王谢桥说道，宋医生，那好吧，请代我问候他，代我告诉他，我约他了，随时恭候。

许白黑去接人了，先接了李乘风，两人一起，去派出所接老郭了。老郭被刑拘了，就在李乘风出院后，卫建委已经迁到大新区了，李乘风当然还是老一，只不过他常常会出差，或是开会什么的，貌似很忙，实则不然，总之是在单位的时间相对比较少了，黄副主任又去市中心医院住院了，心肌炎发作了，是很有必要进行长期的调理和治疗的。

于是单位里的好多事情，都成了唐副主任当家了，大会小会的，也都是他来压轴了。本来这都跟老郭没什么关系的，可是他把老郭的小公寓给断租了，也就是说，单位不出钱了，要住也可以，自己掏租金就可以了。又远又贵的，老郭就搬家了，搬到新区的单位宿舍了，几个保安合住，也是不错的。

过了没几天，办公室主任召集保安们开会了，重新调整了职务以及岗位，老郭不是组长了，被分配到停车场了，工资奖金都降了。老郭打算干下去，就这样吧，也不错的，这把年纪了，找个工作挺难的。他也没跟李乘风说什么，是李乘风跟他说的，老郭，回头我给你换个地方，别急，忍一下。

老郭很能忍，他都忍了大半生了，还有什么不能忍的呢，可是他儿子被撵走了，两个儿子都被撵走了。一个从医院的后勤部门，一个从医院的食堂，两家医院，几乎是同时动作的，后勤部门的好说，本来就是个打工的，不要也就不要了。问题是出在食堂的，他的儿子是承包了食堂的，干得不错，医院职工和患者都挺满意的，合同也没到期，什么都好好的，就被清退了。

李乘风的处境，老郭比谁都清楚，他是不会给他添乱的。只能去找唐希了，夜里，去家里，扛着两箱大墅烟登门的，唐希不在家，是齐彩虹接待他的，好客气，好亲热，亲手给他做的咖啡，奶和糖都足足的，搞得老郭一夜都没睡成。

次日，老郭被谈话了，规格很高，单位里主管纪律的副主任亲自谈话，狠狠批评了他。老郭的大墅烟也上了单位的告示栏了，沦为笑柄了。没人说要解雇他，是老郭自己要走的，只不过临走之前，他做了一件事，就在单位的全体大会上，就在唐副主任正在讲话的时刻，老郭端了只大茶缸上台了。

三秒钟，也许只是两秒钟，老郭就摁倒了唐副主任，摁在了桌面上，摁在了麦克风前，给他灌汤了，灌了个满口，满脸，满头，满身。那是屎汤，老郭在停车场收集的狗屎，加水搅拌的，不稠也不稀，恰到好处，入口即化，很容易得手的，全单位都听到了唐副主任的惨叫，以及老郭的怒吼，就五个字，你个搅屎棍。

就为了这件事，单位又召开了一次大会，李乘风主持的，所有人被告知，不得议论，不得外传。唐副主任因公受辱，实为楷模，所有人都应该向他学习，向他致敬。至于临时工老郭，已被解雇，予以法办，必将受到法律的制裁。尽管三令五申，可是该事件在单位，乃至整个医疗系统，仍然成了最热门的话题，密称吃屎门。

老郭上车了，十五天了，也没见瘦，还是那个样子，他说，老李，我去他家，那可不是诈降，是真降。李乘风说道，老郭，这种事情我都不知道干过多少回了，为了生存，谁都别谈尊严了。但是我就没有胆量给谁灌屎，尽管我也幻想过，无数次。许白黑说道，老郭，后备厢都是大墅烟，给你补上了。你辛苦了，如果你愿意，你的工作由我来解决吧，乘风真是不方便了。

老郭问道，老李，老许，你们怎么不跟我绝交呀？李乘风笑道，假使我是你，我早就去他家了。我们是朋友，你又不会出卖我，对不对？老郭说对，那是绝对的，我只会卖自己，我可不会卖了你。许白黑驶入黑木崖 KTV 的停车场，石星火并不在这里，但是保安过来了，好几个，并列，齐声说道，你好郭队长，欢迎郭队长。

许白黑笑说，老郭，这是你的新岗位，石老板和你会很投缘的。这里的生意还不错，收入也比原来高。你有什么要求的话，直接跟石老板说就行了。老郭问道，我儿子能来吗，收下一个就行啊。李乘风说，那可不行，石老板很讲规矩的，不能搞连带的。不过吧，他会帮你做推荐的，向他的朋友们，没问题，快去吧。

两人赶往郊外某山庄，路上不断地接到电话，都是问路的，好几个同学都问了，走到哪里了，烤全羊都上桌了，好大一整只。李乘风只好发了个位置共享，他说，白黑，同学会提前了，都是为了我。好得意啊，别人都是得势了有大餐，我是失势了还有犒劳。许白黑大笑，乘风，我问过自己，我若是你，我会怎么样？我必须要承认了，我不会比你好到哪里去的。

好大的包间，是水榭，就在水中央，若是夏季，满塘荷花，那种香气是沁透的，午夜时分，犹在枕上。此时秋分了，荷叶有些斑驳了，还未老去，好多的露珠，都漏掉了，从虫孔里，不要紧的，水面上也都是荷叶的，没有风，就不会落水了。大家都到了，二十余人，整个小班的同学，到齐了。

他们都问许白黑，大名医，你下午难道不接诊吗？许白黑反问，名医们，你们难道不手术吗？你们的手术日呢，都忘了吗？大家都笑，都这岁数了，都这名头了，弟子多了去了，上台也是坐镇了，反正都是天天坐镇，还有什么好急的。李乘风喝问，为什么没有人慰问我，我严重受惊了，快安慰我呀。

于是他被告知了，这顿饭可不是给他压惊的，而是为他洗尘的，半生征尘，早就该这样洗洗了。风云第一刀先发制人，老班长，我们刚才决定了，还你本色，以后就叫你乘风了。为什么呢，这些年来，我们都吃过官司，都当过被告，都赔过钱搞私了，都上过行业通告，都被医院撤过职，也没见你罩得住我们。现在更好了，你连自己都罩不住了，要不是人家老郭，你连自己这口气都出不来，压什么惊，就是洗尘了，咱们所有人都要洗洗了，用酒来洗吧。

李乘风笑骂，说得好极了，都是拿刀的，我要给你们唱一首歌了，两个版本，原唱版的和汉语版的，刀客的歌。许白黑说，还有第三个版本，英文版的，我来唱吧。哎哟，就差一堆篝火了，不然咱们就会很像刀客了，大漠刀客。同样的旋律，唱了三遍，大家都无语了，都被代入了。都是医生，都是绝对理性的，难得动容的，唯有顶级的艺术，方可以令他们这样的。

许白黑说道，大刀和小刀，前者杀人，后者救人。同学们，我敬你们一杯，我爱小刀。李乘风说道，白黑，你不地道，爱是说的吗，爱是要做的。我就想问你，你打算做些什么，为了你的亲，为了你的爱。许白黑说道，这些年来，我的心理干预，我的药品，我的治疗，难道还不够吗？

大家都说，不够，那是不够的。白黑，咱都是同样的出身，蓝市医科大学，对不对？咱都是名医，大医生，对不对？咱都救人无数了，对不对？都对吧，可是我们的收入全加起来，还不及你的零头，小零头。你都没坐过飞机的普通舱吧，那好，我们告诉你，我们没有一个人坐过头等舱的，坐不起，不舍得。要不咱们组织个旅游，你请大家都享受一回吧。

从来就没有人见过许白黑拍桌子的，更不要说是摔酒杯了，可是此刻，他也拍了，他也摔了，他也诺了，他说，同学们，那不行，那怎么可以呢？我的想法是这样的，由烂柯山心理医院总院提出邀请，以医学的名义，发给各位。你们就可以请假了，签证了，成团了。咱们全球转转吧，该看的都看看，该去的都去去，该吃的都尝尝，该玩的都玩玩，所有费用我请客。至于飞机，头等舱算什么，包机算什么，咱们就要专机，必须的。

我要看北极光，好想摸摸企鹅的脑袋，白黑。

白黑，我有一颗德国的梨形玛瑙，我的患者送给我的，是古董，我要找到它的来头。

白黑，我要你带我去买一顶老头盔，冲绳岛之战的那种，遍布弹孔，就是穿不透的。

白黑，我要去钻石公园，挖钻石去，谁挖到了就属于谁，是不是？

白黑，你有没有关系，带我们去看看核潜艇呢？

我要去阿卡雄，看海洋湿地，吃法式大餐，但是不要有蜗牛，白黑，可以做到吗？

我要俯瞰安第斯山脉，全都要看，一个山头也不能少，行吗？

行，行，行，许白黑说行，连声的行行行，之后就无语了，什么也说不出来了。这些愿望，在他看来，那都是不能够被称之为愿望的，太容易了，甚至是太卑微了，心理分院的医生都是他们的晚辈，可是他们早就做到了这一切，轻而易举的，想去就去了，抬脚就去了，没有什么是不可能的，也没有什么是不可以的。

李乘风嚷嚷，同学们，摔杯为号，摔啊，一起摔。这回我可不是团长了，我是副团长，团长是白黑。对了，我要问一句，我说白黑，你的专机是不是要用杰瑞的？许白黑乐了，乘风，你想象力太低级了，我保证，专机多了，随时换，随地换，坐个够，够够的。

许白黑常常会见到谢晓桐的消息，都是宣传，广告性质的那种。他没去过那里，两人也没有什么联系了，路过了几次，他看到了她，是她的大牌子，国际心理医生的大招牌，图文并茂，就像明星那样的，真人版。背景都是衔头，毕业于哪里，师从于何人，是许白黑的好几个同窗，都是洋面孔，唯独没有他。

莞尔一笑，真是不能有他了，两个医院已成为竞争关系了吧，在谢晓桐看来。她开辟了好多新的项目，比如心理咨询等，五花八门，什么都有了，就连孙老，百草根中成药制剂的研发者，也被她给请去了，给了诊室，也给了讲堂，定期就要和广大患者搞搞互动的，反响还是挺大的。

至于医院的效益，老胡倒是说起过，白黑，就那里吧，给你提鞋都不够，分流的都是我十三院的患者群，无所谓，我这里虽然又小又破，可我名头大呀，蓝市最大的精神病院，都没有什么可比性的。许白黑说道，老胡，谢桥心理医院的主体业务就是心理咨询了，主要患者群就是所谓的名媛圈和富婆圈了，走的是这条路线了。人家转型了，领衔了，在这个领域，和咱们都不是一个概念了。老胡拍头，对对对，白黑，咱们只会治病，只有医生，没有大师，人家是什么都有了，连国学大师都给引进了。

宋定睛说道，老师，谢院长请过我好几次了，请吃饭，我都没去。也请过其他医生，有的去了，都去提前结账了，满足不了人家的要求，要去给那些名女人授课的。许白黑貌似尴尬了，咦，怎么就不肯请我呢？宋定睛说，你连王先生的邀约都不回，请不动哦。

谢晓桐不联系，许白黑很理解，她是无法释怀的，有一些前尘，有一些段落。王谢桥屡次邀约，他都没有回复过，怎么回复呢，人家说的是求见，他只有两个选择，要么见，要么不见，不予回复就等于是回复了。还有什么可见的呢，他不是他的患者了，也不是他的朋友了，充其量也就是个熟人吧，和张国富同样，都没有什么可说的了。

保罗是对的，从始至终，他和某些患者的关系越界了，如此，是极为不宜的。比如王谢桥和张国富，许白黑设想过，假使他从没有介入过他们的关系，也就不会生出那么多的纠葛了，他们之间的，以及他们与他之间的。他送过张国富，结果呢，那都不是什么默契了，那是资源，他的国际医学资源，正是张国富所需要的。他都提供了，按照他们的预计，然后呢，人家还要找他看结局，关于私人恩怨的结局。

王谢桥虽然多次求见，但那都是转述的，他从没有亲自给他来过电话，两人都住在寒舍，他若真想见他，走过来几步就成了，何必这样子绕过来绕过去的。为什么呢，好简单，两人不再来往了，那都是许白黑的原因，是他不讲人情，不念旧交，怎么也怪不到王谢桥身上的。这样的心思，许白黑岂会不知，知了就是罢了，罢了。

他被利用了吗，当然没有，如果有，那是他们所以为的。就是那么的可笑，他们合伙利用了他，而他们又成仇了，为着财富，即便隔着大洋。许白黑毫无兴趣了，对于他们的是非，都不用想象，他知道，王谢桥找他，只是为了洗白，洗白自己，涉及国富地产的所有利益。他无法对他说，王先生，你多虑了，我对商业隐私没有兴趣，探知的兴趣，以及传播的兴趣。

张国富已经是个死人了，虽然没有任何人见过他的尸体，但是国富地产还在，就在谢桥地产集团的麾下。连名字都没有变更，只是变更了法人，以及相关持股人。数十年来，整个业界都以为他们两人真是势同水火的，因此都称赞王谢桥大度，不仅收拾了烂摊子，还保留了国富地产的名称，真的太仁厚了。

王谢桥确实配得上所有的赞美，谢桥地产集团是拥有多个子公司的，从前的运营手法多是母子合作方式的，一母多子，实属平常。自从兼并了国富地产，长子就变了，变成了国富地产了，逢有重大项目，国富地产总是要担纲的。没有人知道为什么，许白黑知道，那是因为断裂，就如同壁虎的尾巴，是可以再生长的，新生的尾巴也是有基因的，自身的基因排列，有些组合也就成了查无可查的了。

谢桥地产目前最大的项目，就是宝典大厦了，彩虹药业的原址，就在市中心，原定66层，主体开发商原是三家，后来成了两家，谢桥地产和国富地产，上下分明。大约是从20层开始吧，谢桥地产的名头不见了，就只有国富地产了。到了30层的样子，国富地产的下头，又加了一家地产公司的名字，全国闻名的大公司，于是就显得有些本末倒置了。再后来，就变了，后来者居上了，国富地产靠下了。

到了42层，暴雷了，是那家大地产公司暴雷了，负债两千亿，老板套现了，外逃了，事情闹大了，全民皆知了。于是这个名字就消失了，从国富地产的上头，就又成了原来的设置了，谢桥地产和国富地产联合开发了。

如同雷电现象，如同连锁反应，如同生关死劫，如同渡劫，王谢桥还能怎么样呢，及时止损，唯有如此了。43层，没有了，再往上，都没有了，宝典大厦封顶了。就此封顶，再没有那么快的了。可是，比封顶更快的，是网络，不过几天，谢桥地产就成了热点了，蓝市最大的热点。作为龙头，本市房地产业的龙头企业，按理说，这都算不上是什么意外事件了，没有任何新意的。恰似呼应，这一时期，类似的事件实在是遍地开花，到处都有的。

谢桥地产的负债有多少呢，两个说法，网传的说法是543亿，坊间传闻则是远远不止了。谢桥地产集团当然发表了声明，自述清白，有理有据，涉及负债，也公布了相应的数字，23亿元。两个小时不到，谢桥地产集团的财务报表被传到网上了，十个年度的报表，数字扎实，辩无可辩了，那不是543亿，还要多得多，多在了两个部分，一是宝典大厦的地皮收购价格，二是寒舍别墅区的违规用地问题。

宝典大厦的地皮是彩虹药业的，彩虹药业的前身是老国企，药厂。老国企占地近百亩，三分之一不到的地皮，用来作安置房了，安置老职工了。该工程也是谢桥地产承建的，好多年了，属于开山之作了。其余部分分为两个板块，三十亩地的仓库板块，剩下的才是彩虹药业的，也就是宝典大厦了。奇怪的是，仓库板块的土地，就像惊鸿一瞥，只不过是被提了一句，然后就再也没有了，没有人可以看到了。任人观览的就只有彩虹药业了，就只有宝典大厦了。

这块土地，谢桥地产是做了地王的，超高价拿下的。至于寒舍，那就不能说是地皮了，那是山水，依山临水，将近7千亩的土地啊。依据相关规定，那里是不可以用来开发别墅园区的，只能用来建造湿地，或是园林。谢桥地产当然是按照规定拿下的土地，后来就开发了，先是园林，后是别墅区，一期二期，三期四期，五期在建，卖得很好，几乎所有的本市名流，都在这里有产业的。要命的是，这块土地是以贷款方式拿下来的，从某银行，却是始终没有偿还。

虽然好多地产公司都是这么操作的，欠债不还，天经地义，可是被盯上了，被咬住了，被剥光了，那就无法再裸奔了。那就得遮羞了，那就得穿衣了，怎么着呢，还款，填上那个洞，巨大的洞窟，就算是平了。没有地产商这么做，从来就没有，还不起，都是还不起，谁也还不起的。那个洞窟原本就不是地产商能够独自掘成的，涉及多个领域，多个环节，多个人物，过去进行式的人物，以及正在进行式的人物，多了去了，至于地产商，那是蜘蛛网，结在洞口，都是为了挡光的。

那个洞可不是藏宝洞，都是通海的，洞里空空，什么也没有，若要探宝，都在海外了。但是收网是必然的，收了蛛网，就能入洞了，就能通风了，就能探路了，海路也是路，和陆路同样，都是蹚出来的。洞里洞外，都是风光无限的，洞外的风光人人可见，那就是蜘蛛网了，那就是地产商了。至于洞里的风光，那就只能是意会了，因为看不到，实在是贫穷限制了想象力。

蓝市最大的蜘蛛网，就是王谢桥了，龙头老大，当仁莫让的。好多小网都开始动作了，降价清盘，补上多少是多少，能过关就成了。还有一些稍微厚实的网，直接就遁了，找不到了，没影了，消失了，都是经过精准计算的，如此也就晴好了。大网就不行了，目标太大，去到哪里都会被追的，在劫难逃了。

五十三

如同意料之中，如同意料之外，王谢桥溺毙了，就在半腰水库，大约是午夜时分。他的尸体是被船工发现的，打捞藻类的船工，是在靠近堤坝的水域，成漂浮状，船工立即报警，并且保护了现场。这样的事情，船工经历了好几回了，已经很有经验了。

结论很快就出来了，排除他杀。那就等于是自杀了，或者是失足跌落的，也未可知。对于王谢桥之死，已经没有人热议了，死了就是死了，死了就是完了。家属也无异议，他的前妻们和子女们，都不在本地，他们有的在一线城市，有的在国外，还有一位出家了，是他的原配夫人，自建的观音庵，带发修行，早已不问世事了。

没有人回来，是谢晓桐办的丧事，超简约，火化了就完了。事情可没完，王谢桥名下的所有产业，包括房产和收藏品，飞机和汽车等等，都被清点了，被纳入法拍流程了。至于谢桥地产集团，暂被查封，待所有账目盘点过后，另行处置。还有王谢桥的巨额财富，都在海外，谁也不知道账户，谁也不知道路径，谁也不知道密码，谁也动用不了，也就成了迷了。

谢晓桐无家可归了，她就只有她的医院了，谢桥心理医院。那是她的产业，注册时就是她的，她的资金，王谢桥给她的资金，从香港回流过来的。她还有不少藏品，名表字画什么的，都挺值钱的，都是她从家里带到医院的，就在办公室的保险箱里。她是早有防备的，出于本能，从新婚伊始，她就这么做了。医院的收入，也都不在蓝市了，每个季度，都会成为港币的，都在香港呢。

她没有收到任何的问候，她的名媛圈，她的富婆圈，她的闺蜜圈，都是沉默的，从王谢桥成为热点那天起，就有好些人删除了她。她是从不在意的，对于她们，那些名女人。她甚至是俯视的，无论多么的亲密，她也改变不了自己的眼神。她只是有些怀念他，他待她很好，除了床笫之欢，他几乎满足了她的一切。作为回报，她并没有固定的男人，偶尔娱乐，也都是在名媛们的会所里。

她出手很快，比法拍要快多了，她把医院给卖了，卖给了专事医疗产业的某某系。只不过是大打折扣了，当时的投入是过亿的，她拿到了两千多万。她要走了，回到香港，那条老街，去开她的诊所，有些东西带不走，比如某些名家字画，是被限制出关的，她需要托付保管。无须思索，她来到心理医院了，径直找到许白黑了。

她说，老师，无论见与不见，我始终信任你，从没有变过。

许白黑说道，晓桐，没有问题，我可以代为保管。经过如此种种，都已经确认过了，这是你的财物。你随时可以派人来取，给个凭证吧。

谢晓桐嫣然一笑，老师，真向往你和李主任的那种情分，我都没见过。借用你们的那首歌吧，三个字，一剪梅。

许白黑点头，好的，晓桐，那就说定了，无论来者何人，只要说出一剪梅，我可就给了。你要节哀，多多保重。

谢晓桐说，老师放心，我会的，你也是。

许白黑叫来司机，去往机场，送谢晓桐走了。

好大的一只旅行袋，也没锁，鼓鼓囊囊的，拉开来，里头十多幅卷轴，都是装裱过的字画。还有几十只手表，男表女表都有，都是名表，什么牌子的都有。许白黑犯愁了，只得买个保险箱了。应该放在哪里呢？他问宋定睛。

宋定睛认为，没有什么地方，会比心理医院更为安全了，他说，双重保险，老师，还有你的身份，她考虑得十分周全。许白黑苦笑，定睛，再加上你，那就更安全了。锁门，拍照，全部拍成视频，清点，做单，归档。她会很快的，我估计会是拍卖行的人士来取货的。宋定睛埋头干活，忽然说起来了，老师，她没提起过王先生的死亡吗？

许白黑摇头，没有，只字也无。言犹在耳，当年张国富的事情，她倒是只认得真相，不管不顾的，什么都敢说，什么都敢做。

宋定睛抬头，老师，王先生是我的患者，他生在水乡，从小擅水。

许白黑颔首，定睛，我知道。假使讲故事，可能会是这样的，某人河边行走，因故落水，很不巧，河里有蛙人，于是，某人卒。

宋定睛接着说，老师，是溺毙，擅泳者溺毙。我想，这样的故事，是无法落幕的。

许白黑说道，当然不会，因为太过于蹩脚了。所谓网传，哪有无缘无故的；所谓结论，哪有一了百了的。定睛，当年警方是来过的，调取张国富的病历。这回没有了，王先生的病历都不需要了，为什么，因为他已经痊愈了。

死人是无法成为案例的，活人可以，真的就像是一个故事，好幽深的故事，一章翻过去了，还有下一章的，那就是彩虹药业了。好快的，齐彩虹被请走了，被滞留了，她可不是李乘风，她可没有大胶囊，没那个创意，也没那个准备。她以为不要紧，走个过场而已，就像从前那样，类似的过场，她也是走过的。

半天，大半天，最多一天，都是没事的，回回如是，当她被告知，谢谢配合，你可以回去了。她会说，不客气，你们辛苦了，再见。可是这一次，她没有机会了，没有机会离开了，没有机会说再见了。当她意识到这一点，她反击了，就一个目标，那个仓库，那三十亩土地，那是怎么回事，那是以彩虹药业的名义，可我都不知道那是谁的。你们要答案，我还要答案呢。

她听到的回答是，说你的问题，说自己的问题。那不是你的问题，你可以保持沉默。她说，要我说什么都可以，这样吧，还是老规矩，你们提问，我来回答。问什么，我就说什么，毫无保留。反正也没人管我了，我还有什么可指望的。

她得到了一张纸，和一本记事簿，都是唐希的笔迹。那张纸是唐希写的离婚协议书，记事簿是唐希记录的材料。唐希知道得太多了，她越是寂寞，他听到的就越多，他是个有心人，她的闲言碎语，他都给记下来了，组合了，也就成型了。关于她的财富，她的人脉，她的消费，她的私生活，她的彩虹药业所涉及的一切，比如地皮，比如宝典大厦，比如大新区的厂房，比如银行贷款，比如某些重点人物，什么行长呀，局长呀，院长呀，队长呀，管委会主任呀，等等，多了去了。什么都有，简直就相当于一本个人传记了。

李乘风和王谢桥的名字，都在其中的，若论排序，李乘风居后。唐希的文风，自然是公文体的，都是亮点，简直就是群星璀璨了，只是没有月，当年明月，犹自当头，他是不肯直视的。他所要的，只是过关，自身过关，当然，还要保住自己的存款，以及位置。至于名誉，自从吃屎门过后，他就悟道了，那算什么呀，若论口感，也不过就是酽茶的味道，没什么了不起的。他们，齐彩虹他们，都是龙王庙的座上客，了空大师的贵宾，他可不是，他是净坛道长的朋友，好多年了。

净坛道长是高人，从不装逼的高人，不用装的，净坛道长的飞龙观虽然是在山下，龙王山的山下，可是规格高，高就高在了香众，高在了圈子，那可都是省里的人物。他和净坛道长是至交，有什么大事，都要请教的，办喜事的时候，净坛道长就说了，恭喜恭喜，你要升官发财了。只是富贵险中求，万事都要有个备份才好的。

唐希就备了，什么都给备下来了，就像复制，从无遗漏。果不其然，有人来找他了，就齐彩虹的事情，例行询问而已。按照净坛道长的指点，他给出了惊喜，他交出了备份，以及一份离婚协议书。虽然不能够前往现场，但他知道，这些已经足够摧毁齐彩虹的心理防线了。他是不怕报复的，因为他知道，大概率是没有报复了，气数将尽了，还有谁能够报复他呢。

唐希的脸上惠风和畅，看不出任何端倪，每天按时上下班，偶尔也去李乘风的办公室转转，闲聊几句。黄副主任那里，他也会去的，问候一下身体指标什么的，气氛和睦。李乘风和黄副主任有些晕头转向的，忙的，单位里头风声鹤唳的，整个系统都是如此，所有医院都把彩虹药业的药品以及辅料紧急叫停了，全都下架了。全市药房也是这样，没有例外。

李乘风问黄副主任，怎么回事，什么情况，幺蛾子的腰杆太硬了吧。黄副主任挠头，想不通，不应该，按理来说，这都说不过去呀。李乘风说，老黄，事出反常，咱们可不能乱了。彩虹药业完了，不知道要有多少老熟人栽跟头了。黄副主任冷笑，老李，乘风，我们何罪之有，都是奉命行事，就凭你和我，也不过是给她介绍了几个院长嘛。李乘风摊手，老黄，就是，人家也不是咱们就能捧红的，咱也没本事给人家批地皮呀。唉，撑死就是个老黄和老李吧，摘帽，等着赋闲吧。黄副主任像是开玩笑，未必吧，你们是老同学，老关系，你能这么自我评估，那我觉得你都是典型，拒绝腐蚀的典型。

老领导来电，语气和缓，极为亲切，乘风，就彩虹药业的相关事宜，你要处理好，无论是个人，还是群体，都要办妥。李乘风说道，老领导放心，我和黄副主任已经亲自打过电话了，每个医院，每个院长，都交代过了。连夜写材料，写检讨，连同彩虹药业的相关赃款，无论涉及谁，一个不少，一分不漏，都要收齐。就以医院为单位，全数上缴有关部门，今早上班，就都去了。

老领导哦哦，乘风，办得不错，你那里呢？李乘风回答，是这样的，老领导，我在常务办公会议上，口头通报了这件事情，一视同仁，该动的就会行动了，我就不统一组织了。老领导说好，乘风，我没看错你，关键时候很有担当。李乘风说道，谢谢老领导，这是应该的。至于我个人，我等指示吧。老领导笑说，乘风，好吧，就这样吧。

就这样，是什么样，李乘风很清楚，那就是等着，不要动，不要有任何的作为。李乘风决定听从，就像以往那样，服从和听从，绝不违抗。起码是现在，起码是这几天，他是动不得的，绝对动不得的。一动就崩了，全线崩盘，他自己的全线。

若是单论彩虹药业，他是没什么大问题的，可是某些事情，某些人物，像他这样的人物，真要论起来，那可从来就不是单论的，要论就会全都论了。他是扛不住的，还能怎么扛呢，他是真的没谱了，毫无疑问了，事实很冷酷。他必须要保底了，保住自己，怎么保呢，那就是青青普大呀。

刻不容缓的，李乘风回家了，把阳台玻璃窗上头的窗花，给撕掉了。老小区的好多人家，都是贴着窗花的，这并不稀奇。然而，这是属于他的特级预警信号，他和小蓝约定的，这个信号只有一种破译方式，那就是一句话，我要走，立即走，十万火急。四个小时后，李乘风下楼了，眼睛通红，流泪所致的。果然，楼下，单元门口，侧停着一辆小车，胡葵物流的快递车，没有错，快递员就是小白。李乘风动作敏捷，就像一包货物，掷入了车厢。

车厢太小了，好挤，李乘风和小蓝，几乎就是脸贴脸了。小蓝淡定的，哥哥，明晚此时，我来接你，我们走船路，先去东南亚，以后就是海阔天空了。李乘风呜咽，小蓝，快把青青普大呀给我吧，我不能再当李乘风了。小蓝微笑，哥哥别怕，就一天，你就不是你了。护照我不能给你，你拿着不安全。李乘风抽泣，我怕死了，我怕明天，每秒钟都怕。小蓝耳语，哥哥没事，我保证，快回去吧。

这个早晨，许白黑的首例患者，是夏乒乓。许白黑说道，夏先生早安，我们开始吧。夏乒乓说道，许医生，这是最后一次了，我没有下一次了。我连机票都买不成了，哪里都去不了了。我被跟踪了，无论我到哪里，身后总是有人，车后总是有车。许白黑问道，夏先生，我想请问，你还在等什么呢？夏乒乓说，最恶俗的话，还有些侥幸心理吧。如果没有了，那就等结局，棋子的结局。

许白黑说道，夏先生，我以为你的概念是错误的，你不是棋子，你是棋盘。你可以博弈，走活这盘棋，为什么还要等。夏乒乓说道，许医生，因为我要看看，我想要看到棋主的收场，他先我后，多好啊。许白黑沉思片刻，夏先生，请你设想一下，假使这个次序反过来呢，你先来，会是怎么样呢。首先，你是抑郁症患者，衡量起来，这很重要。其次，你是主动方，你有大量的证据，就某种程度而言，自救是应该够的了。

夏乒乓苦笑，许医生，你说的我都想过，可是我不敢，我怕我会成为王谢桥，无论在哪里，无论是以什么方式。许白黑点头，了解，但是我认为不会，如果是你所以为的那样，你就不会出现在这里了。因为你所知道的，实在是比王先生要多得多。我以为你很幸运，我想你是被保护了。你身后的人和车，不是那位棋主的，是你错了。

夏乒乓呆住了，良久，反问，许医生，我错了吗？不可能啊。是你错了，还是我错了？许白黑回答，是你，夏先生，因为我是局外人，看得比你清楚。还原一下，事实应该是这样的，有人要你成为王先生第二，有人不。你身后的人马，都属于后者。

夏乒乓惊叫，许医生，我每天都在死里逃生？许白黑说道，正是，夏先生，所以真诚奉劝，不要再等了。临别有礼，你会欢喜，你是一个好父亲，所以你和无冕断绝了关系，从不联系。我知道你想他，他也想你，有一句诗词，今夏何所得，唯有三生花。夏三花，这个名字你喜欢吗，她是你的孙女，你是爷爷了。

许白黑掏出手机，从白衣口袋里，他说，夏先生，请看，这是无冕的家，这是你的儿媳黄小黄，这是三花。她的名字是宋医生起的，他专程去喝的满月酒。无冕有话带给你，他生活很好，自食其力，很是快乐，他什么也不要你的。他想你，他会等着你。

夏乒乓捧着手机，看了好几分钟，手不抖，眼不湿，只是声音变了，细若游丝，许医生，告诉他，我会说出一切，交出一切，什么也不留了。但求团聚，早一天是一天。许白黑伸手，扶起了夏乒乓，从沙发上，他叮嘱他，夏先生，一定带到。涉及你的病情，我会如实陈述的。你去吧，该上哪辆车，就上哪辆车，期待再见。

五十四

中午，李乘风约吃饭，貌似随意，实则隆重，他带了瓶酒，洋葱味道的黑方酒。他说，出来，我在医院门口。许白黑说道，下车，进来，上我的车。李乘风照做了，就在桂花树下，他上车了，许白黑也不言语，直接递给他一份套餐，医院餐厅的牛排套餐。他自己呢，手里三只酥皮菠萝油，已经开吃了，他的腿上居然还有一块餐巾，落了好多渣。李乘风不乐意了，白黑，这是干什么，开车，我要和你吃顿大餐，走吧。

许白黑笑呵呵的，乘风，晚餐喝酒吧，午餐将就一下呗。李乘风说，不行，晚上我有事，白黑，我要出差了，时间有点长，嗯嗯，我会想你的。许白黑没忍住，呛着了，剧烈咳嗽，好一阵子才平息，他说，乘风，你这口气，我怎么听着像是生离死别呢？李乘风强笑，白黑，你知道，那是不可能的，不过假如是真的，你会怎么样呢？许白黑说道，乘风，那不是假如，那就是真的。我想告诉你，你不用走了，留下来，让我来拯救你吧。就为了今天，我都准备了半生了。

李乘风觉得不对了，一切都不对了，不对头了，他要说话，要发问，甚至要发火了，许白黑低声喝道，乘风，你住口，先听我说。我没监视你，也没调查你，你想问我怎么知道的，知道你今天要走，要逃亡。对不起，这个问题我无可奉告。我们说正事，关于你的款项，这么多年来非正常收入所得款项，到今天为止，共计311512303元人民币，你都转成美元，存在了瑞士银行。你记住了，这不是事实。真相是这样的，你都托付给我了，有的是转账，就像那200万美元；有的是现金，大批量的现金。这些现金通过我，通过蓝市心理医院，去往美国，去向是两家银行，汤姆的银行，以及汇丰银行。

乘风，这只是款项的起点，之后呢，这些款项还有一个落足点，那就是联合国某慈善组织，绿瞳项目的专款账户。接下来，就是终点了，那是你的故乡。绿瞳慈善组织你是知道的，在整个西北地区，有好多的综合性大型医院，眼科都不是一个科室，行业内的称呼是眼1，眼2，眼3。乘风，眼2和眼3都是绿瞳组织全额赞助的，面向所有低收入家庭的少年儿童，展开救治性眼科手术以及康复性治疗，全免费，纯公益性质。何为低收入，父母无公职，比如牧民和城市打工人群等，就是这样甄别的，简单有效。截止到今日，救助人群的具体数字是233015位。

乘风，关于红缨和惊蛰，他们的所有开销以及支出，都是我承担的，我很乐意，纯属自愿。我和你的往事，从来就不是秘密，这是合情合理的。还有，涉及你的款项来源，和去处，特别强调，你所捐出的是全额，不足部分是我填补的，属于私人授受。我相信前提，大的前提，在大前提之下，即便是有一些细节，你回忆不起来了，那也无伤大雅，比如老胡和你的情人，你也许会遗忘的，我以为那是很常态的。

乘风，还有动机，为什么会是这样，为什么会有这么巨大的数字，我相信你比我清楚，这就不用我来教你了，你会慷慨陈词的，肯定能够打动所有的聆听者。还有一个补充，是关于我和芝芝的，对于绿瞳组织，我们的捐款数字，和你同样。发自内心，没有动机，就是想和你一样，就是想这么做，乐在其中，无比愉悦。好了，这是清单，以及所有的流水，你过目一下，然后把牛排吃了吧。下午要说好多话，你需要能量。啊，乘风，我送你过去，去说明情况，送交材料。我会等你，我们一起吃晚饭，喝了这瓶酒。

李乘风接过信封，翻阅，问道，白黑，我没有想到你会这样，但是好奇怪，我一点也不感到意外。也不知道为什么，我明明要走，可我就是觉得我走不了，原来是你，果然是你啊。好，听你的，全都听你的，我去，我去找谁，我相信你都安排好了。

许白黑报出来一个名字，他说，你说你是李乘风，就可以了。我所提供的个人担保书，也在里头，请放在头一页。李乘风问道，白黑，如此，你会有风险吗？许白黑反问，乘风，这是赃款还是善款，看性质。我们都是不得已的，迫于规则，为着友情，怎么了，有什么不正常吗？我相信这是首例，这是个例，我们都是安全的，我可以保证。

李乘风说，白黑，我还有一个问题，你们是一伙的吧，你和小蓝小白他们？许白黑说，乘风，我只能告诉你，我不认识他们。你也不认识，你所认识的只是麦老板。至于麦老板的来历，你比我清楚吧，实话实说就是了。你要谨记，自从我来了之后，你就没有见过他了。李乘风说，白黑，秒懂，知了。李乘风摘下手表，递给许白黑，许白黑接过来，戴上了，他说，乘风，就这个款式，回头我让杰瑞给你定制一只。

喝了洋葱酒，李乘风下车，上车，上了自己的车，直奔目标而去。日照当头，他甚至打开了空调，吹的冷风。还是老地方，那个院子，那个大楼，没有丝毫的停顿，他进去了，昂首挺胸的，姿态好极了。当他走出来，已是黄昏了，就在台阶上，他停下了，只是片刻，从这个角度望过去，他看不到落日了，只有光，杏色的余光，就在树梢上，就在枝头上，就在风里头，水一样的，流淌着，滴答滴答的。

回家，他倒头就睡了，不饿，也就没吃饭了。起得很早，看圈子，他知道，好多人就会不见了，就像黄毛那样，该去哪里就去哪里，该说什么就说什么，该做什么就做什么。黄毛的运气算是好的，没几年了，也就快到头了，他还欠他一顿烤肉呢。那会是送别饭吧，黄毛是会离开的，去找他的妻儿，合家团圆，安享晚年。李乘风扳着手指，算过来算过去的，怎么也算不出来，还有谁会比自己更为幸运的。

想哭不能哭的，是他们，想笑不能笑的，是他。真是没办法，只能憋起来，憋着上班，憋着办公，憋着开会，憋得好难受，憋了没多久，一切都应验了，他所预卜的一切。先是老领导，他在机场换车了，北上归来，就被换车了。还是专车，有关部门的专车，规格很高，超高待遇，就这么被带走了。

接着是他们，几乎所有相关的人，好多人，某些系统都乱套了，正职副职都不见了。不过都是暂时性质的，很快就上了新人，也就稳了。也有主动去的，也都是一去不回了，回不来了。这个圈子就很尴尬了，人不在了，头像还在，每当有了什么信息，这些头像再也不会回复了，虽然就那么两个字，收到。

唯有医疗系统，始终都没有乱，太乱的乱，大乱的乱，消失了六个人，两个院长，两个副院长，两个药房主任，都是因为彩虹药业的事情而涉案的。简直就是风平浪静了，卫建委整体过关了，只不过是调整了几个人的岗位，李乘风就被调整了，成为调研员了。黄副主任接替了他的位置，成为黄主任了，正职了。唐希级别没动，但是被免去实职了，也就是调研员了。其他人都没动，还是老样子，二级机构也是如此，都是例行问话，没有什么深入牵涉的。

李乘风要和黄主任对换办公室，黄主任说，拉倒吧，老李，我就是个捡漏的。可惜不能声张，不然都要感恩的，要不是你及早动作，都不知道要完多少人啊。李乘风笑说，咱俩一起办的，连夜打电话，不敢过夜，不然就被拦住了。他要垫底的，范围越大越好，我当时就想，先抽底吧，咱们不能大面积受灾啊。黄主任说，老李，向你学习。你猜他会多少年，我看是出不来了。李乘风说，严重同意，老黄。

有关部门会同警方，来找宋定睛了，就王谢桥的病情询问情况，并且调取病历。宋定睛说，各位先生，王先生已经痊愈了，不具备自杀性心理倾向。来人走后，宋定睛进了休息室，和许白黑共享闲暇，许白黑问道，定睛，我猜很快，就会来找我落实情况了，关于当初给我的三个个人利好条件，你说呢？

宋定睛说，老师，那是一定的，其实也没必要了，谋杀罪名如果成立了，那又能算什么呢。昨天路过宝典大厦，看到好多货车，都在卸货，那三十亩仓库，都给填满了，真是仓库了。许白黑微微点头，说道，定睛，我想问你，对于雪山医院，你有什么想法？我不能要求你总在蓝市分院，你有绝对的选择权。宋定睛说，老师，假使雪山医院的运营体系十分完美，我觉得这里也是可以引入的，如此，我就可以和你一样了，只做医生。

许白黑说是，那是当然，也是必然，那么你就过渡两年吧，半年蓝市分院，半年雪山医院。你还年轻，多些承担，你是在这里成为大医生的，业界稀有啊。宋定睛说道，老师，这是我的荣幸，举世无双的一号门诊，也只有这里才有的。我总是在想，不久以后，我会不会成为你这样的医生。许白黑回答，你不会是我，就像我不是亨德斯，医生是和医学同步的，而不是他的老师。

李乘风的晾衣竿，升了又降，降了又升，不是为了办事，只是为了见人。物流车之后，他就没有见到过他们了，很是惦记。他不知道他们的去向，千呼万唤，再也没有任何的回应了。他问许白黑，白黑，他们是不是回去了？许白黑惊奇的，乘风，我怎么会知道呢？不过我若是麦老板，我是一定会走的，也许，我还会留下一些东西，比如某些资料什么的，你说是不是呢？

李乘风拍着肚子，他的腹部很是有些圆润了，吃得好，睡得香，也就胖起来了，他说，那么我是谁呢，白黑，我都搞不懂了，我是李乘风呢，还是青青普大呀？许白黑说道，青青普大呀，这是多么美好的名字呀，就你这么肥硕，先减减肥，再论身份吧。李乘风笑骂，健身房呸呸，洗浴中心呸呸，半腰水库呸呸，游乐场呸呸。我都没地方减肥了，你给我提供个场所呗。

许白黑说道，乘风，我也流离失所了，寒舍的宅子给了中秋了，嫂子的身体你也知道，还是别搁着心事了。我暂住酒店，不日启程，去和汤姆他们照个面，还有杰瑞，两个团队呢。雪山医院和 Spirit 药品公司都定了，项目落地了，就在你的故乡。我事情太多了，就不带你了。

李乘风大笑，装，接着装，我能不去吗，作为绿瞳组织的主体捐助者，我要看看去，看看那么多的眼科，看看那么多的医生和患者。许白黑正色说道，乘风，他们只知道绿瞳，不知道你和我，对他们而言，我们是匿名者。李乘风失声惊问，这是为什么，白黑？许白黑回答，惯例，国际惯例，在这里或者另有解读吧，叫作尊严。

许白黑的行程，心理医院的人都知道，西北之行过后，他就不回来了，他要回家了，回到总院了。再来这里，那就是巡诊性质的了。他的诊室，已经另有医生接诊了，是周医生和陈医生，两人采用半天制的接诊方式，还有半天呢，也是轮流，跟着宋医生联合接诊。关于他们的待遇，是没有区别的，是医生的待遇，都是同样的，不分中外。

张副院长是深为不安的，许医生和宋医生不同，宋医生从没有跟他吃过饭，跟他说过什么闲话，有事说事，无事不见，即便是在同一栋楼里。张出众去找许白黑了，就问一句话，许先生，我还能不能留下来呀？我总觉得宋医生对我有些看法。

许白黑叹了口气，出众，不是他，连我都有，你是怎么对待你的偶像，你的叔叔的，口是心非，不肯接盘，我们都替他觉得累。要论收入，你比他多得多，你不觉得有愧吗？张出众说道，许先生，知道了，我改。我怎么能跟叔叔比呢，我收入再高，也是随时都有可能失业的，宋医生一句话，我就会什么都没了，我这就改，改过来，改好。许白黑含笑，出众，带我们问他好。

老胡真是太傲娇了，许白黑和李乘风都到了机场了，他也没个电话，更不要说是送行了，李乘风骂道，跟谁牛呢，我看他就是退休综合征，植物神经功能紊乱，内分泌失调，白黑，男人也有更年期的。许白黑哦哦，他这个症状，跟芝芝差不多，沉默等于闹腾，要哄。许白黑致电老胡，老胡不冷不热的，嗯，白黑呀，哦，告别呀，好吧，顺风，挂了。许白黑说，老胡，别闹了，我是邀你加盟的。雪山医院正在筹建，我们的团队需要本地通，非你莫属。

老胡哇呀，白黑，那不就是洋买办吗，我要知道三个问题，待遇多少，合约期多长，居住条件怎样，我要带家属的。许白黑回答，老胡，鉴于雪山医院的规模，以及运营模式，你的待遇是个特例，年薪150万人民币起薪，还有其他福利，合计约是200万吧。合约期两年起，期满双方若无异议，可以续约，再续三年，到65岁为止。居住大平层，大约三百平方米吧。老胡哼哼，白黑，听起来很美，我会不会过劳死呀？许白黑说道，老胡，你想都想不成，没有加班，没有会议，没有人事纠葛；两个助手，你的工作是对接当地有关部门，以及管理中方员工，比如护士后勤，等等。

李乘风抢过电话，老胡，你的职务是副院长，就两个副院长，你是老二，胡老二，老大是老外，服务医生的。老胡嘟囔着，200乘以五年，等于一千万，哎哟，哈哈哈，八位数啊。我的天，等我，我现在就来，立即，马上。李乘风冷笑，别急，老胡，下一班吧，来不及了，我俩都登机了，头等舱哦。

飞机晚点了，落地已是夕照时分了，许白黑恋恋不舍，壮哉祁连山，千峰尽白头，他还没有看够呢。好多个来回了，他都是独行者，为着绿瞳，也为着看山，这座雪山，始终都是他的所爱，没有缘由的，从第一眼开始。总是俯瞰，总是远观，从未亲近过，也不是没有时间，也不是没有心境，是个缺憾，身边无人，也就留着了，直至此刻。

李乘风是头一回见识房车，汤姆的房车。汤姆和杰瑞都在，许白黑和他们拥抱了一下，李乘风有样学样，用力过猛了，把杰瑞都给撞得踉跄了。李乘风一雪前耻，直接就用英文了，那可是相当的流畅，相当的正宗，这都是机器人的功劳，枕边絮语，他早就调换了语系了。他说，亲爱的汤姆和杰瑞，欢迎来到我的故乡。汤姆笑说，李先生，我们不会忘记，你是跑马的汉子，威武雄壮。杰瑞也笑，李先生，真是这样啊，你比上次庞大了好多。

许白黑问道，汤姆，杰瑞，我们是否要赶去和两个团队共聚，享用晚餐，以示庆祝？汤姆说，当然，都在等你，边吃边等。许白黑笑说，如此甚好，我就怕人饿着等。我要对他们说一句，辛苦了，同仁们。杰瑞说道，许，我是第三次来到这里了，和汤姆同样。如你所言，一切顺利，超出预计。明天我们去看现场吧，你会很满意的。李乘风说，那是一定的，汤姆和杰瑞，请容许我带你们观光去，去看我的草原和冰川，我的戈壁和清泉，我很自信，你们会迷上这里的。

晚餐，许白黑吃得很少，他还有一顿饭呢，接风饭。是家宴，无名氏的家宴，几样小菜，两盘饺子，沙葱鸡蛋馅的。两个人，两杯酒，许白黑乐了，饺子煮漏了，一看就是你包的，手艺不怎么样呀。无名氏笑说，食材好哦，我种的葱，我养的鸡，还有甜点，你猜是什么？许白黑说道，那还用猜，烤土豆呗。两人举杯，同时开口，谢了。

夜里开了个会，小会，许白黑和汤姆，以及杰瑞，还有保罗。保罗不在这里，他在系统当中，蜜獾系统，看不出真假，就是面对面的，四个人都在了。保罗说道，嗨，你们好，关于医生的全球招聘，应聘者共计 1233 位。经过第一步的系统筛选，合乎标准的 879 位。第二轮是由系统与他们洽谈条件的，有人放弃了，有人被放弃了。生成意向的人数是 463 人，许，就等你回来了。

许白黑说道，保罗，我再也不会那样了，一个个面试，这回我要整体面见了。这样，请继续细化背景，这里的背景资料，双向选择。雪山医院不是培训基地，首批需要医生 312 人，按照排列，依次录取吧。杰瑞笑说，保罗，请告诉他们，Spirit 药品公司的医用耳机，已进入临床应用了，医患双方不存在任何语言障碍，包括此地的牧区方言。汤姆说道，它是有温度的个人语感体系，最新专利产品，呵呵，无法仿制的。

保罗嘿嘿，汤姆，杰瑞，那是当然。不过我要再度提醒了，涉及动物保护项目，我知道一个特例，这里有大批被遗弃的藏獒，还有好多的物种，比如我所热爱的荒漠猫和草原狐，还有狼群，野马，以及各种鸟类，等等，我要医学，也要它们。许白黑说，保罗，这是共识，我们的共识，涉及款项，每位股东都会捐助百分之五，按照每年的收益。汤姆已经指定专人，负责该项事宜。

叮咚，叮咚，是门铃，许白黑起身开门，李乘风惊喜的，哇，亲爱的保罗，你也来了。这么说着，他就扑过去了，想要行个贴面礼的。他扑空了，后退两步，大声惊呼，保罗明明是在的，可是他穿过去了，他穿过他了。保罗笑说，李先生，见到你很高兴。我在系统里，是触摸不到的。许白黑说道，乘风，这就是蜜獾计划，已经进入临床应用了。

是个晴天，是个雨天，是个雪天，一条公路，气象万千，草原的天空，就是这样的。许白黑和李乘风轮流开车，三百多公里，换了好几回了，不是疲劳，而是风光，都要看风光的。许白黑爱看戈壁，李乘风不肯停车，他说，白黑，小时候遍地玛瑙，还有陨石，都没了。许白黑说道，大风过后，还会有的。

李乘风的镇子也没了，都成了草原了，草色苍苍，横无际涯。他找不到家了，曾经的家园，停了车，趟草而行，有条溪流，抬脚就过了，但是望过去，望过去，就是浩荡了，那是雪山，是山上的冰泉，许白黑停下了，喝水，喝了好多口，喝饱了。

看不到李乘风了，他在草丛里头，是匍匐前行的，他在找，找灰灰。他是有准备的，他带了金属探测仪，盗墓贼的惯用装备，当年回来奔丧，他是有殉葬品的，那是一只碗，铁碗，是他的碗，在学校打饭用的。他和灰灰合用的，灰灰爱用这只碗，吃胡豆，也喝羊奶的。

他找到了，找到灰灰了，就在面前，地下三尺，就是灰灰了，还有那只碗。他没有回头，轻声说道，白黑，我要是考不上大学，灰灰就会被吃掉了；我要是不赶回来埋葬它，也是一样的。我在这里守了七天，六月天，灰灰腐化了，我才离开的。

许白黑说道，乘风，如果我是你，我也会这样的。没有灰灰，也就没有你了，这样的你。我从没有感激过你，我只是感激它，我们的灰灰。两人蹲下来，原地蹲下，开始挖坑，小坑，好深，正好可以埋下那只碟，还有马鬃，那一根马鬃。

李乘风说道，白黑，我知道你有复制，那根马鬃的基因复制。你是对的，你去做吧，都给你了。许白黑点头，乘风，你想要的马场，以及你所需要的一切，我都会办好的，如你所愿，一样不缺。李乘风摇头，白黑，想法变了，我这个年龄了，不能养马了，只能养老了。许白黑无语，点头了。

填坑，一人一捧土的，填满了，许白黑起身，几步开外，有一株马蹄兰，他给连根刨起了，要栽到这里来。没来由的，好大的一团土，落下来了，砸到脚面上了，沉甸甸的，不，这不是土。是石头，拳头大小，椭圆形的，洗净了，才看清楚了，这是化石，金色的化石。

这是一泡屎，好完整的一泡屎，条状分明，螺旋造型的，最上头犹如一截指尖，小手指的指尖，跷着的，是完全透明的。两人震撼了，谁也没有见到过这么完美的屎化石，许白黑当即传回图片，给英国某化石博物院的馆长朋友，馆长是该领域的顶级专家。

馆长哭了，许，可以确认，它来自某种猫科动物，中型体态，猞猁或是雪豹，它很年轻，消化状态良好，排便时是无限惬意的。恳求你，赐给我的博物院吧，镇馆之宝啊，我要让全人类都看到它。许白黑说道，戴劳弗先生，我乐意无偿捐赠，发现地点是祁连山下，天坝草原，捐赠人的名字，是灰灰先生。

李乘风说道，白黑，我们走吧，雪大了。

许白黑没有移步，他的电话响了，看了眼来电提示，他开了扬声器，是她，果然是，她说，哥哥，我是丹心。

许白黑回答，我知道，是你，丹心。

图书在版编目 (CIP) 数据

寸心 / 申剑著 .-- 桂林:漓江出版社，2023.5
ISBN 978-7-5407-9298-5

Ⅰ . ①寸… Ⅱ . ①申… Ⅲ . ①长篇小说—中国—当代
Ⅳ . ① I247.5

中国版本图书馆 CIP 数据核字（2022）第 162400 号

CUNXIN
寸心
申剑　著

出版人：刘迪才
策划编辑：张谦
责任编辑：谢青芸
书籍设计：曾意
责任监印：张璐

出版发行：漓江出版社有限公司
社址：广西桂林市南环路 22 号　邮编：541002
发行电话：010-85891290　0773-2582200
邮购热线：0773-2582200
网址：www.lijiangbooks.com
微信公众号：lijiangpress
印制：北京中科印刷有限公司
［北京市通州区宋庄工业区 1 号楼 101 号　邮编：101118］
开本：880 mm × 1230 mm　1/32
印张：15.75　字数：387 千字
版次：2023 年 5 月第 1 版　印次：2023 年 5 月第 1 次印刷
书号：ISBN 978-7-5407-9298-5
定价：60.00 元